国家出版基金项目
NATIONAL PUBLICATION FOUNDATION

湘绮楼日记

（二）

[清] 王闿运——著

王勇——点校

岳麓书社 · 长沙

2021—2035年国家古籍工作规划重点出版项目

国家出版基金项目

湖南省社科基金基地委托项目《王闿运史部著作整理》（17JD17）成果

目 录

光绪五年己卯

正 月

己卯正月乙巳朔　阴。稍寒可裘。避客，待辰正方起。衣冠诣答局中员司十数人。陈力田来，与切论世情。又与竹老切论公事。公事全虚，世情务实，愚不肖皆知之，而贤智乃不知也，故君子恒败，小人恒胜。昨和子篯诗，意其今日必再叠韵，因再作以挑之。诗简应候戟门开，和作还须隔岁来。晴色晓浮骢马辔，春光寒尽碧螺杯。佳篇①遍览随珠集，新制惭无蜀锦材。为问扬州何水部②，何如杜老咏江梅。翰仙招晚饮，麓生先来谈，又有不识姓名数人来。酉初集翰仙处，竹老、麓生同坐，劳鹭卿后至，戌初散。方看小说，鲁詹送糕，闲谈至子初去，丑初寝。

二日　晏起，小雪。饭后出贺年，至督、藩、臬、盐署及劳、丁、黄三道公馆，均未入。访刘筼生于珠市巷，方丁忧卧病，谈于内室，见其七岁子。过子和、力田处，均略谈还。穉公及程、豫。蔡逢年。均先过，翰仙亦出，待至夜始饭，看《二知轩诗》，颇有熟巧之境。子篯、海琴意兴相似，广交亦同，吾所识者，几无不与游宴。使当承平时，必胜于毕秋帆、曾宾谷，惜其入未足供挥霍，而海琴尤穷，甚可念也。筼生送糕、粽、茶、饼。衡山旷凤冈超一来，旷以县令分川，今在厘局。

---

① "佳篇"，据《湘绮楼说诗》补。
② "何水部"，据《湘绮楼说诗》补。

527

三日　阴，有小雪。陈力田来。子箴送叠韵诗三律来，再和之。《二日喜雪》：新岁邀头宴未开，铺翼光送六花来。朝衣尚宿沉香火，冬酒深斟白堕杯。光路玉珂应借色，祥庭木屑想储材。撒盐莫斗君家富，调鼎如今但作梅。①　读子箴集，三日未尽，叠韵诗已四至，走笔奉答：读画论诗怀抱开，词源直似蜀江来。授经室敞光珠海，仪董文成拟《玉杯》。近欲高吟压冰柱，不教余恨恼渊材。偏师且喜长城近，未待江南寄折梅。**夜作家书，及外舅、二妹问讯书，樾岑书。**别后鸾车征途，未及笺报。久闻三峡奇秀，又加以香孙赞扬，及至其间，殊失所望，盛名难副，岂独论人？惟滟滪一孤石，差为不负此游耳。云安遵陆，半月山行，除夕前宵，税驾白兔，而二使星已前至蜀，不独按问东乡，至乃注意丁公，牵连仆妾。道员中丁、劳、唐，州县中田、李，并登白简，加以丑词，语甚含沙，情同舞剑。盖由自恃廉俭，少所匡绳，致此纷纭，足以沮挠。虽怨轻樊口，终必消弥；而揆以情势，义当引退。闿运好劝人去官，又当据所见矣。尊经讲席虚县二年，诸生住斋者至百余人，恐不能不稍为料理。严武自去，杜甫自留，亦大非求友之本志。将俟钦件稍定，生徒上学时，为之粗立规条，或勉留一岁。倘主人留镇，仍不改弦，近有见闻，岂容默尔，便当辞师居友，聊尽所长。忠告数疏，古人所叹，更不能久待也。　瓮叟先生颇关情于旧僚，幸以告之。西陲新有覆师，南中久无消息，驲邮不速，他无所闻。成都花果蕃庑，谷蔬早熟，地和物阜，最便闲居，惜舟道艰迟，移家不易。新春多暇，伏想安和，见香孙时，乞为诵此。　梦缇孺人无恙。新年忆远，当复劳思，善护玉躬，以迎春福，幸甚。途中游景已具前书。除夕前宵遂抵蜀郡。主人相见，专以主讲为辞，辞湘就梁，殊非吾意，但此间官事樛葛，二使多所吹求，故未暇正议开筵，诸生皆还渡岁，且俟仲春方定章程耳。成都风土夙称浩穰，然北俗多而南物少，亦未遽为天府。唯冬暖如春，晴多如雨，行不遇雪，脚免冻皴。蚕豆、芥茎皆已上市，江梅、海棠殆可同时。较广州地少湿蒸，最与居游相适，惜无缩地法，令诸女妇妾侍卿暂一来游也。无非闻之，更当叹息矣。云云。

四日　阴。刘伯卿、庆咸，知府。汪式甫、本一，同知。子箴来。

---

① 原诗第二句与第六句误置，为互换订正。又第二句"光"当是"先"之误。

汪谈相命，云识李雨苍，知其当遣戍。又知文式岩当为兼提督之巡抚。云曾在京当差十年，今分四川，在机器局为委员。子箴畅谈史治，云有当革者三：一轮委，一夫马费，一官盐，皆新不如旧。申刻穉公招饮，翰仙、竹老同与。竹老忽患风瘅，余荐鲁詹治之，因不会，改招曾元卿往。欲论治理，穉公惟谈闲事，因唯唯而罢。此公盖与刘荫公同，其天质美，故好善，其心境狭，故少思也。闻黄耀庭亦在此，此则其所搜采者，亦不得为不求才，但不得其任耳。昔余言胡文忠能求人才而不知人才，曾文正能收人才而不用人才，左季高能访人才而不容人才。穉、荫二君乃能知能求而不能任。凡此皆今世所谓贤豪，乃无一得人才之用者，天下事尚有望耶！曾、胡往而刘、丁兴，他日或有流风，留天下一线之路，若刘表之在荆州，亦未为无功耳。为感诗人招禄之义，故再言讲席，亦不复辞，聊以一岁，答其雅意而已。

529

五日　阴，有雨。出游市中，至仁寿馆看戏，未登场，见密云甚浓，乃还。黄州同字霓生。从怀远镇来省见访，月岩翁之少子也。申后元卿、栋材复陪至仁寿馆一望，会暮旋还。看《四川省志》一本。城西楼，即张仪楼，楼临见江，《志》误分为二，遂不知张仪楼所在。成都城市已非唐、宋之旧，明当访之也。作书约耀庭来谈。

六日　阴。黄麓生、马伯楷、暎奎。朱次民在勤。三道台，薛季怀福保。来访。与朱、薛初见，久谈。朱云与孝达旧交，亦颇谈及经义。薛则叔沄之弟也，多所通解，敝衣朴貌，较叔沄尤质实有风趣，佳人也。晡倦少愒，看《蜀志》一本，有《樊敏碑》一通。夜补作《淫豫①诗》，又览近七年所为五言，颇嫌薄弱，盖久不读古人诗，自谓成家，殊少精思也。录近作数首于诗卷。

---

① "淫豫"，即本月三日与檥岑书中提及的"滟豫"石。

七日　阴。子美所谓"元日到人日，未有不阴时"，注家以为忧时政，今日不能无忧也。看《蜀志·沿革表》，殊不清晰，俟定舍，当为作之。步至督署，答访季怀、耀庭，见章公静，无锡人。彭芝生孝廉出谈，吉安人，仲约之选拔生，运仪之房荐中式者。季怀云其人有拳力。纵谈久之，出至上翔街，看子和，值其招客，坐有周知县、费总兵，皆湘人，略谈，还寓已暮。夜校《水经·江水》篇。余《禹贡注》以金沙江为洛水，今考经次，先后不合，洛水仍当为沱水，若水乃金沙耳。

八日　晴。饭后出答访刘岳曙、玉田。朱在勤、次民。马暎奎伯楷。三道台，子箴，伯卿，霓生，张声泰，王运钧诸人，均未见。还寓与竹翁、莲弟及殷郎、安民至湖广馆看戏，武昌、蒲圻诸估客为会，留坐，顷之还。鲁詹送蟹十脐，费银三两六钱，与翰仙同食，遂未饭。看《蜀志》二本。成都士女务于游观，街市嗔咽，人庶浩穰，实甲于天下。岁首嬉遨，唐、宋盛事，余所至无盛于此者，亦承平佳景也。

九日　晴。王心桥教谕来，癸卯举人，尊经监院也。午出看戏，至暮还。闻此邦重上九节，镫游甚盛，出观之，乃一无所有，唯各家挂镫及镫牌楼，通城有之，费烛不少。耀庭来谈，言樊镇子名增祥，已选庶吉士，字云门，颇能骈文及词调。此湖北新有闻者，亦不满于黄莘渔，云孝达过誉反害之。凡诱进后学最难，抑之使自废，推之使自满，古人所以贵育材也。

十日　阴。无一事，但看戏，午后还，倦，假寐。薛季怀来。鲁詹送柚，不可食。夜续成《金堂山行诗》。寒林惜叶卷，步竹欣笞意进。幽如故山适，未觉征途复。智公游已远，段翳居难诃。徘徊面前坡，墟烟霭来径。补作《除夕行成都市遂至洗马池诗》。神龟肇二城，连星翼七桥。名都昔隐赈，闾里今填嚣。繁富始秦守，兴文俪汉朝。通衢揭百坊，市火烛玄宵。

镪货通梯航，川原贡沃饶。华实茂春芜，蔬豆翠冬苕。士女闲且都，锦绮艳翔遨。朝寻葛姜宅，昏联王邵镳。阛肆虽久盛，隆替非一朝。二九门既堙，双江洳不潮。财伤杼其空，儒绶朴为雕。方承古人末，恒患岁运辽。羁旅幸多暇，星躔将转杓。适野叹何加，行国念我聊。抚树临霜池，玩夕启风寮。追怀李固游，近采严遵谣。八州感周行，浊隐轼清标。岂伊矜天府，于以告风轺。合前二首。夜雨。子正寝。是日心桥率书院书门来。

十一日　阴。看《蜀志》一本。七言百韵，诗家所无，所见唯《汤海翁集》中有之，今始见宋薛田《成都书事》百韵诗，可谓何代无才者也。子箴午见余诗，戌初和韵来，舒卷自如，可谓敏捷勤勇者。余小报之。昨读梦园集，色骇舌亦桥。闭垒防大敌，恒畏楚陈嚣。譬如鲁弱侯，正月但修朝。简师偶挑兵，晨发不及宵。岂徒步武精，且见风趣饶。雄如砑蛟鼍，秀若摘兰苕。自云簿领牵，春宴阻不遨。隔岁草堂约，逡巡候鸣镳。匆匆逾上旬，犹若在诘朝。梅花已如雨，诗思方如潮。当机语绝妙，知不烦镂雕。所惜公府忙，遂令酒国辽。二星待指南，从海视斗杓。谤书诚有因，绮语固无聊。（谓义女事。）且当作主盟，慎勿笑同寮。君诗即老吏，我作成风谣。闲中劫亦急，传简当飞轺。

十二日　阴。将出局中，留待丁公，因抄《诗》半页。莫组绅来，辞未见。学使谭叔玉来谢，未见。盐道遣送聘书，定尊经讲席，受而不辞，以既来不可辞也。至夜稺公竟不至。夜作家书，寄日记，托夏粮储转交，因并致夏书。

十三日　阴。尊经院生六人来见，略谈课规。闻晓岱之丧，入唁翰仙，论为位成服礼。出答督、藩、臬、学、盐茶，成、绵二道，锦江院长伍嵩生编修，麓生、筠生，尊经监院王心桥，行城中几遍，唯未至西城耳。督、府、司、道俱未遇，王亦归郫县，见其长子，余俱久谈，还寓已暮。因翰仙闻兄赴，未便会食，将令曾宅设食，翰仙仍送饭来。竹老外出，无人共谈，步出看力田，其寓中无赖子频来，不可与坐，旋出，暗步还。偶问曾、刘、陈打牌事，因亦入局共戏，子正散，负千钱。

十四日　戊午，晴，午正立春。翰仙设位岱祠，有吊客，往相之，与张怡山、朱次民两道台及麓生同坐客次，吊客谈久者子箴，至暮方散。蔡研农盐茶夜来。竹老将往测水，检点至夜分。鲁詹复来，谈至丑。借刘栋材银一两八钱，还。

十五日　阴，有日。送竹翁父子去。以待饭尚早，与曾、刘同看故衣，唯一绉绸帐尚佳，琐屑不宜视之，遂还。饭后出游江南馆，有昆曲，意不欲听。至浙江馆，看四川土戏，亦甚可厌。暮还，元夕无月。云生来谈，因同过翰仙，夜作汤丸颇佳，食七枚，犹未过饱也。作晓岱挽联云。选举得英材，方期东阁招贤，竟蹉跎痼疾重忧，壮怀摧减；亲情联棣萼，依旧西窗剪烛，只枨触湘南蓟北，年少欢娱。

十六日　阴。晨起未饭，翰仙遣招陪子箴，至则张怡山亦在，谈至二时许乃去。饭后书挽联未毕，季怀来，索观诗本，携去。云近奉部文，停捐纳，不知何因有此美政也。闻传呵声，以为盐道来，往陪客，则已去。今日见许、世福。李绪之子、罗辉五、陈梅芳之子，皆乡人。见王天舫湖北人，代办成都提调。及不知姓名数人。与劳鹭卿少坐，酉散。成都士女倾城出游，名为游百病日，未暇往观。

十七日　阴。王天舫知府来，书刺名树汉，余初不知其名，问乃知之，乙未举人，官三十二年矣，好作诗，又在子箴下远甚。饭后，麓生来，久谈。出步市中，无所遇，还寓。张声泰通判来。申初丁穉公来答拜，久谈。夜为黄福生书册页。翰仙来谈。于世法应答拜者张怡山、蔡研农、方子箴、丁穉璜皆再拜，王天舫长揖，刘汝霖县丞未见面。夜月，眠至寅初醒，遂不寐。闲思余梦，迹则梦也，意则云也。

十八日　阴。陈力田来，同出闲游，至江西馆看戏，杂立人丛，佣保为伍，甚非雅事，自此戒之。申初还。王心桥来，言适馆事。余以器具供张当须定为公物，不得取携，且告以帐褥自备，无烦公制。夜作五号家书。寄银赙晓岱，余以与六云。以家用有定，故数金亦须外筹，既思丰妇与六云同当始娩，因并及彭氏，此亦善推恩者。黄文甫州判来，问蝘叟与张石舟题楄云"知唐桑艾之室"出何典记，余初不知所自，记与两儿考询之。

十九日　阴。终日伏案，作书与朵园、皥臣、笛仙、子寿、力臣、香孙。至夜鲁詹还，仍与曾、刘打牌，胜千钱，亥散。是日鹭卿来。

二十日　阴。鲁詹要游市中，与曾、黄同出，至火神祠，看幻术，复至玉沙街贵州馆，看丁公题楄，馆祀南霁云，南岂贵州人耶？又游骆祠，观恒保记赵顺平故宅兴作之由，还寓已暮。莲弟取薛涛井水还。张桂作图说，亦有条理，又呈四诗。还曾银九两七钱一分。退。

二十一日　阴晴。衡州黄苏文、李爱吾当还，作书谢易枝江、程春甫，因寄信子泌。幻人至岱祠作技，突锋吐火，弄盘搬运，良久乃罢。刘庸夫送《子春集》及其所作文诗来，兼抄余往年所与书。庸夫好托忠义，历诋公卿，凡与相知闻者，莫不畏而厌之。余亦嫌其忠愤不近情，又以其失意，不敢公绝之，不知古人当何以处此乃尽善也。因便再发家书六号。

二十二日　雨。久阴，得此颇快人意。午出答访刘庸夫、劳鹭卿、刘桂三、王天舫，遇廓尔喀使公宴回，威仪颇盛。至稺公处久谈，略言书院规制变通，使官课不得夺主讲之权，主讲亦不宜久设，仍当改成学长，学长亦随课细取，庶免争竞也。至臬署答访娄丽生不遇。子箴已要客，怡山先在矣。次民、麓生、沈鹤樵、顾又耕继至，纵谈无讳，遂及冶游。子箴言前在慧山有女冠名细宝，赠联云。不知细叶谁裁出；如入宝山空手回。语有风味，兴不浅也。又言南海旧游，诸伶尽散。此公风流自喜，不宜为宪司耳。又闻张幼樵劾大臣子弟不宜保荐，指刺宝鋆、翁同和。得旨豪无瞻顾，尚属敢言。今年新闻朝政皆清明，是可喜也。戌正散。竹老已还，言灌口堰工冒销则有之，砌石未为不可。彼处劣衿以分肥未及为恨恨耳。此事号为难明，然意度之，亦不出此数语。次民言南霁云曾为贵州刺史，盖其赠官，而贵州、湖广、四川俱祀之，号为黑神。余云黑神乃辖神之讹。辖神，长沙轸星度中星也。此言本江蔗畦之兄，见《清泉志》书。

二十三日　晴。饭后子箴复来谈，言敖县令诣总督，为其先人立名宦祠，及二使来，民诉者十七人，云丁、敖俱干宪纲。余谓此来诉者，乱人奸民也，当杖杀之，以存上下之分。敖令则特劾罢之，而置丁不问。方意乃欣欣向诉者，二使亦以为丁之罪，不可解也。竟日无所作，夜为笺上钱师。今日还饭于黄。

二十四日　阴晴。王心桥来，言其子丧。心桥初言监院屋不利，避之亦不利。竹老复言机器局在省城三杀方，故不利于长官，丁被劾，程再有阴讼。总局事者，两遭丧两被劾。余问可禳否，云不能矣。与心桥论书院用费章程，要宜大雅，不独不可防诸生之不肖，并不可防官吏之不肖。院长初至，规模宜定于今也。看《蜀志》三本。蜀人祀李冰为川主，而祀马谡为江主，元王禄新记云：叙州民于宋咸淳八年请于朝而祀谡。李揆有文，今未见。宋杨安诚言白帝非独公孙述。《华阳国志》云蜀五丁力士未有谥列，以五色为主，庙称青、赤、黄、黑、白帝，然则力士五丁之属与？独坐甚暇，始觉昼长。看《蜀志·人物篇》，前代甚盛，本朝唯有岳钟琪、张鹏翮较著，鹏翮曾孙问陶亦颇有名。申正出，寻夏芝芩妹婿孙知县，未得其住处。麓生招饮，往则唐鄂生先在，子箴、崇扶山继至。此间一设客，动费十六金以上，菜殊不旨，可谓不节也。鄂生坦直寡言，扶山略似李雨苍，无公子气局，亦简于言。戌散。翰仙来谈。夜看《蜀志·人物篇》，毕一函。

二十五日　阴。饭后，劳鹭卿来，刘庸夫继至。闻二使当来看机器。又闻李有恒对簿，不容申诉，竟送县狱。有恒信有罪，然传讯而不讯，亦非法之平也。与鲁詹至马从九寿琪处听戏，扮陈香、秋哥，尚是童时所曾见，今了不忆，殆如隔世矣。刘庸夫来，问叙周、鲁时史称孔子当名否。余以马、班书汉高未帝时事，已云高祖。《宋》《齐》书齐高、梁武为臣时，直改其名曰讳。有此二例，则或云孔子，或云孔讳可也。又《王莽传》称高祖名曰"赤帝行玺某"，即赤帝行玺邦也。依书金縢读发曰某，则某亦可称。夜阅《蜀志·经籍目》。颜之推说谢炅、夏侯该云蜀才是谯周，或云范长生。朱睦㯖云李鼎祚，资州人，唐秘阁学士。刘庸夫言院生有张楷者，能读《公羊》，贾人子也。

二十六日　阴。阅《蜀志》物产叙录，甚有法。吴省钦记黄葛树，以为疑即榕树。余一见即识之，以此知博览之益。凡未见而考求者，虽是而疑非也。孔子论多识鸟兽草木之名，识鸟兽草木不难，知其异名为难。《尔雅》所称今悉在目前，但不能名耳。以此复有意于释《尔雅》矣。李蕴孚知府宗蔚，巴陵人。唐鄂生、子和、黄麓生、崇扶山来。

二十七日　阴。湖广公所团拜，请余为客，欲与局中同乡俱往，午前已各去，偕竹老、鲁詹至，则客主已大集，相识者不过十人。湖广旧有会馆，商人为主。文武官共立一公所，亦费万金。前提督胡中和所为也。今以李总兵忠楷、锦芝生道台及鹭卿、王天舫、李蕴孚为值年，其首事七八人，皆未知姓名。二班合戏，设二烛，诸人拜毕就坐。向设三席，中文、左武、右幕。今年幕客唯巴陵方在督署，娄丽生在臬署，余或未至，或未请也。舒颐班一旦唱《藏舟》甚佳，麓生赏之。唤至则貌奇陋，姑令唱《惊梦》。而址中不知行款，乱杂纷纭，钲鼓聒人，《惊梦》仅草草终场。麓生甚愠，遂去。余与莫总兵并坐，亦欲去，嫌太早不欢，勉终席而还，夜漏十二刻耳。池中四席，楼上二十席，放赏者仅三人，不满二十千。借鲁詹钱六千四百。

二十八日　阴。午后晴。自至成都始得此一日澄朗，春气已盛矣。出答访钱保塘铁江知县、唐鄂生、麓生、陈济清云卿总兵，又诣昨日会馆首事诸君门，申正乃还。今日《蜀志》看毕，内无事纪一门，盖纯用地志之体，不及政事，而首载宸章，殊为谬矣。铁江甚诋之，余则惮其浩博，不敢妄议，以省志万无条理，无所谓佳劣也。

二十九日　癸酉，雨水。晴。晨见日色即起，方卯正，遣告监院，二日到院，宜先豫办。饭后，成都陈、周两生来见。周道洽润民、陈观源西生。陈馆于候补县令王宅，周居城中，前曾来，未值也。作书寄苻农。鲁詹引华阳马生来。三生皆有贽，唯受马二生鱼，一蒸食之，一送竹老。与周、陈言，宜先为有恒之学，唯在抄书。遣人至督署接书，以稺公许赠我马氏辑佚书，尚未送来也。午后人还，始见马氏书，皆搜采亡书，为存其名。前有匡鹤泉序，云书凡五百余种。大约仿孙渊如丛书而益搜之，唯孙氏间有全书，此则凡有书者皆不复录耳。马国翰，字竹吾，道光中人，为县令，藏书五万卷，身死尽失，此书亦未成，其所刻版归李氏，始为印行，而山东书局补版入官，鹤泉掌教，故得作序。余与匡同善肃顺，久不知其存亡，今乃知尚在，又如逢故人也。王君豫初为余言，与书俊臣求此书，俊臣未报。余既愧不知有此书，又愧不知有马君，未暇报君豫。记于此，令两儿见之，先为我告。书不多，易致也。夜，庸夫来。

晦日　阴。程立斋藩使、马从九、王夹江、陈云卿总兵、王心桥来。与子箴索笔研，送来新石一方，及店笔一匣，笔制甚俗，试之尚可用，不知何以不选管也。云卿送灰鼠褂皮三件，貂袖一副。留一件两袖，复于衣店买袍一件，价十二金。庸夫遣其子心民来见。

二　月

二月乙亥朔　朝阴，食时晴。日光煊丽，遣莲弟率火夫单满往书院作灶。华阳龙生启弟来见，陈镇昨为先容，余见名刺，忘其所由，及见始悟之。竹老、元卿、鲁詹设饮延庆寺，召幻人叶慈巴作诸杂剧。慈巴以搬运幻技，起家累千金，擅名成都，凡镫彩铺垫借办，皆取资焉。余为宾，莫、李、力田、惠庵、张玉侯皆与饮，设馔甚费，蒸豚最佳，自未至戌乃散。骤暖，仅可衣绵，徐步往还，犹觉热也。

二日　晴。晨起二使索观机器，局中人纷纷有事。余与翰仙、竹老言，局务无章，误在相忍，宜委权曾元卿而督责其成，否则终无济也。监院遣五人来，移书箱、襆被去。已正昇至君平里尊经书院，陈设已备，竹伍父子、澧州高生、余得贵、王心桥及书院诸生二十余人，张怡山道台、马从九、黄郎福生、伍嵩生院长、曾元卿先后来，久谈。忠州方生竹泉执贽来见，言居馆在城内，恐不能住院云云。心桥送酒肴，与福生晚饮，即留之居东厢。发六号家书，夜遣张桂出，久乃还。

三日　晴煊。辰起厨人皆出，久未得饭。饭后翰仙来，鄂生、麓生来便饭，因闻余家馔颇洁，试余旅食旨否也。令莲弟作菜疏十余品应之。元卿、鲁詹、文劭丞来。鲁詹恐余不办，又送肴四品来，自入厨视治具，云费银五两。余费钱二千，似犹胜之。酉初设食，血饭不熟，又忘设粥。初夜客去，小睡。定书院条规章程。

四日　晴。辰正饭。穉公来，设拜执礼甚谦，近今大吏所难也。云湖南、山东均有查办事件，京官多言，殊无益于政，筠仙所为欲废台谏也。子和、凤冈来，诸生续至者十许人。得春甫及唐酌吾书，闻唐兄丧，唐复送银二百两，改为馈赆，亦当辞之。衡州书反先到，长沙书必浮沉矣。锦江监院凌敬之来，李眉生同县人，曾为陈湜客，在山西有年。院生复来二班。竟日着皮褂，热甚，苦无夹衣。又坐南窗日下，正似三月杪春时。夜作书复春甫、唐郎。受唐银钱百枚，退还二百枚。

五日　晴。将出答访诸客，有院生数班来见，莫总兵、刘栋材府学、范、薛、华阳、周、陈力田、江式甫相继来，日晏遂不出。江油两刘生来，谈申夫事甚悉。鹭卿暮来。院生掌书者全不经理，凌杂无章，可为叹息。福生午出，夜始还。致余家书，两儿寄课文五，为改一篇，夜已子矣。

六日　阴晴。定日课。于辰初朝食，申初夕食，戌初点心，子初即寝。日看唐文三本，抄《诗经》二页。俟十九起学后行之，先行饭课。巳初出，答四学官、伍院长，唯见伍略谈。见庭中杏花，误以为桃，疑桃无此大而矮者，伍乃告余误也。春色已深，尚未一游，可笑也。旋诣穉公，云唐宋皆有遨头，吾不遨而见。谓姬人出游亦将择日而遨，余云能遨，则民吏欢矣。《诗》曰"吾王不游，吾何以休"，一笑而罢。至机局谢翰、竹、曾、汪、文，至凤冈处送衡信，见方琐系逋税者，云潼州官罢还者也。答访曹桐轩，讳庆。曹兖生之从子，自工部出试知府，曾蒙穆宗召见，询

538

诘甚英明，有文宗之哲。过张怡山、程立斋、崇扶山。程言女口不吉，崇则气色晦昧，耳目俱不相听，啜茗即辞出。复过力田，见刘伯卿，答访子和。行城中几遍，历四时之久，颇饥困，乃归。饭后已暮，小愒，作家书七号，多告戒之词。改功儿文二篇。作书与锡九，夜已亥正，乃寝。

七日　阴晴。以国忌，令诸生于明日乃入见，教以尊朝廷，重丧纪也。院外诸生，难于往返，则便见之。刘庸夫便衣来。藩使程立斋来，辞之不得，亦入谈良久，论近日使者交驰，由多疑多诿，非朝政所宜，宜有言官论之。焦生鼎铭来见，字佩箴。鲁詹来，留便饭，季怀、公静同来。季怀问曾泽丈督两江，为余荐之于肃裕庭，又言六云身价三千金。皆了无其事，何世人之好刻画无盐也！吴春海太守来，即徐荫轩尚书荐主尊经讲者，余甚愧之，坐间谈《论语解》三条，出所作文相示。衡阳左生弼字葆丞，跋涉崎岖，来投曾氏，曾无以待之，乃上书干余，余恐其流拓，姑留同寓。午去移襆，投暮已来，居之西厢。夜看唐文三本。抄《诗经》二页。王无功《游北山赋》，序甚似子山，而赋不称。中叙其兄淹事独多，注言门人多至公辅，而唯称董恒、程元、买琼、薛收、姚义、温彦博、杜淹，不及房、魏，盖不满之。后乃有疑文中子为伪者，世俗势位之见也。其答杜之松论《丧服》五条亦通而疏。《梁孟赞》云"五噫绝赏，双眉独齐"二语，饶有风致。祖君彦《檄洛州》云"隋氏缵承，鸩毒先皇"，又云"先皇嫔御，并进银环"，既以隋主为先皇，何得斥其窃神器。又云"狐媚肤箧"，上下全不相应，斯为谬矣。陈子良为弟作诔，直称其名，文中子祖杰谥献，无功屡引献公《礼说》，即其祖父书也。明日当祭先师，减去夜点心。亥初斋寝。夜雨沾足，有雷。

八日　寅正起，致祭尊经阁先师位，行九叩，盖凡学通祀先圣也。退次小坐，还，食饼，然烛，看唐文三本。天明往湖广公所，一人未至，小坐，文武同乡以次俱集，推余主祭先师周茂叔，行六叩礼，礼毕，已午初矣。未饭先退，过访方司使，云有构我二人者，彼不信也。夫流言止于智者，子箴何以使其说得终，盖先疑而间之耳。答拜吴春海。春海昨来致敬，而今意匆匆，亦不知其何事。还院已晡，遂不朝食。见院生三班，刘生宏模引锦院五生来。周、郭、陈、高、罗。开县谢生送其师陈崑集，崑字友松，以辽、金有史，遂为西夏史。崑死，其孙藏之，云今秋当送阅。崑常宰宜春，识俞芝田，余久不记有俞，今忽在耳目也。抄《诗经》二页，亥初寝，夜雪。

　　九日　阴寒。仍裘，晓起阶除雪已融，惟瓦缝见白。院生来谒者五人三班。看唐文三本。《陈友松集》六本，颇有才识，胜于余所识蜀人。抄《诗经》三页。作教征院中残失书。顷检阁书，残缺陵乱，未及五载，遂至于此，意甚恨焉。《传》曰：玉毁椟中，谁之过与。管书两生言旧管人当来，而无期日，一日三月，子矜所叹也。今先停两生二月膏火，以戒私受，限本月尽将存书退缴验收，如有遗失，依定例每本罚银三两，由监院借抄补完。夫毁成籍，沓泄公事，旧管新受，固有咎矣，监院院长，独能安乎。故特示限，如旧管生逾十九日不至者，专饬书办，各至其家，根究失书所由，务得其主，以存官籍。又为子箴题《话雨图》，其因公至广州时，与从弟南韶道子严同寓所作也。韦家画戟香凝寝，却忆山中共长枕。苏家兄弟感谪迁，翻思风雨对床眠。宦游那及君家乐，金印貂蝉镇方岳。南海熊轓相继来，新种甘棠成棣鄂。江上相思闻雁声，天教度岭慰离情，官厨酒暖常欢宴，画烛秋光当夜明。即今使节遥相望，听雨巴山莫惆怅。好凭驿骑传新诗，昨宵碧草生春池。鹭卿属题其父愚庵先生《补经图》。单骑惊回纥，遗民识汉官。来苏三载后，素叶一毡寒。定变资经术，披榛立讲坛。时危重修学，事比阮公难。　　虎节还乡日，清仪偶一瞻。高怀八州隘，占毕小儒嫌。未觉云台贵，长思石室淹。越冈丛桂好，遗荫满书帘。

十日 阴寒。岳威信来。孙嗣仪来见，言其世职在七房，今其父袭轻车尉，其兄颇知风角。又言其家书尽失散，其先公奏议，为其长房族子匿而不出，请告学使征遗书出之。写诗于二图。看唐文三本。褚登善请千牛不简嫡庶，及不穷窦智纯事，及谏五品妻没官，二表皆有理识。又请敕宫人眼花浪见不得辄奏，是小说言太宗见祟①事果有之。又采太史公侍妾随清娱铭，则作伪者之所为矣。杜襄阳、正伦。弹李子和妻丧奏技文，有任彦昇之格。岑景仁文本。拟剧《秦美新》，则不知其何意。《尉迟恭碑》云洛州人，史云翔州善阳人。曾祖本贞，魏封渔阳郡公。祖益都，周济州刺史。父伽，隋卫王记②室。恭，隋光裕大夫，入唐年七十四，卒于私第，官止仪同，追赠司徒，谥忠武。唐小说诬其为铁匠，殊可谓不考之甚也。周教谕道鸿字仪吉。来，昨来持手版，余不敢当，门者乃麾之去，遣持名片，告以错误，故今又来。言蜀中宜开局刻。书院生范溶来，华阳人，字玉宾，人甚文秀，亦不浮佻，佳士也。与谈读经史之乐，劝其早勤学，恐登第则不暇矣。丁价藩士彬暮来，瘦小闪烁，以能人自负。午抄《诗》一页。申后甫抄而丁至，夜乃补足一页。鲁詹送子鸡。考《尔雅》：皇，黄鸟。又云：鹠，其雌皇。今本"鹠"下有"凤"字，《说文》无之。《尔雅》鹠在桃虫之后，《说文》亦在鹩之后。鹠鸟，偃鼠，凡匽皆有小义，而以为凤，误加字明矣。凤一名鹠，《说文》亦有此说，他籍所不见，殆不可信。《诗》云黄鸟集灌木，言女子无远志高想，若在母家而志配侯王，必非贤女。毛、郑以嗜嗜为声之远闻，得无过邪。集丛木而求远闻，亦不善于体物。

---

① "祟"，原作"崇"，据褚遂良（登善）《请宫中眼花浪见不得辄奏表》文意校改。

② "记"，原作"祀"，据许敬宗《尉迟恭碑》校改。

十一日　阴。昨夜寒，卷缩而卧，仅能取暖，盖严冬不独宿已十四五年，故怯冷如此。晨起看唐文，员半千敢为大言，文皆俳休，其《青城县令达奚思敬碑》，叙其祖叡由富而贫，云"金玉满堂，化为道德"，语有阔宕之致。卢昇之，新都尉，有《宴梓州南亭》《绵州泛舟序》，其《五悲文》雅，稍繁，奇作也。王心桥来，言将往青羊宫趁花市，又言市有紫檀书几，索价三钱一斤，计重八十斤。木以斤论，所未闻也。遣泛扫外斋，以待昇马之客。抄《诗》二页。黄荔裳教谕执贽来见，云去年曾投考院课。辞其门生之称。今日客少，余暇犹多，再看唐文三本，抄《诗》二页。"桃之娃娃"，未言何桃，检《尔雅》三桃，楔为含桃，旄称冬桃，则桃为山桃专称也。夏正月杝桃则华，"杝"即《尔雅》"橠"字。又六月煮桃，《传》亦云山桃。唯楔为樱桃，义有未安。樱桃为含桃，其实非桃类，李类也。

十二日　阴晴。卯正刘大令大烈来。饭后子箴来，言黎传胪以请复贺藕翁官获谴，罗研丈之所害也。研丈昔欲陷瞿子久而不能，乃今果陷简堂。院生三班四人来见，刘生复引严生来，陕西入学，有志于学，送绣鞶等为贽。钱铁江来。陈妹兄公仲仙来，烟饮甚深，贫不可言，仅识一黄麓生。鲁詹来，久坐，午后乃去。夕食毕，少倦矣。抄《诗》二页。黄云生来。戌初微雨，因留与福生同榻。夜看唐文三本。王子安常游梓州，有《江曲孤凫赋》，又有茅溪《涧松赋》，茅溪未知何地。① 又有上其父书一篇，题为上疏，而自称名，云不备再拜。又有《入蜀纪行诗卅首序》《绵州别席序》《梓潼泛舟序》② 《游武担山寺诗序》《元武西山庙序》。

---

① "江曲孤凫赋"，原作"江西狐兔赋"，据《全唐文》改正。"涧松赋"全名为"涧底寒松赋"。

② 王勃作《梓潼南江泛舟序》，原文为"梓潼泛州序"，据《全唐文》改正。

庙在三灵峰，祠道君，盖今青羊宫也。

十三日　晴，寒未减。抄经二页。力田来辞行告归。其人好言梦，其来去亦如梦也。看唐文三本，王勃碑一本，皆蜀中之作。贾公彦子大隐驳周惊议立周七庙，请武氏立五庙，其胆甚壮，亦不得祸，终礼部侍郎，公彦可谓有子。抄《诗》二页。解《汝坟》如有神悟。院生牟吉三、崇成绵来。

十四日　戊子，惊蛰。看杨炯文，有《梓州官僚赞》，元武是梓州属县，昨误以为成都地名。炯尝为梓州司法参军，又有遂州及新都孔庙碑。王义童尝为果州刺史，子师表，万安西充令，帅楚，云安令。土湛为泸州刺史，督泸、柴、溱、珍四州。任晃，温江令。抄经一页。蔡盐道来。院生二人来见。鲁詹来。今日约竹老往城外青羊宫看花市，久待未至，遣促之，少顷竹老与元卿、栋材俱至。鲁詹借骡三头与栋材、福生俱骑，余乘栋材轿出院，遇云生，七人俱步出南城，循城西行可四里，游者约数十人，然多褴褛，殊不美观。（花市自十日起十九日止。）青羊宫无花，但竹铁诸器，其东二仙庵，乃有花树。海棠正赤，如杜鹃。芍药五六寸无蕊，云尚未发，或地气不同也。牡丹高者五六尺以上，如椿树。春兰颇多，辛夷亦夥，无他奇种。俗工匠画轴以千记，遍观而还，饭于书院。子和来，坐至三时乃去。对客抄经一页，又看杨炯文一本。薛振言舜非孝子，扬亲之过。可谓妄诞，古今所无之论也。张泰，耒阳令，有赋一篇，在第二百卷。

十五日　阴，有微雨，亦见日。抄经二页。见院生九人六班，中有杨生锐，字叔峤，院中所称高足弟子也。有赵生树檡，字少方，则沉鹍之弟，与谈颇久。因杨生习诗，为说《诗·葛覃》《汉广》《汝坟》三篇。看唐文五本。冯悦，峨眉令，隋本绵州参军。陈子昂，射洪人，以富得祸，盖擅盐井之利者。夜无事，复抄经一页。院生来者多诉无床几，下教检校诸借住斋房者，令二日内移出。

十六日　阴。先府君忌日，素食。抄经三页。张生子绂来谈，孝达高弟子也，亦神似孝达，多所探研。坐谈半日，留饭，不能蔬食，蜀人习食软熟者，故不饱也。邛州宁生云若来，问《唐书》廿事，有"铸金枷"一事忘之。夜坐，监院送脩金三百五十两来。乃正月请领，盐道今始发下令送者。同城咫尺，公事之迟如此。作家书第八号，寄二百金充家用，寄廿金饷荐农，还王心桥卅金，殷十金，衣十金，陈十金，存七十耳。

十七日　晴。院生六班九人来见。张孝楷言申夫已于初十日过江口去矣。张氏在家，不免操作，故往苏州依眉生。余谓眉生未必可依，方欲止之而无缘相见。廖生登庭来，久坐，有志习《公羊》《春秋》，然拙于言，未知其学何如。翰仙来。午间书办送来学院批监院公文一角，陈诗讼斋夫者，余以其好讼，欲斥之，又伤其不敌一火夫，乃告刘生令其自缴销此文，以全大体。因告诸生，如有名列公呈者，即为多事，必屏院外，冀以挽薄习，未知能行否。夜过机器局，与竹、翰、曾闲谈，遇鹭卿，坐半时许，二更还。院中禁卖饼担，门者殊不谁何，至登讲堂，明当诘之。看唐文三本。陈伯玉有论蜀事四条，临邛、忠州、梓州、九龙①《序铭》。为《孙过庭墓铭》，称为不遇之人，而不及其能书，又言其不及学文，又不知其卒年，云年若干，亦墓志之罕见者。其祭文复称其逸翰，而云"妙未②极"，盖以其一艺不足志也。又《薛

① "九龙"，当是"九陇"之讹，陈子昂（伯玉）有《九陇县独孤丞遗爱碑》《唐故朝仪大夫梓州长史杨府君碑》及《冬夜宴临邛李录事宅序》《忠州江亭喜重遇吴参见牛司苍序》。

② "未"，原讹作"乎"，据陈子昂《祭率府孙录事文》校正。

氏铭》，言其以大将军女为郭公妾。郭公，元振也。薛，东明国人，出家六年而返初服。伯玉高祖陈方庆得墨子《五行秘书》《白虎七变法》。三更后大雨。

十八日　阴。丁生执棠来见，旧管书人也，言刘文卿交代不清。余传刘生来，责成前后十人公同追取，并言凡公事不以推卸为能，以众擎而举，宜勉为之。请监院来，言火夫及看役事。院生五人三班来见。鲁詹、力田来。抄经一页，未毕，以当回拜八客。衣冠出，至丁价藩、刘大烈。处，未见。答钱铁江，并送其赴清溪任。钱云廖登庭抄有《建炎录》及《东都事略》，甚以为难得。余初不知其书何所用。又言孝达访有汉高君石阙，姚臬使访得晋杨阳碑，此则修地志有所取尔。酉初赴藩使招，麓、鹭先在，刘玉翁继至，伍松生最后，亥初散。李薀孚复书来，允约福生往越嶲。莫总兵送南物四种。夜雨。

十九日　阴。院中开课，即于是日送学。黎明，恐外间早办，唤两仆令开门，则臬使已至矣，遽起要入，久谈。崇道台继至，设汤饼，共食讫。藩使、盐台并来，复坐久之。遣请总督。余还宅小憩。司道出外坐。余饭毕，抄经一页。已正稺公始至，入谈，顷之出，行礼于讲堂，请稺公亲点名，余与司道坐待退堂，又谈顷之。告退，群公自去。诸生纷纷抄书，余案行三斋，遍见诸生，觉倦，乃入，夕食，假寐。夜出行视东斋，凡占住者俱已移出，蜀中士习甚驯，吾乡不能也。抄经一页，看唐文三本。崔融专诒武后，竭其才思，卒以作哀册致疾死，可为谀臣之戒。集中有《为王起辞澧阳令表》，其哀册文亦未为极思。张说文有《进越嶲斗羊表》《举夔州战将勤思齐表》。《驳行用类礼表》，言《礼记》编录不可刊削，孙炎改旧，以类相比，魏徵为注，元行冲解徵注，有同抄书，未可行用。是则经传通解不必作也。《岳州谢上表》，言贬官到任，理在速闻。可备掌故。又《高力士父延福碑序》，养子假父，颇有征引，而中叙力士得本生母事，未知何故。冉安昌，潭州总管、夔州都督；冉仁才，澧、永州刺史；冉实，绵州司户、导江令；杨执一，剑州刺史；平贞眘，涪州刺史。晋公族，食采平邑，因以为姓，有汉丞相平当，今有平步青。李琼子行休求父尸于桂林，有异征，并得叔父二尸。行休弟亦在越寓，兄弟争死拼命，俱可采记也。夜补看唐文八本，未甚细谛。

二十日　阴。院生蓝寅阶来见。眉生得拔贡，请其捉刀，齿长于余三岁。刘生来问《经解》，未知门径。抄《诗》一页。午，

步出送力田，不遇，至沈鹤樵处少坐。出访陈仲仙于羊市，宅杂隘不可坐，勉谈数语，至衣肆看衣。过子和宅，赴席太早，假寐其客床。顷之刘伯卿来，亟谈力田之谬。鹭卿、翰仙继至，王绍曾、西垣最后至。设食尚佳，而未能饱，还已亥初矣。日中鬎发时，看唐文三本，故未摘其事。中唯张说叙郭元振事状，勃勃有生气，文在韩退之之上。退之鼓努为力，说但平叙，故气厚也。郭曾为通泉尉，陈伯玉已称为公。状云郭劫掠良人，薛女岂劫来者耶。夜补抄书一页。出视院中，皆息灯睡去，乃寝。

二十一日　阴。湖广馆请祀乡贤，约辰集，及往已散矣。诣谢诸大吏，唯穉公、扶山二处得入。便访丁价藩，答访周静轩，看洗墨池，云杨雄宅也。未正还。季怀及其同姓小香、章公静、张敬涵来谈。申正后乃去。福生将往越寓厘局，午初移去。杜有发来，闻力田已开船长行，为之惘然慭之。夜抄《诗》三页，看唐文三本。卢藏用有《陈伯玉集序》及《别传》《祭文》，又有《衡岳十八僧序》。夜雨。

二十二日　阴。看唐文三本。宋之问《叹佛文》称太平公主弟五子"才光性与"，是歇后用《论语》也。初唐尚以"性与天

道"为赞圣言之词，此亦一证。元素履，忠州临江令。武后中宗时人。欧阳通让夏官尚书、司礼卿二《表》，皆李峤所作。抄《诗》一页。院生三班入请业。刘伯卿、鲁詹来。出至机器局，寻竹老谈，并会曾、刘，遇饶知县，无所取材。答访成都训导不遇，至莫总兵处会饮，客皆不至，唯饶及周知县，后补请者。周操蜀音，自称通州人，又劣于饶，王西垣作陪，戌散。

二十三日　阴。院生四人来见，又已见杨、张诸生，入请业。霍雨林同年名润生，新选长寿令，来访。终日为诸生讲说，多发明《公羊》《春秋》之义例。张生子绂、廖生旭陔皆有志于《春秋》。子绂云欲移入院，并要张生、监苏同来，此邦人欣欣向学，可喜也。为监院禀盐道，请发膏火银章程。又告斋长，定住斋章程。有周、赵二生并不住院而充斋长，令托人代理。抄经一页。晚过刘伯卿饮，同坐者金邛州宜宾字松元、李蕴孚、张玉侯、鲁詹、福生。伯卿言越巂出火浣布，托福生购十丈。戌散，还，路湿，始知夜雨。抄经一页。看唐文四本。苏廷硕有《蜀长乐花赋》，盖老少年也。樊侃，益州司马。廷硕尝为益州长史，又尝立九疑舜庙于州西山上，疑曾知永州也。其判师弟有"罚水"二字，未知误否。刘茂道父司农碑，叙其先世，皆曰我曾祖、我大父云云。唐休璟碑亦同。休璟名璹，以字行。凉国公主名少兔，字花妆，玄宗之姊。

二十四日　晴。遣问张生士达何以不来取《论语》，因见院生四人。抄经二页。福生来告行。陈云卿来，与之谈耕读之乐。以其人颇朴实，欲劝其归田也。看唐文三本。课毕无事，案行斋舍，在舍者寥寥，夕食太早，假寐一时许，出看菜圃还。抄经一页。竹老来视宅向，云大利。将暮乃去。严识元有《潭州都督杨志本碑》，志本曾为邛州司马，始州长史。始州，剑州也。武平一谏书引

"礼减而不进"二句，"减"字作"慊"，"盈"字作"流"。武曾任郴州。许景先《唐兴寺碑铭》以七言，如弹词。权若讷请复武后字，称贼臣敬晖云云。当中宗时未有知武后不当革命者，亦可怪也。张廷珪，济源人，频有论奏，多得大体。元行冲《服议》，言父为嫡子斩衰三年，不去职；又言王粲有《疑郑尚书注》两卷。徐坚表言汉光武七室共堂，历代遵行。唐人赋咏必八，四平四仄，而开元以前无此款式，平仄随用，但必八耳。薛稷有《灵池人朱桃椎图赞》。夜雨。

二十五日　晨阴。朝食后步过翰仙，送其从子福郎往越巂。过竹老房，约元卿来谈，云余浣濯须人，将买一婢。约今日来，留待久之。雨作而人不至，异还甚倦。庞生、马生来，马未调院，以鲁詹介之来耳。范生玉宾、孙生彦成来，皆秀士也。然孙颇短张，未知谁是。孙者，小峰之兄子，夜谈颇久。抄经二页。竟日雨潇潇，似感寒，未看唐文，亥正寝。

二十六日　雨，益寒。调院王生来，以国忌未见。后有监生午后来，则见之。抄经二页。与监院诸生上阁理书，莲弟云一身作痛，请鲁詹来视之。马生来，便留同饭。刘生文卿来请业。夜看唐文三本。张敬忠，益州长史，有《青城山新津佛殿奏状》。柳泽切谏太平主用事，及谏睿宗疏，皆可采。郑万钧尚代长公主为妻，作碑自夸其子聪明，使天下见闻。唐人文不合体如此。其自称"蒙"，为妻自称亦云"蒙"，此罗研翁之所师。王琚贬江华司马官。裴思约威远令。许齐物巂州都督。《张子寿集》有敕书。又补看唐文三本。李生春霈送试文，为改一篇。

二十七日　阴晴。晨抄书一页。饭后陈生诗、张生孝楷来，上阁检书六匮，幸已齐全，收钥自掌之，午饭乃毕，甚倦。贺知县式开，字古愚，来，少庚之族子也。院生王树滋、萧润森、谢龙章来请业。夜抄经一页。看唐文三本。张子寿有果州长史李仁瞻、澄溪令赵某铭。赵令亦称公，曾为射洪尉，以其子璜为洪州都督而尊之耳。又华容县男王某曾为遂、绵二州刺史。王泠然有干进书二篇，讦讪可厌，当时风尚如此，宜人之轻文士。

二十八日　阴。院生数人来请业。萧同知锦来。曾元卿遣要看婢，抄经一页后异往，见三人，一年少者，二人皆年过廿矣。留饭，乃还。院生新来见者三班。曾又卿之子来，年十八，甚静秀。余与佑卿别廿余年矣，以为死亦廿年矣，问之乃知其死才十年。夜抄经一页，看唐文三本。间丘均有为益州父老上表三篇，及刺史表二篇。作与放金甫书。去秋复上一函，计达清鉴。仲冬溯峡西上，除夕前日，届于成都。比见丁公，果如所谕，谬以讲席相处。初以三年宿诺，意其求友之乔声，不图千里寻师，乃作担簦之来教。逡巡三让，固执一辞。便欲告归，实为骇听。今年二月，移入馆中。以占毕之荒儒，对卿、云之后辈，其为不称，亮荷深知。唯孝达创立不易，未经整饬，以闿运硁硁之性，蒙诸生抑抑之谦，将废者于是更兴，未备者俄而悉补。甫及一月，已有可观。用报乡先生，使知蜀材之盛也。珂里人来，具言老伯大人高年矍铄，令弟秀发恂恂，闻之欣颂。仁兄秋官久次，美誉益章，著述当增，暇幸录示。闿运去年撰成《湘军事志》十七篇，于长沙开雕，今尚未得清本。及至贵省，工课颇繁，当俟夏间方能理业。婼属仍居乡里，恐江湖之险，又作客，不宜有所顾牵，锦里之留，因兹难久。意欲得三数高足，分习三科，然后改院长为学长，不借材于异地，乃为佳耳。闻孝达有次子出后其兄者，年近舞勺，饶有父风。闿运有第四女，生于戊辰，性稍聪敏，授以经义，粗能理会。伏冀仁兄近加访察，为我相攸。若许相当，便烦掌牉。复书来日，再可问名。缘此未通函孝达，希留意，幸甚幸甚。春寒来久，伏惟万福。

二十九日　癸卯，春分。晴。卯正朝食毕，出讲堂，升坐点名，令诸生分经授业，各有欣欣之志。出题十三道。蜀士驯秀虚心，异于湘上，盖文翁之教，师法尚存也。刘生心民及诸生入问者相继，复见院生三班。竹老及其四郎、鲁詹、元生、元卿来。元卿复为余物色得一婢，亟欲余纳之，异至东邻文昌祠，饭毕往看，哑然而返。元卿甚不怿，复坐久之，客乃散。抄经二页，看唐文二本，改课文二篇，课卷一本，及子乃寝。

晦日　晴。始觉春煊。苦指创及足创，不欲理业。杂客数班，院生十许班来见。抄经一页，看课卷数本，与书敖金甫，发票号去。独坐及子正，觉寒乃寝。

三　月

三月己巳朔　仍寒。指仍未愈。评改课卷廿八本。尽谢诸事，唯见客及院生数班。

二日　晴。评改课卷四十八本。昨日莲弟往机器局觅食，将令积百金为业，为娶妇，使续外家祀也。从母、两舅皆有富贵习，唯此子无之，殊慈良笃诚，见依于我，家人无其亲情也，故切属元卿约束之。左生亦去，已厌倦矣。翰仙来。夜复阅卷十本。说卷耳"金榲"为赐爵太庙，而使与酬。前意所未及，信乎学之无尽。又引陈佗比宋内娶，亦前说所未备。一灯荧然，遂忘夜久，视表已子正，乃寝。

三日　晴。评改课卷十本。出贺鹭卿取长妇，至则新妇方出轿，司道诸公皆在，看新人甚肥大，"越女天下白"，亦不白也。出答访季怀三友，至耀庭处略谈，季怀处久谈，便过陈云卿总兵，行稍远，至麓生处久坐。还，正倦欲休，卢丽生、院生二班、竹老相继来，竟不得休，至晚乃稍寐。起改课卷七本。取《史记年表》校对，有五卷皆明晰，盖有蓝本，非余所知矣。得江津戴生拟《文心明诗》一篇，甚佳，遣招人谈，张、廖二生于朔日已移入内院，同话诗文，至亥正散。余又校《史记·十二诸侯表》毕，视表丑正矣。

　　四日　晴。晨寒，午煊。定课卷名次，以广安周生为首，送稺公一过目。陈云卿早来，子和、龙生及新调缪生来见。缪少秀，谭学使盖为翰苑选材也。作《蒙》卦小注数处，并言读经法以示诸生，以发蒙为发墨冢之冢①，以系蒙为系车盖衣之幦，颇为确实。申初至鹭卿处喜筵，伍嵩生院长、藩、守两公，候补道四五公俱集。余与伍坐正席，刘玉田、张仙舟作陪，亥散。至新房看新人，询之非越产，蜀产耳，比昨出轿时较美。小坐而出，还已亥正。

　　五日　晴。抄经一页，改定《简兮》为入学合乐之礼，说"公言"为无算爵后，士执散爵酌以之②公命所赐，适合《礼经》，无如此惬心者。半日无客，方欲大有所作，徐寿鹤、翰仙、谭学使、鲁詹、仲仙、严雁峰相继来，留二陈便饭后，雁峰论诗有心得。院生五人来，或告假，或请业，至暮乃罢，少倦。夜抄《诗》一页。出巡东西两上斋，还看唐文三本。卢象《送贺知章序》，言其长男曾子因父病求神，有鬼与司命鬼斗，知章愈，乃辞官。可谓怪诞。孙逖有《郫令崔纶制》，由益州仓曹授。又吴王李祇官卫尉卿，祭南岳。今日翰仙言谭序初擢湘臬，疑崇故也。余以为傅死。又昨奉部议，稺公果降四品，丁价藩褫职，果如我料。但降三品者降四品，则五级矣。唐、劳恐亦不免。又闻李督劾知县四人，疑福世侯在其内。李华有华容石门山《木兰树赋》。

　　六日　晴。晨起抄经一页。出贺子箴生日，值其上院，过寿鹤、谭学使、竹老处，皆久谈，还已晡矣。抄经一页。见院生三班。稺公遣来告，有灌口之行，使往取课卷。得其书，言经费事。阅唐文三本。读诗数首。夜闻花香，始有春感，欲作一篇，竟

---

① 两"冢"字，据文意当是"冢"之讹。
② "以之"，疑应作"之以"。

未就。

七日　阴。抄经二页。令书办写案，出之。看唐文三本。张生可均字和甫、曾生光岷字蜀才来见。夜出巡斋舍。韦斌自太常少卿贬巴陵太守。为院生点定文五篇，均尤佳者。为严生评诗数首。

八日　晴。抄经一页。麓生来，言张振轩得黔抚，绍诚抚广东，傅擢皖藩矣。张子绂尊人招游草堂，与张、廖、戴生步出南门，遇张生孝楷于途，同至青羊宫。紫荆盛开，小立花下。出，直南行里余，至草堂寺，西偏为杜子美故宅，小有轩馆，未为弘丽，青竹颇密，坐船房久之。张绂翁来，要至其宅，曾氏庄也。凌生作陪，蜀才出见。设食毕，已暮，异还，不由旧路，循浣花溪至小江边。春虫昏吟，颇有乡思。入红尘中，投人丛，入南门还院，弦月甚朗。抄经一页，看唐文四本。王维有道光塔铭，云姓李，绵州巴西人。姚懿，长沙县男。沈东美说兕觥为大斗，养老用之。东美、佺期子，膳部员外郎。杨绾有《郭子仪妻王氏碑》，父守一，宁王府掾。王氏卒年七十三，有六子八女。陶翰有《送孟浩然入蜀序》。

九日　晴。抄经二页。见院生三班。唐小溪、伍嵩翁、鲁詹、严雁峰、陈仲仙、岳生、屈生来，竟日客不绝。看唐文三本。元卿买婢，其妻悲泣，令莲弟往止之。

十日　晴。抄经一页。行四斋，督诸生日课，甫毕两斋，王西园、范尧泉来，以其待久，至三斋而还，客去始毕。第四斋诸生颇有勤学者，各记于簿。西昌刘生来见。易得森参将来。莲弟言竹老当来，遣止之。以当与元卿论诲，当屏语也。将入内城寻春，留待元卿，至暮竟不至。抄经一页，看唐文三本。颜清臣碑文以妇人死为弃堂帐。鲜于向，新都尉、剑南支使，复为新繁尉，当时尉尊如此。保宁故号洪州，向设都护。以京兆尹贬邵阳司马。欧阳询从曾孙瓛，父撝，什邡令；瓛，岳衡长史，统江湖兵勤王，以武关防御被执，免，终于岳州，葬荥泽，盖未尝还长沙一日。杜济，成都令。《和政公主碑》盛称公主美德，其序公主容色，云每至朔日，六参朝天，旅进嫣然，班叙之内，迥出神仙之表。又云：柳澄妻，杨贵妃之姊，公主伯姒，马嵬之难，以孤见托，男登服冕，女获乘龙。又言其能彀弓贸迁。清臣不妄美者，唐书无佳传何也。又云道士申泰芝诬湖南防御使谋反。瓮叟言"泰芝"乃"奉芝"之误，今颜碑尚在，则非误也。颜言人妻死于官，多无随牒。世言李白狂，其集中《上李长史书》，但以误认李为魏洽，举鞭入门，乃至再三谢过，其词甚卑，何云能狂乎。又自作荐书，令宋中丞上之，得拜拾遗，诏下已卒，亦非轻名爵者。

　　十一日　晴。抄经二页。见院生三班。曾、马来谈。鲁詹送干鱼，并言外传曾劫刚被盗于海岛。步往翰仙处问之，云无明文。二更还，入门大雨。为院生评文六篇，看唐文三本。李白有《送戴十五归衡岳诗》，云戴长沙人，三昆以才秀擢用。又有校书崔公贬湘阴，作《泽畔吟》。又云溧阳漂女姓史，年卅。齐光义，郴州人，官博士，有开元十五年《郴州安陵石记》。徐太亨有《青城丈人山碑》。张九龄弟九章，桂阳长史；九举，巴陵别驾。

　　十二日　晨雨，朝食后止。抄经一页。寻春西城，出宣明门，将候稺公入城，询守兵已先还矣。登城至江源楼，古白兔楼，又谓之张仪楼者。郫江水自西来，分流贯城东。出西城，皆驻防旗丁分汛列居，门宅同制，皆入门一空院，三间屋，似殡室。草木多于器具，从城上望之，似久荒者。城上砖道方二三丈，规制甚壮。循堞东行，见一大坪，在西南隅，绕行道迂，乃下至将军牙门，仍出南门，还院。见诸生三班。仲仙来。将暮风凉。抄经一页。看唐文三本。与书藩使，为黎、马求差委。

十三日　晴。抄经一页。梁山徐生来，请假舍，年老矣。鲁詹来，言唐、劳俱撤任差，交两司察看。穉公羽翼尽剪，又不得罢，殊难施展也。莫总兵来，请作《地图厅》。抄经一页。夕食甚早，大睡一时许。改院生文，看唐文三本，《说郛》四本。

十四日　戊午，清明。抄经二页，作家书第九号并与书越岑、张楚珩。龙甲来，云新自彭县归。院生五班入谈。改诸生文，俱无佳者。嘉定诸生告归，月费未发，借麓生卅金将予之，而无人来领，问之已去矣。子和来久谈。与书程布政，问会议经费事，兼为马、黎请托。

十五日　晴。李三、和合、忠楷、沈鹤樵来。翰仙来，言蔡研农甚怪我多事，并以上司学台相讥。余于俗人无争，而笔札颇咄咄逼人，与书藩使辨之，使知我非多事者耳。院生王陈来，呈日课，留陈便饭。抄经二页，作诗一篇，看唐文三本。河东麻察，殿中侍御史、大理丞。李光璨，玄宗时蜀郡长史。玄宗尝为秦坑诸儒立旌儒庙，贾至为碑。张宣明，玄、肃间人，监姚、嶲诸军，有移益州牒，其文不全。苏师道称攸县为攸邑。刘秩，阆州刺史。补看唐文三本。

十六日　晴。将出答拜数客，方有时政，未敢招口舌，姑俟一日，待其定。抄《诗》二页。宁生问经解各体，及作文门径。邹生亦来请业，谈久之。看宋人小说，言优人名目有末泥、副净、副末，而所演名艳段，段即今旦也。正杂剧名两段，皆以旦为主，故声转段为旦。见耐得《翁古杭梦游录》。陈师道言杨绘云：严遵《易》传扬雄，雄传侯芭。

十七日　阴。抄经一页。午出答访和合、龙甲，过麓生谈道经，藩署遣问主公在否，答云督府将至。余出专为诣穉公，催轿急往，乃于道上相遇，回则无巷，行则不可，驻行开帏待之，卤簿多讶者，然皆低头而过。穉公至，于舁中一举手，遂行。近者杜巡抚遇胡提督，杜驻行，而胡不驻，遂成隙，构成其咎，褫马褂、勇号，刘督因不直杜。道路相遇，众所属目，余于街前与总督抗礼，非穉公不能无介介也。还院，鲁詹在斋，仆工有病者，求其诊治，留饭久坐。穉公来谈，去已暮矣。行案二斋，与诸生谈。夜看唐文三本。令抄元次山文为一集，以为胜于韩、柳。《独孤及集》中有《为李给事七让夺情表》，给事不知名，殊可风世。

十八日 阴。抄经二页。院生熊杰来告归。陈诗来假贷，王监院并斥不借发，乃以麓生所假卅金与书办，捶碎以待支取。始立凉棚。竹老、筠心即沈生。来。叶生来呈业，与之讲桃夭、硕人二章，竹翁甚以为佳。余所得意者，说"大夫夙退，无使君劳"，言如今接差者，守候一日，大人入公馆，巡捕传帖下，一概不见，纷纷而散。此情最难堪。故石碏坐视州吁之乱，夫人有以致之也。客去，饭罢久睡。看唐文三本。《独孤至之集》书申泰芝，亦直作"太"字，足明非"奉"字之误。瓮叟所据误，余当时不知孰为是也。成左司为成都少尹，副郭英乂，吏郎杜、兵郎杨，为参军。及有《招北客文》，盛言蜀不可往，岂招此三人耶？作韦八铭云寿止五岁，憼铭云年二十二。寿、年不分如此。周昭王瑕子文，生而有文在手曰阁，因封阁城。夜大雨。

十九日 阴，复寒。晓起藩使委知府彭某来点名，课院生出见之，诉其贫苦，欲留之饭，与细谈。彭乃于客坐吸食洋烟，余甚怒，以其窭弱，不忍责之，遂告以将出，不复与见。今年议不作经文，而程公限经文五道，余遂牌示禁院生应课。诸生来者纷纷，或欲请改题，余以程未足与语，亦姑任之。然请议者竟日，未暇作他事，已将夕矣。王夹江请余陪翰仙晚饮，来催客。出至督府、臬司，访锦芝生道台，皆不遇。至丹达庙，翰仙已先在，刘伯卿、周宁卿、贺古愚继至，戌散。还，抄经一页，看唐文四本。酒令举古人一，姓名三字不满十画者。得子人九，周人。余得孔山士、齐人。丁外人、汉人。汪子一、梁人。王一介。宋人。唐文又有牛上士唐人。赋二篇，泾阳牛耸之父，开元以前人。

廿日　晨雨。两傅生、龚生来。穉公送课卷来，分三等，未能尽当，思欲易之而案已定，遂牌示，廿二日发卷。抄经二页，补昨日一页。鲁詹来，言其妻欲来，余亦欲迎姥，而儿女太多，殊不放心。看唐文三本。成伯瑜，开元时人，说《小序》为毛公作，与余正同。许子真《杨妃碑》云：妃容州杨冲人，父维母叶。买与杨康，康以与杨琰。妃通《语》《孟》。

廿一日　阴。抄经一页。出答访穉公，为鲁詹求拂拭。谈及夷务，云印度必为战地，英人谋出缅、藏，欲建重镇于藏内，设谍孟拉间以防边。余极称其远略，颇言信而后动之义。又言天下大事，要须六七伟人，而屈指无可当其任者。归而计之，亦未知何人可当，乃知求贤不易，用材较易也。然用材必己有才，此所以难。过翰仙、竹老谈。盛与元卿申言糟康之义。还，院生四五人及子和来，唯论藩使课题及院中章程。夜抄经一页，看唐文三本。

廿二日　阴雨。抄经半页。已正出讲堂散卷，给膏火银，查日课，午正乃毕。官取课生二人来见，一王宾甚贫。刘庸夫来。客去，饭后少愒。抄《诗经》半页。夜看唐文三本。雷雨达旦。

廿三日　阴。午后见日。抄经三页，《卫风》毕。计一本凡三卷，百六页。见投考取课生二班。与书藩使，送课卷去。伍嵩生来久谈，泛及修练事，云有戴生年甚少，能内养也。又言陈广敷前事。看唐文三本。崔瑾自澧州观察湖南，督潭州，辛杲继之；

杜济刺梓州，柏贞节督夔州，韦之晋衡州，李昌岠辰州；《常衮集》并有制书。贺若察宣慰湖南，崔宁以剑南师破吐蕃，张献恭节度山南，破岷州吐蕃，《衮集》均有文。

廿四日　阴。程藩使以诸生课卷不齐，县牌来责。人言纷纷，有云盐道怒我而挑之者；有云钱宝宣怨望而激之者；有云司道合谋振兴文教，讲习经策，愠我以不应试为教，而专相龁龁者。言皆有因，而皆无如何。假使院生得抗藩使，即无上下之分，使告督府以饬司道，又非儒学之雅。伍嵩翁及院生多来谋者，讫无善策。夜间遂有搜卷之举，概不准作，以归画一。监院亦汹汹然怒。余乃取卷入内，谓卢、土、孙诸生曰"万方有罪，罪在朕躬"，藩使万方中之一人耳。卢言监院无礼。余曰监院亦万方中之一人，儒者当先安静，且徐谋之。已而廖生来，言去与往皆非策：欲辞去，则穉公必问所以，切责司道使留我，而痕迹愈重，丑态百出矣；往则司道不能忘情，将以腐鼠吓我。峙嵼久之，忽悟庄生之言，彼且为婴儿，吾将与之为婴儿，但托言藩使自悔，令人劝诸生补作足矣。如法行之，而众嚣悉定。夜为莫总兵作《地图序》。昨日抄书成一本，今日例息一日。看汉文一本，唐文三本，小说四本。买芍药、牡丹各一瓶。

廿五日　阴。抄《诗》二页。《王风》起。评点补课文廿四。本林敬之来，劝诸生应课。书生好事，如此纷纷，不觉旷功七日矣。院外生三人来见。元卿暮来，闻春陔、耕云之丧，简堂桂抚之命。看唐文三本。清河崔汪字巨源，剑南节度判官，郭英乂反，全节守义。肃宗美人董氏，年十八而死，常衮作铭云"二九之年，丽容嫣然"。杨炎作其从父碑，叙其从父妻贾氏"颜如桃李"，当时文无拘忌如此。夜闻子规，忆去春山居风景。翻旧日记，此月今日正作《水师篇》时，殊不暇赏春也。

廿六日　阴。子和早来，余尚未起，留朝食，久之乃去。欲捐官，来借钱也。抄经二页。前说《诗》，自《王风》以后少所漏略。诸生入谈艺。看唐文二本。于邵字相门，有送峡州刘、忠州李序，卢司马归澧阳序。康兵曹依严武序云行军马判官、张书记、崔剑州穆，而不及杜子美。

廿七日　阴。晨起，饭晏，过四刻。饭后诸生来。投考生来，见二班，已倦少愒。鲁詹来。竹翁来。以廖生云自流井用牛挽盐井，思作机器代之，请竹老来商其事，就别坐谈。余抄经一页。暮出过伍嵩生谈，陈广敷有遗书，欲略观之。笼镫还，抄经一页，看唐文三本。于邵有《剑门记》。崔瓘，澧州刺史，传判一首。昨梦，有感少时事，竟日不乐，作小词一首遣之，调倚"梦芙蓉"，以有绮语，故不传录。

廿八日　雨，复寒。见院外生三班。陈总兵来，言涤庵忌蒋香泉，陷之鲁港，为寇围，蒋登望楼吹角而寇退，遂告归，胡抚留之，蒋遂大骂。使留此人，无三河之败也。又言罗山分三道攻武昌，寇穴①城出战，营几陷，罗故突战，被炮伤遂死。足补《军志》所未详也。抄《诗》二页。拟明日课题。看唐文三本。中宗时安附国为维州刺史。唐试判有以二事合作一首者，《李少温集》有之，少温终将作少监。陈子昂孙简甫官御史。窦从直有《进善旌赋》，不言何朝所设。使萧雨亭知此，可不至三等也。天宝初巴蜀石镜见"仁寿"字，因有《仁寿镜赋》，史翔赋之。肃宗时韩云卿作《平淮碑》，为田神功平刘展作。看汉文数篇。陈仲仙得绵州馆，百廿金，来辞行。

廿九日　癸酉，谷雨。雨。卯初起，辰初朝食毕，出讲堂发

---

① "穴"，疑为"空"之讹。

卷，出课题，诸生有晏起者，皆早集。刘心民来。新投院生三班来见。抄经二页。葛蕳向说不通，妄说之，竟通，可怪也。《诗》中言"河之浒"，不知其何指。漫注云"河，虢境"。盖以《何人斯》有"河之湄①"也。既而说"终远兄弟"，又改"谓他人父"为"为他人父"以刺。《诗》言谓人父母，语甚不逊故耳。三说既定，合观之乃是桓王弃郑亲虢之事，天下宁有此巧合耶？看唐文三本。资州叱干刺史有道场。张盟荪言蜀石刻有"荆南高大王"字，又有大慈字佛像，云李冰铸，不知何代伪作，其工作甚巨。看说郛，连日尽五十本，竟无可取，当由刻者删削之。窦臮述书赋亦可单行，在廿二函。

闰三月

闰三月初一日甲戌余向书闰月朔，今以闰月不宜言朔，又用刘庸夫说，各著其月。 阴。朝食时，邹生元辨来，因留共食。元辨云有杨次公者，名玉书，欲来相见。湘潭叶参将化龙来。看唐文三本。韦皋《记》言成都大圣慈寺金铜普贤像乃大历初沙门体元造。韦又于府东南作宝历寺，《记》云在江南三学山，有鹦鹉塔。抄《诗》二页。得黄郎书。罗生子珍来见，云与子重、芳畹至好，其人必荒唐人也。已将流落，因与严生雁峰同街，令访之。

二日 雨。昨夜一雷，响声空壮，蜀人云此邦所稀闻者。将阅卷而诸生来者相继。午间翰仙来久谈。作家书，交翎顶客带去，第十号信也。内有一函，云六云坼呈太太，余人不得先开。其中作何语，乃与李雨苍但寄信封六字者同。记此，待还家问之。客

①《诗经·小雅·何人斯》无此文，《秦风·蒹葭》有"在水之湄"句。

去看课卷。闻江津一生得仙疾，遣要鲁詹诊之，暮来，不能出城，留宿内房。丑初乃寝。

二日　雨。张通判来，求渝城厘差。余询渝城何处，云重庆古名也。求差事而用古名，非唐以前人不能委。阅卷一日，将毕大半矣，自嫌其太快，乃辍之。得樾岑二月半书，计五十日乃至，云张东墅已还省矣。夜复阅卷，才余十余本，觉寒乃寝。

四日　阴。早起觉不适，巳初乃朝食。食毕，口内如汤，知昨夜作热也，困卧一日未食。定课卷甲乙。夜啜粥一瓯。鲁詹来视疾，留谈一时许。

五日　发课案。有寒热，卧竟日。看唐、宋小说，唐文三本。雨。景芸生道台来，强见之。

六日　雨阴。竹老来。夏竹轩来，致春甫书，欲复之而未能，久坐。客去，复卧竟日，强抄书一页。

七日　雨阴。麓生午来，余犹未能起，巳乃起食对谈。王绥园来。刘郎来。未正出，答访锦、夏，过鄂生，均未遇。至凤冈处，送春甫书。至机局，翰仙留饭，饮半杯，啜鱼羹，未饭，归已暮。觉疾少愈，夜出巡四斋。看宋小说四本。夜梦张力臣变怪事，甚骇人。又梦丁公跌而不坠，将下复上。盖病势使然。

八日　阴，晨雨。醒甚早，起甚迟。乡民妇罗来执役。昨翰仙方讥余不践言，今即践之，令留供缝纫。此事了不奇，以世人多鄙暗之行，故反以此为怪也。出稽课讲书。抄经二页，诸生复入问者五六人，竟日无暇。张、马两丞判来。为殷郎书扇。

九日　阴晴。书扇三柄，李莘农之子倬安来见，自称世弟，不拜，而打一千，非湘潭人不能有此。此人可胜巡捕官之任，啜茶而去。抄书二页。夜过麓生谈，步月三桥，觉倦早寝。

十日　晴。院生邹来见，留饭。严生午来，留午饭。竟日皆有问业者。又见执赘来者三班，内有何生，云其父曾遇我于西山潭柘寺。盖了不忆之。何曾署荆宜、安肃道，今再免闲居，唯作诗也。抄经二页，看唐文六本，看文功夫稍间断，六本不成工课也。改诸生时艺六篇，积逋为之一清。夜大风。

十一日　晴。呼问罗妪，乃知其夫死不嫁，佣力以养舅。其舅年四十余而瞽。此妪竟贞节孝妇，可异也。彼心无邪，故敢坦然直入书院群雄之丛，殊有丈夫气。看唐文三本。李广业，剑州长史，开元十八年终官舍。唐次，开、夔二州刺史，贞元时人，俭从孙，有白帝祈雨、龙潭祈雨、蜀先主祭文。吕颂，黔州刺史兼御史中丞。抄经二页，补前一页。鹭卿、子和来，坐半日。夜月甚明而寒未减。补看唐文二本。林蕴，邵州刺史，杖死人，流儋州，莆田人。樊宗师摄山南西道节度副使，正使权德舆迁祔，摄勾当使事。

十二日　晴。抄经二页。看唐文三本。权集有《送张校书知柔还湖南序》，而云"寓环堵于长沙"，未知张是湖南人否也。又有许协律为西川从事。宋人小说，蜀事甚多，不可胜载。罗、黎来求食，均宜待彭东川，计东川已不胜其求矣。写扇五柄。

十三日　阴晴。晨起，薛生来，杨生锐继至，欲写字而未可，乃饭，留薛共食。食罢，张生来。与曾、廖、萧、牟同至机局，遣约韩紫汀来，与竹翁谈算。余与元卿登岱祠右楼看戏，投暮乃还，犹未夕食，食罢，已暮矣。夜抄经二页。看唐文三本。权若讷，蜀州司马、梓州长史、彭州别驾、梓州刺史。兄无侍，成都尉，武后初人。开州，汉中支郡，郡曰盛山，贞元时唐文编为刺史。李巽，潭州刺史，贞元八年任，六年迁洪州。韦皋、卢坦均剑南节度，权集有碑。严砺，梓州刺史。从岱祠步归时，风阴云昏，新绿独明，作词一首寄东墅。云暗少城东，看夕阴昏处，新绿初显。惆怅独归路，黯送天边春眼。湘水泛舟何时，早燕子、分明槛上见。算别后、便佳期误了，垂杨如线。 应忆七载看西山，苦远郡斋冷，碧云空远。游屐更苕遥，独啼鹃相唤。有些残剩山川，对暮色、付教天管。客里放春归，讶道楚江潮满。①

十四日 昨夜雨，晨止。阴晴。发家书第十一号，并寄樾岑、东墅书。抄经二页。见院生一人。看唐文三本。王定字镇卿，京兆人，由太子校书贬湘潭蓝山尉，天宝时人。武就以殿中侍御史督荆衡汉沔饷，贬郴尉，天宝末人，剑南节度元衡之父也。李国贞，成都尹，平嘉、荣、吐蕃有功，李锜之父也。仲子陵，成都人，甚有著述，长于三《礼》。李铅，宗室，以大司农贬邵州长史。韦采，京兆人，永州刺史，女适戴叔伦，叔伦为湖南幕僚。李伯康，成纪人，贞元十九年刺郴。张重晖，南阳人，玄宗时衡州刺史，贬太常卿。看课文六篇。书扇一柄。

十五日 晴。鲁詹、凤冈早来，留饭。薛生送鲜虾。客去，抄经二页。写扇对。看唐文二本。默汉文三四页。为廖生温《春秋》一本。严震，梓潼人，权有墓铭。

十六日 晴。朝食后，写横幅一，抄经二页。武冈卿生、长沙李从九来。马经历来。看唐文三本。权德舆祭孙文，自称翁翁、婆婆。祭外孙女，称外翁、婆。裴晃，德宗时西川节度。李吉甫，忠州刺史。父栖筠，子德裕。唐人表多云"中谢"，又有直书"臣某诚欢"云云，即谢词也。或云"中谢"是入内面谢，而远方表亦云"中谢"，不知何必省去此十字也。于公异表又有"中贺"，李晟破朱泚露布，其所作也，文亦无奇。

十七日 晴热。子和来，属作书荐盐馆。抄经二页。邓伯山、

---

① 《湘绮楼词钞》题作《八音谐·成都新绿寄怀张永州》，无"黯"字、"应忆"字，下阕首句作"七载西山看暮云，料旧梦无迹，郡斋苔暖"。

戴子和两生请游尼庵，以有女客未去，移酒川东公所，机匠所立馆也。两生喜谈纵横之略，故特相邀，午去申还。刘庸夫肉袒来谢，以余为序其父集。又盛谈王商夺人养息而弃之，以为美德。语极支离。夜雨，伍松生来。读《春秋》一本，汉文数篇。

十八日　阴凉。抄经二页，补抄一页。院生入问业者竟日。鄂生来，久谈，问子和操守何如。余答以不能保，在用人者之督察耳。杨春得家书云其妇亲见梦缇，告以出豆新愈，闻之骇愕。念久不得家书，作客无聊，又与司道龃龉，乃返聘书告去，拟俟两使去而后发，以城中群官近为恩、童所迷惘如狂，不可与他语也。夜温《春秋》一本。雨。

十九日　霁。臬委刘伯卿来点名，以余前怒彭府，故择余乡识者出题，不以相示。余未出堂，见伯卿于内斋。伯卿去，乃送书蔡道台辞讲席。以司道不能忘情于我，唯辞去可以断之也。诸生闻者皆欲留余，余云但辞未去，何留耶？然以此纷纷竟日。子和来，留早饭，去后人客未绝，至夜乃抄经二页。殷郎及高生亦来，告机局已停，失业者百人。丁公作事无定力，起止冒昧，故为所累者颇众。夜与张、廖谈至子，雨寒乃寝。作书寄梦缇，言思归之情。

廿日　阴。晏起，莲弟复还院。黄弟、殷郎来。午巡四斋，人益寥寥，告归赴试者多。居者日课渐纯，唯王生德成未抄《诗》，而仍以前抄者欺余，为可笑耳。拟定分经会讲之法，为设一午食，使诸生得观摩，俟司道不扰学时当行之。张门生来，言泸盐不可办，渠已自结当道，志在优差。余切责以骑驴觅驴为官场恶习，纷纷数百言，虽知其不能听，不负其拜耳。薛生师锡来，欲为其妻父求缺，亦未知其何意。院生来者仍相续，不论学业，唯问我去留，何学子不惜尺阴如此。抄经二页。以酬对稍繁，四日未看唐文矣。暮过竹轩、鄂生、翰仙，还，有雨。

廿一日　阴。抄经二页。穉公来，为司道谢过，余不告之，正恐其知此间事也。司道见其来，必非笑之，何不自尊而好为人屈如此。余甚惶悚，亦谢云："公约我来，而不能和司道，余知咎矣，明日当诣谢。"因言季桓子不能胜于程、方，钱委员不美于女乐，孔子能三月不违，余乃一至即不合，道术浅薄故也。又示余《历山省耕图》，属作记，坐久之，乃去。张门生复来。鲁詹来，诊诸生疾者陈子虞、毛鹤畦、张燧三生。院生入者十许人，亦未请业，唯颜生汝玉问《仪礼》三条。看唐文九本。李巽有郴州铸钱议。刘辟，西川节度，曾中宏词科，有《如石投水赋》。张彧，剑州刺史。《春秋》书"子"者，卫子、陈子，在僖廿八年。

廿二日　晴凉。晨读《春秋》一本。翰仙来，久谈。食枇杷颇有甘者，而苦核大。抄经二页。出辞司道，答访穉公，先至季怀处小坐，乃与主人略谈。会暮，至鹭卿处，陪鄂生，二黄均至。盛言司道之陋，云二使赏菜与首府县，乃留子箴、崇纲食于官厅，何其好吃至此。始食新，茄一枚直八十一，豆费二千五百，与鸽卵相似。而此间鸽卵甚贱，一枚乃直七文，宾筵不用也。夜作书与穉公，言书院事。

廿三日　晴凉。醒甚晏，犹若睡未足者。中江孟钟吉作书来，云其曾祖鹭洲曾为总宪，其父官湖南，欲来见余。余答书，若许之，若拒之，以其来意未明也。竹老来，云亏空二百金，无所取办，欲求之于总督，余以为不可，当为别谋之。张门生又来，莽莽撞撞，殊为可笑。客去遣传杨生叔峤来，属其作寿文，为授意九条，令藻饰之。抄经一页，觉倦，小睡，起，夕食蒸杏，仍倦，又睡，遂至暮乃起。步出访鄂生。田秀栗来，余欲招见之，嫌与同坐无等威，乃止。还。抄经一页。看唐文二本。公主母称"太仪"，柳冕所奏定。今日奉寄谕，以二使借词迁延，饬令早去。此谕殆与文宗夺鲍起豹官、超用塔齐布之诏同为明见万里。不有君子，何以能国。顾况有《石伞山铭》，"伞"字见文盖始此，即"爽"字之隶变也。况又云玉、太、上谓之三清，渊、神、灵谓之三洞。

廿四日 晴。王监院来，言诸生上书督部，请留院长。余以院生不宜与一事，今干豫官师，亟令止之。监院唯唯。朝食后，闻诸生已去矣。事不如意，极为可叹。今日二使出境，往贡院看之，装驮累累，有四百驮，一百余扛，云其来百人，其去千人，可诧也。所费亦不过十万金，而炫赫道路如此。因出东门观送者，不见其祖帐处，更前行。至郊田，新秧才碧，麦未尽获，凉风振衣，殊有爽气。至牛市，群官并集显应亭，武夫塞途，不能进，乃还。遇鲁詹于道，旋至机局，与翰、竹略谈。至岱祠看戏，热不可久。还饥甚，索食至，亦未甘饱，饭后大睡。暮起，抄经二页，看唐文三本。与书季怀，约穉公草堂之游。得穉公书。

廿五日 晴。张绂翁来。督部传监院去，别发题一道，并牌示批禀，有"天子无北面"之文。礼士殷殷，当代所绝无者，然事已差互，不能善处矣。季怀来。院生及贺古愚来见。得夹江书。蔡盐道来，致聘书，甚责诸生不作经文之非，余以他词应之。鲁詹夜来，比日院生勤学者多疾，日要诊之。抄经二页，看文三本。夜雨。

廿六日 晴。鹭卿片来，言其婚家祝大令约相见。至午祝来，名士菜，字陪堂。"陪堂"，人所讳言也，而取以为字，可为一噱。步出问伍嵩生夫人病，甚热，还稍阴。抄经六页，毕两本矣。看唐文三本。子和甥舅来，初夜雨，久坐不能去，三更乃散，雷电亦止，见星。今日食炒鱼子甚美。

廿七日　晴。作书与子箴，托其辞馆，文笔轩昂，始知庄子言者风波之喻。凡意有偏颇者，则文易工，初不知其所以然也。古文家反欲以之载道，难矣。再退关聘去。穆公又来致留，并云藩、臬当同来，余逊谢之。念司道陪礼非雅事，夕食后自城上步往东门，访翰仙，令致意子箴，不可与藩使并诣，谈至夜，将雨乃还。

廿八日　晴。为穆公作《历山省耕图记》，尽屏余事。子箴、嵩生来。鹭卿暮来。午食甚甘，欲留鹭卿一饭，而饱不能设客，茗话而已。连日事冗积，文未成，抄经仅一页，明旦当出课题，发家书，殊未暇为之。夜分文成，虽欲作字，一二行，亦懒欲休矣。盖少年锐捷之气已退，宜乎曾涤丈至六十余而视未了事如败叶满山也。余两人皆有日课者，犹不能勤事如此，可惧哉！岂非人事纷扰，搅而不宁耶？乡中读书亦无暇时，知世缘足乱人意。

廿九日　晨雨。卯正出讲堂点名。张明孙有懒癖，而每课必早至，甚可嘉异。孙县令光治午来，沅陵人，有九十老母，不归而求官，强聒而去。杨生叔峤送拟文来，湘人在蜀者为丁公作生日，派余作序，故令拟之。文气未精警，当加讨论，日间殊无暇，夜改首段，未惬，置之而寝。

卅日　晴。卯初竹老来，言其随人为局宪执以去，此三人者何其不知体。午出诣穆公，便过机局，则皆愠竹老是非纷繁，无足可定，要之三人可笑耳。过子箴、竹轩、麓生、孙光令而还。以先要竹老移入院，归作料理。鲁詹已先在，两殷郎已来，竹老后至，即饭，居之西房。夜作寿文毕，亦未暇他事，有人还长沙，加一片，并十九日书寄家，作十二号书。

四 月

四月甲辰朔　小满。昨夜雨，晓晴。鲁詹来，同朝食。见院生一人。笔札稍闲，且停半日，看唐文三本。李贻孙有《夔州都督府记》。于頔有《长沙法华院记》，云杨公报母寺也，杨公即凭。王仲舒字宏中，湖南观察使。夜抄经二页。留鲁詹宿内斋，诊院外崔生疾，三更犹未还，余先寝，四更鲁詹与廖生归，竟未闻知，罕有熟寐如此者。

二日　晴。督府求水，因祈雨断屠。院中尚食鲴，余以讲席为礼法所出，不可违禁，因令素食。抄经二页。看课卷数本。书扇四柄。改《绸缪》良人说为君臣之词。

三日　晴。卫鹏修道台杰、叶晓初廪生霆①后来。卫言欲刻书当先何种？告以宜取古书卷帙少者刊行之。院生来者络绎，多言崔生疾病。夕食后出访韩紫汀，名永暐，顺天人，冒籍成都，为附贡生，颇通九数，所居绝远，至则已暮，不能多谈。出答诣程藩使，过鹭卿，遣还取镫，入其烟室，见祝、贺、陈郎。闻家书至，归院发函，乃似今年第一封书，云疾病纷纭，用光孙豆殇，幸余以出游而免，不然殆难为照料也。家中殊不宁，急宜觅乡庄居之，以疏其气。

四日　晴。昨夜雨，今日日烈，煊甚。竹轩、翰仙、紫汀、莫总兵来。紫汀送所作印泥及蜀碑数通，正苦无印泥，适副所须。看课卷二十五本。抄经二页。夜大风，不减去年十五日夜风。

五日　阴。骤寒，着两绵。中江孟知县来，云其父流外官，居湖南最久，曾署永定，其妻父白双全也。出示其曾祖鹭洲致仕图，有阮芸台题诗，卷甚村敝，不似京官物。鹭洲，嘉庆时大理卿。看课卷三十五本。为周生润民改定《著》。"俟于著"，为众介；"俟于庭"，为上介。摈者，俟于堂，为聘使，代君迎女者。

---

①"霆"字后疑漏一"先"字。

其说甚确。周生绍暄又说为剌齐襄不迎王姬诗。徐生振补以为鲁桓不迎文姜诗。皆能推究。暮出答访卫鹏道，送丁穉公巡边阅伍，过莫总兵谈，还已二更，看课卷二十本。

六日　阴，仍凉。专看课卷。为任生国铨改《史记世家列传标题姓字官爵与自序同异例说》，通检《史记》一过，得其端绪。此等事不自检寻，不能定人之是非，考人徒自考耳。

七日　晴。看课卷毕。麓生来。写扇三柄。抄经二页。改定《绸缪》，以为置君不定之刺，似较胜于言昏姻者。夜雨。

八日　晴。晨起定案。朝食后湖南易、罗两丞尉，祝陪堂、彭子和、曾元卿来。至暮与元卿步访翰仙谋竹伍归计，不遇。至鲁詹处小坐而还。抄经二页。改院生六股文十数篇。寝时已至丑矣。

九日　晴。晨改院生文未毕，出院，道遇严生来辞行回陕西，复入小坐。昃出答访蔡研农、翰仙、崇扶山。研农锐意课经文，余谬语之，乃欣欣然，以为可教也。人之难语如此。凡官多骛于得士心，而蜀官骛于失士心，每语必称四川士习坏，民风悍，不可解也。闻俊臣甫擢闽藩，而以收陋规降调山东，大吏一空，亦近岁一大案。抄经二页。翰仙来。

十日　晴。晨改昨余课文毕。写扇三柄。唐友耕总兵来，字宅坡，号帽顶，照通山盗投诚者。言语有小说气，余误问其所以至蜀，遂言之不讳，似胜杨玉科。午巡四斋，丁治棠问难最多，记课散卷，已半日矣。抄经二页。鲁詹来。诸生来者十余人，多所开示，凡两时许始罢。湖北李海门来，枝江人，云精壬遁，谈久之，非通品也。看唐文三本。刘禹锡，夔州刺史，上论利害二表，余前已览过矣，再翻之，似是前数月所见，乃知废课之久。梦得又有《奏记丞相府论夔州学事》一篇，又进裤称一腰，又有

《与道州薛侍郎书》。韦处厚刺开州。梦得又有《成都福成寺》《夔州铁像》《刺史厅壁》《武陵北亭记》《道州含辉洞述》《沅州救沈志》。

十一日　晴热。写扇二柄。秦生取妾，请余饮酒，以院生设具不易，不可辞之，遂往。生令妾出行酒，余避席待之。告生以嫡庶体统之礼。出拜帽顶、孟知县还。子箴昨得余书，今送竹翁卅金，手笔颇大，在扬州亦为丰也。本欲募之程、蔡，竟不可得，然行资渐集矣。抄经二页。看唐文三本。张正甫，元和八年湖南观察使，十三年迁大理卿，有《衡州僧怀让碑》。戎昱，朗州刺史，有《澧州新城颂》。张贲然有《茹义忠碑》[1]，云茹茹之后，雁门人。子元曜，雁门郡王。卢峤，永州司马。陆肱有《万里桥赋》，云广陵之桥取蜀桥为名，未知所出。宋申锡，开州司马。冯宿有《禁剑南两川版印新历奏》。今日闻寿蘅丁父忧，易海青死，周恒祺为东抚，边宝璪晋臬。夜雨，念竹翁将独归，舟中可念，作二句云。将离犹未别，夜雨已思君。遂起，欲觅烛不得，吟想至曙。

十二日　阴凉。作四首送竹伍云。将离犹未别，夜雨已思君。[2] 白发休为客，峨眉偶看云。猿啼喜过峡，鹤叫感呼群。为见宵光月，知余昨梦勤。

泙漫屠龙技，辛勤刻楮时。覃精嗟昔误，垂老得新知。未展斫轮巧，俄蒙抱瓮欺。明时方在德，归隐或招遗。　　江汉风尘日，同舟击楫前。闺房催岁晏，歧路骇烽烟。惨澹澄清策，蹉跎老大年。太平文武盛，话旧忽茫然。　　归路闻蝉早，垂杨去岁青。江痕看长落，渔父笑清醒。客鬓行堪老，鹃啼坐独听。君平今已见，待访使槎星。时闻筠仙新归，故末语及之。院生来见者两人一班。王家斌晶顶来。王绥元、范光全、元卿、黄筠心来。小设与

---

① "张贲然"，原作"张贡然"；"茹义忠"，原作"茹义虫"，皆据《全唐文》改。

② 此二句日记原缺，承上补。"别"，《湘绮楼诗》卷十作"去"。

竹翁钱行，元卿未食而去。今日客来一日不断。抄经二页。看唐文三本。莫总兵代借银百两，备送竹翁及补发院生膏火。

十三日　雨。看唐文三本。吕温有《诮州谢上表》《送人游蜀序》《道州律令要录序》《道州厅后记》。写对屏十余纸。抄经二页。衡州柘里渡，《吕和叔集》作"者里渡"，余作新志失考。许尧佐有《熙治大师碑》，云大师姓曹氏，桂阳人。补看文三本，抄经二页。竟日雨潇潇，无多客，稍闲暇，作家书二纸，寄银，还工钱，分资封，第十三号书。

十四日　雨竟日。抄经二页。范光全来辞行。李宏年、陈用阶名鸿作来拜会。又有新任教官何某来拜。凡院长与教官有堂属之体，不知起何时，余必坚辞之，称之先生，礼也。何某则自称愚弟，体纪太乖，余又辞之，并不回拜，亦礼也。看唐文二本。元卿、鲁詹来，至三更乃去。竹老明日将去，意殊不乐，必责昭吉赆之。昭吉本招之，报德抒情，甚盛举也。乃不见德，反见怨，两人皆愠。知心实难，余亦怅然而已。夜抄《周髀经》。

十五日　阴，微见日。抄经二页。看竹老治装去，以祖妣忌日，不能送，亦不能设钱。鲁詹来早饭，闻子箴开缺，简堂补蜀臬矣。余愧先抵之书，后属之情，致参差疑似，未终初交也。与庸人友，己亦随之而庸，戒哉慎哉，后当念此。嵩翁、张门生来。发樾岑书。看唐文三本。王迪，永州司马。剑南将士叙勋一次至三千八百余人，今日军功，不得为滥。周载，渝州刺史。王堪，澧州；令狐楚贬衡州，皆刺史。夜改诸生试文。

十六日　阴，暮雨。朝食后欲出城送竹翁，先过嵩生，约同往唁子箴，嵩生感寒方吐呕，因独往。先过督府，答访陈用阶，已出，不遇。至季怀处，要耀庭来谈。季怀闻余将诣子箴，云须缓之，恐疑我幸祸也。余思交先密，不可引嫌，便至翰仙处探之，翰仙已出。过元卿家访竹翁去否，云已开船矣。乃至桌署，则翰仙先在，子箴尚无疑忌我之意，久谈而去。绕至玉沙街，寻张门生未得，久坐轿中，还院已甚倦，小憩。子箴报海琴之丧，闻之悯然。海琴与邓厚丈皆奉母至上寿，未除丧而卒，亦可谓有人子之福，然俱不竟其材，可惜也。凡人死而世间遂少此一人，乃为不虚生，两公亦俱近之，但吏文不同途耳。夜抄经二页。看唐文三本。元稹有《弹剑南东川节度状》，言严砺赃私，并及诸刺史判官。稹时以御史为详覆使。孤山寺，唐为承福寺。崔俊，湖南观察，宪宗崩年召拜户部侍郎。《严太保状》言蛮酋张伯靖据辰、锦，严招之降，得隶黔六州。

十七日　晴。庚申，芒种。抄经二页。子和招饮，催客甚早，留写屏一幅，乃去，则殊无客至。遇一邱姓，蓝顶官，甚村土。四川官途冗沓，令人叹恨。步访麓生久谈，还至子和家，则周颂藩、张龙甲、叶化龙先在，元卿、鲁詹亦与。周云于湖北曾相见，荇农之子也，殊无父执礼。病足似席研香，其病不可治。张则驯谨，无甚可取。吃馒头三枚，犹未饱，盘中已空，乃止。异还已二更，翰仙坐待，云崇纲兼署按察，恐未确实。又请作寿文，亥正乃去。看唐文三本。孟弁，成都少尹；乔弁，巴州刺史。《白居易集》有制。虔州王众仲刺衡州。李夷简节度西川。段文昌为西川使，韦审规为副。

十八日　晴，夜雨。院生来一日不断。周宁乡来拜。孟粹安夜来，鲁詹先至犹未去。张年侄来送茶叶，其父名申五，乙卯温江举人也。王生荫槐甚疏放，颇欲言王余照之事，未尽其词。其云官盐本少架子大，不能放账，又不补平不除包，故不如商之利，语颇近理。对客抄经二页，看唐文三本。周愿刺衡，张愉刺岳，刘旻刺雅，杨归厚由万州移唐，王镒刺朗，李肇刺澧，白皆有制草。元应观察岳鄂。写扇二柄。

十九日　晴热。点名。委员王元晋来，未见。刘庸夫来，为为公发愤。霍雨林来辞行，赴长寿任。代翰仙作《丁公牛日宴序》，援笔而成，文采甚壮。既成，步过翰仙，送稿与之。闻崇纲署臬，王莲生父龙安守署成都府，府署成茂道。留饭，大雨，出不可步，舁还。鲁詹来，言已补北市县丞。得李寅安师之孙培根书，告苦于我。李师知吾县，拔余录送第一，已卅年矣。陆氏荒庄，殊未酬之。昨夜孟生言其二妾恃十指以活，方谋振之，今日适得书，盖书已先至，故来探问也。夜抄经二页毕，即作书复之，并改黄郎、福生及王夹江书。

廿日　阴雨。抄经二页。湖北竹山许孟泽名廷铣来见，张孝达门人，经心书院之生也，流家成都，口操蜀音，与陈生诗往还。黄沅生来，请再作寿文，余甚倦于谀颂，属院生代为之。看唐文三本。峡州上廿里北峰下有三游洞，元、白、知退同游，知退即行简，居易弟也。青城人张僧名神照，居东都奉国寺，白乐天有铭。夜改诸生文数篇，至子乃罢。竟夜雨潇潇，气颇蒸润。

廿一日　阴雨。抄经半页。朝食后巡四斋，肄业者寥寥，顷刻而毕。午后久睡。鲁詹来，无新闻。夕食后抄经一页半。考陈佗、五父，仍以《世家》为主，但辨佗不杀太子耳。佗本太子，鲍不当立，故其子不得为太子。墓门之傅谓五父也。夜看唐文三本。郑方逸，衡州司士参军。白铭云。李承，湖南观察，宝历三年，其孙女年四十五。藩之父也。白起子仲，封太原，始皇思起功也。纪昀小说，言有数人环酒瓮者，不知其故事，乃《醉吟先生传》中事也。黄州录事张给以宠女奴，为妻所告，牛僧孺奏免之。韩愈掌国子，敬礼仙翁，与书称师，又不独礼大颠也。董多碑云汉寿有阳山神，又记关将军玉泉庙。阎寀，武陵相，刺申州，贬授澧州，七年转吉州，乞为武陵桃源观道士，赐号遗荣。符载，蜀人，隐庐山，有《朗州桃花观瞿童记》。《长沙东池记》云杨中丞凿，未知在何处。《合江亭宴序》，在江口。卢泰卿，巴陵人。韦皋帅蜀，幕府写真，载有记。

廿二日　大晴。抄经二页。看唐文四本。杨令深，汉、润、夔、濮六州刺史。孙鸥字叔仪，犀浦令，与杜甫友善。子衡，桂阳部从事。李譔，成都法曹。萧颖士子存，比部郎中，四子复、东、愿、夬无官。筠生来催寿文，属顾、陈诸生为之。批诸生会课文。点唐鄂生诗毕。写扇一柄。今日事稍暇，积欠廓然，为之一快。点汉文十页。为宁生评赋一篇。适谢生来，与讲论之。

廿三日　晴热。起甚早，抄经二页。出答访诸客，始服绉衣，因未过午节，假鹭卿实沙褋以出，见崇署臬已芝地矣。此处不按时制，亦荒远之象。又过杨次林孝廉。还过鹭卿，其新妇小产，可谓易胎易堕者。贺古愚出陪，留食，不托，还已申正，小愒。夜无事，再抄经一页。感陈灵之事，思古今以女亡破者不少，竟未解其所溺之故，不能不归之业缘也。看唐文三本，皆李文饶奏状，近曾涤公奏折似之。曾、李可相比，则曾一代人材也。今日过臬署，门对更换，红示朗然，崇郎偶摄，亦足自豪，又感世俗之汩人，当局者宜其干没，颇为不乐，作小诗遣之。

廿四日　晴热。题《历山省耕图卷》及诸人名，遂延一日。夜抄经一页。说《邶风》素衣未明，再改之，更抄半页，已倦矣。今日得李郎之子请人作书，言其母从母家还，无路用，不能进，困于旅店。遣罗姬往视之，则无衾帱，母子僦一空舍，旁为客房，住鸡鸭贩，念之通夕不宁，明当迎至监院家中。彼有女姥，可为主，先安顿之，再谋其他，又恐其局骗，当审之也。夜起二次，人皆熟寐，甫上床，闻似有人揭瓦者，乃呼莲弟、张桂并起，未知猫响何以如此，方夜半，又不应有鸦鸟啄屋，疑莫能明也。昨夜梦先孺人及陈母俱在，余生孙，而妻谬用巫师，余数责之甚厉，梦缇萦不畏恐，余愈怒而醒。念先孺人似有酒容，又似涂血，而意甚愉，数语而去，不知何祥也。陈母逝后，未尝见梦，故记之。

廿五日　晴。乳姬之夫陈甲来，得六云书并寄干菜。功儿书寥寥数语，丰儿、非女又无一字，可怪也。三弟局事尚在，欲于六月始去，亦奇。遣人往城外迎李孙妇致之监院，为买帐被，具人夫路费，送还内江，每力一名钱千七百，王心翁所顾也。抄经二页。夜早眠。周豫郎午来，留饭而去。

574

廿六日　晴热。抄经二页。看唐文三本。李文饶有《益州长史像记》，其时已有草堂寺，去城七里，去浣花溪三里，草堂之名未必因子美也。记云无节度之名，则兼长史。长史画像十四，李存其五于郡廨中。江孟劭字鹭洲遗像久留几间，聊题二首还之。介石推贞操，挥金返故园。坐看桃李落，归喜菊松存。帐饮怀师友，清门荫子孙。百年真旦暮，彭泽酒犹温。　旧识中江李，官休不解归。风期前辈古，鲑菜故乡肥。庭石秋花老，闲门暮雀飞。犹胜太傅宅，残础堕苔矶。钟吉遂欲求馆，其躁如此。穉公生日索诗，亦作四律。雄镇常经武，新恩命撰徒。息民冬蜡乐，观稼夏苗铺。令简稀随吏，心清减驿厨。巡边兼课政①，负弩莫争趋。

蕃部通三藏，军疲气始骄。应怜蛮瘴苦，宁倚蜀丰饶。薪突深谋久，松嵩回望辽。老臣忧国意，非是慕彤弨。　斥鹦恒相笑，霜鹰暂一神。元枢资长养，国体在平均。还幰薰风度，停车稻雨新。休瞻雪山峻，高意托嶓岷。　早已忘身世，何劳更祝釐。精诚通□②久，淡泊养生宜。白发尊元老，青城剩紫芝。召公年始半，延望太平时。③

廿七日　阴，闷热。看唐文三本。翰、鹭来谈，云穉公令送

---

① "课政"，《湘绮楼说诗》作"避俗"。
② "通□"，《湘绮楼说诗》作"延寿"。
③ "召公"二句，《湘绮楼说诗》作"不嫌斋舍冷，犹有酒盈卮"。

礼者不得入辕门，虽文字卷轴一不启视，亦近今所罕见也。翰仙又云曾沅公祈雨不降，藏火药，炷香其上，密誓自焚，与司道期天明始集，沅公四更往，香及半寸，澍雨暴至，应时沾足，斯与桂阳张熹后先比美矣。假令传闻失实，而晋民以此归美，尤见其信乎于民也。看唐文三本。抄经一页。与陈深之过访许孟泽廷铣。昨日秦生言有一女可为妾，请黄筠生、曾元卿往视之，云不能佳。夜小雨大风。补昨未完经一页，补看唐文三本。蒋防字子微，元和时人，有《汨罗庙记》。防往宜春而经湘阴，唐时驿道如此。湘阴令马抟云汨水二尺，夏九尺。

廿八日　晴热。抄经二页。发十四号家书。看唐文三本。段全纬有《成都城隍庙记》。韦乾度有《桃源观石坛记》。李石为相，请停湖南衣粮。以武元衡被刺，设宰相为①防卫，令江西、湖南两道供衣粮也。

廿九日　晴热。抄经二页。今日当堂课，因国忌，衣不便，故改为明日点名，先拟题单。看唐文三本。梓州刺史鲜于为陈子昂立碑，赵儋为文，言子昂以毁死。二子进士及第，长光②，刺商州；次斐，长安尉。光二子，易甫、简，皆御史。斐三子，无官。夜改课文，校《急就篇》。

晦日　阴，大风。卯初起，点名发卷。穉公阅伍还，昨入城，午初来谈，言于汶川飞沙关遇一神蛇，色如佛头，似有迎送之礼。又言飞沙似瀑布，唯下而复上为异。抄经二页。读《西京赋》一篇，《东京》半篇，看唐文三本。高锴，岳鄂观察。崔嘏《封石雄妻索氏制》云"西川贵族"。青词始于《封敖集》，宣宗时人。

① "为"，疑为衍字。
② "光"，原作"先"，形似而讹，据《全唐文》卷七三二赵儋文改。

五 月

五月甲戌朔　阴竟日。懒事多睡，午梦贺仪仲于衡州北门相访，送之出，冉冉行市中，觉，感旧游，作一诗云。旧旅衡阳市，街衢似故人。闲心偶成梦，握手事如真。长昼愔愔雨，孤云冉冉身。岳屏青在眼，多谢北山邻。抄经二页。看唐文三本。夜雨达旦。

二日　雨竟日。抄经二页。看课卷未数本，院生数来，遂止。出诣穉公、周豫生，过子箴未入，还院，旋赴帽顶处晚饭。翰仙先至，徐吉士、仲文。伍嵩翁、钱徐山继至，徐吉士①土气，骄俗不可奈。帽顶谈兵，亦非将才。钱前阅书院二课卷，人亦俗雅，浙派之潦倒者也。大雨，戌散。

三日　阴。抄经半页。院生一人来见。罗子珍来告贷。张生祥龄来，多为钱徐山言，似疑我不能容之。又言学使询我功课若何，盖未免薮泽之见。近代学人少得即欲异于俗，而又恐不谐于俗，此其所以难求益也。今日丙子，夏至。穉公及盐道送节礼。

四日　晴。诸生以我不收节礼，公宴于延庆，大设歌筵。有廿许人不以为然，意我必辞止之。余以儒生宜开廓，不之阻也。因招嵩生、韩紫汀、黄麓生同集。麓生不至，改招季怀，又不至，招鲁詹，早至。张生子绂亦先至，坐久，欲抄经竟未暇，仅毕《七月》而止。节前《国风》不能讫工，所未料也。午正往，紫汀先在，早面晚饭，至亥乃散。藩使来送礼。夜大风。

五日　端午节。会馆请祀周茂叔，往乃知为生日。湖南候补文武官至者十余人，余恐诸道府不乐余主祭，未行礼而退，竟不

---

① "徐吉士"，原误作"许吉士"，据上文改。

知何人当也。有一人纯操楚音，甚清脆可听，余则强学怪声，殊不宜入会馆。出过钱徐山、保宣未遇。还，元卿来。诸生拜于讲堂，入内斋者亦六七人，未见者十许人。甚倦，午睡久，黎巡检必欲相见，强起见之。章孙、伯范、胡生桢亦入见。去，乃食角黍，与莲弟过节，饮半杯，又睡。左保澄又呼余起，鲁詹亦至。昨日未与会诸生廿人载酒内斋，留鲁詹为客，戌散，纳凉至月落乃入。成都俗以今日会儿童于东校场，撒新李子，相夺为戏，未往观也。翰仙招饮，不能去。

六日　无事。晴热多睡。抄经二页。衡阳刘生来，言子泌已逝，为之惘然。斯人崛起，而竟无成，未知天之生材何意也，岂真为他生作宿根乎？夜雨甚凉。

七日　大雨。晨起坐西窗下，受寒，小不适，未抄经，看课卷三四十本。

八日　阴。小疾。看课卷六十余本，毕，麓生来。罗、易来，甚无谓，而不能拒，勉听其谈，亦不知何语也。夜定等第。

九日　晴阴。发案。抄经三页。看瓯北行状志传。院生二人新到来见，诸生来者络绎。发银百两，与孙、任谋开书局。小刘来，谈二时许，云将往南部。

十日　晴。抄经半页。出为罗子求馆，往盐、绵两道，作无谓之谈。盐云吴御史可读自杀以明国统，欲废光绪而嗣毅帝，可谓孤忠矣。余云于礼弟可为兄后，今帝立无过，而忽废之，可乎？诏云俟生子为穆后，尤不知其何据。如以长子为穆后，则长子必立，是废世宗已来家法择贤之典也；如以立者为后，则将称今帝为皇叔，名则后矣，实亦何分？但令王大臣条列为后与不为后之殊，则其说自破。既同为后，何必又云俟生子而后后；若必如过继者然后为后，则彼可分家，此为一统，何能分别某后同治，某后光绪乎。柳堂以死争之，殆有鬼迷，而通饬会议莫正其谬，尤可叹也。过张子择儿名杰处一谈。欲赴吊熊知县，误向北行，遂还。抄经二页。

十一日　晴。蒸热不可过。抄《诗·风》毕，计八卷二百卅六页，自二月七日起凡百廿四日，以每日二页通计之，当二百四十八页，少十二页。看唐文六本。览《瓯北集》廿余本，可笑人也。崔戎有《两川税钱奏》。柳璟刺郴。卢求有《成都记》五卷，其序尽言沿革。归融劾湖南使卢周仁进羡余。蔡京、杜牧见、张次宗并刺澧。张有《荐汉州刺史薛元赏状》，又有《荐澧州刺史崔芸状》。

十二日　乙酉。寅正未醒，闻撼壁声震床榻，似巨人摧竹笼将碎者，初不解其何故，忽悟为地震，起呼诸人皆起，外间但闻狗吠人沸，如失火状，半刻遽止。蜀中多有此，罗姬甘寝不惊，反笑余之多怪也。以此忽忽复睡，至辰乃起。因忆英夷人言将地震必先烦闷，昨果闷不可过。又云地震必复震，候之微觉地摇，一二次而止。发十六号家书，交周一带回，并寄夏布、菌菰、茶叶，子寿、仲云、雨恬三书。补录徐虞翁挽联。家庭盛事九重知，七十年俯仰无忧，灵寿优游尊大老；翰苑门生十三辈，二顷田清贫依旧，名贤哀诔足千秋。蔡盐道、唐帽顶来。黎、高来。

十三日　雨，湿甚，颇热闷。先祖考忌日，素食。唐凤仪来。始议刻《书经》，自抄二页，试刻之。改课文数篇，丁生《月令》例未暇检勘也。申后凉，夜雨。

十四日　阴。抄《书经》一页。偶欲刻《尔雅》，将集古今注疏为一书，展卷拟创其例，以太繁重，召院生五人，明日谋之。复抄《诗·小雅》一页。巡四斋。讲书。

十五日　阴。抄《诗经》二页。午集周润民、傅仲兖、陈子虞、张盟荪、叶汝谐、孙彦臣便酌，论撰《尔雅注疏》，各分书撰集，先翻阮刻《经解》诸家言小学者抄之。罗惺士亨奎来久谈。罗子珍久候几两时许乃得见，吾不意吾门之难登如此，此皆随丁之过也，严斥之而已无及矣。

十六日　阴，雨竟日。多卧少坐。看唐文五本，抄《诗》二页。得李曾氏书，云寅安师之继室也。未详其为妻为妾，且以继室待之，称为师母。其书意殷拳周详，似是一解事人。翰仙来久谈。复李媪书。任篆甫买纸回，云七十两银，可省十两费。狄中立有《桃源观山①界记》，云荥阳公开成五年临武陵。窦常刺朗州，群观察黔州，经略容管，终于衡州旅馆。德宗②召见，问其蕴蓄，对曰："去职在近班，进有所不纳，退有所不谏，臣即蕴蓄，处于草茅，但仰元化而已。"李景让有《江渎庙记》③。韦悫，鄂岳节度。韦平，衡州别驾，没于官。薛逢刺巴、蓬，入为太常少卿。

十七日　雨阴。晨未食稻，食馒头三枚。抄经半页。出题覆试盐取诸生。出答访罗惺士，不遇。送夏时诗，已去。过钱徐山、麓、翰、祝培堂，略谈而还。黄筠心先至，相待久，乃去，见余归，复来。廖、胡二生亦来，留同饭，始复平膳。看唐文三本。李玉谿有剑、梓文四篇。连日蓬溪盐贩聚众，知县告变，发兵往探。抄《诗》二页。

十八日　辛卯，小暑。雨阴。抄《诗》《书》各二页。廖生问郑注殇服中从上下之异。余初未寻检，夜列表未尽。廖云程易畴

---

① "山"，原误为"小"，据《全唐文》卷七六一原题改。
② "德宗"，原误为"随宗"。窦群对德宗问，原文为"迹在近班，进有所不纳，谏有所不听，臣即蕴蓄，如臣处于草茅，但仰元化而已"。见《全唐文》卷七六一。
③ "渎"，原讹为"读"。《全唐文》卷七六三原题为《南渎大江广源公庙记》。

言小功殇中下无服，郑说不可通，似亦有理。属廖总列殇例观之。自此又将从事于《礼经》矣。莫总兵将往蓬溪，往看之，其神已游墟墓，殆必得疾而至不起矣。看唐文三本。铁券文自韩律始见著录。

十九日　阴。抄《诗》《书》各二页。陈云卿来。看唐文三本。以蚊扰停夜裸。王徽字昭文，有《成都罗城记》①，城周廿五里，堤廿六里。李群玉守校书郎，郑处约为敕。刘蜕父冢在梓州。孙樵有《出蜀赋》《梓潼移江记》《龙多山记》。山在梓州南五百里。何易于，益昌令，嘉州属，改罗江令。田在宾刺严道樵，又有《祭梓潼帝君文》。帝君，明时称。文中止云"张君"，题误也。夜看赵翼《杂记》，言终葵甚详，而笑高士奇终葵蔓生之说，引颜之推言北齐士言终葵如葵叶，王、韩忍笑。此则不知终葵即今如意，正似葵也。中馗，菌；终葵，繁露，皆以似如意而名。《北史》尧钟葵，《魏》杨钟葵、张钟葵，《齐》宫钟葵、慕容钟葵，《隋》段钟葵等。或字辟邪，或改名白泽，皆顾亭林所引。马融"挥终葵②"之义转在菌草之后也。

廿日　阴晴。复煊蒸，尚不烦闷耳。抄《书》三页，《诗》二页。元卿来，欲令画《禹贡图》，云将治行还湘。久坐而去。鲁詹又来，至暮去。

廿一日　晴。得家书，两儿寄课文，俱已斐然，颇为喜慰。闻香孙复入志局，黄莘渔殀逝，兼闻彭郎妇死。得锡九书。抄《诗》二页，《书》一页。改课文二篇。惺士来，欲请廖生为子师。廖生辞不往，笃学可嘉也。罗少纯将归，欲托其带信，遣问之。

---

① 《全唐文》卷七九三原题为《创筑罗城记》。
② "挥终葵"，马融《广成颂》原作"羣终葵"。

夜作书寄梦缇、锡九及两儿，未毕，蚊扰，遂罢。少纯夜来。李生岱英呈缴日课捐册四本。

廿二日　晨起未饭，步至打金街，送罗生，与和合谈，黄翔云来，遂散。交家书与罗生带归，十七号也。还，廖生尚未饭，同食毕。写扇一柄。午睡醒甚闷，登楼抄经二页。下夕食。看唐文三本。抄《诗》一页。昨始闻蝉。

廿三日　阴雨。抄《诗》二页。内江李策新来见，寅师之从孙也。云师有四孙，俱分居，家计颇饶。前来者孟钟吉骗钱计耳，其人亦尚在孟处，亦未知孟之真姓名。遣寻其送妇人者来，欲问之，而阳春絷之，事不可诘，乃令释之去。祝培堂请吃饭，翰仙、鹭卿及其弟芝舫同坐，食新菱，已老矣。亥散。大雨竟夜，看唐文三本。

廿四日　大雨竟日。王生树滋来，促写书。抄《诗》一页，复抄《书》四页付刻手。今日开书局，欲出视，不能行一步。秦生昨看一女子，云尚秀静，可买，亦未暇答之。写诗笔忽断其一边毫，殊不可解，疑铜冒伤之也。杨师立，东川节度。乐朋龟有《赐陈敬瑄文》①。《青羊宫碑》将近万字，盖骈文之最长者，七千六百六十六。其文烦冗。秭归有黄魔庙，袁循有碑。陈庶惠实有《赤山湖蠡山记》，赤山即赤沙湖，在新阳。殷盈孙，成都参军。薛易简，来阳尉。侯圭、李溆并有《梓州寺记》。韦昌谋有《绵州祠记》。王众仲，衡州刺史。卢悦②有《授李思敬湖南节度制》，文称"神京""五時"，以与马殷共制而衍"湖南"二字也。孟昭图谪嘉州，沈蠓③颐津。黄滔有《陈皇后因赋复宠赋》，以"言情暮

---

① 《全唐文》卷八一四全题为《赐陈敬瑄太尉铁券文》。

② "卢悦"，《全唐文》卷八一四作"卢说"。"说""悦"虽通，但不宜用于人名。

③ "蠓"，原讹作"幕"，据《全唐文》卷八二一校改。

作国黛朝天"为韵，韵何诡僻。赋末云"方今妃后悉承恩，不是后贤无此作"。"妃""后"字当跳行耶？直写耶？场中制作今不能如此矣。此二句与干起"今日并为天下春"同意，故是能手。

廿五日　雨，午见日。改定工课，每日抄《书》四页，抄《诗》一页，看唐文三本，今日如额。成希戴刺忠州，高爽果州，崔仆射节度西川，并见《钱珝集》。珝，起之孙，字瑞文。牛丛节西川，周岳湖南，崔允武安。陆㞋文误刻"义安"。武安，潭州改镇也。培堂送胡生干馆银四十两。崇纲署臬来。

廿六日　晴。朝食后，岳、宁、冯、胡、杨、刘、童、李文简诸生，伍、祝、罗、刘、陈诸客来，竟日疲于酬对。登楼坐片时，仅抄《书》二页而罢。看唐文三本。王宗夔、宗韬刺邛、汉，张无息刺蜀，王建部将也。徐罕，澧朗①练副。于荷②，双流令，丞相驸马之子。王振，蓬溪令。

廿七日　晴。张生祥龄来，云方、顾诸诗翁销夏水阁，暇辄以我为谈柄。余于子箴无所失道，殆不必三自反而横逆犹是，是何物腐人疑之，喻引针拾芥之谬乎？抄《书》半页。以久约看妾，请筠、元同看之，筠心来，遂同往元卿寓，值其外出，要刘中柽斗牌，以消长昼。午后大雨，今日庚子，初伏，得此大凉。元卿回，设食毕，媒婆引一妇来，年可卅，其貌如芋，一笑而出。与筠心踏泥至机局，翰仙闭门。发京书。检前日记，四川、湖南、甘肃主考于廿二日宣名，其余则未记日，此一大典而多忘其日，虽遍检或不忆之，亦可诧也，当抄一单存之。投暮还院，荷香树

①　"朗"，原讹作"郎"，《全唐文》卷八三八有薛廷珪《授澧朗国练副使郎中制》，据改。
②　"于荷"，原讹作"于河"，《全唐文》卷八三八有《授于荷双流县令制》，据改。

阴，饶有夏晚佳景，然已旷废一日作儿童之戏，方知礼家庄敬之用，后当切戒游谈，以收桑榆。盖余行甚端而言不检，以端故无咎，以不检故多谤，良友屡箴而不能改，当用礼以自绳，不可恃礼意以游方之外也。故子贡问孔子："何方之依?"孔子以己为天下之戮民，矜式具瞻，著一毫游戏不得。夜看唐文三本。杨守宽刺绵州，阻顾彦晖东川之命，李茂员、王行瑜攻破之。

廿八日　晴。得家书，知六云复生一女，取名曰纨，小字锦闻，又为孙女制名曰少春。巡四斋。抄《书》四页。看唐文三本。刘言有收湖湘二奏。抄《诗》一页。夜改诸生试文，未能毕，复当拟题，至子犹未罢。蚊扰乃寝。

廿九日　阴。寅正起，发家书十八号。出点名，还内斋，朝食毕，少倦假寐。抄《书》二页。刘三品来，留共午食。陈云卿来，言其至蜀，举目无亲，从前力战，犹春梦耳。赵匡胤说往事何足道，史公以学道箴，淮阴有慨乎文富。抄经一页，竟未能毕而罢。看唐文三本。

六　月

六月癸卯朔　抄《书》三页。看唐文三本。寻《论衡》"弼成五服"为五采服之说，盖误引也。午间太睡，至申方起，夜复早眠，大雨可畏，起挑镫，坐久之，将曙乃灭镫寝。

二日　雾。补昨日未毕《书》半页。朝食腹痛，睡久之，起，异出诣穉公，谈地震自畿辅至贵州，又闻广东、福建、江、浙皆震，自十日至十六，非常异气也。蜀人亦有死者三人。看唐文三本。萧振有《修黄陵庙》《三闾庙记》。①入伏来以蚊扰，夜不能坐，因早睡，以为早起计，甫戌即寝。

三日　大雨。抄《书》四页。见院生二班，日力犹不足，甚竭蹷也。朝对百客，日答百函，殊非易事。夜早寝，是日发十九号家书，并寄裙与六云。

四日　晴。抄《书》四页。见客三次，院生来新谒者四班。穉公送燔豚、炙兔，要廖、杨、刘、任共食。刘未至，张生盟荪适来，并约孙彦臣入坐，议画《禹贡图》。夜大雨。

五日　雨晴。抄《书》已足刻，刻工未集，因停工，先看课卷。翰仙来久谈。见院生二班。所评点卷殊不能多。久未巡斋，夜出按行，则东斋多面生人，呼斋夫斥责之。是日丁未，大暑。

六日　晴。晨起欲补昨课，陈云卿、劳骕卿、穉公、鲁詹、季怀相续来，遂尽一日。中间院生入咨问者、销假来见者十数辈。看课卷未及十本，已暮矣。穉公言日本近破琉球。丁雨生加总督衔，领南洋防务。季怀言王余照不及张力臣远甚，欲要力臣来用之。夜作书寄力臣。正月寄上一笺，言蜀中金盐煤火之利，思效鹿苹之义，方以无报为怪。昨得家书，乃知有窃夔石故智者，竟致浮沉。然比时风波骇人，恐贤者亦随俗裹足。今者霜台隼射，复揽威神，部议重申，两星退舍，所有余意，愿再明之。盖闻才智之士患不遇时，家有龙渊，乃议刿割。仁兄思精才敏，非仅以文德营务为富贵之极阶，而小试辄罢，但能卷退，良以张、刘力弱，沈、李交疏，不阶尺水，终于蠖屈。筠公泥佛不保自身，三数东行，无成而返，而又讳其逐鹿，高语卧龙。以闿运之深交，尚未倾其情愫，此在高才坐废，怀宝迷邦，无与他人，不宜劝进。然闿运终不能已者，诚以近今能者无多，惜其冉冉也。蜀通三藏，地界英、俄，他日蔡州，当今鞏、洛，富强之计，久闷未舒。督府宏模，鄙人奇计，小用小效，大叩大鸣，思慕恢廓之风，愿商兵食之略。幸承闲退，可作

①《全唐文》卷八六九原题为《修黄陵庙记》《重修三闾庙记》。

峡游，秋水向平，无辞一访，纵令无补，聊作看山，若可经营，何难展布？昔陶朱无心将相，而必致千金，诸葛但食一升，而乐窥火井，人生要在发舒其意，岂以言利为讳、求官为卑乎？湘人得志东南，入蜀者率皆驽下，由籲、霞凡近，不足提倡故也。君家松公，不迎玄德，则与五斗妖人同于草木，何必狃于熟路，唯识淮纲，仰望幼丹，交通崇宇，以为百步王乎？闿运既托业谈经，更无进取之理，若夫瞻言百里，远虑十年，子牟魏阙之思，仲连围城之志，非智者不可与道也。今且先谋兴利，以裕国本，奏调擢用自在他时，亦非仅区区海关酬参赞之劳耳。书至且宜深思，以副所期，有可与谈者，亦可乐也。蜀中夏湿，院内文忙，然烛作书，敬颂双福，不宣。看唐文三本。莆田陈致雍仕南唐，甚习典章，文亦雅饬。夜雨。

　　七日　书局开工，府学学官米贺，至午始散。见院生三班。看课卷卌本。发家书第廿号。看唐文三本。夜复雨雷。

　　八日　庚戌，中伏。晨雨，朝食时霁。看课卷六十本，唐文三本。夕至莲池看月，夜定等第，至子乃寝。

　　九日　晴。改诸生课文。熊、萧生来销假，欲补领月费，无以应之，以积敝难骤厘也。彭惠庵今日去，未能往送。鲁詹片报蔡盐道以贪劣免，董川北来代之。此人更不如蔡，不知稺公何以擢用，将往问讯。元卿来，同步至督府，会暮，嫌单衫夜入，起人疑忌，乃至机局寻翰仙，值其出暗研农，其族子庆覃出谈。鲁詹亦止。将出，闻翰仙还，复坐。便要鲁詹同过鹭卿，步月归。得稺公书，送银二百两为院生膏火。复书，便论藩使事。

　　十日　晴。改诸生文毕，写扇五柄，积压一清。见院外生三班。牌示：凡投考者悉不必来见。以难于答拜也。数百人既不分班，人人来扰我，诚无以待之。夜与廖季平论文，言古人文无笔不缩，无接不换，乃有往复之致。月夜寝甚清凉。

　　十一日　阴。仍抄《书》，复常课，甫执笔，季平入问文，又为讲一篇，说魏文与吴质书"已成老翁"云云，通篇为自负少年高材、自致千秋等意作回复，以为叹逝，则浅矣。朝食后巡四斋，讲《诗》数条。诸生呈课者纷纷。又得穉公书，属作一书与执政，意遂不静，欲顾此又失彼。少停一刻，乃抄经如额。应对诸生，不觉其烦，书稿亦俄顷而成，方知条理之不可紊。余去岁在城，遂不能作《军志》者，久闲乍忙，无道术以驭之耳。小年精神足，故亦可五官并用。夜寝不安。

十二日　阴凉。出诣啥研农，过穉公，答访李湘石孝廉，汝南。至季怀、耀庭、芝生处久谈，遇提督交印，迟之乃出。过贺子箴嫁女，遇董川北、程布政，欲入看新人，两公皆不入，余亦不欲独留，乃出。访悍士，范玉宾出谈，悍士两子出见，留坐，问余杀顾子敬事外论如何，余告以实。悍士所言亦略相符，而其数顾罪，则以人命为儿戏也。招募本无军法，乃辄斩人，犹自以为是，谬矣哉！陈生友生送蒸盆。饥甚，还院。甫食牢丸二枚，陈云卿来谢，出谈甚倦，客去小愒。鲁詹来。抄《书》二页未毕，亥寝，甚甘。

十三日　晴，晨凉甚。抄《书》二页。昨过梦园，见程公匆匆欲去之情，感春时司道集劳宅，时鹭卿因司道所同仇者，又为飞语所污，宜不屑一往，而以总督未去之故，纩微飘撇，四人至立候半日。今梦园已罢，尤宜慰荐，乃研农以罢免不来，程藩至交，甫坐即言欲去，并呼董小楼同去，若稍留即有奇祸者，人情鄙浅一至此乎！此风唯广东有之，而未至若此之甚，余处人人有此心，未敢公然有此状也。余半生见形势之途多，今日乃不能无慨，因作一诗纪之，留为他日子弟之鉴。诗曰。丹顶珠缨有四司，（四川省例呼四司道。）每来行坐不曾离。一春冠带容相索，今日笙歌只自悲。（梦园有戏。）弄玉岂知人换世，（两家皆看新昏，故用唐句。）衔杯无复客留诗。翟公门雀风犹古，忍视田蚡过魏其。看唐僧文三本。普门子，岳阳人也，岳阳非县，文误。住南岳寺。灵祐住大沩山同庆寺，谥大圆。宗密，西充人，住终南草堂寺。看京报，伯寅移刑尚，少仲得闽抚，玉阶抚湘，不知其何挟持而来也。昔在粮藩，仰息毛、恽，今来节镇，无复前规，虽平乱异形，已有盛衰之异。江西人不利方面，今连得二节，亦可异也。翔云来，言简堂果为爨石所中，余之料事甚神。春海来，言鄂生不喜琴舫，岂知人则明耶？步月访府学范正斋、薛丹廷，遇□丹池，嘉定人。过松生，谈云南试差李郁华新得李有恒六千金，而为首选，与杨泰亨同。知近臣的能窃柄。又读议礼五名臣奏疏。

　　十四日　晴。抄《书》二页，补误抄一页。午后小眠。出答访春海、翔云、麓生，吊汪式甫之丧，感其求官客死，作一联云。潇湘随处有闲田，若言姑布通神，命里无官当学隐；中外十年看宦海，毕竟空棺长闭，世间热客早宜休。归夕食甚饱。看唐文三本。得家书第十号，实第五封也。夜为两儿改文。

　　十五日　晴。欲改诸生文，未及执笔，以抄经未如额，先写之。客来络绎，凡见院生三班，耀庭、鹭卿、鲁詹、松翁相继来。斋长复来咨问院中吏役额缺事，先得顶缺银者周、薛二监院宜作何部署。余以是有公议，不宜以余恐吓之也。张馥翁约夜泛浣花溪，接对甚疲，《书》抄未毕，不欲去。业已诸蜓仲、季平两生，投暮出城，背月行，遂宿曾氏庄。吴吉士又农、鲁詹、范、廖、刘、庚。张、孝阶，可均。林、拱北。胡楗。皆在，从曾园登舟，溯洄溪，月，三更还。竹蕉露滴如雨，甚凉，鸡鸣宿。

　　十六日　晴。晨起，午始设食，主人未出，饭毕舁还，正热。翰仙来，言麓生生日，将要同往。呼舁人久不至，翰仙先去。李从九康辅来，字寿臣，派华阳支宾，余因语井研诸生被盗新丝，宜严治之。夕食后出贺董盐茶，遇鹭卿于途，约往彼谈。至麓生处小坐，待暮过鹭卿，乘月还。得香孙、寿衡书。

十七日　晴。朝食，麓生来。抄经一页。吴吉士祖椿来。登楼抄经三页。院外生来者五人。午浴，甚热，至门边须盥，风起觉凉，已而大雨，似将感寒。小憩，起作书复香孙，并发家书廿一号。

十八日　晴。庚申，三伏。得刘润如书，送润笔百金。拟作书复之，并致庄心安索君山茶，未暇执笔，客来者莫总兵、杨教谕、聪，字听彝，叔峤之兄。韩紫汀、凌监院、旷知县经钟、字寿云。罗师爷、刘海帆、左保臣、鲁詹，院生来者二张、尹、曹，多衣冠久坐，遂至受暑。抄《书》三页，看唐文三本。王道士元览，绵竹人，有《元珠集》。王太霄，成都人。齐己，益阳人。贾元祎，绵州昌明令。李冲昭，南岳道士。

十九日　晴。抄《书》三页。卫鹏修引曾文诚之从子善权字克甫。来，议修其家祠，因辟莲池为游宴之所。坐谈良久始去。院生李子莲来索斋房。胡埏仲引新淦刘伯垣来见，欲学诗文。曾元卿来，至初更乃去。应接少闲，不能依程自课，因遂置之。夜改院生文五六篇。半夜大雷惊觉，因不寐，至晓大雨，经三时许。

二十日　阴。抄《书》一页。午睡甫起，宋知县来，黄子冶明府女婿也，云久居长沙。长谈经时许。院外生来见者三班，亦懒于事。书扇四柄，看唐文六本。

廿一日　晴。癸亥，立秋。颇蒸湿。饶昌运委员来。韩紫汀、凌监院来。成绵道送厘银千两，供书局之用。王监院来道喜。抄《书》四页。批改诸生文六七篇，案上始清，竭蹶数日矣。

廿二日　晨雨，朝食时晴。见巴县刘生、太平孙生、凌监院、鲁詹、罗惺士、钱徐山，费半日。抄《书》三页。中夜数起，甚有秋气。诵少时所作诗。

廿三日　晨雨，朝食时晴。补昨抄《书》半页。诸生索书者多，欲以一日了之，小屏多不可尽，写八幅。刘三道台来。院外王生来见，欲入院住。午日颇热，遂睡，起夕食，复书四幅，已暮矣。陈生炳文送蒙顶石花茶叶六片，郊天所用。每进三百六十片，闰月不加，犹或不足额。用锡合，合盛三片，开其一，已霉变一叶矣。至省易银合，乃得窃一二以出，然非贡吏不能得，进督、藩者皆陪茶也。余于何蝯叟诗中知之，今乃得见。陈生云汉树也。

廿四日　晴。积压往还周旋客甚多，朝食后即出，诣董兵备、黄洋务、旷厘金、吴吉士、莫总兵、旷知县、曾知府、宋帘官、韩库席、罗盐厘、刘采访、方前桌、陆刑部。太初。董、黄、旷、韩、刘、陆皆晤谈。又便过陈总兵，衣冠竟日，亦不甚热，还已过晡。方食，鹭卿来，未及多谈。王成都莲塘来，正孺之父，孝达继妻父也。长余十岁，须眉皓然，容观甚伟。夜抄经半页，甚倦，早寝。

廿五日　晏起，觉甚热，因不作事，唯事坐谈。见院外生两人。看唐文三本。抄《书》一页。与刘庸夫谈无谓语言半时许，销一日矣。检蜀志无贡茶章程，可谓阙略。因作名山清茶歌。名山，陈紫垣炳文示余六片，因感而作。

廿六日　晴。抄《书》一页。为鹭卿诣督府一谈，兼答拜王莲翁。还过鹭卿，将雨，驰还，罗生、鲁詹已相候。李康辅来，言假书撞骗事。见院生、院外生二班。

廿七日　晴，日光甚烈。见院生一人，院外生三人。内有一人张遇故，字卜臣，乃督标差官袭云骑尉者，云欲学诗。抄《书》三页。看唐文五本。为张生子绂讲谢诗四首。为刘生言科名富贵是两事，求科名不妨，求富贵则痴也。得筠生书，欲荐许孟泽往南部。夜发廿二号家书。江西刘生字原叔来谈诗，见其扇头诸名士题咏诗画，成都以顾印伯、沈鹤子、胡埏仲、富迁斋、端午君及刘为风雅闲人，有杨海琴之遗风也。夜雨。

廿八日　晴。抄《书》二页。湖北二许来，论黄翔云见人倨傲，不理于乡评。及后久之，殊不知其何意。看唐文三本。午睡，写屏联数幅。鲁詹夜来。

廿九日　晨雨。卯正出讲堂，点名发题，诸生多人谈，留朝食者四人。抄《书》二页。子箴来。晚过凌监院，遇黎、易两尉。范生来，言官事，云其妻弟被拘，惺士请之至再，不能得，欲余请之，谢以不能，范生甚皇窘，其无胆力如此。杨生声溥来销假。李宏年夜来，请作莫寿序。夜改诸生课文，其拙劣至不可耐，而无如何也。觉凉甚乃寝。半夜大雨雷电，而雨最骇人，起少坐，雨小止，乃还寝。

晦日　雨。抄《书》二页。改课文始毕。子箴将归，欲治具饯之。黄庆覃来，翰仙族子也。因令告翰仙，约初五日会饭。黄生请书节妇捐，余素吝于此，姑诺，为乞诸他人。此人殊鲁莽，有金坑之风。看唐文毕。见院外生。巡四斋。

七 月

七月癸酉朔　晨雨，旋止。杨凫江、凤冈、鲁詹来。周生雨生来销假。蓝生观亮亦销假，已留须矣。见院生一人，院外生二人。岳生母病，弟割肱，来支月费。昨曾生亦来支月费，而言不及公，岳生为差胜矣。午晦，大风甚恐人，已而雨至，则秋气应矣。清秋令人惊感，久喧而静故也。独卧，思去年事，看日记乃正热时，今秋校之，殊有山林城市之别，而去年反觉稍暇，盖事过则心无营，故觉暇也。今年极暇而日若不给，凡当局无不迷也。武陵令瞿令圭，曾祖诠，长沙令。贞元中度支奏湖南糙米运浙江。中和四年立青羊宫碑。湖南正考华金寿，陈伯屏先生之门下。副考官曹鸿勋，陆凤石先生之门下，亦徐寿衡之门下也。四川正考官景善，副考官许景澄。甘肃副考官周桂五先生，正考陈宝琛。今年考官极天下之选。

二日　晴。抄《书》二页。《全唐文》看毕。见院生一人。陈、唐二总兵来。夜作莫序未毕。讲嵇叔夜与山巨源书，言其以嫚词取祸，因论古今文人无真隐者。

二日　晴。抄《书》三页，《秦誓》垂欲毕。客来者十许人，竟日闲谈，竟不能伏案，夜乃足成莫序文。

四日　晴。抄《书》二页。凤冈携酒见过，并约其本家知县杨凫江、宋月卿、王绥原、李绶亭同集。鲁詹办具来。自午至酉，客未散。松生约饮，步往，客有陆太初、乔茂轩、吴春海、卫鹏修、鲁詹。彭洪川道台来访，久谈。彭名名湜，张诗舲之巡捕官。诗舲号风雅，彭少时岂亦风雅人耶？酒罢，院中主客皆去矣。

五日　晴。抄《书·盘庚》二页。汉石经字多与今本殊异，未知何读为善。如悔、命、胥、高、翕、侮声不相近，亦不知何以乖互也。今日请鲁詹治具院中，祭魁星，设廿席，请八学官及诸生百余人会饮。得家书，闻钟弟旅卒平凉，为之怃然。此弟幼少失教，流为匪人，卒以烟饮甚重，不能施教，近岁颇安静，而犹畏其故态，乃卒远客而死。若彼早知其死，当可安于家中。当其未死，唯恐其不死，及其死，又未尝不感怆悲怀也。先祖母所及见者唯此弟，尝以失教死，无以对慈顾，今幸而保其首领，终夭其天年，悲矣。得杨石公、蓬海、樾岑、子寿、非女书。子箴

591

午过赴饯席，请春海、松翁、翰仙陪之。翰仙后至，酉饮亥罢。余于钟弟功丧也，当再不食，以平日有过，犹当依三日不举之典，而今世久不行此礼，未可辞客，其恩纪又不宜发丧，从父兄弟之乖离，遂至于此。为之早寝，咏"敦彼独宿"之诗，我心东悲矣。有人言罗妪私事。以我不涉，姑置之。

六日　晴。晨不食，食粥，以寄丧意。外间尚有应酬不能废者，出答访彭东州、王成都、杨、黎、易还。抄《书》一页。钱徐山、王彬、颜某来。午后久睡，起夕食。丁价藩来，久谈。院生三人入谈。龙生来，言田在田已放重庆总兵。夜抄《书》一页，颇为蚊扰。答杨石泉侍郎书，因得朋海词，欲寄和去。复致荫渠书。

七日　阴。抄《书》二页。恒镇如来，魁荫丈之四子也，廿年不见，已卅八岁矣。询知献廷已补荆门州，有孙一人，长子及其六弟应能乡试。长谈久之。许中书来，久谈不去。见秋风吹帘，颇思一闲写，而纷纭酬应，不胜尘役之感。夜作廿三号家书，并致若愚书，和朋海词，改两儿课文。丁价藩来。

八日　晴。晨作书寄梦缇、六云、三弟，封发时已午矣。吴春海、卢丽生来。莫总兵送烧猪鸡鸭，无所用之，以与唐帽顶。午日甚烈，未作字。刘生文卿论漏税呢匹事，与书凤冈请之。

九日　晴。杨凫江来，言范生妻弟事。未设茶而去。巡西斋。彭东川明日行，出送之，未遇。便过翰仙、子箴、恒四弟，丁价藩极议吴江之伪，颇右高阳。答访麓生、钱徐山，还已暮矣。得凤冈书，言漏税乃奸商所为，劣生包揽之，不胜而求刘也。余不能保，两可而已。兹事初言时，已觉其支离，而以刘于我处不宜如此，岂我有可欺之道而姑欺之耶？亦令人悒悒。鲁詹来。

十日　晴。日甚烈，午浴。抄经一页，蚋扰不休而罢。昭吉不能归，余以百金资之，约其有还便付春甫。院生借钱者颇多，盖不欲余料理井井也。凡习俗以沿袭为便，改章则反群挠之，此事之所以不成，明年仍当尽付之史①胥耳，知人意者甚难。夜为宁生改《瑟赋》。月明露冷，秋光甚艳。

十一日　晴，日光可畏。抄《书》一页。小睡，大风雨至而不甚凉。复抄《书》一页。李康辅来，乞与臬使书，求保甲差。鲁詹来。与张、廖同出，夜巡二斋。阅邸抄，崇绮恩泽小儿，御史孔宪毂乃称为硕辅，既非朝廷之意，复非形势之途，盖所见本卑，抑徇私妄论耶？今年江西、湖北学使均遭风覆舟，湖北梁耀枢至失其印，亦可怪也。元卿来。

十二日　晴热。抄《书》二页。子箴来辞行，今日翰仙借院中设席饯之，便留待主人，久之乃至。朱次民、松生、春海来，戌初入席，亥散，饮不如五日之欢。月色甚佳，作家书，寄两婢一箱一襆被，交元卿带归。川盐道放崧蕃，字锡侯，乙卯举人，吏部考功掌印郎也。作书复云生，荐罗子珍去。子珍来辞行。

十三日　晴阴，稍凉。抄《书》二页。斋夫被城门卒笞一百许。吴、李生来诉，遣陈生子虞往问之，以理曲，不能芘，更追治前辱锦江院生事，送斋夫往听治，松翁不能遣，仍呼之还。酉阳邹生被人京控，匿居院中，亦令之移出，以免吏役登门也。发家书廿四号，入箱未编号。

十四日　晨起作诗一篇，赠莫总兵。大雨，将出送元卿，不果往。抄《书》二页。频睡。见院生二班。敖金甫弟禹九及其子式度来，赠缟纻。得季怀书，言呢税事恐有冒领，发书局查之，刘生执词甚坚，旷凤冈词亦甚坚，是非纷纭，虽知之而莫能定，

———————————

① "史"，疑为"吏"字误。

姑徐之，恐人以书院为包税偷漏也。

十五日　晴，颇热。今日城隍出游祭厉，约鲁詹往看，未午出，已过东门，便至凫江、鹭卿、凤冈，宋月卿催客，同凤冈步往，先看神会。未至，坐月卿处。太初已至，凫江亦来，同凫、凤出看塞神，略如长沙，而旌麾远不及，人亦少十分之八，唯扮鬼者装饰狰狞，及持香花者颇众。还浙江馆会食，坐客更有王、萧二知县。萧子厚甚可憎，云与文心至好，不知文心何以不择交如此。浙馆唱戏，第一折活捉，有感余心。第二折弹词，则不成调矣。初更散，步还，夜雨。

十六日　晨雨。秋阴颇有游兴，因借送曾元卿为名，偕刘文卿、杨建屏、王生斗南、陈子虞、董南轩往看之，午后出城南门，绕溪东行，至大佛寺看海眼，至安顺桥，登元卿舟小坐，呼二婢出，各赏以钱四百。其正月所买婢已长成长脸，甚粗恶，似寡妇，相之无凭如此，或有再变耳。闻苏彬言其诡怪，恐生事，故呼出看之，但不大方耳。已将行，遂遣之去。作书与筠仙。还入东门，从城上行甚远，还已暮。今日文卿以张税事甚惭初心，故以游解之也。夜早寝，梦为女鬼所惊，竟至失声，起坐乃醒。

十七日　阴。看课卷六十本。见秀山杨生炳烈及院外生二班。作诗送子箴，即以案头扇起草。抄《书》一页，多错误而罢。

十八日　晴。谭学使叔玉、陈云卿、凤冈、季怀、孙鸥舫来，尽一日谈。刘生唐突凤冈，败乃公事，殊令人愤懑。与薛、孙同出访蔡研农，过翰仙少谈，还，看卷三十本。

十九日　雨，午后晴。出送子箴，答访敖禹九，见许太史夺命丹，以嫩为宗，颇为善诱。周生润民之兄招饮，长道渊，次道鸿，次霖雨，陪客顾华阳、尹穗坡、吴月生三帘官。名为早饭，至酉未毕。锦江院祭魁星，设饮，往会，陪客二人，外省，不知姓名。相识者春海、又农两翰林，李湘石孝廉，戌散。得穉公复书，增发三月膏火。

二十日　阴凉，午后晴。专看课卷七十余本，至午犹未毕。凫江、凤冈招饮，陪太初、月卿、鲁詹、蒋年侄，至暮散。还阅卷毕，已三更矣。

廿一日　雨。定等第，发课案。小睡，出赴陈云卿别筵，彼移镇松潘，大会文武，为四日宴。今日集同乡黄、刘、劳，四道，一府，以余为客，而有三吃烟者，亦胜会也。亥散。

廿二日　秋雨萧然，竟日寂静，欲写书而无纸，孤坐半日。云卿米辞行。薛中书铨善字乐苍来，求改墨卷，为作一篇。穉公捐送三月膏火银三百六十三两。廉吏而侈于用，不为生计者，然非理财之能也。其特奖不应决科诸生七名，则足以激扬风俗，分别义利。盖诸生多以领膏火奖银为正事，今闻不试者亦被奖，耳目为之一新。特为出谕，发明其意，以为劝戒。午巡四斋，唯西下斋多居杂人，然肃静颇有规矩矣。

廿三日　晴。抄《书》二页。见院生新到者二人。改课文一篇，过于冗长，唯说孟子"天爵、人爵"之说，苦与世俗较贵贱与良贵，及"得志勿为"意，同是鄙见。又曾引曾子语，以仁义敌富贵。其书多为下等人说法，墨子亦震慑于十金，当时贤士如此，况其下乎。荀子似高一层，而专欲尊时王，甘为其用，又不及墨、孟，然后知庄子之不可及也。锦芝生来，言润笔百金与曾昭吉事。

廿四日　晴。改课文。作廿四号家书，汇银百两与喻洪盛阑干客，以供两儿场用。抄《书》二页。太初来。

廿五日　晴凉。抄《书》三页。以国忌，便服见院生新到者二班，入院居者谢未见。夜改课文，稽考诸生日课牌，奖十余人，申饬七人。

廿六日　晴凉。抄《书》一页半。见院生二人。出游武侯祠，实昭烈祠也。修竹甚密，有荒冢云是惠陵，殆不可信。祠旁客坐雁来红甚艳，桂树将花，甚有秋兴，而多蚋不可坐。待二时许，陈云卿始至，彼往松潘出西门，余邀之出南门会于此，已过复还，故迟耳。彭副将亦来送，云晓航之从子也，而烟饮甚深，可怪。设茗酪酥食，申正始别。入城甚饥，食至，复不能饱，未知何故，自入蜀后即如此。暮倦，少寐，见院生，三人一班。翰仙送润笔百金来。夜抄《书》页半。改文未毕，觉凉乃寝。

廿七日　阴。抄《书》三页，《鸿范》毕。改课文一篇。张楚珩来，言罗江滥刑事，是差役作恶，而官护其非，可叹也。见湖北、江西、浙江三省考官单，无相识者。以烧炭费改烧柴，乃更费于石炭。

廿八日　雨。竟日寂静，抄《书》三页。改文一篇。作家书廿五号，以应信期而已，无可报者。

廿九日　雨。大课院生，将有去取，不复分题以定优劣。因试期近，又雨，免点名。饭后出，答访董、锦两道台，不得入。至稺公处久谈，言文卿有鬼祟，故避入都，巡抚而畏鬼，可怪也。又言雨苍言左相短，少荃不宜代奏，失大臣相维之道。又言《论语》“予欲无言”，伤身教之不从，以箴弟子之失。复言文翁教泽未善，务于显明其门生，遂有题桥之陋，不若贵州尹珍、王守仁之正，故黔习犹胜蜀也。答访谭学使，未开门，亦不得入，还已欲暮矣。

八　月

八月壬寅朔　雨竟日。岳生弟嗣佺刲肱疗母，书院中宜有所表异，因作教曰："院生岳嗣仪之弟嗣佺，割臂疗母，就养无方，记曰'杀其身而有益，则为之'，臣子之至性也。由书局送银十两，以示奖厉。"又为监院作禀，请学使示定发月费名数。抄《书》二页。院中然灯七十八盏，以应魁星，蜀俗也，姑从之。刘生妻初死，而倩人代考，余责以匿丧，诸生多未闻此说，蜀妻之贱如此，宜申夫有妻不如妾之说。夜雨凄凄，早眠不寐。

二日　雨。抄《书》三页。岳池刻工昨日来，《书经》尚未毕工，恐不能趁榜前印行矣。昨得怀庭书，欲作复，每日匆匆忘之，夜乃作一纸，以意未尽，夜已深，乃寝。田子臣知府来，宿松人。

三日　雨。见院生二班。抄《书》四页。李宏年送袍褂为润笔。院生多来为刘生廷亮求录送，刘自云妻丧倩人入场。余责以匿丧，而言者不已。乃令求监院，以廿帖药价为赂，监院允为说焉，此事极可笑又可闵也。吴春海招祭魁星，往则有一绣褂客在焉。顷之陕西进士黄同知、童子木之子、杨小侯、李湘石、伍松翁、铜梁某生均至，散已二更矣。小侯字心培，绣褂客姓林，梁县教官。夜作复怀廷书，并复其从子仲仙书。

四日　阴晴。抄《书》三页。鹭卿、曾公子、文诚子。翰仙、许中书孝琛来。为院生余柏求遗册名，与书谭叔裕编修。

五日　晴。晨得叔裕送还昨单，云须由督署一转。学使主政，而推之总督，可异也。复与书穉公言之。出答访叔裕、田子臣，过价藩探时事，云小泉真有退志。又言张拔贡越岳①，葛成都求自尽，及廷议参差事。还过太初，陆、田、丁三处，皆设小食，归院已莫矣。得家书及穉公复书。夜作书与彭东川荐二许。

六日　阴。出看主考入闱，往来督辕人多，不可久待，因访

---

①"岳"，疑为"狱"字误。

翰仙，不遇，还。抄《书》三页。

七日　阴晴。院生新到来见者六人，内有余晋，巴州人，其父壬子举人，庚申进士，通籍后未仕。兄弟二人，各有十了，晋之兄弟皆入学矣。陈友松同知之孙绍周来见。谢生树楠呈友松西夏事略，廖季平云张孝达见一种，杨生鳣塘云或即此书也。孝达注云"时人作"，非前代成书明矣，当俟学差信至访问之。何愚弟以官衔帖来求见，谨辞之，出问所以，云绵州人，欲求遗才也。夜抄《书》三本。

八日　己酉，秋分。院生入场，自寅至午毕入。张通判、王绥原、黄庆覃来，同步至贡院，视此间点名杂乱无章，然甚疾速，至未已封门矣。还至绥原处少愒归院。夕食，帽顶来。得樾岑五月廿二日书，寄吴柳堂《绝命诗》及黄石琴《思子诗》，云其子师闻得诗泣下，次日即告归终养，而龙济生代之。济生亦有老母，独代此席何也？夜抄《书》三页，《召诰》毕，唯余《禹贡》及序一篇矣。

九日　晴。抄《书》三页。松翁、许生、缪生来。缪丁父忧，未卒哭而应课，余教以不肖跂及之道。余前年居丧，仅期年不食肉耳，而外议疾之，与循至告简堂云私食肉，简堂以为笑柄。因举其事而告之，云私食肉，愈于对人食肉，此礼意也。推之，私贪淫愈于公贪淫，剃发愈于迎降，小人之不成人美者，皆以伪君子目之也。

十日　晴。抄《书》三页。辰后稺公咨送题纸，"子谓子产"二章，"上律天时"两句，"谏行言听"二句，"竹寒沙碧浣花溪"得"溪"字，院生皆不至阁笔，当可多中也。看课卷廿本。坐门侧堂，待诸生出场，出者多不相识，盖外人混居者多。杨次林、李湘石两举人来。张生盟孙来，言坐轿号藩吏谬误，藩使逃去矣，场中因不能查号，甚无纪纲。待至三更，廖生季平始出，文甚有师法，名必上榜，但未知正副耳。夜月甚明。

十一日　阴。昨夜起至院门，看诸生出入者，通夜未安眠。朝食后，抄《书》二页，看课卷廿本，已暮矣。出答访湘石，遇一吴郎，其谬妄可笑，未尝正视之。今早秦生偕其叔父子骧来见。晚间李康辅来，言成都看管人富顺张芝逃走，葛令拘其二妾，其少者美不可言。张本拔贡生，武断干预，督部欲罪之，故以妾饵县幕丁，得逸去也。夜雨。今日六云生日，颇思石门之宴。

十二日　晴。抄《书》二页。看课文卅本。宋生云岩卷颇佳，余前拔取第一者。龚开晋、周绍暄、刘光谟皆不能佳。督、臬送节礼，米烛脯果之类，皆受之。唐帽顶来，言张芝有捕处。余因言此人如驽马恋栈，不能远也，唐颇服余胸次之阔大。夜雨不寐。

十三日　晴。罗妪不复事事，当遣之去。单满亦不事，并遣之，均留其过节乃散。朝食后放牌，题纸未到，出场诸生处得一纸，题亦平正，唯《春秋》题"会于郓"，未知意例耳。且喜未出古文《书》，亦近日风气将转之兆。待廖生，至三更乃归。抄《书》二页，看课卷卅本。夜雨。唐报张芝已获，果未远去。

十四日　雨寒，可重绵。抄《书》二页。竟日送节礼者络绎，取二分送松生母及太初，余悉颁之夫吏。夜月最佳，风，三起乃得安寝。

十五日　阴。避客居内房，客闯入者竟日不绝。张子绂、傅仲龛坐最久。左葆澄、黄庆郎、李绶庭来。葆澄留，夜饮，月在云中，竟不见光。抄《书》一页，多误。夜定课卷等第，凡拙劣当去者皆肫挚有情于我，竟未忍弃之，颇为踌躇不怡。罗妪欲求助佃田，以安其翁姑，未知其真否，姑予之十金。闻中江附生岳尚先藏威信公奏议七十余卷，当告学使檄取之。

十六日　阴。晨起甚早，盥栉朝食毕，出答访谭学使，便遇朱次民，杂谈无章。过翰仙、唐泽坡，还，小睡。罗姬去。竟日游衍，丁价藩送肴饵，招沅鹄弟少舫、仁、孙、邱芝帆。劳鹭卿次子字璧垣来，执贽。夜饮，饮绍酒二杯，微醉，早眠。

十七日　阴。诸生来见者五六十人。骆县丞勤广来。季怀及张敬公来，久谈，留食饼。翰仙来。抄《书》一页。定课卷等第。发家书廿五号，寄银百两及杂物。作书寄弥、保，由易光楚简亭之子带去。翰仙言易往伊处禀辞而道乏，我则托其带信，方知捐班之可贵，李筸仙所以妄想于道员也。然捐班由于乞贷而来，则尚非良贵，此唐艺农、李辅曜又自加人一等，可为哑然。

十八日　阴。诸生来见者卅余人。麓生又来。作书与樾岑、瓮叟、皞臣。唐帽顶招饮，季怀、马伯楷同坐。抄《书》一页。发廿六号家书。

十九日　阴。田子臣知州来，久谈，大意欲言程藩使之短。唐友忠知州来，少坐即去。抄《书》一页。傍晚大睡，觉时已三更，院中寂静，更无人声。

二十日　阴。抄《书》二页，《禹贡》毕。节前即当成书，因循至此耳。院外生来见者二人，大抵欲以书院为客舍者，亦姑听之。诸生来见者十余人。

廿一日　阴。昨夜风寒，颇为萧索，竟日未事事。涂抹屏联十余纸，亦颇有佳者，然余书无古意，直以写多而得力耳。夜观包世臣论书，以执笔为要，则非知书者也。其论篆推邓炎，岂知篆者耶？彭晓翁从子藻亭副将来，以湘人失职怨望，言鲁家港战七日，夜不解甲，未几而罗山死。今之统将，美衣鲜食，宁有知当日事者耶？余素不能感慨，今闻其言而悲。夫以诸贤共治一军，艰苦如此，延东南廿年之命，而终为庸妄者所败，诸贤亦各归于黄土，考其功业，又不足大厌人心，反不如任其陆沉之为快也，果何贵于豪贤哉！余亲见险难，而今已不复言事，闻彭将言，不啻如香山闻琵琶也。驱数十烈士以生此百万蠢蠢之人，真复可笑叹，罗山有知，又不知尚能作腐语否。夜与院生谈科场鬼物，杨子纯云今年亲见一人，入号扑地，久之始苏，持号军软语，旋即入号，喃喃竟夜。次日将晚，闻拍案绝叫，则卷上大书"没来头"三字。没来头者，蜀人言不相干也，或云"没紧要"。意真有所见耶？有老翁题诗号壁，自鸣得意，而外间盛传见鬼，则诬矣。

廿二日　阴。抄《书序》二页。书扇一柄。出诣督府，适宴夷客，木人，过崇署臬，便访卢丽生，答拜数客，皆未入，还院已将夕矣。为东乡王华阳、顾生改试文。翻《孔子世家》，考子产年岁与孔子不甚相接。孔子未生，子产已为少正。昭廿年子产卒，孔子年三十，其先唯有适周观礼之事。子产襄八年始议伐蔡事，其父以为童子，盖长于孔子三十五六，不得为朋友，意曾一再见而已。

廿三日　阴。藩、臬同来答拜，泛谈无聊语。闻学差单到，遣往王成都处索之。鹭卿、卢丽生来。李雨亭之子本方来，云多病体弱，不能应酬，人颇朴静，无乡宦气。问《说文》大旨，坐久之。院生来者相间，竟日谈谐。抄《书》二页。

廿四日　乙丑，寒露。阴。抄《书》二页。王绥原来，留谈竟日。穉公来，言复诏令开机器局，当具奏，引季布言以讥切朝政，冀以悟主。余云今之政府不足与明，徒得申饬而已，不宜上也。夕食后与绥原步过翰仙，旋至鄂生寓中，值方见成都府，小坐出，未相见也。还已近二更。作书致薛觐唐前侍郎，论书院不能经久之故。斋夫与院生、长工斗殴，斋夫伤重将死，付监院治之。夜梦帏女患虫疾，母反责之，余抚问其所苦，因问何物最灵，何物最蠢。余戏答以蚁子最灵，人最蠢，憬然而悟，慨念此女夭三年矣，犹能见梦于余耶？作诗一首悼之。幻影重相见，提携问物灵。衣单垂于瘦，发覆两眉青。泉下年难长，秋来梦易醒。忘情仍有爱，非汝未遗形。吟想不寐。

廿五日　阴。竟日未事。莫总兵、定副将、安。唐提督来。抄《诗》一页。分芍药，壅牡丹。校《南史》。

廿六日　阴，有微雨。湖广公所祀乡贤，辰往，麓生、锦芝生先在，李和合、刘玉堂、鹭卿、翰仙、王天舫、张楚珩诸人总集，王绥原亦至，推余主祭，午初乃散。答访定副将，过周豫生，甚饥，还院午食。秦生约看婢，要傅生同往，二女皆下中材，不足纳也。步还。抄《书序》一页，《尚书》抄毕。鄂生来，久谈。彭县唐生来见，昏暮上谒，不知其何为也。写扇一柄。校《南史》数页。

廿七日　阴。作《书》目录，考定古今文五家分合多少之数，凡写十纸。又写联屏扇条数件，均成。内江曾生来见。考优诸生皆来。彭县生复来，言知县捉举人徐培基，系督部之意也。合江知县王鉴塘字清如，平番人，癸卯举人，壬子进士，而以我为同年，谬也。自言实缺撤省，不知其罪。伍松翁命来浼我说之。罗姬去，而衣绽裂。咏“水清石见”之诗，颇有客思。廖生季平入夜谈。

廿八日　雨阴。抄《诗经》二页。校《南史》廿余页。优贡案发，取四人，有两斋长，皆学使所赏也。有两斋长未与考，否则必取四斋长矣。陪优十二人，唯二人非院生。廖得第一，任得第五，二人似怏怏，任为尤甚。鸡肋犹争，可慨也。夫凡考试必须虚心，乃与科名相近，见在我上者，必高于我，则我在人上，人亦推我矣。若见人得，而以为不宜得，此必终身不得，以与俗尚相反故也。学使主司奉天子命来取士，焉有谬误哉？此亦分所宜知者也。以榜近，下第者多，故书此示诸生。

廿九日　抄《诗》二页。出答拜莫、王、清如，合江令。田、子臣。黄、麓生。陆、太初。唐、鄂生。劳。过吊韩紫汀，先诡称其子为出继，至是又认为长子，亦非笃实君子所为。将诣谭叔裕，遇之于陆宅，长谈而别。谭云陶方琦，字子珍，能填小词，亦丙子有名人。莫处寄家书廿七号，附银四百两。与绥原、受亭谈，未待主人也。唐称疾，劳出外，皆未入。还已暮矣。夕食甚饱，早眠。

九　月

九月辛未朔　阴。抄《诗》二页。顾象三华阳令。来，一梧门人也。午间寂静，熟睡久之。太初、月卿来。月卿云陈樊侯，字伯双，兄弟孪生。其弟为安陆守，移汉阳，字仲耦。陈好言《易》，其妻能作篆，年四十余矣。今年学使甚不知名，而连日闻此二人皆有所长，甚以为喜。

二日　阴。抄《诗》三页。见合州罗生，广安、曾拔贡。得王实卿书，为李从九关说。名绍沅，字翰仙。夜雨凄清，五更颇寒。

三日　阴雨。张龙甲来，详言彭县事，坐一时许。见院外生一班。出答访王知县、邵阳人，名昌英。顾华阳、过宋月卿、黄翔云，不遇。至穉公处略谈，已上镫，乃归。张、廖生犹未饭，同食。夜抄《诗》一页。

四日　晴。抄补《书经》二页。看课卷，殊无佳者，令人闷闷。刘廷植知县来，甲子来省，王子寿之门生也，浮躁无聊。邹生来。讲徐陵文。

五日　阴。看课卷，定等第。叶参将、李把总、金蓉州年弟、李湘石、劳鹭卿来。竟日意懒，未抄书，夜校《南史》。暖，复御箑。

八日　早起，因斋饭太晏，仍自炊食，复辰初之旧。王知县来。巳正出城，赴穙公草堂之约。城外泥淖，秋色无可观，唯溪水洹洹，颇有凉意，无端感触，咏"出门望佳人，佳人岂在兹"之句，正不必情事副风景也。至少陵祠，幕客至者九人。武有帽顶，文则馆师为二客也。穙公二子均从，唯见其小者。中饭微雨，菊瘦而高，殊不及湘中。今日看乙亥秋集诗，念长沙故人，复增离思。尔时在省寓，留有友朋之乐，去有林泉之兴。明年而山居圮。今岁复闻海琴、晓岱之丧，追念昔游，已成难再。此间殊寂寞，唯穙公、季怀可谈，又不能时相见，至于石门风月，殆不可寻，致为惘惘。申散，还院校《南史》两卷而罢。

七日　晴。书局《尚书》刻成，作序，假穙公名弁之。得陈云卿书，俄夷使人从和阗觇西藏，所谓"因桓是来"也。暮校书三十卷，但看大字，顷刻而毕。夜然烛张镫，为梦缇庆生日，作饺及汤饼，因饱未食。月映南窗，颇怀良会。帽顶送黄花十二本，恰应生名，又符月数，列之中庭，裴回久之，凡三换烛乃寝。

八日　早晴，午后阴。梦缇生日，设汤饼，停诸课一日。赵、陈二生闯入，因留陈饮。任篆甫季父求见，谢以谢客，未见之。得家书，功儿于场后定来，书颇详明，即作复，交银号寄去，廿八号也。今夜放榜，与季平坐谈至三更，季平逃去轰醉。余就寝，半觉，闻炮声，起披衣，未一刻报者已至院中，共中正榜廿一人，副榜二人，皆余所决可望者，其学使所赏及自负能文者，果皆不中。余素持场屋文字有凭之说，屡验不爽也。堂课七次，取第一者中五人，所列三等者无一中，何必《四书》文乃能决科，甚以为喜。顷之季平、篆甫、治棠、陈子京、吴圣俞、少淹皆入谢，已鸡鸣矣，谈久之，乃还寝。

九日　阴。晨起书报稺公，盛称主司精鉴。晓寒，仍眠，起已辰正。顾华园、陈容之、<small>光鼐，此人新到。</small>周伯显来谢。彦臣入谈，云今日多痛哭去者。彼前亦欲去，余譬晓之，今能怡然自得，胸次甚磊落也。余既喜教之可行，遂有留蜀之志。夜抄《诗》二页。滴雨凄清，留邓生宗岳谈纵横之事。张桂来，送分房中单。

十日　庚辰，霜降。阴雨。写联屏八纸。湖北熊知县来。秦生引柳秀才福培送文稿来，请阅定。文殊未能成格。午后步至城门，舁至昭烈祠，刘瑶斋、萧子厚作东，太初为客，刘弟及□□与坐，申散，还院已暮。鲁詹自重庆迎姥来。得家书，及力臣、芳畹、谬书、皞臣、验郎、范生书。至子雨，客去即寝。

十一日　晴，秋光甚明。抄《诗》一页。恒镇如、夏竹轩、黄蜺生、李承邺、章州同来。诸生至者不绝，竟日谈话。夜改定书院章程三条，余未暇思量也。闻功儿在道，遣阳春往迎之，因便令还家一视，颇有迎姥之意。

十二日　晴。抄《诗》一页。诸生赴鹿鸣宴，来见者数人，有高楠不到院，不应课，今始来见，辞谢之。骆县丞、韩紫汀来。鄂生约过谈，申正步往，竹轩与同寓，坐房中，房小隘暗，不可一刻居，而两道台安之若素，可怪也。晚饭大雨，纵谈诸俗吏情状，至二更始还。作家书。夜半有月。刘知县送菊，高如艾。

十三日　阴雨。寅莘师孙文治来，字湛泉，年少晶顶，其举动轻率，无以胜孟钟吉，但不贫耳。何愚弟来，求锦江监院。王绥原来还银。黄庆罩来索债。抄《诗》二页，《小雅》二卷毕。夜雨，无人共听，殊感长沙游宴，兼忆晓岱、海琴。张桂邻人文八来投靠，留之作工。

十四日　阴雨。发廿九号家书。遣阳春归，兼探迎功儿，并寄芳畹、龙验郎复书。校《南史》一本。彭水苏生世瑜、南溪张生问惺俱以贡出院，闻举贡得肄业，皆还读书，因陈、廖以求见，与谈《说文》，云昔之翰林以宋学、古文文其浅陋，今之翰林以《尔雅》、许书文其浅陋，皆非有心得者。暮至秦生处看婢，有一女似有南派。

十五日　晴。为陈生子京改朱卷，作孟文一篇。旷凤冈来，谈闱中事。萧子厚来。留旷夕食。牌示院生，复起日课。

十六日　阴。许竹篔主考来，神似张东老，亦高谈闱中事。昨看赖女未审，再令异至院中，视之眉目间有俗气，恐家中以为不择而漫与，未敢买也。季怀及李湘石来，又迎一女，则愈下矣。谈话竟日，未事。夜将理课，薛丹庭、唐宅坡来。一更后微雨。

十七日　阴。辰出答访来客十二家，杨凫江、许竹篔、黄应泰、丁价藩、熊恕臣、钱帖江、刘琯臣、谭叔裕处皆入谈。视日将晚乃归。竟日饥疲，人世之纷纭如此。夜抄《诗》二页。

十八日　阴。抄《诗》二页半。昨约许编修饮，遣人下帖，便送新刻《书经》与穋公。约鲁詹来，开菜单。见新中院生杨琮典及院外生三人。太初来辞行，始闻湖南乡试题，而家书未至。

十九日　阴。张子静寿荣来，言庚戌岁曾于湘潭官舍见我，其时彼学刑名于李师之友，并叙姻谊，称四父为舅，不知谁氏子也。已而张名杰来，乃知名杰即谐五之从子，而仍不知子静之家世也。钱保塘来，言闱中事甚多而无谓，殊无去志。松翁来，又留谈。余甚饥，索食无有也。监院王心翁来要客，与松同往，一光绊空管官，云是朱小舟，逢人问姓，不知其何以作官。又一赵生，云心翁座师之孙，未问其字。又有薛丹庭、杨次林。戌散。次林入谈。抄《诗》二页。

二十日　阴。晨行尊经阁，见木工兴作，怪不余告，切责张生详龄。因感蜀士多不知情礼，失教久矣，余一人欲挽其风，恐以不狂者为狂也。秦生迎四女，待余择之，其中杜姓女似可。为此耽延一日，亦非正也。夜抄《书》一页。改邱生文半篇。唐帽顶来。

廿一日　晴。久不见日，秋阳甚煊。谭叔裕来，久谈。刘子永来，子迎族弟，云曾相见于伍井。不甚省记矣。咏如乃其族子，初亦不知也。见院外生二班。榜后人当散，来者犹相继，知风气之易转。张生百均新调院，余诲以谦抑下人之道及难于尽言之苦。盖后世师道久不立，人无严警之心，乃知周公屡告，真不得已。抄《诗》二页。致孝达书。

廿二日　阴，午后雨。秦生来，言杜女欲以彩轿来。余闻骇咤，不敢复言取妾事。鲁詹又言劳六嫂相得一女，美丽第一，然不可看也，此岂能为妾者耶？抄《诗》二页，未初治具，约许竹篔、谭叔裕两编修饮，穉公来陪，申正至，酉集亥散。剧谈小饮甚欢，颇无冠带之苦。夜大雨，驺从甚困于泥行云。

廿三日　雨。为中式诸生略定卷文。得樾岑衡州七月书，邮递八十日方至。驿卒去其大封，以图信赏，此弊唯蜀中敢为之，告以不必去封亦可求赏也。李世侄及诸生来见，无问经者，但以获盗纷纭耳。今日似寒，而仍可不加衣，此地气暖，殊于南海。抄《诗》二页。

廿四日　雨竟日，气始欲寒。今当出访客，以泥行不欲劳人，遂罢。黄应泰招饮，亦辞之。应泰甚怨望，颇为张桂所怪，何应泰之不如张桂也。李秀才来见，欲求冬茶差，告以不能。李名肇沅，王石卿弟子，为向鑅所误，以佐杂官于此，人似明白。为诸生改卷毕。校《南史》四卷。抄《诗》半页，多误而罢。昨获盗，夜冻而死，监院斋长未免草菅人命，余亦失检校，曾微属其纵舍之，而未暇问，亦不意诸人鲁莽如此，余亦未能重惜生命，非饥溺之怀也。为江生改卷文。夜雨达旦，枕上时闻潇潇声。

廿五日　乙未，立冬。始寒，乃裘。雨止见日。巡四斋，诸生留者五十六人，尚有十人思去者，应领膏火者三十二人，作告，申饬功课。太初复来，言鄂生仍送百金，岂所谓不继富①者耶？抄《诗》二页。

廿六日　晴寒。锦芝生来。抄《诗》二页。检刑律，翻修改按语，颇为斟酌，但无精义耳。书局空有文簿，而无存本。遣人取银，则已为任生支去，票存而银亡，近荒唐，可恨，严斥之，必令取到，至夜始归款。世间事不可大概，宜子产有水懦之戒也。韩紫汀、季怀及其同乡□君来。与八女议昏穉公小男，以其俱八，又同庶出，颇相当，当托鄂生为媒许昏，海老当不余讥也。夜为张生讲汉文一篇。乙卯同年张申五来。

廿七日　晴。紫汀复送厚朴、青毡、童翰夫画。帽顶夜来，谈其微时遇仙事。云南人多依托神鬼，其俗然也。作家书卅号。抄《诗》二页，正月篇文意多未了。鲁詹来食野鸭。

廿八日　晴。积压酬应甚多，卯起出访鲁詹、翰仙、张同年、萧子厚、许竹筼，鲁、张未遇。萧言太初将取妾，所谓多收十斛麦者耶？至延庆寺，成、华新举人议请宾兴，伍松翁、吴幼农主之，午集未散。复答访陈姓、刘子永恒、四弟、李总兵、刘三品，至章宗沄处晚饭，云其肴馔甚精，殊不甘旨。卢丽生、章师耶及其兄与房主李姓同坐，江少淹为客。人甚驳杂，又谈烟花，颇为唐突，二更乃散。余中酒，为烟薰晕绝，坐人大骇。

廿九日　阴。今日国忌，例不见客。许竹筼来辞行，以彼行

---

① "不继富"，疑是"不济富"之讹。

装无吉凶，故出见之。院外生来见者一人。旷知县、唐提督来。抄《书》二页。孙彦臣还院，送绵州野鸡及鳟鱼。鲁詹来夜谈。

卅日　阴。丁荣翰来，求荐馆。饭后出，答访张子静、谭学使，论书院事。出南门，至宝云庵，访百花潭，地甚逼仄，不可结庐，然差胜于草堂。院生十六人新中式者公宴余于二仙庵，鲁詹为客，孙生亦与，令顾生印伯题壁记之。余作四句题于后云。澄潭积寒碧，修竹悦秋阴。良时多欣遇，嘉会眷云林。盖此会即别筵，而不可述离思，甚难着笔，后二句颇为简到也。一更后始散。留城得入，列炬甚盛，亦胜集也。院生于我皆亲爱，近世所难觏者。夜阅日记。比来觉儿女情多，风云气短，当振作之。

十　月

十月辛丑朔　阴。改定课期于朔月月半，自今日始。辰刻出讲堂点名，出题十道，仍分经各作一艺。旷凤冈、刘仁斋 廷恕。来。诸生来者至午始散。抄《诗》二页。校《南史》。改廖生经文。章镐来。

二日　晴。抄《诗》二页。校《南史》三卷。锦芝生来。韩紫汀书来，言《考工》弓合成规，不可用算法。作书告以四率可推，并旧说误以强为弱。

三日　阴。久未出行，饭后循城入少城，出至北，转东，还过南门而归。唯至麓生、季怀处少坐，约步廿许里矣。夕食已然烛。夜作书复陈云卿，言女王子土司为郎松所囚，不可名捕。又送院生名册与谭叔裕，使定去留。

四日　阴。看课卷，定等第。抄《诗》一页。家中寄书至，看《军志》竟日，语多拗晦，尚须改令明显。考《曲礼》牲号见

《士虞》，称"香合""明视""尹祭"，似可推明各有所主之谊，而郑皆以为误，令董生考之。

五日　阴。抄《诗》一页。绥原、鹭卿、太初来。鹭卿骄弱，不堪劳苦，比日武闱最烦剧，而转强健，自云人生在勤。帽顶来谈。太初留夕食而去。李世侄来辞行。夜巡四斋。

六日　阴。得家书，两儿寄闱作，粗成片段。麓生来久谈。招罗妪复来，苏彬惶窘，徐谕之使去。诸生来者相续，扰扰竟日。高秀才自越嶲回，李绥廷自营中来，皆不能不见之。与绥廷及岳生同步穿少城，至武担山看石镜，便至芮园小酌，看墨池、书院。主人芮少海招余及督府诸客夜饮，会者十一人。闻谭文卿得浙抚，冯展云得陕抚。冯之擢用甚奇，荇农呼荷荷矣。督府诸客艳言瑞华班之难得，因议召至唐宅演之。饮四杯，微醉，早睡，夜半更不成眠，起看怀庭、弥之、丽叟书。

七日　阴。复彭丽生书。正月一笺，六月乃达，可见湘、蜀之阻。循诵复书，慨然有志于本朝经学之编，某旧亦闻绪论，而以为知言矣。但经书须有师承，自通志堂之集为世所訾，阮集出而又变本以加厉，矫枉而过直，今欲求诸老生能发明师说之书，杳不可觏，唯小学有佳者耳，岂得为鸿篇巨制邪？大著《易集说》近之，犹嫌有所去取。某将俟弟子有特达者，各治一经，皆以集解体为之，非十年不能办。孤身在蜀，舍己芸人，又无此心绪，田光所为发慨于销亡也。吾湘校经堂生或能及此，故欲辞归为识涂之马，又恐罗研丈以白简从事，崔贞史于戏台相见，郭意城以去就要君，则败兴矣。昨与丁公言，天地闭，贤人隐，圣人作，万物睹。圣则吾不能，贤则未敢自谢，当今之时非独总督非隐，主讲亦岂可为隐？归与归与，老糠可然，不必吹藜，今年若不成行，明春定当还里。比日武闱事忙，尚未与主人相见，明年关聘已缓之矣。封翁而谋衣食，未之前闻，俟还时当借箸画策也。与弥之书。得书喜慰。前由易生寄一函至武冈，想尚未见耳。小年兄弟有见即书，不遑计其恌侧与否，但不使高底鞋与闻耳。来答深执谦和，得无客气耶？淦郎舍所长而用所短，然出房非可预断。非女得蒙成贷，当欣然矣。功儿来启，云吾兄复有小星之纳，何其勇毅。已从门入耶，抑尚是吾欲云云也？某客寄于此，欲求一似人者而不可得，蜀女多如鲫鱼，不可为鳊鱼，奈何奈何。讲席非可久居，一日不胜其劳，仅可一年，留去思而去之，上之上者也。丁公处尚未辞，昨司道来问关书，随人云方大人携入京矣。有其主必有其仆，故是一段佳话，与皡、笛共赏之。今岁院生高第者二十六人，皆为二景所搜而去，颇有空群之叹。尚有十余人未施檃括，奈思归甚切，又有校经之志，恐不能留。每诵谢康乐诗，至感深操不固，未尝不泫然也，先生乃以寓公为祝，何耶？仲冬能成行否？且留度岁，或图一聚。无任钦迟之情。十月七日闿运再拜。与妇书。比遣两信，皆论迎媵事。初五日得七月廿五日家书，并两儿文，皆可碰中。丰儿文实少数句，其二篇则全未做，是成、弘以前法门，龙飞相公宗派，甚无谓也。外舅做一时高手，今则外孙传之而更高，故是罕事。功儿文虽不高，其无聊亦同，唯后二比佳耳，然皆可以为秀才矣。家媵皆不能来，久留山中，亦复岑寂，拟于十一月十六日起程还湘。功儿如未来，便可不来。如已来，到在十一月十六日以前，即留同我在成都度岁，使其游览，以化去孩童见识，明年正月底再同回也。《题名录》至今未见，俟到后再有议论。总之隔远难打主意，我又主意太多，此离群索居，无内助之过也。以此推之，则卿比年以来，无外助之过尤多矣。凡人每日当思己过，此卿之所尤短者，吾每寝食，未尝不思之惜之爱之恨之。小年相处至年老，而不忘相规，斯可感也。非女亦传卿衣钵，吾痛斥不能改，既是外人，懒讲得他，搭一拜上告。闻卿多病，甚念，损我壮游之志也。会当谋归，善自扶将。萧铭寿来，久谈，未甚谛听，因谢客少憩。午出寻帽顶，言唱戏事，留食油饼颇佳，又允送余晚菊。还院复小睡。松生来。谭叔裕遣要晚饭，未设茶而将暮，因送松生，便舁至学院。顾又耕先在，奇无味一老叟也，子箴，甚重之，而颇诋子箴，何耶？设食甚奢而无越味，初更散，遇鲁詹于陕西街，同至院少坐。校《南史》三卷。

八日　阴雨。稍寒可裘。晨抄《诗》一页。读雨无正之诗，然后知余于言词未也。以共和二公方起摄政，周之存亡不可知，诗人无尺寸之权，徒以言救之，往复旁皇，肫然弥厚。推此意也，可以使恭、沈顽廉，宝、景开悟，韶也悚然，而归于正，何乱世之不可治，而小人之不可化哉？故曰"巧言如流，俾躬处休"，彼以讦直婞激为名者，自丧其身而益误国事。以滑稽俳谐为高者，虽免于世而实堕高节。君子论之，则曰"哀哉不能言"已矣。午校《南史》四卷。抄《诗》一页。帽顶来。见锦江二生与屈生代领奖银，告以不能，亦颇教以口不言钱之义，想不入耳也。申初恒镇如、刘子永招饮，无一客，专为我设，馔甚丰而不美，但颇精耳。得若愚阿克苏书。

九日　阴。抄《诗》三页。凫江来。诸生来问事告假者，竟日不绝，夕时甚倦。鲁詹又来，久坐至二更乃去。早眠，午夜觉，不寐，思《曲礼》言"岁遍①"文与祭先相对，似可为四时分祭祖祢之证，以士有四祭，近太数也。然镫至晓。

十日　庚戌，小雪。阴晴。书屏联十余纸。与督府诸客醵饮唐宅，未初往松生处，要同步往，客俱集矣。演《玉春》②，班外召十伶，专为孟女而会，孟女称寒疾，仅演一折，诸客颇赞之。亥正散，浪费非豪举也。

十一日　阴。抄《书》二页。见院生新到者一人。萧生永川人。来，似欲言公事，以他词止之。周生新中式，始来，亦辞不见。帽顶来，言李湘石欲陷之以骄横，此心多疑，非豪士也。黄郎庆覃来，言无谓之谈多而且久。薛丹庭来，云筠连、宜宾多蛮寇，提督宜驻宜、筠间，似是可录之策。今日多愒息，少治事。吴生博文来，问絜衣长短右袂之说，检段注无发明。余思"絜"，衣坚也，衣坚当为竖衣，竖子衣耳。此今小袄之制，其长短齐袂

---

① "岁遍"，原作"岁编"，据《曲礼》改正。
② 据前，此次演戏者为瑞华班，此"玉春"，当是所演戏名，疑是《玉堂春》，中漏一字。

不齐袪，便于执手。"袺"之言舌也，不端，故如舌，衣长而袖短。右，以也，依也，循也。衣既无袪，又仅长及袂，则长四尺四寸也。夜诸生入谈者六人。闻湖南《题名录》到，遣问之，无着落。夜雨。

十二日　阴。梦雨如尘，甚有冬景。抄《诗》一页。午过翰仙、鲁詹。笪心留饮，今晨未食，饮酒一小杯。锦芝生要饮延庆寺，将暮又改骆祠，笪心处半饮即往，陆太初、刘瑶斋先至，戌正散。夜感寒。

十三日　阴，风颇寒。抄《诗》二页。改《小弁》说菀柳为喻王室，以"有菀者柳"为证。萑苇为群妾，以"葭菼揭揭"为证。梁笱为去妇，以《谷风》"敝笱"为证。然后知诗人取兴有定，如近代词家必侔色揣称也。张镐字芑生，不知何许人，发一赴帖告母丧，不能不往，顾象山、金年弟、卢丽生皆在。杨凫江促客，急还，坐客尚未有至者。顷之仁和许吟槎、宋月卿、鲁詹、曾某俱至，凫江此设不知何意，殆为其父求集序耳。亥还，闻罗姬将嫁苏彬，有感予心，益验蜎蠕配合之非偶也。使予持绳尺，则无此事，此亦恐伤盛德。夜风吹窗，无可与语。

十四日　雨阴。莲弟神气萧索，似有重病，而不使余知，颇为悬系。抄《诗》二页。为邹生定徐孝穆诗文。曾生来，言其姊丧，以子死甚迅速。余云人死生如屈伸臂项，此何足异。又告以姊丧降服也。凡降服皆重丧，依近礼请假半月，十五日不薙发。曾之姊夫之父，母、妻两丧而演戏作生，余不能禁也。[1] 今为此言，近于不能三年而察功缌者，虽然余不能教弟子之父，而适教弟子，姑为此言，以待善悟者。且张生见母之哀女，而可悟子之宜哀母，

———————————

[1] 此处疑有误。

其犹有不绝如线者耶？

十五日　阴雨。朝食后出讲堂，点名，诸生颇有振作之意。昨因感寒小睡，念日课未毕，再起抄书，今遂委顿。疾未有以勤致者，此殆勤之过与？然由于懒不加衣，则仍以惰疾也。锦芝生、唐帽顶来。夜寝，通身如熟打伤者，寒疾已愈。

十六日　晴霜。晨起，日初出，寒不减湘中。抄《诗》二页。写条幅对联五纸。翰仙来，云已得《题名录》，麓生子中式，留午食而去。鲁詹来，乃见录，知怀钦、希鲁中式。黄云岑、胡棣华亦中，则可讶也。湘潭中三人，皆不知名，解首遂出安仁，亦为罕事。夜月甚明，不照床前矣。别三月耳，南北转易何速，往年殊未领略此景。

十七日　晨阴，既起乃见日，不及昨日之皎洁也。李宏年禀到，未见。本欲出，闻其言王绥原当来，遂待之。抄《诗》一页。高生来，赠诗求金。绥原亦来。张生来，留我度岁乃去。曾、顾二生来，示以穉帅手书，拳拳以不加民赋为本志，其胹仁可感。告二生宜宣布德意，使麑裘谤息，乃为无负循吏也。价藩来，久谈。杨石泉授甘藩，湘人复有盛于西方之意。客来一日未断，又以其间抄《诗》一页。得谭学使书，送来诸生清单，留二百余人，而自云七十人，可怪也。

十八日　晴，晨雾。抄《诗》三页，毕《小雅》四卷。薛丹庭、黄云生、张华臣来。与黄、张同步入少城，绕提督街至莫馆，送绥原行，还已投暮。诸生夜入谈者六七人，为言蜀士无威仪，由老辈失教之故。儒而鄙野，不能一一指告，当须自摄检也。申夫盛称西沤先生，何流风之未睹，意西沤非能教者。夜月。

十九日　晴，晨雾。苏彬乞假娶罗去。顾象山、崇扶山、徐小坡、程立斋、王合江相继来。司道前送聘，故来致礼，唯董小楼未入，盖号房之误耳。王送永宁道妾生日礼，而自嗟其迟误。余告以人当树风节，督府之撤，撤其谄软，非责其省啬也。身为进士，年垂六十，而不知媚灶之可耻，亦可哀哉！左生来，执贽请为弟子，笑拒之。又来言求缺事，告以非所宜言，当须慎审，此递解回籍罪也。抄《诗》二页。

廿日　晨寒，午晴煊。出答拜司道，至学使处，议院生去留。贺麓生，吊周熙炳、荔吾，兼过芝生，惟崇、徐相见。崇处遇松生，同过翔云久谈。周处问其行止，云尚负二千金。还院，高生已久待，云欲往川东，求一函书。恒四弟送茯苓饼，浑不似京师制。见院外生一人。帽顶来谈，云将军欲相见。看课卷十余本。谭叔裕云刘生光谟见彼，云明岁不能到院，张遂良亦当去，盖欲中我以不容刚直之咎耳。此生叵测，是书院一大蠹也。初夜霜寒，月出更暖。

廿一日　晴。锦芝生来。院外生一人来见。何教官来。欲留华阳任送考。看课卷二十余本。抄《诗》二页。夜作玩月诗，文情甚美。得春甫书。杨凫江来，云当往彭县，属余刊其先集。

廿二日　晨雾，巳初始散。看课卷三十余本。竟日多闲坐，懒于游事。夜定等第，校《南史》一卷。

廿三日　晴。唐、江、莫三提督，熊同知、许知县、庆恩，字吟查。高秀才、李从九来。高往川东，求书与彭鸿川，为作两纸应之。竟日对客，夜始抄《诗》二页。

廿四日　甲子，大雪节。晴。调院旗生锦福。巴县陈都司、谭学使、王绥原来。秦生言杜女愿为妾，请定银约之。抄《诗》三页。校《南史》一卷。夜为宁生说鲍诗左赋。定院生去留单。

廿五日　晴。朝食后巡四斋。锦芝生来。访鲁詹，言纳妾事。步至唐泽坡处看戏，亥散。鲁詹得湘信，言功儿将由汉口入蜀。

廿六日　晴。晏起。章从九、宗沄执贽来见。辞其贽，出见之。方逢盛为同院相鄙，劝之早去，殊无去志。余之教自谓以身师，而方、刘不独不耻格，且不能免而无耻，何生徒之难化也，自愧而已。唐泽坡请陪学使，午后往，将军宗室恒训字诂庭、副都统维侯字桂庭及旗人齐知府已先在，让余为客，锦、马二道台，叔裕编修续至。今日演戏，优人殊有精神，至亥散。还院，鲁詹久相待。诸生入谈者五人。

廿七日　阴。早起写条幅二幅。朝食，方逢盛来辞。萧子厚、薛丹庭来。抄《诗》一页。诸生来问业者数人。唐泽坡复来要看戏。唯诣季怀小饮，亥正乃散。抄《诗》一页。

廿八日　阴。作三十二号家书。见院生三班及副贡某生。严生自西安还，言华山之险，令人有攀跻之兴。午出谒恒将军、维副统，将访穇公，值恒已先至，乃还。过鹭卿，问其家丁送木匠置狱事。至延庆寺，锦芝生招陪季怀、马伯楷饮，而仍以余为客，至戌散。校《南史》三卷。

廿九日　霜晴。恒将军、齐敬庵知府来。院生黄绍文、院外生冯尔昌来见。穇公来，言八女姻事。鲁詹夜来，言湖南人拐带事。王绥原夜来，借银廿两。抄《诗》二页。留王、陈吃饼，亥散。

十一月

十一月庚午朔　晨阴。出讲堂点名。堂课即设公膳，院生四十人会食。鲁詹来，留饭。待劳芝舫来，言拐带二人，专押一人，于理不公，属其释出。薛丹廷来辞，未见。午出诣帽顶，请其为媒。遇鹭卿，雨大至，冒雨至督府，与穇公谈书院事。诣鄂生，见其子公实，字我圻，酬应甚疏，颇有乡气。答访许银楂庆恩，已暮，至张子静宅会饮，和合及王昌英、劳芝舫、张楚珩、陈双阶俱先至，席间谈州县事，殊无大体。四川吏习之坏，遂至无清议，可叹也。夜还已倦，未事。

二日　晴。抄《诗》二页。写条联数纸。张门生来，言己无大志，但欲得万金以归。甚哉，世俗之衰也。以一平人，无故借六百金捐纳通判，曾无分毫才智，便望万金，犹自以为无大志，此言何为而出其口入吾耳，吾又何所施其教，亦岂有告之当道而弹劾之理？坐视此等妄人往来吾门，又非择交之不慎，此将谁归咎乎？龚生兄鼎寿来，亦一荒唐人。帽顶、刘廷植、薛丹廷、曾、周、顾生相继至，自午至戌，对客不得休。自院生外者，人品以帽顶为最优，议论以帽顶为可听，殊为可慨。

三日　霜晴。写条幅扇对应酬字始毕，抄《诗》一页。焦、龚二生来。焦言公车费。余云只可请首府设法挪借，不然则事缓必罢，丁公未思也，筹款指还，事亦何难。复忆去年学宫之事，知办此亦不易。萧子厚、钱帖江、季怀、孙伯玙、吴春海、王莲丈相继来。王言监院事，欲荐一毛姓为之。余云与新章不符。薛、孙坐半日，竟未及毕谈而去。略议纳采事，云贵州俗与四川大同，与江南绝异，故以孙主之也。抄《诗》一页。欲校《南史》，竟无暇日。每笑方丈僧忙，何不出家。今余出家而更忙，归家亦又忙于出家之方丈。日者推余生辰，云"双牛在阑，一世清闲"，正反语耳。此殆梦缇误我，今虽去妻入山，不复能闲矣，其助我成名耶？其锢我入俗耶？诚无以定之。

四日　阴，颇寒。无皮衣，欲觅一二袭乃能出会客。待鲁詹，至暮乃至。副统维侯、骆县丞、刘大使、孙光治、李县丞、帽顶来。监院委南川教谕刘得学。辕巡捕李宏年为莫组绅作《募修北路序》，来请删改，鲁詹守催之，为改定乃去。连三日皆纷纭于接对。抄《诗》三页。夜有盗逾垣，余疑前盗之鬼也，亦无变怪。

五日　阴。看课卷未见客。罗惺士晚来，见之。帽顶送昭通梨，颇甘寒，然欲败矣。校《南史》。巡四斋。霜寒，脚跟已欲冻，身殊未觉寒也，乃知寒、冻正不同。

六日　晴。晨晏起。罗石卿、从九为余看皮衣，无相应者。午出送吴春海，过翰仙、蔡研农、季怀、芥帆，更将访余客，以八日请媒，未发帖，欲亟还，而芥帆留待其朝食毕乃出。独坐一时许，匆匆而出，至宋月卿处晚饭。湖北官人熊恕臣、刘瑶斋、贺云甫之弟、景剑泉之弟、齐敬庵之子先后至，殊无佳客。余就宋处发帖请媒。还院，发帖请鹭卿陪媒。鹭卿殊不引嫌，亦非所料。余初言而悔，恐其多心也。

七日　早晴，午阴。先孺人忌日，谢客独居。帽顶、张生、鄂生均以事必欲入，谈几半日。王监院闯入，偶问其供张物账，嫚词相答，云已报盐道矣。余与之周旋一年，未尝督过之，今闻不觉大怒，直斥其悖，殊非敬老全交之道，迟回久之，令书办请薛丹廷为之转斡，罚令作讲堂门，以志吾过。鲁詹来，料理请媒事。校《南史》二卷。

八日　阴。晨食甚晚，帽顶先来送万年青，取吉祥语也。鹭卿来陪媒，未正，孙、薛、二唐送庚帖来。丁公第八子与八女结婚庚帖不书婚姻年月，唯书男女生年月日辰。外拜书二封，夹一单帖，云"敬求台允"。女家复书如之，曰"敬允台命"。江南谓之允帖，甚重之，湘俗所无也。用仪仗鼓吹彩亭致之，庚书无币籍，镇以如意。媒人书两家庚，笔墨香蜡皆男家备送。巡捕、材官、家丁从者五十余人，及媒人、从者、轿夫又三十余人。余初以为小定无办，及至，颇忙冗，仅设一点心，犹待至两时许，请鲁詹主之。贺客来者百人，皆谢未见。夜二更犹未饭。季平自井研来，留同食，抄《诗》二页。

九日　晴。当出谢客，以例待新亲未出。维侯来贺。左保澄、凤冈、月卿、张门生均直入，留旷、张、左同夕食，客去已暮。

十日　己卯，冬至。晴。鲁詹来。买皮衣竟不得，衣鼲鼠裘褂而出。刘廷植来，所求无已，殊可笑也，催送之出。舁行城西北谢客，仆马俱疲，唯帽顶、学使、督署入谈，还已向暮。抄《诗》三页。闻监院委毛姓，与新章实缺不符，碍于首府及藩使情面，欲姑听之，而又不可与俗人共事，多委曲，犹有格格难入之名，益念入世之难，与书薛训导略示其意。诸生入谈者夜恒数至，日疲于谈话而已。

十一日　阴。晨方栉沐，薛丹廷及杨、傅两生来，匆匆殊未得谈。杨生书院之俊也，而相去疏阔。严生北风来，亦频值客，未得多讲论。饭后出谢客，行城东北几遍，至和合处晚饭，初以为有戏，来已晚，及至尚早。张怡山、徐幼惺两道台，同乡刘、劳、二黄及帽顶均集，设馔洁美，余食甚多，而犹未饱。二更散，微醺行胧月微霜中，颇有清景，因笑阎石可但知醉饱不恤饥寒之非，而不知非醉饱不能恤饥寒也。丁果臣亦死，无人质之。夜抄《诗》一页。

十二日　阴。苑[1]、邹、黄弟来，求臬馆，为节礼故也。无聊文武官五六人来，竟日不绝。诸生入者又十余人，倦谈少愒，抄《诗》一页。遣莲弟看船，莫总兵以自造小炮船送迎我。牌示诸生去来之期，并开送公私事与稺公，与书简堂、刘玉田为荐馆，与顾象山为公车费。

---

① “苑”，疑为“范”之讹，本月十六日送行者有邹、范。

十三日　阴。劳生早来，留朝食，令观书院馆餐之俭。写条幅对子赏巡捕。张维权来，久坐可厌。鹭卿、象山、松翁、刘愚、鲁詹来。抄《诗》三页。得怀庭书。

十四日　阴。得家书及竹伍各书，春陔、锡九书。二张子静、楚珩，及凤冈来送行。穉公来会亲。龚生兄鼎寿言公车费事。鲁詹来送衣。抄《诗》一页。

十五日　晴。晨出点名。新监院薛、毛来见，送行。同乡官坐待者八人，张、章门生必欲见谈，点名后见之。午正将出，翰仙来，复要入谈，同出诣将军、都统、丁价藩处辞行，兼托价藩照管书院事。留章程十余条，并作移文，令监院移二县，立公车费章程。还已将暮，鹭卿复候门同入。鲁詹、章孙先在，设食未至，藩、臬、盐道来送行，辞不敢当。帽顶复来，与借五百金发公车费。是日送行者数十人，俱未见。穉公送程仪，三辞，复夜致之，受其百金，与书谢之。复拟章程，交监院遵行，并立斋长及管书局事宜。宋月卿、杨凫江、鲁詹夜来，为凫江作其父诗序。抄《诗》一页。诸生来者相续，子夜未散，复为宁生书对联乃寝。久不寐，及睡觉，天犹未明，颇有雍容安闲之致。

十六日　阴。晨阅课卷卅余本，定等第毕乃出，诣司道门辞，至松生、帽顶、鹭卿、季怀处话行，锦芝生来送，穉公至季怀斋，留谈久之。出东门，凤冈、鲁詹、凫江、黄霓生会于城门，同送行，少坐登舟，翰仙、摺卿待于炮船。摺卿设饯，饮未半，穉公来，登余小舟久谈。余本欲辞其出，而坚不可辞，且令士民知督府重士礼贤，亦信陵礼毛、薛、侯生之意也。院生来送者三十许人，院外生亦来送，何其拳拳易感。监院及同乡官送者均立谈而去。张、岳、邹、范、顾、曾、张、鲁詹顾小舟，襆被相送，李逢年衣冠久立，辞使还城。申正移泊薛涛井南岸。

十七日　阴。晨行十五里至高河壩，送者七人还城。邹生以伯叔需索不安，欲从余还湘，独留不去，同舟行。七里至中兴场，戴、邓生党友陈都司炳炘、罗秀才忠兴来送礼，并言欲送至嘉定，留坐船上同行。少时问之，盖欲求荐书者，告以不可。与同午食，多睡少谈。夕至胡家坝，行八十里泊，陈、罗去，邹留宿。抄《诗》一页。夜卧谈至子乃寝。

十八日　阴。送客俱去。呼苏妇登舟，初疑其不肯行，观其意乃欣然，知配从之非偶也。抄《诗》三页。行四十里至江口小泊，未登岸。又行四十里泊蟆颐堰，彭山地。夜雨打篷如雪，颇有清响，而无离思，咏旧作《汉口闻雨诗》，情境又异。

十九日　晴。晨过彭山县，行百廿里泊汉阳坝，青神县地。县盖武阳之西部，安汉文社之地，故有汉阳之名也。中经眉州，城在江西二里。余案图审地，疑此江为李守所开，非江经流，故《水经》不序。案《水经》曰：大江过氐道县北。注"中江出东北，出峡山九折坂"，则今清溪。"北江出东崌山"，则今名山，大江在南明矣。[1] 又东南过武阳，而青衣、沫水注之。青衣、沫至犍为、南安入江。南安即今嘉定下宜宾上之地。江水又过僰道，则宜宾之地。大江之源，疑今所谓鸦砻江者也。夜抄《诗》一页。早眠频觉，以前后人塞卧，竟不敢起。

廿日　晨大雾，咫尺不辨，待至巳正，日出微有见，犹不可行。以拨船识路，令导而从之。起故甚晏，惟一午食。抄《诗》四页。行七十里至乐山，嘉定府治也。今日午后始见山，亦有石壁，但不峻秀耳。欲游陵云山看大佛，竟以迟到不果。舟人塞漏，

621

---

[1]《水经注》原文云："东北百四十里曰峡山，中江所出，东注于大江。峡山，邛崃山也。……山南有九折坂。"又云："东百五十里曰崌山，北江所出。"

安行箧，纷纭半夜。买米一石，给满船之食。夜鼛发。

廿一日　阴。晨未开行，水兵多登岸，余申明军令禁约之，近于牛刀割鸡，然不可不如此也。移舟对岸，登陵云山，观乌尤山，《方志》所谓离堆者。《水经注》谓李冰平垒坻滩，《华阳志》作雷坻。乌尤殊不碍流，不宜在此。今去府治五十里，有道士灌，岩下一圆石，水涨，乘流入岩，触石碎舟，号为险绝，其蜀守之所开与？盖前未凿时，船直触山，故分之，劣得回舟，以避沫水之害。沫水者，水盛喷沫也。午过岩下，谛视之，殊不见其可怖，知险阻患难不在天也。《水经注》又言熊耳峡，今则无以拟之。其又言滟崖，则似误分滟崖、雷坻为二。余谓倒灌即滟崖矣。崖至叉鱼滩四十五里，亦称奇险。石入水截流，旁有怒石，浪恒高五六尺，舟人戒备，唯一巨浪簸舟骇人，俄已过矣。余开船右窗，未见石也。郦《注》无此滩。案汪图据赵本有伏犀滩，今未见此滩所系。又行廿五里，以当修桨桩圈，泊犍为城西岸，岸去城可三里。叉鱼发鸡豚犒水手。抄《诗》四页，《甫田》什毕。

廿二日　晨守雾，将午乃行，晴光甚丽。抄《诗》四页。行百廿里泊干柏树，宜宾地。霜晴沫水涸，苔厚滟崖空。夏涨沈能久，江神不复雄。犀滩余一浪，鸥舸下微风。回首那舟岸，徒闻怨柁工。

廿三日　晨发复甚晏。余与舟人同时朝食，自有舟楫以来未之闻也，湘军暮气信有之。行百四十里至宜宾，叙州城治也。蜀人读为"岁"，湘人读为"细"，此府遂不能有正音。亦犹"和硕"之读为"灼"，有云"石"者反误。《汉·地志》奇音者皆类此。登岸觅滇物不得，会暮，遂泊。抄《诗》五页。夜早眠，与官船邻，终夜传更，搅人清梦。

廿四日　阴。早发，方四更，不寐待旦。江水至此始黄。余固疑今江源非《禹贡》江正流，观水益信。《禹贡》江谓金沙江，今江所谓沱与？行百里，度长滩，名过兵滩，《水经注》所云蜀王兵阑，鱼不敢上者。山色始赤驳，不异昔传。廿里过南溪，所谓南广口也。六十里过江安城，所谓汉安县。虽迫山川，土地特美者。三十余里径一大滩，疑张真所没滩也。舟人言黄狗碛，或曰黄葛碱，未知其正字。又行百廿里至纳溪对岸，《水经》所谓渚水从南来注江，注以为未闻。此溪出叙永，其渚水乎？水通数县，注不言者，图未审也。抄《诗》六页。

廿五日　阴。癸巳，小寒。四十里过泸州，故江阳也。今其下六十里有旧泸州，未知何时移彼。案今城在绵、络①之口，《水经注》所谓"枕带双流，据江洛会"者也。《注》云江中有大阙、小阙、黄龙堆，今不知其所在，疑注文移错也。旧州下有二石堤，长可数里，正对城为表，其昔江深城低，望如阙乎？又百廿里泊合江，盖符县故地，郦《注》所云"县治安乐水会"，经所谓鳛部水也。所谓樊石、大附二险，今则减矣。抄《诗》六页，误抄一页，《小雅》毕。夜抄《大雅》一页。合江饶余甘，觅之亦未得。云皆自乡间负担来，无行店也。三更有急足来，云省送文书。其时微雨如尘，行人颇苦。发之乃李县丞求荐信，一笑置之。

廿六日　早阴，午晴，暮霭。朝食后复李书，与穉公一书，姑达其愿，遣足去。连日清静，复有人事之扰，如朱签入梅花下，意颇不乐。假寐久之，乃起抄《书》五页。说太姒为和亲第一人，大为诸公主长价。江津未知当汉何县，岂已属巴耶？自泸至巴，郦《注》太阙略，所当补叙。行二百廿里，此路悠长渺漫，若行上水，必旷时日，唯可商运，不宜行旅也。夜泊龙目滩。

廿七日　阴。四更发，晨过江津，案考《注》图，江津亦汉

①"络"，据《水经注》当是"洛"字。

安旧治。郦《注》于江水经流，少所叙述，特用他水敷衍耳。于故城形势，亦未暇详，有似今之修方志者。又百五十里至巴县，重庆府治也。泊太平门，郦《注》所云地势侧险，皆重屋累居。则今城自蜀以来未徙治矣。城依山濒江，殊乖建置，不知何以久因数千年，唯汉曾徙于江北厅，因巴子之都，似稍胜也。抄《诗》四页，夜抄二页。巴有粉水，久擅铅华，今无复佳粉，遣觅四合归。《寄堕林粉与梦缇，因戏题五韵》云：江州堕林粉，久擅六朝名。无人知古艳，独买赠芳馨。莫恨红颜老，曾窥玉镜赪。从来有名价，已足重千龄。世女那能妒，妆成见典型。此诗纯乎齐、梁，而不知佳处，然非可骤几也。遣问买婢妾，云待日中之市。不可以游戏延归舟，故罢之。

廿八日　阴雨。晨办食物，巳正开行，四十五里过黄葛峡，舟人云铜罗峡，盖昔明月峡，古今俱状其圆也。山颇高削，余以为胜三峡，惜非连山耳。又四十五里泊木通，巴地，有巡检司。抄《诗》六页。舟中弁勇为余馔祝，故早泊。夜鸣炮，其二无声，其一震窗棂飞落，翻镫覆茗，茗碗坠板不损，镫油污旧抄诗本，而新写一纸无污，亦一奇也。夜雨竟夜。

廿九日　晴。以余生日，故待朝食而发，舟弁犒以五俎，诸勇犒以酒肉鸡面。巳正发，行九十里，以生日，又早泊长寿，取嘉名也。又逆风，船轻不易泛。抄《诗》六页，说《皇矣》太伯让王季，想见圣贤从容中道之雅，后世以尊位为乐，遂支吾而不可通，此敝自周末已然。长寿盖汉平县。郦《注》叙鸡鸣峡枳治之后，乃云"江水又东径汉平"，又引庾仲雍说，《华阳志》云"枳在江州东四百里"，则汉平在枳下，即平都矣。平都今酆都，而长寿故治未载，当还考之。夜雨。

三十日　阴。舟人好晏起，呼之不应，似妇人在军中者，余亦晏起以和之。辰初发，江水至此益浊，百廿里过涪州，故枳也。

城依山如重庆，颇有气势。又九十里泊立石镇，酆都地。抄《诗》六页，毕一本。

十二月

十二月庚子朔　晨见红日，旋阴。舟发颇早，辰正已行三十里，过酆都城，故平都也。《水经注》云有天师祠，甚灵异。今以为阎王祠，明以为御史祠，各随所重而呼之。要之此山神肸蠁千年，非偶然者。江水自此向北。百八十里，申过忠州，又行七十里泊永安场，忠州地。抄《诗》六页。改定"瓨弢"笺，似较郑为贯穿，抑不知郑言弢而郊者，更有何据。今日殊无大滩，《水经注》言平都下有虎须滩，夏断行旅，未之见也。忠州，汉临江，《华阳记》在枳东四百里，今三百里。自此百里得黄华口，复入益州东境，则万县也。

二日　阴。昨夜雨，至子止。峡中昼多阴，夜多雨。自巴以下，江声细如碎雪，乃悟杜诗"江鸣夜雨县"之意，"县"字状景甚工，不知者以为不稳也。行百四十里至万县南浦，侨县也，去年泊处，今正一年矣。望东去山势无尽，颇有关山之感。余旅行半生，虽无羁愁之苦，而回思驰骛，恝然辄伤，有言愁欲愁之意。泊半日，买菘蔗，遂宿城下。抄《诗》七页，夜寝甚适，罗氏侍也。

三日　阴。寅初行十余里，以暗，待晓乃发。午过云阳，已行百八十里，疑止百廿里，上水增之耳。去年行二日，今行半日。又三十里过东阳滩，十五里过庙矶滩，《水经注》云"东阳，苟延光没处也"。亦曰破石滩，下有落牛滩，在故陵村，岂庙矶与？又云"朐忍故城在江北"，今云阳城正在北矣，而未知朐忍新城所在。又行六十里泊安平滩，去冬宿处也。抄《诗》六页。故陵村畔落牛滩，比似瞿唐上下难。寄语行人莫回首，一江流绕万山寒。

四日　晴阴。朝食后觉舱内有水，舣岸检之，渗灰缝线许，入水二寸矣，塞漏已，已至奉节夔州府治①城下矣，迅速如此。促泊关下，恐人罗皂也。遣莲弟、苏彬登岸买梳子，舣盐矶下，二时许乃至。过滟滪，视石正方，不及去年高，下水望江尤狭侧，望石乃峭削。望白帝城，殊不必置守，不知跃马、卧龙何屯军此空地也。船窗写字不甚明，乃悟昔言亏蔽曦景者，正坐船中望山耳。古人下语鲁莽，然非无因，若非经历审思，几厚诬之。晚泊渡口，巫山地，共行二百里，自夔通施，步道所由，今别开新道，稀行此者。忆《夔门歌》之奇，作诗状之。石气江流斗消长，崩奔踏巇俱东向。相争相让两欲休，石起作天江作沟。飞青蚴蟒两门外，夺路撞腾万里流。山灵截江意未已，误踏横流探幪起。不甘禹凿巨灵擘，万石题为滟滪石。其东三峡一万山，余怒峥嵘汹墙壁。坚坐中流看客船，盘涡转石踞涛颠。霜射岚光寒日气，春横雪浪漱苔烟。

五日　朝阴，午晴。四十里过巫山，未及出望。饭后小睡。三十里过巫峡，下青石洞，江北岸有奇高石峰，殆可拟霄，初无称赏者，作诗纪之。大峡连百六，神峰疑十二。未若青石巇，拔奇江北裔。云霄丽寒骨，烟想穷天背。连峰肯竞高，干霄各有势。真形任圆削，秀色非空翠。从来绝跻陟，何必远人世。翔仙高孤危，飞鸟岂相企。灵境傥不迷，津途待重至。又改前诗结句云。蜀土崎岖自一家，天开此路达三巴。瞿唐、剑阁一丸塞，坐看公孙②成井蛙。又行八十里泊万户沱。抄《诗》五页，以纸尽夜停。北风小雨。

---

① "夔州府治"四字，当是注之混入正文者。

② "公孙"，原误作"孙公"，按《后汉书·马援传》："子阳，井底蛙也。"子阳，公孙述之字。公孙述自立为蜀王，后称帝，兵败被杀。

六日　晨雨颇寒，山头雪积相望矣。抄《诗》一页半，《大雅》得二卷。十五里舣巴东，雨止，复行六十里过雪滩，水平无波。三十里过归州，望去年待船处，瞬息已过。此下十里盘涡激浪，船辄倒行，大风吹之，每进每退，舣一时许，复棹旋一时许乃至青滩。水程共云百里，不及五十里也。盖自古未丈量之地。泊滩上宿，归州地。

七日　晨微雨。呼汰工令放滩，舟人寐不起，辰正乃发。余已登岸，见船行奇愕可喜。还舟令莲弟负书陆行，云所著尽在此，不可落水，人则无妨耳。初恐浪入船，多为之备，及下，从高放船，闻水着船底如行沙，可高丈许，一落八桡齐停，船便不动，乃徐徐撇浪而前，浪去舷可寸许，船行浪罅，实赴其曲折，天下之至能也。赏以八百，揖谢而去。令人想良、造人马相得之妙。古之技皆得名，今之滩师，名不出百步，可慨也哉！巳初更长行，自此无恐，唯有江湖风波耳。往闻蜀难而沮，今来往过此，亦复无难，事不可惑人言，人言徒足阻壮气。薄暮无事，题诗一篇记之。《下新崩滩赠汰工一首》：东归泛平潮，绝险余江徼。崩石积千载，哀涛苦惊噪。扬舲既夷犹，傍流骇回眺。习坎信有期，需沙且遗诮。虚舟纵所如，奔浪反知挠。迅急乘直波，从容顺回溯。滥觞盘涡中，曲折赴湍峭。峡山转晨光，崖雪涌云曜。涉险慰众心，探奇媚孤棹。虽惭郢人质，颇识飞流妙。将从吕梁游，方逢斫轮笑。夜泊平善坝，行百六十里。夜雨。

八日　阴。晨睡，将待至宜昌乃起，闻人言有四炮船送差，疑是黎传胪，遣呼问，果然。欲过舟一谈，而彼张帆直上，不相及矣，与方子箴逢张孝达相似。计程，黎亦不能至成都度岁也。从京出而取此道，亦甚迂回，或其眷属船耶？巳初至东湖，宜昌府治也。当办帆索纤缆，停半日，煮粥应腊会，赏船勇弁酒面，以庆平安。抄《诗》二页。夜雨，小雪。

627

九日　阴雨。巳初开，行九十里至白洋。抄《诗》六页。夜雪。是日己酉，大寒。

十日　微雪间作，颇寒。行六十里，阻风，泊枝江具下十里交崖。夜雪可三寸。抄《诗》六页。

十一日　风雪甚寒，研水尽冰，抄《诗》三页，以手冷停半日未事。行一里许不能下，泊吴港，舟人杀羊釀饮，殊有豪气。枝江守雪，作诗一首：风涛寂清听，舷重知宵雪。寒雁既朝栖，扁舟复晨继。江山美昭旷，洲渚悲飘撇。积素皓已盈，曾澜映逾㵸。疏森明远树，晻霭闲云缺。村扉昼犹闭，川路长安设。宴赏怀湘衡，羁游倦河淛。明镫更水宿，高枕忘霜洌，刘郭宅傥存，凌寒访坻埒。子夜风止，乘月行，忘之远近，至晓乃知已至董市矣。枝江至董市七十里，吴港至此盖四十里，舟人欲取江浦至松滋，不肯由沙市，故停不行。

十二日　阴，有日，有雪。船定由松滋，仍缆上水行十余里，从江决处经松滋城。夜泊黄步，枝江地，云去枝江七十五里。此路向无水道地图，松滋初不通江，今乃通澧，以此知古今澧水经流变迁不常，图经殊无能言者，亦湘、澧人之耻也。迂儒乃欲以今澧水证《禹贡》"东至于醴"之澧，岂非梦中说梦邪？抄《诗》六页，笔研尽冰。

十三日　阴。行九十里泊港关上荒田中。抄《诗》五页。频烧柴火，颇荒于事，夜又不寐。

十四日　晴。晨至港关，公安地，盖孙黄驿、刘郎浦也。正杜子美由蜀至湘之路，殊笑其不能自振。遣苏彬上岸，余卧与罗妇谈，苏彬已还船，余未知也。行百五里泊蕉溪，安乡地。夜月霜寒，寝甚安惬。中过公安，汉华容也。

十五日　晴。比日晏起，至巳乃朝食。午过安乡，汉作唐地，晋南安也。《水经》言澧水入江。《注》言入沅而径南安南，则梁时沅水占洞庭之西北角。行百廿五里泊沙夹，武陵地。去县水程二百四十里，何其辽旷。抄《诗》七页。夜月甚明，而怯于赏玩，霜重水冰。

十六日　晴，晓甚寒。行卅五里舣西港，买米备守冰之粮。南风，桨行卅里，泊芦林港，龙阳地。抄《诗》六页，《大雅》毕。又抄《颂》二页。夜月，大风。

十七日　晴，大南风。抄《颂》二页。寄怀二陈诗一首。俊臣左迁闽臬，过兰溪。怀庭作令，九月己丑迎之官驿，谈次共有相忆之言。十一月书报成都，余适将东归。逾月至洞庭，夜雪，舟中复忆严濑雪行，追事怀人，因寄一篇，记其情款云尔：离会恒有期，游宦俱在远。悠悠四海内，戚戚良朋绻。江山长郁纡，兰华有时晚。驰书心不近，告别情仍返。返情非近心，薄旅动孤吟。暝辞石镜月，旦发巫山阴。还波无急湍，弭棹绝招寻。江湖漾霜浅，冰雪缅途深。途深阻三州，东西万里余。小邑寡人事，横琴对床书。念存空谷音，果遘鸣驺驱。殷勤负前弩，欢笑停高车。高车倦王程，度岭复遄征。年徂客鬓华，官远使装轻。暌心积契阔，握手道平生。明镫谷水驿，帐饮秋山晴。秋山秋叶黄，谷水西风凉。猿啼感峡路，雁叫悲天霜。清话慰沉浮，忧时历炎凉。嗟予独遥夜，知子共离觞。离觞促夜火，人吏还脂輄。飞旌背邑去，拄笏看山坐。书题诉欢怨，逝节惊駃騀。勤役官政烦，晏岁归期果。归期澹澧悠，岁晏闽浙修。昔吟严濑雪，今阻洞庭舟。时平戎鼓息，事往浮云留。怀人白蘋望，从子赤松游。舟帆，斜风，过宵光庙，又迷道，行半日，及初更，尚未及六十里，弁勇告罢，系江西估客木筏而休焉。抄《诗》六页。去年来时，从青牛望至宵光一日程，今水浅，资水不可通，当泛江下，溯湘上，故过宵光，更向北，取岳州道，计当六日程也。自成都至宜昌迅速，至此迟滞，亦理之宜然者。

十八日　晴，南风。行六十里至布袋口。唯恃桨行，舟人颇劳。将出江口，迅流，舟不得收，上岸持之，乃得不漂流。迟回久之，北风大作，瞬息过鹿角矣。遂帆行，北风愈壮利，不得泊，通晓未停。抄《诗》七页。

十九日　阴。巳正到长沙，泊草潮门，计十一时行三百六十里。雪泥路淖，舁入城，全家，适锡儿遣人来，遂有知余归者。饭后，锡九来，言筠仙处有宴集，余正欲言校经堂事，因舁往养知书屋，两金刚、两耆旧、一典史、一庶常、孙君诒也。二郭在坐，畅谈，小食，亥散。功儿已定船，明日入蜀，令辞退，度岁后乃同去。家人聚谈至鸡鸣，茂女待余乃睡，因就侧室眠，向例所无也。

廿日　晴，南风大作，乃知余今年年运甚佳，无事不有天幸。舁出诣张东丈、瞿春陔、黄子寿、刘蕴斋、夏芝岑、龙皞臣、黄瓮叟、陈妹家，俱久谈。日已向暮，复往筠仙处会饮。张力臣、朱雨恬为主人，樾岑、香孙为客，剧谈饱食，亥散。子寝，亦通夕未眠。

廿一日　晴。左生饭后来，余方盥栉，略谈数语。家人待余会食，生告去。食未已，锡九来，子久、次琴、君诒、殷郎、陈妹、佐卿、筠谷相继来，竟日接谈，或有谓，或无谓。余三夕未睡，颇疲欲休，而不得眠。春陔送馔，正当招春甫，因约笛仙会谈。笛仙欲为主人，片来索回报，不亲笔研三日矣，始作书复之，因补三日日记。子寝，复未眠。

廿二日　晴。仲云、春甫来。春甫辞会，因罢午集。力臣、卜从九来，适登楼抄书，久未出，力臣颇疑，余因亟出见之。佐卿暮来，约至筠仙处夜谈，甚言崇厚之辱国，余以为十八条无关利害也。初以为俄夷有远略可畏，今视其所求，殊无大志。饮百岁酒，吃皮卵而还。连四十二时未休息，夜始睡着两时许。

廿三日　阴。严驾将早出，锡九、张郎、沅生、罗秀才、庄心安、香孙、陈总兵、樾岑、雨恬相继来，遂至未正。舁访佐卿，闻在池生家，因先至陈宅。杏生已从河南归，谈片时。出答访子久、君诒未遇，过力臣、禹门处，久谈，复诣意臣，已暮矣。今日子寿招饮，意臣已先去，因急往，则樾、昀、力、意皆在，杂谈早散。子寝，雨。

廿四日 阴，大风。笛仙昨再过未晤，以迟往为愆，专出谢之。研郎、意臣踵至，亦至未初乃出。先诣香孙、锡九，均围炉宴坐，有年景矣。遇笛仙，谈弥之、春甫均为人欺，当今之时，谨厚者不自保，此乱象也。过拜王长沙，便诣芳畹。人家家家迎春，余尚拜客，殊为可笑。命驾还家，与妻子论家事，各有训饬。丰儿知其母性，谏不能听，遂至悲啼。余遂无所说，且云此所谓修道之教，非喜怒哀乐之发。余于世事少所留情，但上说下教，强聒而不已耳。然一哭而息父母之很，近孝子也。因讲《诗·巧言》章义。梦缇早眠，余入侧室。

廿五日 乙酉，立春。发弥之及非女书。半日无事，与梦缇、六云燕谈。佐卿来，登楼茗话，说九刑及书篇目、三江、九江。吉、池兄弟，陈从九之子伯厚来，自云学刑名有成，与春甫同住。暮，客俱去。与佐卿夕食，登楼读筠仙书。子寝。

廿六日 雨。令珰、粉诵两京赋。为粉略说大意。力臣来。作书致寿蘅，还以百金。别书送蜀物与黄母。家中作年糕。向夜奇寒，有雷。

廿七日 大雨，辰止。登楼抄《诗》一页半。出诣佐卿、樾岑、皞臣、春甫，春甫未遇。投暮还，料理年终借赠馈遗诸事。夜见星，颇寒，亥寝。

廿八日 阴。晏起，出诣徐芸丈、张文心，未遇。文心前月为武冈之行，云武冈人欲京控二邓，则弥之有谤讪先帝、谀颂长官之罪，故须调和。答访夏粮储，未入。过力臣、胡子威、左仲

茗，诣樾岑处会食。香孙晚来，樾岑以余言蜀事与司道龃龉而不
援总督自助，是为人中之雄，此礼之当然耳。余因亟陈患所以立
之义，盖以砭香孙常有人之见存也。又论王文韶与邵亨豫庸驽一
也，而邵抚湘时，纵令崇福鬻官贩缺，王遂居然明牧。与世人游，
又自有其方法，亦可叹哉！初夜还，年事殊未办，余悉不问，作
客而已。得寿萱、子明书。寿萱文词甚美，下笔不能自休，余书
未免竭蹶矣。

　　廿九日　晴，霜寒。晏起，文心子宝善、贞吉来见。得鲁詹
书，云复调曾昭吉开办机器。鹭卿夔关差复改总办机局矣。翰仙
稳坐钓台，殊有冥顽之力。作书与李玉阶，致二丁之意。子寿送
诗来，筠仙题诗云。巨制煌煌雅颂音，病余披读一开襟。庚侵合并真元韵，
须要提防示老壬。嘲其通韵不通也。子寿以书质之于我，捐免皮口，
余报之云。自古庚真不可通，宋人词韵始通融。我曾再听再扪舌，筠老金言直
且忠。以余前听，知其蔽而不肯言耳。乡党嘲讥，蜀中无此乐，为
莞尔久之。家人多外出晚归，年事殊无章，至戌乃会食，亥正祭
诗，酒甚不旨，以余今年万事不理耳。寅初寝。

光绪六年庚辰

正 月

六年正月己巳朔　阴。辰初起，礼二祀、三庙毕。待家人妆竟，受贺，诸女济济颇盛。午始朝食，饮三杯，微醉，少憩，热思风凉，异出至陈妹家贺四母，茂女随往，即还。妻、女、姜掷骰至了寝。梦行平原，得二石，紫润如桃，其本末甚长，醒犹历历，旋皆忘之。

二日　阴，有雨。谢客闲居。春甫、二彭郎、胡子威来。黄氏婿从其兄来，未之见也。往岁贺吉甫约曾劼刚至其家，涤丈甚怒，频遣三骑追之，且语余云："未昏婿过门，天下有此事否？"余时年二十余，疏于礼，未能答也。但以世交修见，固不宜因结昏而避。以新婿来见，则似不可，故辞以外出。樾岑来。

三日　阴竟日。家人掷骰摊钱斗牌，时作时辍。近岁烦冗于事，虽戏剧不能专精也。孔子叹博弈用心，观此复有隆污之感。筠仙携其少子英郎来。值文心来访，因共留谈，至暮去。文心复留，论武冈志书词句悖谬事。辛眉不检于文，因招物议。方今乱世，此风不可长，宜销弥之。观香孙、辛眉倡狂恣肆，恐复有文字之狱。夜得锡九片，论张沅生就馆事，复书详言数十年内书生不安分好撞钱之无礼，以新立公社，采访清议，故新年作此论也。夜雪雹雷，颇寒。

四日　雨。将出复罢。竟日与妻姜闲谈斗牌。夜雪雷。

五日　雨，有雪。出诣笛仙、春甫、皞臣、子寿、樾岑，皆久谈。樾岑处留面，已暮，遂不他往，借镫而还。夜阅少作诗，殊不成格。曾涤生、莫子偲不许余，有以也。然两君知余未成，而不知有成之必由此，此两君之所以无成耶？子寝，卧谈几至晓。

六日　晴寒。梦缇当往郭家，留视懿儿。力臣来谈，仆从俱出，婢供茗果，因悉谢诸客不见。登楼抄《诗》页半。茂、纨女并疾，就侧室视之，未施被、枕，拳局而眠。

七日　雨。异访筠仙、春陔、子久，出谈稍久。夏粮储约游定王台，期以日昃，因往视客集否，则主人及刘定甫道台、况颜山知府已在。况则循吏况钟之后也。陈又铭、吴畇谷、庄心安相继来。下磴登楼，纵谈时事。见壁间题刻，多集北海书，胜于贾祠俗书也。芝岑任粮储三年，修复二处，均数千金之工，城中遂有游赏宴集之地，此人殊不可少。因考定王庙，唐、宋人俱云在麓山，《水经注》言长沙王城在湘东，则今台正王宫也。《述异记》云"故宫蓼园，真定王园"，不知真定何王。余以为赵佗祖父真定人，盖赵氏之园，故得在定王宫前。夜寒颇剧，归小坐即眠。

八日　阴雨。新年诸亲友尚有未见者，不可太迟，勉出诣香孙、余佐卿、胡子威、张力臣，俱入谈。佐卿处遇陆恒斋，同佐卿往笠云僧处，尚有数处未入。子威有《蓼园考证》数语，殊无把握，取其能知真定王为王封耳。力臣报志臣之丧，往唁，意城已赴筠仙处矣，遂还。夜寒风急，假寐至二更乃起，吃牢丸。丑初寝。

九日　风寒。莫总兵从子觐庭孝廉及袁守愚来。登楼作《定王台记》，并和姜白石《一萼红》词云。汉王宫，正良辰胜赏，荆楚岁华秾。草衬骢嘶，松留鹤守，谁道时序匆匆。入春早，商量梅柳，看嫩蕊新绿引东风。花在诗前，雁归人后，酒满吟中。　怀古感时都罢，喜清时政暇，故国年丰。一水西浮，层阴北望，还见云树重重。似令欲归归便得，休惆怅、寒涧石床东。

寄语繁花，明年更映人红。莫觐亭来，言莫氏须炮船护送，当待二月半乃能行，余不能待之。罗子沅来。段怀堂来，言衡州讼事，由知府贪莲税陋规，怂恿劣生为之。廷寄彭雪琴，令速赴江防，张皇武备。夜①镜初，道遇佐卿，与至其家，小坐同去，待至初更镜初乃归，言校经堂事。

十日　阴寒。竟日坐房中。廖总兵、陈从九之子、左斗才来。夜雪。

十一日　雪。治具约樾岑、文心、镜初、佐卿斋会，议校经堂事，复要锡九议之，文心最先至，坐四时许，亥初乃散。

十二日　晴。与妻、子摊钱，竟日未见客，中唯笛仙来，始一出谈。子寿继至，夸张洋人之炮，似小儿呓语，不足一笑，以新年，姑唯唯听之。夜训饬六云。六云撮拾闲言，意怨女君。法语巽语均不能入，反复数千言，仅而输服，方知周公告殷顽，未为繁也。樾岑书来，言校经堂宜考试乃入馆，未详学使之意。戌寝。中夜闻功儿频起，疑其所产子不能成，未便呼问之，甚旁皇不安。待晓，功儿来问安，询之果死矣。此儿未全乎人，又未名，不为殇也。

十三日　晴。登楼抄《诗》二页。皞臣来，不意其能出，急出见之，谈话一时许。春甫来，未遑接对也。力臣来，尤不宜接，而阳春不解事，径为通刺，无惑乎筠仙之捶击阍人也。姚力云亦相继来，缠绵两时之久，始得少愒。子久复来长谈，殷殷问为学方。询以当世要书，云略披览矣。余云君此时当务有用之学，志在为宰相，莫若通经术也。因先与论《诗》《礼》，借所作《诗

---

① "夜"字下疑漏一"过"或"访"字。

《笺》示之。客去已暮，罗婴①来，毛妹亦来，均即日去。夜就侧室眠。

十四日　晴。以今年闲日少，率家人博戏。黄亲家及女客、仆妇纷然来，又不成局。吾家恒苦匆忙，由治事人太少，又每事必躬亲，故鞅掌如此。抄《诗》二页。夜摊钱。雨。子寝。

十五日　阴雨。夕有胧月。渔人送镫来，屋小无以待之。夜祠三祀、三庙，家人皆免行礼。吃汤丸，摊钱，至子寝。

十六日　阴晴。晏起，锡九来，属作西关祠戏台联。演段亦声容，居然晋舞秦讴，慷慨鸣鹍增壮气；传芭祠义烈，遥想荆城益濑，往来风马卷灵旗。并言刘故抚招饮，余当斋日，未可赴宴集也。欲抄书，匆匆复辍。出过皞臣、莫孝廉。出南门省先墓。过唐知府不遇。入浏阳门，至子寿处少坐。赴姚立云招饮，三知县、黄子均同集，戌散。大雨，异人沾湿。归犹滴沥半宵，有春霖之意。

十七日　阴晴。晨作片辞刘故抚。袁守愚、胡子威、左生致和均来久谈。抄《书》二页。张东丈来谢，未见。梦缇出答拜诸亲友家，晡后归。余过吊刘馨室，还，饬祠事。夜斗牌，鸡鸣乃寝。

十八日　阴雨。斋居。樾岑来谈，言今日司道公宴巡抚费二百金，以为李言节俭，不能躬行之明验也。丁公为政异于此，曾、胡则不言节俭，似又高于丁。余不喜言俭，而必裁冗费，尤不信有言弗信之事，惜不得一试行之，朱英所谓无可奈何。京师传诵王先谦"邪说"一疏，极为丁公道地，欲以此邪说救前邪说也。前有联云。体宝鋈心，杜宝廷口，出宝名②气，可惜一宝押错；继寿昌志，述寿

---

① "婴"，原作"嫛"，字书无其字，后文写作"婴"，则有其字，故据改。婴有悦、善等义，又通妃，此"罗婴"盖为戏称。

② "宝名"，当为"宝铭"。

慈事，救寿农命，居然三寿作朋。抄《诗》三页，《周颂》甫毕。计一月得十五页，常课犹不及半。夜两儿饬祭器筵几，妻妇治馔。过三更甚寒且风，斋宿湘绮楼，读笛仙《三江考》。

十九日　阴晴。祠三庙，辰正行事，午成馈。未正出答访二客，便过樾岑饮，畇谷、子寿继至，戌散。绂子来。

廿日　阴，欲雪。朱宇恬送漆器、肴饵。湖北抚潘母忧，夏芝岑奉满引见，谢小庄当代印，昨来访，辞未见，便往一谈，多摭浮言论蜀事，余随事折之。其云盐贵病民，及民忧淡食，皆公牍不通之论也。言都比堰，尤不知堰事。二余夜来。

廿一日　阴，晡后雨。抄《诗》二页。独居谢客。令珰、籹检《礼记》"大夫特羊"句未得，《经记》生疏，可惧也。与佐卿约过笥仙，遇子寿久谈，冒雨还。佐卿来夕食。

廿二日　晴。得超群族兄书，为其子代纲觅馆，令登楼见之，言动似尚不鄙谬，姑令其从入蜀。以族中子弟多，不能皆从，令还家自备资斧。申过力臣饮，樾岑先在，言奉檄督销淮盐。余欲上条呈，尽罢湘人之仰食诸局者，以敦本业，警游惰，念教养非己任，姑倡其议而已。自诸局薪水兴风，游惰子弟人人有谋食之路，所损于乡俗不少，此当亟革者也。畇谷、子寿继至，戌散。

廿三日　晴。戒装往妻父家，令早发，而舁夫迟误，行时已辰正矣。出草潮门，从鱼网市渡湘，经龙回潭，渡一水，水从宁乡、湘潭七都曲屈东北流，未知其名。案《水经注》"湘水左会瓦官水口"，疑此水也。依地而言，此水在右，以湘北流，故以右为左。渡瓦官，循水上十里余家滩，十里九公庙，取山径从大石头望仙女山而行，可卅里，皆不记其地名。至桐坤，已昏黑，笼镫行，可八九里，至蔡家，已戌正矣。外舅姑皆衰颓，棣生云大病，桐生夫妇出见，与循妾子亦出。至子初，馆我于客房，初昏时所止也，几榻萧条，无复当时之景。

廿四日　阴。停蔡家，移榻横厅，五间空无人至，唯丛兰数十盆，卧犬当园门，未涉园也。午睡，夕食后出视外王舅姑墓，桐生父子同行。夜与谈亲友寂寥，今不如昔，感慨久之。独宿园斋，与一犬为邻。以外舅近起甚晏，先告辞，待明而发。

廿五日　阴。晨待仆夫不至，自出视之，则门已关断，开关呼之束装。余步出，至徐八长门口待轿，经稠泉、靶子塘、泥鳅塘、贺家坝，出栀子涧，多山道，空寒，不及昨来平田坦步，云较近十里也。出栀涧即九公庙，从昨道渡瓦官水，渡湘至南湖涧登岸，从市中过，入小西门，访春甫不遇，便还。三日未饱食，甚饥，而饭不可餐，仅食一碗耳。擂子来三日矣。彭郎夜来。是日癸巳，惊蛰。

廿六日　雨。登楼抄书。要梦缇携珰、帉宴坐，方欲闲论，君豫来，出谈。朵园继至，健郎亦闯入，旋去。朵园坐二时许，将夕乃去。君豫遂竟日，同夕食。擂子告归束装。作刘馨室母朱挽联。百年爱日正长春，已看簪笏盈庭，锦凤真开五世庆；九月西风寒一望，犹忆版舆度岭，馈鱼深感故民心。（刘曾任吾县，母年近百岁，见五世。）

廿七日　晴。出吊馨室，诣瓮叟、朵翁、皞臣、子茂，均长谈。赴二黄郎之请，坐客有麻阳令吕慎伯，阳湖人，颇有常州之貌。徐子云、李小园、朱江西继至，二黄曾招余，辞未往，今再设，故不可不去，似为求作父传，尚未言其所为耳。夜过陈总兵，闻造船已成，喜其敏速，犹有湘军旧法，再三称之。簸子来见，久留逆旅，喜客而恶归，殊不可解，知人情性好尚绝殊也。

廿八日　雨。晨起饬丰儿率仆人往船步视办否。春甫、罗生、理安、锡九来，谈至半日。佐卿夜来，二更与理安俱去。

廿九日　晴。竹伍、杏生、黄郎来。杏生坐最久，言曾劫刚出使俄夷，京师议论纷然，可谓无事自扰。樾岑来，言辰、衡守俱撤任，粤、豫二藩，新除淮盐使病故，价藩开复。又议开书局事。夕食后，访瞿子久，言召见孝达、黄素兰、宝竹坡，为俄事也。借子寿二百金办行，兼与其子师韩勉吾谈，夜还。筠仙送大鸟卵及远物三种。抄《诗》二页。

晦节　雨。为夏芝岑书《定王台记》。重阅笛仙《北江考》、君豫《汉书补表》。衡阳夏生、段海侯、殷默存来。纲子与其父来，其父旋去，未见，以子弟多牵率父兄为其营谋，余所最不喜，丰儿告之，故去也。将出怯泥，待过申乃出，过筠仙，遇樾岑，论俄事。余意欲作奏疏，通事理，戒中外之哄议，往咨筠仙，以其最悉夷事也。值朱速客，不得久谈，往则锡九、文心、力臣先在。香孙使其子为主人，己后出，然谈话甚久，未觉其倦，竟不知其何病也。罗婴来送行。夜与妻女斗牌。

二　月

二月己亥朔　晴，甚煊。将登舟，竹伍、莫觐庭、罗郎伯存来。缙子来，从往蜀，与绂、绥二子俱先入船，余过午乃往。舟新修，殊未油饰，然可开六高铺，并有婢妪宿处，但不知坚致否。峡舟价昂，宜于自制船，水手尚未集，复入城，至春甫处辞行。将过皥臣，以日夕当赴刘前抚招，疾驰而往，坐客毕集矣。刘恃老免，高自矜置，前后抚湘者皆其门生后辈，唯而不诺，此外更莫不降意，唯于余加礼敬，三辞其招，而约益坚，可谓礼贤好士者也。世人动谓俗人不可与游，此殊不然，因己俗，乃觉人俗耳。君子上说下教，以友辅仁，故无冰炭之伤。坐客陈玉三、张元达、唐次云，皆俗人，余与锡九、勉吾在雅俗间，饮亦甚欢，亥散。

复过镜初，与勉吾同往，二更后还。僧懒云赠诗。

二日　晴煊。镜初约来谈，留家中待之。发行李，留卅金与芳畹，以俟囧索怨谤，家人恨之，久不与诵有无也。今之不讲友谊者多，芳畹所逢皆良友，所闻皆古道，故以为忘死友，即天下所不容，而以此挟持，此正吾辈追远之效。梦缇乃以其无赖而责之，未免视人太高，姑以卅金修好耳。午后镜、佐来，更约子久来谈，夕散。与佐卿过筠仙，盛谈夷务。筠仙言政事好立法度，望人遵守，以夷国能行其法为不可及。且以为英吉利有程、朱之意，能追三代之治，铺陈久之。余以为法可行于物，而不可行于人，人者万物之灵，其巧敝百出，中国以之一治一乱。彼夷狄人皆物也，通人气则诈伪兴矣。使臣以目见而面谀之，殊非事实。（又程、朱何与三代，此则老生俗谈。）未敢多辨，聊曰"唯唯，否否，不然"。滋女病疥，梦缇极忧之，使人不安。

三日　雨，煊，可一绵。晨检未完笔札，并补了之。午出，诣笛仙、香孙、东墅、佐卿、春陔、力臣、芝岑、皞臣、子威、仲茗、仲云、樾岑告别。二张、李、瞿、裴五家未入。佐卿处遇二刘，伯固、康侯。言往俄往蜀孰利？余云蜀亦外国也。然二刘年少，当往俄以练习人事，大刘仍留乡居，打佃夫槌木匠可也。此所谓思不出位。夕过子寿饮，入与西老久谈。一年未见，龙、黄母俱衰老，似阅十年者，可惧哉！设二席上学，陪勉吾及诸附学生，余及佐卿、力臣、子久、主人在左席，右席八人，未遑通语。入坐言校经堂事，以余欲招老辈学成者为可骇，云李生元度、杨生彝珍必不肯来。余言此传者之陋也。见一书院则以为入院者必学生，吾何取乎李、杨而生之？李、杨自可直呼名，又何畏乎李、杨而生之？世俗之见不化，学问之事不成。因并及思贤讲舍之不可无月费。余举四人曰余世松、王启原、蒋南枝、瞿鸿玑，皆他日可大成者，诸君试举一人。坐中皆无以应。余又再举彭嘉玉、曹耀湘、郭嵩焘及余，皆方有事于撰述者，以此为思贤讲舍之式，而不可有学长之目。又再举徐树铭、邓辅纶、杨彝珍、黄传曦，皆不居城中者。又再举李文田、张之洞、黄文琛、吴嘉善，皆可至讲舍游愒者。如此方有创立之益，然非财不能聚人，经费必岁二万金乃可，今姑小试可耳。今日询勉吾，乃知张元达即绳生之子，张广博之兄也。戌大雨，舁人踏水还。夜斗牌，余甚倦而愒，遂寐，无觉，梦缇频呼不能起，似中毒者，顷之乃解。

四日　雨。午出诣程初、锡九、筠仙、徐年伯、熊世兄、文心、竹伍、陈妹、卜经历话别，便过畇谷饭，姚立云先在，香孙来，不肯入，张荫桥之子夷伯、黄、张金刚、黄春伯知县同坐。夜雨早寝，梦缇似不欢，竟无一言，余未测其意，不敢问也。

五日　晴。登舟欲行，樾岑、春甫、竹伍来送。昨在筠仙处，佐卿、子久约相送至靖港。陈总兵遣长龙为余客船，船制甚大，非长龙旧制也。两君强拉力臣，力臣甚不喜事，非复旧兴，今日亦强来，久坐。梦缇携舆儿来送，坐半日，为客所绊，竟未话而去，意似惜别也。子久亦不果来。佐卿来，以无伴不欲独送，二刘、彭郎来送。伯固赠行轿，康侯登舟，陈总兵送酒肴，与佐卿对酌。申正，船目吴祥发言日忌，不宜开行。复与佐卿同入城，至筠仙宅，力臣设酒，邀二郭、瞿学士，中饮闻雨。舁还家，妻、女、妇、孙均喜，侍谈至子寝。得二邓、非女书。

六日　晴。顺风，辰正登舟，率丰儿，缙、绂、寿三从子，衯、滋、茋、纨四女，及六云、熊三、阳春同行。佐、康约来送，竟未至，蜀船欲送，亦辞之。卜经历来送，匆匆一语，促之去。巳初发长沙，未正入乔口，昏泊西林圫对岸沙口，益阳地。衯女始理书，多不能成诵矣。夜月春煊，滋女呻吟至晓。

七日　晴。晨觉风寒，起乃甚煊。连日疲倦，昼眠及两时许。帆行百卅里至沅江。绂、丰登岸买米，久之乃行。八里泊石洲觜，频雨不成，夜闻蛙声。

八日　晴。逆风缆行五十里，风愈大，舣羊角脑，遇刘辰州还船，过谈。辰州复过余舟久谈。抄《诗》二页。夜北风簸船，幸载重，不甚摇晃，然甚可虑也。舟重畏滩，舟轻畏风，有所宜者有所忌，遂移泊港中羊角脑，新阳地。有杨嗣昌家坟，疑其父鹤墓也。土人云其下有状元妻郭氏坟，是大坟子妇。杨氏故无状元，嗣昌亦不宜仍得美葬，当寻图志考之。

九日　晴。北风稍息，缆行入沅水，可七八里，风大，舣鰕公港，遂尽一日。考《閟宫》诗笾豆贝胄之典，无甚依据，大要鲁之盛礼，故特言之。瞿春陔妾求蜀白桃粉，黄母、熊敬生求厚朴，外舅求附子，镜初求《道藏》，刘咏如求子咨，非女求品蓝大绸，朵园求彭信，棣生求刘札，记于此。抄《诗》二页。

十日　戊申，春分。晴。缆行七十里，过酉港，泊张弯，在梁荇下，安乡地也。澧水流绝，江水倒灌，与沅通而俱出羊角，故自羊角上皆溯流而行，与旧图并不合。抄《诗》二页。夜月霜寒，五更微雨。

十一日　晨雨。辰发稍霁，午阴乍晴，午后始煊。抄《诗》二页。缆行六十里，泊玄口，安乡地。

十二日　阴。晏起，已行卅里至安乡矣。滋女配药，船人俱登岸，久之不至，鸣钲促之乃发。体中殊不适，抄《诗》二页，如寻常五六千字之功。胧月微明，杨林浅碧，便令舣舟，与诸子女登岸散步。询土人，地名重阳树，以社树得名，去安乡四十里。

十三日　晴。北风甚寒，缆行四十余里，过蕉溪，去年宿此，正六十日矣。往来迅速，亦自可喜。辛眉拟余如剑客，一跃过三峡，颇云善状。因感其有材而无所用，类庄子所云瓠落者，正不知当以何官待之，论辨官材不易也。抄《诗》三页，重写定本成，此去年当毕功者，荏苒遂至此，犹幸有去冬一月闲耳。午过一卡曰松渚分局，似是湖北局。绫子云上题"澧安"，未暇详也。暮行十余里，泊王三堡。北风息，东风作，月明复阴，殊有离思，独眠养疾。

十四日　晴。逆风，缆殊不进，强行至午，乃得东风，泊港关，云九十里不足也。一日无事。

十五日　晴。子夜见月明，误以为晓，呼船人起，久之乃曙。东南风甚利，直循澧水故道入江。百里过弥陀寺，岸上民居失火，顷间燔三家，云烧死一病人。垂死而焚，岂火化耶？暮出虎渡口，风息乃泊，与子女登江堤，望平沙远水，别是一境界。余居山谷间，入鼠穴中，览此复有驰骛之志。览二邓《拟陶诗》，试效作一首。朝市多亲旧，田园但妻孥。自非沈冥子，石隐安足娱。穷年捐烈心，独往遂良图。三径互芊绵，褐来薙榛芜。春风激灌丛，晨露践荒途。摆置世上事，独与童稚俱。生女胜多男，差不计贤愚。经营一室内，耕织应所需。谁谓田舍翁，谋食愿有余。倘遇知音者，终能访枌榆。粉女捷步如飞，健儿不能及。

十六日　晴。帆行百余里，船人欲收口，水急柁迟，撞董市泊舟尾舱，两版几碎，余甚怒，命停舟，遂止不进。后询其故，以杨春烟饮发故也。

十七日　晴。帆行四十里过枝江，前舟畏转风尽停，余船亦停，谨畏太过，未便促之，遂泊县城对岸。三过枝江，皆守风，亦可异也。与儿女登沙洲，行三四里乃还船。为丰儿说陆、陶诗二首，并及二邓拟作之似否。看《礼记笺》三篇。滋创痛，眠不安。

十八日　晴。缆行十余里，帆行五十余里，中间防风小泊二刻许，登沙洲寻江石。教粉女作家书。夜泊古楼，东湖地，丰儿云古猇亭。欲觅地志，竟无仕行箧者。

十九日　晴。帆行六十里，至宜昌府城下，泊江中，遣人顾水手，办缆索。作书复二邓。辛眉九兄先生亲家道席：二月初得手书，欢若对面。见示新诗，高华犹昔，而风格弥遒，复似壬子①岁刻烛分题时，尤有齿宿意新之叹耳。舟中课读之暇，先和两篇，文意粗疏，恐不足赓扬清唱。计此时弥兄又已至省，家园春兴，独让阿龙，未审复有娱园词句否。三峡跃过，正兄少年本色，闿运垂垂五十，壮心自喜，得君言差为神旺。此来携巫山之半云，将九雏之十翼，乃如道士肉重，思借大鹏，又不堪飞仙一笑也。时局日变，肃党连帅两湖，左伯痴肥，声言出塞，曾侯纨绔，遽畀全权，南人为相，诚非美事。幸在闲冷，坐视举棋，一二年间，即还耕读，再为卜邻偕隐之计。蜀中民脆，不可振兴，三数文人或当成业，为此重往料理，非有所乐也。泛舟始至夷陵，明当入峡，江清月缺，夜起作书，敬颂全福。　　弥兄先生亲家道席：得书，知复当上省，适已具舟，又念众口悠悠，宜镇以静，不欲老兄轻出。且志事已成，删改听之群议，君家正以索版为迁，致启攻端，念鄙人奇计，未必依行，故不复待别。承示新诗十余首，则雍容静肃，无罅可乘，"老夫"一联尤为回春健笔，进于道矣。由杜而陶，所谓渐近自然。闿运至谢、阮便竭才尽气，无级可登，奈何奈何。去冬有诗五六篇，今行勉和二作，聊写呈鉴，傥能策所不逮否？游衡诗乃不恤为群纪之谦，闿运所愿学未能者，今聊命丰儿恭和两篇，意欲与中书比胜。老兄颇畏后生，家子雍所谓启宠纳侮者，阿淦掉头不肯顾，即此得无跨灶耶？舟中夜闲，辄当面谈，明日入峡，至蜀都再陈所闻，伏为珍卫。和《拟招隐诗》一首。物外竟有人，驾言访寥阔。寥阔非空冥，川岩秀幽拔。东径延漪岚，西庐翠松楷。霞采幄金光，溪琴弄清越。月露思裴回，遐观送天末。灵期超神理，颓音委哀滞。岂伊倦将迎，因是回天斡。悠悠庭户间，琼秀庶可掇。

廿日　晴热，可单衣。停宜昌，发家书。置竹缆七盘，每盘

①"子"，原文作"乙"。

大者百廿丈，小者犹四十丈，钱三千余，知唐时百丈之名不虚。陆游云"如巨儿臂"，则货船所用，余船大缆如小儿臂耳。

廿一日　晴。稍凉，犹不能绵。觅柁工缆夫，共增六人。去冬送归戴姓勇丁欲专其事，而迟滞无行意，更派人访顾得之。木匠改安柁把纤架，将晚始毕，已不能远行，仍停宜昌。无事闲坐，欲著小书，亦无可起手者。

廿二日　阴凉，可二绵。舟工毕集，辰初行，帆风，百里泊木瓜渡，有一山，三峰秀峭，在江南岸。舵工云二日行犹见之，盖黄牛峡也。《水经注》曰：三朝三暮，黄牛如故。又引《宜都记》曰"渡流头滩丨里，便得宜昌县"，又云"水峻暴，鱼鳖所不能游"。今东湖上下近五六十里无滩，唯獭洞滩可拟流渡。《行者歌》曰：滩头白勃坚相持。白勃，盖白泡也，今读泡如抱。《宜都记》言自黄牛东入西陵峡口百许里，地望相附。今有黄陵庙，疑并黄牛、西陵二峡而名矣。宜昌在夷陵之上游，西陵有荆门，亦当在今东湖之上，今宜昌治非昔址也。检《说文》，分六书部类，凡会意复形声者，疑皆俗字。夜少睡，子初起坐一时许。江声夜鸣，月窗悽寐。

廿三日　晴。晨露濡寒，午日方烈，峡中与江中迥殊也。巳正渡獭洞滩，盖流头滩也。帆风行甚速，未初至新崩滩，六云携滋、茇、纨女舁行避险，余与丰、吩在船，缆上三滩甚稳，浪未入舱。既过滩，复帆行十里，泊香溪。舟人云"米汤灌风急江驶"，命就沙岸缆船而宿焉，即去年回舟旋流之地，峡中最险处也。

廿四日　晴。晨过归州上泄滩，滩与新滩齐名，而湍险不及其十一，疑今昔水道迁改，石转滩平，故郦《注》所称滩险，今悉无闻，非尽传闻图考之讹也。峡下自此无险，夜泊巴东。

廿五日　阴。癸亥，清明。入巫峡，所谓百六十大峡者，亦随处可泊，水深流疾而不波，上水帆风最利，暮泊裴石。此行船轻便利，无复上峡之难。

廿六日　雨。峡石秀润，颇胜晴色，欲访青石诸山，道泥不得上。申初至巫山县，命泊舟，访神女祠，见王阮亭记云在箜篌山。今箜篌山在县城外，土人呼之迎风观，石磴千级，螺旋而上，以为必有古迹，竭力攀跻，仅而得至。见门对云"伏魔武当"，遣视所祠神，果真武、文昌，无神女也。俗人薰心科第，乃以此山为文峰，令人废然而返。取山左道，两人扶掖直下，足尽汗出，归舟昏黑矣。检《水经注》，寻巫县故治，据盐水以定巫城，据巫城以定巫山，则今青石洞正巫山也。泄滩则新崩，清滩则石门，归州城又在清滩下，荆门、虎牙又在其下，皆可以意定之。余登岸后，盼女见二女采荬，语之云："汝父顷登山矣。"服容雅秀，不似土人，疑其仙也。

廿七日　阴晴。昨夜似病，竟日未事。出巫峡，入夔峡，去年似较秀峻，今则不如也。山水亦随时美恶，如诗文，颜色适兴为佳耳。夜泊夔州，行七十里。

廿八日　阴。晨兴将入城，待饭久之乃行。舁访厘局朱次民、黄夔州、耿奉节。次民处入谈借银。闻督府将往永宁，会贵州抚议盐事，或云俄事，殆非也。还船，耿鹤峰士伟来，久谈，言及鲍超奉召入见，拜表请调兵。余云当劝止之。潘生来见，馆耿处，不入院矣。次民来，云鲍疏彼与闻，不能止之。顷之黄泽臣来，开展有标致，云巫山许令最佳，前开县令亦好。又询巫山得雨否？虽未知实政何如，要为四川罕闻之语。王生来见。黄痴来见，云翰仙营私撞骗。颇多客，遂至夕不得休。耿明府又送五抬盘，廿名牵夫、四差、一更夫，皆谢不敢当，实则省犒赏费耳。假次民百金以行，换钱百十千，发赏，买肉。夜雷。

廿九日　晨雨。昨闻府县言望雨犹切，遂觉雨声可乐，忘客行之淹滞也。泊半日始行，过一山，见残桃满枝，远望以为异种梨花，登山探之乃知之，滋、茇遂折踯躅数丛而归。六十里过安平滩，蜀人所云哑滩也。十五里泊黄石觜，奉节地。见星。

三 月

三月戊辰朔　阴。晨过落牛滩，有敝舟缆断而下，遂败漏，阻我舟行。后有薄版船来，止令稍俟，不可，亦触石而破。船人皆有戒心，令待饭后始发，俄顷遂上，帆风甚利。午过云阳，纷女欲游览，率滋、茇、丰儿同至城门，无可观者，下船舣对岸。儿女游桓侯祠，余从下望，祠内有敌万楼、沧浪亭，了然可见，故未登眺，亦以此处山川顽隘，不若楼观之美，不如从下仰望为佳也。复行卅里泊小林，云阳地。《春秋》书"日昃""夜中"，未知何例。

二日　阴晴。逆风缆行，计不能至万县，遂早泊巴阳峡上，云八十里，可五十里耳。巴阳，江水至深处，或刻其峡石曰"巴阳水府"。竟日无事。

三日　雨。晨色冥蒙，春云如雾，行六十里，望万县雨中碧树，山郭鲜新，致为佳赏。命顾夫由陆道趣成都，留丰儿、阳春、熊三送护船行。

四日　阴雨。晨发万县，唯一兜子襥被以行，莫营勇丁朱悦来从，行李之简便未有若此者。行九十里，当宿分水，破跕更前，登岭八里，宿樊店，万县地。舁人甚颂梁山熊令之治，而言糜令之短，云程藩使同年，故得此优缺，唯以纵盗为民怨。今日食二鸡卵，一锅块，碗半饭，尺余甘蔗。

五日　晴。昨夜甚寒，晨反较煊，然犹三绵也。饭于孙槽，从此至梁山皆缘谷直下，余前行殊未审，山景甚奇，作诗赏之。登陟未觉高，溪行尽回缘。七盘下松底，反出群峰颠。高原横深谷，田水如清川。幽旷遘二奇，趋瞰俄九迁。云光散春气，叠嶂聚寒烟。夜花繁岫桐，晨响切啼鹃。既惊节候移，稍厌溪瀑喧。奇境难久居，空令世外传。又见民居厨下泉流出为瀑布，感新召鲍超事，戏题一绝。茅屋春云袅爨烟，更无人问古松年。谁知灶下残余水，流作山头百丈泉。行八十二里过梁山，未饭，复行卅里至三合场，梁山县丞驻地，隘不可停，因前行。误循至重庆大路，疑，返求舁夫，则已行矣，幸迷途之未远，舁夫不肯还宿，复行十五里，宿老营场。凡行百廿七里，犹未昏黑。

六日　丑正后闻雨，至辰初乃小止。卯初起，待雨止而行。霡霖至日午，云气愈盛，饭于拂耳崖下。道上短夫最多，唯今日路险须人，乃绝不可得。舁夫上山颇困，赖遇一熟夫，令舁上赛白兔，至稍沟，凡再上再下，徒劳而不险，更不奇也。过元坝驿及石桥铺，皆大市。石桥为梁山、大竹分界地。自琐匙桥至黄泥碥十五里，山谷阻隘，溪瀑喧豗，怪石怖人，暗竹欺天，殊非善地。舁人顿踬，欲止宿一山店，店妇诡词婉拒之，若有不可言之隐，非贞专自守则谋孤客者也，视其状在善恶之间，惧不敢留。暗行五里，至碥市已昏黑不辨路矣，仅行九十五里耳。前年来时，行半跕，故不觉远。《题罂粟田》：玉白脂红一望妍，尽驱黄犊为耕烟。春风莫望桑麻长，更有扬州芍药田。　　诛茅穿石缝，沤纸夺溪流。路暗愁山鬼，崖斑误虎头。黄泥碥竟无寸土，幸今日入大竹界即晴，亦出意外，若雨尚不能进也。

七日　晴。行十五里，饭于清溪铺，又卅里至大竹城，皆下坂平路。自大竹卅里至九盘寺，或上或下，山景平平，无可爱憎。

又廿里至卷洞门，多下少上，然望中颇朗旷，自此无登攀之劳矣。半山最爱之，取其出险也。望见李渡，而不能至。行廿五里，宿双土地，渠县地也。竹、渠于卷洞分界。比日杜鹃声相唤，春寒犹重。

《巫山神女祠碑》：《礼记·祀典》，祠出云雨之山，天子秩之，诸侯望焉。巫山自夏世孟涂以来，传祀帝女瑶姬，帝不知当何代也。有楚贞臣屈平，始亟言巫咸，其弟子宋玉乃言巫山。山之名巫，盖咸所典祀。殷人重巫。周人贵《易》。《记》曰示不敢专，以尊天也。巫、易于后世，当谏官谋议之职，天子有事必进断焉，非夫禳祝奉祠之流。楚之先为文王师，与隗同祖，隗即夔也。芈、熊盖传巫咸之德言，故文王奉以为师，三代之道于是乎在。帝女主山，又在其先。稽古之神仕，在女曰巫。《周礼》始有男巫，然则帝女乃圣神通灵，非仙人羽化者已。巫之所必取女者，岂不以妃后浑居，尤奵祷祠，设官专典，然后巫蛊之祸无由而作，古圣识微防嫌，噫其远与。左氏、庄生言圣人主山川者具有典记。自秦以来，乃不复传，而宋玉之赋巫山，有高唐朝云之事，其曰"先王幸之"，故为立庙，托神女以况先后也。讥楚后王弃先君之宗庙，徙夔、巫故都而乐郢、陈，将不保其妻子，故曰巫山之女，为高唐之客。客寄如云，《诗》所谓"有女如云"者也。高唐，齐地，言其务于东而失之于西，得于齐而失之于秦。其后《神女赋》则又以女喻贤人，如屈子之徒，故其词不及山川，比兴意显，各有实指。而后之小儒不通天人，罔识神女主山之由，莫察诗人托谕之心，苟见奇异，肆其诙嘲。山灵清严，固不降愆，然不正其义而欲守土者之虔祀，弗可得已。巫山县东神女祠，旧在空侯山下，康熙中，故尚书王公士祯，奉使告江，躬谒祠下，徒叹其茅茨土垣而已，顾莫能厘俗谬。唐尚书白居易刺忠州，过祠，悉除诸诗牌，若有所悟，而未闻所以正之之说。今年春，雨泽小愆，县令许君祷于名山，应时甘澍，既具材用，将新神祠。适闿运还舟溯峡，过谒太守黄君，言《高唐》《神女》二赋之意，黄君韪焉，且曰此牧令所以重祀典、定民志、祈福祥之大者也。因备释宋玉二赋，以谂学者，而述其义，序之祠碑，系以铭焉。今城即汉巫故治，《水经注》言盐水出县东，而叙巫山又在其东。今青石洞诸峰，奇秀独异，所谓十二峰者也。古之山川祠皆在近民附郭之地，则祠神女于空侯宜也。

八日　晴煊。晨行十里，附舟泛渠水十里，舟人方炊豆杂稻为饭，饮其熟潘一盂，遂忘饥渴，其风味殊不恶。因感汉世祖掬水澡面之事，念其后溥沱芜蒌，稍狼狈矣。戏占一绝云。米汁香同卯饮春，不妨漱口过清晨。却怜文叔非名士，豆粥芜亭讼苦辛。又十里饭于观音桥，见隔水有寺，树林茂密，店主导往，知客僧出迎，貌似朱香孙，小坐还店朝食。廿五里小憩吴家场，四十五里宿新巿镇，皆渠县地。土人呼"新"如"亲"，初以为青石镇也。计五日得六日程，时未过申，以连日行劳，少息人力，故早投店，即前年宿榻也。舁中思今翰林员多，宜开四库馆，收采乾隆以后诸书，必胜前集。又四阁三灾，亦其时也。多事之际，为此闲想，亦又自哑然。换银一百三十四，价一百三十三。

九日　晴。晨登杜岩，一日未见高山，已觉平平无趣，见山心喜，乃知习之易移也。远望石崖苍秀，上则顽土平冈，殊失所望。作一诗。乘车入鼠穴，挽桐嘲鸡栖。既厌平路平，喜蹑梯云梯。三陟穷杜岩，旷望得高畦。群峰散蚁垤，杂树蔽幽溪。疏杉性孤直，密竹意低迷。远声应春禽，出谷引晨鸡。时烜物欣欣，生理岂不齐。傥有山居兴，知余好攀跻。早饭赖坳，过兴隆场，当宿跳动坝，破站更进，宿东观场，南充地，行百卅五里。跳动坝，乃铁洞声转，蓬州地也。

十日　大晴，遂热如五月末。行十五里，舁夫早饭，嚣秽不可停，前步四五里，坐长生桥上，待舁至复行。四十五里渡潜水，绕顺庆城至西桥剃发，食索面未饱。又行五十里，宿五龙场，店阁明净，为栈房四阿重屋，僭宫室之制。解装甚早，聊息劳顿耳。今日所行皆坡陀逶迤，但叹路漫，计船行可至涪矣。独坐无事，补作《重修定王台诗》，应夏粮储之请。形势东城起，嵯峨汉土存。升平宜复古，风雅复开尊。白水余清庙，青槐守故园。幸逢骢马使，重祀旧龙孙。开国宗藩始，山川舞袖收。至今连四郡，长得长诸侯。教孝民风古，优贤傅宅留。未应愁日远，犹胜兔园秋。

十一日　晴。行十五里饭于甘草岭，五十五里过蓬溪，多下坂。过陇路，舁人云："下不尽，李马铺。"李马至县城廿里，停一时许，换银三百一十四，价一百三十八。欲过罗惺土，恐羁留，不果往。舁夫告劳，卅里宿槐花市店，殊不静洁，以大风难行故止。道傍见瘦柳有感，口占。瘦尽柳腰无一把，不胜春处最饶春。风流自是天生与，莫怨当年苦折人。

十二日　己卯，谷雨。子正大风冻雨，顷之止复作。晨起土石未湿，寒可三绵。廿里饭于官升店，本关圣殿，公牍改之耳。午晴日烈而气凉，在日中如伏日，居阴处可二绵。五十里渡涪水至太和镇，涪水即嘉陵江，水色最秀，亦即潜水也。赋一诗。活似䒴䒲软似纨，碧漪清处不知寒。世间水色应无比，唤取吴生袖手看。"道中偶忆京师旧事，感试礼部时朝仪犹备，未一年而残阙矣。因作一诗寄刘韫翁，又并谢其饯席，牵连作三首。一月湘城雨，尊中酒不空。天多与闲日，人喜坐春风。麈尾聊挥俗，觥筹偶论功。宵深兴不浅，门钥莫匆匆。　罢镇无还业，明农有寓庐。筹边非为国，身退且安居。独醉知春久，关门与世疏。老来休著作，重校石渠书。　昔赋临风锦，曾叨第五名。未窥蓬岛路，已见海潮生。将相看新贵，笙歌梦旧京。莫辞亲顾曲，指点太平声。余覆试，韫翁置第一，依班阶在第五，自此典试者并韫翁之不如，试者亦并余之不如矣。日方午，复行六十里宿景福院，街店整丽，且有武昌馆，盖绵花马头也。市上方演戏，往观已散，月出矣。余前与曾涤公言："李筱泉陛见时，余行其后，闲思李在车中不知思何事。"曾为大笑。明日语余曰："余今日在车中，思君昨言，亦复思君在车中不知思何事。"相与拊掌。今观比日日记，信多思耶，宜省之。今日行百卅里，平途漫路，仅乃得至。

十三日　卯初起，行卅三里过观音桥，未饭，食薯粥甘蔗。又行六十里，饭于柏树坳，题壁者书作白路坳。此又一处。有武举乔慎庭到处题诗，又有孝廉吴仲廉诗尚不如乔。有楚南养虚子，则不知何人也。时始过未，又行四十里宿大桑墩，计五日复得六跕。店小二处我以侧室，犹以为不配，黄翰仙来必不至此。道中屡改寄刘第二诗，终不跳脱，姑从其最后者。十载无鼙鼓，安然此寓庐。筹边虽自苦，作计未全虚。夜月。

十四日　晴，行廿里饭于清水河，卅里兴隆场，十里至又一观音桥。中江有劫贼，昨夜烧太平场，杀数人，云未劫财物。又云已获得二人。各处鸣金齐团，人心甚扰。自观音桥渡大冈，上下连廿里，余前所咏金堂山者也。山未必在此，昇人不知此冈名。又一十三里宿赵渡，前宿店也。改昨诗云。十载民安乐，翛然有寓庐。筹边虽自苦，作计未全虚。独醉知春久，新茶品贡余。老来无著作，重校石渠书。今日已食樱桃，谷雨日始闻布谷，初五日闻子规，草木之知时不如禽鸟也。夜作寄《刘诗序》，起索烛书之。刘韫斋侍郎自湘抚内召，引疾乞休，遂居省城，文酒谈燕，但招客，不诣人也。庚辰春，余复有蜀行，承设钱席，谈次因及京师宴集之乐。优人演段者盖始于伊耆氏、罗氏、鹿女，其后尤盛于东周。至汉代元会，为百戏之一。明人因遂直谓为戏，内廷有供奉班。国朝因之。王公入坐听戏，著为典礼。故京师公私会集，恒有戏云。其优人名者，士大夫无见不见，辄能举其名。侍郎言，湘中歌者有京师之声，以余不及待其堂戏再集为憾。往昔己未岁覆试直省举人，文宗命试"临风舒锦"诗，侍郎分卷，取余第一，以班阶次置第五。明年而大驾东狩，天下多故。余从祁门军中遂还山居，侍郎一主试江南，亦遂外任，迄无座主门生之缘。通商总理以尚侍大臣专领，与军机同重。京朝堂司官并心夷务，亦不宜言升平歌舞之事矣。侍郎抚湘时，大议征苗，犯疑谤而克定之。湘、沅近十年无烽燧之惊，退老闲居，与二三亲旧奏技听歌，固其宜也。矧其年过七十，旁无姬侍，适兴托意，又非耽乐。余非知音者，而恒慕承平文物，既告别逾月，行金堂山中，春风吹衣，忽有所忆，因成三诗，寄谢意，不唯师友违离之感，傥类谢傅所谓中年哀乐者尔。

十五日　晴煊。晨行廿里，饭于姚渡。自此远山稍平，又过一长冈，亦将十里。廿里至新店，新都地也。昇夫已疲，强行廿里，呼两乞儿昇入城，直从北门至院，误绕西城根，从菜圃后至大门，崔、孙两生适出游，遇焉。下昇步入后院，张桂已去，唯文八在院中，上下人等俄顷皆集，纷纭两时许，犹不得食。将夕饭罢，黄佛生、陈鲁詹来，曾元卿继至，云彼先到十日，途遇苗乱，几不得免。松翁来。二更客去，夜月微明，寂然独寐。十七跕行十二日而至，轻装之效也。后十日而妾女亦至。咏薛能诗"前程憩罢知何益"，又爽然自失矣。

十六日　晨雨，旋晴。两监院，冉、范两教官，王进士文员，杨巩少曾，翰仙，简堂，崇扶，三程，立翁，唐泽坡诸生皆来见谈。鲁詹又来。王进士之憨，似不可为知县者。季怀来，谈半日，未尽其词，客扰而去。阅邸抄，王定安得冀宁。与易笏山得贵东相类。夜作家书。

十七日　晴。李县丞来。同乡来者相继，皆谢不见，唯见鹭卿、鲁詹、佛生及诸生十余人。陈深之上书，语多恍惚。华阳冯生廉因张盟苏来见。宁、吴两生借去《公羊》二本。张桂辞行去。发家书及穄公书。罗惺士夜来，纵谈古今，将三更乃去。有雨。两监院送蒸盆，蜀人谓之鼓子。

十八日　阴，有雨。晨起未靧面，客已至，连十余班，至晡时始少闲。方小食，院生又连来，宋钺卿最后来，与杨凫江、顾象三皆欲招饮，辞，令俟四月。夜作朱次民、黄夔州书，又作耿奉节书。

十九日　阴晴。王莲翁来，久谈，云孝达议防后路，并举诸将，又言曾劫刚不可轻往。大有孩子气，未为达也。（孝达吾党也，其议论如此，殊为可惜。）朝议甚许之，令时往通商牙门与议。金鹤筹知府来，名椿，朱香孙之表弟，刘荩臣幕友，贵州人，以朱故来访。成都令王喆字芷香来，城固人，谬为恭敬，未知于王吉如何。李康辅送礼，依王熙凤法受之。刘瑶斋子肇烈来。锦芝生来，言傅喆生以溺职免。

廿日　晴。今日以更戴，始具冠服补开堂课，晨出点名，诸生皆设拜，衣冠济济，甚整肃也。（书院有相敬爱之风，然后知王道之易。）巳正山，笞访伍、李、唐、劳、黄、曾、黎、程、金、崇，兼访松盐道蕃。萧子厚、黄麓生俱入谈甚久。困不可支，勉过成都府、县，幸俱不遇，始由莫营径归。得刘荫公、王绥原书。福生晚来。院外生来见者五班。夜早寝，亦早醒。

廿一日　晴。早起甚寒，仍着小毛。待饭未来，朝饥正甚，张怡山、李和合、王独眼相继来，遂至午正，惫矣。麓生、锡侯来。刘伯卿来。终日仅对数客，何人之暇而我之忙也。晡后小愒，帽顶送文无、芍药来，晚间来谈。金知府送酒币，却币受酒。

廿二日　晴。朝食后出谒将军、副统、吴春海、杨凫江、张子静、骆县丞、刘伯卿、王天舫、刘玉田，惟副统维侯未见。行半城中，尚未及午，忆王成都借书未送，驰还料理，陈仲宣坐待已久，未及多语。维侯来，久谈。李从九庆霖来，湘潭人说川话甚为可厌，妻家舅氏族子也。又见院生赵一琴，已革，新取附学，便送书院，亦太骤进耳。与仲宣由新开门出，步至唐宅夕饮，季怀、保卿先在，畅谈肃党本末，多世人所未闻。还始初更，与院生少话即寝。四更见窗月如曙，光阴徘徊，景色幽静，睡意方浓，未暇赏也。

廿三日　晴。同乡官萧、傅、楚、周、叶、罗、伍松翁、恒将军、李从九、吴春海来。吴来时正困卧，殊不能起，强出见之。帽顶来，言将军拟荐用之，欲辞不得。以提镇交督抚差委，将帅不相习，全无所益。近日以曹克忠交李鸿章，不知曹为李前辈也。求官历于藩使，得四本。

廿四日　晴。同乡官刘、李、莫、姚、刘、王来。田秀栗来，字子实，知泸州。所云送李鸿章妾，遣仆妇入督署抄文书探消息，及花盆埋金者也。声名达九重，以为必有异人，及见乃庸庸无奇，又在唐、丁、劳之下。其来也因龚生、徐生，萧、刘、唐、锦诸人亦似用全力者，而又不能达其意。或云其能捕盗结案，熟视之不似能健吏也。福生、仲宣来。曾昭吉夜来。

廿五日　晴热。将出，怯而止。见二客，忘其姓名。傍晚刘郎心民来，谈未数语，闻外有长沙人声，则阳春至，云六云率诸女皆来矣。比日正苦岑寂，知其至，甚喜，出迎，则已入院矣。新开门而竟不及游，幸床橱已办耳，二更乃部署讫。绂子亦步至，居于东厢。

廿六日　晴。晨兴最早，久乃朝食。恒镇如来，久谈。萧都司持江生少淹函求见。秦通判云龙字陶庵来，言陈总兵济清之短，设誓以明之。及去升轿，舁夫四人无故均仆于堂下，舆倾人倒，余以为非佳兆，急趋而入。毛监院促发课卷，尚未阅也。元卿来。阅课卷廿余本乃寝。夜凉雨。

廿七日　甲午，立夏。雨。竟日阅课卷。韩紫汀、唐帽顶、黄福生来。韩有女适人而寡，不肯从其公姑，乃以其姑曾为倡而去之，又恐后患，披剃为尼。叶主事为题"化石庵"额，余甚言其非礼。夜定等第，发课案，取张可均为首。

廿八日　晴。乡晚周同知来。李县丞来，辞未见。为维副统书扇对，并题其《摄山图卷》。尹继善、袁枚和韵七律四首，嘉、道初达官多在，然无甚知名者，诗亦绝不能工。又观其所藏法氏摹诸葛像，肥痴不似伟人。斋长邓伯山帖禁约，颇有非议，而业已上壁，恐人不服，求余解之，为调和谕晓之。彼欲以条教号令治人，真书生之见也。夜发家书。检《周官》郑注言字形声者。

廿九日　晴。晨起办出谢客，至午乃得行。至督署，马季怀久谈，思天下人士堪封疆者竟不能得一人，宜有暮气之叹也。过方保卿略谈。至机器局,翰仙已出,与福生少坐,程藩使来,径入,相遇支吾,谈顷之。复诣谢三四家号房,欲径诣成都府,余以时过午,复还院,吃牢九三枚,仍诣莲丈处会饮,坐客有二吴及三不知姓人,亥散。

卅日 晴。萧子厚来,以其无轿钱,出见之,久谈不休,送之去,遂巡四斋,学者多出游矣。方保卿、程藩使来。见院外生来者四人。

四 月

四月戊戌朔 晴热。寅兴,卯盥,辰出。点名,堂课,考功,发题,出堂会食。杨叔峤、周润民两生均起假到院。杨生借去《续苑》。扮女上学。曾昭吉、陈仲仙来,黄筠心求荐崇馆。

二日 晴热,始绤。为维侯题诸葛画像。翰仙来。祝典史执贽请学诗文,严生雁峰友也。看梁文二本。仲仙请写绵州牧扇一柄。

三日 阴,稍凉。竟日无事。见院外生一班。刘庸夫、易简轩来。得弥之书,有规爱之语,而又以易为托,可为矛盾也。晡后步出,携茇女至锦江院,独入访松翁,复过春海、泽坡小坐,还已向夜。为吴生评古诗,因定月讲期。

四日 阴凉。评汉、魏五言诗十余首。始教扮女篆书《诗经》,其部首荒疏,比非女不及十之二,字体尚可,在伯仲间。傅总兵定升来,求往李培荣处差委。余言湘将无事可归农,何为向他省人求生活,湘军之可贵者各有宗派,故上下相亲。傅乃萧濬川旧军,人言萧入成都而死,令蒋征陶统之,军士不附,因分为三,以参将以下领之,所至有功。而寇益日起,骆军至,一战而败，乃悉征萧部，遂能戡定，外人不知也。周达武从刘岳昭来，李有恒故田兴恕将，最为下品。鹭卿、季怀来，略言蜀武备之不讲，宜整饬之。

五日　阴。帽顶来。诸生入谈艺者十余人。杨生永清来，言其弟新入学，在市中逢祈雨，触水洒街，成都令挞之于市。余令诉教官，听其发落。又告监院二君，风令王大令到门一谢，未知其能从否也。王喆信不及王吉，幸泼水后今日即得雨耳。晚得稦翁书，言功儿已过巴县，盖在十八九日，计程今日可至嘉定。

六日　阴。翰仙来，改定院生《春秋例表》国君书卒不书葬者三十四条，兼点阅课卷十余本，考《大传》记舜立禹年祀，以合荐禹十七年之说。林生来。子静之从子。

七日　晴。为绂子改《论语》文及试律诗各一首。松翁、帽顶来。得功儿三月初书。阅课卷卅余本。阅京报，俊臣得闽藩。

八日　晴。新作小轿成，出试之，遂至督府、鹭卿、刘琯臣、庸夫、翰仙、芝生、唐子迈、麓生，便谢杂客十余家，还已暮矣。与稦公谈时事，言宜以筠仙当国。稦公言，昔妖言筠仙作相则天下乱，岂可试耶？因叹凡事自有气数流转，使人豪情顿减。又以为劼刚至俄，必不得约，余以为必得约。又言阶州疑有回部，余以为必无可虑。未知谁是也。此间提督宜以简堂暂摄，清理积弊，亦未敢公言之。夜作第三号家书。发课案。

九日　晴。简堂来，谈蜀政，甚有勤求之志。观其才志，诚为楚材之美，在杨、谭以上，胡咏之一流人，聪明不及耳。移坐阁后。李懋章来，县人曾钺来谈，云廿年不见矣。冒失懵董，兰生族兄也。夜小雨。

十日　晴。锦芝生、李和合、稦公来。巡四斋，考课。黄筠心来，作无谓之谈，乃得食粉糍而去，信饮啄之有前定。午饭后讲堂会讲经，来问者多毛举细故，不切于问。

十一日　晴热。评注阮诗廿八首。遣彭轩及李书办迎丰儿等船。连希伯侍卫来访，世爵一等子，不知其何以得此恩也。散秩大臣，汉代奉朝请之班，亦不知当何以称之，姑列之于侍卫。刘瑄丞和合，弟补江安令，忠烺同来。夜月，宿西室。

十二日　子夜大风有雨，晓犹霖霖。剃发未毕，湖北陈主簿来候见。午出访陈伯双学使未遇，绕贡院入少城，诣维侯兄弟，久谈时事，云铭安鼎臣，溥安之弟也，有干济材。宝廷竹坡，郑王亲属，未能及胜克斋。荆州将军景丰，六额驸之兄。定安，僧王旧部，今镇黑龙江；崇绮镇热河，俱为精选。又言今时乏人，颇有经略西藏之志。傅生守中来，言学使告监院，两县通禀杨小侯兄弟及汉州生员张祥龄等聚众哄堂。此事初由王成都祈雨，遇新生杨永澍冲道，皂隶呵之，遂相口角，成都已辱之于市矣。杨兄永清调院生诉于同学，于是张、傅等谋，令二杨率永澍往县堂求其详革以窘之。及往而王令匿走，诸人攘攘，将永澍交其刑幕而去。皂隶、家丁遂自毁公案。成都令诉于督府，云杨侯领兵而往。余惧督府之不察也，告以原委，令释杨侯而治诸生。督府意以王令亦有过当，方令成都府及中军调和，而外间哄传杨生将下狱。余责张、傅等陷人于罪，令自往投首，以代杨生。及往而王令复匿去，又纷纭久之而还。府县遂飞书告急，学使未报，而督府饬杨侯往领永澍，乘舁以出。事可罢矣，忽又通禀，不知当作何结局。为政者冒昧，不思其反，乃至是乎？既不登时捕治诸人，今已散，何从得主名？张、傅又岂肯自认？徒章其懦耳。顾朝元尤不相涉，何为而连名，又何以异于张、傅哉？书生行径无条理如此，此八股不通之过也。得陈俊臣书。

十三日　庚戌，小满。阴雨。监院来，亦言成都事。复俊臣书。得今年二月二日手书，情余于纸。尔时新命已下，日来当移署矣。闽中乏材之国，藩使求贤之主，相需殷而相遇疏，所代为兄忧者也。然激厉陶铸，自有微权，金玉作人，诗人所美，愿一以曾侯初起为法，无效其晚年之脂韦，则昌阳、豨苓皆良药也。去冬怀庭书来，言兰溪相逢，谈及远人。洞庭舟中曾赋一篇寄上，来书云云，似尚未接到。东西万里，我劳如何。闿运因感稺公乔木之声，复为安邑猪肝之累，既已期月，幸未素餐。中间一归长沙，与筠仙、樾岑盱衡时事，因论朝诏，屈指人材，将帅之选眇不可遭。所谓塔、罗、彭、杨之军，胡、沈、王、阎之吏，求之今日，已成古人。其尤可憾者，雪、厚犹存，二丹无恙，观其设措，大异曩时。即仁兄绾印二藩，官年俱进，而比之妙高颓垣之下，小西拖罟之中，意气陵云宵，忠诚贯金石，思追逸轨，岂可得哉？然则非世无材，非材不用，时势使然也。况驽下如闿运者，焉敢复申眉扼捥，论芬韶之唾余乎？虽然樗以不材全，浑沌以不凿生，湖海之士，豪气未除，比之昔年，犹故态也。两儿昏庸，平世之生员，何可言学。长者为朱学使所赏，送入校经堂肄业，次子从至成都。六云携所生四女侍行，弟妇以老病留籍，颇讯嫂夫人不致仕也。吾辈遂已推排作老物，贤子中有几人秀出者？闻苏石雍容木天，颇有忧贫之嗟，此子他日定不减李少荃，盖世情浓者，功名之士也。闿运乃李眉生所云没出息者，故行年五十而不知四十九年之非，时复吟咏，以消永日耳。简堂素未深知，比来观其言行，胡咏芝一流人，聪明稍不及，然在杨、刘之上。彼在黔艰苦，菁华未竭也。闻校经堂有三士颇奇，皆永州、永顺人，湘其未衰耶？久不相见，临书觊缕，荔枝正熟，清福日珍，为颂。书局《南北史》写毕，始写《辽史》，夜校四页。发第四号家书。曾元卿来。

十四日　晴。巳初出，再诣陈学使谈《易》。陈言经学但患句读不明，则文义晦，举《系词》"而微显"二句，当读云"夫易章"，章，明也；"往而察，来而微"，"往""来"对举，"察"亦"微"也；"显阐幽开"，"幽""显"对举，"阐"为单开，"开"为双开，即所谓章也。其义精确，所谓圣贤复起不易者矣。又言《象词》多为九五、六二言，非该全卦，但以六爻发挥之耳。亦破的之论。惜其犹沿宋说，以十八爻九卦为指点之词。又训诂不附古义，为可惜耳。又言"元"字从上、人，"仁"字从人、上，许传有误。亦为奇确。初见未便多问之。出诣简堂不遇，还。旷经钟知县、李扶山耀南来。院生来者相继。夕设小食，悉集诸生茗话，以纨女周岁也。校《辽史》八页。夜早寝。

十五日　晴。今日家忌，以院生毕集，未便因私废公，仍出点名，诸生愈整肃，彬彬乎有仪矣。李世侄、麓生、凫江来，凫江欲自达于上，久为余言，而几忘之。黄筠心来。行东斋，严禁烟镫。校《辽史》廿页。看京报会试题，湖南得房差者三人，钱师亦得分校。诏起阎丹初，遂称疾笃。曾沅浦亦称疾。部议减勇丁之数。

十六日　晴。求雨十日而旱气弥著，殆不能及耕期矣。遣约李福三再谈。闻学使当来，留待之。张门生来求差委。华阳廪生来，言革廪事。纷纭半日，伯双至乃免，亦未及畅谈。饭后出诣李，则已出矣，过翰仙、鹭卿而还。校《辽史》廿页。张门生来，言丰儿于廿一日至泸州，借廿金而行，至今将一月，犹未至省何也？

十七日　晴热。彭轩还。丰儿书言十一日到嘉定，无水不能上，当遣散诸水手，并令入城。赵生送《文苑英华》《旧唐书》来，俱残阙，当抄补也。院外两生来见。此间人多喜执贽为人弟子，而不求益，殊不知其指趣。帽顶夜来。老妪告去，茂女无人将领，乃自照管，夜寐甚安静。

十八日　晴。朝食后诣伯双学使送行，便至李福山处。李将诣左，请余一函，久不与通问矣，归作两纸与之。又与书杨石泉，略为李道地。鄂生来。刘瑶斋子来。得陈总兵、刘瑶斋书，并有所赠。欲笑则不可，欲怒则近于俗人，自反曰：我必不仁也，必无礼也。六云亦知其不可，何苟且之纷纷乎。校《辽史》十五页。

帽顶请陪维侯兄弟，戌集亥散。夜大风雨。

十九日　雨，午后阴晴。校《辽史》十页。抄补《旧唐书》二页。瑶斋家人复送麝脐六丸，以当购配香，受之。萧铭寿来。

廿日　雨竟日。农田沾足，秧种俱活，可喜也。抄《唐书》二页。出讲堂谈文，问者俱无心得。宋铖卿来。看课卷十本。

廿一日　晴。看课卷卅本。拟扬子云《牧箴》作《八督箴》，殊无佳者。作沈鹤樵挽联。鹤樵，海琴至好也。兄弟旅寓蜀中，招权结客，补美缺，蕃百口，身死曾无余财，兄吟樵亦继卒，四川风雅之宗相继亡矣。萍居百口，匏系一官，便边州深奉养余年，琴酒寄情聊复尔；息耿先亡，梦园归去，更少日连枝悲逝水，笛邻访旧为凄然。午后过帽顶处，与同饯维侯、连子齐、敬庵、鹭卿作陪，戌散。

廿二日　晴。补抄《旧唐书》一页。看课卷廿本。翰仙来，甚言机局之难办，鹭卿家丁横肆云云。董文焕同知来，以其名似研樵而见之，无聊人也。西诣穉公饮，鄂生、季怀同坐。

廿三日　雨竟日。抄《唐书》半页。出诣简堂、程藩使、锦芝生、旷金钟，吊沈氏。程处遇一红顶胖人，程呼之"同年"，年可卅许，不中绳墨，未交谈也。至鄂生处，陪其子师罗质庵饮，季怀、耀庭同坐，陈用阶之子亦与。罗以唐妹婿，不肯首坐，仍以余为客。季怀甚诋荫渠，兼谈俄和事，云劼刚不敢即往，待报而后行。崇使参赞电信来，云约尚可改。未知其意所在。夜雨如春霖，二更后还。

廿四日　阴雨。看课卷十余本，为王绳生改一卷，聊为诸生式，亦不能佳也。锦芝生来，谈保甲。简堂言聂才女诗未寄到，戴表侄事难行，须托贵州官谋之。俟发家书时便为致达。《王制》：庶人春荐韭，韭以卵。卵，盖卵盐也。卵与盐同俎，今乡俗犹然，其祝号则唯称盐而已，故《曲礼》以韭、盐并举。《内则》郑注以为盐如卵，殆非也。

廿五日　阴。定课案，正取至六十三人。周绪钦道台来，前日所遇胖人也，谢末见。薛季怀送诗来。黄耀庭亦有一篇，皆为穉公发愤郁者。余初以耀庭未能即成，至此乃匆匆作七言一篇应之。湘石来，谈终日，匆匆未暇他作。

廿六日　雨。为唐鄂生写寿诗作序，破半日功，而纸短不可用，少惕，遣换之。拟为穉公作生日，召六云谋之。正纷纭间，闻外有湘潭声，知丰儿船到，出视则揩、寿二子同至矣。饭后鹭卿来。夜然烛写诗，字稍胜于先者。帽顶送草花来。

廿七日　晴。晨写诗卷毕。船人行李俱至。发第五号家书。莫千总来。连希白来辞行。刘奇夫借《唐书·本纪》去。希白送画扇。

廿八日　晴。藩使遣人来课院生，不点名，而犹委员，仍承旧例，牢不可破。唐鄂生借发经费一千，交监院表散月费。今日治具为穉公作生日，本期夕食，而穉公午至，陪客唯简堂，踓之鄂生，几后一时许，犹较常时早一时许也。新厨人甚不能佳，戌散。季怀留谈至亥，客去颇倦。

廿九日　晨不能兴，至午初乃起。刘栋材来，言何光亭、曹镜轩皆病故，苏州妹子生一女。何务圆尚在，年八十余矣。抄《书》二页。钱徐山来。申正至旷寿云处会饮，诸客皆先至，许晓东、刘玉田、李和合、刘伯卿。唯晓东狂谈，意气发舒，不似湖北请安时。

晦日　雨。出送维侯，因书扇赠其弟。答访徐山、周叙卿。周，桂林府灵川人，乙丑进士，辛酉补壬子同年也，方子箴呼为"小胖"。抄《唐书》一页，毕一卷。

五 月

五月戊辰朔 晴。晨出点名，重定己课。将撰《尔雅注》，检去年诸生所采稿本未得，甫书一条而辍，将俟节后检校之。抄《唐书》二页。滋女仞诗字一篇。昐女始讲《曲礼》。《通鉴》：臣光曰：微子立，则成汤配天；吴札立，则太伯血食。此言甚谬，宁亡国以全君臣之分，国既亡矣，有何分乎？又吴札不立，吴未尝亡。如此史论，以冠卷首，殊不可解。

二日 晴。久未巡斋，携丰儿往查课。遇许晓东至，辞不能止，坐待久之，复杂谈久之，已费半日矣，日课殊无暇补。锦芝生、曾昭吉、萧铭寿复陆续来久坐。夜蚊又甚，仅抄《书》一页，篆《尔雅》三行，昐女讲书如额。

三日 晴。看课卷六十本。骆勤广、张声泰、周豫生均来言事。夜甚倦，不能为昐讲矣，自强不息，诚圣功也。简堂送节物，辞其火腿，以数过多也。

四日 晴。院中诸生六十人修去年故事，会宴于内斋，设戏终日。余因饬厨办设一席，补去年陪媒之局，以帽顶为首，锦、劳、黄、许四道台作客。申集而西雨，将夜，体甚不适，稍休，乃出陪客，未知是中凉抑中热也。三月初，营兵以狎优公斗，优人惧牵涉，皆逃出城，在者率不能唱，亦无外间曲本，操土音而演谬事，别是一方乐歌，大抵采茶、花鼓类耳。夜雨不止，麓生冒雨去，晓东亦频欲去，菜出太迟，亥正乃散。

五日节 晴。会馆请祀乡贤，约辰刻，依期往则已散，云须及制台牙参，故黎明至而行事，云辰刻者，沿旧例耳。余三往不与事，颇以为愧。院生及杂役人等昨日已上礼，故免设拜。待午，儿女贺节，外客来者皆辞，唯黄笏生、劳鹭卿得入。以搭棚劳费一日，戏太少，复展一日，从下请也。演《聊斋志异》二事，至子夜内外俱倦乃散。

六日　晨雨，午晴。见院外生二人，余倦未休，仍放学一日。抄《书》一页。欲往督府，稺公适至，为周筠连言病状。云当先起假以小差，使无饥饿，亦故人之谊也。周病三年而不销假，以缺苦，人不欲得之，故免于议。若以病去，人则在所宜去，然告假不开缺，亦无损政事，特不可与吏言耳。晚过翰仙，值其匆匆，少坐还。

七日　晴。泽坡来，云欲请将军。前将军劾总督，恐总督督过之，因遣散伶人出城，至是复至，故有宴集也。翰仙午来。抄《书》二页。篆《尔雅》一页，小学殊已荒疏。得家书，见成芙卿题单，是一"三家村"叟，殊乖所望。申饮杨凫江处，广东金，浙江钱，湖北宋、曹、张，湖南刘瑄丞同集，戌散，还未暮。

八日　雨。发第六号家书，并寄银二百两，交喻洪顺。与书樾岑。抄《唐书》二页。篆《尔雅》一页。与莫、陈二总兵书。得董川北书。

九日　雨，午止。出南门至惠陵，稺公招同幕府十三客集饮，看荷花，闻喜宴也。坐间畅论屯田徙民之策，不待工本而办，诸客或不以为然，未之思耳。视国如家，焉有不切实之事。季怀言杭州栖贤寺竹甚佳，余未往游也。晡还，抄《书》一页，篆《尔雅》一页，《释器》篇毕。写扇二柄。

十日　晴。滋女十岁，未出堂食，因晏起，竟日多眠。李文潭来，云寅安师之长孙也，欲求袭世职，仅有广藩一行。知此间多买人札照冒袭，号为鬼接头，未敢定其真伪，为孟钟吉所绐，而多防猜耳。篆《尔雅》一页，抄《唐书》一页。改《军志》，校《南史》，均初起手，未限多少，明当以一卷为率。夜月颇佳，移出外斋。发信与子寿、鲁詹、祝陪堂、董兵备。得黄夔州书。出堂讲经，说"鄟子取季姬"及《东门》诗。董生、丰儿各问《仪礼》三事。

十一日　晴。抄《书》二页，篆《尔雅》一页。改《军志》一卷。薛季怀来，云帽顶欲要便饭，小坐遇雨。两监院来，言修金事，云已告盐道，言经费不足，修金无所出。余本改章，以自减为得体，今两监院反为余求益，颇为恨恨。雨止，同过帽顶便酌。写对二幅。

十二日　雨，凉甚。抄《书》二页。写扇三柄。得耿奉节及三弟书。余剑州来，云为李申夫所谗罢官，视其状，驽才也。萧铭寿复来夜谈。改《军志》一篇。刘镇坤送鹦鹉。

十三日　先祖考忌日，谢客素食。院外生来者三人，见于便坐。毛生舜琴来，麓平之孙也。麓平别已廿年，死亦十八九年，不意其孙长成如此。力劝其不可作小官，当为谋一小馆，留谈久之。抄《唐书》一页，校《南史》一本，改《军志》一篇，理两女功课，竟无多暇，未篆书也。夜至子正始寝，而日课未毕。

十四日　更早起，补篆书三页，抄《唐书》一页，校《南史》三卷，改《军志》一篇，为三女理书字。作书复赵沅鹄之弟树檩。得题名录，与循中式，李莼客亦中，盖此榜名士也，似少新科者。谭丽生、陈郎伯商、祝澹溪、汪弟皆得中，差为愈于前科。遣取越嶲马来，自试之，腰硬，不适于筋脉，不及贵州产者。

十五日　晴。卯初起，坐半时许，出讲堂点名。篆《尔雅》一页，抄《唐书》一页，校《南史》二卷，改《军志》一篇。为三女理功课。帽顶来。又闻王正孺中式，今年颇多熟识人。孝达转讲学。（薛丹庭误也。）俄人欲遣使来议和，新进唯孝达能与议，未知何以待之，其不来主讲书院明矣。阳春妇自长沙来。夜率两女登城，绂子、丰儿从，风凉月暗乃还，俄而月食，阴云不见，出时如上弦月。

十六日　晴。午雨，南门小，北门大。写扇对。曾昭吉来，言机局开得火井。周颂蕃来道喜，以与循中式也，犹有古人之风，悦而受焉。抄《唐书》《尔雅》各一页。午过宋钺卿饮，同坐者胡小穆、曹、张、冕宁令熊恕臣，酉集亥散，腹中甚不适。校《南史》二卷。

十七日　晴。抄《尔雅》《唐书》各一页。黄生筠心来，求书往东川彭兵备，并复马师爷一纸。田秀栗来谈，自以探刺方、蔡阴事为能，不知司道之犯上，由总督之太懦也。处众人之上而有忧畏之意，故人得中之。犯而不校，亦非尽善，在所施得当耳。若恃挟持以求胜，胜不如败矣。改《军志》一篇。

十八日　晴。抄《尔雅》《唐书》一页，改《军志》二篇。同乡四眼子及萧子厚来，久坐。鹭卿复来，遇大雨，坐至晚去。叶化龙署缺，涕泣欲辞，余晓以做官非赡家之事，做武官乃求死之事，彼初未之闻也。以官为市，国家教不立之过。不可以责此等人。夜讲《曲礼》，以诸母为大夫以上之称，似亦可通。盖唯士有庶母，知诸母与庶母之别。校《南史》一本。

十九日　晴热。抄《尔雅》《唐书》各一页，改《军志》一篇。闻新中张铭稣乃张鹤帆之改名。壬子、乙卯不脱科，果然。申过帽顶，陪穉公饮，让坐久之不决，薛季怀、唐鄂生、许晓东皆不能赞一辞。余以为礼有专主，所至常尊则非矣。唯君主其臣，云南人非蜀臣，仍当以先督后客为得体。竟不能定，乃设独坐于右以待穉公，仍以余为上客。穉公尚逊谢殷殷，益形主人之轻简。省例山长陪督抚，斟酌尽当者。各省督抚太自尊，此又太自抑，所谓折节者耶。

廿日　昨夜雨，晨凉。晏起已过堂食矣。校《南史》二卷，抄《尔雅》《唐书》各一页。为籾女理书，殊荒芜茅塞，无悟入处。酉刻出，讲文赋一篇，以引诱诸生。

廿一日　晴。早凉午热。书条幅，抄《尔雅》一页。未出南门，骑行至草堂寺。田秀栗设席，要薛季怀、张敬山，唐、锦两道台同饮，至戌散。骑田马还，田自夸其马，殊不适于驰骤。

廿二日　晴热。抄《尔雅》《唐书》各一页。午将出答客，日烈未行，钱徐山来，云其父仪吉有《献征录》六十二本，在从弟了密处，唐鄂生欲刊行之。晚过许晓东饮，帽顶、黄机先在，顾又耕、鄂生后至，为徐生说馆，兼为毛、孙谋干馆，均易集事，亥散。小愒即寝。

廿三日　晴。抄《尔雅》一页，看课卷，校《南史》。夜为籾女讲《曲礼》，于进食之礼，客主同食与否无明文。两言"延客"，似不同食，后言"未辩"，又似同食，疑莫能明也。考"脯、胸""梃、檄"，似尚确当，皆前此所略。

廿四日　晴。莫总兵来。校《南史》四卷。看课卷，巡四斋，人不及廿，太寥落矣。抄《尔雅》一页。得旷经钟报，湖南得两一甲。

廿五日　晴热。李县丞来，言刘璈将甘军，颇有布置。阶州瓜子沟，回众所聚，人莫敢往，璈至，移屯四日，而盗酋并获，阳抚余众，以待其懈，将才也。发课案。抄《尔雅》一页。闻灌县出蛟，枯棺生枝。

廿六日　晴。课卷遗检十余本未看，补发一榜。吴春海来，言状元乃其弟子，比三科皆得状元门生，吴门欲与穆门比盛，诞矣哉！抄《尔雅》一页，校《南史》二卷。田秀栗来。调院胡樑来见，言新津令随丁奸民女被杀，而以为哥匪，哥匪亦自以为功。官昏民愚如此。夜骑过机局看火井，遇雨几不能还。翰仙设荔枝、糕饵，放鹦鹉去。

廿七日　晴阴。抄《尔雅》一页，校《南史》二卷。辰出答访杂客，误入一马知州家，小坐出。诣鄂生、芝生，正午还。周豫郎来。妢女移入内斋，使滋女从丰儿读诗。比日蒸热，殊不能健饭。

廿八日　晴热。课读毕，唯闲卧。萧、杨来。得蓬海书。抄《尔雅》二页，补抄数页，粗成一本，以授茷女。计廿年来两抄《尔雅》，皆为他人竟其业，未尝自抄一过也。去年大集经解，欲成一书，忽失其稿，故今意兴殊懒，姑置之，以待能者。抄《唐书》半页。

廿九日　晴，蒸热。抄《唐书》二页。竟日无事。锦芝生来。夜大雨。与书王成都。

六　月

六月丁酉朔　朝雨，旋止。出点名，竟日多接诸生，出题误记郑笺，有来问者乃改之，幸非捐班，不然为大笑矣。抄《唐书》二页，作家书未成，蚊扰，夜乃续书一纸。鹭卿送绵桃。吴圣俞送嘉定荔枝。陈千总送鲤鱼、沙果。为滋女抄律诗一页。是日小暑。

二日　晴，午大雨。抄《唐书》、唐律各一页。午至帽顶处看戏，戌散。

三日　阴。抄《唐书》一页，唐律一页。午至少城关祠，两监院设酒看荷花。伍、吴两院长为客，凉风振衣，申从城根还，骑行甚适。

四日　大雨，至午止。抄《唐书》一页，唐律二页。刘、傅二弁来。酉初，骑至玉沙街胡圻同知处饮，萧子厚、周雅堂、朱同知、章师爷同坐，周俗。过徐琴舫，翰林中信为有材。戌还。

五日　阴，午后晴。抄《唐书》一页，唐律一页。罗师爷，罗从九。杨生为其师求缺，妄谬可笑。夜选李律诗，殊无一篇入格者。

六日　晴。抄《唐书》、唐诗各一页。顾华阳、刘守备来，午间移内斋入里间。校《南史》一本。今日盐茶道考课锦江院，诗题"同是宦游人"，丰儿不知其命意，余为擂子作一首，用九抬头，必中试官也。湛露依光久，青云得路同。宦途欣展骥，游迹记飞鸿。玉笋班曾缀，金闺籍早通。江湖俱恋阙，符节远分铜。丹诏书衔凤，双辕画隐熊。春常逢驿使，险不避蚕丛。画省当阶月，邮程赠扇风。帝京瞻日近，前席觐恩隆。夕赴骆祠，会刘、劳、黄三道台，刘琯臣同年进士饮。唐子迈为主人，设席洗马池边，翰仙先去，诸客亥散。

七日　晴。辰雨，至午复晴。抄《唐书》、律诗各一页。比日专课纷读，未皇他事。帽顶来。

八日　丑初大雨，甚凉。华阳地气，盖五月热暑，六月已秋，较外间恒早一月也。抄《唐书》半页，唐律一页，校《南史》一本，看经解四本。撰《尔雅》三条。阅京报，周、童、二孙俱留馆，钱师复为司业，而先谦为祭酒，陈又铭河北道，惠年浙运使，黄倬开缺，郭松龄病故，鲍超为湖南提督。

九日　早阴。令丰儿考"祫禘"，授意令说之。午骑出谢杂客，见郑安仁，将雨，强过王成都、顾华阳。于王太守处假舁乘之，复北行，答拜客，至玉沙街大雨不能进，闯晓东门而避焉。留食，煮馄，雨小住，复过简堂，小坐而还，已将夕矣。竟日行甚倦，早睡。

十日　雨。起甚早，寒可绵，竟日潇潇。郑安仁来。看课卷五十余本，至子夜，无暇治余事，并三女日程皆颇废弛。

十一日　阴。晨起拟作《禘祫》《志》稿，将竟日排比。午间王芷庭来。钱徐山、黄豪伯、翰仙、福生、李懋章、吴熙、简堂相继来，遂尽一日。豪伯新从印度还，谈七万里之游，亦无新闻见。唯言黑水是藏江，弱水无不能载物之理，则可破儒生悾闻也。

十二日　晴。晨起发案。抄《唐诗》二页。宋钺卿来，留午食。少睡，出诣穉公，甫入已暮，未多谈。答访豪伯不遇，访高监生、元卿、翰仙，看洋画，夜月骑还。吴熙星甫。送抄案来，翻阅至子夜，颇寒乃寝。

十三日　阴。抄《唐书》一页，唐律一页。三曾来调试，旗生不到。吴棠未到任以前，达字八营援陕，分宝鸡、凤县、大安驿三处。果后十营援汉，果毅七营、达字五营援黔，又增五营，合以川军，共三十一营。周达武领八营攻越嶲，共川军卅五营，又有防军二十一营，共百八营。同治三年冬，以湘果右军七营不力，裁撤，留二营，何胜必死，归胡中和节制。四年十二月田兴恕罢，周达武代之，仍留四川。湘果中军萧庆高平蓝逆于汉南，生禽曹灿章于周沟。

十四日　阴。抄《唐书》、唐律各一页，看《杜诗》一本，小女点读，颇费时日，诸课尚须改定。

十五日　晨雨，待至辰初，出点名。刘庆咸、周荔吾来，久谈无谓。晡，骑出寻鄂生谈公车费事，夕过锦保甲饮，黄机宪、李湘石、季怀、田子实俱集，夜雨昇还。

十六日　阴晴。抄唐律二页。睡半日。午出诣少城齐克慎敬斋。同年饮，吴观善、金表弟、王天翁、宋钺卿俱在，刘盐局后至，夜散，骑还。见洋报，湖南庶常选三人。今日李提督培荣来，帽顶傔从也。旧设饭店，倾资结群盗，昭通多识结之。乱起时年十余，故从帽顶。后稍桀黠，逃出投丁帅，拔用将虚额兵，致大富，未知其所长。

十七日　晴。抄唐律一页。校《南史》四卷。午骑出城，至杨遇春总督赐田庄上，会刘、李两学使，李湘石、鲍铜梁、吴观善及杨氏二姻子，杨嗣侯光坦为主人，单衫吹烟，甚无侯家之仪。见宣宗赐诗，为之感慨。以疆帅酬平回勋，不问回之所由平，宜武略之不振也。前杨侯似不及后杨督，而岳斌已不堪为帅矣。但田庄朴陋，犹有老辈风，宜李元度奉为先正乎！际暮散。得樾岑书。

十八日　晨出送田秀栗，兼答访杂客数家，午初还。校《南史》三卷。抄唐律一页。作八号家书，并与书皞臣、樾岑、贺外舅。未暮大睡，至戌乃醒。得陈仲仙书，求馆。

十九日　晴。抄唐律一页。校《南史》二卷。再浴，夕颇热，外间紫薇盛开，院中小树初见红蕊耳。朱香孙从弟□□来，言其叔母乃继娶，非妾也。

廿日　阴，午大雨。抄《唐书》半页，唐律一页，校《南史》三卷，连日唯此功多。今年似不及往岁精果，以烦杂故也。酉出讲堂，宁生问鲍诗，岳生问《楚词》，杨生问蔡碑，皆无可讲，略为发明而已。

廿一日　雨寒竟日。抄《唐书》半页，唐律一页，选李、杜、高、岑四家毕。看课卷十余本。发题问欧阳《五代史》得失，论者多以史法予之，不知欧阳自成一家言，不必论体例也，以当正史则不可。

廿二日　因寒小疾，多卧少事。刘蓉入陕，仅恃湘、果、桂字、向导一万余人。湘、果两军，何胜必、萧庆高。桂字，朱桂秋。向导，张由庚。八月十九败退青石关，骆秉章不得已调防军果后九营赴保宁。廿日汉中失守。同治二年，石逆窜滇，刘岳昭、湘、果三军分扼叙南，唐友耕固渝、泸。扶王陷兴安，周达武三千人，护军二千人，奏以李云麟增五千人攻汉南，多隆阿劾之，官文奏以刘蓉代之，七月授陕抚。三年，攻阶州，奏以胡中和总统。二年十二月，中旗攻秦州不克，踞略阳，周达武攻之。李云麟自北攻石泉。蓉进宁羌，□逆甚惧。三年正月十一日，汉中克复，川军甫抵汉中，逆踪已及石泉、商南、淅川，二月至安康，十八日入镇安。蔡逆犯洵阳，奴才返兴安。自元年邓逆由阳平关阑入汉南，嗣后蓝西上，发东来，曹逆由镇安北窜宁陕厅。六月萧由洋县，何由栈道，攻蔡、启二道于蕉巷。初三日多隆阿克周至，入汉阴。奴才令管涝割蓝大顺首级，初七日于安康长沟割之。八日曹逆去远，贼目供称平色色冒名大顺。真大顺、三顺、四顺、五顺、八顺、九顺在山洞茅屋叶坪。其先由周至至郿，由宝鸡拦之，至此五旬，围攻垂□宵奔，李奴才尚未到宁，陕臣蓉即出子午谷入山。自二年八月起至三年六月止，共援陕军廿六营，用饷银三十三万。陶茂林、雷正绾、杨岳斌勇均先后溃叛。松翁来夜谈。

廿三日　晴。成都令来访，初受印，例见也。初不知其姓字，云久馆江湖间，郭远堂、郑圃香皆其居停。看课卷十余本。晡后约松翁同访黄豪伯，因萧子厚来，遂与同去，骑至机局，兼访昭吉，还过帽顶略谈。

廿四日　晴凉。疾始发，寒热。初小凉耳，不意其竟成病也，睡一日。阅课卷廿余本。罗振璘、吴熙来，强见之。得九弟妇书，文词甚美，盖仲三之作。二妹书来借银。

廿五日　晴。日光甚皎，凉气未减。看课卷十余本。有新繁向生，抄校《说文》一卷，多新说，不知为何人之作。依所见而取之，亦非院中上等，以此知摭拾之无益。热退汗出，喉哑不能声。定等第，发案。罗振璘来求盐差。看京报，萧韶补御史。

廿六日　晴。稺公来，谈保甲事。他省保甲奉行故事，不足扰民，独四川民苦其扰，有弊必有利也，宜劝行之。又言武营积敝事，竟不可振。俄人欲抑海口，断南漕。余言此不足制我，北地自有佳稻，但恐和局不堪耳，不至兴戎也。英、法公使为崇厚请命，总署宜即许之，而报以不可，此足为笑。午出访钱徐山、萧于厚、锦芝生、莫搢卿，未正还。方食，周豫郎来。唐泽坡请陪陈用阶及季怀、小香、静山饮，甚热，戌散。复蓬海及二妹、九弟妇书。

廿七日　晴，始热。校《南史》四卷。和合来，言成绵道阻挠保甲，恶其形己短也。塞尚阿儿复何所知，狐鼠微物，亦蠹大猷，使人失笑。锦芝生、陈仲宣、莫搢卿相继来，留仲宣晡食，殊热，不能饱。客来者皆久坐，盖其来不易，见又不易，又客少，故反费日工也。

廿八日　晴热。校《南史》二卷。刘同知廷福、萧副榜子厚同要晚饭，董晴川、文涣、孙资州、王少耶、胡月川俱先在，矮屋奇热，出坐中庭，多论闲俗事，戌散。过鹭卿，闻灌县往来事。二更还。帉女病，无课，余竟亦未事，荒废弥月矣。

廿九日　愈热。雷温江来，揖坐，云曾任辰溪，被劾夺官，新复选缺者。殊不知其来意。午出至督府，答访用阶，因过季怀谈。金年弟来两次，未得见，往顾象三宅答之，亦未知其来意。便过麓生。夕至周宁乡寓会饮，周署筠连欲复盐井，为日利之计，谆谆言之。方保卿、李蕴孚、董晴川、周荔胖、曾六樵俱在坐，又有一撤委保甲员，不知其姓字，八人共坐一矮屋，暑月之至苦也。

卅日　晴热。—金、鹤畴、蓉洲。刘子永来。叔平携妻子来游，迎馆于院内，竟日部署，未遑他事。

七　月

七月丁卯朔　晴热。出堂点名，虽乘晨凉，犹微汗，自至成都所无也。命丰儿约同学诸生会食，设二席，坐廿余人。厨灶初立，余客竟久不得食，薄暮乃与叔平饭。夜始凉。

二日　戊辰，立秋。晨雨。抄《唐书》一页。杨绍曾、李蕴孚、许晓东来。得五月廿一日家书，非女血疾复发，校经堂不能兴，皆可闷也。朱暝弟，罗、毛两生，余武生来。得怀庭四月自鄞来书，乃自长沙转寄，犹为不迟。

三日　雨。萧子寿、谭钟岳来。校《南史》四卷。抄《唐书》半页。令六云出拜乡亲八家，为之照视纨女，多在内室。工人俱出，令刘妪作饭，纷女办菜，居然得食。写家信第九封，并寄非女一书，又与弥、保一函，香孙一函。

四日　阴晴。刘玉田为余履恒来。叔平忽欲移出，再三阻之不能止。唐、许、黎皆恐其来，余以可供火食，故议招致之。今果求自困，莫可如何也。翰仙、泽坡来。校《南史》二卷，抄《唐书》半页。

五日　晴。校《南史》四卷。暮出答访王裕庆于臬署，云方与大人话，不得见客。余又不欲见大人，留片而去之。过叔平，无可致词，数语而别。季怀、黄豪伯来。

六日　晴。校《南史》五卷，始毕功，已竭蹶之甚，计十六本，费六十日功，自来无此迟滞。午出答访杂客，便衣骑马至晓东处会饮，议叔平事，同坐者麓生、鄂生、翰仙与叔平，二更散，甫还而雨。

七日　阴。抄《唐书》一页，午间莫总兵携酒相过，招叔平、豪伯、和合、劳、黄、芝生同集。将夕大雨，客、仆从皆沾服失容。客未至者有四司道，简堂新闻督漕之命，诸道皆觊得盐缺，殊无心于谈燕。诸女设瓜果乞巧，大雨竟夕，为从来所未值。川枭放衡永道游百川。漕督文彬病故。近日程、纲方有意挤黎，忽有此迁，浮云尽散，思之令人失笑。黎方在鼓中而不悟，信乎拙可以奴巧也。亥散，即寝。

八日　晴。晏起。李培荣提督，唐乡晚、余画猫两监院，伍崧翁来。午巡四斋。诸生多归秋尝，院宇寂静，夕阳甚丽，秋月初明，光景剧佳，闲游斋室，比去年觉多暇而少事。

九日　晴。抄《唐传》一页，成一本。连日苦应酬，幸欲休息，杂客便服者相继，仍疲接对。穆芸阁来，神似罗子珍，不知穷达何以异也。

十日　晴。阅课卷，检《春秋》一过，将于午前毕其事，而杂客相继来。尤无聊者，阎道台论盐事，欲为说客反间，絮聒久之始去，已夕食矣。出讲堂讲书，岳生问有中下士之义，讨辨久之，无定说而罢。夜早寝。

十一日　雨。竟日看课卷，毕，发案。马夫多费，遣之。看京报，杨乃武案内刘锡彤已满三年，释回。令人有光阴迅速之叹。方大湜始擢直枭，又何迟也。

十二日　秋雨潇潇，殊有寒意。抄《唐书》一页。偶念简堂左迁蜀枭，有当官之能，无怨望之意，所谓"虽曰未学"者，颇惜其去，作诗一篇赠之。余诗不易得，黎亦不解诗，然非明珠暗投可比也。超俗纵奇怀，徇物传德音。脱屣九州外，而无遗世心。汲生卧淮阳，王子陟莱阴。河内有遗爱，朝歌非异任。清风洒凡累，之子复冲衿。天机照不浅，澄渊鉴已深。解缨寄萧散，宣豫化惆泙。如何不暖席，重此泛江浔。宠恩同非己，甄圣讵徒钦。未闻青骊驾，已动鹊防吟。良会不我觏，他时念兰金。出贺崧署臬，伍松翁督府，穆芸阁、黎漕使，两遇叔平，归，叔平复来辞，言鄂生、晓东助之，已可成行。《送别黎简堂侍郎诗序》：黎侍郎左迁四川按察，未一年，被命督漕，超阶酬功，寮吏咸喜。闿运与同县，尝共公车之役，宾客来言者，若贺其私荣焉。夫宠辱，时也。功效，人也。昔者周、召以二伯兼下大夫之职，朱邑为三公而恒思桐尉。当其达，则褰裳而去万乘，惜其绩，则欷歔而望龟山，君子之仕也，非为己也。侍郎尝抚黔矣，披荆棘，立军府，裁定艰苦之功，著于天下，及以微事免，人无不为黔惜，黔人亦为之惜。惜之者，其为公耶？为私耶？吾不得而知之。他日侍郎历官，或督连两圻，或入掌六曹，赞枢机要，必有迁去之时。去之时，亦宜有赠送。离别之情，其或喜耶？或惜耶？吾不得预知之。而惟独今之去，则忧然其不可喜也。盖蜀之不治久矣，自咸、同以来，日益月甚，督府丁公毅然不惜而独欲治之，治之而官吏喧嚣，人人欲去之。赖朝廷清明，孤立三年而未有助也。有一二能者，则群曰督府之私人。其人不能与众和，则亦自私。于是贤者中害避怨，不肖者得志。侍郎之来，灼然奉天子命，又屈居僚司，不容阿私长官，乃其言行所趣舍，不谋而同于督府，众之喧嚣者至是而自疑，黑白是非几判矣。始稍稍自治，终犹以为不便，复稍稍挠之，闻其迁，故大喜。夫迁去与罢去等耳，而失此治蜀之机，是可惜也。俄夷之谬议动摇中外，言者疑海运当阻塞而议渠漕，用是有此选，不然漕河之职，近二十年为闲官，孰与治蜀之亟乎？且漕渠积习深，往者名臣皆身被谤疑，然后仅成功。侍郎假欲行其志，亦必人人祝其去，其委蛇以求容耶？则何如居蜀中，犹直道而行，有友朋之欢。然则公私之计，皆未可去也。且传舍其官者，必有传舍其身之心，宜侍郎迁去而不自喜。故摅所怀，为诗以赠之。李寅师、孙文沼移入院。

十三日　阴，有雨。抄《唐书》一页。简堂来，言四川两道侵两司之权，总督侵藩司之权，未得纲纪。又自言其为政，常使后人有可循之绩，无积压之事。颇喜陈宏谋之书，近于读书以饬吏者。今日家中荐新，而成都尚无新稻。天方沉阴，不似去年秋光之凉霁也。夜雨。

十四日　大雨连日。夜刘愚、顾象三来，久谈。抄《唐书》一页。丰儿病汗未愈。寂静无事，卧听雨声，暮闻两女读诗，稍慰离感。

十五日　大雨，自子至巳方止。堂课免点名，但出题，于辰初悬示，诸生亦有来者。午令妾、女治具，邀张三嫂一饭，辞不至，乃延李世侄，范、杨两生共食，戌散。米市尚无新稻。

十六日　霁，凉。骑出南门，至东门，觅叔平船，乃无其事。至翰仙处一谈，遇阎道台，尤甚可谈，驰还院。抄《唐书》一页。陈仲仙来。

十七日　晴。抄《唐书》半页。午过帽顶，与督府幕客穆、薛、张、许及陈用阶同年会饮，戌散。得六月十六日家书。

十八日　晴。看课卷。刘子永、劳鹭卿来。发家书。写对、扇三件。

十九日　晴。看课卷。出寻叔平船，云昨已去。从南门入，桂树已花，偶集二句云．大鹏六月有闲意，桂树香风生隐心。又集一联云．碧海鲸鱼，兰苕翡翠；青春鹦鹉，杨柳楼台。李年侄送蒸盆。

廿日　阴。看课卷毕。抄《唐书》一页。午出贺莫总兵署提督。答访锦保甲。至简堂公馆陪文武两督饮，申集戌散。有雨。

廿一日　阴。抄《唐书》一页。为李世侄讲《曲礼》，改定笺义三处。酉至普准堂。金椿知府再招饮，不能固辞，往，乃闻有康巡捕，以下吏陪客，是侮客也。坐有刘道台、李总兵、齐知府，皆不宜与巡捕同坐。盖尊者可召贱者食，贱者亦可迎尊者食，唯独请客，不可贵贱杂。俗人难语礼，托故而还。

廿二日　晴。抄《唐书》半页。午过公所会宴黎漕督、莫护提督，以程藩使为客，设三独坐，主人六十余人，在中塀心者锦、劳、刘、许、二黄六道台，李总兵，王、曹、李、□四知府，亥散，嘈杂无章。

廿三日　晴。桂香已歇，殊不及湘中久芬，盖早开使然。欲出寻秋，念无所往。抄《唐书》半页。黄筠生自重庆还，得彭道台书。莫提督、锦保甲来。

廿四日　晴。抄《唐书》未数行，麓生来，萧、锦同知复至，送朱沙罗布，因留与谈，似是湘人中可用者。午欲出谒客，熊三惰于事，当遣之，以其远随我，姑与之空饭，令待伴归。异出诣鄂生，值其鬄发，待久之，已欲去，鄂生乃出，匆匆谈数句。诣鹭卿处会饮，季怀、豪伯、穆芸阁、李湘石同坐，多谈外国事，亥散。

廿五日　晴。抄《唐书》一页。因尊经阁上设孔子神牌，考其祀礼。改补"文王世子"笺三条，说天子乃得祀先圣，及夏无释奠之故。夜与严生谈经史，生论《宋》《晋书》皆非原本。读史而加校对，可谓枉抛心力者，亦近代专门之学也。焦生公车还，来见。

廿六日　晴。抄《唐书》一页。龚、曾两生公车还，来见，谈都中事，云谭叔玉欲假归读书，可谓有志。而欲事陈兰浦，则未为得师也。孝达转庶子，忧国伤亡，殊无志于学问。曾生送上海新印地图。颇精致。又送何愿船《北徼图》，昔年游京师，何方创此，今已再散，而仅存此。李鸿章序云已排比全书重刻，未知信否。茙女随其兄游桂湖。毛生来求荐，书与裴樾岑。

廿七日　晴。抄《唐书》一页。为帉女更定课程。王、吴两同知，王裕庆、黄舒昺、胡某、谭钟岳四同县人来谈。陈仲仙随至。夕食后甚倦。张生来，谈时事，因书与雨苍，并复连子。儿女从桂湖还，言花已过。希白仁兄殿帅爵前：奉送行旌，倏已逾夏，福门嘉礼，未及申贺。旋闻田君言，已驻万县。同舟东泛，锦帆安稳，璧海顺流，垂佩君门，定逢新宠，甚幸甚颂！令兄已至驻所，傔从平安。成都近无讹言，但惜黎公之去耳。实心任事者不可多得，蜀中积弊又深，游、崧之徒，奉行良吏，未足挽颓波也。俄事必无他虑，而廷议为正论所劫，致谋边防，思之叹恨，亦未知两宫真忧劳求贤而不可得耶？或以今所用为贤，而姑徇舆诵耶？故虽有所怀，不敢自献。昔荆玉三刖，庄鸳①一吓，九重万里，忠愤徒深，每遇北风，何能不叹。闿运滥居祭酒，忽已二年，山中信来，促其反棹，以去腊方归，今冬当留度岁。明年秋泛，定戒扁舟，为日尚迟，可随时通候也。专此手复，敬颂台安，惟荃察不具。

雨苍仁弟道席：前寄两书，由左营转交。正值心疾甫发之时，续有从京中来者，言豪气未减，近况甚困，且慰且叹。又见少荃所代递条议，知吾弟复有跃冶之志。俄夷谬议，发诏求材，骐骥不乘，可为太息。天下之事误于庸人者少，误于清议者多。庸人之误，危颠不扶而已。忧世者之过，则危言直词以惑中外，如议和约而忧根本是也。东三省之空虚已非一日矣，今委此一二人，召此一二人，一二人守之，一二人巡之，其于本根何所裨益？而天下骚然，两宫百虑，日日常若俄兵至，而俄人固晏然也。久之知我之无技，亦或少出一二语以尝我，遣数十骑以疑我，而此一二人者早已张皇失措，尽败其度，乃浩叹于事之不可为，而仍取前日之失策次第行之，则何如坐待其困之犹愈乎。崇公不画押，左公不索城，亦岂能禁俄之通商。左自耀兵，崇自伏法，又岂能禁俄之通商。他日俄人辄以兵至，固有诸军御之矣。若不以兵至，而以商至，陕、鄂疆臣能止之乎？廷议能止之乎？今日之谋但当虑此，固不必以用兵为亟也。恐哲人亦同此论，聊效所闻。闿运于前年除夕至成都，方、崇大以为非，横加撼阻。业已应聘，不能曲从，张目与争，极为可笑。章程既改，遂当试行。周流一年，中复还湘度岁，今春携妾同来。吾弟前索之子已补廪取妻生女，今不能复从君游矣。出山徒多人事，仍当还隐，弟亦可移家湘中，冀共晨夕。丁公推贤好客，或来作蜀游亦佳，便可居闿运私宅。人海中无甚佳趣，达者自知进退耳。至都人多，人人可以致书，所以迟迟者，本约无事不空言也。笥仙、镜初俱无恙，湘中固多良友，君所激赏之曾沅

---

① "鸳"，当作"鹓"。

浦究竟何如。年近五旬，当去世俗之见，莫若于经书中寻求治理，此金石之言，非季高红顶之骂也。久不通问，夜书五纸以当面谈，即颂双福，并问蒙古儿妾无恙。

廿八日　晴。朝食后小睡，出城至武侯祠，稺公招同莫、李两提督陪黎漕使饯席，午集申散。陈洋员来，满口京腔，年约卅许，不知其何许人，云黄翰仙属吏也。竟日未事。

廿九日　晴。抄今年所作诗，未数行，杨、陈两生，曾麓桥、彭古香、李湘石，焦、洪两生，李、罗、楚三同乡，唐帽顶来。至夕乃散。

晦日　晴。抄己诗四页，补讲书，讲《豪士赋序》一篇。骑出答访王六、黄方正，谒者误通简堂，延入乃知其谬。张怡山在焉，略谈，辞往黄斋，王亦来谈，简堂遣留久谈，二更乃还。明日当问经解，拟题至子夜乃寝。

八　月

八月丁酉朔　辰出点名，诸生俱集。作书为毛生干王成都。锦保甲来。

二日　阴。写扇对，撰二句赠陈用阶。用阶为湖南官中能文者，好甜酒而重听，故戏之云。论文似酒知甘苦，退宦如僧静见闻。杂客来干求者颇多，概笑置之。曾元卿、钱徐翁来。薄暮骑访陈仲仙，还而马惊，不肯入内院，幸习骑，否则失体矣。古人所以重御。夜雨报秋，凉声飒飒，定书院释奠礼。

三日　晴。李镇、黄道来，招王芷庭、黄曙轩饮。因及阎象雯、毛舜琴。曙轩以丧不至，芷庭早来，几两时许始得食。未上菜而鄂生来，出谈半时许，家制鱼翅竟未得尝，亦异事也。厨人作菜殊未清洁。为客留城，而城门又闭，顿为惭负。

四日　晴。司道公请漕帅，城中纷纷出城，余亦出访杂客十二家，取其不在馆也。唯莫提督、曹桐轩太尊处入谈。午至公所，谢芷庭，送象雯，兼践牌局之约。张门生、阎倅先在局，余挤阎倅而代之，至夕甚倦欲归，公所同乡张、周、曾、杨公钱阁观察，留饮至戌，乃骑而还。今日唯为纷女讲书四页，日课全未理。芷庭为妻所弃，如朱翁子，中年继妻、长子俱丧，孑然一身。简堂欲为取妻，辞而不纳，孤介人也，颇无势利之见。余县人有先辈之风，不以富贵加乡里，他处所罕闻者。

五日　晴。丰儿生日，招幻人作戏竟日，诸生设食，至亥乃散。作书与怀庭。

六日　晴热。李湘石来，送彭洵条程廿事。两监院来，言伍松翁与王成都书，责其无礼，辞招不往。余昨未知此事，而亦辞之，颇似有痕迹也。凡人处世，小节不必争，余与厮役杂坐，犹未明言，松翁为未灭心火者矣。简堂、钱帖江来。夕食后出访鄂生，未入。过鹭卿，复已出。乃至穉公处，谈俄事，以董、醇出总署为非宜。晚至郑安仁处赴席，已再邀矣，请一武官作陪，云将军标下中军官，亦巡捕类也。方议松翁，故勉入坐。芮师爷、杨小侯及张、吴两县令同饮。热不可耐，入蜀来第一苦境也，二更乃得归。抄《唐书》一页。作《余阳春铭》。铭曰：由余伯秦，胄衍于巴。赳赳副军，出峡搴牙。群盗窥湖，岳守言分。石之掠邵，群帅崩奔。国殇怒歔，死绥胡领。凶徒散沙，录功愈颍。鼓鼙殷潮，生鲍不骄。铭以悼武，夒巫障谬。湘潭王闿运顿首拜题。

七日　晴。出城送简堂不遇，至机局小坐，与黄郎谈话而还。送彭洵书与穉公，复怀庭书交佗子寄去。得衡阳夏生书，午过钱徐翁饮，罗质堂、薛季怀、顾又耕、钱帖江同坐。钱妻妾治具，味正而少变幻，顾不知其味也。帖江与肯甫为同年生，曾入其文幕，所推尊李先生，余曾见其书，犹忘其名，不知浙江人何所取也。

八日　晴热。晨骑出城，至安顺桥西，送王芷庭、黄曙轩。芷庭未登舟，在曙轩仓房小坐。衣冠诣送简堂，候补道相续来，殊不能谈，与麓生同辞退。入城，金年弟来，留同朝食。芷庭、豪伯、杨生入谈。欲写扇竟未得执笔，久之书团、篦扇各一赠黎、刘，兼送诗卷及早菊、晚香四盆与黎。饭后小睡，复出城至黎舟次夜谈，阎象雯在坐。简堂有攘夷之志，督抚中所仅见也。二更过水师巡船宿，即去年归舟，改为三版，夜风摇浪，复有江湖之想。

九日　阴，晨雨。步过江边，遇马至，骑而驰，至城门遇舁来迎，未换乘也。六云犹未起。饭后小睡。仲宣、萧总兵绍荣、刘瑶斋来。欲访伍松翁，值其他出。夜删定乡饮酒礼，似尚可行。

十日　阴。与诸生演释奠礼及饮酒礼，凡二次，手脚生疏。曾心泉、杨绍曾、黄翰仙来。薄暮复演，稍已成章。

十一日　寅起，俟明行释奠礼，辰正观祠，吴、张、薛监院行礼。午后再演乡饮礼。曾心泉、杨绍曾、黄翰仙来。六云生日，午设汤饼，薄暮欲为博戏，匆匆未暇也。孙生欲唱戏，命诸生止之。

十二日　雨。日中行乡饮礼，诸生至者四十余人，齐之以礼，甚为整肃。请松翁为傧者，升坐，无算爵。后张生孝楷、杨生炳烈忽酒狂骂坐，一堂愕眙，牌示责之。本日试行乡饮酒礼，华阳廪生张、秀山附生杨，傲很不恭，敢于犯纪。本应除名褫革，念大学有三移之义，且系试行，姑降为附课，并罚月费奖银一月，即日移出书院，俟改过后再议。

十三日　晴。晨作教示诸生。昨因释奠，试行乡礼，诸生济济翼翼，几复古矣。乃羞爵之后，司正纠仪，举罚失中，致有张、杨两生肆其狂惑，余甚愧焉。讲学期年而气质仍蔽，教之不行也，教者之过也。然纠仪急欲整齐，司正畏懦不直，毗刚毗柔，亦各有咎。昨所以不言者，以迹而论，两人无失，又初试行礼，未宾贤能，以儿子代丰颇习仪节，王生树滋愿司纠察，亦非谓选求默而使之也。然人不相知，己不度德，余焉敢自恕乎，诸生之过皆余过也。今辄自罚十金助酒脯之费，并请监院抄牌呈遵者，以谢不虔。诸生无亦思为今人之易而学古人之难，各攻所短，匡余不逮。午出访松翁、鄂生，未登昇，崧锡侯、萧子厚来，久之乃出。鄂生处谈俄人已至天津。薛生书来，以勤王勉丁公，知李少荃当败绩矣。因过王莲翁，莲翁云将军得书，言曾劫刚和约已定。复至丰豫仓，答访钱帖江，遇薛丹庭。还从少城中过将军恒训，未见。曾纲复来送礼，因其无刚，为收四色。暮过帽顶谈。

十四日　阴，有微雨如雾。杨侯、季怀、钺卿来谈。季怀言迁都彰德，结和亲，伐日本，为交夷之长策。余以中国当经略南洋，通印度，取缅甸，为自治之上策。盖中国积弱，不自他道改弦而更张之，徒议迁都，仍无益也。然此二说亦犹楚臣三策，可以皆用。事经历练，胜于郭公使之赞扬盛美矣。夜斗牌至子，先寝。雨。

十五日　秋节早起，诸生昨于讲堂预贺，今晨唯两监院，书办、斋夫等，均见于讲堂。杨江香班后来谈。

十六日　壬子。阴。萧铭寿率其友孙元超来，欲谋开复。元超以平反史唐氏案见昵于前臬，不知其何以得咎也。史唐氏之夫持刀索妻，妻家及奸夫丛殴之，史甲死，成都令以自缢详报。方子箴采人言，坐以谋杀，物论翕然称快。及方罢官，代以崇、黎，皆以为荒谬。人证俱死，莫能明矣。余询元超，元超历述教供之情，犹自以为确凿，可叹也。薛巡抚焕之子华培字次申来见，欲求志状，而辞云有他事，知其应酬世故未习也。所乘舆故敝朴陋，殊有素风，面奖之。李湘石来，午过机局看戏，至戌雨至乃还。抄《唐书》半页。

十七日　晨雨。地蒸润如春深时。写家书一封，寄银三百。为吴熙作《刑名书序》。闻外有言揹子、丰儿者，至书局察访之，因言李康辅假票以愚揹、绥，当直索其银，否则告其长官，撤去差事，以惩刁诈。及问揹生，又言系周姓所为，非康辅本意也。午出答访薛世兄，旋至章师爷处便饭。章仅一面，而三请，不可不往。至则张华臣、黄福生先在，陈珊阶、俞子文、王怡亭、金蓉洲继至。坐至三时许，烟气薰烁，天又溽热，饮新酒一杯，头眩而起，未数步昏不知人，众皆皇遽，梦中觉吐乃醒，复少坐辞归。至舁中行四五里，复大吐。还讲《檀弓》二页，昏然遂寐。

684

十八日　雨。昨夜子时大雷，起坐久之，见电光始白俄赤，若火初发，大震，地版皆动。又顷之，空中雷如发炮一声，雨皆若注。竟夕未安寝，至晓强起，抄《唐书》一页。午睡。晡后出至和合弟处，吃到任酒，芝、蘸两生及绍曾同坐，和合作陪，未与主人交一言。夜讲《通鉴》，感楼缓、虞卿议割地事，与冯亭邪说同，而长平败，邯郸存，用之时势不同也。《短长书》，三代词令传之最精者。班史以纵横家出行人之官。苏秦揣摩太公书，书名《阴符》。符者，行人所以为信也。符有阴阳，盖记所言于符阴，言山川物产形要之说，故其书以罗数国富、指陈形势为主。唐人伪造《阴符经》，乃以为兵书，非也。郑小国也，为命极一国之选。孔子亟称之者，折冲尊俎、决胜万里在一言而已。凡言得其情，则敌折谋；语惬其心，则交益和。古之所以措兵者，礼也。礼之所宣者，词也。不修其词，而震于兵，此英、俄之所生心。

十九日　乙卯，秋分。阴。抄《唐书》二页。咸丰十一年五月朔黄淳熙援顺庆，贼先退李渡河，分股由资阳、遂宁、蓬溪扰川东，定远告急。八日果毅营进援定远，十一日斩何国梁，解其围。十二日追贼二郎场，贼依涪水散走，黄死。十六日，贼去，军还顺庆。六月一日骆至顺庆，七月驻潼川。八月朔湘果三军六千余人，胡中和、萧庆高、何胜必将之，自中江进绵州，唐友耕、彭太和、刘德谦、曾传理自三台进，颜佐才、唐炯守城内外，蓝朝鼎迎战于杨家店，八月朔胜于塔山。唐友耕观望不进，胡中和退败，大雨无功。贼聚州西门，诸军移屯东岳庙。十四日贼往绵州、什邡、彭县，川北无贼。九月骆任总督，十五日接印。李短达踞眉州城外，眉州东阻府河，西接丹棱，南通青神，北连彭山，连营百余里。湘果二营、果毅护军五六千人，由崇庆、彭山进，提督蒋玉龙攻蓝朝柱余党于丹棱。唐友耕六千余人防府河，断井研之路，自邛州进。十月朔，唐先破张鞍。四日湘军至，六日攻贼河西黄忠坝，进象耳寺。八日丹棱贼来援，何马蚁至东瓜场，九日方战。李短达遣兵自松江口来引援师，胡中和破之。十一月会兵攻双凤桥，贼走青神，湘军攻丹棱，先除蓝股。蓝自绵州来，众不满万。十一月二日，官军攻城，四日又攻，皆不克，十一日夜半，贼走蒲江，趋崇庆、彭县，湘军追之，十九日及于蒙阳故城。李短达遁彭、眉，湘军迎拒于汉州高平铺。贼走德阳、安县、平武、江油，蒙阳贼亦走汉州。出绵安，追及之，遂走中江太和镇。蓝股訾洪发走遂宁、安岳、内江、富顺、隆昌，湘果诸军会攻青神。元年石达开破来凤，二月入蜀境。李培荣来辞行，至雷波防蛮。

廿日　阴。抄《唐书》二页。翻"断烂朝报"二本。奏免报销，系同治三年七月初十日户部具奏。四川八十一营，设兵三万三千余。晚出堂讲书。岳生林宗问《过秦论》何以佳。余云以实为虚，《非有论》虚而能实，二者作法备矣。丰儿同诸生作《春秋例表》成，尚未暇阅。得陈老张、唐子迈书。

廿一日　阴。抄《唐书》半页。每有所作，辄为人扰，人去亦不记其为谁某，今年应接之烦如此。客去唯有假寐，少顷复有客矣。夕过顾华阳饮，张华臣、金蓉洲、黄树人同坐，黄则昆伯之弟也。吃扬州肉圆、整蒸甲鱼、干蒸鸭，均佳。

廿二日　阴。抄《唐书》一页。作会馆柱联，又为莫提督作一首。莫联云。少年裘马锦江游，喜整顿重来，秋稻屡丰兵气静；高会簪缨华屋敞，愿英贤继迹，甘棠留荫后人看。己联云。游宦溯前贤，自襄阳诸葛，连道恭侯，蜀都中盛集千年，楚国楩楠参古柏；华轩开广厦，数南北萍踪，东西使节，锦水外江流万里，洞庭吐纳豁离襟。骆秉章奏调席宝田、周达武、易佩绅、朱凌汉、李有恒、杨岩宝防云、万，刘岳昭入夔州，檄从九

萧积恭专剿邓逆，七战皆捷。邓由阳平关入陕，臬司毛震寿赴陕，建威营从至汉中。二年李、卯、周、郭各股次第平。石逆窥叙南，刘岳昭拒之宁远，河西县丞叶湉被杀，川南骚动。扶王陷兴安。周达武镇川，保举李云麟为大将，王榕吉、吴昌寿为陕藩。六月多隆阿劾云麟，朝命刘蓉代之，七月授巡抚，八月十二日行。石逆就禽，将一万三千余人往，以李桓代毛震寿。二年二月间，石、李分道，石渡金沙，胡中和防嘉定，李自昭通至大定，防叙、永。骆于李最为契密。得七月十三日家书。夜阅课卷十本。

廿三日　阴。盐道不送节礼，遣监院问之，七日不报，蜀中官习奇俗，乃自与书鄂生询之，俄顷而传监院矣。苏秦所云势位富厚可忽乎哉？阅课卷五十本，诸生颇有新思，但俭腹耳。映梅族孙在莫营，求百长，得之，来谢，送猪二只，余云书院不察鸡豚，以与缀子爹之，而评其直。彼将去，故寄于此，非真送也。谭升送菜，以献伍崧母。

廿四日　阴。公所请秋祭，余以莫提督新任，诸道旧贵，不

敢僭逾之，辞疾不赴。鄂生来，久谈蜀中战事。芝生来，李茂章、陈茂勋来，穉公复来久谈，遂尽一日矣。夜雨。偶论古人宾贤之典，为选举之良法。盖诸侯公卿降尊以礼之，苟非其人，必不肯行宾主之礼。故礼行而举必得士，圣王之微权也。

廿五日　雨。清坐，理日课，抄《唐书》二页。帽顶、林生、王心翁、莫弟来，客至纷纭，有不能不辞谢者，遂谢心翁未见，既而悔之，以去年监院初归，宜先见也。索面杳无消息，怒推所由，由阳春壅蔽，责去之。

廿六日　雨。卯起，属夫力出拜客，过辰不至，乃饭而出。诣贺伍母生日，土人犹未起，设寿堂于堂后，雨湿泥滑，不可行，又有戏酒，益杂乱，汤饼会散，已晡矣。蜀中生日，围碟后继以包子，乃上热食，此其异也。至鄂生、穉公处谈。向暮，穉公留晚饭，为穆芸阁暖房，季怀、用阶同坐，初更乃还。妢女不能董督婢妪，恐夜禁不密，自移对房，遣妢女仍与滋女居夹室。令作听雨诗，居然成句。抄《唐书》一页。

廿七日　雨阴。抄《唐书》三页，补四卷并毕，此当于六月毕工，迟之至此，若不检点，虽至九月犹不能毕，故惜寸阴之可宝也。作家书。鹭卿来。丰儿请校《公羊例表》，为正"会盟"一门，改旧笺。

廿八日　阴。得七月廿七日家书。将作《援蜀篇》，以采访未集而罢，改《公羊例》"战取"一门。

廿九日　晴。巡四斋，唯东下斋多勤学，发教奖之。陈用翁、季怀同来。用翁将还泸州，久约便饭，殊不能办，客去乃冒昧设馔，期以明日。六云近惮于事，大有善刀而藏之意。初夜少寐，家人遂皆即寝，比起已似酒阑而人散矣，并丰儿亦不校表，尤可异也。偶感近事，口号一律寄筠仙。赵括藏金日，将渠引绶时。不成孤注掷，堪益老臣悲。国是终难定，岩疆暂可支。和戎盛明事，将相枉危疑。

九 月

九月丙寅朔 辰出点名，院生居外者半至而已。借厨人小办，要用翁、季怀、穆芸阁、鄂生、帽顶便酌。刘廷植强招往领其宴，名为余设，而不改期，可异也。待初更客散乃往，道远夜分，余心甚愠。今日自初昏至三更，进食六十品，还，家人皆相待，少语各寝。

二日 雨阴。骑出送吴春海。春海来辞，未及知，彼讶余不送，昨遣人来问灵柩，欲以朔日为不祥兆咒我耶？以春海未必有此深心，姑依礼送之。王心翁移陕街，欲往未果也。游散无事，夜校《公羊表》。

三日 晴。始抄《春秋经》，将刻之，写《隐公》一篇。出答访芮少海于犬井未遇，过许、黄二道台而还。以两君并怀止足，胜于候补一流人。刘筠生妻遣人来言索债事，余云方重丧，不可计财利，当遣六云往视之。夜讲《公羊》小国卒葬例，殊未定。

四日 阴。抄《春秋·桓》《庄》二篇。竟日伏案，兼与来客诸生谈论，亦未觉倦。

五日 庚午，寒露。抄《春秋·僖》篇。许撝巡捕来，颇似田秀栗。

六日 晴。抄《文》篇，兼定《例表》。汾女生日，为作包子二百枚。

七日 阴晴。抄《宣》《成》篇。晚间诸生为梦缇馈祝，设火树、花合，烟火甚盛。又命洋琴清唱，则无雅调。洋琴制上下皆有铜弦，中为两越，疑古瑟制当如此，浏阳瑟形未然也。

八日　晴。日光甚烈，余被寒，犹着重绵。晨起，令家人贺生日毕，诸生至午乃食，设四席，共廿余人。黄郎笏生独来贺。作家书十一号，兼复殷竹伍书。尚有董小楼、唐楚翘两空信未复。范生为会馆题"荆衡纳驷"扁，字体颇壮。抄《襄》篇六年。

九日　阴。朝食后出谢薛、黄，兼论代纯在机局撞骗当去当留之议，翰仙纯打官话，并责我家教当约束之，似全不知世故者。余廿余年而不能规劝朋友，使翰仙全无识量，是则可责也。孙生来，言丰儿侮辱之。责诱丰儿，使知处世之道，似尚易于为诲。松翁招饮城南浙江义山旁，为登高之会，黄、毛、二刘同坐，皆江西人也。与刘庸夫俱不终席而还。入城，驰至北城，答访数客不遇，天殊未晚，至许晓东处借坐杂谈，昏饮黄道荣树人宅，锦道、刘丞、萧令、顾象山、金年弟同坐，闻雨而还，至院大雨。抄《襄》篇毕。得无非书，文词甚畅。

十日　晴。复会食于外堂。抄《昭》篇，讲书，并为撂子作文应课，文无佳语，试律尚是李西沤敌手。夜月甚明，芝生来。

十一日　阴晴。抄《昭》篇毕。讲工尹商阳以其不见知而不尽力，故不手弓，而故掩目也。孔子恶其以杀人显己能，而反窃礼名，故深讥之，旧说误也。知其忍者，以每射必毙人，非不忍杀人者。若不忍杀，但纵射自可，何故作态如此。张桂来，投陈老张书。

十二日　阴晴。今日当毕《春秋》，而人客总至，自午初麓生来，晓东、月卿、惺士、李蕴孚继至，皆久坐，至夜不得食，厨人全无料理，而委事六云。六云复不知摆布，遂令忍饥终日，亦可怪也。乃自呼文八办之，已二更矣，食一碗而止。抄《定》篇仅毕，计在院无一日专功课读者，复不知其何事，明日当一一记之，以考荒废忙冗之由。夜月朦胧，寒气颇重。

十三日　晴。朝霭阴沉似雾。朝食后得八月七日家书。抄《哀》篇。杨绍曾来，求厘差，坐看"获麟"毕乃去。还内斋，已午初矣。为帉、茂点书毕。罗师耶来。曾元卿来，言纯子仍留局，且信其能收敛。余亦未便力去之，唯唯而已。晡后刘琯臣来，客去已暮。讲书毕，与六云夜谈，至三更乃还寝。

十四日　阴雨。看课卷竟日，兼理帉、茂书。纨女索抱，亦颇携之游行，未遑他事。

十五日　阴晴。出讲书，点名，诸生后到者六七人，略为讲论。申初出，答访毛艮贞、刘仁斋。刘省城租余邻舍，借余客厅治丧。为李得太总兵言松藩事颇久，余云请病非佳事，宜早赴本任，又欲办铜，亦不知何利也。过惺四、徐三皆不遇。至普准堂，宋月卿招饮，覃知县先在，丁丑进士也。刘瑶斋、黄树人、锦芝生继至，夜还，微月，大街镫火颇复清丽。

十六日　晴。作雨廊以便出入。午后出诣鄂生、帽顶，和合来言帽顶署提督，故往看之。毛艮贞、刘涛设于江西馆，招陪松翁，云南李及豪伯、刘拔贡同坐。设笔墨索书，松翁坚不肯，余书一联，以纸扁作八分，笔硬不可使转，墨又清沁，恶札也。夜还，过鹭卿不遇。

十七日　晴阴。早课未毕，萧铭寿、龚生、两监院、恒镇如、钱徐三相继来。作书复赵生树檡，彼为周生介绍，希图荐馆，而送书两部，火腿四只，是货我也。告以大体，谢却之。晚步至机局，局宪黄观察方宴司道，至元卿、栋材处少坐而还。今年罕步行，欲习劳耳。当复书者唐、董、陈、非女，当作文者唐、瞿、徐。（除夕前并作讫。）

十八日　晴。作非女、陈五、董道台及家书。帽顶、方保卿来。陈老张来书，为遂宁傅大令问曾樾撞骗事，守待复书，作一纸告之。晚至李知府处会饮，黄、劳、和合、萧、锦同知、黄郎同坐，月出还，亥寝。

十九日 晴。晏起。杨巩、刘仁斋来。午至帽顶处，与督府幕客会饮，食熊掌，殊不肥甘，申散，未饭。穉公送水仙花二盆。

廿日 晴阴。李知府来，言筹饷局提调暴卒，欲得其差。余云王天翁见赏于藩使，彼当得之，不可夺也。藩喜王，崧喜金，唐喜易，但不知崇所喜耳。此三喜者，皆冗阘之员，达视其所与，则喜之者未为超也。书复唐楚翘与弥之兄弟，言京控事。孙伯玛来，云自京回铜仁，八月复自家来。笏山甚得苗人心，仙谱乃不得土司心，亦可怪也。和合送扇、娃娃鱼，送花，甚为我费。今日当讲书，匆匆遂忘之。

廿一日 阴。王天翁、刘孝廉虚谷来。午过季怀，答访孙、刘，因至箭道观穆芸阁骑马。旋过罗惺士，惺士请余及松翁为媒，主其子昏曾佑卿之女。佑卿与余相见在廿二年前，时此女未生也。因作一联贺罗。彩绣承欢引雏凤；玉堂留砚有传人。松翁晚至，与罗乡人曾、邓同集，皆为昏赞者也。煊不可绵。

廿二日 阴雨，早凉。弥之老兄旅席：传闻迁生远滋蜉撼，从者至省，将跻公堂，异哉善哉，且怒且笑，时论保明，不待言矣。但方今之时，很无求胜，地山近事可作蓍龟。一笑江横，坐成花恼，闿运于此，饶有会心。弥兄少托守雌，过于敬慎。辛兄晚精儒术，暗合程、朱。守雌则人狎其机，为儒又自高其道。于高视远瞩之概，自卑尊人之理，过则归己之善，或有未逮也。宜因此行，谨谢不敏，毁其所作，屈己申人，然后高谢丘樊，游于羿彀，若仍然战胜，惧有后言。衡州程君昨有京案，闿运亦以此进意，谓宋、明以来知此者稀。时菊正芳，秋镫偶坐，书此庶广清谈。午睡，金年弟来，留片而去，云华阳令当复改除，乃讹言也。大雨水深二寸。吴熙心甫招出城饮，帽顶、赵翁同坐，赵年八十三矣，正似六十许人。昨丰儿言张生大父年八十能健步，亦其伦也。还院已暮。吴生送抄《书笺》来校，因补书于刊本

《尚书》之上，欲为定本。拟龙母挽联。慈顾忆垂髫，与诸郎骖靳时贤，独悲萱背无全福；相庄成显业，又十载慈甘御食，莫恨枯鱼泣朔风。额曰"郡丧柔仪"，非龙母不能当此。

廿三日　晴。佑卿子来见，面目油滑，殊不似去年，余以为两人也。问其弟入学事，亦含胡似莫须有。抄补《唐书》二页，夜书《尔雅》半页。

廿四日　晴。抄补《唐书》二页。夜为李世侄讲《王制》，后改定"犆礿①"三节笺。张生来，言盐务。

廿五日　晨起入堂室，丁生治棠与戴生俱衣冠待见。丁初从京师还，戴假归，考补廪还也。补《唐志》二页。夜看钱大昕《尔雅答问》，多为郝疏所捃摭，无可再采。

廿六日　阴。子初觉，闻人言，以为莰女醒，呼问之，则帉、滋未睡。今日罗氏请媒，而两女助喜，可谓大同盛世之风也。寅初昇，镫来迎，往过锦江院，松翁亦出，同至惺士处，刘庸夫先在，寅正至曾寓接女，婿不亲迎，而请一②夫妇往迎，女家亦请一夫妇往送，蜀俗也。两家俱不似有喜事者。昧旦女登昇，看交拜毕，少坐，设汤饼，请见，客入贺，罗母八十八矣，犹能起立，曾、罗夫人俱出谢，辰正还。小睡起，抄《唐书》数行。黄筠心来。今日轿杠忽断，配杠始复出。过鹭卿机局，复至罗宅，行十余里矣。新亲与媒人杂坐，一席八人，皆喜酒所罕有。大雨忽至，未终席而还。

廿七日　阴。看课卷五十余本。

廿八日　晨雾。早起发案。两监院来。李总兵，黄翰仙，曾

---

① "犆礿"，原作"犆初"，据《礼记·王制》校改。
② "一"字下原衍一"人"字。

元卿，萧，锦，王副榜德溁，曾毓燮，何芝亭，严雁峰，周、陈、崔三生来，自巳至酉，接谈无倦。酉初出，答访吴宝林，奇荒唐，俗人无人气者也。杨海琴亦与之游，咄咄怪事。见其二子，云欲从余游。一笑而出。至莫提督处看戏。

廿九日　晴。抄补《唐书》两页。看经解二本。帽顶来。

晦日　晴。抄补《唐书》两页。晚出讲书。陈生问"长中继掩尺"，未闻长衣为吉服也，明令诸生考之。

十 月

十月丙申朔　晴。晨出点名，令诸生各拟本经题，唯择用二道。妾女出看鸡脚神，独携小女在院，仆妪并出。张家橡来，求盐差。申至帽顶处，与孙伯玙、薛季怀、穆芸阁、许静山、张公静会饮，戌散。藩台送历日八十本，分与院生，刻印甚不精。

二日　阴。晨觉甚早。见新调李生，绵竹人，卅一岁，始入学，言语不通，盖乡人也。《唐书》补毕。摘抄《书笺》于刻本眉旁。观去岁所说"所偃尽起"以为禾起，胜于王充以为木起。木起为祥异，殊无益于事。木拔反可以供材用，旧说未之思也。昨考周公葬地未得。《史记》集注引《括地志》云"葬于毕"，则非也。成王欲葬周公于毕，而天雷风其勿穆卜，则改卜地矣，疑即葬丰也。夜雨。

三日　晴。抄《书笺》百余条。出送顾象三，兼答访一客，归忘其姓名矣。可谓无聊之酬应也。王成都生日，遣送礼。揩子附船还湘，遣送登舟。申正过机局，翰仙招同鹭卿陪吴西台，以彼留川道员，由吴作奏故也。薛、季、穆同集。穆送余马一匹。此间养马颇费，余有三马，送一与薛丹庭，欲省刍秣，未一日，穆复送一马来，遂不能不留养之，自此不议省骑，兼长畜一圉人矣。

四日　晴阴。抄《书笺》百余条。听妢女讲《通鉴》。李斯《督责书》，言用申、韩之道，韩非与斯同时，又为斯所杀，不应称引其道，疑此书后人诬斯者所为也。

五日　阴雨。欲出诣穉公，穉公适来，因遂罢往。抄《书笺》数十条。司道送聘来，订明年之馆，以余言增用督府学使二名衔，仍书千四百金，而未知所出，徐当问之。

六日　晴。饭后出诣鄂生，因贺帽顶署提督之喜，遍诣司道，皆到门投帖，省他日答拜之烦也。街日晴光，犹饶秋色，颇思骑行之乐，因从锦芝生处舁还，易马，复至提督街北，诣萧铭寿、刘保臣饮。方葆卿，刘、孙、黄三知县，宋月卿皆先在，吃冬笋颇佳，戌初散。骑诣翰仙、鹭卿皆不遇，乘月而还。看唐、宋别史三种。

七日　晴。帽顶来。今日饬具招孙伯玙饮，补请媒之局，季怀、芸阁、方葆卿为客，翰仙作陪，申集亥散。闻圣俞吴生之丧，伤其不延旦夕，匆匆不乐，昏昏遂睡。

八日　晴。吴生从父来见，下教恤圣俞以廿金并牌示以哀之，内题目之以"孔静幽默"，殊似其人也。摺子船开，步送之，因过许晓东船送行，订舟饯之约，未还。毛八耶来求书，出诣鹭卿，属其饬厨人治具。今日骑行卅册里，夜月甚明。斋长吴昌基圣俞，好学深思，孔静幽默。顷因羸疾，犹苦攻研，劝督遄归，已焉绵惙，秀而不实，人士同悲。其斋长廪已全支，更依副贡住院例，半给科费，并发八九两月廪给，兼私致银二两，以寄哀情，庶代彼生刍，旌其如玉。披帷太息，反袂沾襟。

九日　阴，忽寒。所留船尚未试行，命饬备送器具以往，不暇他治。晡与儿女餐黄花落英，甚饱且甘。出诣穉公，泛谈无所发明。归过松翁，论监院事。王心翁来，求蒲江训导。殆为人所愚，故谋极下缺，如请寝丘也。

十日　雨。将出城饯许、黄，竟不能往，遂令送席，而鹭卿陪客竟去，张饮雨中，主人反不与，可笑也。看课卷五十四本。暮出堂讲书。夜命六云作串汤鱼片，而不知写"串"字。曾有里语云：僧与书生同游，见鱼㳠水，问"串"字作何写？书生云"水旁作去"，遂至相打。方言凡仅过水者为篡，平声。字书无其类也。余忆袁枚食单，于篡平声。肉字书作"串肉"，姑依用之。至于鱼篡平声。水去，则仍不知用何字矣。《说文》以缞为缞服，衣长六寸，博四寸，直心。礼有负版。然则衰服如今补服之制。《礼记》云：衰长六寸，博四寸，衣带下尺。又云：负广出于适寸，适博四寸。[①] 郑云：适，辟领阔中八寸，两之为尺六寸。适，如今披风。

十一日　雨。久未抄书，录《书笺》百余条，亦稍有改定，至夜，寒颇侵人，乃寝。

十二日　阴。抄《书笺》数十条。吴宝林二子来，云许仙屏之婚家子，与陈又铭子相识，其少子恶劣，乃作散文史论。殊为可笑。毛菱亭送云南石榴，甘津，佳品也。

十三日　阴寒。抄《书笺》数十条。看程春海《国策地考》。有一狄生窃刻之，以为己作，伪撰阮云台序，亦可闵也。程子亦举人，乃不知父笔迹，尤为可怪。罗惺士夜来，求子师，无可举者。近日学人不愿授读，其愿就者又皆不可聘，亦知世风之变。

十四日　晏起。以早饭迟熟，不及堂餐也。昨夜东乡令孙定飏、领兵官提督李有恒斩于东市。此案翻覆五年，今始两败。恩、

① 上文出于《仪礼》卷三十四《丧服篇》，非《礼记》。

童于此消得十六万金，犹愈于堰工盐务之无聊耳。抄《书笺》数十条。感周公戒王无误庶狱，诚圣人之远见。

十五日　晴。晨山点名，生徒多假归，犹有五十余人。抄《书笺》数十条。锦芝生来。

十六日　晨雨。感寒，连五六日未愈，今更咳嚏。李得太来。申出诣惺士谈。暮过龚生兄处便饭，季怀、冯翊翔、孙鸥舫先在，二更乃散。从鼓楼街直还，夜市颇喧阗，有都会之景。抄《书笺》百余条，毕一本。

十七日　晴，甚寒。早起复眠，未朝食。毛八耶率其甥杨某来求益。宋钺卿来。毛甥补实缺，未到任，盖欲夤缘也。抄《书笺》数十条。

十八日　晴。两监院来言事。莫总兵来，云宋庆已死，鲍超军不戢，有孙飞虎之风。设防恃此二军，可哀也。写杂纸数幅，看说部宋《嘉莲燕语》，有弄玉五子之名，可怪也。章望之《延漏录》有益州十样笺，以红三。青二。绿三。黄一。云，一。分十色，云不知何色也。又有彩霞金粉。张门生设饮要我，辞之不得。

十九日　阴寒。抄《书笺》数十条。和合来，言督部当过我辞行，充阅兵钦差。因与诸生言，天下有明知无益而循例为之，己亦不能自解者，督抚代钦差阅所统内兵是也。阅兵验其精羸，必无自言其羸者，亦无自赞其精者，奉行故事，殊为可叹。晡后穉公来，言书院事。余决意欲减后来脩金，众必以为不宜，频有议论，反为多事。夜梦行沙岸间，乘一象，蹑危蓦过。当下石磴，有人以为宜下步行，及下蹬，斗绝，恐为象所挤，麾之少退。至一场，象不复相属，反视之，方衔民妇线筐，冲突器物。余将牵之，此妇自言冤对，不可驱也。已而六云与一妇持竿爇火烧象，余亦持长竿两歧着火烧之。既念不可息火，遥望六云乃泛舟载脂苇，云欲以诱象毒之。余急呼止之，则与一妇俱负筐飞行上山，有三象飞行追之，遂蹂人甚急，知无活理。六云避象腹下，已而象毒发，颠踬而下，坑谷翻腾，人尸堆积，震骇心目，视山谷皆积雪，殆所谓雪山狂象佛地公案也。悲愕而醒，正鸡鸣矣。

廿日　晴。晨出送穉公，径入季怀斋内，坐顷之，主人出谈，因言公事未了。余劝以省事委权，用人行政，此六艺九家之异也。还过鹭卿，抄《书笺》数十条，晚出会讲。

廿一日　晴。抄《书笺》数十条。帽顶来。纷讲《檀弓》毕。晚过翰仙，言当与钱师寄炭金。

廿二日　阴。抄《书笺》数十条，改定"赞赞襄"为二句。作书寄钱师、朱肯甫、陈仲英、旷凤冈，俱抄有稿。

廿三日　晴。晨暮俱有雾。抄《书笺》数十条。将往西北城，念频游荒事，不果往。近日人客颇稀，院中清静，而以三女点读，殊无暇神。昔在石门亦教三子，功课锐进，日日有常。曾无廿年，遽衰耗耶？申过提督牙门，陪督府诸客饮，戌散。得家书，纷云母母①病。余惊以为重病也，看书乃是旧寒疾，然亦可忧。功儿岁考列一等，诸甥多入学者。湘中又有主讲之请。见功儿与丰书，如华严水瓶，甚有理致，殆得吾笔札者。

廿四日　阴。抄《书笺》百余条。李年侄毓珩署崇宁令。陈小舫、族子庆源、崔士荣侄婿自宁乡来，均见。

廿五日　阴雨。甚寒，然未及冬至，尚不须重裘。诸女已人持一炉火矣。抄《书笺》数十条，《禹贡》终。尚未明晰，夜半忽觉，遂耿耿至曙。

廿六日　晴。抄《书笺》数十条。午携二小女循城根赏冬，

---

① 疑衍一"母"字。

晴光颇洁。骑至公所，步入督府，季怀、芸阁设食，鱼笋甚佳，顾又耕、吴曦台、方葆卿、李湘石、贺老四同坐。再访刘虔谷，不遇，未二鼓散。作家书。

廿七日　晴。晨霜甚重。抄《书笺》毕。陶师耶、萧知县、余革县来，几半日乃散。夕食后鄂生遣人来要，云季怀在彼看字画，骑往则有米、苏二卷，褚临兰亭墨迹。食西安年糕，啜粥一盂，未二鼓还。

廿八日　晴。帽顶借八百金来。周芋生来。得荇翁书，笔法犹遒谨，云不再趋朝，恐徒供后生描画，尚有彭、薛之风。又言曾小侯出使，能与俄人抗议，此夷务廿年之效也。但不知其接伴往，复作何语。留芋生晚饭而去。发家书十五号。

廿九日　晴。晏起，实未梦。朝食少味，似发热后初愈者，亦饭二碗，近来眠食多循例也。久不考课，至四斋修故事，诸生廿人，唯一二不好学者耳，余皆锐志者也。与绂子步从少城东门出，至总府街看皮衣，复独至鼓楼街看衣，入小北门，出小南门，还院，似欲疲矣。吃年糕半碟。至鲍铜梁、杨小侯处饮，专为余设，肴馔最旨，二更散。

十一月

十一月乙丑朔　晴。晨出点名，犹有册人堂餐者。午少愒，廖生来见，久谈，遂至夕食。夜为叶生定诗，家人多寐，遂寝。

二日　阴。独坐外斋，寂静无所作，入内斋，将作字，周盛典编修来。主讲少城，而初冬上学，例所罕也。翰林不用光名帖，乃以门生礼施我，亦破例也，此殆贤于陈蕴元矣。闵生钧来见，云欲入院肄业，亦他方所难得者。其人虽经魁，经实未魁，或者已举后见闻较广乎。张叔平夫人遣人来寻亲，始知叔平并未往绥定，以母枢为囷，殆不可救药矣。来足资乏不能归，遣帉女作书，寄以四金。

三日　阴，欲雨。晨出送沈吟樵葬，不及事，还过锦、罗，俱未起。至少城书院答谒周雅堂。还改周生课卷，写对联五副。骑至提督牙门吃鹿肉，督府诸客先在，较骑射，戌散。

四日　晨雨。游行无事，夜改课卷。帉女读《江南赋》毕，令倍诵听之，不读此赋已卅年矣。

五日　阴。思得一《礼记》题，考周初齐、鲁、卫庙制。写对一幅，改课卷。黄福郎得夔厘局，来辞。刘举人自京归，来见。珺臣从子，前年与我同日开船者，字桂三。

六日　晴。骑出问珺臣病，便答访刘桂三，又贺鹭卿生长孙，还看朔日课卷。

七日　阴寒。先孺人忌日，素食，深居。偶至书局门口。遇陈冒公县丞直闯入，不得已与小坐而入。郭健郎来，得家书，并询家事。近所谓冲破忌日者，然缘礼意，此等事不得全绝，绝之反迂怪也。始闻龙母之丧。

八日　阴。晨至劳宅，观其次郎新昏。程、崧、崇先至，王成都后至，亦待轿至乃去，似前年风景，然有山河之异矣。翰仙、和合、钟蘧庵继至。出过贺鄂生次子续昏，不入，至萧宅饭，陪方葆卿，还仍至劳宅，新妇拜见毕。遇黄翔云，言余能骑马，可谓"允文允武"。翰仙云君则"乃圣乃神"，四坐粲然。盖翔云举动矜异，造作此言，似刺其隐。翰仙非刻薄者，偶中耳。季怀、芸阁、和合、翰仙、胡聘元、国珍同坐，未戌即散，昏饮无如是早者。妾女并往，先还，扰扰一日。

九日　阴雨。看朔课卷毕。崔、孙二生送雉。帽顶请早面，午饭往，询其故，意是为余生日先设，殊太早计也。张静涵、薛季怀、孙伯玙、方葆卿、穆芸阁相继至，游谈终日，二更乃还。

十日　阴。唐翼祖字稺云来，余与其父交游，而自居姻世兄弟，其礼不谬，礼意则谬。泛谈久之，云尚有去年一家信，则谬之谬矣。刘景韩来奔其母丧，居城外，遣信报余，驰往视之，亦颇及杂事，非善丧者。往还十余里，至院已暮，甚倦。陈兄师来。帽顶来，值余方讲书，留坐久之。致送兄师干脩。

十一日　阴。黄、杨、劳郎来。为和合生日作序文。罗辉五来。沈晋来，言游、黎已相见，谋得其书启馆。午出，答访雷、姚。闻健郎痛手，往看之，遇黄知县应泰，已不相识，后入谈乃知之。久坐，欲待暮，殊不欲暮，乃诣芮少海晚饭，一打箭炉客李姓先在，伍、吴、周三山长同集，吴至最后，主人殊不欲待之也。设食颇软美而多甜味。得家书。

十二日　雨阴。看课卷，理两女功课。宋生育仁以书来，并还帽顶前赠女绣衣及赆银，悻悻于彼之不知礼士，何待人之过厚也。然银衣均原封未开，则耿介奇士。健郎移来居西斋。得子寿、香孙、简堂书。看前课卷，王光甚有撰述之体，但文不振耳。刘筠生妻来，改定哀启。黄应泰来。

十三日　晴。作书寄子寿，并寄厚朴廿斤，交黄福生存羹，候便舟附之。又闻郭郎言巫山令促余祠铭，与书黄泽臣，寄铭与之。又为宋生还唐银，为唐送陈银，并还李县丞马褂。龚生兄来。晚间复有三杨生来，执贽，送鱼凫家鸡，以为有所干，疑之，出见则农家者流，淳朴拙讷，不发一言而去。廖生来夜谈。

十四日　阴。毛监院移锦江，薛丹庭正办监院事，均花衣来谢，官气可笑。竟日专看课卷，继夜乃毕。

十五日　阴。晨出点名。饭后稍理衯、茷书，未几已夕食，方讶其早，及饭罢已暮矣。锦芝生来。夜月食不见，旁寺观击鼓，喧聒殊甚，已而雨至。作家书交崔郎带去。

十六日　阴。改定详文，稽考款目。昼风颇寒，无所事。

十七日　阴。作书报宋生，又书喑敄金甫。

十八日　晴。吴玉辉知县来，为余购厚朴者，故见之。陈仲仙捐县丞，初禀到，来见。丁稺公自川北阅伍还，来谈。发家书十七号，寄陈四乾分与之。纷女骄横，重责数十。

十九日　晴阴。朝食后出，答谒稺公，值其出视粥厂，便过帽顶，贺生日，不入，还。乔京官茂轩来，九月出京，云江北童主事颇谙夷务，徐荫轩亦持正论，近日清流复有王仁堪诸人。曾昭吉来。

廿日　阴。甲申，冬至。院中独居，无节物风景。黄翰仙貂褂来，聊为点缀也。夕食时宋月卿来。恒镇如书来送橘。

廿一日　晨晴，饭后阴。作徐太翁墓碑未半，黄霓生、唐稺云、萧子厚来。得去年四月及今年四月家书。邓斋长来言事，语闪烁可怪。隋炀云"外间大有人图侬"，岂吾平心坦怀，不足以格物耶？《诗》曰：雨雪麃麃，见睍日消。而北方有层冰之国，使人意忌。院生诸聪颖者，其方寸殆难测，如张、廖、邓、戴是也。彼互相非，吾无以定，然则知人其果难，更无论化人。夜看《淮阴传》，又使人不欢。

廿二日　阴。作徐太翁碑成，文颇纯雅，不甚槌凿。将作瞿、吴墓志，又无佳思，信作文之有乖合也。夜寝觉寒，知有雪。

廿三日　晨起犹见小雪，令诸女围炉读书。刘景韩遣人来要，铺后骑往，一更还。

廿四日　晴。穆芸阁来。见院外生一人。江北卢生来，请奖田主不种罂粟者，辞以非书院之职。周芋生得泸局，来谢。陶师耶、张门生来。

廿五日　阴晴。见院外生一人，岁暮放学，来者相继，未知其意也。出诣督府，稈公有婶之丧，与论成服事，未便久谈，啜茗而出。过劳、黄均未遇。作景韩母挽联。禄养久遗荣，古佛寒镫成善果；麻衣悲入蜀，故乡归鹤感沧桑。闻崇纲得湘藩，为之一叹。湘中信当有变耶？作书与李少荃论夷务。与周荇农慰其丧病。

廿六日　阴。崇纲藩司乃其自祝耳，且为暂慰。程立翁送酒肴，谢却之。劳六嫂率新妇来，绂子方割牲供腊事，院中内外纷纭，出至书局少坐。瞿锡三族人来，满口蜀音，不知何等冒名也。夜与纷女讲《通鉴》。臣光极称丁公之事，可谓迂儒也。汉高猜褊，一传而失其业，亡秦之续耳。负恩而假以为名，此最无赖之尤，然报于其妻，亦已速矣。

廿七日　晴。院生送礼物者仍费侈，业许受纳，复以为悔，信教俭之不易也。夜作瞿妇墓铭，文笔相宜，颇有从心之乐，因寒雨未及毕而罢。

廿八日　雨霁见日。作瞿铭成。午正出至贵州馆，为景韩书主。道滑加帮，仅免蹶踬。徐道台、张同知作陪，顷刻毕事，竭蹶而还。顾老、翁复初来。官士送礼者数十家，皆谢不视。院中为余馔祝，陈设甚盛，镫烛花爆，所费甚大。冉、王、毛、薛、张门生设于内客坐，诸生设于中厅，凡八席。

廿九日　令儿女早起，余待至辰正方起，巳初内院受贺生日，出讲堂，诸生拜毕。范教授、王心翁及冉、毛、薛三监院，张茹侯出贺。或为余设烛中庭者，亟令彻之。外客皆谢不见，自入者有曾元卿、唐、李太守、刘瑶斋、杨绍曾、罗辉吾、黄霓生、和合、罗少纯、李镜蕖、莫总兵、李湘石、劳郎、贺寿芝、曾兰舟、阎少林及院外诸生，共设三席。傅游击后至，独不得食。余副将与余交谈，竟不得入，尤可怪也。未正客散，将少愒，六云谓宜诣刘馆，以其知交谊，强往，至则客已将阑，便答拜数家而还。夕食甚甘，诸生外设六席，纵饮亦欢。余与人交，颇易相亲乎，坦直之效也。明日当课，夜拟题。天气晴煊，霜寒不入室中，子正乃寝。

十二月

十二月甲午朔　阴。晨出点名，诸生犹有四十余人。前调院焦生公车归，自请留院。焦生本以懒著，故未留之，依闵例，仍附正课。已出答谢诸客，行东北几廿里，唯翰仙处特入谈，道过景韩，复入视之，还院犹未夕食。作书与春陔父子及陆太初，补复镜初去年书。过周芋僧，促其急发，遣彭轩去。

二日　晴阴。文债略还，次及鄂生妻碑志，观其自作，殊骄慢，不欲附谀之。孙伯玙来。翰仙送蟹、烟。夜作馄，分斋长及郭、李，世侄也。便略聚谈。看顾翁文、诗、词，因言近人集不可看，学之则坏笔，笑之则伤雅，所以云"非三代两汉书不敢观"也。

三日　阴。昨夜有雨。毛菱亭移监锦江，因令斋长清理院费，料理岁事。为纷、茂理日课，教笔势。今年不更兴功，比日游暇殊甚。

四日　阴。阅课卷廿本。夕与丰儿至督辕看大计榜，张于宅门外，监院云所举劾两学官，均允当。夜看唐《通鉴》一卷，李生日课也，恐彼未能详览。煨芋与纷、滋同食之，至子乃寝。

五日　阴。看课卷廿五本，余未交者皆不复待。龚生来，论育婴事。余因告以凡良法美意，皆不必行，行之必无利而有敝，敝不除则伤吾智，此所谓经济要言也。以督府初疏蜀士，因余乃稍亲重之。而此三士者，并出于书院，吾知其不能办此也，欲尼之，则阻督府重士之机，窃叹而已。周芋生、方葆卿、孙让卿来。夜傅斋长论院生不得条陈时事，丁生云初不闻此论，宜作条约明禁之。诸生入院，宜专心习业，不问外事。自去年二月到馆时申明禁约，虽举节孝乡贤公呈，院生无得列名，意至远也。凡言事著书而不身亲行之，良法美意皆足为敝，徒汶有司，以伤高节。是以孔子不对田赋，澹台不游宰室。诚有抱负，他日当显。顷与院生极论此事，斋长犹曰未闻。恐诸生不晓此意，或明知而阳昧，故特牌示。其在外违约者，本不稽察，但有经长官告知，院册即行除名，以遂其踊跃奋发之志。周芋生、方葆卿来。

六日　晴。作书与穉公，论书院事。黄豪伯、翰仙、季怀来。豪伯以贡生实授京职，特恩也。惜朝廷专用之于夷务，而与陈兰彬、刘锡鸿同列，仍以例授耳。

七日　阴。作鄂生妻墓碑，以季怀劝作之，又因黄麓生请，曾两索其志，故交卷耳。夕过提督署会食，将以稿交季怀，适其未至。穆、张、许、方、孙同坐，食甚草具。

八日　晴。作粥饴院中诸人，亦吾家旧典也。去岁在宜昌作之，犹留以归，今年家中当不复作矣。刘人哉来。骆县丞送糖。李世侸告归。桂、曾二巡捕请余陪穆芸阁，余前云巡捕可请客，故赴之。和合、虚谷、华臣同坐。夜归食粥，颇诘六云不待之过。今日发家书，亦对问失旨，以其作粥劳，故未申骂之。今日过豪伯、顾幼耕。幼耕居缪仲英故宅，所谓"风流儒雅亦吾师"者。余云来此二年，而未登名士之堂，殊为俗矣。作丁嫂挽联。苦竹冰霜六十年，官舍传徽，百辟同尊魏舒嫂；碣石风烟三万里，版舆无恙，八旬终证普陀禅。

九日　阴晴。帽顶、穉云、景韩来。彭轩去。晚颇霜寒，初月甚丽。

十日　晴。作书复维侯，并致书唐鄂生催息银。监院来往纷纭。得穉公复书，言经费宜增，脩金不可减云云。注《高唐赋》毕。

十一日　晴。始理岁事。得鄂生复书及王成都来，皆言经费事。又闻毓家女与恭子淫恣，有非常之谋。六云故人，余前作三郎曲者也。旗仆纵女恒情耳，为其曾久在外，故心粗胆大，异于常女。夜与诸生步月至锦江书院。

十二日　晴。议试行燕礼仪节。乔京官扬言龚孝廉已改归无锡，不宜仍在院，而私告岳生，不与我言，以其委曲多，询于丁、廖，均个得其实，令人有其贤之叹。冉监院来。

十三日　阴。方生来问《春秋》。院外二生、乔京官、李守备、伍松翁来。乔言不及龚，邓、岳亟欲斥龚，询之皆邹生所说，且徐之无躁，以无明证，徒生事也。得十月初家书。梦缇寄诸女食用诸物。周筠连送年礼，辞之。李守备送藏物，辞，未将去。

十四日　晴。晨雾，大晴。出贺和合做生，吃面、看戏。还院肄燕礼，收经费，还借项。董晴川送靴、带、杏仁、摸姑，以靴长短合度，特受之。萧子厚来。得连子、田牧京书。景韩送礼，辞之。复得十一月初家书。罗研叟、张东丈并卒，陶子珍亦病，皞臣病甚，皆令人有逝者之感。功儿此次笔法大进。与书唁丁伊农体勤。

十五日　阴。晨起出题牌，不点名。先曾祖忌日，素食。罗石卿、吴明海、刘景韩来。诸生来者相继。

十六日　晴。大昕，与监院诸生释奠，朝食后于讲堂行燕礼，未正乃罢，筋力已觉不支，幸馔羞未备，得少息耳。穆、孙、刘三宾来观礼，入谈。已，复集堂上会食。礼成，颇有整肃之观。

十七日　阴。出拜客。胡总兵国珍来，少坐去。从内城绕至鄂生、撎卿处少谈。赴鹭卿招，为汤饼之会，文武三席，以余为客，唱戏未看，夜二鼓乃散。还莫百金，黄卅金。蕨女读《尔雅》毕二篇。

十八日　晴。近以放学不出堂餐，本欲饱睡，因惯早，竟不能迟也。看课卷竟日。杂客时来相袭，二鼓乃始悟信期，当再发一书，镫下作之。复阅课卷，得闵生卷甚佳，殊不似其手笔，颇为疑讶。夜出步月，天气正如深秋耳。彭县一短人以百金求一见，辞其贽而见之，竟未问其何姓名。

十九日　晴。发案，以岁终均列之正取，自此留馆者不过十人，可专为自逸之计，议酒食宴会矣。明年当治春酒，而苦纷纭，故欲及岁暮先约诸客一会。外间复有来招者，皆令就院中聚集。元卿送东洋车来，看似甚颠簸，以奇车不敢乘也。

廿日　晴。钱徐翁夫人送画，因出谢之，便答谢穉公及罗子秋、刘景韩，晚过鄂生食，食饯。罗质安、季怀、徐山、赵二珊同坐。质安颇称《衡志》图佳，余许以赠之。

廿一日　晴，甚煊。为妢女倍《礼记》。孙伯玛来，本谢客，忽闯入，因晤谈顷之。茋、滋并停工课，颇得闲坐。午后诣徐山，陪钱罗之局，鄂、珊俱在，一少年亦唐友，不知其姓名，似是书启耳。昨得鲁詹长书，言高巴令之谬。及问鄂生，颇护之。余言甚切，鄂仍不悟也，其谬如此。看香树祖母陈南楼画册，及徐山生母姚靓仿册，香树诗册，书卷，夜骑而还。

廿二日　晨起颇早，饭后质安来辞行，送《衡》《桂志》各一部。午为妢倍《礼记》。看匠立戏台。鄂生请作贵州馆祠联，祠祀尹、王。何须驷马高车，只名山教授，下驿栖迟，千载西南留道统；同此瓣香尊酒，问汶长真传，鹅湖正脉，几人宦学比前修。

廿三日　晴。为帉倍《礼记》毕。请郭健安写春帖，集张、左二句。考四海而为隽；纬群龙之所经。颇与此书院相称。其二门联则健安所作也。银号郭生来，立折以应刘、锦之求，近于微生乞醯，然便于人而不损己，似亦可为也。锦芝生借三百金，以百金自用，百金与景韩，共用五百金矣。作年糕。与书锡九、鲁詹。

廿四日　晴。同乡廿人为余补作生日，外省有胡、孙、桂三人，设四席，唱戏，巳集戌散，拥挤喧哗，甚无条理，云费二百千，尤所不安。景韩来。

廿五日　晴。为帉女倍《易》《诗》二经。出至机局，黄、曾俱外出。驰骑往述八里，凡半时，风日渐煊，殊似春游。

廿六日　晴。设戏酒招藩、桌、王成都饮，芝生作陪。稺公送米、炭、年物。得杨石泉十一月书，十七日而达，邮递甚速也。芸阁来，未入坐去，亥散。

廿七日　晴。设三席，传二班，宴文武诸客十六人。劳、唐、李甫入席而去，余自开单，而忘穆芸阁，颇甚惭惶，方知献酬不易，巳集亥散。署桌送年礼。

廿八日　晴。大会督客及同乡丞令，凡曾饮余者，皆还请之，共卅五人。唯方、吴熙。以事不至，张名杰最早来，萧、胡、孙、罗最后去，亥正乃罢。得熊恕臣书，送腊肉、白金，辞金受肉。盐道送米、炭。

廿九日　晴。成都送公费来，总计岁支，分发月费，兼理年事，竟日无暇。纨女小病，家中亦殊匆忙也。景韩来辞行。

卅日　晴。岁事料理稍迟，仅乃得给。张、萧来辞年。午出南门，至水府祠送景韩，并借二百金与之。还已向暮。设二席，要诸生入会食，夜复会饮。书局分账，颇有争多少者，世人不可与行度外之事，为之太息。孔子观于乡而知王道之易，吾观书院而知反正之难，古今人信不相及，盖三代之直道久汩没矣。子初祭诗，亦未及往年之躬营果脯，幸家人立办，不甚草具耳。稍为料理，已过丙夜半，寝已质明，觉甚倦也。

光绪七年辛巳

正 月

七年正月甲子朔　晨阴，午晴。起不能早，家人更晏于我，昨夜亦未泛埽，朝始陈设。辰正诸生、监院、郭健郎、绶子俱至前庭设拜。莫提督来，客遂继至，自辰至未相续，儿女辈于午初乃能行礼，客坐犹有相待者。思欲稍愒，至申乃辞客不见，夕食颇甘。滋女喜掷百花图，改定掷之，至子寝。

二日　晴。穆、薛、罗、萧入见，诸生犹有久待者，见三数班，遂登舁出。行城东南，自锦江院起至将军署还，劳、曾、督、提、锦、莫六处均入见。道逢机局乡人龙镫秋千，仿佛石门之景，然城中常喧，不若乡居久寂寞，而节装点乃新耳目也。夜掷骰。

三日　阴。罗辉五、陈年侄、范教授来。儿女作家书，将趁明日发行。余竟未暇作一纸，因令待八日。夜与滋女掷骰子，闻雨。

四日　阴晴。午骑出，令舁从行，过拜数十家，凡两遇迎春，拥挤几不能行，未正驰还，院中人尽出。余问岳生林宗见迎春否，林生云有何可看，今日穷凶极恶人皆出矣。以迎春尽府县胥隶主之也，为之大笑，可谓语妙，天下闻者足戒也。陆华阳患颈疽，强出行礼。余欲往观，而门斗不可，从谏如流，为之返驾。夜雨。

五日　戊辰，立春。阴。练军营送扑师子人来，泼寒掼跤之流也。叠桌凳五层，立丈六竿，跳踯其上，久之乃去。曾昭吉送龙镫来，设秋千一架。市人观者甚众。为设茶食，仿衡、湘乡俗也，并包封费十二千，此等用不易节。

六日　阴。欲考花时节作谱，求《群芳谱》不得，试以意分之。木类有槐、桐、杨、桂、椒、棠、荆、夜合、辛夷、木绵、木堇十一种。果类有枣、橘、桃、杏、李、梨、樱桃、梅、奈、榴、枇杷、豆蔻、杨梅、木瓜、甘、蕉、菱、莲十七种。菜类有韭、蔓菁①、瓜、葵四种。药类有芍药、当归、木香、款冬、踯躅、旋覆、牡丹、昌蒲、泽兰、牵牛、燕支、厚朴、罂粟、栀子、茱萸十五种。卉类有苕、即凌霄。芰楚、即夹竹桃。石兰、藤、葛、苇、菊、萱、山茶、海棠、紫薇、蔷薇、白蘋、蜀葵十四种。又有绣球、蝴蝶、金钱、拒霜、石竹、黄梅、百日红、长十八、素馨、山矾、水仙、珠兰、夜香、玫瑰、凤仙、鸡冠、玉簪，即晚香玉。不见唐、宋类书者。然有花之木甚多，如桂、桃等，乃可为花；桐、枣云花，则无木无花矣。花当专以草本为主，后世之花多于唐以前百数种，其一种殊名者尤难考。夕至江南馆看戏，锦、李、唐为主人，设二独坐，以延余及鹭卿。

七日　阴寒。盆兰生虱，换土不易，觅花匠动索千钱，犹以为少。登楼见书籍陵乱，丰儿殊不可恃。

八日　阴晴。穆公来，泛谈及礼，云欲兴教以化俗。近世士大夫未有以学为治者，乃能拳拳如此，其志未可量。王成都来，云藩使令来相请，其辞尤恭，不可解。《史记》所谓缪为恭敬者耶？抑致词偶未当也？《老子》云"宠辱若惊"，吾始惊矣。发家书，今年第一号。

九日　阴。亲兵营送龙镫来，久未去。藩使请早面，午刻已过，当早去以报昨日之请，往则松翁已到矣。三书院、十营同日，

---

① "菁"，原作"青"。

可谓文武大会，然少贬矣。府厅十席在楼上，墀中六席，行炙时声如沸汤，主人立门外候送客，如出场放牌时，几何而能成礼？二更归。丰儿会饮未归宿。

十日　阴。熊恕臣邛州来，久谈。得李少荃小除后一日书报。余言夷务，徒为愤慨之谈，仍与泄沓无异。欲切言之，则恕庸人而伤贤智；欲缓言之，则托空谈，此八股之极敝也。劼刚作清空文字而见赏时流，则少荃此书又为落卷，余书又少荃之落卷，而天下事皆清空一气矣。书此以质筠仙。

十一日　阴晴。从傅生借得汪灏所撰广群芳谱，并清理院阁所藏杂书，寻检竟日。林逊之、毛艮贞米。

十二日　阴。六云出贺年，岎、茇并从，余独留视纨女。丰儿出城至新繁界王生家春集。恒镇如、吴通判来。夜作简堂、阎丹翁、雪琴三书。阅邸抄，葆芝岑以国忌娶妇被劾，晋抚放卫静澜①，晋藩授邵诚，钱师转左允。祝培堂来。

十三日　晨未饭，午过天成亨早饮，松翁、季怀、芝阁、用阶、秝云先到。饭后谒三客未遇。还院，刘瑄臣女来，言其父殊未愈，可忧也。垂老一第，但有困踬，使人怜念，故不若穷守一衿之乐。酉初赴督府春集，锦、劳作陪，主人病不能食，余亦小疾，戌初还。昇中看阮云台诗文。

十四日　阴。乔京官、吕举人调阳。来。吕好小学，甚有新说，曾应三课，余久欲与之讲论，及见，讷朴无一言，唯听余与乔言夷务耳。湖北许生廷铣从江□来，送龙眼颇鲜好，可比闽产。

十五日　阴冷。董、吴二通判来。吴即嗣仲从子，贫不能具衣冠。严经历泰来，受庵从兄也，殊无大家风度。芮少海、恒镇

① “澜”，原作“阑”。

如来。昨约吕、乔食，几忘之，夜始草具，而客不至，设二席，诸生会食。刘女来看烟火，制造草草，不及去年九月时，又微雨寒风，三更即寝。章州同送牡丹。

十六日　阴晴。年节俱过，料检家事，沙汰闲人。王生光棣告归彭水。东斋斋夫辞役去。曾心泉、张门生、曹州判、孙从九、陈知县壂、黄梦子均来。申出送鹭卿，看翰仙，过杨侄寓，隋、陈、用阶、穆、唐、李镇均先至。余寒疾，唐亟欲医之，笑谢不顾也。夜还，乘月白，咏乙卯春别诗，情景相宜，甚有清思。

十七日　晴。彭兵备来，久谈。午出外斋，稍理书籍。得家书，云梦缇腊月犹未归，岂又以烂斗笠与儿女耶？夜与岳宁生坐甚久。

十八日　晴。鹭、钺两卿来。刘刚直来。作家书，题四诗寄梦缇，并柬皞臣，为刺弥之作也。后读者非观前诗不知其意，假有胡致堂先生绳以三寸法，谓余恩衰于友而厚于妻，则危矣。然胡致堂先生但读余诗，必不解其意，不宜与之言耳。诗录集中，故不书于此，记此，使他日观者知警焉。发家书二号。

十九日　阴煊。午出送鹭卿。还院看江西李姓文录，复见许多不知姓名人。内有蒋士铨，其父为长随，其所作状，极天下之奇行，兼古今之美材，可谓怪绝，昔所未闻者也。申至周道台处，陪彭川东，同坐者有广东张大人，贵州官陈，又有张、□两人，无从交言，二更始还。彭言蜀寇起时，渠为首县，总督有公、藩使祥公皆儿戏行军者也。而统兵者亦为澧人蒋蒲，可谓楚有材矣。

廿日　晴。院生新到者四人。令丰儿拟定视学礼，写一日不成，岁费数十金养誊录，可笑也。今日癸未，雨水，犹寒，江梅盛开，芍苗怒长，乃知生杀不关天气。看前岁日记，初至时太坦率，无机心，识议殊暗，此涤公所以悔其乱嘈，然则徒学真不足历事，于此又悟一境，而垂垂老矣。古人所以著书，自道其所得，非得已也。郭郎一出，动数日不归，非能知学者，惧其不负荷也。

廿一日　阴晴。诸女始读，余亦改定日课，每日读经半本，看史二卷，翻军务奏案一本，写《尔雅》一页。始取《仪礼》《辽史》置案头，而诸生、监院入见，又出吊刘人哉，还，愚子来借《宋史》去。《辽史》耶律亿《纪》云"痕德禅亿"，乃不为痕德立传，开卷之谬如此。太祖、太宗《本纪赞》：八部相推，亿不受代。遂终两事，使通江外。尧骨临燕，人皇镇海。桑、石启戎，册帝论功。饮江速死，还栾遽终。入国以礼，庶有华风。《旧唐》《宋史》俱无辽建国初事，新唐偶不在架上，乃取《通鉴》，略从注中得其不受代之说而已。读《冠》篇。

廿二日　晴。读《昏》篇，凡五辍乃毕。因起即朝食，朝食后出贺锦生，访彭，遇之于途。访唐六少，久乃出见。遇廉渠，未问其姓，后乃知其姓罗也。用阶亦至唐宅，少谈同出。黄经历、罗云碧、李岐山来。见院外生三人，一张燧，至熟而至无聊者。孙伯玙来。咸丰十一年五月黄子春自万县至顺庆，寇帅何国梁屯李渡，闻官军至，退攻定远。十一日黄至西南兴学场二十里，进兵姚店，一战败之，杀败近万人。十二日大雨，寇西走二郎场。十四日黄轻进，遇伏死。骆秉章六月初一日至顺庆，七月二十六日至潼川。贼围绵州南门、西北门，蓝朝鼎将之。湘果将胡中和、萧庆高、何胜必当中路，唐友耕当左，彭太和当右。曾传理攻十贤堂，颜佐才攻新店，粟观、刘德谦攻塔子山。七月二十九日进兵，八月初一会攻。刘、曹先进林坝塘，破十贤、塔山、榜山诸屯，湘果少却，曾、刘救之，大雨收队。贼聚于西门，众八九万，我军万余。十四日贼走绵竹、什邡、彭县。九月十五骆入城接印。李逆攻眉州，连丹棱、青神，屯松江口。湘果由崇庆进，曾、刘由彭山进。十月初六贼走复至，八日丹棱援至。"乌云乘乱，诱赵居恒。违众促殃，徒蒙篡称。睡王薰穴，淫滥颠崩。贤虽风疾，讨乱差雄。"世、穆、景三宗《纪》。夜讲《曾子问》，得不醴三醮之礼，殊觉暗室得镫，既喜且叹。

廿三日　晴。翰仙来。读《相见》篇，旧解玉藻犹沿误，始更定之。阅《辽史》，全不知其事实，乃叹书传之易唯在别无他本耳。然亦须以朝廷之力助之，然辽不必史，元强张大，宜其止此也。

廿四日　晴热。刘人哉来，为李总兵探动静。午过帽顶饮，松翁、季怀、静涵、敬山同坐。季怀先去江南馆团拜。余亦当至公所团拜，乃饱食而往，镇、道诸君已先至，程藩、彭道继至，方、黄、莫先去，设四席，无坐者，楼上客亦先引去，反不及前年之盛，戌正还。补读《乡饮》篇及《辽史》七卷。

廿五日　阴，忽寒。周绪钦来。午后颇倦，为茂女刉字后剃发毕，遂卧矣。看邸报，易佩绅得黔臬，与王定安并贵，待此等人作督抚，又文韶之不如，可叹也。至此乃令人思刘蓉夫、刘岳昭、江忠济，负乘覆𫗧，不足怪也。易、王自命轶材，以诈力取高官，则不逞之徒谓天位可以暗干，羞当世，轻朝廷，其在斯乎？读《乡射》半篇，阅《辽史》三卷，已子初。丰儿请选唐诗，看《白集》七卷，颇难去取，姑停听雨。不雨将一月，督府正探龙湫，明日设坛，而雨先至，比去夏为巧逢也。忧勤一也，感有迟速，此宜归之年象，余亦有佐治之责，闻雨甚喜，命纷女持烛至前庭，看花赏雨。辽圣宗赞：文殊嫡继，文理为优。澶渊取币，辽泽回辀。勤边失驭，萧墙弗忧。准、回叛涣，女直痈疣。

廿六日　阴。读《燕》篇。点《辽史》五卷。看《白诗》十余卷。检院中无益书束之高阁。季怀来，言欲引见，宦于蜀，费二千五百金耳，而岁可三四千金，大利也。辽兴宗、道宗赞：章诬王母，文枉妻儿。身不行道，谬重儒师。兼和宋、夏，渐削疆畿。谗人泄沓，诸部乖离。

廿七日　阴。点《辽史》五卷。读《大射》篇。"国之无本，其倾忽焉。宴鹅启侮，射鹿亡边。非女之强，内变相挺。假分西北，终彼乃蛮。"天祚《纪》。金椿来。

廿八日　阴。晨读《大射》后半篇。教茂女课毕，出城。湖北萧、陈及二董、一孙为主人，刘保臣作客，为余设宴草堂杜祠，一面一饮，余被寒不能食，强坐二时许。过青羊室①看花市，未集。晚入城，赴鄂生招，见华村坞，肥而善姁，似郭意臣，四品材也。季怀、徐山、用阶、赵二同坐，复食馒头过饱，夜甚不适，久之乃愈。点《辽史·营卫志》。

廿九日　小尽。诸生来者七人，杨、孙、魏、刘入见，余皆新到未见。清理书院中杂事，竟日少暇，夜始读《聘》篇，点《辽史》三卷。"契丹游牧，广置室丁。州名嫔媵，后役徭征。并心南寇，捺钵并营。贪于连众，国用不宁。"

二 月

二月癸巳朔　始行日课，分派诸生，各有常程。读《公食》、《觐》篇。见新到院生三人。穋公来，谈行视学礼及时事，云将伐日本，恐为伐辽之续。余云此或又为夷使所欺，牵率同行，不然必无兴师之理。又言今言官喜攻大臣，大臣诚可攻，而国体固不可，此乱象也。朝会食外堂，人过三十，亦颇与诸生论治家持身之道。罗县丞、周编修来。抄《周官经》一页。夜点《辽史》二卷。夜风。

二日　阴。晨读《丧服》篇未毕，唐稚云、周德耕来。茂女

①"室"，疑为"宫"之讹。

课毕，乃抄经一页，出答访陈富顺、金保宁、罗委员，皆已去，唯周编修、陈年兄慰农之兄。得见。至贡院内军装局，姚迪卿招饮，唐、刘、蒋、叶同坐，皆湘人也。归点《辽史》三卷。《地理志》赞：辽兴东海，始并鲜、丽。土荒民少，部落横驰。幽、并既入，富庶方资。不增强盛，翻致颠危。昨梦旧友频来，情话欢甚，最后俊臣来，设拜甚恭。颜接三与一人迎之，余命办饭，因告俊臣以近日友朋之盛。俊臣云宴会亦甚为费，余云何须酒食，皆白坐而已。因为诗八句，中有云"白坐能销日"云云，似甚深稳，觉而忘其余语，但续成一联云：白坐能销日，清谈不爨烟。昇中因足成之云：离思逐春前，垂杨拂玉鞭。神形影无异，因梦想为缘。"白坐"云云。定知东海外，芳草恨绵绵。

三日　阴晴。朝食后会馆首事见招公集，初已辞帖，忽又来速，惧以疏傲见讥，复昇而往。凡六席，有戏，官、商、文、武、道、俗同坐，尚有同乡之谊，异乎公所之以品级分者。和合、穊云、傅游击、纪生员同坐，设汤饼毕，余辞还。锦道台来。阅京报，沈桂芬已死。余前断断不可之，不知其保富贵以终也。浮云变幻，不独不可羡，并不必责，又得增吾识量。夜与丰儿讲大功中从上从下之义，反复三四，竟得通贯。读仍未毕，以"负适衰"难明也。抄《周官》一页。点《辽史·历象志》。"光之入汴，始识灵仪。俊、贾俊。更白、王白。正，李正。爰作统和。余分闰位，朔正参差。司天禁秘，俨、耶律。任陈大任。传讹。"刘刚直去从陈富顺为馆师。

四日　阴寒。晨读《丧服》毕。《记》尚未能全解。朝食后骑至督府，微雨，方保卿设饮五福堂，会同事诸君十五人及余早饮，至申散。还，抄经一页。点《辽史·百官志》三卷。

五日　丁酉，惊蛰。阴，更寒。读《士丧》篇，未暇疏解。

抄《周官》一页。点《辽史·百官志》。"北南分院，辽、汉兼存。虽有石、烈，治不图民。鸟兽之官，猥杂纷纭。幸无流品，假立君臣。"郭健安来。

六日 阴寒欲雪。牡丹蕊将伤，复移入室。读《士丧》下篇。抄《周官》一页。见院生一人，院外生及锦江书院斋长三班。刘人哉、张华臣、黄霓生、乔茂轩、薛季怀来。季怀将还江东，且入京引见，领凭官蜀，以其去，当得余书扇以见交游之雅，作诗一篇送之。六云饮周绪钦夫人宅，二更还。余外接宾客，内抚婴孩，兼有常课，殊冗于事，至三更乃书诗扇，夜寒于腊，笔墨尽冰。

七日 阴寒。早唤传事送扇与薛，未能自送也。饭后读《士虞》篇，心粗不及前十日之易入。孙伯玙、董文蔚来。见院外生一人。抄《周官》一页。点《辽史·礼志》。

八日 晏起。初闻诸女言夜雪可寸余，故迟久复寐，传梆会食时，竟未闻也。午前邹成都来，云制军将至。顷之松翁、通判皆至。余要松翁入内，坐久之，司、道并至，轿夫喧哗，诸生颇有欲与斗者，此处士弱而役强，故至如此。穉公来，命巡捕传令乃散去。诸生肄仪，督部以下并出立观，未集申罢。复坐，顷之，乃散。抄《周官》一页。作家书，今年弟三封，寄银百两。夜点《辽史》未半卷，怯寒而寝。

九日 晴。抄经读经默史，仅不废课。日间多看诸生肄仪，尚少心解者，唯二岳生、崔、孙差能行之。郭健安去。

十日 阴晴。晨起不甚早。本约大明行礼，监院少迟，待至巳初，司道至，乃请督部来，派九知县执事，丞尉并不至，聋瞆胡涂可闵也。遣通判王彤华释菜，诸生行礼多误，及宾入以后则颇秩秩，轿夫亦不复为患矣。孔子所谓"吾不与祭如不祭"者，盖谓此耶？一笑。设食，堂上下十八席，未初散。少憩出拜赐，唯鄂生、稺公处入谈，余俱辞谢。东绕西还尚未暮，复饭于堂。抄书读经如故。

十一日　阴晴，霜寒殊甚。读《特牲》颇密。抄《周官》，看唐诗。张生宗礼字旭波入问为学之方。无所通解，而甚恳笃，疑可与言者，唯不通言语也。王从九来，言刘筠生家事颇久。郭健安复去。夜欲点《辽史》，手脚欲冻，姑罢之。前年此夜寒，去年此夜亦寒，未若今年之甚。昨与人言，院长、山长之称各处所同，唯湖南称馆师，未知始何时。馆师，义学之称。湘人书院素骄，何以甘为贫子，亦不知巡抚何以故陵侮翰林官也。《辽史·礼乐志》赞：君树仪郊，木歧作母。植柳天棚，亦云勤雨。汴使既通，礼名亦五。唐乐虽来，女真不舞。

十二日　阴寒。读《少牢》，抄《周官》，点《辽史·仪卫志》赞：邵固窥唐，实慕隆仪。光要石册，法物骈罗。逍遥沙漠，左纛鸣箛。冠留薛①衮，印佩杓窊。《食货志》赞：利尽炭山，乱兴酒榷。师保之官，铁马是较。币无楮会，铸遵撒额。车粟未偿，牧群潜削。

十三日　阴雨。读《少牢》下篇，抄《周官》，点《辽史》诸表。羡女生日，诸女放学，丰儿亦放学，可笑也。斋长邓生犯禁告假，使人难于行法，凡事牵掣如此，无奈之何也。

十四日　雨寒冻重。读《特牲》篇。抄《周官》。点《辽史》诸表，皆重复敷衍者。唯作游幸表，似有意讽谏元主，而文不足发明，恐系阅者之善悟，作者尚不及此耳。作刘筠生挽联。入洛当年好弟兄，谁知各宦天涯，薄祚不传棠棣谱；寓蜀相依惟母子，犹得从亲地下，

---

① "薛"，据《史赞》卷十四补。

春寒莫恨杜鹃声。夜雨。

　　十五日　晨雨作，旋止。释奠时班甚整肃，礼毕复以羊豕祠三君，监院行礼，待□人，至辰正方至。祠已，出堂点名，诸生威仪济济，殊征为学之效，余心甚喜。以系月半，仍试词章。院生共四十五人，院外生五人，会食毕，各散。张生祥龄与杨生锐不和者四年，似是不解之怨，今日置酒修好，尤为大喜，赐风鸭一头奖之，唯张、杨不至为歉耳。读《少牢》未十页。抄《周官》。点《辽史·后妃传》。"虏无父子，族属仍联。契丹始魏，再绝复绵。五院六院，虽粲弗残。表其世族，诸夏惭焉。"《世族表》《皇子公主表》删。"耶律慕汉，氏相为萧。重婚复媾，狎呹^①相要。虽无姜、姒，曾不专骄。"《外戚表》。"游牧之俗，春放秋田。避暑之行，国典所先。不能用夏，未可都燕。"《游幸表》。

　　十六日　阴。读特牲，抄《周官》，点《辽史·功臣传》。院生及杂客来者并以家忌谢之。

　　十七日　阴寒。读《士虞》，抄《周官》。点《辽史》传五卷，殊无事可纪者。见院生三班。出吊刘筠生。见许兰伯之子，通身摇颤，如画"阿呆图"，可谓能操土风矣。泸州高孝廉楠来见，蕴藉无鄙陋之习，蜀人之有南派者。前闻殊不确，所谓百闻不如一见也。

　　十八日　晴。仍寒，久不见日。令儿女出城看花市，纷女稍长，不宜为褴缕之游，故未令往也。午后复阴，未读书。抄《周官》。点《辽史》二卷。"贾生书上，数爽其忧"，"爽"字难顺。

　　十九日　阴。晨令办饭，未及食，崧、崇两道台来，鄂生继至，均待督部诣院课士也。坐及两时许乃来，点名毕，又坐至半

①　"呹"，据《史赞》卷十四补。

时许，日已晡矣，犹不思食。教茂女彻字写字毕。又自抄《周官》，重读《特牲》乃食，顷之，院中亦夕食，余唯一餐。出堂闻斋中喧嚷声，乃丰儿与诸生会饮。余前年颇能令院中清寂，自丰儿来，诸生情益亲，而时哗笑，声闻于外，此湖南院派也，念禁之伤苛，回步而还。昔曾涤公治军，愀然如秋，有愁苦之容。胡文忠军熙熙如春，上下欢欣而少礼纪。两军皆兴盛有功，诸军则不能然。愁则溃，欢则慢，余庶几其胡群耳。《送薛福保还无锡因怀江淮旧游》：锦水绿未波，摩诃柳初碧。东风昨更寒，为送将归客。兰陵归客感年新，不待莺啼早惜春。二月云山三峡树，五湖烟水故园人。枫树青青洞庭路，桂楫夷犹复容与。一片江南江北春，几回花落花开处。戍鼓楼船且未休，石城、淮浦忆前游。谢公棋罢东山冷，陆弟诗成洛水秋。旧苑垂杨不堪折，海边芳草催鹍鶋。览古空怜瓜步潮，相思吟向苏台月。莫道崎岖入蜀非，君平避世久忘机。借问南阳一龙卧，何似临邛驷马归。筠生子来辞，十岁失父，居然成人，感余少孤，不觉怆然，携送之出门。孤儿易成人，有父恒骄痴。送尔忽自念，戚然临路歧。伊昔游京华，二刘数追随。温温未昏容，晬穆珠玉怀。志远来日长，奄忽遭暌离。岁月未永久，昏宦再不谐。何况双飞鸿，比翼复中乖。契阔二十载，始闻挈婴孩。卧疾华阳城，迎客不下阶。见尔几榻旁，出入未胜衣。严霜盛夏零，一月被两衰。羸瘵感行路，矧余在交私。丘也亦少孤，随母从馎飺。茕茕不料生，岂曰耀当时。譬彼木有由，抽擢十丈枝。皇天无私荣，春露有由施。易成良易倾，尔其慎威仪。秦蜀非汝乡，燕吴不可期。茫茫四海途，孑孑一孤儿。期望非过情，舜颜在所为。

廿日　晴。始有春意。抄《周官》，读《士虞》，写扇二柄。陈阶平、慰农之兄。帽顶来。罗石卿来。得正月十二日家书，正三十九日至，与余去年来时同。闻皞臣之丧，幸去年之归得数相见也。五子始死其一，年正六十，亦为幸矣。午过帽顶宅饭，未昏还。点《辽史》一本。昨见提督立旗竿挽架甚盛，作绝句二首。锦城烟景静蒙蒙，二月寒深花市东。惟有戟门堪跋马，旗竿吹雨识春风。　　三边无事鼓声和，五丈高牙树骒騀。不待晴光薰翠羽，柳旗阴处飑春多。

廿一日　阴晴。读《既夕》记。抄《周官》，点《辽史》四卷。萧子厚来。看课卷三十本。

廿二日　阴。读《既夕》，抄《周官》，点《辽史》，看课卷，发案。诸生作拟古文，殊无佳者，律诗亦多陈俗，词章成格信不易耶。夜雨。

廿三日　晴。连日种花，栽数十本，遂费万钱。此处唯海棠差多，辛夷奇贵，杜鹃尤少。张子静、陈师耶来。未暇读书，抄《周官》。点《辽史》毕。诸传竟无一关系者，此史乃方志之不如，可笑也。作书与滇督，为王秉安州判请托，并加片与蓬海。

廿四日　阴雨，犹寒。方保卿来。读《士丧》，抄《周官》，选唐诗阅二本。皮、陆学元、白，未易优劣，皆以诗为讽谏之作，意非不佳，诗必不佳，以非所职而强与人事故耳。院中树蒲桃棚，杂花颇具，非从前荒寂之景矣。阅京报，林午山竟以荒唐遣戍，顾子春应大快也，樾岑当复一惊，余亦不料其下流至此。然计彼到台，必小有所获，新例又改黑龙江，则宜穷死矣。

廿五日　晴。抄《周官》一页。杨凫江、曹棟、罗振璘、萧云槎二子及其师来，执贽。绥子来，言已议昏，当借院中迎娶。闻其有男女客，必将铺张，恐不可也。读书多寻解不得，韩退之云《仪礼》难读，是曾读《仪礼》人也。且俟专治毕乃读之，改读《礼记》。

廿六日　阴。丰儿抄唐五言毕。院中又议刻《八代诗》及唐诗选本，检七律一种自抄之，得三页。抄《周官》一页。

廿七日　晴。李蕴孚来，病竟全愈，握发延之，云督部已从灌还矣。王合州被休，遣其子来，执贽，辞之。送水礼甚多，未暇视，以其舁来有花盆，退去为难，留海棠二盆。萧云槎、宋月卿来。张三嫂、刘年女来。刘女云琯臣病甚，得茸可愈，乞之于唐泽坡。抄《书》一页,抄《诗》四页。夜雨。

廿八日　阴晴。维州副将余得贵及和合来。将发家书,杂客不断,内有张伯元,叔平之兄也。至日昃尚不得执笔,对客作三纸寄去。抄《周官》二页,唐诗二页。夜与尹生谈经义甚畅。六云遣告岙女剪金,且吞之矣。入问之则云无此。索得碎金一包,疑其遇祟也。且令讲《礼记》《通鉴》毕,又读诗赋,神色不似吞金人,亦不便穷问之。但据岙女言,将剪金重打约指,老妪云吞金能死人,不信,姑试吞一小金桃耳。余诸子女所为皆非意想所及,忍毁成器,好身试险,十二人中遂有五人,吁可怪也!虽知无妨,亦恐或能伤生,意颇仿徨。六云又言其处分后事,井井有条。益感人泡幻事,夜寐殊不安,天明乃瘳然矣。学道镇定信不易,矫情镇物则能之。夜雨萧萧,颇生哀感。

廿九日　微雨。钱徐翁来。出答访张伯元,过穉公,言少荃来书,更正前书误字,并言畅谈夷务。又云左相已列名总署,当入枢廷矣。因及家事,言用度不足,思移一镇。余不觉哑然而笑。州县求调剂,大臣亦求调剂耶?穉公云上赐则可,自取与僚吏所献,虽公费不可。其言甚正,非矫廉者。出视翰仙疾,与曾昭吉略谈,过和合、蕴孚,送凫江、揩卿,访叶叶生皆遇。后至齐敬庵处,以为必不遇,亦晤谈,遂销长日矣。满城喉证颇多,归亦喉痛,顷之自愈。抄《周官》一页,唐诗三页。夜雨。

晦日　晴。犹可重裘。作诗送莫总兵镇建昌。旗鼓秋行大将权,碧油春引复临边。新桃借色骄骊马,细柳分营绾蜀犍。蕃落开诚金似粟,蛮山堆石翠横烟。时平无事须安抚,莫道崆峒剑倚天。抄唐诗五页,《周官》一页。彭县章汉光来,言词闪铄,大意言其令贪劣。此人以百金求一见我,必非能用财者,不知犯何事,当询访之。

三 月

三月癸亥朔　晴。耕耤吉日也。始为幼女定课程，倍《礼记》《书》各一本，默《尔雅》、杜诗。讲书约须与料理二时许，茇女须半时许，并吃饭已费四时余。四时抄书，去其一犹得三时，间应付俗事。帽顶来。抄《周官》一页，唐诗五页。今日晨出讲堂发题，诸生不入院者仅九人，内四人可不必来者，肄业者皆勤勉，无须督课，大有成效。夜读《曲礼》《书经》。

二日　晴，犹未甚煊。抄《周官》一页，唐诗三页。读《檀弓》《商书》。为方保卿夫妻作泥像赞，此题从无作律体者，聊以一首敷衍之。中年不仕为莱妻，西上长安更向西。挽鹿定归东玉涧，听莺暂入浣花溪。红颜未老生孙早，锦字裁笺倚醉题。借问镜边常对影，何如行处镇相携。

三日　晴。始有春景。六云率诸女出城游赏，便至张宅午饭。独在内斋抄唐诗三页，《周官》一页。夜雨。张门生午后来。

四日　晴煊。两女课毕，出吊王天翁，旋闻瑄丞之丧，年正六一，家无余资，当往经理之，心颇不乐。至王宅匆匆与秦同知、陈通判闲话数句，便至刘宅，已小敛矣。坐顷之，无客至，仍还院，饭罢，骑往送敛，亦无客至，戌初还，顷之雨。抄唐诗二页，读《檀弓》下篇。

五日　阴。复寒，然未更裘。唐穋云、张华臣、刘人哉来，闲话半日。抄《周官》一页，唐诗二页。闻九头鸟声若吹箫，令幼女考之。桂注《说文》云唐裴瑜以为麋鸥，桂以为奇鸧，见《韩诗》。令丰儿检《韩诗外传》未得。读《王制》。

六日　戊辰，清明。阴凉。抄《周官》一页。与诸生言经义数事。昨督课案至卢生，附末，自以为至屈，譬晓之数百言。卢生文实不佳，而气甚盛，若质言其不佳，彼将舍钱先生而抗我，是代人受怨，又无益于教，故不与庄语而又长其傲，夜间仍正告之。即此 事，措置甚不易，近日处人已颇为得当。孙伯玙来。看唐诗二本，未及抄选也。帉女五日似有所进，未与之读《月令》，但令其自诵一遍，亦未听之。

七日　晴。抄《周官》，读《曾子问》，选唐律，并抄。未及二页，伍松翁、范教授来。

八日　晴。抄《周官》一页。帉女读《礼器》不熟，篆正书均拙丑，又惰延，频挞之。夜寝甚迟。抄唐诗一页，看课卷。牡丹一花初开。

九日　晴。钱徐翁之弟来求差，旷寿云来言事，未及见。待女课毕，骑往琯臣处，赞其丧事。张子静诸君已先至，坐待成服吊伤毕，微倦假寐，饭至未食，客无续至者，乃还。步迎日颇照灼，牡丹亦萎，盖蜀日甚烈，异于江湘。夜饭罢看课卷，未作余事。小寝甚沉酣，不能解衣，寐至三时许，近所无也。

十日　晴。晨起阅卷毕，已未正矣。穆芸阁①来。为诸女点书写字。张松平夫人来告行，遣六云往赠十六金，辛未所许遗其母夫人者，今始附之。酉出讲书发案。夜抄《周官》一页。为帉女补讲《礼器》，见"圭璋特，琥璜爵"说殊杌陧。又讲《通鉴》。晁错欲以徐僮予吴，未知其谋，盖欲缓兵待其困。其自居守之计，则所以见疑也。讲毕，月已落矣。

十一日　阴。曾传滫、李湘石来。健郎欲求臬馆，与书藩使托之。复言新臬绝不徇情，不能干也。午睡，曾昭吉来，久未出见，比觉已去矣。大似郭筠仙慢客，从前所无也，精神始衰，亟

---

① "阁"，原讹作"阅"，据前文改正。

当自振。朱通判来。抄《周官》、唐诗各一页。讲书至子初寝。曾生光岷辞行，从母往定襄。

十二日　晴热。将往天彭看牡丹，舁脱鞔未果。昨梦一僧，年可二十许，自云已八十，为余族祖行，颇谈宗教语，及觉犹未曙。晨起抄《周官》，考五齐八尊，纷纭久之，至暮始成一页。萧子厚、饶星舫、许孟津、黄蜺生、罗石卿、游汇东、严经历、不知其字。薛丹庭家一老耶相续来。《春秋》多脱误，补挤三条。竟日无暇，抄唐诗一页。夜电雨。

十三日　晨大雨。抄《周官》、唐诗二页。家中治具，请用阶夫人、丁公侧室及其六女，迎张生妇曾作陪。雨竟日，至夜益甚，请客日巧值，殊不轻便，张妇尤苦泥行也。为曾生作字六幅。

十四日　晴。翰仙来，言琯丞事。出答访游臬使，过唐提督、锦道台，锦处入谈。还，昭吉来送银化火药，功力甚猛，响亦震厉。芝生复来，言李小荃母丧。监院来，言陈伯双母丧及修志事。余告以志书非今所急，宜且缓之。夜看唐诗三本。早寝。

十五日　晴。晨呼舁夫，将游丹景山看牡丹。未出点名，但出题二道。饭后出西门二十里至洞子口，十五里过从义桥，皆骑行。又十里，舁行过龙桥。川水甚壮，水桐花盛开。小雨，骑行五里，稍避待雨过，八里至新繁。看东湖亭廊甚卑，结构胜于杜祠，欲止宿，不可。方装回间，见一拥肿官人，云是周令，亟避出。入店看《韩诗外传》二卷，皆抄集传记，似非原书也。以华、反乘埵为善其"平己"，盖误解"平己"为平情，尤为臆说。

十六日　阴。卯正舁行十八里，谒清白江，因赵清献得名。骑行二十五里至县，入南门，学宫正当门内。循东巷北出，过九峰书院及诸民宅，均甚清整。出北门，有浮图及一大庙，亦正当门。又行四五里早饭，已午初矣。道泥多石，骑舁均不能驰，二十里过龙凤场，望诸山丹绿斑驳，可七八里至关口，路人皆云不得至山。复小憩，令昇夫小食，从左行入山，磴道清幽，竹柏真秀，步步入胜，逶迤峻广，可通昇马，数百步辄有亭馆可憩。凡有九寺，中岭为净水池，入啜茗，复数憩，多步行，至多宝寺，山最高处也。僧徒延坐东寮，上下俱有牡丹台，可四十余本。僧光玺云有二本是唐时旧窠，从石缝出，才高七八尺，余皆后植也。壁间题联云：陆放翁言蜀中牡丹以此山为最，有元红、欧碧。窗外杂树青葱，子规夜叫，小雨间作，尘心静爽，较京师西山为胜。壁间又有毓庆诗，注云：以彩霞、朝天紫为最上品。又云：彭州守朱绰献杨氏园花十六于宋景文。此寺花为金头陀所植，未详唐何代也。

　　十七日　晨雾为雨，意欲待晴看花开乃去，因留一日。与光僧登盘陀石，旁有黄土书"老君堂"三字，云张三峰①所书也。饭后复下，至□师楼上廊，有杨升庵诗二首，殊草草，亦非手书，乃蜀王门客所书刻者。便出纸索书，为撰一联。山中昼永看花久；树外天空任鸟飞。又题五韵。清溪界两嶂，千级上云门。土石润丹黛，竹柏挺清真。春游弃尘想，晓梦接霞暾。朱花世外绮，艳若灵妃鬟。桃源非旷观，华谷或仙邻。及论牡丹显晦事云：牡丹始重于唐开元间，故杜子美在蜀绝无题咏，其时风气所开，未被僻远也。至李义山游西川，集中牡丹诗颇多。北宋初，彭州朱牧遂品第十种以抗洛谱，陆务观乃以彭花为蜀中之冠，自此名播海内，而丹景遗植，传云自唐，访牡丹者宜以此为贵矣。顾近代游客贵官率鲜优暇，寺内流传及所闻名人篇什殊少，一卉虽微，随世升降有如此者。余因陈怀庭浙东书来劝游，遂至山寮，留宿乃去。以咏此花，宜作近体，余集所

————————

① "峰"，疑当作"丰"。

不载，爰作玉台体，使附于芍药、蔷薇之后。娟娟压槛红，曾见玉台中。探春伴霞绮，种玉许云笼。敷华各腴丽，含香共露风。罗纨比叶重，朱粉映肤融。喧晴百种鸟，采雾一丛蜂。偏临永嘉水，未入上林宫。不辞名晚出，应惜宠迟逢。若遇神光艳，谁希世俗容。夜月，梦与曾涤丈论时事及家事，有悲切之言，颇近释书。既觉，念其不经，然生感悟，裴回申旦。

十八日　未明闻雨，晏起待霁，乃潇潇竟日。看焦竑所序李贽选《东坡集》十三卷及附录三卷，殊不解其去取，但不选一诗为异耳。苏以程正叔为奸，可谓纵恣，则其平生悟入语皆狂慧也。正叔、东坡俱世俗中人，末学肤受，亦何至深诋乃尔。彼尚与章惇游，岂不能容正叔？吾以此疑其心术矣，盖求宠于司光而妒生也。古来文士无此披昌，虽家雾亦不至此。盖枭韩、富之首可也，以之为奸不可也。枭之者以行吾法，诋之者以要吾利，此论家船山未之及。

十九日　阴。卯初起，辰初乃行，从山后下，迤逦不峻，较前山稍远耳。可八里得平地，又十二里至桂花场，崇宁地。骑行五里过丰乐场，八里息一农家庄门，已入灌县地。十二里舁至蒲村，复骑行四五里，遇雨欲稍休，无店避雨，因急行，忘路之远近。见一照壁，以为市镇，及至乃见城垣，知已至灌县矣。道中唯彭县地种罂粟者颇多，余多种麦豆者。入灌北门，问二廊①庙，或指令西，乃入城隍庙，依山，亭阁颇壮。折出南门，至伏龙观，未入，即访人字堤所在。初以为堤如"人"字也，至则无见，唯竹篓盛鹅卵石，殆数万，累以为洲。从竹篾上行，见四五人在江边，顷之有来问讯者，云双姓，曾相见。遣约来谈，初不相识，自言曾任巴令，今在此，乃知水利同知也。同行石上，至分水处，

———————

① "廊"，应为"郎"之讹。

所谓鱼觜者如伏龟，以界江流，前亦列竹篓，又前以木马直树江中，谓之马槎。此江无洲，全以人力累石分江，必不能分水，所谓内四外六者谬言耳。索桥亦仍下脚，所以用竹索者，备水潭木冲石，亦非意中索桥也。同知引余还，至前下马处指示人字堤，则全非堤，乃石篓排，分九排，依地形作圆曲如"人"字。又指离堆在内，如淫豫石，或云凿断连山，必无此巨功，亦谬言也。见堤上告示，乃知同知庄姓，非双姓。与入伏龙观，道士出谒，坐谈久之。呼舁来，入南门，至东门店中，询知庄名裕筠字子佩。竟日未食，办炖蕨芥蔬汤，食甚饱。庄送菜至，辞之。约明日晨饭，诺之。访天彭阙，因至丹景山。尘喧入山静，磴道横烟没。盘桓上风霄，坦步幽情发。兹山无旷览，双嶂蒙椒樾。栖灵接馆宇，悦性便休歇。重阁累松门，东寮息钟偈。轩窗俯乔木，砌草笼霄月。观于树外影，始见人世阔。托身既已高，诸物复自绝。亦有空谷花，谁云邈冰雪。山农善春耕，聊与分薇蕨。

廿日　阴。土人云灌无一日晴，以雪山阴气胜也。巳初舁人始饭，旋舁至城隍祠侧，循山道出西门，陂陀上下可二里。庄同知待于丁公生祠，遣约入小坐，王介卿亦先在。余云生祠干例禁，他日言官列款，复是一过，以为丁公当辞之。旋同步上山，约百余级。二郎有三说，一云孟昶，即挟弹张仙，后分为文昌及水神者。一云玉皇外甥。一云周初仙人杨戬。皆不经之谈。何蝯丈曾奏更正，从。后传以为李冰之子，亦不经也。朝议以为三目瑰象，严事已久，不可更正。今乃塑为美少年，而幔掩其怪象，他日遂成一臆造正典，反不如玉皇外甥之古雅矣。设席江楼，谈两时许。未正乃行，误以为未午，从容放马，十里过新场，大市也。又二十里崇义铺，十里德安铺，亦大市。日已昏黑，将宿，不能容人。然烛行五里，宿两路口，庭有山矾，余香犹烈。出门七日，始得见星。

廿一日　寅初起，卯正见日，行十七里，饭于郫城，余但食煎馈。行十里至一市场，未问名，又二十里至犀浦。骑行十余里入西门，循城西行，北折过将军牙门，出小南门还院。看家信毕，绥子新妇邝氏出拜，年二十许，高不过十许岁人。见新到院张生诚及院生入者六人，夜入者四人，余皆堂见。抄唐诗半页。

廿二日　晴。枌、茇倍书毕，昇出唁陈伯双，见其居丧有礼，当为赞诏。而副统托克湍初未相见，因往访之。甚热，亟还，小愒。穆芸阁来。穈公旋来，泛论治体，又言当荐我主国学，余云此盛时之事，方今多难，不宜及此。且左相新柄用，人必疑公受其请托，必不可也。穈公亦以为然。晡后书陈母挽联。天留晚福慰冰霜，看贤母名高，江汉双珠光海内；东望沙羡惨云气，恨使车行远，倭迟四骆下邛山。夜抄《诗》一页。雷电大雨。改院生所作陈谋。

廿三日　阴晴，复凉。辰饭后即至学署，陪吊客，坐至未正乃还。诸贵官唯将军不至。夜抄《诗》半页。发家书，并复陈芳畹书，寄银二十银，实未交也。

廿四日　晴。湖北秀才周小棠主簿、陈鸿恩来。此次游还，遂忘抄经，偶坐悟及之，写《周官》一页，抄唐诗一页，阅京报，刘云生劾李鸿章帝制①。

廿五日　晴。将泛江，令收拾坐船，篷破未换，又值烈日，意不欲往，遂止。抄唐诗，七律选毕。抄《周官》一页。得简堂书，颇有投闲之叹。比日重阅雍正诸臣折奏，知当时无一人材，又以知满、汉积习，出人意外。世宗廓清之功甚伟，开乾、嘉以后风气，始争濯磨而希古矣。袁枚力诋田文镜，以所奏事观之，

① "帝制"为"帝制自为"之省。刘云生即刘锡鸿。事详郭嵩焘光绪七年三月十三日日记。

其言王士俊事殊不实。申后出城，送陈伯双，戌还。

廿六日　晴。竟日阅课卷，间授两女读，阅卷不及六十本，频辍乃毕。题问作诗神思，中题者甚少，然大抵皆成格，词章课卷三年中最盛者也。邓生有二句极佳，而不能发明，特为圈出，不知诸生能悟否。

廿八日　晴。新皋移入署，崧、唐各还其居，于世法皆当早往致贺者，久延未往，今仍懒出。写扇三柄。陈佗、彭胡来，久坐甚困，偷眠半时许，佗乃去矣。彭从盐局罢归，假榻西斋。张姜来借银，唐穉云亦来借银，茋女惊怪，以为不可许。本不欲许，以唐猝丧子，宜救其急，并张皆假与之。小儿五六岁便知世情，可怪也。

廿九日　晴。艾通判来，致刘景韩书。曾心泉、杨绍曾并来久谈。抄《周官》、唐诗各一页。

四　月

四月壬辰朔　晨出点名较早，有五六人迟到。昨令斋长拟题，竟未传知，恐急不能周思，仍自出题。饭后湖北萧、陈来，萧言轻肆，余面驳之，陈为皇悚，乃徐自解，仍泛谈而去。抄《周官》一页，三辍笔，几不能成，亦可慨也。抄唐诗，意亦不相属，殊无朝澈之效。

二日　晴热。抄唐诗未半页，早倦，少愒。翰仙、芝阁、惺士、周小棠来，遂尽一日。中间停客视茋女写读，为妢女倍书半本，看课卷数页，已无暇更及他事矣。夜提督送报，闻慈安太后上宾。妢女正讲书，因停讲。考《丧礼》，《会典》殊略，并无衣冠带履之制。臣于朝廷当畿内之士，君母服齐衰三月，君则当服斩。依郑注与畿内民同，则亦服君齐衰三月。既被聘为院长，不得与民同，似当从教官服君斩，君母无重轻也。

三日　晴。抄《周官》、唐诗。城中官举哀。案礼，齐衰当二日不食，三月之丧一再不食可也。早食粥以寄意。《记》曰：言语饮食衎尔。以外制者也。

四日　晴。抄《周官》、唐诗各一页。诸女课早毕，尚未夕食，甚饥，且觉昼日过长，及食又不能饱。当往吊唐次云，因循不可再缓，强骑而往，不遇。过惺士久谈。还，电起西南，迎雨而行，至门雨大至，迟一瞬则沾衣矣。夜卧甚沉重，似有疾者。连庆远希白。奇书物，欲与找约为兄弟，生平无此要期，武人慕文，不可拂其意，当诺之。

五日　晴。晨起果疾，不知从何得也，且甚困惫。作书复少泉，再论御夷事，欲存此说，以待后之知音耳。得陈仲英书，云前寄书未达，事如隔世，张丈亦久物化矣。书云宫中廷臣俱有忧疑，似不满于左季者。

六日　昨夜大雨。晨起未食，舁往瑄丞宅，为之作主。迎风甚寒，不能待客，遂还。困卧终日，夜尤惫，六云徘徊往来，强起解衣。

七日　仍寒。小愈，写《周官》、唐诗各一页，扇五柄。作书与筠仙、简堂，并发家书。

八日　阴。役人俱病，而余大愈。抄《周官》、唐诗各一页。看课卷十余本。孙公符夜来，将假馆焉，谈至三更去。是日己亥，立夏。

九日　晴。抄《周官》、唐诗各一页。始食枇杷，见萤火。宫中蓝印止于昨日，以非典礼，致书穉公及崧锡侯告之。公符夜来，云鄂生允借千金留馆书局。是夜丑正地震。

十日　阴晴。抄唐诗、《周官》各一页。松翁书来，问成服事，复言书院无成服礼。穉公引匡鹤泉为例，彼革职大员例不成服，不可仿也。午后公符移来。以司道引例多谬，步至督府，于方葆卿斋中与穉公谈礼仪事宜。晚还，已过夕食，当出讲书，诸生问十余条。寻《春秋》嫡妾起文皆历历可据，不觉惊怖，圣人之精义入神如此，又有望洋之叹矣。

十一日　昨夜大风，复寒，有雨。从帽顶假银四百节前已还。发火食，兼还天成、洪胜各百金。抄《周官》、唐诗各一页。得叔平谬书，及莫总兵、周筠连、贺丹棱到任书。彭仆吹烟，令移避静僻地，子和遂遣之去。宋月卿来。

十二日　阴晴。同乡吴、彭、张、陈及张门生、董文蔚来。刘琯臣内侄李姓再来。抄《周官》、唐诗各一页。纷女日课颇有阙，以余少暇也。绥子新妇移出。

十三日　晴寒。抄《周官》、唐诗各一页。阅课卷二十余本。曾、杨、罗、陈来。晡后与公符骑至机局，访翰仙、元卿，遇崇、锦两洋道，久谈无谓。颇闻诸人言游枭之龃龉，此间见似人者而怒，积习不可回也。

十四日　晴。纨女生日，放学。抄《周官》、唐诗各一页。看课卷毕。以国恤未发案，且停明日一课。见新到院生郭、徐，均未多语。李世侄文澜。来。

十五日　晴。先祖妣忌日，素食。抄《周官》、唐诗各一页。陈佗来。严泰来，言资格可委署，欲通之藩使，受庵从兄也，貌奇陋，故难于为言，与陈佗正同，此又不似人而不可喜者，宜庄生有空谷之感。

十六日　晴。抄《周官》、唐诗各一页。见杜《东屯月夜诗》，冷僻，恐人集中无此鬼语。上古之时，燔黍捭豚，污尊抔饮，其后饮血茹毛，后为醴酪，故祭礼仿之，不以亵味，以先祖所未有也。_{一献灌玉盏。}象燔黍豚，而有脾臄、黍稷、焫萧之报，其时抔饮，故荐玄酒焉。_{洗玄酒。}象茹毛血，而有毛血之瘗。其时有醴酪，故荐醴醆焉。_{再醴玉醆。}醆，夏后氏之爵也，醴酌以醆，故曰醴醆。《礼运》曰：醆斝及尸君，是谓僭。①言醴醆唯天子得用也。"玄酒在室"，言初求诸阳于室，酌玄酒也。"醴醆在户"，言荐毛血于户，酌醴也。"粢醍在堂"，言馈食实粢盛时，于堂酌缇也。_{三朝践缇。}于诸侯则荐血时酌盎，而馈食酌酒，天子之礼荐血酌醴，馈食酌缇，不用盎也。_{尸入馂鬼余，酳尸。}荐血时而王后献醴，献醴时而天子荐炙，此炙即燎所熟之肝脬也。_{四献祝。}炙者肝之专名，一荐一献是曰交献，夫妇亲之，谓合莫也。君酌牺象，夫人酌罍尊，则大飨之礼，非祭礼也。《礼器》曰"大庙之内君制祭，夫人荐盎。君割牲，夫人荐酒"，谓诸侯礼也。郑注"制祭"，谓进血脬时制肝，洗于郁鬯，以祭于室主，此所谓血毛诏于室。夫人当酌醴，避天子故酌盎，然则天子有醴无盎，诸侯有盎无醴明矣。《周礼》有明水无玄酒，《经》《记》礼多言玄酒，不言明水，此又唯天子有明水，以故无玄酒之名。诸侯以下无明水，有玄酒。玄酒、明水一物，取之异耳。周先灌，然后迎牲焫萧。灌之时以鬯，迎牲时先取脬脬，则酌醴况明水而荐焉。《记》曰"明水况齐，贵新也"，又曰"醆酒况于清"，清谓水也。又曰"犹明清与醆酒"，盖明水亦谓之明清。又曰"祭齐加明水"，祭齐者，祝也。上言祭黍稷加肺，然后言祭齐，则祭黍稷谓燎黍稷也。诸经不言加肺，此言加肺，盖虞升首，夏升心，殷升肝，周升肺，《周礼》则升首法虞，炙肝法殷，燔肺，自用其法也。晚过锦江院。

①《礼运》原文作："醆斝及尸君，非礼也。是谓僭君。"

十七日　晴。杂客相继来，殊不得息，乘间课读。抄《周官》、唐诗各一页。得家书及瞿子久谢书。看《管子》四篇。

十八日　晴。闻莫营有人还湘，作家书，并改健郎所复官府通套信稿。幸无客至，课读、抄书如额。午饥，待食方急，方设而锦、黄并至，竟不能见。锦去霓留，饭后少谈出，步至三槐，答访罗质庵。雨，异还。

十九日　雨阴。抄《周官》、唐诗各一页。说《周官》四酌，谓临时和齐之，"郁齐献酌"，所谓"汁献涚醆酒"，"醴齐缩酌①"，此天子郊旅，大飨宗庙，故居第一。所谓"明水涚齐"，"醆酒涚于清"也，此天子祭宗庙之酌，故居第二。"盎齐涚酌"，此诸侯祭宗庙之礼，故第三。"凡酒脩酌"，"凡"谓不用齐者"脩酌"；所谓脩爵，"脩"，进也，直进酌之，无涚汁裸盛罍。春鸡、夏鸟、秋斝、冬黄、追虎、朝蜼，是谓六彝。齐实于尊，室中献著，大堂上象、壶、山各以时配，谓之六尊。堂下又有二罍盛酒，共为八尊。凡献酒皆清酒也。三酒：一曰事酒，所谓"无酒酤我"，因事造之，一宿而成者。二曰昔酒，所谓"旧醳之酒"，藏以和齐者，此与清酒不并陈。事酒，宾客燕私所田。昔酒，酒人存贮。唯清酒供实尊，而云五齐三酒，以实八尊，盖统言之。得敫金甫书。

廿日　阴雨。抄《周官》一页。看王先谦所抄乾隆上谕十二本，自夜至鸡鸣，计照字五六十万。未抄唐诗，以选检颇烦也。

---

① 按《周官》"四酌"，见《周礼·春官宗伯·司彝》，为"郁齐献酌，醴齐缩酌，盎齐涚酌，凡酒脩酌"，湘绮在此多用《礼记·郊特牲》以释《周礼》，"汁献涚醆酒""明水涚齐""醆酒涚于清"皆《郊特牲》文。据此，此"醴齐缩酌"四字当在"故居第一"之后，方与分释四酌符合，否则，所谓"故居第二"无所主。

戌初出讲书，殊无发明。王生纬堂问古宫室制，余谢未曾考也。

廿一日　阴雨。抄唐诗、《周官》。看乾隆谕，专论金川事，其时法严，而诸臣愈贪恣愚蒙，不知何以至此。

廿二日　阴雨。抄《周官》、唐诗各一页。更定日课，定丰儿出理书局，自教三女，分时授学。竟日无暇晷，至夜间欲更有作，已觉倦矣。

廿三日　阴雨，复寒。抄书授读，仅能毕功，恐不足以持久，以太劳也。看乾隆抄，不足嗣《东华录》，其时事太少，未知由刊削过半，抑断烂无征耶？

廿四日　阴雨。抄书、课读如额。三女似尚优暇，稍有条理。总计书院支用数目亦颇清晰，所职庶几小治，但欲撰述，则心杂不能入矣，道家所谓为形役者。

廿五日　雨。抄书、课读如额，写扇屏各一事，殊草草不成字。看课卷三本。

廿六日　晴，阴凉。抄书课读，竟日不得休。改吴生子才课卷数处。杂客数人来。

廿七日　晴。卯起，欲看课卷，适已会食，饭后课读不得毕。广东黄生来，执贽。其兄巡检字翼丞同来，尚有乡音，如听异乐，难得而可贵也。此处候补者纯蜀土音，殊令人笑恨。得熊邛州书，送琯丞赙四十金，亦云慷慨。黄豪伯书来，讲《禹贡》，纯乎宋后见识，不足与辨。然其言亦切中所蔽，当小改削，使其在南书房，则吾书危矣。复片但引咎谢过，近乎拒谏者。抄《周官》、唐诗，凡五六起乃毕。帉女讲《内则》"鹦"即黄雀，云今书院有之，土人呼为老雇雀。《尔雅》"老雇雀，鹦古称"，今存，非至蜀不知也。

廿八日　晴凉。抄《周官》、唐诗各一页。诸女方有工效，六云以缠足困茷女，余觉其意，令帉为敷衍。六云必欲干预，余以欺小儿令言不信，怒责之。六云答语纯似其女君诤语，余盛怒，因罢业，纵之娭游，欲窘之。此自不合谊术，然行法贵信，齐家之政也。庄生有云"彼且为婴儿，吾亦与之为婴儿"。小废数日课，以申一人之令，其所谓枉尺直寻者，不然小人得意，将窃魁柄矣。铺后出吊蒋一，菊人之子，孝子已出游矣。罗飞吾暴死，往视之，便过芝生，遇公符，将雨驰还。

廿九日　阴晴。看课卷，抄书如额。帉女乘间称疾，半日不事。帽顶来。

三十日　雨。抄《周官》、唐诗各一页。帉女为茷授书，亦颇似师生，但不能教字耳。夜雨达旦。

五　月

五月壬戌朔　阴晴。今日日食，不及一分。两县来，传遗诰入城，期以午正毕集。率丰儿至松翁处，同出北门，待两时许，督部始至，序班不分官绅，以四书院在司道次，至会府又升于司道前，而皆以余领班，非典也。奉遗诰已脱白，便不举哀奉临，直由总督授布政使，布政使授藩经历，尚是斟酌合礼。申正乃还。罗飞吾子又暴死，余向持命有长短之说，由今观之，不能不信病能死人矣。古人所以云医能使生者不死，殆有其理，则与余说刺谬。今早出堂点名，旋又出城，甚倦，未能抄书，仅写扇二柄。夜早寝。

二日　晴。朝食后往督府拜丁贡士，不见，见穆、孙、张、陈及穉公而还。同乡者求差七人，皆为交名于督部，稍偿宿诺。王成都、穉公父子皆来。看课卷，未及抄书。

　　三日　晴热。始绤。游臬使擢京尹，鹿滋轩移蜀臬。锦芝生来。盐道垫发经费银，监院往来蹀躞，半日始定。看课卷，未及余事。王巡检送花六盆。

　　四日　晴热。见调院生一人。看课卷毕，夜定等第。唐提督，徐、张两道台来。芝生权成绵道。怡山欲得教案局。司道送节礼，以国恤未受。

　　五日　晴。午节不贺，客来者仍相继。刘栋材每节庆必来，未少答之，殊阙于礼。午后延三客，绂子饮酒，丰儿病不与。酉散将雨，戌正雨大至，西南风急，窗砌尽淋沥，流潦纵横。夜与诸生小食，余言宜设果酪。邓伯山斋长从俗呼以饼饵为果子，费四千而不可食。杏粥，余令内造，尚酥醇耳。

　　六日　阴晴，颇凉。乡令四人来。出贺游京尹、崇署臬、锦署道，便诣督府，为张怡山求洋局，过崧盐茶，悉答诸客，不见一人，小食提督署中而还。询诸女，初未读，亦姑任之。

　　七日　晨雨，至午始霁。抄《周官》一页，略理女课，见杂客数人。督报朱肯甫放四川学政。

　　八日　晴。为公符治具招客醵钱，同乡六人来，言成都邹令将罗致诸人以朋淫之罪。罗星士，崇、锦二道台，王年侄来。穆芝阁、李和合、唐次云、傅游击来会食，公符作陪，健郎入督府，诸女亦往。公符随人为臬署捉去，以违制剃发也。杨春、朱月来，皆剃发，余因随人不遵制，皆令藏过数日，遂无使令。

　　九日　晴。帉女未归，略理滋、茷课。抄《周官》二页。朱月卿来，言张凯嵩以五品权京兆，疑有奥援。东抚周乞告，盖以冰山既倒，不自安也。夜月甚明，多话少睡。

　　十日　晴。多睡少事。抄《周官》二页。马道台来。游京兆不辞而去，亦未往送。其残客颇来，或见或辞。暮出堂会讲。

十一日　晴。晨抄《周官》一页。疑"四时祭祀服屡"独言"四时"，初欲解为月令四时服，后又改为四亲庙先王先公之异。程立翁米。访公符，至书局会之。《天官》抄毕。六云诸女均出，独守正室，竟日未出。

十二日　晴。饭后出访六客，见马、唐、罗而还。有人自称"愚弟张旭升"，出见之，则提标中军，一游滑老兵耳。孙伯玛来，杨嗣侯、崧盐道继至，遂尽一日，殊不得理正事。夜月甚佳，据胡床咏诗，有凄怆之音。得常晴生书，复连子书。

十三日　晴阴。先祖考忌日，素食深居。彭隽五来，黄翰翁处之客寓，逾宿来见，门者以家忌辞，使作客者顿不得计，顷之丰儿引入，余亟命仆马迎致其襆被，使居健郎故舍，因此房不留客，取吉祥也。左郎兴育亦早逃至蓬溪，今日犹不至，殊为可讶。彼在张楚珩处诈称吾大子，惜不得隽不疑引《春秋》一治之。督报岑、勒二抚对调。

十四日　晴。马道台来，言卅政。与书督府，论不可私采。穋公复职，崧锡侯往贺，不见，还过我，匆匆谈。阅课卷一日未毕，时作时辍。杂客来，不计名也。抄《周官》一页，《大司徒》起。隽五移来。

十五日　卯出堂点名。朝食后看课卷。客来终日，不记名姓，但搅我功课，不得毕耳，晡后乃竟。松筠来，待发案至暮，犹未写毕。抄《周官》一页。

十六日　晴热。穋公来久谈，言鹿都匀守城，已往解围，后一月卒失守。因叹天下事似此徒劳无益者多，忠臣义士喋血争一日之命，不旋踵而风月清朗，山川肃然，良可悲也。滋女读《小雅》、芟《尔雅上》均毕。抄《周官》一页。夜风凉。芝生来。

十七日　骤寒，急着绵袍。作家书，记载新闻。左郎、胡子威先后到，院中顿增至二十七人，可为极盛。抄《周官》一页，复朵翁书。

十八日　阴。抄《周官》一页。命舁将出，圉人言营兵争草地，鞭吾从马且縶之，怂惠阳春请拘治。余云此必重有冤抑激而为此，俟马死乃问所以然可也。出诣马伯楷言廿事。答贺署臬崇、署道锦，至提督署便饭，公符及督府幕客均先在。闻若农恶耗。昨得家信，闻怀庭丧，心若中杵，今又闻此，与皞臣而三，人生能几遭此哀，乃集于半岁之内。潓怫无酬酢之意，匆匆罢饮而还。

十九日　阴晴。抄《周官》、唐诗各一页。为三女理课。夜讲《玉藻》，改郑说深衣三袪为要中者，更为出手长短，下缝齐，倍要则不相承，似文理稍顺。调院丹生来见。

廿日　阴雨。抄《周官》、唐诗各一页。杂客数人来见。黄霓生言陈老张可缓掣任，欲余往说之。余以是非当分，不欲请托也。陈佗来，言锦道台已相见，可以得馆。余辞未之见。饷后出讲堂，传新到六人讲词章，殊无所解，唯九茎蒲生借唐诗一本而去。夕听份女诵诗，声调清美。看昨日"深衣"新说，殊可不必。唯"黼裘"说似尚佳。

廿一日　晴。抄《周官》、唐诗各一页。二女课早毕，闲思龙、陈交谊，欲各作一诗寄哀，心殊冗懒。

廿二日　晴。抄《周官》、唐诗各一页。饷后出答访贺雨亭、恒镇如，过机局莲池看荷。

廿三日　晴热。抄《周官》一页。彭隽五论邦国宜属圻内，此旧注所未详，似甚确当，属其为表勘之。夜雨。

廿四日　骤寒。抄《周官》一页。书严生扇一柄。检旧作三十岁以前诗，甚清秀，殊苦无骨，彼时不觉其羸，若止于此，尚不能为学古，益知成章之不易。夜风振窗，侧室闭窗风反急，余寝室开窗风反小。三更后还寝，安眠。

廿五日　丙戌，夏至。阴寒。抄《周官》一页。陈州高进士即用分四川来见。复见杂客数人。二女课早毕。比日教学颇暇，复陈老张书。严受庵族侄贫无食，令居院中抄书。

廿六日　阴寒，仍着绵。看课卷四十余本。多与诸生谈艺。看粉女作篆，滋、茞课稍疏，点缀而已。陈佗来。唐六少来，言岳生事。

廿七日　晴，仍寒。看课卷毕，此次不佳者颇少，院生皆列正取，罕有之事也。午出未果，饭后乃出，吊许银槎，曾延余一饭，似有年谊，往闻哭声甚悲，询知其无儿女家产，孑存一妻，舁中作联挽之。薄宦更无儿，八千里丹旐空归，不如休折当年桂；名场兼仕路，六十年浮云饱看，剩欲归依净土莲。答访高、李，便过督府看健郎，与稺公少谈而归。左相新议加洋药税，兴畿辅水利，通饬博议。

廿八日　晴。晨夹衫觉寒，饭后易绵袄，已感寒矣。自夏至前后，体常微冷，虽身宁事静，而乖于处心掩身之意，故一刻去衣即将疾也，乃终日绵衣以矫之。抄《周官》一页，补前一页。《唐诗选》早成，欲补删前选二本，不在案头，姑置之。

廿九日　晴凉。疾未甚剧。抄《周官》一页。稍理女课。得家书。辛眉书言己讼事对簿，而雍然有三代之风，迂哉！真儒所谓"臣罪当诛，天王圣明"者非耶？复改抄诗为点书。

六 月

六月辛卯朔　晴。晨出点名。抄《周官》一页。点《元史》，检架上唯残第二函，聊记日课，不必从头起也。得运仪书，其门生黄进士即用来带致者。点《元史·礼仪志》一卷。

二日　晴。疾未大愈，仍衣绵。抄《周官》半页。点《元史》数页。午骑出城，至张馥生家，圉人直呼之为公馆，盖以监院时惯役故习属之。酉阳陈生兄弟来。始查账，又得二百金亏空，当我弥补者，余用财真复汗漫。张家遇陈、乔二京官，少谈，赴草堂竹斋陪孙编修饮，贺雨亭、覃荫堂为主人，宋月卿为客，向暮散，驰还，未上镫也。

三日　晴，始热。黄霓生来。抄《周官》一页。点《元史·选举志》数页。今日章程率因元旧。穉公书来，云新修梅庵落成，约往闲谈。饭后往，则公符先至，方言靴带之苦，而藩使来见，白事颇久。与穆孙、罗质庵遍行院中诸舍，晚至梅庵，旧名皇姑院，云琦静庵母，宗室女，居此。或云前督某子妇，非琦母也，于礼近之，盖督母不宜别居耳。席间未论政事，颇为闲雅，还已锁门矣。

四日　晴，热蒸竟日。抄《周官》一页。姚、黄二令来。严树森之子来见，谢之。其从子即雁峰山樵也，亲为介绍，与谈数语，但觉其浮动不安，余亦为之摇摇，因与诸生言蜀士无威仪，公子尤甚。其意欲求作父碑，亦山樵主使，余以严不善湘人，又无显绩，辞以当属敖金甫，山樵意似怏怏。夜大雨。

五日　阴。复寒，着绵。抄《周官》一页。点《元史》。与孙太史论史书作《舆服志》最难，司马前辈所未有，因叹《考工记》之神妙，若仿此记以作《礼志》，合以《史记》，所有文章大备矣。适岳生以扇索书，即衍此意书与之。

六日　晴。钱徐山、宋月卿、芮少海、李煦、黄翰仙相继来，至未正乃散。孙太史犹未起。两监院亦来，言锦江书院事。余欲延松翁居尊经，而以锦席与申夫，庶几宽猛相济。薛丹庭言申夫亦不能整饬，徒滋扰耳，此语近理。以翠喜验之，申夫非明察者，其议遂罢。抄《周官》一页。点《元史》九页。此书必不能多看，每日以九页计日而已，多看伤神，与开卷有益之说相对为义。

七日　阴热。恒镇如、萧子厚、楚东亮来。崇纲昨课锦江院，诸生多夜作，今日殊无精神。抄《周官》，点《元史》。

八日　晴热。熊邛州送茶及薏苡为消暑饮子。今年尚未巡斋舍，饭后往视，诸生及院外同居者七十五人，皆整饬，无一放诞者。高吉士选大宁，不能其职，调省，来。杨典史初禀到，亦来见。此间官场乱钻门路，遂令人有设门房受手本之意，致敬尽礼而接之。芝阁、仁哉来。抄《周官》一页，《考工》一页。饷后答访高、孙、林、黄进士、卢举人，投暮还。夜雨，点《元史》。

九日　阴。早寒，午后热。抄《周官》《考工》各一页。考五世则迁之小宗，为天子、诸侯之特制，大夫、士所无，此礼久芜泪，说悉不懬，今乃始得安帖。先郑读"瓴"为甫始之"甫"，后郑改为放于此之"放"，实一义也。方、夫双声，"放于此"亦可读为"甫于此"。"貉逾汶"一作"猿逾汶"，二兽皆未见其死。闻孙太史将为其弟买婢，殊失兄友之义，又令外传书院中国丧买妾，虽方子箴不在，此义不可也。又令外人言吾子侄诳人以非道。召绶子来告晓之。稺公送大理石屏二方。

十日　阴。曾、杨来，言成都拐案。其母讼县令长随之子，挟嫌文致邹万县，自为匿名书，并欲中伤芮、张师耶，以间执人言。琐琐情状而为首令，天下无此坏法乱纪之国也。然曾、杨亦挟伎饮博者，又不知其言信否。陈庶吉及诸生来谈，自朝至晡始散，已甚倦矣，而又荒女课。抄《周官》《考工》各一页。点《元史》，乃出讲书。王苇堂问北堂房中之说。余欲以房中为两房之中，而于主妇立盥诸节似不相合。黄书田问：士练带，何以冠设缁带？昔所未详。王少耶送夜来香二盆、貌子二尾。"貌"今书作"猫"，以为即"苗"字。余以苗为野狸，而欲以貌为狸奴。盖貌之为言，取其形相类，与象同义。今日庚子。

十一日　晴。抄《地官》《考工》各一页。点《元史》九页。午将出拜客，适倦，因循餔食而后出。李材官招陪孙公符，已速客矣。其人起自傔从，以与道府来往惯，俨然岳牧之仪。公符欲取其贿，以余为媒，故勉强往会。云南李编修肇南主其家，穆、李二师亦先在，余意甚不发舒，如程伊川之赴伎席也。夜还，大雨。

十二日　壬寅，小暑。阴。李邛州来访，其人亦傔从也，欲观其器宇，故见之，殊不似邹万县有门笅之便习。蜀中似此政事，令人私愤。抄《地官》《考工》，点《元史》如额。得家书。

十三日　晴。抄书、点史如额。未餔，松翁招陪公符。公符私出娉妾，待至暮未至，余先往询，知无一客，特设以款年侄者。上镫乃食，乘月还，夜坐颇久。

十四日　晴。抄经二页。得家书及蓬海书。连日为公符事每有新闻，不胜笑叹。每思阿戎言"卿辈意亦复易败"，又爽然自失也。夜要胡、彭、彭胡坐月。

十五日　出堂点名，出小赋题一、诗一，聊应故事。看前课卷，未抄书，薄暮出书局少坐，夜与诸女看月。

十六日　晴，始热。看课卷，亦未抄书。昨有诉阳春者，牵及戴生子和，余置不问，但斥阳春不复用，以为得处事之法。今日船上有人来，请点检，有二桌四杌未见，遣取之，乃在绳子家。方知用一细人，鬼蜮不少，不知外间更作何弊。益知本家子弟当绝远，不使至他处，至则葛藤多矣。唐六少、萧铭寿来，留六少便饭而去。

十七日　阴热。看课卷。熊恕臣来，言邛州解款为藩吏亏空事。公符来，始言绳子鱼肉良懦之状。宁云若问：母为长子削杖，凡长子耶？適长子耶？答曰：庶子。父不为长子斩，则母宜亦不为长子三年。今着削杖，欲着母，不降其子，母以亲也，与姜子妇为皇姑杖同。抄《周官》一页。锦道台暮来，雨至，留坐纳凉，笼镫去。东门火，雨风并作，火势愈炽，自戌至子。绳来，怒骂且批之，叱使去。夜凉早眠。以未至丑为早。

十八日　阴晴，蒸暑。看赋卷未数本，纷女遣唤服石。人送熊豹、刺猬、四角羊来。唯四角羊似是伪作，豹则劣于泥，非真豹也。抄《周官》一页，作家书及唷龙二书，与非女一纸。

744

十九日　晴，始热。蔡研农来，欲督部自检举原参，而免其出口，谆谆以生还为托。其愚可悯，其求亦可怪，岂以余能主章奏事乎？势不可却，唯唯听之。初浴出而逢此恶宾，汗湿重衣。退看课卷，公符复衣冠来告行，未去，王委员来，禀知孙大人娶妾事，纷纭过午。急令设食毕，高枕西阶，谢客不通。《玉藻》士练带，《礼经》唯有缁带。《玉藻》言士佩，《礼经》无佩。此天子诸侯之异。许慎说佩，大带佩也。是余带无佩之证。郑以大带、杂带为一，似非。院生说大带四寸，杂带二寸。又为孙生改桓、僖灾以证从祀之文，竟日未及余事。子女亦皆放学，丰、纷俱出城看荷花，夜定课卷等第至丑。

廿日　庚子，初伏，斗热。晨发案后出，答访陈总兵、蔡前道、黄机宪，闻黎、曾迁转，知崧锡侯兄升直藩，便过贺。入见崇、锦二道，俱说陈立公鬼话而还。酉初将为纷女讲书，始忆当出会讲。集诸生，泛论唐、汉、六朝文格，王、张宗礼。两生颇有论难。公符辞行。

廿一日　晴热。光旭孝廉送白莲，召书办来，令辞之。以酷暑放学罢事。黄机翁来，言绶子已革去。公符来片，索彭川东书，挥汗作二纸与之。申后微雨稍凉，骑至督府，为蔡研农乞恩，闻公符复来，驰还。丰儿言岳生嗣仪母丧，支银三十两与之。王正孺来，已觉老苍。

廿二日　晴暑。抄《周官》一页。检《考工记》不得。黄修余、蔡研农、唐泽坡来。午后久睡。

廿三日　阴暑。抄《周官》一页。子威论曾子修容，以君在不袭，故裼裘而入。余甚然之，因引裼尽饰以证，尽饰之道又得一解也。连日纷女未讲书，滋、茷课亦从减。

廿四日　晴。抄《周官》《考工》各一页。点《元史》九页。复运仪书。重理《春秋表》。

廿五日　抄《周官》《考工》各一页。点《元史》如额。方与纷讲无宗莫之宗节，伏案作字，忽若舟荡，知地又小震。彗星守钩陈不退，复地震，可谓不宁不灵也。

廿六日　晴。已有秋意，热不为酷。朝食后出，答访申主事、钱先生，吊岳生父还。艾佐官来。章孙闯入内门，诘问之，初不识其何人，已乃知之，云居旅店，欲觅馆。可谓荒唐。以其祖交至密，令移书院，聊免冻馁而已。纷女姊妹来盈门，半日不得入内，晚乃散去。健郎来，言景秋屏尚书管国学，书来索蜀刻经史。

廿七日　晴。颇有蒸暑之意，然比五日前大减矣。抄《周官》《考工》一页。说"毂"未了，余意以为轮中圈谓之毂，毂中轴蒙毂名，其实轴耳。

廿八日　阴。午雨，仍热。得家书。抄《周官》《考工》，点《元史》如额。晚间发家书第十号。中江鄙生来学讼，叩其两端而后斥去之。与书杨石泉。

廿九日　晴。抄《周官》《考工》如额。恒镇如来。与书周芋生，荐章孙往吃饭。

　　晦日　阴。夜大雨至晓。余初至即欲仿《纂诂》之作为《纂典》，改礼书纲目之例，洗马秦《通考》之陋，今始与诸生议创之。抄《周官》《考工》如额。宋月卿来，留晚饭而去。

七　月

　　七月辛酉朔　大雨，水几断道。辰出点名，诸生居城外者三人未至，城内三人未至。撰《春秋表》，竟日未遑他事。《湘军志》已全写，亦未暇作也。翻阅断烂奏谕，亦疲于明。

　　二日　雨。诸生邓、吴、陈皆告归。抄《周官》《考工》各一页。陈老张来，亦馆于书局。夜饮酒一杯，微醉早睡。

　　三日　晴。抄《周官》《考工》各一页。翻抄报，作《援蜀篇》，请薛丹庭来，略问寇始末。

　　四日　阴晴。抄《周官》《考工》各一页。作《春秋表》。张静涵、郭健郎来，久谈。林文忠孙，庚午举人，议叙知县，以其先集见贻，国史为作传颇美。钱宝鉁来，言四川土寇破一府十三县。

　　五日　晴热。抄《考工》《周官》，改《春秋表》。妾、女往周绪钦助昏。暑不可事，独居内斋。

　　六日　晴热。朝食后出，答访林孝廉、李少轩编修，欲至周宅，尚早，便过杨绍曾家，听谈夷务、经济。已至绪钦所，犹早，与钟道台、罗同知久坐，热不可忍。已而婿亲迎，钟往把杯，余独坐，陪崇、崧、锦三旗道，待女轿行，复至婿家见拜。绪钦云广西耻赘婿，虽一门必备彩舁嫁之。拜后疾还，夜身热咽焦，初不自知疾作也，睡为痰塞乃起，啮肉桂分许，还寝。

　　七日　晴。抄《周官》《考工》各一页。检《春秋公会表》。

午后大雨，雨后仍热，过绪钦宅吃喜酒，与伍、叶院长，朱、徐、钟道台会，坐半酒起先还，复感凉。诸女设瓜果乞巧，遇雨，夜深敷衍节景而已。

八日 暑热。作《湘军志·川陕篇》。诸生入问疾，又与严生久谈，殊未养息。抄《周官》《考工》各一页。蔡研农请余代求督府奏免遣戍，为致书穆云阁询之。检《盟表》。晚大雨。

九日 仍热，无雨。湿蒸不能久坐。抄《周官》《考工》各一页。抄《盟表》。郭健郎来。

十日 庚子，末伏。阴晴。谢客逃暑。云阁来，言蔡事可行。又云健郎言余数日不食，稺公当自来问。此客不可不见，诸客皆不能辞矣。卢大挑来。绪钦来谢，则辞之，稺公来，久谈，云左相十二条陈已见其三，不可行也。酉出讲书，唯张旭波多有问难。夜雨。

十一日 晨雨至午。抄《周官》《考工》各一页。作《盟表》成。撰《军志》数行。申晦，稍眠，震雷而寤，出至西斋久谈。衯女小疾未讲书，独坐看海琴杂画笺，令人思斗方名士之乐，所谓一丘一壑，自谓过之。

十二日 晴阴，始凉。撰《至日表》。王运钧自夹江来见，邹岳屏女婿也。忆旧追年，殊为怊怅。秦生来，执贽。锦、黄二道，沈炘师子，蔡前道，骆县丞，罗大使，两监院，陈鲁詹相继来。仅补抄《考工》半页，写对屏各一副，便了一日。胧月上阶，络纬幽喓，明日已入秋矣。

十三日 癸卯，立秋。雨。丰儿复入，检《春秋例表》，"至自"例奇繁。余设四十二例求之，一日而明，可谓快事。今日家中尝新，因设三席，遍请在院亲友彭、陈、左、胡、彭四、赵冬等，及孙生、陈二幼子、郭健郎会饮，酉初散。抄《周官》。

十四日　阴。抄《周官》《考工》各一页。梁山秦生、青神□生、乡晚陈从九、刘太尊来。作《诸侯卒葬表》。丰儿自谓习于例，又白许数十次推寻，拟一稿，殊不明白。因自作之，半日而成，皆有条理。跨灶殊不易言。

十五日　大雨。出点名发题毕，会食。作《春秋表》，抄《周官》《考工》各一页，作《军志》。夜见月，旋雨。

十六日　晴。出答访杂客，遍诣当涂，唯崇、唐、锦处得入，刘太守言令人昏昏欲睡。晚至柽园，沈氏诸郎设食，顾、伍两翁作陪，看文、董字，见明人《芦雁图》甚佳，惜是小册耳。归云和尚画十册，并题字，似杨息翁。乘月昇还。

十七日　晴。作《春秋表》。见郎、陈佗、王艾、孙伯玙来，坐一日，留伯玙晚饭而去。作家书十一号。

十八日　平明大风，天色赤黄，似将震电者。起捷门窗，因出小便，风吹殊不凉，还遂不睡。顷之大雨，亦未澎湃，朝食时已霁矣。秦生来，求题作文，健郎亦频请题，因与一文课，院中遂多愿与者。竟日作《春秋例表》，人事尽谢，犹时有杂客坐待。

十九日　晴，复热。作《春秋表》竟日。薄暮崇道台来。得俊臣书。

廿日　晴热。作《春秋表》，今日当毕功，断客不见。有两湘潭人坐待，周绪钦复来，皆不能不见，叙次未毕，已夕食矣，又当出讲书，乃罢。夜秉烛作之，三更乃寝。梦黄翔云示我一卷，试文八篇，八韵一首，题为"焉雨鲙破烟"诸字。余破题云"玉鲙金蒕美，东南自昔传。忽看萍破雨"云云，下未成而醒。

廿一日　晴。作《春秋表》成。丰儿佐检多劳，殊为盛业，为此竟十四年，昔日童子，能传家学，可喜也。夜作序，亦逼近周、秦人。朱肯夫已到，遗信相闻，云明日入城也。

廿二日　阴。妢女请丁、周姊妹，放学一日。补检"九旨"，作表。松翁来，约同赴周编修处晚饭。余欲诣肯夫，坐久之，闻肯夫出拜客，余觅舁夫不得，骑从宅门出，与松翁同至关祠君子堂小饮，芮少海、叶协生、罗编修子继至。孙传胪盛称周馔之美，果尚精洁。戌散，步还，小雨仍热。

廿三日　晴。朝食后出诣肯夫，久谈时事，殊非急务，坐及六七刻出，诣李培荣，过督府少谈，至机局寻翰仙，过周绪钦谈，及日昃还。半山小病。

廿四日　晴热。作《七等表》半日，暑不可奈，乃罢。偃卧前厅，遇山西干厚庵孝廉来，言热甚炎气逼人，余因以冷语冰之。北窗高谈，在羲皇以上，彼虽未服清凉散，而热念已消矣。比日均因避暑放学。

廿五日　晴热，不可出气。抄《七等表》。遇傅生久坐，意亦代求热官。消夏会中连得佳题，可为大噱。未正已热不可食。李管家来散袜，见之。夕食大热，夜正蒸闷，大雨如倾。写恶屏四张。

廿六日　晴。《春秋表》始草创讫。蔡研农、黄进士、饶榆龄、贺雨亭、沈师耶子克、宋月卿来，留月卿夕食去。今日疲于接对。

廿七日　晴热，不能事。黄翰仙、萧云槎、严泰耶来。得家书。曾昭吉来。

廿八日　晴热。马伯楷来，托辞藏差，言其家有病人。余荐医与之，闪烁不肯请，乃指天誓日以明之，可怪也。此等人拔用之，又不及丁、唐。恒镇如，秦、严两生，刘栋材来。栋材狂易，言语支吾，亦不觉其痴。看课卷竟日，殊劳于寻检。

廿九日　晴，渐凉。纨女暴疾，甚困，忧之失常。余儿女皆多病，以扰晨昏，由抚育太勤耳。近世官人不知有六亲，亦愚者之一得。唐六少来，言张叔平家事。其事多诬，而乡人好为人妒忌，遂禽其二族人以去。叔平兄妾亦来诉，未通其词而去。郭、严来。阅卷至晚始毕。

卅日　晴热。发案后，将校定《春秋表》，未及开卷，丁价藩来久谈，甫去，吴明海来，肯夫来，皆久坐，遂毕半日。丰儿治装还家，料检纷纭，一无所事。送院生名册与学使。夜雨。

闰七月

闰月朔　晨出点名发题。朝食后芮师来。丰儿启行待辞，甚躁急，客去即行，气象光昌，余颇讶之。轿马并从，均无雨备，午后大雨，送者皆沾湿而还。纨女疾犹未退，闭门居外斋半日，心似稍静。作《湘军志》二页，自撰《例表》，不复他事，将半日矣。暮为纷女讲书，未数行而罢。

二日　晴。始有凉风。抄《周官》一页，作《军志》二页。得家书，唯一安帖，见功儿寄弟诗一首，亦尚成章。纨女小愈。昨遣询丰儿《通鉴》所在，至今未还，书又故在案上。顷之人还，云昨雨并未逾三里外，丰儿故未遇雨也。

三日　晴热。作《军志》一页。出答访肯夫、价藩，便过和合、研农，时已过晡，秋旸愈烈，乃还。纨女夜不寐，搅余亦不寐，纷纭至晓。石柱再生题诗出院，余欲薄惩之，既思迁生尚未知设立书院之意，若欲诛之，必先教之，此事不可家置一喙，且宜囹圄也。

四日　晴热。和合处送《骆文忠奏稿》一部，内有误编者，盖其家唯案时月，不看年分之故。苏赓堂遂据以作碑，然则谓碑志可补史，其说殊谬。《湘军志》刻成，急须补《川陕》一篇，推寻竟日，分置日历，记事犹难明晰。此志自以纪事本末为易了，但非古法耳。热不可坐，望阴云冀其生风，亦殊不得，至夜乃渐渐而雨，夜半始凉。

五日　雨竟日。骤寒，可二袷。抄《周官》一页。作《军志》。晚至李管处会饮，松雪、鸥庸俱先在，主人草草，唯恐不散，亦不知诸君何以来也。夜寒热。

六日　晴，始凉。竟日坐内斋作《军志》，成一页耳。李宗蔚来求事。锦芝生来闲谈，赣州赌案为言官论奏，镇、道、府俱罢斥，督府议处，雪琴所案也。

七日　晴。谢客作《军志》。

八日　晴。发家书十三号。作《军志》。夜雨。

九日　大雨。舁出访肯夫久谈，其意趣尚在南城间。此事须阅历，孝达久外，而犹外行，意玉堂中人别有天授，非可骤言经济也。冯展云按部就班，肯夫称其能，故知京外有分。入督署，与刘、许、孙、穆、陈、郭谈几二时许，待督部退堂乃得出。至丁价藩处少坐，已将暮，乃还。作《川陕篇》成，唯余《议论》《兵饷》二篇，易为力矣。然苦不典实，懒考案卷故也。

十日　晴阴。抄《周官》一页。作《营制篇》，叙笔颇变化，曾涤丈言"画像必以鼻端一笔为主，于文亦然"。余文殊不然，成而后见鼻口位置之美耳，其先固从顶上说到脚底，不暇问鼻端也。八家文凭空造出，故须从鼻起。余学古人如镜取形，故无先后照应，惜其生时未论及之。暮出讲书，问者多不能猝答。纷女讲《学记》毕。

十一日　晴。始有秋光。抄《周官》一页。作《营制篇》须学《墨子》，从严生借之，未至，游行半日，见黄进士、王诚子。

于王处询厨人，荐一人至，重庆人也，与所言许兰伯旧厨人不雠。此人无实，不可信，已两试矣。

十二日　晴，午雨。抄《周官》一页，《墨子》书二页。宋钺卿来。得彭稷初、孙公符书。

十三日　晴。复煊，未热耳。抄《周官》一页，《墨》书二页。作《军志》。说野有死麕，凡死皆恶无礼者，引相鼠为证。唯"怀春"二字少见，盖怀霜履冰之对文，言和柔也。乱世女多很戾，男不唐突，则女自和温，受教于吉士矣。夜月甚明，忽然不寐，顷之又沉迷，又顷之乃复常，殆亦小病，以强不觉耳。

十四日　阴晴。抄《周官》一页。见周生卷，说"灌渝"甚佳，以"茏古"不连文，亦确有其证。程立翁来。抄《墨子》二页。张门生、陈佗亦来，坐而去。未刻遣约正孺来陪学督，设食甚劳，尚可吃耳，然亦有馊变，天气太热之故。唐六少耶以豪侈闻，所借器具乃甚粗俗不可用，信乎穿衣吃饭之难晓。

十五日　晴热。晨出点名，初出二题，至写牌时而尽更之。锦芝生来。午间校《管子》一本，十年未卒之业也。人寿命不长，不知当余许多未了之缘，可为一叹。

十六日　晴。抄《周官》一页。过马伯楷宅，与芥帆、翰仙会食。肯夫来。

十七日　晴。抄《周官》一页，作《营制篇》二页。晨出送肯夫，纨女同舁往，至门而还。申过提督署，与督府幕客及钱、徐翁会食，夜骑还。与书藩使，为老张求回任。

十八日　晴。抄《周官》一页。监院来，请刻孝达书院条规，云请范生写之。范新丧，未能也。作《军志·营制篇》成，此书遂有成日，亦奇事也。罗子秋来，云得仪仲书，程春甫病疽将死。追念前游，怅然如瘖。徐又惺来认年伯。毛吉士来。

十九日　晴。老张奉文回任，此可破政体之谬说。彼先经举贡生员公呈，告其贪酷，众反欲余关说。及察无实据，众反以为不可说。诚不知官话何理也，余皆不听，而事亦行，但不免官怪矣。抄《周官》一页。

二十日　晴，暮雨。舁出答访杂客，并吊危生，未还，甚饥，饭又未饱，竟日不事。

廿一日　雨。抄《周官》一页。与书彭鸿川、程春甫、常晴生。作筹饷篇，欲考淮盐鄂课未得，片询韩紫汀，不知也。

廿二日　抄《周官》一页。大雨竟日。得丰儿十三日巴寓来书。

廿三日　抄《周官》一页。晨雨午霁。夜寒。

廿四日　晴。抄《周官》一页。刘介和必欲入见，似是一烟客。邀马伯楷、丁芥帆、黄翰仙吃饼，申散。

廿五日　晴，夜雨。抄《周官》五页。督府幕客自午至酉陆续来。

廿六日　阴雨。卧一日未起，昨小疾，遂不食。夜留子威诸君论谗构之人别有性情，唯《青蝇》《巷伯》能尽其状。

廿七日　阴。唐稚云闯入，起与食面，并设饭。鹿滋轩按察来。稚云后去，言李仲云暴疾而终。湖南少此一人，殊不便于官士。得七月杪家书，言邹咨翁已主校经一席。夜校《管子》半卷，兼令续写成书。

廿八日　阴晴。晏起，午出答访滋轩，至机局与芥楷、和合饭，既未能食，亦无可食。晚出城，送用阶行，遇丁、唐二子。

廿九日　晴。抄《周官》十余页，《地官》毕，成二本。

八 月

八月庚申朔 秋分。正卯初时即醒，室犹未曙，复寐。辰初起，出点名，诸生早集，发题，会食，还内斋赏桂。午出外斋，方生守道坐候两时矣。其人初好宋学，故有立雪之风。与论蜀民失教，当先齐家以化俗，此匹士之责也。齐家不必精论，但以身率，在起居饮食之间。如赵宋儒者，不能齐家，只为论诚正太子细耳。今执朱晦翁而问之，曰："夫子可以为修身之士乎？"则皇然不敢当。如此安敢治人？假欲治人，仍是自欺矣。故论圣太高，是一大蔽。书院诸生以所闻行之户庭，正古太学之道。广东黄生亦与闻，未能领会也。抄《周官》一页、《考工》一页。出理杂事，闻讲堂旁有大声疾呼者，严饬之，则李康辅。鼠窜而去，殊快人意。夜方作字，岳生森来，诉其道大不容自反而忠被谤讪之意，以与平昔所论相背，复直责之。今日吉朔，而连有口舌，是可怪也。

二日 晨雨。昨夜潇潇达旦。闻薛季怀卒于家中，督部出城为发丧，遣信相闻。此近今公卿绝无之事，虽与吾例不同，要当一往以彰其美。至则马伯楷亦在，唐提督继至，余皆督府幕客也。自巳至未正乃还。入城，至唐宅便饭，马、穆同坐，酉初还。抄《周官》一页。雪琴署江督，岘庄内召，沅浦移疾。

三日 晴。茶陵周秀才之闾，客汇东所，欲就皋馆而不可得，前未来见，崇扶山遣寻黄翰仙，翰仙复令来见，殊秀拔蕴借，佳士也。遣约之来，寻以扶山已留，不至。午抄《周官》二页。说"肆献祼馈食"各为一庙，论太新创，更令诸生博考定之。贺、张同乡来，严同年亦至。鲁詹今日谢我，设内外二席，留贺为客。

六云留瑄丞夫人及其女，并请周年女为客，纷纭酬酢①，至戌乃散。茇女小疾。

四日　阴，午雨。改课文三篇，抄《周官》一页，书扇三柄。得周芊僧书。与书鹭卿、公符。

五日　阴晴。抄《周官》一页。郭健郎来，言彭芝生孝廉自云当为城隍神。又云虽入油镬，正气常申，幕府号为"油炸城隍"，今在江督幕中也。张世兄来，送文一篇，无可着笔处。作李仲云挽联。湘西船局佐中兴，岂徒绂冕云从，富贵豪贤推第一；天上屏风记名字，谁料东南宝尽，林亭丝管咽三秋。

六日　阴。出城送瑄臣丧，便诣督部，谈将去蜀。稷公云己亦将去，吾辈岂可虚拘。余云此时无当国之人，外臣仅能随波而已，若欲决去，朝廷不知其意，徒见进退之悻悻，此真事之无可如何者也。发家书十五号，并复锡九书。抄《周官》一页。阅课卷。

七日　阴。抄《周官》《考工》各一页。阅课卷。得莫总兵、周筠连、文大使书。暮邀子威、隽五至府学，观庀祭，无人典礼，远不及湖南整饬。作徐又新挽联，志和书之。八坐继家声，正看觞举颜和，寂静承欢留晚福；三年容泛爱，岂料车回腹痛，款曲论交未浃旬。张怡山来，言又新故四川府司狱。其父不为不知子，惜其好名而失实也。其弟其子皆四川知县，又增一重苦障。

八日　阴。昨夜雨，潇潇竟夜，今日竟日欲雨，殊闷闷无悰。抄《周官》半页，校《军志》五篇，入内斋稍理书课，已昏黑矣，大睡至戌始起。抄《周官》半页。讲《乐记》，补说二条。

九日　阴。原刻《春秋》，讹脱殊多，请子威校正补版。自校

① "酢"，原误为"醋"。

《军志》毕。抄《周官》一页。帽顶来。

十日　阴雨。老张去。抄《周官》二页。欲出，值骆县丞、张门生来，遂罢。院生抄《春秋表》毕，其《战伐表》令宁生补理之。蔡研农来。酉出讲书，张、黄问玄端端冕及祭服五冕、助祭玄冕、裨冕诸制，殊未甚了，当作一表考之。夜与妾、女斗牌。

十一日　雨。六云生日。监院、王从九均衣冠来，谢不敢出。晏起，至午始食面，不饱。午后健郎来，留之夕食，余亦未出，燕坐闲谈，至子始寝。

十二日　雨。公所请祭乡贤，避群道，不敢往。穉公来谈。午出答访鹿滋轩，值发审过堂，延入，久坐将两时许。出过锦芝生不遇，至张怡山、唐泽坡处小坐，还已昏暮。

十三日　雨。部文召川藩内用，鹿臬补藩使，张月卿放川臬。昨始与穉公谈，宦途无耻者推张第一，未数日无耻者复当来相聚，余亦无颜对之。阅课卷册八本。夜久不眠。

十四日　阴。从唐帽顶借银发月费，清公款。发课案。得鹭卿书，来告丰儿危病。殊不意其多疾如此。廿三日来信，今日始至。盖非恶耗，计今日不死，则已到家，若彼得死于燮，殊为有福，但其母必悔恨，盖人死不见亲人，省无数葛藤，然为生人增无数伤感，虽知命者不免，彷徨久之。

十五日　雨。锦芝生复署成绵，来拜，及杂客至者竟日。晨留张门生，午留郭郎会食。发家书，复鹭卿书。午后少霁，夜无月。抄《周官》一页。

十六日　阴。与书唐六少，言周秀才不可辞崇。盖扶三自来无此义举，黄、锦、唐皆迎合其意，争迎周生，宜仍从崇为是，不知当诸官意否。抄《周官》一页。熊树臣来。夜凉风雨，甚有秋意。

十七日　阴。今日城中三官交替，宜出周旋，以得爨信，心中烦懑，故不能出。穆芸阁来。抄《周官》一页。

十八日　阴。抄《周官》一页。午有鸦向堂啼二声，知有凭者，自出答之，鸦飞去。爨州信至，报丰儿之丧。夜令院生检为位礼，及子威同议，不得，乃以意设夕奠举哀。

十九日　阴晴。设位二哭。昨日院生有失声哭者，岳生尤恸。今日翰仙、穉公、伯楷来，穉公言此儿可惜。追思廿三年父子之恩，自其十七岁后即能启予，尽传我学，但词章不及耳，忽失此人，令人气尽。

廿日　阴。朝夕二哭。考《丧礼》，乃知为位不奠，而误设五奠，平时不精熟，故致此谬。若丰儿在，不至此也。吊客来者锦、崧谈最久。崔生哭失声，增朋友之谊。唐六少浮谈最无情实。丁进士及督客均久坐。

廿一日　阴。定遣绂子同彭、左送枢，朝成服院中，自监院以次均设特豚一俎之奠，即位而哭，余遂哀不自弭矣。午唐提督、蔡研农来。诸客尽谢之。作书与鹭公。

廿二日　阴。吊客来者五六班，诸生送挽联者相继。

廿三日　阴。清书局账。

廿四日　阴。彭、左去，书局账清理有绪。绂子荒谬。

廿五日　阴。绂子去，与彭、左俱发。吊客来者鹿滋轩坐稍久。督府令盐道定明年讲席，辞不受聘书。绂子与孙生比而烟游，初以为孙生直率，乃城府深隐如此，殊无知人之鉴。欲讲中一以上祔礼，一握笔则思仲章，心忡忡而辍。抄《周官》半页。

廿六日　阴。诸女始稍点读，己亦欲解《春秋表》，而前藩及穉公来久坐，复对杂客数人，唯朱次民声如洪钟，颇骇人听。

廿七日　阴。校《春秋·隐公》篇，又校《湘军志》。

廿八日　阴。校《桓公》篇，皆令宁生助检。《湘军志》校讫。

廿九日　阴。得家书，感庆来，为之愤懑。宁生久不至，独校《庄》篇，遂校《僖》篇。

卅日　毕校《文》《宣》《成》三篇。终日伏案，腰背为之木强。王仲孺、翰仙来，慰谈颇久。

九　月

九月庚寅朔　晨不点名，发题分卷。校《襄》《昭》《定》《哀》，穷一日力毕之。

二日　阴。王成都来唁。更抄《春秋表》，改定"五始"，发出，将刻一本，诸篇皆须重写，尚未能无罅漏也。顾幼耕来唁。

三日　改定"至自"例表，始知经文错综，不可窥测，怅然久之。

四日　阴，午雨。改《表》竟日，见杂客。

五日　晴。改《表》。见杂客。

六日　晨雾，朝食后晴。改《表》未半页，曾巡捕、金表弟、钱徐翁、罗质庵来，皆久谈，遂尽一日。今日妢生日，以念庆来，竟忘今日係六，方以为五日也。六云呈账，犹不信，检号簿，乃悟之。看京报，无一新事。

七日至十四日　皆作《表》，检抄无暇时，辄不怡，懒复记事，唯九日、十一日、十三日皆出谢客，十日出讲书，聊行世俗所不免者。妢、滋、茇女皆往丁宅。

十五日　晴。晨出点名，始复堂餐。院生废弛，出牌戒饬之。

十六日　乙巳，立冬。至廿二日均作《春秋表》，日可改抹十余纸，未遑他事，唯有酒食应酬。十八日在熊树臣处。穆公来邀，未去。廿日唐泽坡、齐敬斋均相约，将去，穉公复来邀，先至齐处，客未至，续至督府，不能再往，比还，内城门已闭矣。廿一日马伯楷与丁芥帆会食，饼面过饱。湘抚、藩均更代，涂朗轩移抚湘，樾岑可以弹冠，谙山亦不撤皋比也。廿二日金表弟请，未去，至唐子迈处，与六少、李蕴孚、张门生会食，二更散。《春秋表》粗成。彭胡病，甚恼人。运气不佳，多逢此意外恶事，盖余福薄，不能顺畅耳。比之前年之到处顺利，风雪效灵，亦倚伏盈虚之道，然顺而不加乐，逆而加哀惧，则又人情自然，虽有道者宜然。罗惺士廿二日来，谈陈幼铭避我事。

廿三日　雨。晨未饭，舁出南门，严生饯我杜祠，丁、戴、陈陪，向暝乃还。寒雨潇潇，颇忆乙卯岁明冈山居意趣。

廿四日　晴阴。昨雨，似专为严作。看课卷可百本。

廿五日至卅日　专事酬应，一无所作，以丰丧心意烦拂也。廿八日彭三胡死于西房，为之殡敛。其夜，穉公复暴疾，廿九日往看之，已愈矣。其日敖金甫自荣昌来，馆于书局。

十　月

十月庚申朔　出堂点名发题，始理归事，检点院中诸务。自此日至十二日，每日有饯者，杂客来亦相踵，均不必记。鄂生自都还。景韩还二百金。张生孝楷始来见，此人无性情，欲去之而未忍，以似此等辈人多，不胜澄汰也。穉公请假一月。左相出督两江。俊臣始得浙抚。得旷凤冈书，报春甫丧，并寄商郎讣书，请作墓志。文卿擢督甘陕。雨苍书来，为其族子常需先容，未暇见之。连希白书来通候。为黄豪伯作印度图诗。自检诸笔札未毕者，日未暇作，辄于夜间了之，又恒苦晚，归已倦，殊不似前年暇豫也。

十五日　晴。出堂点名毕，更行装出辞行，赴饯局，酬应纷纭，俱无心记载。

十六日　晴。欲登舟，晨赴饯席，散已将暮，辞行数家。晚复至周绪钦处会饮，见李知府常霈，雨苍从子也，有书托我，往还未见，今始一面耳。云雨苍妾蒙古王女弟，狄俗无嫡庶。其祖常受活佛记，言李云麟当兴蒙古，故强结昏焉，生子已十岁矣。

廿日　阴雨。晨出书院登舟，诸生步送，余骑行，至安顺桥东登来舟，更顾拨船及小坐船从行，送者络绎。芝生设饯薛涛井，马伯楷、黄翰仙、唐六少作陪，昏散，住舟中。

廿一日　晴。督府幕客穆芝阁、刘虚谷、黄耀庭、陈用阶饯余皇姑院。稺公、方葆卿为客，未散，还书院。半山已出辞行，纷女尚在丁署，滋女亦往周宅，唯茂女及诸婢在耳。写对屏八幅，夜宿书院。雨。

廿二日　晴。骑与茂女登舟，尚有来送者，丁女、子妇、侧室及两郎均来。纷先至舟为主人，滋继至，半山最后来，已将暮矣。女客始去。晚会食于傍借大船。子威亦至。

廿三日　雨。犹有来送者。看课卷，日未及十本，夜乃尽毕之。稺公派炮船来护行，船弁张来见。

廿四日　雨。健郎、李世侸、王从九连日俱来。孙伯玙复至，伯楷亦连日来。夜发案，交书办带回院中。岳生林宗来送，留宿子威船。夜半作书与肯夫、稺公、滋轩。得家书，知家中亦于八月十八日闻仲章丧，廿一日成服，可异也。绂子寄其日记来，前十日尚未自知死，殊可怆痛。李总兵必欲送赆，送一假元画与之，因属其代买《湘军志》版以归。李送二百金，因令书办取版以来。

廿五日　阴晴。辰正发，行九十里泊胡家坝。前记止八十里。吴明海列队江岸相送，□舟谢之。送客王从九、李世侹、彭秀才俱登岸去。岳生先去矣。夜寒。

廿六日　阴晴。平明开，行六十里至江口，前记止四十里。舣舟久之。申初始行，卅五里泊太和场洲旁，彭山地。稍理行箧，计岁会，登洲散步。艾通判炳章具舟相送，遇于洲上，欲要登余舟，会夜未可。

廿七日　阴。行九十五里泊刘家场，青神地。所过眉州青神城，青神城去岸二里许，舟望不见。岎、滋各温书一本，滋、茇各写字一张。

廿八日　大雾，午后一见日，仍阴寒。舟行甚缓，欲泊嘉定城，未能也。不至十里，泊斗丰。昼多间眠。《程春甫墓志铭》：君程氏，讳学伊，初名沄，字春甫。其先休宁人也，旧为著姓，通籍四方。皇建之初，员来承郡，遂为衡阳人焉。父讳某，早卒，以伯父无后，仍嗣大宗。所后妣何，其母万，并义节贞顺，见褒朝廷。君幼而端嶷，富能好礼，少有远度，博友贤豪，爱众亲仁，后财先义。孤松独挺，乔柯四荫，鹤鸣于野，千里应声。咸丰初，义军起衡，英彦龙骧，思乐色养，杜门静守。俄零、桂波骇，州居冲要，上游转饷，非材莫属。君时年廿有七，守将交推，遂总繁剧，实主南道，不阶帅府之命，而有长城之重，中兴以来，未尝有也。君既勤于接纳，克餍众志，卖浆博徒辐凑其门。躬无重肉之享，厨有百人之馈，其弛舍周恤，国人之所称，固不足为君难矣。九流总集，权衡不爽，与物无忤，而皆知所短，惜夫其终于乡间，殆良臣之器识也。圭璋既达，群公知重，三荐再叙，授二品阶官，补用道员，拜命荣亲，志不从宦，资致三巨万，货利无攥。然以布衣冠冕南州，不亦伟乎？事亲蒸蒸，五十而慕，孝终不遂，委化先殂。光绪七年八月癸酉卒，年五十有二。乌乎！人之云亡，衡其瘁矣。君遍识广交，曾无遗议，前岁猥有飞钳之书，致君于讼，虽昭昭自直，明者怪焉，反正与常，果为妖祟。君卒之日，愚智同嗟，巷哭野悲，若丧良吏，隐居达道，其殆庶几。孤子翰祥，推伤先德，以君知旧皆海内贤俊，谓铭君者，金曰闿运是宜。粤以其年　月　日卜葬君　之原，命赴成都，表兹幽懿，乃作铭焉。（以下阙。）

廿九日　晨复大雾，午初始行，十里至嘉定城，未拢稍，下泊九龙滩洲，拨船过载，竟日检点。艾炳章求书与翰仙，为作三纸。夜抄《春秋表》二纸。

十一月

十一月乙丑朔　阴。晨未开。起询从人，云待买私盐，严饬之。已初始发，未五里待子威早饭，复泊洲渚间。张伯元自牛华溪大使所来相访。纨女亦从滋、荩至牛华溪市，久之乃还。行百廿里，泊犍为城下。中过竹节、叉鱼二滩，叉鱼浪不及前年，离堆亦才出水，水盖高于前年数尺，而行反迟一日，可惜也，抄《春秋表》二纸。

二日　庚寅，冬至。阴。晨开，行二百里泊桨壮矶。"壮"字汉作"牂"，今作"椿"，系物柱也。有大石可系船，故名。上有石刻云"一白水星"，不知何义。欲改《九旨表》，殊无端绪，盖此表当考传义，甚为烦细也。

三日　阴晴。晨起行六十里至叙州府城，始朝食，过备兵滩，水殊平静。又百八十里泊江安城北崖石下，县令李忠烺佩兰来访，雨滑天黑，谢未相见，送冬笋而去，已二鼓矣。翻《春秋·僖》篇，传闻世义例粗毕。夜微雨。

四日　阴雨。晨行百里，过纳溪始朝食，午正至泸洲，泊铜步，旧运滇铜船步也。周芋僧来久坐，甫送客登岸，尊经院生高、李、杨同来，令还城相俟。乘市中竹轿至官运盐局，朱丁误通刺，见收支委员刘生，字斗垣，陕西人，不知其名。文主事方饭，欲不见，已而相要，谈数语。至南门外李生懋年宅，高、杨先在，徐生继至，已然烛矣。入城至周芋生局中便饭，俱匆匆未多谈。

城中泥淖甚，街窄又迫夜，殊无所瞻眺。还舟，刘知县来送脩银千两，乃知其已补东乡，犹未知其名也。周、徐均送土物，陈用翁子寿祺送鸡肉，托带信物。今年行程与前年迟速相补，计日正同。文云衢云，旧泸洲盖宋城守将据以降元者。案《水经注》：绵、雒即今内江、青衣，沫水即今汶江，蒙、渽、大渡、绳、泸、孙、淹、若，皆沫水所受诸川之名。金沙江乃真江原正流，熊耳峡则今乌尤、陵云二山。涺崖、离坻即今道士灌。《水经》涪水与今涪州地界县绝，今江乃《水经》渝水，故都江堰谓之渝堋，因作一诗正其误，述其景，庶几所谓山川能说者。《出渝口泛沫至宜宾江口作》：霜阴蔼川游，归棹镜青衣。碧澜尚秋光，高兴恨凄微。铙吹激空声，偶发旷览怀。渽沫昔奔涛，巴蜀阻崒嵬。良守开二渠，航道达雷坻。枕席千里途，衿带络滇夷。江沫合天光，异色共涟漪。秦衰禹甸荒，方望日讹移。江原既徙渝，灌堰复无涯。微我独观古，闲游固难睎。顷来访渝堋，复此眺峨眉。熊耳秀可攀，犀滩暮崩颓。空劳利济功，岂慰羁宦来。方舟自兹远，伊谁念临圻。

　　五日　晨发，百廿里舣合江，买蔗霜橄榄等，已复行六十里泊石坝沱，合江地。船音切寒晓，儿气黯江沱。思子情虽异，长离终奈何。舣舟临绵、雒，怀抱忽蹉跎。漫漫兼路平，凄凄古事过。每每舍蜀田，坎坎听巴歌。二阙久已夷，符湍今委波。甘林缀丹累，石埒倚青坡。无嫌山川迫，宽闲在涧阿。招隐不同归，宁谓伏我多。夜起开表，发条忽断，自来未如此鲁莽。

　　六日　阴，颇寒。行百六十里泊江津，携三小女人东门，街巷寂静，僻若小市，云西门甚繁盛，未能往也。江岸多黄甘，弥望数十万株，李衡木奴恐不及一匹绢，盖橘利三倍甘。

　　七日　阴寒。行百四十里至重庆府，泊朝天门，隔洲水又清碧，所谓涪内水。卢生来见，云此即嘉陵江，江北厅书院以为名。陶云汀以为潜水者也。考宕渠及潜皆入涪内，而嘉陵道水亦曰阶陵，《班志》养水至阴平入白水，白水即桓水，入潜，是嘉陵即潜，陶说是也。以先孺人忌日，不拜客。夜视江烟，似有月光，出船望之，初月正明，所泊地亦尚清净。自发成都至此已十二日，前年程尚少一日。

八日　晴，雾。晨入城诣彭兵备，闻爆竹声甚盛，询知为其生日，谒上门，辞而还。王生、刘生继至。王生请游涂山，与卢生同作主人。刘生院榜无名，亦不甚省记之。少顷彭鸿川来，言曹状元督湘学，张冶秋得山东，黎传胪请假，萧章京用广东守，并言欲送酒肴，坐半时许而去。饭后移船，与卢、王两生要子威及四女渡江游涂山，自上马头呼四舁，循山北行，村落多依岩谷，可五里许，望林树中一银珠，光采灿烂，疑是新月，又疑无此莹焰，炫晃久之，径转而隐。憩寺门磴道，入老君祠，《水经注》所谓涂君祠者，今真奉老子，误也。常璩、庾仲雍始有江州涂山之说，亦客涂君，蜀人而封于扬，以为呱启在此，则不合情势。鲧迁羽山，禹娶何缘在此？又此山名涂，义无所取。今山起道观，随陂陀作屋，甚狭小，亦有一二处临江甚佳，皆无题名。迫暮不暇游赏，飞轿还江岸，已昏黑矣。剪江急渡，老张已在舟待。彭兵备复送银，以为仪不腆，受之。老张送银，则义不可取。彼将仿陆子受之于左季高，而且留之，代彼送刘韫老，谓之陈志也。夜谈至子寝，甚煊。

九日　阴。晨未起，卢、王生来送行，呼于船门，虽甚莽撞，而意甚殷勤。披衣起见，并别老张。行甚迅捷，未午已至木通，过石碚陀，小淫豫也。舟人云去长寿城十五里。此石触火起则成都有火，此足入《水经注》。未暮见沙洲，峰树颇清洁，因命泊舟，已过长寿廿里矣。今日行二百里，泊瓦窑灌，前行两日程也。

十日　晴。和煦无霜，唯寒风颇洌。竟日不事，频坐频卧。行二百里至沙弯，张弁云行五站，依上水计程也。

十一日　晴。晓发，过酆都，百余里至忠州，云百八十里，亦上水增加之。又行可五六十里，过十八寨，有立石如笋，可廿卅丈，依崖作九层楼，制作甚工。前年过此未见，纷女等去年过，登览焉。又十里许泊五林碛，水程云距忠州百廿里，则今日已行三百十五里。然上水才三日程，缆行必不能日百里，故知虚报。此下水程皆如此，亦依其虚数载之。

十二日　晴，晓寒。午初至万县，已行九十里，少憩，问知沈安肃舟先发一日，犹尚未至，黄机宪太已于四日从陆去矣。又询知张总督尚未至。未初开，行百八十里至云阳，泊城下，始申杪耳。夜月甚明，无人谈赏。戊年从长沙至宜昌十三日，去年行十四日，前年从宜昌至长沙十二日，此水程大要，可计从成都至宜昌则不出廿余日，皆霜落水平时。

十三日　晴。晨起看滩。久未磨墨，因自研二槽，已至破石滩，行卅里。平无浪。旋过落牛滩，十五里。水手生疏，被泼一浪入舱，纨女稚小，亦知张皇，然瞬息安稳，亦非滩险也。午至夔府城，共行二百七十里。泊关下。入南门，访黄泽臣、劳鹭卿，知张总督已过，今年正六十，何其少也。鹭卿问余几时发？告以廿五。复问前月廿五耶？此月廿五耶？余不能答，已而小悟。留饭，余当还船了应酬，仍至舟，坐未定，鹭卿来，其次子亦随至，约待晚饭而去。作书谢稺公，兼论盐务宜归盐道，未毕，泽臣来，颇臧否人物，叹蜀乏材。谈一时许，劳宅再催，乃起去。黄郎佛生复来，同步入城，登磴甚喘。复至厘局，劳设食，黄、唐、小溪。范即仲章医者。书不知其姓，为劳作启禀者。及其二子均同坐。三更还，呼城而出，劳复送银百两，以仲章棺银已还，故送赆耳。夜月不寐。泽臣送行李船票来，前两过皆一炮船，此行多一船，本可不须票，恐淹滞，故彼依客礼致之，并送蒸盆。

十四日 晴。晨发。吴祥发送至巫山，犹欲前送，喻令还卡，兼附穉公二书与之。午过青石洞，见一山穿空漏天，前过所未知者。峡行波急，亦异前游。夜泊楠木园。土人云巫山至此百廿里。地多美柚，以朱沙点者为最佳品，有朱点则肉红色，与金钱圈橙同，不与凡类也。朱点者一枚十八文，凡品十二文。半山云宣化乡中朱砂点者一枚六文。此处至巴东六十里，前记巫山至巴东百廿里，盖误也，以实记之不过百廿里，依水程盖三站。巫山令许玉生与用阶为姻家，用阶子附书及新皮衣与之，令吴祥发送去。

十五日 阴。五更发，晨过巴东，大风上水，风帆顺利，少泊复行。新过崩滩，水波骇人，前三行所未有，盖逆风拙工使然。泊滩上二时许，乃过归州，泊旧城下，楚故陵也。有楚王井在山上，屈原墓在对岸。亦行百一十里。

十六日 阴。行五十里，辰至石门滩，舣舟起拨。半山必欲帉女登岸，因要余登岸，行十里，望所带三船放滩，小舟由南槽，大船由北糟，北浪颇高，船行甚正，未若南槽之迅急，纷纭半日。小雨时作，即泊滩下，夜寒欲雪，与两小女叶戏。

十七日 寒雨。舟手殊不欲行，强移三四十里，过流头滩，泊三斗坪。

十八日 晴。晨发，午至宜昌，蜀中水手皆自此去，凡用六人，三换班，人共千四百钱，廿余人吃三石米，头工顾值四千，杂赏二千，己舟之便利如此。顾一载花船，则需五十金，犹为平价也。凡峡舟每犞桡夫，人给猪肉半斤，自成都至宜昌，凡四犞劳，外赏不过百文，湘舟行数千里则不止此。然蜀人多，湘人少，费相当也。以当换船，载器具泊林家洲，去城五里，夜看《峡程志》，凡水经注地名今皆有之，询之舟人则不知矣。夜月。

十九日 晓霜如雪，大晴。南风籤舟，换辰拨，至长沙钱十九千，亦为平价。补帆买橹，又停一日，换载亦毕。欲定一仓与子威，竟不可得，仅足容膝。

廿日　晴。微霜，晴煊，如二三月。得彭雪琴衡州书，报其弟丧，又言丽翁事不能行。老戒在得，尤戒好事，可鉴也。南风仍不顺，橹亦未安，停待至午。建捷营官贺副将缙绅来，举止如文官，居然欲与黎传胪辈抗行，且蔑视孙公符。今日流品固非承平时，老辈风景亦非湘军旧制，可慨也夫。申初岸上失火，急移泊小南门。夜大风，梦蜀督幕客咸会，或送一本京报，内唯一谕，言蜀臬以物议最不与之，李琎为之。李琎乃一土官，其土官即以琎姊某氏为之，云其姊有大功，以此劝也。方嗟异间，倏然而醒，正三更矣。京报系九月初一，醒犹分明忆之，因记于此。

廿一日　晴。早大风，迟发。冬晴比日，而东南风甚壮，未合时令，盖楚地方患霜旱也。行九十里泊白阳，舟弁云宜昌至宜都九十，宜都至此卅里。恐虚增之。《登涂山涂君祠作》：江州苦繁隘，巴都亦喧僄。不有旷览区，岂识江山妙。晴飚振霜皋，选胜移征棹。既秉皇古情，遂即神禹轿。涂祠自尧年，辟宇临奔峭。因岩不劳馆，随石斯为瞭。二轩豁烟云，岚波动光照。了然临城阛，物外非深窔。回风磴前转，初月林间摇。日短情易延，阑虚想仍绕。菅榛阻何年，明德久弥劭。涪蜀慨荒遐，劳君镇津要。

廿二日　晴。昨夜东风止，西风起，护船急发，残月正中。平明过枝江，午至董市，顺江正流下，泊石套，水程可二百里，江陵地也。抄《丧服》一页。夜复东南风，至子止。

廿三日　晴。东南风，平明发卅五里，巳正至沙头，买荆锦、汉铜等货，无一有者。抄《丧服》一页。舟丁假风为词，请息半日，登岸乃知积雪新霁，残素未销。

廿四日　晴。抄《丧服》一页。东南风仍壮，舟丁无词，挂饳行，申过郝穴。有主簿自沙头至此九十里，与子威船相去三日，彼舟勤行，想已相距一程矣。暮泊清厂，石首地，行百廿里，夜风。

廿五日　阴寒。北风甚壮，帆行六十里，至石首对岸，遇望阻风，橹折不能行，泊江干久之。半山怯风，皇皇不安，乃命挂帆，仍行上水十余里，缆行三四里，泊藕池口，仍议由决浦取西湖入湘。抄《丧服》一页。

廿六日　晴。风止，入藕池，行江浦不知远近，至暮泊芦洲，唯一茅屋三妇女，无从问地名。昨夜梦一猿能人言，向余求名，似欲为弟子。余询其出身，云在会府街沟中石间生。余云木石之怪夔魍魉①，宜名慕夔，并告以夔龙佐舜之事，且为制姓曰𦱐，取𦱐去水也。其事甚怪。会府，成都街名。𦱐姓，取与句音同，句为蜀大姓。《华阳志》曰：前有王、句。梦中但忆句中正。抄《丧服》一页。癸未年六月至成都，始知莫提督所后子家有人曰莫夔，正在会府街，奇哉！

廿七日　阴。行六十里舣西港口。前两行均从安乡过，计程二百余里，今从藕池直南，不过百余里，方知前行迂谬也。买米菜已复行，暮泊藕荷池，询土人，云自西港至此五十里。沅水通江浦，为江所挟，沅反逆行，然水清自若。今晨入湖，景色壮秀，有舟行之乐，无风波之险，正宜谢公诗纪之。抄《丧服》一页。《帆江浦进沅至西港作》：洞庭承江别，得地为都会。洄洑动千里，演漾荆、梁际。此四句笨拙已极，何谢公之足比。

廿八日　晴煊。南风，顺流行入，溯沅行，过南觜，沅入湖口也。至杨阁脑，亦不知远近，约自藕荷至此可五六十里耳。复行十余里，舣浦中，无居人，登岸有林树民墓，似有人家，而不

①"魍魉"，原作"网两"。

闻犬吠，以峻塍植棘不可上，与诸女还船。抄《丧服》一页。

廿九日　晴。巳正至沅江，杨阁至此可四五十里。余五十生日，初欲还湘与家人聚会，忽遇子丧，令人叹祚薄者虽一欢笑犹为过分，小说所言命薄辄为物弄者不虚也。厨人饭菜俱不可食，假令筠仙值此，不知若何烦恼，余但抑损顺受而已。登岸看沅江水师营署参将鲁姓，有五六哨船。南风大作，缆行可廿里许，至一滩，浅不得过，于法不可泊，防阁漏压裂。因已昏暮，舟丁①水寒冷，下碇宿焉，有似前年宿木筏下，明日定有顺风也。夜抄《丧服》一页。比日为份女点《蜀都赋》毕，试倍诵，竟未遗忘，盖十四年未温矣。吴、魏二篇犹若隔世，因诵吴都一段。泊牛涧口。

卅日　晴。晨命拨船，起粗笨货物，仍曳舟沙行，八里过马王滩、齐湖口、沅水湖，盖所谓赤沙湖。杜子美从此路至长沙，故诗中用作典故。北风帆行，改作前诗。晴霜静汀洲，天水相昭旷。朔风振飞澜，枝江得潫漾。汤汤赴都会，洄洄转涛浪。寂寥五州间，澎湃千里涨。航帆陟虚空，从横不相妨。旅棹倦冲波，乘流纵所放。鳌鱼喜淜场，行雁悲浏亮。宽怀既夷犹，远想容奔宕。应知屈游乐，岂阒轩皇唱。白蘋无尽情，苍梧有余望。且效芥舟轻，方羊八溟上。抄《丧服》二页。

十二月

十二月己未朔　晴。昨夜泊林子口，计日行不过卅里。今又南风，缆行半日，至一处，方以为靖港，久之见对岸非铜官，乃知始至乔口，不过卅里，何其淹滞。复行十五里，至暮始至靖港，

---

① 疑"舟丁"下当缺一"以"字。

暗行，至初更乃得泊处，询津逻，知左侯已还长沙。今日书纸皆已检拾，终日无事，唯滋女读《诗经》毕，为倍二《雅》、三《颂》一过。读《吴都赋》一段。乔口有一墓，形势甚佳，惜匆匆未可登。补作《巫山天岫诗》。

二日　晴。大南风，缆行竟日，仅卅里，乃知上峡动行百里，不啻虚增三分之二，而下峡行亦实不速，千里江陵，即岳、湘相去之数，惟此乘风彼乘流为异耳。日煊如春，暮抵鹅羊山下，率姜女登洲行白沙中，初月如眉，平沙似雪，别有闲步之适。视前诗所谓"芦沙步步寒"者，人境俱异。

三日　晴。晨发，南风少止，行卅里至草潮门对岸，已正午，南风大作，至不能张旗，缆行久之，始至大西门对岸，泛渡舣舟步上。犒二水军，舁茇、纵以从，至门则匠役杂集，行李已于昨日先至矣。梦缇因其继母丧，奔归会葬，妇女出见，皆不知所以言。功儿又出城视其弟殡，裴回久之，无所为计。复步出寻筠仙，闻其从人言已移寿星街。□还前宅，顷之出谈，略及近事。余以初归，未宜久坐，即还。功儿尚未归，筠仙踵至，无处坐客，乃谢之，送《湘军志》一部为答。三弟先上船亦还。功儿归，痛哭踊擗，甚令人增兄弟之感，敬听久之，始夕食。铺设卧处，初寝酣眠，至三更闻小儿语声似仲章孤女，下楼至侧室问之，则亦未寐。复少坐，令抱孤孙以来，鸡鸣上楼，至旦乃少寐。

四日　晴，愈热。以葬地未得，当往托春陔。又闻瓮叟疾甚，约午正往视之。悉取衣装，至巳正将出，香孙来。午出，欲诣笛仙，恐后黄约，即从西行，过竹伍、瓮叟、勉吾、韫翁、锡九、罗婴、陈妹，伤李仲云，见其第十弟，又过子寿、春陔、文心，文心处见力臣，借镫而还。得弥之兄弟及非女书。竹伍来，锡九父子继至。

五日　阴。风犹未寒，以当发蜀信，戒无通客。便衣及步行至者有筠仙、佐卿、芳畹、两彭郎、郭郎、罗郎、黄郎，作书不计函数，至夜午乃罢。张镕瑞，其兄锦瑞奇荒唐，已道员矣。其长兄鑛瑞，老实人，母丧居本街，闻余还，来赴，午往吊之。见傅寿彤青腴，不识也，神似贵州人，黄子湘告余，乃知之，略谈三数句，客来，余遽起去，未深知其学术。夜雨。

六日　阴。祈雪遽寒，北风甚壮，命舟往县。帆行三时许，泊观湘门，从者散去四人，呼舁夫夜行卅里，至外舅家。外姑柩已发引，家中纷乱，寻得外舅，慰谈至子夜，无被无房，卧兰室中，梦缇亦未相见。

七日　阴，有微雨。晏起，将往新茔，梦缇出见，神韵未甚损，无可相语，唯约其明日同留，舁夫待之。午至鸭婆陇，待窆哭乃行。十里黄泥亭，五里马坡，即塔智亭击贼大胜处也。感事怀人，作四绝句。袁草寒原度鸭陇，将军营树起霜风。几年前事无寻处，园菜青青细雨中。　　马坡突阵陷重围，亲校仓皇哭帅旗。得得鸾铃墙外响，血污袍袖踔营归。　　岭名先已属将军，一战中兴共册勋。漏水逗留成上策，可怜储庙锁寒云。　　胜算威名偶至今，信书信运两沉吟。旧人犹有彭陈李，谁识当年骆左心。申正还舟，夜早眠。

八日　大雨竟日，泊前宿处，作蜀书数十纸。申初梦缇登舟，始与对谈，稍及仲章事，尚不至过恸，以为深慰，唯竟日不食耳。夜稍劝饭一匙，竟夜不眠。北风，暮行五里，泊万楼下，楼新修，雨寒不可登。

九日　北风有雨，行十五里不能前，泊鹖崖。始冷多卧，夜起作书数纸，子夜乃眠。

十日　北风愈甚，泊鹖崖，粮尽，强欲急行，仍不得前，泊昭山对岸，风浪摇舟，寒气甚重。作蜀书二函。

十一日　阴。风少止，晨行，顷之已至平塘，又久之乃至草潮门。梦缇先入城，余后至，半山、帉女皆出，唤帉女先归，夜初更半山乃还。

十二日　雨。作蜀书皆毕。陈生富春来。镜初来。夜与佐卿过筠仙小坐还。大雪。

十三日　冒雪访笛仙，又当往皞臣处哭吊，复出南门，见济生、验郎，还过陈教官、胡子威、黄子寿、文心，夜还。

十四日　雪。围炉。

十五日　雪。诣笛仙、张力臣、朱香孙。朱处遇李知府香元。临曾栗诚殡。吊任编修。

十六日　阴。谢客围炉。

十七日　晴。夏粮储先来访，又招饮，不可不往。又请春陔求田，亦当自往商。午正出诣瞿、夏，旋至刘蕴公宅会饮，同席有成、韩、杨，皆其门下，公陪锡九，申散。任编修见要。过力臣，往则香孙亦至，又要文心来谈，酉还，始后寝。发春甫书。补作铭。

十八日　阴。大睡竟日，盖自八月十八至此，始得一安眠，所谓八千岁为春秋者亦如此耳。未正起，径诣力臣宅会饮，文心先在，筠公、佐卿、香孙、畇谷、子寿继至，坐上多谈笛仙倒账及广东平洪寇余党事。

十九日　晴。常霖生、任编修、彭辛郎、瞿海郎相先后来。申步至筠仙东宅，应寿苏会，会者十人，二人以迎涂抚不至，文心、锡九、力臣、佐卿、意城、香孙皆会。因论笛仙事，与锡九大相龃龉。筠仙先又论我不宜不尊程、朱，以为启后生无忌惮之渐。近是而非，不可与辨。郭从子奇荒唐，而令从黎出洋，此岂程、朱之教耶？尧、朱、孔、鱼不相为功过，设教必无流敝，有流敝者非教也。戌散，步归。夜月明净。

廿日　晴。朱宇恬、笛仙、锡九、龙芝生、验郎并来久谈。胡穄泉妻死，以其先于仲章，有挽词。故报一联。风节比莱妻，早闻丈室如宾敬；霜华寒马帐，忍见孤孙问礼来。翁六哥夜来。

廿一日　阴晴。今日封印，新抚入城，步往又一村，看文武逯奔，各有其态，徘徊不倦。遇瞿郎子纯，立谈久之，将晡乃还。发书复朵园，上外舅，并为六翁作书与绫子。任雨田、瞿郎夜来。

廿二日　阴晴。抄自作新诗，作寿苏词《八归》。年年雅会，处处新诗，知谁暗里催老。散仙勘破人间世，付与将来好事，家家东道。湘上平安多福地，把海内风流占了。况新有峨眉归客，觑著雪鸿爪。　借问寿苏胡事？自罿溪去后，唯有杨家酒好。三年梦里，八仙局外，又见尊前一笑。使文章嬉骂，空胸怀可同调。且较量，红烛光寒，绿梅花暖，甚处得春早。今年人来相寻者甚少，数日喜得寂静。池边柳条似欲抽丝，惜心情不宜欢，然校之常年反优闲也。

廿三日　晴。笛仙来。罗郎强入见。锡章。春山之子，保甲委员，十六千月请，而便衣坐轿，非佳子弟也。出吊胡穄翁、陈怡生，陈处少坐，遇一湘阴人，称我年伯，疑宋子寿之子也，后知为周桃溪卜澶之从子，有人云极荒唐。论《史记》极写项羽能战，通篇止作一"非战之罪"一句，恐人误以为战可定天下，故于赞中下"天亡我，非战之罪"七字为注脚，而"天亡我"三字又不可训，故又自引而自驳之，其实不谬也。左孟星妻来借贷，不能应之。

廿四日　晴阴，午有微雨。出看李玉阶罢官出城，有人扛爆竹而随之，道旁亦颇有爆竹送者。力臣、雨田来早饭，言欲借六千金，当谋之筠仙及曾沅浦。正看故抚时，见勉吾芒芒来，问其何往，答以沅浦相约看灶。因同往长谈，专言时事，与李石梧去官约相背，然李自命为去妇，则怨望也。还家稍惕，复步至赵坪，与朋海、锡九、佐卿、力臣、筠仙会饮子寿家，戌散异还。席间言郭松林得幸曾伯，陈玉山挽词云"将军妾妇亦须眉"似是讥其丑事。子寿正言相距，意欲保全朋友，甚美意也。然郭等殊不必为朋友，以为人物尤非，而此等人亦不宜挂口。余言大误，犹是妒其富耳。子寿艳其富，余则妒其富，尤不如子寿之近人情，愧之悔之，当切戒之。

廿五日　阴雨。午与昨会诸君集香孙宅饮，新客唯增意城、文心，旧客唯无朋海也。香孙称疾不出。席间论"可与共学"一章，乃圣功之极致，自汉以来，君子皆仅可共学。

廿六日　雨。笛仙来，言欲借千金了一急债。以所存买山资应之。珰、妢登楼学书，至暮乃罢。

廿七日　晴。出吊彭子茂妻丧，先过锡九，令谋彭借事，旋过沅浦论世务。沅浦喜大言，然意在文雅，又妒李氏，殊不称其远度。出至文心处少坐还。

廿八日　阴。笛仙一朝四移书来借钱，且多激诮之词，与书张力臣谋之。家中人尽出，无人送信，自往至门，畏犬不敢入，至文心处遣人送之。邂逅徐熙堂，似有公事，因先出过香孙，烧炭一炉而还。家中纷纷，殊无章程，念之一刻不可过，处其间亦复朝饔夕飧，有似今日朝局。复过余佐卿处泛谈。

廿九日　除夕。今年匆匆过去，死亡众多，于境大逆，而起居服食较常为侈汰，功课较常减少，最不利也。曾栗诚之子广钧前来未见，复以书来，索观撰著，文词颇复斐然，与书勉之，并以《湘军志》及《诗笺》、少作诗借之。夕为仲章设奠，家人俱痛哭，唯余未失声耳。

光绪八年壬午

正　月

　　壬午岁正月戊子朔　阴，有雨。儿妇诸女为仲章设奠，即往，哭甚哀。余未往临，待奠毕乃起朝食。陈生、彭郎、杨儿、子寿均径入相见。胡郎子正入，未相见。昨夜梦缇及三长女未眠，日中各倦，薄暮余亦少寐，至亥正乃寝。

　　二日　己丑，雨水。阴。贺年客十数，未见。一人清坐侧室，一无所为，唯看小说遣日。夜一登楼。

　　三日　阴晴。佐卿来，言曾郎重伯欲来谈。遣约登楼，坐一时许，博涉多闻，校余幼时为知门径、语亦不放荡，美材也。惜生华胜，誉之者多，恐因而长骄耳。今日颇寒，客去，少卧片时，便暮矣。

　　四日　晴。始出答诸客。从南门出，至先墓，并拜陈母墓，看丰殡宫。复入南门，至四母、陈妹家，循东城至子寿、佐卿、陈生处，余俱未入。寿家遇力臣、罗瀛交，佐家遇夏子常，皆略谈。夜闻呼噪声，云练军共詈击其营官。新抚始至，试其火色也。萧章京送京物六种，云即往岳州，还再相见。

　　五日　晴。复拜城西南诸家，北从笛仙始。入谈者庄心盦、龙际云，余皆未见，还尚未暮，夜月甚佳。过筠仙处，与曾郎杂谈无章。

　　六日　晴。为文心书柱，撰二句云。壁立千仞，犹恐未免俗；兼包九流，而后可说经。颇能自道其所得。文心、济生俱来谈。午后香孙、佐卿约过锡九谈，又要佐卿同至余家。晚饭毕，步月出游，至任翰林、张金刚、曾宫伯、张文心处。金刚复与余同至吴畇谷寓少坐，还，月未落。

七日　晴。以外间颇欲议论《湘军志》长短，与书佐卿，属告诸公烧毁之。步出访阎相文、胡稺翁、瞿春陔。登定王台，夏粮储约饮未至，守者颇相疑，遂出。至城东，民舍皆满，无隙地，复出浏阳门望春。还，欲访傅清腴，遇夏卤簿，无可避，仍还定王台。顷之清腴、蓬海、但少村、畇谷、刘定甫俱至，坐谈最久，将夕乃设食，未夜会散，步月归。

八日　阴晴。避客楼居。作《人日登定王台诗》，殊无格调，词不掩意故也。小睡片时。得郭健郎书，言蜀督幕客内哄，己亦几不免。游客分党，极为可笑，然朝廷门户亦复何异，以彼嗤此，犹未达也。夜与梦缇言，亲友贫者，我虽日至而彼不一报，于心无憾也。若富贵家则责以报酬，此与趋炎嫌贫者颠倒其见，同为势利而行之，必如此乃为高谊。人世浮浊，行不可过高，孔子所以游方之内。

九日　阴晴。茷女猝生喉蛾，甚危急，迎陈妹小姑卜孺人治之，一针而愈。茷女自言梦一老姥，右提筐，左牵牛，呼使往就治。茷生时有牛祥，疑此神人示应也。纷纭一日，皆无所事。

十日　雨。始治家事，命功儿携恒子往校经堂，约胡子威读书。除楼上下间，使三女稍长者居下间，自携茷居楼上，尽陈经、史、诸子以待检阅，费一日力始清。罗婴昨来，彭郎峻五午来，皆未暇久谈。夜复樾岑书。得夏芝岑诗函。

十一日　雨寒。子寿频来相寻，恐其有事，往访之，因先诣瓮叟人谈。复过校经堂，见城南书院旧基殊逼促，不可居，堂生四人，唯萧生不堪选，余皆近雅也。子寿实无事，亦无所言，留

饭未吃而出。至刘定甫、谢小庄两处而还。抄《礼经》一页。彭
畯五来夜谈。

十二日　风雨欲雪。登楼理业。瞿郎子纯、张力臣、左锡九
来，皆久坐。夜寒未事。

十三日　阴雨，寒甚，拥被眠，至晡乃起。将作字，觅故研
未得，家中便有陵谷之迁，殊为可叹。毛妹来，言莲弟约与其外
妇同死，已服鸦片矣。遣人视之，殊不然。此事乃一段假情史，
亦余宽纵所致，遣人告保甲局，逐去其妇。

十四日　阴晴。笛仙来。抄《礼经》一页。莲弟逃去。

十五日　晴。夜月而忽雨。余佐卿来，坐半日去。

十六日　晴。抄《礼经》一页。半山出谢客。移两女西室读
书，余仍居楼。今夜癸卯，惊蛰。半山夜还。懿儿小疾，夜瞑眩，
顷之愈。珰、衯始夜讲。

十七日　晴。抄《礼经》一页。锡九来，论《湘军志》版片
宜送筠仙。余告之云："吾以直笔非私家所宜，为众掩覆，毁版则
可。外人既未出资属我刻，而来索版，是无礼也。君不宜为众人
所使，且置身事外以免咎尤。此板吾既愿毁之，又何劳索。"锡九
唯唯而去。懿疾未愈，其母终夜不眠。

十八日　晴。晨得外舅书及幼二书，均言田事。庄心盦、杨
商农均来久谈，欲出不得去。申初始出，答访王老虎，大恨丁穉
公、唐鄂生，云诬其宿倡。出示原案，本亦多事，此人虽箠挞之
不为过，然罪不在宿倡也。日色尚早，连谒数家，均未得入。至
刘馨翁处会饮，傅青黄、郭筠仙、邓双坡藩使、刘培元总兵均同
坐，三更始散。

十九日　晴。石路始干。张金刚早来未入，顷之复至，云云。
抄《礼经》一页。功、舆昨归视懿病。校经堂生成赞君、黄泽生、

罗伯坚来，极言治经之要在笃信经，莫怕传、注。此余生平所得力者。孔子云：为之不厌，诲人不倦。若专以解经而论，庶几可以效此。十一弟病，留省城过年，竟不相告，今日始来相见，切责之，云汝欲陷我以无亲耳。子弟不成立，千奇百怪，闷人。步出访香孙、佐卿，视黎简堂病，未能晤言，见其二子，意匆匆似不佳。途遇商农，索挽联。云乔：京华读寄书，最关心叔子科名，频望燕台愁白路；乡校尊耆老，方准拟九旬秩养，遽悲奠水送赪铭。复过筠仙少坐，听其谈力臣反覆事，殊为可乐。余近年学道有得，庶乎《齐物论》矣。笛仙云庄子快活一世，却牢骚一世。甚不然也。夜月甚佳。

廿日　晴。早起，遣送《湘军志》版及所刷书与筠仙，并书与之，言本宜交镜初，今从权办也。锡九来，孙涵若、常霖生继至，与论可与共学。谓略通九流，知天下道术无不在，则无不用无不学。曾涤生庶乎近之，然心眼太小，有时不自克，故未可与适道也。余则从容优游，无所不窥，视天下是非利害不得至乎前，可与适道也。然结习多，意气重，心口快，言行相违，身心不相顾，故未可与立。可与立者，当世未之见。以共学适道后之立，非伊尹、伯夷不足当之，楚屈原其亦可乎？诸子则尚未可共学，而其身分高于曾、王，彼非学圣人，已造其境，而未窥吾门，犹之次国之上卿，似高于大国之下卿也。锡九来。陈妹来。欲出未果。抄《礼经》一页。暮看新柳，携茂步旧湖堤。

廿一日　晴。抄《礼经》一页。阎训导正衡来，谈石门获稻，露积月余乃取粟；武陵银钱取息最重；杨杏老家资可十万；曾静斋家贫犹有万金，今主朗江书院云云。

廿二日　晴。初春丽景，从来少觏，心绪烦瞀，负此佳日，可惜也。曹价藩、熊镜生来。出过蓬海，答诗傅屺生竹湘，因与青余谈《湘军志》是非。出南门诣芝生，遇一客，见济生者，自避待于客坐之外。芝生出，要往学堂，胡子政亦出。坐久之，将饭乃出。过夏粮储、陈杏生而还。佐卿来，言筠仙立社，教训后学。余以为不宜，以凡起一事，不可自为，本约同志聚论，而自尊骄，是贡高也。今日欲雨未雨，闻段培元之丧。

廿三日　晴。锡九、孙涵若、徐甥、陈杏生来。抄《礼经》二页。徐甥言县志复议属我。余言此公事，宜送县令，县令送我乃可耳。本约罗研翁死则为续成之，今亦不辞也。凡本县人修志，但不言润笔，则无不可为。天下纷纷，俱入利门，可慨也。族人大满、弟春龄子来，言买田事。

廿四日　晴。午后复阴，似欲雨。春气萌动，百草怒发。胡穉泉、徐子云、杨商农、张雨珊来，并久谈。子云言韺子、庚侄俱入左督幕中，左公不择人如此，犹有承平风度。抄《礼经》二页。苏元春家有儒生旦夕伊吾，似甚好学。雨珊言其族弟百禔好学虚心，可入校经、思贤之选。陈池生卒于开封，作一联挽之。生从虎口来，竟支持忠孝名门，有子承欢依节母；幸不鲸波去，正理料琴书小住，阿兄扶病送残阳。彭子茂妻钟氏挽联。卅年佩戴总劬劳，盐米操持，内助称贤悲独苦；三陕惊忧甫宁帖，婴儿环绕，含饴可乐遽先徂。

廿五日　晴。昨夜微雨湿阶，起乃知之。大满等晨去，起送，遂登楼，抄《礼经》二页。午步出答访镜生、雨珊，复同雨珊至孙涵若处夕食，坐客钱□皆其姻戚。夜至心盦宅谈，得穉公腊八日书。

廿六日　晴。始煊，易绵衣。抄《礼经》二页。唐继淙来见，云欲游浙干俊臣，并献尘土条陈。余对之鬋发毕，犹未欲去，乃与俱出。访曹价藩未遇，至志局与阎、王小坐，观其志趣，各有所挟持，忽焉不乐，遂别去。循城直南至校经堂看两儿，功问《礼记》疑义，殊不似曾读吾书者，乃知比其弟大逊，初亦未料其如此也。过视陈妹、卜经历，逶巡向暮，至姚立云家会饮，坐客先至者雨珊、蓬海、李次琴、陶又瑜，后至者吴畇谷、陈海鹏，多谈词曲，尚不伤雅。

廿七日　晴煊。陈富春来，言程生疑其父墓铭有碍目者。俗论难悟，今乃见之。余告以可改削，而不必告我也。罗郎伯存来，言今年无馆。罗小沅来，言县志不可改。及闻曾沅浦与余参差，余俱唯唯。抄《礼经》二页，磨墨如碾沙，殊快人意。发蜀督复书。夜访章镐苣孙。

廿八日　晴热。李和笙、章苣孙来。李为金门从兄之妻兄，曾请作其母诗序，久忘之矣。读之文甚雅伤，因令录一稿。文心来，言庞司使怪余不拜客，又问曾沅浦事。此事不可使官场闻，殊恨阋墙也。子威、隽五、验郎同来。子寿强欲入语，悃款可怜，余感其诚，以正论告之，有人云其伪，疑莫能明也。要之余言无过乱门，其义甚正，亦不计人之相负否矣。抄《礼经》二页。始闻蛙声。

廿九日　阴煊。抄《礼经》二页。欧阳接吾来。

二　月

二月丁巳朔　始谋家事。功儿归，为其弟设朔奠。阴暄。出吊子茂妻丧。本请陪宾，因天热，春服皆未备，自检四箱，至午乃出。吊客来者多不相识，少坐出。答访林绶臣、黄子明。还，少睡。夜起登楼，抄经一页，觉骨节蒸痛，似是温证，急返寝室，热大作，四更乃解。

二日　晴。抄经二页，《少牢》篇毕。张冬生、杨芷汀湘潭人。来。复抄《丧服》一页。汉制有六尚：冠、衣、席、浴、食、书也。昨夜有盗登巡抚围墙，刃伤一更兵。又有四人服药求见巡抚，自云斋匪。送长沙狱，未至道死，众皆以为妖异。今夜房妪闻行声，误以为盗至，惊余寐。未几闻长妇娠，起就侧室眠。夜雨旋止。

三日　己未，春分。风稍凉，可重绵。彭翁来，言外间以余毁程、朱为异端，宜切戒之。余云："吾家解异端不如此，此不问而知非我言也。"又言及诸生庭辱易海青，以为我主使。此翁愦愦乃至此，不足与之言。陈吉①生请陪吊，巳正往，申正还。长妇生女，或从此可蕃育。以彼频举三男，皆幻泡，反不如生女之无忧耳。夜登楼，抄《有司》篇二页。得和合书。

四日　晴。萧屺山来久谈，云即日上衡，午步往送之，未遇。入城至朵翁处，纵谈立身处世之方，正告以流言止于智者之义。所云止者，不独不信，且不辩也。又谈《春秋》《礼经》，听者十数人。晡后复出城，至萧舟，略谈还。过樾岑不遇。登楼抄经二页。

五日　阴。昨暮得邓郎书，云非女病重。惧已不起，念坐待凶问，不如自往看之。命往附船即行。孙女洗盆出见。为蓬海看词卷、朵翁看《楚词注》竟日。蓬海来，谈顷之。小云来，看外孙女，亦登楼，与蓬海旧识，长谈忘日之暮。客去，饭罢登舟。南风不可行，仍还家。女妇勃豀，为开陈道礼。复登楼少坐，无事早眠。

六日　阴，欲雨。樾岑约早来，过晨始至，略谈旋去。遣约佐卿来，纵论贤不肖相去之远，及处世无聊之周旋，非有道者不能一日居也。船人报当行，将暮与佐卿饭罢出城，小舟甚宽，附

---

① 吉，疑为"杏"之讹。

舟客二人。行十五里泊靳河，靳尚故里也，适欲注《楚词》而宿靳里乎。夜雨。

七日　北风，阴雨稍寒。晏起，已至万楼矣。泊张步，在仓门上。遣龙八往仲三家问讯。释《离骚》至"灵氛"章止，引《水经注》证女嬃为既放后归里之事。信文章之有精神，千载如面对也。顷襄既立，屈子得还，虽未入朝，而可自便，故还秭归而游沅湘，非被放也。后再迁江南，则禁锢矣。夜雨潇潇，北风簸舟，安眠至晓。

八日　阴晴。翦发。读《楚词》，评释《九歌》，尤伤心于《山鬼》，盖鬼者远祖去坛之号，故篇中累言公子。楚弃夔、巫而弱亡，屈子独欲复夔以通巴蜀，宋玉传其说。此自古智士秘计奇谋，至余乃始发之，虽或谓屈、宋所不到，而此策自是弱秦复楚立奇未经人道者也。余今日亦有弱夷强华之策，无由陈于朝廷，用事大臣闻者尚不及子兰能大怒，其情悲于屈原，而遇则亨矣。古之伤心人别有怀抱，渔父、詹尹岂能笑之乎？舟人揽载，移泊牛矢夹，杨梅洲尾，地名也。夜月繁星，怅念少时游宴欢愁之绪，由今视之，皆如嚼蜡。

九日　阴晴。西风，辰初始行。读《九章》《九辩》，倍《离骚》《九歌》犹未遗忘。昔居石门时，与非女、功、丰续诵《楚词》，至今其声在耳，而三子离别死病相寻，追念故欢，眇不可再，唯此一卷，新有诠释，光景更新，使人有弃世上仙之意。行六十里泊石潭，罗伯宜赌吃米粉蒸肉地也。今亦成故事，其父子俱殁，苍松老屋空矣。

十日　晴，南风，寒。重行二十里过文家滩，旧游频渡之地也。四十里泊湘乡县东望春门。舟人待一客，薄暮至，声似罗少纯，与问讯，则乃见知，询为朱岳秋秀才，远馆城步，尚须经武冈，可自此同行至彼岸。移泊西门。夜月朗然，殊无春色。今日读《惜诵》一篇未熟。

十一日　晴，南风。晏起见一桥，乃朱津渡桥也。仅十年不至，已迷其上下。自城至此十五里，又十五里过山枣，昔年与涤公相过未相见处也。其时余居明冈，罗研翁居老虎坝，匹马来去，川原林树皆相识，海内波荡，乡里晏然。今四方无尘，而闾井萧条，令人有化鹤之感。行三十里泊潭市，至昏复行五里宿中川。稍觉春煊，四更后雨。今日读《涉江》篇。

十二日　晨雨未行，蒙蒙至午。行十五里泊连司渡。看水上雨沤，感忆怀庭，久欲作挽诔之词，缘意绪太多，反至稽滞。忧思独增伤，郁郁又逾春。乘流观飘雨，念子始别晨。固知闻丧久，情响忽如亲。久要恨不忘，欢爱集酸幸。驰思迷生死，吐唱诉灵神。又行十五里泊鹅陂滩。晴。

十三日　晴。微有北风，帆行十五里盖步头，附船人起载去。又十五里侧水。岳岳南衡精，腾光照四遐。云龙骧兴运，宣文乐且仪。之子怀瑾瑜，幽独久离家。吴越不我知，明珠反故浦。群贤尽和会，大国有光华。又十五里黄马洲，又十五里泊阳唐弯。曰余非祥金，遘子利同心。言行相影响，谗嫉尚不侵。离会犹一情，曾不怨商参。悠悠大暮辰，委化共飞沈。岂效妻子泣，胡然涕淫淫。

十四日　晴煊。船版俱炙人，仓中风凉，余一绵，同行客尚羊裘也。有身必有悲，俾也何时忘。行行登凤台，白日皎城冈。伏龙傥晨吟，知我翼摧伤。庭宇固俨然，春花亦再阳。反怨结重恩，企踵毒中肠。中离奄八秋，念子山夜愁。还情弥大江，要眇共夷犹。人情恋所生，劝我天彭留。宁知一朝穷，弃余东海陬。严霜复冥冥，爱子堕重幽。未午，南风动地，篙榜至永丰，仅十五里，计行四时。遣龙八觅舁夫，久不来，顷之麋至相争，待其装束毕，出街，令急行，后者疑不肯进。乃步行五六里，见道旁茶店将开肆，妇女欣欣有衔感之容。此于风俗极敝，然不可禁，亦众所乐，正其本者在兴教耳。若如此下手，徒为笑柄也。昇至，行二十里宿杨柳井，土语似若"仁里"者。

十五日　晴。极煊，可单衣，行二十里青衣坪，大市也。又三十五里长塘铺，银线、金线铺在界领下，昔年旧游，几忘之矣，既至乃如梦焉。午愒界领，未饭，独坐石匠门几一时许。今日当宿白马铺，以朋海属至黑田铺访八妹，又邓仆、彭姬道遇，欲同行，趱程至夜乃宿。自长塘至此又三十里，共八十五里。未至五里，过枯杉亭，访邓湘丈所作祠室，已将毁矣。少时见南村为简斋作祠堂，为杉树作诗，以为可不必。今日思魁太守、邓院长之好事，皆成佳话，即陈去非之避寇亦是佳客，装点名胜，正不可少也。平生达道真，远逝竟先机。安持不朽名，空与俗众违。奈我茕独何，处世恍如遗。良友犹一身，斯言异埙篪。我丧子失明，子去彼何睎？圭章斐其文，燕石余独售。群公轻卑官，三荐困牛刀。至人心寿康，外物固不劳。书来告鞅掌，遗篇绝唱酬。岂其遂褰裳，思与造物休。惊悲成惙惙，倏忽经年月。还枢何淹迟，灵神枉超越。登高望音信，忽悟泪如屑。厌世虽消摇，恩纪尚不恝。悬解若有征，哀情庶能辍。

十六日　晨凉。昇人云夜雨，未闻见也。行三十里愒洪桥。道中入雨中行，细霡如尘，蔷薇尽落，昨闻子规，今见燕子，犹有残桃花、踯躅及荂木花时满陂陀间。过桥雨霁，四十里至城中，宿正街同升栈。昔年此城无好客店，今乃有住足处矣，亦军兴使然也。今日先府君忌日，以在道无变于居处，唯不食亦恒日所同也。黑田有书院，洪桥桥上并可愒。夜雨，梦尊经院生饯余，有院外生多人与焉。余以其异诸子弟，欲令近坐语。斋长对云院外多有佳者，余答言固知多佳者。语未毕而悲不自胜，哽咽而醒，未知何祥也。

十七日　雨。晨兴，闻风声，觉甚寒，以为不可行，将命龙八先往，起欲作书，则已霁矣。因出城，着重裘犹有寒意。忆昔年曾于此路遇雨，有恨春寒之词，因作小诗。栗烈清明似腊残，貂裘冲浪渡神滩。当年只为春衣薄，错恨东风二月寒。　　蹢躅逢春作火堆，石门儿女逐年栽。谁知消尽神仙福，重对殷红泪眼开。　　处处山塍荎木花，更无人看自夭斜。雪团云压当筵贵，曾见春深老将家。（温州总兵秦如虎家有荎木花，冠群芳。）　　十丈枯杉八百春，不逢南老定为薪。如今转作词人恨，冷落荒祠绝四邻。（简斋学堂唯存一碑，亭屋皆将坏，杉树似亦矮如前。）店饭甚晏，不能待。一宿两餐，唯取八十钱。行三十里凡六愒，乃至长杨铺。日晡矣，颇知饥，亦从来行路所无也。北风寒厉，强行二十里宿宕口铺，店秽不可宿。梦朱岳林来，设拜，衣冠不顶，其花翎在冠襜内。同行朱秀才作别，遂不相见。

十八日　甲戌，清明。有雪，雷雨。寒食自五代而罢，宋犹取火，元则全废矣。元以后，凡言寒食无言禁火者，独江苏尚作寒食，亦不禁火也。方俗重火，虽曹公、石勒之力不能止之，其后自罢，亦莫能复之。民俗大抵如此，如古戒酒今戒烟亦是也。道家治民，在无生事，条教号令徒诒笑而长奸，论治者莫能知此。早饭后尚不能行，巳初乃发。舁人甚困，五里一息，前后遇雨，皆避亭中。感行路之难易在人，作一诗。雨里看山雨后行，芒鞋虽湿裹缠轻。油衣鸳瓦皆成见，争似随时缓一程。油衣鸳瓦典凡三四用，他日可作一段诗话。行三十里愒红庙，又二十里愒桃花坪，马迹熟游之地，今坪草依然，马四易，皆老矣。连日读《哀郢》《抽思》《怀沙》三篇，始得上口，记性之钝如此。客店无聊，呼薪自燎。道中诵元微之歌词，言唐宫寒食念奴事，戏作一诗。二八珠喉教养成，避风防露似花英，诸郎宿后催歌管，应是阿瞒不解声。俗言清明泡种，农家有谚云：贫人莫信哄，桐子花开才下种。今屡验。清明实不断雪，而清明寒食时桐花必未开，老农言不虚也。律管春深候不差，老农常是守桐花。南中屡见清明节，始识农家胜历家。

十九日　早行十里渡子羊渡。未至水边三里，有横江亭石碑勒二大字，题"会稽童煊"，不知何时人。旁有小字，就石雕之，颂赵申乔德政，则此碑必康熙以前立也。十里饭于观音山，店有烟馆，而能颂文心之政。二十五里黄桥铺，有当铺，是新起建者。二十里宿思桥铺，车殆仆病。思昔年聂天端诸人从宝庆两日半至邓宅，今无复此健步，亦湘军暮气之验。今日诵《九章》二篇《思美人》《惜往日》，有感余怀。白发鸡鸣渡子羊，莫临流水照春装。美人只向山中老，孤负兰芝六十箱。

廿日　未明起，令昇夫早饭，微雨，行六十里憩石羊桥。从桥北取左路，十里李家桥，又十里尖山，道狭泥堆，行者甚困。细雨如尘滑似酥，浅泥危石路难扶。天公自与花调露，多少行人怨鹧鸪。石羊前三塘，多有民家佳屋，似甚清静。磴道清泉界水田，青苍垣树蠹墙鲜。居人未必无尘事，却被尘中望作仙。尖山铺不在尖山下，邓家在尖山后可八里，到门犹未暮。淦郎先出迎，弥之继出，皆衣冠。外孙女亦出迎。入谒邓母，非女病未能兴，视之神色尚王，略谈数语。出至园中，复入见欧婴，乃与弥之坐客厅中谈，邓郎子沆、子连、子竹、子新俱出见。一面一饭后，保之乃自城还。明日其恭人生辰，设汤饼，其子师彭翁星陔及州人彭琢章同坐。坐散，弥之复少坐去，保之更谈至三更乃去。

廿一日　晴。晨起，主人未兴。与彭翁谈，入贺保之恭人生日。非女已起侍矣。日间看保之《井言》、淦郎诗，诗五言颇成章。非女出见，久坐。夜饮生日酒，亥散。今日翼之子子贤来见。

廿二日　晴热。晏起。闻非女呕血，午后出见，乃云已少愈。读《九章》。看彭翁《史论》及《易说》。诲非女持家之道。弥之设宴园中，牡丹始开一花。

廿三日　晴。愈热，才可一衣。淦郎请改经文，竹郎请定其所作五言诗，年十七，殊有气势。万秀才字芳琛来见。致弥之二月八日书，谈经学书院规程，颇砭其有志资助之非。今日保之款客。周显王四十一年，楚怀王槐元年。六年败魏襄陵。八年击秦不胜。十年秦灭蜀。十六年张仪来相，秦封公子繇通于蜀。十七年秦败屈匄①。十八年蜀相杀蜀侯。十九年秦诛蜀相壮，张仪死于魏。二十四年，秦昭王二年，来迎妇。二十五年与秦王会黄棘，秦复归我上庸。二十六年太子质秦。二十八年蜀反，秦司马错诛蜀守辉伐楚，败唐昧于重丘。齐与秦击楚。二十九年秦取襄城，杀景缺。三十年王入秦，秦取我八城。赧王十七年，顷襄王元年，秦取我十六城。二年怀王亡之赵，赵弗纳。三年怀王卒于秦，来归葬。十四年与秦会宛。十五年取齐淮上，齐湣王亡走。十六年与秦王会穰。十九年秦击我，与秦汉北及上庸地。二十年秦拔鄢、西陵。二十一年秦白起拔郢，更东攻竟陵，以为南郡，烧夷陵，王亡走陈。二十二年秦拔我巫、黔中。二十三年秦所拔我江旁反秦。二十七年击燕。三十六年王薨。考烈王元年秦取我州。六年黄歇救赵。十年徙于巨阳。十四年灭鲁。二十二年东徙寿春。显王三十一年癸未，怀王元年癸巳，《离骚》云"摄提贞于孟陬"。

廿四日　雨凉。取《史记》校考《楚词》情事，并考屈子生年。《离骚》之"摄提"是太岁在寅也。依《史记》甲子推之，楚怀王元年岁在癸巳，先三年庚寅，先十三年戊寅，当楚宣王二十五年，周显王二十四年也。怀王元年屈子年十六岁，顷襄元年四十六岁，二十三年六十八岁而沉湘，故云"年既老"。

廿五日　雨。晨入园中。牡丹离披，寒气颇重。顷之弥之来，言曹学使观风题有论诗绝句，戏拈元遗山以后诸诗家得二十余人，作十四首以示淦郎，诗录于后。读《九章》一过。从清芬亭看扶犁，雨气蒙蒙，饶有春田之兴。夜作论同人诗八首。

廿六日　阴。保之一女殇，因火烧带然裳，被冻水逼发，疾七日而死，年八岁矣，闻之愀然不乐。今日当燕我，往唁，请改期，是无服之殇也。《穀梁》云：子既生，不免水火，母之罪也。释氏则以为业矣。二者并有其理。看杜俞通商志，云采自夏嗛甫

---

① "匄"，原作"匈"，据《史记》改正。

书，皆影响非事实，书天津战事尤误。看张伯纯论时事书，文笔充畅，杜文笔亦明晰也。非女病三日不出，恐其不能行，入视之，似尚可支，然闷损人殊甚。看《史记》得范蠡蹲犬窦事，前时未之省记。又彭祖与楚同祖，注《楚词》时亦未引也。

廿七日　晴。晨读《九章》一遍，《悲回风》凡三复。以光景为屈所荐贤，黄棘为地名，确有所据。《怀沙》篇云"惭光景"，此云"借光景"，故知有所指也。初读"黄棘"字，即似口头语，而叔师以"王棘"解之，及检《楚世家》乃爽然，但未知汉北果何地，乌从何集耳。欲以乌指王，似亦可通，而集北终无确指。

申时行之为政与沈桂芳同，其谥同，又同乡。论近人但当以明人比之，无不合者。盖古之小人贤于近代君子，古之庸人贤于近代豪杰，教化风俗使然也。独往溪边，循塍而反，转迂于通道。此地亦不精于治田，与衡阳同，与湘上大异，其土兵必不可用。卧看《史记》一本。夜眠甚不快，似有疾者，已而闻雨，稍寐，忽觉体中平适，遂至晓。

廿八日　阴。晨起，弥之已至，属作《云台诸将论》，翻《汉书》略览，试为论之。云台诸将，位多在三公郡守，其后增卓茂等四人。茂未尝仕汉典兵，题之为将，盖采谶文也。自邓禹至刘植皆从光武于南阳、河北，而东平王苍独重伏波，臣有不与之疑，君含不言之笑，史臣记之，谓以椒房，是乌知显宗意耶？夫王业初兴，功在景附，韩、彭望重，不及萧、曹，是以诸葛绌于关、张，吕望不侪五、四。伏波羁旅为客，往来二主，虽有岸帻之欢，曾无缚绔之勤。天下既定，乃使远将。帝心未孚，朝望参差，而又急于功名，终自踊跃。当群帅释兵之时，怀少年请缨之志，不待谗间，知其慕富贵矣。是以一闻薏苡之谤，捷于投杼之告也。及夫志节既明，谅为烈士，以负谤之故，收天下之名，赫然与邓、耿齐声，皎然与寇、冯比重。此乃在建武之后，乌得以侪于佐命乎？且诸将亦非皆有殊勋，但以其系轻重耳。故任光、万修无攻讨之烈，刘植、王梁有败绩之咎。刘隆副援，坚镡小吏，而南宫画象，以应列宿。及后所加李通、王常，绝席尊官，竟无表著，岂非河山所酬，在此不在彼乎？显宗特以明德之故，不忍疏援，亦不可班之元臣，以乖先意。范史犹尚不喻，论者宜其异同矣。虽然来歙东归，承赐襜褕，开道回中，遂平陇右，被刺下辩，壮同君然，其所以名不参于佐命之间，图不增于四人之后者，则永平追论亦或有所遗乎？晡间保之特设相燕，酒欲罢，闻非女疾发，颇为不欢。夜入视之，终宵不寐。始议顾船，先保之行。

廿九日　早起觉寒，出户已见日矣。弥之入城，昨戒早发，而至巳未出。龙八亦泄泄观望，未携从人，故令人闷。看《汉书》，坚镡、王常并为左曹，即后世左仆射之尊。龙八晚归，云船已定，明日当至。

卅日　晴，午后阴。早起邓郎子竹来园中久谈。弥之赠诗，晚复设饯，夜烛繁花，颇有清兴，偶作一诗和之。百朵酽香被酒薰，牡丹犹似在娱园。重开绮席留春久，各占名山觉道尊。客去看花休恨别，老来相见欲忘言。桃源甲子何须记，手种桐枝又长孙。明日定行，弥之云第二孙女年命微不合，宜初二日也。

三　月

三月丁亥朔　昨夜雨，至晨未断。弥之早起相送，乃不可行。待至过午，保之乃设早饭，饭后即发。行从来径，五里憩村店，见州官示，知其地名桥惊断。又十里憩黑土领，自此泥行，欹仄竭蹷，乃至水路口，距石羊三五里，舟舣于此。不坐此等船三十年矣，恍若梦游，亦甚安适，检点顷之已暮。彭星翁及竹郎至，要过同饭，推篷即睡。夜半醒，正见一星当头，未暇辨何星也。来径忽幽深，新黄尽萋菲。春色雨始佳，云山绿相待。久聚愉暂离，前欢梦年改。华叶续为春，光阴散成采。闲游每有得，时去终何悔。隐趣寄山中，期君守兰茝。"菲"字原作"蔼"字，以不合古音改"菲"字，"萋菲"自来词家不如此用。

二日　晴。舣水口，待邓郎等，午前唯与彭星翁谈。彭云叔绩孙代钧及从孙代过均能读好学。又言其乡人吴南才，叔绩外祖也，有史通，外间有稿，其家不知有此书。晡后非女登舟，淦郎及其弟子元亦至，两外孙女、三女仆从行，分三船二厨，余及淦郎俱饭于非女船头，夜亦宿船头。凡行五十里泊磴子铺，"磴"读"吞"上声。陆道去武冈城五十里，水道盖七十也。资上群山幽曲，石树苍秀，微少峭耸之奇耳。余前频舟行，殊未暇赏，盖芒芒而归，亦可哂矣。夜见萤火。

三日　己丑，谷雨。晴热，已有夏气。还己船坐卧终日。夜泊铜盆涧，云行九十里，殆不及六十，新化至武冈陆道渡此，云水中有铜盆故名。

四日　晴热。读《九章》一过。早泊桃花坪，畏日未上。自此入邵阳境，冈峦尤低。行九十里泊天子山，云此山昔为望气者掘断，以厌王气，故有天子之名也。前夜已有微月，今更辉映。

五日　晴。晏起，午后复假寐久之。为两邓郎改试文。未初大雨，未杪复雨，狂风以雷，携顺孙在舟中，皆以衣蒙头避风，顷之乃霁。春月有伏暑之象，亦罕见也。酉正至宝庆府城，泊临津门，西北门也。吴称三步访，略谈经学，云亦有志于此，且治《说文》。

六日　晨起，阴。检行李，发人夫十七名，至午乃成行，已频雨矣。非女小愈。钟贤甫来访，云曾相见。仲甫之孙亦来看邓郎，颇似其祖。均未多谈。非女避雨厘局，遇一罗姓，遣问云与吾相知，未详何人也。余今到处知名，甚非早年充隐之愿。雨中行三十里宿雀塘铺，觅一书室以居非女等，明洁可坐，器具亦坚，好不易得也。检笔未得，借店家笔书此。邵人呼"雀"音如拖，

"塘"如刀，声转不可究如此。

七日　阴雨。饭后乃行，八十里宿金线铺，居店旁空宅三间，云有店妇，以子死见神于其家，因移避之。余初不知也。既去，非女乃言之。读《九章》，温《九辩》，均一过。夜大雨风寒。

八日　雨寒，复可裘矣。早行无一人，唯见学使牌至，戏题一诗。东风料峭雨阑干，尽日无人驿路漫。唯有锦袍驱骆马，肯临孤馆领春寒。三十里单井铺，店净可愒。又十里杨柳井，遇刘总督迎姬妾，装赍甚盛。稻田水足燕参差，贪看春光立片时。忽地子规惊却去，青袍湿尽雨如丝。　载得江南春色归，空山寒雨散芳菲，菜花深处粉黄蝶，初向东风识舞衣。凡境随人异，岘庄以庸微而跻大位，余犹凄皇路旁，所谓贤愚倒置，不平之甚者也。若岘庄自问，则劳苦功高，虽裂土不足以酬，而身被谤讪。余以儒生，从容风议，评其长短，此岘庄之不平也。以余自问，则富贵浮云，愚者所羡皆智者所笑，岘庄所遇未为丰也。余固疏野，今乐闲游，并不得为凄皇道旁，庄生所云四执使正者，实天下之至论。而圣人不以为教者，所谓民不可使知，方欲进贤退不肖，不可复以此训，而儒生便执着以为是非矣。二十五里至永丰，桥上遇一长沙人，从新宁捕役还者，为余觅船，船户肉袒相迎，心恶之，别觅一船。船户识余，呼以"大人"，索价遂不可与争，"大人"之为害也。昔韩伯休但以姓名见知，而遂弃药，使人复生惭惶。非女等轿接迹而至，急急部署，遂已昏暮。余一日未食，亥初乃饭，解襆酣眠。

九日　阴晴，北风。此行欲晴则雨，欲雨则晴，上得南风，下得北风，无不相左，亦未尝能尼我也。已初开，行十里舟子归家，泊石师潭一时许。又行六十里泊大阳塘。前十里有江口，一水从安化界来，经南田，至此与永丰水会，源远流盛，连水正枝也。永丰水通邵阳为通道，故独著耳。

十日　朝雨，过潭市忽霁，至湘乡日色甚烈，薄暮过石潭，已行百三十里矣。新月微风，眺望颇适，自出门一月来，无此顺境。初夜，非女云心中不快，极为忧焦，何事机不顺若是，为之汗出。人命如屈申臂，殊可悲也。然其愈出意外，余但从好处想，亦可谓不知足。三更泊湘潭十七总新码头，夜行六十里。

十一日　阴。昨夜已可到家，嫌其急遽，以为今早必发，不知船人于此有神福，竖桅设酒，过辰乃行。午初至昭山，得小南风，帆行平稳。立表刻漏，期申初当至城下，果闻钟三响，而泊草潮门矣。轧轿送非女等先入城，步从其后，家人平安，为之过喜，今而后知死丧之威也。半山小疾旋愈。饭后步唁陈松生，谈外国事，半时许，步月还。亥寝。

十二日　晴。晨起登楼，检《地志》，楚陵阳当在汉之丹阳郡，今宁国、池州并有陵阳之名。《九章·哀郢》云"当陵阳之焉至"，盖当时江边有陵阳城，在池州、芜湖上下，泛江取庐、舒陆道，必于此改装也。月生子稽金寿入学来见，笛仙子丧，今日皆当往答诣者，会雨不果。理诸女功课，抄经二页。佐卿来，久谈，自谓可与立者。余云："君虽可共学适道而未学道，今能立，则益当勉于学道也。"佐以病懒辞。可学者未闻懒，亦未闻懒而能立者，佐殆"狂者进取"者欤？晡后复晴，夜月早眠。

十三日　晴。晨步吊笛仙，适方谋殡事，少谈便还。饭后课读。王步轩来，自衡州一见，丙子再见，今又七年矣。云为曾沅浦所厄，欲觅一馆。松生来，取《湘军志》二部去。作彭郎挽词。闻喜忆县弧，廿三龄江介归来，果看脱颖声名，诗礼无惭贤父子；踊金嗟在冶，一二分才思未展，空说朱、陶货殖，挪①揄疑有路旁人。合肥李母挽联。慈云

---

① "挪"，疑为"揶"之讹。

起南岳封中，酿作甘霖遍寰海；贤母数中兴第一，只凭俭德训家庭。抄经二页。左锡九夜来，与同诣朱香孙，步月还。看京报，察典去两尚书一总宪，近日所罕。豹岑得桂抚，黄子寿得荆道，又闻鄂生得滇藩。丁雨生、黎兆民皆病故，非恶耗也。

十四日　晴热。抄经二页。欧阳接吾、陈芳畹来。暮诣蓬海。松生见过，相要步月，至佐卿家未遇。至松生家，看其妻遗诗及其近作，皆老成深稳，居然作家。又送洋滑华银。夜还讲书。

十五日　晴，风煊。罗郎来。三弟抄送校经官课题，庸陋可闵。陈生来。致程郎书。抄经一页。夜雨雷，旋霁，安寝至晓。

十六日　晴。连日为舆儿点讲《礼记》，似有一暴之功。谢客不出，唯坐小楼。夏生来见，与论文学。人不可有鄙心，古来有元恶而不鄙者，有忠孝而实鄙者。鄙则非教化所及，不鄙乃可转恶而善。凡未能忘情于富贵浮名者，皆鄙夫也。自孔子不能"与之事君"已下，唯当痛绝之。与书但少村，为三弟求馆。抄经一页。夜月静佳，登楼裴回。次青母喻氏丧来赴，年八十六矣，与筱泉母均称多福。兼富贵寿考以著徽音，儒素显清门，五承凤诰贤名大；历困苦危亡而终荣养，碑铭追往事，一到泷冈涕泪多。午过瓮叟，神明顿健，使人欣慰。

十七日　晴。段海侯来。讲《易》，令功、舆同往学堂。抄经二页，写条幅一纸。子威来。

十八日　甲辰，立夏。昨夜雨，欲出北门，龙八怯泥不往。梦缇出谢客，因往视陈妹，闻其病困，极忧之。武陵陈锐伯陶来。袁守愚、彭克郎来，言鹭卿死，枢已还至矣，殊为迅速。抄经二页。

十九日　阴。抄经二页。为半山作《经解》。《说文》：襦，短衣也。桂注引腰襦云：短当为裋。裋竖使布长，襦即褐也。褐，粗衣。高诱云如今之马衣。盖今斗篷。《汉书》"太后被珠襦坐武帐中",盖用行装,示女主不轻出。葬用珠襦亦此意也。韩康伯母云"且作襦",汉诗"冬无复襦",襦又以御寒,斗篷兼此二用。庄心安来,云涂抚当作督。余以为必无此事。

廿日　阴风。京报至,涂抚果作督,使人愕然。湘抚授卞宝第,陈宝琛所举也。近来以小臣举大臣,亦可破拘挛之习。蓬海来,言华举人起家授四川知府,将继霞仙而起。此等破格,亦保荐所罕。罗研翁次子抵敷来,求作行状,薄暮乃去。夜抄经二页。

廿一日　晴,风凉。出北门,将寻旧城,阻浏水而还。从陆道东南行,略究形势,复还至陈家渡,循石道入城,甚倦,散遣舁夫,少卧,登楼理女课,抄经二页。罗郎伯存来,告子沉之丧。辛眉夜至,不来寓,遣往迎之,亦不至,将往看之,会夜深而止,若在少时,必不能不往也。唐继淙来,求浙书。

廿二日　晴,晨凉。颜接三自桂阳、程生商霖自衡阳来,悲喜与问讯。雪琴出巡使船亦至,延入款谈,容色颇消损,使人怃然。午间辛眉来。今日佳客总集,闷中一开心。雨忽大作,待其少霁,出城送颜、程,兼访雪琴,过曾郎、夏粮储,吊黄觐臣之丧,见其长子,薄暮乃还。理课、抄经如额。

廿三日　晴热。陈梅生来吊,黄郎介夫来谢,瞿郎、海渔、罗抵敷均来,久谈。出访周汝充之子字元伯者,闻其能医愈舆、懿,将延其诊非女故也。携懿、纨以行,不遇。还抄经二页。饭后剃发,梳洗毕,步至刘韫公宅,约作一集,招雪、保同会,遇左斗才。出至校经堂,答陈、段,于夏生斋少坐。暮行城根,汗出沾衣。至陈妹家问疾,过辛眉寓馆,看井言一卷,还作书约雪琴二十六日巳饮。抄经、作课卷、讲书。

廿四日　晴热。雪琴来书,改订明日集刘宅。与书韫公告期,兼约保之，为"二保"会。作课卷毕。黄郎复来吊。研郎、辛眉来。与书唁次青。"生甫及申"，郑《礼》注以"甫"为仲山甫。

廿五日　晴热。始絺。晨起抄经未半页，旸光照灼。下楼饭罢，罗郎、懒僧来见，命舁将出，立谈数语。出谢黄、陈，过春陔问病，均未见。诣黼堂、简堂问病，均久谈。简处郭意城复来，奔走形势者矿微飘瞥，门不得罗雀，此又世局之变。午诣韫公，恭候二客太早，与主人久谈时许，保之来，又两时许雪琴乃来，即入坐，二客各饮二十许杯，余与保之未饮，席间亦无佳谈。

廿六日　晴，犹热。终日教读，抄经二页，说"负适衰"未确。子明来，保之亦至。酉携纫女至荷池，遣萧桂送还。余入军装局，刘诒械同知设饮，心盦同在，作主人，子明、吕尚之、周穉①威俱在，穉威先去。诒械，子迎长子，子春女婿也。慎密不发一语，可谓善学柳下者。夜与心、明同步还。正讲书，瞿宅遣赴春陔之丧，未能即往，遣功儿往视之。

廿七日　晨雨。卯正舁出，临春陔②丧，久坐无客至。出访穉威、若霖皆不遇，至雪琴舟中，涂抹将来，略谈即还。抄经二页，《丧服》篇成。夏生来，匆匆去。日长甚倦，略寐，待申正仍往瞿宅，路已干矣。甚热，解衣坐久之，客有俞伯钧、罗树侯、彭先斋、李仲穆、黄子寿、傅青余、陈葵心，余视敛毕即还。途遇王步轩，要还，少坐去。辛眉夜来。

廿八日　阴。稍凉，尚单衣。功儿至外家，言买田地事。雪琴来辞行，张庚楼兄、唐继淙并来。从唐处借《衡阳志》一部与胡子，彼向雪琴索之也。作《丧服表》稿，写扇三柄。周元伯来

①"穉"，原作"雅"，据下文改。
②"春陔"，原作"春皆"，据上文改。

视疾，与坐久之。辛眉昨论杜诗"坐深乡党敬，日觉死生忙"，以为酬接庆吊之多。余云："本不欲坐，以乡党敬宜深，不敢不坐耳。如此消日，则死生皆忙矣。"相与拊掌。午过佐卿，与何价藩、二先生、曾重伯谈，便饭，说《离骚》。雨至急还，沾衣，仅至。

廿九日　阴凉。夹衣。晨作《女子服表》，头绪甚多，未能详尽。日中理课程，抄经一页。辛眉、锡九来。庚楼欲改字，取其名璪，更之曰松甫，并为说焉。欲觅一盐馆，亦可伤感。为唐继淙与书俊臣。

四　月

四月丙辰朔　晴凉。绵衣。子云来。终日课读。与片雪琴、刘韫斋、辛眉，兼作一诗。彭尚书出巡江防，恭同刘抚部饯席，招邓九郎中集饮，因赋八韵并献：洞庭乐犹奏，湘山酒正香。明农馌耕暇，皇华春路长。心闲偶成会，宾选即为良。推贤儒术美，论功圣绪昌。休明周鼎重，隽朗胗珠光。高卧方藩魏，稽中克醉康。庭花日影正，堤柳夏波凉。嘉招预切脯，还游尚卖浆。雪琴来辞行。抄经二页。

二日　晴凉。绵衣，春陔成服，朝食后步往陪客，至申散。辛眉、锡九来，夜谈。竟日无所作。

三日　雨凉。可一夹一绵，寒温未调，体中不适。作书与俊臣、唐艺农、李幼梅，荐王步先。课读终日，唯午间一出，诣笛仙论宗法。笛仙甚推张燮庵，而忘其已死，精神瞀矣。黄兰丞子遣人来约见，道过入报谒。遇黄云生，荒谬奇诡，复还乡里，亦可怪也。

四日　大雨。竟日卧病。辛眉夜来，招锡九小饮，至亥去。

五日　雨。寒可二绵。朱若霖来，凌绥臣要接吾来谈。黄叔琳来赴妻丧。功儿自外家还，言彼处有葬地。余以鸢远，不必往，将辞之。暮过吊叔琳，访辛眉不遇，还。夜登楼，与书外舅。今日小满。

六日　阴。稍煊，犹一绵。早未起，梦缇来，言所卜葬地未可退。余告以本无成心，事须专决，既卿母子云可者，则直可之。过午登楼，曾重郎来取《春秋笺》及《独行谣》去。午诣若林处，陪辛眉，蓬海、杏生先在，李萼楼后来，坐定，松生至，馔殊不美。散步登心远楼，阑槛已欹，麓山阴碧，盎盎有春意，更单衫步还。辛眉来，少坐即去。

七日　阴。单衣。畯五及其从子芝云来。富春来。武冈万芳琛来。松甫去，步送之，携懿、纵同至湘岸看水，因送辛眉当渡小舟，遣送二小儿先还。与辛眉坐，纸上谈时事，因及胡咏之未尽其用，辛云若平世亦不行。余大以为不然。因言当未垂帘时，若入辅政，则亲贤并用，不作如此朝局也。同治初，两宫破格用人，疆臣可与密勿，则当荐贤退不肖，亦不至使宝、沈源流延绵二十年。倘在外而遂听枢臣指挥，则孔子何以居费而为东周乎？得百里而君之犹可以朝诸侯、有天下，今得千里而为大臣，乃受制于刀笔之吏，又何贵乎有圣术！语高兴发，大似三十年抵足夜谈时气象。自念不可空言，即起而归，临别唯告以庄子不可轻诋，学者须先消摇而已。步过心盦处，少坐而还。论用人不在荐举，荐举亦实难得人，明试以功，斯为善治。今破例用告假编修黄彭年备兵安、襄，黄诚人才，朝廷能用材，然两伤矣。道员所治数郡，用材必不在此。诚知其贤，欲储为封疆帅臣，则当先召之入枢机，乃出而试之藩臬或守令，必不可骤以闲曹荣之。而彭年闻命欣然，其非人才又不待言矣。夜登楼作诗一首。

八日　昨夜雨，晨阴凉。遣觅辛眉，已去。文心来，言阎丹初意贪尚书，故以左侍郎为小官，盖身后谥传足动歆羡也。余因言血气既衰，戒之在得，五十以前，易于支撑，吾辈不可不勉。为佐卿书一联。斥鷃飞，鹏所笑，宋荣可无笑；三人行，我有师，仲尼何常师？佐卿来。晚携纨女步旧湖塥。得周绪钦书。

九日　阴。袁守愚、陈梅生、常霖生、武冈万生、竹泉少子来。得贺伯仁书，为其弟求书致孝达。暮过验郎，济生出谈。夜抄经二页。

十日　晴凉。黄二黼、彭茂子来。香孙、蓬海来。论安南事，言岑抚需索李都司，至其叛入交趾，断富良江，与土寇刘某合众十万，笼江税富于滇、交。今折入法夷，将为我患云云。昨日济生言殊不同，以官论之，济生曾代桂林守，言似可信也。作《服表》，抄《礼经》二页。徐姊夫六十生日，闻已回家，故未往问。

十一日　晴，阴凉。万生、马岱青来。岱青老颠，语愈支离，似有心疾。余初以为仪庵、春甫，不宜畏避之，今日自有厌倦之意。岱青觉焉，讥我言不由中，神色落寞，余亦自愧也。然求酒不已，饮少辄醉，醉即狂叫，余避侧室卧少顷，待其少醒，出与晡食。食后又求酒，幸其子侄来呼之去，已喧呶终日矣。蓬海处送蜀书来。得稺公十七纸书，详哉其言。又得莫组绅书，则寥寥数言。抄经二页。

十二日　晴凉。半山暴疾，陈妹又复将绝，来求人参。梦缇往视之。抄经二页。马岱青书来，问卖文，始知其非往江南也。薄暮携婴幼往纱帽塘看新荷。笛仙来。

十三日　晴。出吊叔琳，遇陈雨龄，少坐，答访陈葵心不遇。至塘弯看陈妹疾，已无可为，与林绶臣、陈梅生少坐，还办后事，心中懊恼。而丁公书来，打大主意者，仍不能不应之。稍削前稿成一疏，未暇余事也。复书岱青，教其干谒曾伯，以求升斗。香孙、蓬海来。

十四日　晴。抄经二页。龙八还，得外舅书，言仲章葬期定二十三日，启当在十八日，初不料先淹滞后匆促如此，为之怃然。龙济生招饮，与验郎、蒙师、李心翁、督销局江南道员邓春皆、韩勉吾、郭参赞同坐。夜迎松生来，示以奏疏，明月皎然，三更乃散。

十五日　晴。抄经二页。今日先祖妣忌日，以丧中疑无余吉凶之礼，未异常日也。既又念，居丧既不尽如礼，又何可废忌。陈杏生、傅青萸招饮，皆辞之。杏生设集不易，午仍一往。独坐贾祠楼上几两时许，主人乃至，商农、刘聘臣、松生继来。看客饮啖，稍食肉边菜，将暮微雨步还。

十六日　晴。陈妹病亟，家中正料理葬事，未得往。镜初与其甥吴雁洲来，将雨旋去。遣赴亲友，待功儿还，携纨女舁至蓬海处，商农、二陈、佐卿、李、杨不相识。同坐。夜视陈妹，已将绝矣。因午间死而复苏，疑其尸蹶，尚有反复，匆匆还，至家骤风雨，梦缇云妹当亡矣。少寐，果得凶问。三十六年无善无恶，无可爱憎，亦近有道者。倦极，未得往临之，缺于亲谊。

十七日　晨雨不止。家中明日当祖奠，躬拟仪节，视扫除。过午，命功儿请接吾、子威、海侯、富春来执礼，彭妇为丧主。余出城部署，过临陈妹，适以晡时敛，与纨女临视之，含时观其面色未改，但体软不胜举为异，未加盖。驰出城，至仲章殡所。城中客有李勺庭、朱文通、郭四郎、黄郎均至，余到迟，唯及接黄郎耳。夜月当门，念今年月月月佳，殊为罕事，岂愁人见月常多耶？王船山痛恨夜明，盖为此也。蜀中崇、纲已去，可为欣幸。王莲塘得成绵，督部可谓有权。

十八日　晴，甚热。晨起，久待城中人不至。海侯先来，坐久之，子威、接吾、富春来。孙涵若、彭畯五、黄郎、妇黄之弟。莲弟均来。午始束载登舟行，从城傍东去，望城感怆，欲作挽歌未能也。到舟闻哭声哀谨，梦缇率妇彭、孙女少春及珰、纷、滋、莪并先在，余率舆、懿两儿，功儿奉重车登舟，三弟后来，坐至申正步还城。《杂记》曰：为妻，母在不杖。

十九日　晴热。绤衣。陈妹成服，午往赴之，兼令宬、莪往，纨虽同行，未知礼也。考订《虞礼》，未暇他事。张金翁来，言已得盐利，众失其业，甚为可喜。

廿日　晴热。《虞礼》粗明，率珰、纷试肄之。得经中遗略者数处，而祝卒，卒词称孝孙、用尹祭，竟不知其为他词为祔正词也。姑以他如馈食，决祔之不如馈食。盖报虞者相距时久，故祔宜用牲，虞祔相连者则虞用三牲，卒哭荐及祔用二脯，或亦可通。

廿一日　丙子，芒种。晴热。昨夜竟不可被，蚊复相扰，大似伏日。翻《礼记》，所不记者甚少，默念之，以为至多，由少时不精熟之故。纷女曾见行礼，此次便似有把握，礼不可空言也。

廿二日　晴热。晨出南门渡湖，五里复渡瓦官水，即所谓靳家河也。二十里九公庙。从栀涧至稠泉，道中逢暴雨，衣被尽湿。问桐坤，翻山曲行，酉初至仲章卜地。桐生、叔止、张松甫均先在，皆为我助葬，余反为客，殊不安也。宿蔡佃张三家，蚊伤肌肤，一夜无眠，夜雨。

廿三日　晨雨。饭后至茔地，坐待丧至，卧草中片时，少清醒。尹和伯来，主葬者也。外舅、与循继至，见与循丧容累累，为之出涕。未正枢至，振五子、葆臣与功步送。设食张佃家，待舁夫凡十二桌，近百人，可谓大举。和伯定戌时下窆，寒风蒙雨，久劳尊长。窆后其母及其妇、女均从外舅还，宿外家。蔡满兄亦来助葬，與张松兄俱暮去。余送宾毕，还宿佃家，與儿送灵先还船，懿儿从母，功儿从余，留龙八宿荃旁。夜雨不绝。

廿四日　雨终朝，欲还省城，度不可至，改道从姜畲船还，过外舅家未入，询知梦缇尚未行。余冒雨先上船，课與儿温《杂记》一篇。乾元弟、二族子来白事，言祠中公费稍足。余勉劳之。戌初梦缇率彭妇、春孙、懿儿至，雨犹未止。顷之解缆，至连口已昏黑，乃泊。夜雨不绝。

廿五日　雨，至未乃止，已至平塘矣。酉初到城，余率春孙迎灵先还，家人班待，梦缇至，即位反哭。非女自言病甚，神色犹旺。登楼看前年日记，乃知桐坤曾道过，不意遂为赢博之地，为之怃然。

廿六日　晨大雾，朝食时晴。将虞，谢客未见。发帖请左锡九、曹价藩、胡子威、段海侯、成赞君、陈富春、欧阳接吾、孙涵若、黄望之赞助行礼。价藩来，门者未达，误辞之。锡九来，又得入，言曾沅浦署广督，勉吾、凌问樵欣欣矣。易郎实甫来，未得入，遣招之来谈。先送行卷来，亦有经说，知时尚所趋，转移为最捷也。得蜀书数函，未坼封，还之。

廿七日　晴。郭健郎还，言院生稍有变易，乃至除岳生嗣仪兄弟名，此伐檀削迹之意也，肯夫其昏庸乎？考牲体不知肫为何骨。《说文》云：面頯也。《礼经》肫或作"膞"。《说文》：膞，切肉。则非骨体。而《礼经》臑、肫、骼相次，则字当为膞，盖今古文异说耳。得蜀书，皆欲我为冯妇。

廿八日　晴。始行。仲章虞祭，以功儿未还，摄为主人。接吾已归，健安代之，日过中乃行礼。段仪稍生疏，未能合节，然亦整齐无谬。锡、介先去，黄郎亦告行，与涵若诸君铺食，未正散。余佐卿来。陈梅生来，告二妹葬期近在明日，今夜当往送奠。

因命两女先往，余与佐卿步出，至塘弯，方将祖奠，坐待时许，行礼毕，步还。浏阳送课卷来。

廿九日　晴热。晨步至报慈寺，待陈妹丧辇至而行，未设绋，步从而送之。出西门，道湿天暑，度不能步，又无舁随，解衣挈冠独还，汗湿甚困。晚抄经一页。得蜀中诸生书。肯夫所作，未为昏愦，信偏词之难察。但知州来，云以工部主事分蜀用者。

卅日　阴晴。再虞，早于初虞。锡九猝有弟丧，涵若亦未至，富春方交替，客来者六人，礼稍娴习，又以不习声语，纷女反有颠到，知无误殊不易也。汗出如雨，晡散。彭克郎来送百金，余所假，以备非女不虞者也。月生来，言陈妹夫妹寻闹。顷之，其夫妹来诉予。予云："姑舅情亲同耳。舅笞甥，姑不宜问；姑笞甥，舅何豫焉？"陈妹生母方哀伤，亦不责以情也。夜过吊锡九。六弟来。

五　月

五月丙戌朔　六弟言欲假贷往甘肃，似甚无聊者，心境方恶，不欲应之，朝食毕而去。日中三虞，八客皆至，献毕而饯，甚总总伤感人。诸客皆去，唯子威留待考祔礼，已而亦不能待。今日天气寒热不时，绨绵屡易。晚考祔礼不得，略以意定之。本待功儿还，为主人，今三虞皆躬执事。舆儿亦稍知仪，诸女皆能不失位，尚有教泽。夜雨。

二日　阴。晨起陈设书主，子威、健安、赞君、望之先后来，待价藩至，饭后行祔礼，有疑于他日练祥：主既入祖庙，何由不及祖？主若返寝，又何以祔？岂若丧之朝乎？朝及二庙，则亦宜及五庙，祔唯及祖，又非其比，姑以荐礼仿缋礼行之，新主若介侑，终未甚安也。午后客散，功儿还。将出谢客。半山言宜稍休，乃罢。

三日　晴阴。晨出谢价藩，朝食后舁出谢香孙、涵若、李勺庭、仲云季弟。禹门、翁望之、健安、子威、赞君、海侯，至粮署谢富春，因见子云、芝岑，过访陈三立伯严、佐卿、镜初、但子莫。望之父子寿絮谈，但处遇孙兆桐，字叔梧。余处遇涂次蘅，遂尽一日。晚遇雨，过小云。

四日　雨，午止。黄仁黼、左致和来。价藩要至曾祠，陪其同官陈泗城、蒋阳朔、龙平乐、徐梧州之族子、云某，申饮，济生后至，遂至戌散。过笠僧夜谈。蒋言阳朔令吴县王亦曾疲于津梁，改教官归。张振轩欲留之，批其牍云"千里莼羹，一盘苜蓿，虽从高志，各有愧颜"云云，此人近知耻也。抄《下牢》下篇毕，始抄《特牲》一页。

五日　节无悬蒲角黍之事，唯听小儿女一游贾祠，余亦往赴芝苓荐屈之会。竟无宾客，其幕友李小园、徐子云及二陈教官在耳，主人甚不适，会又不得遽散，将暮粥罢，与云春、丹阶步出。因与丹阶同至镜初处，谈《远游》，得其所刻丹书而还。镜初故薄筠仙，槐岑以其厚我为可交。今年筠仙附和国荃，镜乃以为主谋，且恨我不知人，余虽惭之而未然其说也。筠仙俗人中可语者耳，何可以度外责之，乃坐以争名利，近深文矣。然如此亦颇有悟于世态。

六日　晴。辛卯，夏至。昨访得能祝由者，遣功儿迎致之，使治非女。晨起晏食，将出，惮暑而止。今年奇热而多好月，皆异常时，心殊懊恼不聊。夜与功儿闲话，功忽中恶，仆楼上，几至破额，又令人惊怖。

七日　晴热。抄经一页，考西堂夹室说颇圆。前误以为箱房，不知有阶不容有二夹室，妨阶正地也。葛玉以盗帘遣去，萧桂亦不自安，求去，可谓二桃杀三士者，人情叵测，为之怅然。蒋云兴名大圭。来访。

八日　阴凉。始有生意。非女神稍爽，然已变泄证，殆必不起矣。出答访蒋云轩，因过霖生、瓮叟、子茂、金刚、青荚、昀谷。傅处遇杨小沆，晚号乐亭，向庄心盫言余作留别诗，诋讪蜀官士者也。狭路相逢，心中匿笑，彼昏不知，乃恭其貌。邹谐翁来谈。

九日　雨。至午晴凉，甚可读书，乃心中殊不静，生平境遇以今为最恶。俗说年大将军守杭门，千总不下马，知己算尽。余见诋于沅浦，亦机之兆耶？丧病相寻，于理当不乐，然君子不忧不惧，余颇惧矣。黄仁济肇怀自常德局来。午携顺孙及小儿女游浩园，答访谐翁，还遇黄笏堂于途，要归泛谈。抄《礼》一页，黄兆怀来见。

十日　阴晴，不热。朝食后往左家陪吊，与笠西儿颖生谈最多，又见笠弟淦吾及□镜湖，坐至未时还。天成亨来送银票，商人骄惯，居然平交，以后不宜接之。陈芳畹来辞行。抄《礼》一页。今日滋女生日，儿女放学。

十一日　晴。非女四日不食，犹有精明，意思闲定，真吾女也。抄《礼》一页。陈伯严、罗锡章来。得戴道生、张文心书。文心觅馆师能奏记者，适无人可往，以其求不乡试之人，所识皆乡试之人也。夜立门口看街，笛仙来，延入谈礼。笛意以为庙有主在奥，又云祔就祖庙，可不祭祖，亦可练祥皆祔。

十二日　晴热。尚有风，不至暑蒸也。非女病革，忧之煎心。陈伯严来谈文。彭克郎及张生来。

十三日　稍凉。先祖考忌日，素食。尹和伯来，谈地理，以新为仲章卜葬，故见之。令衯女作蜀书，已亦发翰仙、绪钦、监院及稺公书四函，交但少村子子奠带去。黄次陶兄弟招饮，为求保举也。已累约屡辞，不可再绝，暮赴之。所请曾门客二人皆不至，改约陈亦珊、俞景初，子夜散，步月还。杨知县来。抄经一页。

十四日　阴凉。云、贵考官无相识者，内一张英林，云曾诏入侍读，辞疾不赴，后有王庆祺一事，众颇许为知进①。非女病苦，避出行国，伥伥无所往，至郭养云屋，答访杨尹，便过文心处，谈盐务而还，终夜不寐。

十五日　阴凉。非女尚未死，疑其可活，复为之求巫医。有一巫方为沅浦诵经，无他技，未招也。请价藩诊之，因先访价藩。过筠仙，遇杨玉科在坐，不入而还。怅惘无聊，复过香孙，晚回，遇价藩于门，云脉已绝矣。甚为攘攘，已而昏卧。至丑初往视非女，与谈数句，劝以释冤亲，割痴恋。酬答甚有所信受，自云尚非其时。余复还假寐，一夜风雨凄凉，颇似感应衰飒之象，言灾祥者殆以此耶？

十六日　辛丑，寅初，非女病终，年二十九，尚未壮也。其学术一无所成，唯篆字冠一时，又无正写经碑可刻传者，欲令其为仲章书碑，遂不能举笔。其疾时，梦余摄其魂，连书"原"字无数，告余，不得其兆，意亦转世幻化之无聊者矣。晚间思之，乃九原之兆也。其绝时，云二弟来迎，则相从九原明矣。死于余家，故云余招其魂也。余无福，不能芘儿女，儿女又各不碌碌，宜其夭也。梦缇迎怀庭从嫂来视敛。遣信召邓生子石来，议成服与否，及赴闻邓亲处。齇堂来，以其新盲，延入坐谈。佐卿晚来，

────────────

①　"进"下疑当有"退"字。

亦稍谈。

十七日 子初，非女小敛，女仆无能迁尸者，余与三弟、功儿、映梅族孙四人，衣冠共举之。目未瞑，念其了生死非有憾者，盖以疾不能合睫耳。亲为塞柩内，使实敛服十九称，近世俗无此厚送也。其嫂、妹各襚一被，凡九衾。丑正毕，乃盖，设奠。稍寐甚倦，遂至卯正乃起。左锡九父子来吊，女宾来者四人。邓鸣之来。

十八日 晴凉。四母来临娥丧。彭鼎三、郭健郎来，未见。徐子云、陈富春来入吊。陈伯严来，见之。梦缇疾发，竟日未食。与书赵抚叔索叔勋遗稿、书版。抄经一页。

十九日 阴热。朝食后，邓生遣告今日为非女成服。午后鸣之同来，黄氏二子、罗幼官同至。彭克郎、龙验郎、杨蓬海来吊。张文心来，未入。杨玉科再来，辞之。抄经一页。酉初邓氏设奠，余未出，戌正大雨。

廿日 阴雨。夏粮储来吊。闻接吾来，往谢之，未遇。接吾旋来坐，至暮去。午后八牛来。以俗忌有殡产子，于主人大不利，欲令邓氏赁宅迁殡去。唐氏以为穷外公欲侵渔之也，形色仓皇，坐一时许，尚辞以不能久坐，人情顽愚如此。余绝口不言丧事，或可以释之。夜抄《特牲》篇毕。诸女当复入学，明日起课。

廿一日 雨阴。正理书课，外舅来，多言邹谘翁事。又言非女当迁殡，余漫应焉。命功儿告邓氏，拟二十四日发引。余佐卿来，言刘荫渠陛见，江督恐不久，朝廷疑不复用湘人。沅浦病良已，将起程矣。夜至九如客寓省外舅，谈至二更还。半山将娩，余久宿于外，不视听家事，任其自支持也。

廿二日 寅初，半山遣婢来问时刻，未言已娩身也。已而闻儿啼，罗婴语茇女云妹也，乃知复生女。起视寝门方阖，家人唯次妇未睡，裴回未敢往，余令其趋视。黄孙介夫来，言出殡事，余云已过产期，不必避忌，且待邓郎来。佐卿、傅青余来。

廿三日　晨雨，骤寒。呼匠改楼门。看浏阳课卷毕，几一月始阅三十五本，虽中废置，然实不能多点，盖题多文少，极闷人也。草草评骘，如释重负。

廿四日　晴阴。小女三朝，以俗忌未出见也。长沙塞城隍，钲鼓连午不绝，儿女辈以新丧均不出，独携懿儿闲步又一村，遇塞神者，避坐玄帝宫。一王姓云在汪伟斋处曾相见，强聒而语，又以胡饼与懿。几两时许，甚困倦，从人丛随行香者步出村口，乃得归。卧楼上一时许。文心来谈。夕食真夕矣。抄《周官》一页，补去年未毕工，亦以《虞礼》当详考，故缓之。为陈三立兄弟写字各一张，其从兄字耘耡。邓鸣之为非女作小传，送稿来。

廿五日　阴。抄《周官》一页。买永州锡碗送丁女添箱，将近银一两，而得一碗，可谓至贵，然比之细瓷犹贱也。得弥之书。

廿六日　阴，凉甚。朝食后过佐卿，将访接吾，遇蓬海于途，云宜急还，前塞神者塞途，不得通。余以为理问街可过，至街口拥挤殊甚，还从府前出正街，绕出青石街，又与之遇，竟不知由何道转至也。还从东茅巷出多佛寺，乃达理问。接吾已出，过松生不遇，乃还。抄经二页。小云亲家来，云昨见余神色暗损，来相慰耳。

廿七日　阴晴。锡九来。抄经一页，考五齐，似稍免支绌。

廿八日　晴。燠甚，不适。翻旧日记十余本，无甚可存者。富春、接吾、王仲霖、佐卿、松生来。廖僮自蜀归，得严生雁峰书。

廿九日　晴，有雨。抄《周官》一页。暮过瞿家，唁子瑞、子玖，乃于丧次公见，子纯亦在，俯伏久之，因请其起谈，复坐久之，略及京朝事。晚归甚不适，早睡。家人依俗，逢七日为亡女一烧纸，初未告，余出见火光，问乃知之。因极言壅蔽之难去，家教之不行，余极力防矫而犹如此，甚不可解。大要不为人所信，必己不足见信也，何如而后能使人信？修之三十年而不行于妻子，乃自以为能治人，谬矣。

六 月

六月乙卯朔　疾未加剧，而亦未减，朝食不欲出，闻功儿为具鳙鱼，勉为一饭。得和合书，报帽顶之丧。帽顶自署提督后，志气益衰，去年已讶之，今乃知其禄尽也。莫总兵三年前已神游墟墓，而令复署提督，则不知其故。抄《周官》一页。暮过松生，论中国当变法。余云近少荃亦持此说，究之变法当自何处下手。松生欲复古官邑之制，分今县而小之，使土著为吏，政事皆听自治，朝廷但总商兵二政耳。余以为此亦章程之说也。孔子曰文、武之政，人亡则息，此正破章程之要言。有治人无治法，余以为不必变。闻张孝达勒令王定安乞退。此举差有益于吏治。陈处遇丁子开。

二日　晴。未大愈，卧外厅半日。抄《周官》一页。城中作龙神会，迎神出游，前有鬼判，悉仿城隍神，可谓不善学者。子寿暮来吊，遇大雨，久谈。筠仙午前来谈夷务。

三日　晴湿。为非女枢加漆，升棺轻举，似有肸蠁。笛仙来吊，言墓讼事，必欲革去吴姓一生员，似不了了。余漫听漫应之。晴日凉风，楼坐竟日，抄《周官》二页。说四圭有邸、两圭有邸皆石主之象。何君说主状正方，穿中央达四方，所谓四圭。今主两合，所谓两圭。邓鸣之来。

四日　晴风，午后凉。抄《周官》一页。始沐浴入寝室及侧室视女。络纬始鸣。张雨珊自历城还，来谈。

五日　晴凉。抄《周官》一页。午后佐卿来。出谢客，至文心、接吾、蓬海、子寿、黄介福、济生六家，已暮，雨至遂还。

六日　庚申，初伏。蒙雨甚凉。朝食后出诣蘥堂不遇，至健郎、粮道、筠仙三处，久谈而还。唐八牛似在家而辞客，盖富人惮衣冠耳。抄经一页。讲书颇久，欲倦，夜食瓜早睡。

七日　晨凉。起，胡子夷自秦陇还，与其弟子正同来谈，至未去。抄经一页。雨湿，待申欲出，偶阅《汉书》，遂至移暑。过锡九，要与同过笛仙，锡以有隙不肯往，独过笛仙谈，至夜还。

八日　晴，稍热。抄经一页。朝食后至瞿家吊，因留陪客。至午，客来殊少，同陪客者潘子珍、王雁峰、陈葵心、凌问樵、欧接吾、傅青余，稍稍散去。余与青余同出，独至粮署，芝岑招陪宁都彭小川知县、丁百川、陈丹皆便酌，子筠出陪，至亥散。客未至时，过李小园斋中谈。

九日　晴热。抄经一页。林小霞来，穷困可怜，貌亦憔悴。问计于我，殊无以策之。

十日　雨。抄经一页。午至瞿宅陪客，暮还。淦郎来，得弥之书，语多支忤，盖慎蕙人多所顾虑，反授人以隙。

十一日　雨。晨至瞿宅陪客，午出答访丁百川，送韩勉吾。勉吾已行矣，从曾沅浦往广州。还，抄经一页。

十二日　阴，午后晴。朝食后出小吴门，送春皆殡于汤领，还过佐卿谈，甚言张金刚之见恶沅浦，欲挤余以自进，又欲假余以自重，沅浦不能忍而失言于余，故后恨之尤力。金刚穷，乃走江南，加盐票以倾黄、饶，饶设大钱店，一倒百万，城中皆为震动云云。又问余军兴时事，眉飞色舞，闻所未闻。彼平日所得于曾、郭者殊异于此。穿浩园见笠僧，寻松生不遇而归。抄经一页。朋海来谈，亦言张金刚本末。驵侩小人，频劳齿颊，殊自悔门墙之不峻也。

十三日　阴晴。街石犹湿，不可步行，将出未果，多卧少事。程生商霖自浙还，午坐楼中谈，至酉，留饭乃去。言唐艺农近招摇，李幼眉不能廉洁，近改海塘工归委员办，又欲兴盐利云云。夜抄《周官》一页。

十四日　晴。楼柱加油，移坐厅前。抄《周官》二页。作书复萧屺山。夕凉，步访锡九，答访王仲霖，皆不遇。从东长街至织机巷，答访胡子夷，子威、子瑞均出，略谈经文，月出而还。甚热，解衣少憩又一村，亦无风露之凉。

十五日　晴热苦闷，思一闲写，欲约松生小集，适得来片招饮，因即复之。约会浩园，并招筠仙、朋海、杏生、佐卿、曾重伯、笠僧看月。筠仙不至，酒罢苦热，步还已过二更。家中更凉于园池，非好居华屋者所知也。

十六日　晴热。庚午，中伏日。抄经一页。晚间松生、重郎来，佐卿后至，谈及一时许。重伯先去，余与松、佐步月访筠仙不遇，复至浩园，二更还。

十七日　晴，风凉。抄经半页。约松生、刘馨翁、青余、但少村、杏生、佐卿小集浩园，期以酉刻。午后陈宅来促办，本呼苏六来，而辞疾不至，彼欲作长沙清门，故恒避役，余前知之，而又忘之。酉初至松生处，同诣笠僧，觅童行使令，碍邹、陈两寓不得过，叩谙翁门而过，因访谙翁。坐顷之，刘馨翁投刺误通邹仆，幸余先在，要与至园，则少村先在。又从陈宅入，此园不可宴客，以无门也。杏、松、佐、青继至，坐楼下，饮亭中，风凉月暗，谈咏颇佳。客去，又过松生，与佐卿谈，三更还。松生云湖南省热至九十四度，今日九十一度。

十八日　晴，风凉。晨得重郎书，借《书》《礼笺》及少作诗，且报张力臣被杀。余初醒，为之匆匆不怡。严受庵子熙、俞鹤皋、陈俊臣子兆璜、王理安、文心先后来，竟日清谈。抄《周官》一页。夜访子寿探张事。子寿半吞半吐，而力言张无死理。同步过黼堂谈，至二更还。文心今日言继不即位为继，弑隐文与同，故褒仪父以起之，并先后皆为起兄弟让国。善能推发，五十而能治经，可谓好学也。今日得若愚兰州来书，云已被劾。辛苦七年，一无所成，妻死子失教，甚可哀闵。少村送新蟹、葛粉。

十九日　晨凉。淦郎约尹和伯渡湘，为非女卜葬。黎明呼厨人起办饭，日旰不来，巳至乃已食矣。功儿先饭同去，余乃饭。与半山言遣房妪去，半山意惜之。余告以礼不可留，女君无仆妇，因及前事。半山意窘，遂勃谿不听。女性难悟如此。余教久仍不行，亦不知其敝安在。卞抚入城，往看之，则群官待见，正攘攘矣。还，抄经一页。说"六舞"，以为即六变之物，似可巧合。午风颇凉，教读又倦，睡半时许，因闭闷，乃起，复登楼理课。至松生宅，笠僧设馔，约借远镜测月，又用显微镜看蚊、蚁。月中正有一月，云是山空处，殆非也。殷竹伍来，云入城避嚣。

廿日　风凉，遂已成秋。多云，北风损禾，且生疾不宜也。王一梧扶母枢还，居其祠旁，与余正邻，不可不吊之。约松生、佐卿同去，久待不至，遣问，则佐卿以余言不必早去，故迟耳。比至，锡九来，余又待舁夫久之，至午乃出，同过一梧。旋独舁答访瓮叟、少村、竹伍，均不遇。过刘抚、朱典史，还，少愒。涂郎穉衡要斋饭，门遇吴夔阶，同入笠僧房，松生先在，涂督二友涂、萧后来。涂字舜臣，浏阳有名人也。萧字漱云，则未深询之。至戌散。抄经一页。松生云镜初处有梵字往生咒，杨仁山能译之。夜凉，加绵被而寝。

廿一日　风凉，晴。晨坐楼上，闲看案上杂书，遂忘抄经。竹伍、鸣之、克郎来久坐。作一书寄文卿，亦竟未成也。午看罗研翁尺牍，又废教读。夕食逮暮，出访林小霞、黄亲家，遂夜矣。明日娥芳发引，淦郎请宾来设奠，余亦设饯荐之。其生其嫁其死皆在长沙，而居长沙不及五年，亦可异也。京报言事庞杂，如蜩如沸，殊非致平之象。

廿二日　寅刻起，以待引时仍卧。及辰初，客至，入斋内，乃惊而起。未及巳时，娥芳柩出，步送至街口而还。竟日扰扰。涂郎穉衡来。锡九暮来。

廿三日　晴。稍热，早晚犹凉，竟秋矣。芝士子伯存穷困绝食，以书来告，不能大振之，此城居之敝也。若在乡间，便可迎致同居，以观其行。左衮来，言厘局干薪事。此人无风义，余亦不以友妻待之，然实不可，既不能训导，而加以轻简，是重失礼也，后当敬焉。文心来辞，往衡阳令任，云有知县见卞抚，言沅浦荐我于卞。为之一笑，此读《史记》不通，欲黥布我也。合之昨日涂郎言岘庄状，可以知今代贵官之情态，朝廷用此辈人，又安能忠良耶？细人得志，辄自以为能驾驭人，能荣辱人，此犹是细人之佼佼者，又可叹矣。

廿四日　晴。抄《周官》一页。王祭酒母丧，与松、佐公送一轴。佐卿以疾，不肯题字，往视之，兼访文心及受庵子。

廿五日　己卯，立秋。早凉，不能纻衣，日午始热。松生、曾郎来。黄竹翁来送诗。抄《周官》一页。朱雨恬来，言岳舲病甚。

廿六日　庚辰，三伏。林小霞来。重郎与李泽生后至。李生先去，重郎复登楼谈，余稍言士人不可谋利为商贾，古之人或有行劫取财者，如石崇是也，必不为商。筠仙殊不知此。欲以启其论，乃竟无说。验郎旋至，亦新为商者，则不可以此说告之，彼不惭则怒，反阻其善机矣。利义不明，老生之责，小子无述，父兄不先也。晡后要竹翁、文心、尹和伯、松生、价藩便饭，本为和伯设，以文心将行，更不可迟耳。客殊不食，主人竟不饱，戌正散。大雨，夜转蒸热。

廿七日 晴，稍热。出吊逸梧，与松生同往，旋独异访竹老、瓮叟，出城吊劳鹭卿丧，妻、长子均不在舟，陪客尽少年，多不相识者。入城雨至，已而见日。杏生来吊仲章之丧，送挽联。余子振来求馆。

廿八日 晴热。楼上不可坐，竟日未事。罗抵敷来。接吾来催课卷。罗郎伯存来。抄《礼记笺》。

廿九日 晴热。子筠、十一弟、子寿、抵敷、赵芷生秀才来。看课卷十本。十一弟新病未差，神色殊恶，姑留住外厅。

晦日 晴热。林秀才逊之来。看课卷十余本，余无所事。劳郎启元来。

七 月

七月乙酉朔 晴热。看课卷毕，取一本叙刘水原委者。又一题《拟别赋》，系欧接吾所出，竟无一佳篇。《女子子服表》粗毕，凡二十例。暮过松生谈。劳生启枕来见。致老张书。

二日 晴热。竹伍、富春来。竟日避暑，放学停工。松生约谈，便饭。佐卿、曾仲郎、杏生父子同坐。重伯送诗来。

三日 晴热。昨日罗婴来，言四母病甚，当往看视，因戒异夫早至，晨热殊不减。次青来，饭后乃出。过陈、林、劳，均不遇，至天成亨一谈。出城视淦郎，见其同寓万生。至城南书院访旧游，过汪镜青不入，至杏生处小坐。省四母，问病少减。将答访何公子臻祥，无帖，因至佐卿处写帖拜之，不入。访曾郎不遇，至上元徐同知钟英处一谈，还，热甚，复至白鹤山庄看丧榜，未夜还。

四日　阴。热始稍定，计六日炎炎，再加则困矣。和曾郎诗。伏阴徂六月，秋旸灼处暑。温温昼夜薰，郁郁城市聚。静坐几席炎，清谈巾扇举。林阴晔焦柯，兰池沃烝土。壒埃闭呼吸，山石干龃龉。蝉喝增烦声，鸡飞恼长距。释彼心所器，抗之高明宇。出尘想既旷，眺远观无篽。曾烟暝长沙，遥波动五渚。樊中竞喧浊，象外期凉湑。造境亮由人，因时岂违序。侍侧倘有豪，泠然列风栩。陈子元同知来。罗抵敷来。暮雨，夜喜得眠。珰女闻顺孙寐语，悸几失魄，恒子复发痧，一日数惊也。

五日　晴。大风将至复止，雨亦未畅，日中稍凉耳。非女从俗例，断七烧屋设奠，其女病不能往。同母兄弟皆不能往，遣茷、纨赴之。作《女子子服例表》成。正十日未抄经矣，非但暑闷，亦以来日方长，不欲速了笺注之事，与尼父加年学易，圣凡之异也。余子振来。夜过逸梧。

六日　晴。抄经一页。夜与锡九过香孙。彭畯五来，谈半日，恐疟发，坚辞而去。瓮叟中风，将往视之，匆促未能也。

七日　晴。晨得简堂赴，云前日变证死矣。昨梦其昇来，病犹未愈，一见遽云："君已遣人往湖北耶？"余不测其意，已乃谈丁公入都事。计其死已三日，若果有灵，宜死日见梦；无灵，何以先知？盖吾心前知之，诚有发见者。余每能先悟一日事，盖以此也。题《铜官手援图》，记靖港战事，文颇慷慨。至简堂处，稍为料理丧事。荐郭见安与司笔札。至晚乃归。过子久处，借铺垫与黎宅成服。

八日　晨起至黎宅陪客，贵客来者绝少。与次青、张笛帆谈颇久，极热，不得散，至暮乃归。青石桥大，小雨湿街，行甚匆匆也。孝达劲家鼎及葆芝岑，皆至遣戍。

九日　晨起课读。至午步过竹伍，衣冠至海翁处，吊其子孙。遇陈少卿，言丁公出洋事，疑张文心所言也。文心必不漏言，妄疑之耳。还仍过竹翁小坐。比至家，黎子遣人来请陪客。异往，过瞿门，门口听伺者多人，知其有笑话，使问之。子玖遽遣要人，言其庶母将步出，禁之不可。余劝令至我家详论，而后处置。遂至黎宅，无事仍还。过蓬海，欲为陈宅借钱，不得。乃归，则瞿妾已至，譬论至夜乃去，不必处置也。月色甚明，倦甚早眠。

十日　晨至黎宅陪客，客三人，一首府何，一藩使庞，一廪生陈，皆不相识者。同陪客者三人，一总兵陈，一道员吴，一道员刘，定甫。唯刘早至，与张铭、王绪两知县同饭，午后散。至瓮叟处，陪客一但、一陶、一周。蝶园。汉俗成服礼繁，久不得罢。客来无多人，余遂归休。抄经半页。喻外委自万县来见。绂子拓《巫山碑》至，自读一过，自以为佳。

十一日　比晴极热，但不见日光处则凉，此其异于六月者。抄经一页。楼上不可坐，放学闲居。

十二日　晴热。功儿录遗入考棚，待至巳乃封门。张循陔、王益吾、曹价藩来。价藩辞行，往桂林从宦，云明日即发。筠仙送所作《湘阴图志》来，披览一过，气势奔迫，信足驱使烟墨，但不甚明晰，又少文采，《桂阳图经》之次也。瓮叟挽联。人伦冠冕一灵光，八十年望重儒林，遗爱岂徒留永郡；海内群公半虚礼，卅二载官犹郡守，国风长是怨榛苓。彭郎克斋来。

十三日　晴。极热，阴处不可避，六合为窑，无纤丝风。循旧例设供烧包，日中行事。彭润生孝廉、陈廪生晋生。来。晡后出送价藩不遇，过陈海鹏，遇胡尚志，简傲有翠凤之风。接吾、仲霖暮来。夜步问松生疾，闻佐卿病甚。秋热方盛，还家早眠。

十四日　晴，风颇凉。朝食后点书毕，已过午矣。出问佐卿疾，不能见客，少坐，与其长子衡士谈，医方未敢定用何药。过张铭，言卜抚多私而好自专，与两司无商量，已委两通判署县事矣。过受庵子寓，不遇。至子久处议其家事。过章骂娘家。答访周道生，从青石街绕皇仓花圃而还。抄经一页。闻有梁生至，甚怒我不相见，不知何人也，遣问之。因步月过筠仙，不遇，夜寐中闻喧声极近，不知其何事，已乃悟为失火。登楼，正见东南方红焰不甚炽，还卧，复闻水车还声，知已息矣。

十五日　晴，风稍凉。王绪知县来。字子文。梁岱云县丞来，昆甫、仲玉之弟也。云前年仲玉有书干我，未达而死。曾甥竹林自浙归，来久谈。晚热，步过竹伍看病，适已愈，出门矣。筠仙来，言水利。夜要锡九来谈李世忠事。世忠字良臣，免官后仍以伎妾自豪，缚笞武陵吴同知之弟于怀宁。裕抚劾之，诏斩以徇。吴弟近居西邻，未相见也。夜雨忽凉，遂成秋景。

十六日　晨大雨。遣看录遗案，功儿取录有名。昨问其写诗题误否，词语惝怳，究莫能明也。近来考试全如儿戏。陈生富春文亦速退，皆可怪异。淦郎来，留住外斋。抄经一页。余子振来借钱。

十七日　晴。黼堂、竹伍来，久谈，几二时许。何湘楫来，请入，未得见，简堂女夫也。抄经一页。夜听两女咏诗，有感京师淀园旧游，风月宛然，心境岑寂，叹逝观变，不逮隔尘。与两女讲唐诗数首。

十八日　雨，不凉。抄经二页。守愚来。稷初暮来，论诗义亦有所得。珰女感疾，未讲书。

十九日　晴，复暑，晚仍服纟。朝食后出访理安。理安适来，与略谈，仍过荷池访李次青、刘郎诒械不遇。探松、佐病，均久谈。佐卿直视，神色甚恶，后乃渐清醒，犹拳拳于曾沅浦，而亦叹惜筠仙之非君子。复至塘弯校经堂，访海侯。过彭祠，看畯五，还，夕食。暮访一梧不遇。至筠仙处，极言左季高非金刚之比，不可扬金刚而抑左伯。筠仙虽爱憎用事，未有以夺也。

二十日　晴热。畏日殊甚，不似少壮时，念当习之。因步出过研郎，询知芝生已归，出谈，筠仙至，复杂谈顷之。看畯五，未入。答访稷初。至火神祠看行香，一人下街倾跌，委炉于地，面色不怍，同行者亦匆匆各去，不知何向也。至学辕看牌，穿南门街，将诣刘布政，至门不入，道遇见郎。过蘠寿久谈，至暮而还。晚饭后仍过一吾，竟日未静坐，亦不加热。得丁穉公书，鹿滋轩、王正孺并附书。

廿一日　晴热。仍出看畯五，其从子芝题，年十三，已诵七经，与谈文义粗了，较恒子天渊也。往李竹翁，极称仲章。初以为老人好誉，今乃知其相形见长耳。仍至火祠，无所见，小坐极热，乃还。彭子来省其姑，留宿吾室。

廿二日　晴热。稷初来，取《诗补笺》去。彼方有志于治《诗》，甚有新得，故欲相证也。李海涛来，视珰疾，纷亦喉痛，令视之。因与步过松生诊脉，至佐卿处，主方仍用桂枝汤。佐卿已四日不食，便溺皆血矣，不知桂枝汤可用否，姑主勿药。左郎、归生、罗县丞来。

廿三日　晴热。秋炎至此已极，楼上如火烘，树草不动，望而烦薰也。抄《周官》一页。韺子自江宁还，夜来，余已睡矣，起谈近事，遂至鸡鸣，入侧室眠。闻洒雨数十大点，已而凄凄动溜，凉气殊不入帷，家人俱酣寝，无共听秋声者。写扇三柄。见郎、蓬海来。

廿四日 晴热稍退，楼上可坐。抄经一页。与龑子谈淮川盐政。龑子云左季高语人：吾此官虽掷升官图亦不易得。闻者皆以为俗，余独感焉。丈夫自致青云，而乃比于牧猪之戏，左侯之胸襟未尝自以为人材可知。独惜天下人斗盆钱，使左十三先得采去，再有能者，非别起一局，不能争胜，是可惜也。市中已有新桂，盆树尚初萌蕊。锡九夜来，谈香孙丑状，吾门墙不峻，乃有朱、张，后当绝之。一梧夜来谈经。

廿五日 晴凉。抄经一页。王鹈脯、龙芝生来。若愚自哈密还，来见。万里十年之别，不见其妻，感悼愀然。夜过曾郎，谈立身处世势利进取之道，甚惜佐卿急于求助，初更还。作陈妹挽联。廿年荏弱久相依，每当万里还家，助搜囊箧，更支颐听话关山，委佩不重来，此后大雷悲断雁；一病淹缠成绝证，正与武冈爱侄，同怨炉锤，似相约先探净土，灵镫对双烬，那看①短夜望明蟾。

廿六日 晴热。龑子、徐甥、李海涛、尹和伯、竹坞来，谈一日。与竹、和同访君豫，复同君豫至家。王仲令、欧接吾来。初更君豫去。抄经一页。与紛女看唐诗。

廿七日 晴热。朝食后至瓮叟宅陪吊客，但少村、吴畇谷、劳凯臣在坐。客来者唯黄、郭、李香元、副将某、两县令先在，匆匆去矣。余与但、吴坐至未正乃散。过吊若愚。看佐卿疾，疾病便有垂危之意，此人外豪迈，内郁缠，故不清醒，不及仲章也。至傅青余宅少坐，还已向暮。朵翁先相待，谈至时顷乃去。杏生来，先去。抄经一页。紛女讲唐诗"落花朝"与"半下朝""朝"字重押，若以为落花之朝晨，则句不成。

---

① "看"，疑应作"堪"。

廿八日　晴凉。北风甚壮。抄经一页。竹翁、君豫来，与同步过竹寓，复至彭祠看畯五，见石如新妇，略谈秦、陇事，云杨石泉入都，将辞官矣。蠡子闰生来，率一族兄之子也。易石甫兄弟来，久谈。

廿九日　晴凉。仲章忌日，以闻丧迟，未练祭，设殷奠而已。古以祭为吉礼，则忌日本不可练，今人误也。抄经一页。午请前赞宾公食，成、欧、胡、段、黄、陈、郭同坐，唯段不至。饭罢，曾重郎来，饭一碗，饮五六杯，泛谈，语及子寿，不以长者待之。望郎愕然，余亦不安，示意令先去，重郎乃始皇然。此自《世说新语》中一段故事，子威、见郎当能记之。戌初客散。听扮女诵唐诗。

八　月

八月甲寅朔　晴。晨起抄经二页。为滋女校《尔雅》篆文。令扮女篆《周官》，皆自今日起。同里梁、曾来。黎郎昨来，请约今日去，未暇往也。夕至松生处，遇何价藩，闻佐卿已死。往视之，见尸，念往还最密，宜哭，三号而出。

二日　晴。先祖考生日，设荐，因招诸甥会食。凡试前必有此一集，先代遗俗也。果臣孙芝仙来，因令与会。更招夏生、陈、梅生、李、杜生来。竹翁、林令、程雨苍同年、福世侯来。蠡子去。午后丁、孙、夏生、徐曾甥、邓甥来，余令两儿出陪饭。饭罢，二邓郎来。暮闻内哭声动户外，以为娥芳孤女死矣。步出至黎宅，佑郎以简堂自订年谱求作墓志、行状。余云二者不可出一手，宜令郭见安作状稿，余作志可也。还问艾孙，乃未绝，然已不乳矣。

三日　阴。竹翁送《考工弓制往来体说》来，以往体多为硬弓，来体多为口劲之弓，说与角与干权甚合。因悟天子之弓九合成规，非论往来体，郑注误也。复片问竹翁，令其定之。常晴生、陈若愚、沈萱谱、吴称三、文雪琴、两胡、两易、曾郎相继来。将出，薄暮遂止。傅青余来，言左、曾身名俱将败裂，黄、张殆不免祸，湘中真减兴矣。狐鼠微物，亦蠹大猷，每念使人不乐。夜早眠，觉时始四更，飒飒闻雨。

四日　雨。秋凉气润，正空山桂馨时，庭桂尚始萌胎，城居殊无意趣也。抄经一页。午出答访世侯、雨苍、晴生、易郎、李先资、常福未晤。程、李处茶水恶劣，不可饮，从定王台还。忆贺蔗农、周老蘧以来，四十余年城中变幻，咏庾子山《枯树序》云"风流儒雅，海内知名，事异时移"，无端感慨。重郎来谈。吴少芝、蔡子庚来。吴拥肿，蔡油滑，殊令人不乐。古人厌世上仙，良有以也。暮访曾园，答周道生，赤脚灌园，饶有逸致，迫昏黑，未及叙谈而还。携恒子过锡九，闻其病困。今日诣姚笠云，尚不知余佐卿死，人命迅速，极为可叹。说《周礼》"隋衅"，于朝事时增一毛炮豚，似甚新确。《诗》曰：毛炮胾羹。此谓鲁用天子礼祭太庙也。太祝谓之隋衅。《记》曰：燔黍捭豚，可以致敬。《礼》曰：毛炮之豚，祭用太牢。而重豚者，为朝事时反古复始，用明水燎膟膋也。其时牲未入，而后荐。燔炙谓炮豚也。许叔重曰：隋，裂肉也。并毛炮之，则裂见肉。萧合黍稷，则烟升而香，故谓之隋衅，衅即薰也，亦有裂之义焉。此独祭太庙有之。竹翁夜来，为监生求遗案，未有以应之。

五日　凉雨。朝食前命彭妇为仲章设奠，其生日也。因余馔，约严、陈、易、邓、曾氏诸子来一饭。邓子早至，曾郎已往湘乡矣。严郎无相亲意，席间微讽之，彼年二十二，尚未达人情也。与易郎谈华才非成道之器，然其先不可少。东坡六十而犹弄聪明，故终无一成。佛家以敏悟为狂慧，圣人所以约礼。亥初客散。抄经一页。

六日　雨。欲看主考入帘，阻不得去。抄经一页。珰女始复诵讲，五子迭进，课训少暇，然未暮皆毕工，中间犹写扇三柄。一岁已来，今日最勤，比十年前惰时犹不及，彼时学子少二人，故多闲耳。

七日　雨。抄经一页。为吴称三、两易郎书扇册。逸吾、彭稷初、济生、刘春熙来。闻朵翁疾，往看之，遂久谈。遇雨，步至龙宅，与济芝、验郎谈，入其外斋，遂见烟具，可感也。大雨，借舁还。今年本当出送考，省轿钱，故不出，竟不得省，盖知计算无益。逸吾送《汉书补注》来，请校检，为阅两卷，无所发明。淦郎、馘子均来宿，入场无须夜起，仍依常时。

八日　卯正起，与淦郎饭，步送往贡院。泥深没踝，无雨具，不得至门，稍仵而还。遇孙涵若、成静斋。过筠仙门未启，到家少寐。功儿起朝食，邓氏幼孙病亟，促馘子早去。又一时许复往贡院，尚未点湘潭，旗牌无准，人众杂逻，仍不得至门。待久之，闻功儿已入，乃还。抄经一页。邓孙殇，诸女放学。得卢春林书，竟日阴雨。

九日　阴雨，颇寒。课读竟日，抄经一页，移几席，增夜讲。逸吾来。

十日　阴晴，煊。朝食后闻炮号，知诸生已有出场者。顷之接吾来，言三题。"观过斯知仁矣"；"《诗》曰'嘉乐'至'申之'，'君子'至'济之'"；"赋得'山路秋晴松柏香'"。正考颇不诡俗。周熙炳来见，忘其面貌矣。得丁八郎、穆芝阁书。筠仙来，未见，以三子将出场，无暇对客也。功儿未暮出，淦郎初更、馘子二更并出，文无出色处。暮诣小云接考，为富春定文。

八月

821

十一日　阴晴。路始可步，携舆、懿、纨女至举场看点名，三时顷还。梦缇出城，为娥芳生日设奠。半山生日，不设汤饼，三弟犹有称贺之词，于礼宜敬谢之，余但唯唯否否，宋学派也。子玖、黼堂来，久谈。宾兴唐、郭、杨、徐四君来，言志事。出视松生病，见杏生文，似可命中。沅浦褫职，季高失势，湘人顿为笑柄。夜过逸吾谈，问属象，未得其出处。抄经一页。

十二日　阴。周振琼云昆来，四川道台文格所奏调者，清秀不似诸周。果臣弟四子允卿来。鸣之疾愈来谈。黎婿、何湘楫、殷竹翁来。暮诣锡九，遇成其用、左凤三，又一少年，未闻姓名。

822

十三日　晴。城桂尽开，闲行甚适，惜故人亡散，无可往来者。至主场，见出者纷纷，还携茂女复往时已日侧，功儿未出。陈妹婿与三弟同来，先坐客坐，复与登楼，待功出饭罢，复至举场，则已暮矣。抄经一页。经题。"黄帝、尧、舜垂衣裳而天下治""堕山乔岳允犹翕河""秋小邾娄子来朝枣日新之"三句。《书》用伪古文"九夷八蛮"。杨文莹虽浙人而为陈理泰门生，不使知《尚书》有今古文，则湘人之陋也。抄经一页，错误叠出，以无关义例，仍之。

十四日　晴。晨欲送考，以舁夫当还朝食，因待食毕而往。衣冠送考，人甚疏通，点毕湘潭即退。舁至三泰街，看朵翁，卧病久谈。答访周熙炳，遇胡茂生，如小巫见大巫，颇为惭沮，此等人当以刘愚敌之。至子玖处看京报，复有云南报销之奏。周瑞清、崔粮道俱审讯。孝达复奏裁公费。然五十步笑百步，仍取之陋规也。答访刘伯固，至宾兴堂会饮，夕步还。

十五日　晴。夜月澄明，惜无暇赏。抄经一页。梁丞来。

十六日　晴热。晨未起，淦郎已出场，见五策问，犹是康、雍以前人语。若愚来接考。功儿出后于餪子时许。过松生少谈。常晴生及其兄子来，已夕食矣。家人斗牌。

十七日　晴热。晨出答访周道台，便过一梧、笛仙、朵翁、竹老、若愚、黼堂还。县学四廪生来。杨千总子送食物润笔，明当设客，全受之。夜早眠，欲候东方孛星，未午夜，阴云将雨，遂不得见。

十八日　雨。晨荐祖妣午食毕。约晴生、鸣之、孙涵若、陈梅生、彭稷初、常寄鸿会食，稷初始来为客。沈生来送文，坐间多言雪琴查办左督事。余闻其归罪二幕客，褫其衣衿，甚不韪之。客皆着钉鞋而去。梅生文气甚壮，似是夺标手。

十九日　晴。暴疾困卧。得弥之书，迎娥芳柩还武冈。看京抄提学名单，无甚知名者，然少愈于前届。夜登楼看彗星，诸女并兴。

廿日　晴。疾少愈。朵翁移寓东邻，往视其病，泛淡而还。外间盛传次青、俊臣、笏山子皆以改字被帖出。朵翁为李子讳，亦甚无谓，乃其诋季高不知子恶，则又何苛也。夜遣人觅籁子来，劝其还家，彼与蔡侄均以撞骗得财，为雪琴所劾，外论甚快心也。陈郎兆璜、葵。来告行。

廿一日　晴。疾未全愈，试起登楼，作俊臣寿序。殷少乔、王君豫来。留君豫久谈，彼见李黼堂著献录目，以为可签驳百余条，即取与之。观其义例，余泛览一过，不知可驳者何在。

廿二日　晴。籁子去。杨六十来，三十年前旧邻农也，留住外斋，礼之如上客。夜讲《表记》，甚无心得，其载圣言亦纤复，盖词不达意耳。午过松生，问俊臣罢官信所从来。彼尚未有闻，复与片询晴生。

廿三日　晴热。晴生来，留饭，见余咳甚，以为衰。谈论之间，有斥鷃大鹏之志，久居乡里为善人故也。登楼作佐卿哀辞，于地望茫然，下出书厅，正见陆恒斋，因与坐谈。顷之，涂郎、君豫、易两郎同至。涂、王、陆多言佐卿之短，虽死亦不恕之。询功儿，功亦切恨于佐。少年但知快一时，竟无爱才好胜之心，吁可叹也。彼皆以余为喜谄耳，所谓夫子未出于正之一端。薄暮蓬海来，言湘阴人心深，潭人少夸，然尚可交也。左季高父子败于张力臣父子，其智数信不如。朝旨已发抄，彭雪琴奏革王、蔡两生，原折未见，谕中但有王、张耳。简堂照巡抚赐恤，宣付史馆立传。夜作余诔成。明日仲章练祭，家人灌摡扫除堂寝。俊臣文泛滥无归，当重作之。

廿四日　晴。家人办祭，巳正行事，功儿哭仍哀，礼成始食，巳午正矣。祭前锡九、朵翁来，余皆见之，以不莅事故也。午招王、瞿、龙三翰林饮，萧堂为客，若愚作陪，适三弟来与练祭，因留之。一梧辞不来，萧堂早至，长谈，言幼丹抚江西时，焚天主堂，皆其指踪。其后因毛鸿宾畏祸求媚，以败全局，郭意臣之谋也。至亥乃散。十一弟来。

廿五日　晴。庭桂始花三四葇，香胜外间全葇。作余佐卿诔文。子云、松生来。见郎来，言筦仙发背，惊往看之。道遇任雨田，同步至筦处，则无所苦。此公余已疏之不往矣，乃以讹言而往。遇锡九久谈而还。舆儿始讲《左传》。

廿六日　非女百日，家人往设奠。子玖来，诉其庶母横暴，欲请诸老往训责之。瞿婴亦来，诉三子拘束之过。是非纷纭，家中亦异议。抄经一页。讲《表记》，头绪殊杂，而字句贯串，盖属文未工。其所言“子言之”“子曰”，亦疑非孔子。

廿七日　雨。命功儿陪王君豫、仲霖、胡子正、龙研仙、段海侯午饭。皆因奠余延宾，但非来执礼者，以仪节难谐，故但召客示有事而已，戌正客散。子寿来，谈考取优生免贡事，云其子可得，不言他事。书扇六柄。

廿八日　雨。余佐卿家奠，晨往陪客，未正出。至瞿宅，会陈葵心、余鹤皋、傅青余、彭朵翁、二唐、六瞿，劝戒瞿妾，立约而散，殊劳口舌，无旦夕之效也。瞿宅设食，因留待散，至亥乃还。

廿九日　雨。晨起朝食后复至余宅，坐一日，来客殊少。待至戌初，余具四俎二敦，设奠而还。日中与章伯和谈台湾事甚久。

晦日　晴。朝食后往送佐卿，已反哭矣，不及事，故不入。抄经二页。刘春禧来。夏生得优贡，遣来报。吾县赵生亦得贡。暮诣荷池锡九。

九　月

九月甲申朔　晴。抄《周官》一页。夏生来。午过曾祠，筠仙为禁烟会，要入听讲。同会熊鹤、傅青、李次、郭意、黄寿、左长卿、彭稷初、朱文通，未初列坐东厅，筠仙首自责，言行盐可耻，张自牧请票，未可深责云云，因发明商贾可与士大夫并重之义。余欲驳议，以众坐谦让未发。适次青问四川禁烟否？因盛推学校为风化始，及乡举必得人，在下亦当推贤之意。左长卿似不解其语，乃更推比邻考察为本原，援道入法，仍儒生之常谈耳。熊翁老饿不支，因起而散。诸君南向晴澜舫，余北至松生宅，与尤雅斋、侯官人。章伯和、李叔和、刘伯因、三陈兄弟同坐，至酉散。

二日　晴。课读无暇，抄经一页。王一梧、莲生、蓬海暮来。朵翁来，言前数年佸子书抵易海青及纠众打教官事，确凿可据，余殊不闻外论如此。恒子读《左传》"涧溪沼沚"数句，预用《诗经》字面，乃后出题，古今无此文法。又卫庄公娶齐东宫之妹，亦无此书法，近戏剧也。向来未思及此。

三日　晴。寅正起，看彗星光芒长可半匹练，较前稍狭耳。诸女并起登楼，久之仍眠。卯正复起抄经，书怀庭挽诗。朵翁、易郎、何棠生、王种霖、子久、稷初、梁三耶来相继，中携懿、茷、纨至又一村看箭。彭运生孝廉来，言黎宅受吊事。陈伯涛来，以未与优贡，颜色憔悴，余得句云"楚士多怨色"。子明来。夜凉。

四日　晴。晨起过朵翁，送稷初行。黄小云亲家来，未晤，升堂裴回而去。抄经一页。将出值雨。瞿子瑞、陈杏生来。夜作书与连希白。小倦假寐，起复登楼，欲书与雨苍，甫书其字，镫灭，疑不祥，遂止。夜晴。

五日　晴。抄经二页。陈生来。午出答访章伯和、周丰歧，过子威，校经堂晤海侯，遇林绥臣，同至若愚家小坐，过黎宅而还，已暮矣。夜抄经一页，《春官》毕。自去秋至今正一年，裁得百十五页，以日计之，仅每日半页耳，差愈于全旷日者，中间别抄《礼经》三篇，犹未计也。四更起看彗星。

六日　阴，有雨。份生日放学。吴熙、阎希范、丁孙、段海侯来。书扇一柄。张子莲来，冒冒失失，语言无章，甚悔出见之。

七日　晴。稍课点读，余无所为。以梦缇生日在近，午后俱散假。罗婴来，追念二妹，复为不乐，夜始复寝。

八日　阴。衣冠与家人俱集正堂，梦缇以母丧辞贺，遂罢。桂阳何岳立衡峰来，言《觉思编》，因极论老辈唯加敬于酬接耳，若学问，并无前后辈。圣人，我师也，伏羲至孔子无尊卑而皆师之，余则友之，然则伊尹、召公亦我同学，如此乃能读古人书。

九日　阴。龋堂来，方教诘妇女，啼哭纷纭，未能对客也。午后少闲，出听榜。至贡院，众多目之，似皆相识者，又携懿儿、

826

顺孙，恐暮乃还。至二更报毕，令功儿往看榜，顷之还。梅生为解首，衡阳陈、夏两生，俊臣叔子，浏阳刘生皆中式，差如人意。唯唐寿官第二，寿官，积德之假子也。骇人听闻耳。

十日　雨。刘、陈、夏均来谢谒。稍理教课，未及余事。

十一日　阴。夏生兄字平轩者来，言治经之可贵，诸文词无能胜之者，湖南近皆知之。邓鸣之来，云娥芳枢将归矣。大风作秋深景色，步出将访黼堂，至门欲雨而还。过松生小坐还。甚饥，将食，竹伍来，言九合三合弓往来体作图，未甚可通。凡弓强弱自天子至士皆有所宜用。至于九合至三合，则以爵不以力，未知所以殊也。曾郎来，言余所作湖亭诗尚有不尽纯者，颇中利病。因思"僧雏"字，改作"僧童"则可矣，而"词客"二字无以易之。十月三日夜五更改"词"字为"酒"。①

十二日　阴。晨起为王祭酒改定《汉书·倪宽传注》，自送往，不遇，因至抚院看榜。为武陵陈锐伯涛点定新诗。介石来。

十三日　阴。看功儿书寿、挽联。曾郎及李卯生、欧阳阿翁来，久谈。课读粗毕。畯五来。夜过曾介石，遇何价藩，同留饮，遣招易郎不至，陈、李、王生俱集，戌散。穆初复来，盛谈力臣。

十四日　阴。书屏四幅。墨斗未盖，恐染尘，自持将登楼，殷拔贡来，出见之，遂失此斗，近妖异也。其绵茸卅年，一旦遽失，令人惘惘，江雨田之子文彬来。

十五日　晨微雨，竟日阴。出贺董子寿生母生日，便诣蓬海，贺程雨苍，遇竹伍还。徐定生、郭见郎来。定生言无可采，意以左相为非，而不能忘左相。陈生来，请改朱卷，兼为夏、刘改阅三篇，未执笔，辄有事而罢。彭妇还母家。易郎夜来谈。

---

① 此句当为注文。

十六日　阴竟日。改文。何湘楫、徐甥来，留徐甥食菌。书扇一柄。黄星查同年来。曾郎、陈伯涛均赋诗见示，意在索和。伯涛前问作长篇法，故欲作长篇示之。许仙屏备兵河北，辛眉复得贤主人也。洪右臣劾王夔，邓承修纵之，王任职如故。夜率三小儿女至陈妹新宅。

十七日　阴。晨赴黎宅陪吊，无客至，坐谈竟日，唯支宾四五人耳。得蜀仆书，送科场题，贤于湘使。

十八日　竹翁、李卯生、何衡峰、见郎、黼堂、程颂芳来。蓬海、香孙、曾省吾暮来。竟日欲作一事不得，殊多闷倦。夜始登楼，讲书毕，欲改《竹闲道人行述》，已罢极矣。邓郎来告行。

十九日　晴。解元陈梅生来，意气甚盛，留早饭。余先出至黎宅，吊客寥寥，与次青、阎相文、刘培元少坐，出贺刘前抚两孙中式之喜。门遇俞伯钧，此人渐欲出见，无处不相逢也。欲答访龚、黄、陈、阎，舁夫由别道，遂还。黄子寿驳余乡举议，云同党攻击，外人讪笑，皆可畏。次青云黄每论一事必先作态，可厌，余匿笑而已。要之财虚而气盈，亦是衰机。午间恒子与其四姊斗，其二姊不顾。锡九遣邀，会香孙议医方。

廿日　晨设荐曾祖及先妣，皆生日。浏阳陈长橢字缦秋新中式，来见。竟日课读，抄经二页。劳生启祝来。

廿一日　骤寒。书屏对。逸梧来，殷拔贡闯入，傻言久之不去，余径入。得陈佗怨书，以五十两之未得也。此人神似陈芳晚，芳晚犹为近理。午出贺陈兰生、徐保生，皆新中式者。送鸣之，答访汤柄玑、夏粮储，遇一新举人，字亶臣，不知其姓也。还至曾祠，刘生设饮，接吾为宾。余初以其父出名，故不宜辞，比至陪客皆不来，遣招陈长橢，宾主四人，至戌散。微雨，着两小毛衣不觉其热。夜抄经一页。

廿二日　雨。谢客，粗理笔墨事。子久、梁三径入。杏生、罗从九又来索禀稿，恨爵位之不崇，故有此无聊之酬应。笠沙弥又催改诗，为阅一过。借金刚《无题诗》一读，亦愿和焉，而夜寒侵人，亥初还室。

廿三日　晴。娥芳枢下船，家人倾宅往送之，余未往也。逝者达人，必不依枢为去来，初欲相留，念多同异之论，付之旷寄而已。抄经二页。申过筠仙，同王石丞、但少村、邓双坡、青余、芝生集食熊掌，余无异馔，亥散。罢讲书。

廿四日　晴暖。戏和金刚无题四首，兼为罗子作《火灾策》，自抄日记中诗作外集，至二更觉寒乃罢。宥女廿岁，食蟹面，诸女停课。晚答访黄星槎同年，遇邓生。

廿五日　晴暖。竟日督课。发丁稺公书。携儿女闲行又一村，遇熊鹤翁挟杖疾行，不似八十老翁，自云记性犹能三日，絮语金刚诗，索观余作。此公送人多矣，亦人宝也。为抄稿与之。

廿六日　晴。晏起，饭后登楼，为王一梧校《武五子传》毕。附舟往衡阳，携舆儿同行，懿、纨亦欲登舟，步至草潮门觅舟不得，小儿多，不可久待，复还家，舟人已来迎，复往登舟。筠仙和张四诗来，工切新妍，反胜余作，妙才也。不图驵侩之油腔，乃得阳春之郢和，金刚自此增价，盐罪为之末减，才之不可已也如是。申初帆风行，令舆抄《楚词》半页，余亦抄《周官》一页，乃暮。同舟有陶生，字献甫，云曾于怀钦坐上见余，湖北人，<small>字献父。</small>安徽官，兄为臬幕，<small>字敬父。</small>已得雷市厘馆，略谈数语。宿观音涧，行廿五里。早眠，久不寐。夜风。

廿七日　庚戌，立冬。晴。大风，帆行迅疾，朝食已过湘潭，乃值大弯，顺风反逆，寸步而进，薄暮泊马河上，久之风息乃前。卅里宿凿石，计日行百卅里。抄经二页。<small>熟路闲行不计程，小舟帆稳北</small>

风平。晚留凿石寻诗稿，晨过山门识碓声。

廿八日　阴。晏起，待饭。近日船家皆有官派，辰朝申晡，无复昔年之制。余前乘水师船，以为兵弁如此，今乃知湘舟悉改俗也。曾涤公若在，当为怃然。辰正过空泠峡，感庚辛游赏之乐，使人忽忽追念。前所乐者皆最前所未有，生乐造哀，殊为多事。圣人不凝滞于物，必无所悲也。人哭亦哭，时则然耳。抄经四页。暮雨，宿黄石望，行百十里。三门至昭陵滩十余里，余误以为一滩。

廿九日　雨。帆行。抄经二页。风小行迟，复抄经三页，向暮矣，乃至雷石。遣买笋菜不得，剃发，遂泊。竟夜不寐，听更点分明，如在城屯，亦不知忧乐之何从生，然杂思无章，犹有童心。陶客去。

卅日　癸丑。雨风凄切，帆力甚王，而舟行迟，以曲折多耳。望前水淼茫，亦有江湖之兴。过大步，昔闻布谷处也。廿年来张筱华、章秭农、凤渠。张东野、普明、仪庵、海琴、瓮叟、杨耕云、段培元、王峋云、李竹屋、子泌、春甫、庆子、非女相继物故，其相识死者不可胜计，衡州之游，何可不悲？诗曰。久生亦何为，逝者待我悲。神识尚不泯，英灵尽来仪。昔美衡阳游，耆彦数追随。地远少世情，谈笑论当时。高咏有遗音，林岫见装回。蛟雨沈石门，山馆化沙埃。仓卒一纪余，群公各见遗。犹勉百年志，不异君子期。洒泪临流波，寒雨为我来。名贤有夭终，殇子又何哀。但恐邦宝尽，他时怨吾衰。顾瞻岁寒松，聊付理化推。　衡阳隐居时，交友为盛，廿年来相继零丧，兼以子女苗而不秀，重望城阙，泫然有作。诗成，吟咏已暮，尚始过章木寺，度昏夜不宜吊人行礼，遂饭而息。抄经四页。舆抄字不成点画，见之怃叹，此子必无成，但望其终无成耳。风止雨甚，泊于樟市之上。生适并宗冠馈昏迎二师主丧旅吊私既未诔出引宗尸阴垣使下将司①。

————————

① 不可句读，疑有讹误。

十　月

冬十月甲寅朔　雨竟日。过午乃泊泥弯，欲换下水船不可得，携舆儿入城。至程宅，见旁屋均被焚，程家壁墙亦均损，危及堂室，可惊怖也。入门遇其次子岘樵于庭，至灵坐拜毕，感念生平游处，涕再下而止。岘郎欲留居其家，固辞不忍，又遣人随我，乃允居当铺新亭中。遇沈友簏、胡均甫，余误以胡为当铺出官人，未与让坐。方食，商郎自外归。食毕出吊培元，见其子昌，字达卿，供灵下室旁左，亦入展拜。余始至程宅而悲，及见段子，又反为春甫喜。有子无儿，一于身后见之。出至衡阳县署，访文心久谈，多及船山书院事。又访仪仲，已薄昏暮，三数语而别。夜宿亭旁小屋，甚敞洁可喜。雨竟夜。文心来。

二日　雨。朝食后出贺晴生，嫁从孙于谢氏，笛郎之女也。至耕云新屋，以服除二年，不复吊矣。过时而吊，则主人难相处，故记美文子之子过时不吊。又未尽己情，乃常服往看之。复过八踌、洁卿、廖青庭皆不遇。遇邓郎子元于道，相呼，下舁谈数语，渡潇湘门而还。杨郎伯寿来，询山东事。抄经一页。晚过文心饮。仪仲、徐秀才福基、程生、朱纯卿名颐浚、清泉令同坐。戌散。还改春甫墓志。

三日　晴阴。为胡均斋县丞题其妻包氏遗像，龙胜厅城破，抗节死者。长康绘素图贞顺，潘令传徽想玉容。残月照棁悲响桂，疾风摧石表寒松。空花转世原知幻，鸣鹤闻天宠更封。独恨卢肠别亲处，九疑愁望白云重。包父有送女四诗，词甚清悲，故云。絜卿、段达郎、刘静三、蓝楚臣、晴生、杨伯寿名杞、仪仲来，程郎设席见待，贺、常、杨、冯、符子琴、余父子共八人，戌初散。湘水暴涨，杨郎怯渡，留宿对房。看《申报》，陈三立、皮六云同中式，报销事已弥缝，清查局将通设矣。午间抄经一页未毕，夜镫无油而罢。

四日　晨雨如雾。起唤荫梅送片廖军，荐充水勇。闰生将交文心，已而文心来，有难色，且诿之。两程郎挥手告行，来送者杨蓻圃浚，来见者常生笛渔、邓郎子元。饭后招见铸生，复过别沈礼堂而后登舟。舟送者絜卿、杨、程四人。程郎为余假得二百金，及浙送四十金，程送段匹，廖、常、程送莲子数十斤。午正开行，先苦水涸，前夜大涨，增丈余，浮送可期，无盘浅之苦，亦可快也。常生言其庶母未能持门户，急欲娶妇，期以今年，且欲不入乡而即下省。其急遽无节如此，可骇笑，亦可闵念。期以明春行礼，又必为梦缇所骇，世事难酬，人情我慢，故有此等议论，余唯见之行事而已，所谓"民可使由，不可使知"。未正颇饥，馌已过时，夕食尚早，出望两岸，见一处似相识，询知七里滩，亦余曾宿处，再忆之，壬申十二月也。明日至雷市而遇除夕，所谓"南岳钟声报玉晨"者。自章寺以下，南岳已在橹背，故曰"赋得帆随湘转"。宜作一诗。雁峰直北望衡山，章寺回头转背看。误道征帆复南上，谁知湘转五峰间。初更后过寒林站，距雷石一舍，亦前上水宿处。恒子贪看不肯眠，呼烛至，将讲书，乃睡。岸上犹有络纬，李白云"霜凄秋啼"，不虚也。亥正泊老黄滩，距雷石廿里，见新月。

五日　晨起甚早，云光金映，似有晴色，已而大雨，旋幂幂如丝，气遂阴寒。过雷石、石弯皆有乞划子钱者，前所未闻也。黄石望下有沙洲，邓保之所云"交流抱中汜"者，乃辛亥秋同游之作，今仅失皞臣耳。岳色寒云雨似烟，交流中汜故依然。沧洲渔子头应白，记买霜鳊卅二年。舟人以将下昭陵，风色不顺，早泊窑门。凡下水至快，第一日至雷石，第二日至山门，三日夜泊长沙，此舟人一定之程。不能再速，迟则不可计也。风之有无，非下水所问，托词欺客耳，客亦不必诘之。补作"汀洲多烈风"一首。前出长沙时，大风皎日，百草披靡，而孤云不动，此秋深晴景也。恒子腹痛。汀洲多烈风，白日皎秋光。坐令孤游旷，安知川路长。方舟壮夕涛，上与宾雁翔。挂帆山门峡，遂泛昭滩杭。竹树满旧林，猗靡识连冈。津途固不疲，岂复叹无梁。所恨昔时乐，今怀增感伤。愿携青云客，顾我复远行。徒深故乡情，暖暖指曛黄。改黎《行状》。

六日　雨。大风，船行甚迟，巳正始过淦田。风气增寒，午后下滩，水平流缓，作诗拟子美青黄之咏。比及株洲，水更汹涌，未暮泊卦厂，土人云泥滩，又曰新市，距县城八十里。抄经四页。改黎《状》。三更开行。

七日　阴。无风，昨夜摇橹，至晓未息，颇搅人寐。朝食后乃至洛口，过县正午矣。抄经二页。改黎《状》毕。望昭山红叶茂密，正怀登赏，俄而飞雨忽至，过山仍晴，然烟水迷蒙，已成暮色，计今日未能泊城下也。抄《周官》一页。以五冕为皆有十二藻，但以冕分等级，似合祭以天子之义。若降从大夫服，则是与大夫祭大夫无异，何贵乎合万国以事其亲耶？凡此创说，皆石破天惊，前数年所断不敢者，亦不知学识进耶？师法亡而臆说昌耶？要当说成一家以质来哲。初更至城下，所从人不得力，未敢先上，仍宿舟中，恒子腹又痛，未饭而卧。城下不可舣，泊南门，对岸有炮船。

八日　晨起检行李毕，移船向城，泊小西门，携舆儿及附舟客易姓肩箱从大西门入，至二圣街，负者迷道，直东行，余再寻不得，从北门还，则已先至矣。家中明镫未灭，殊有夜夜元宵之盛。未知偭与未偭也。工匠盈门，正似去年初归时。半山言纷女近发愤勤学，可为一喜。夜雨。

九日　雨寒。课读，抄经二页。丁世兄来，言果臣遗书待刻者尚须二百千，允为谋之。松生来辞行，未见，盖不能自来。

十日　雨，更寒。抄经二页毕。出贺姚立云母寿辰，因过松生，则未知余还，故未入门耳。病大愈，可喜。杏生、丁子开、重伯皆在，略谈别出，过笛仙、锡九。锡九病困，因坐久谈。姚处有戏，与蓬海、俞鹤皋同坐，遇程虎谿、黄麓生、张定生、王雁峰。雁峰指点诸旦，欣然遇之，强坐至二更乃还，即寝。麓生张目若不相识。张定生则不知何许人也。

十一日　雨。金刚送诗来。将往和生处，泥不可行，欲着油鞋，半山及孺人均以为不可，乃舁而往。和生往曾祠拜生日未还，笠僧在其房中，顷之松与熊鹤翁、黄含生、朱文通俱来。又久之，罗翁来，松姑之夫也。将夕食，乃归。课读、抄经如额。

十二日　阴。课读、抄经如额。作楼门。见郎来。申至重伯家，陪松生，守愚、伯涛、子政、验郎、筠孙、笠僧俱集，初更散。席间皆谈诗体例，戌归，未登楼，亥寝。

十三日　阴，南风。半山治具，招松生饮，陈伯涛先至，接吾亦来，松凯、一梧、蓬海、重伯来，期以未设，至申乃得食。席间重伯射覆，举“干吏”二字，余欲帮“好”字，众客未留意，遂罢。吩女往陈妹家。夜登楼抄书、讲传如程。程来之来。

十四日　阴，大风。城中始可步。抄经三页。晚至松生处，未遇。过朱典史，见文通，略坐而还。珰、滋、茙俱往陈妹家，学楼寂静。

十五日　晴。入秋霜日始明。舆小疾，携之出游，懿、纨俱从至龙宅，看济生、芝生，唯纨从入。巳至火祠看戏，未午还。抄经四页。黄豪伯来，未遇。接吾暮来谈。得稺公书。

十六日　晴。见郎来。抄经三页。节吾、王绥原、莲生、亦梧来。曾郎送诗，共看赏之，以为今神童也。午出吊郭狷父，并送一联。名家磊磊不群才，最难折节罥思，少年曾不夸仙桂；宾坐匆匆今岁见，方讶神清气弱，严霜一夕败丛兰。见筠仙兄弟、周桃谿，客坐见俞、汤、邓、黄等，门遇傅青余。过黼堂不遇，访朵翁、来之，暮还。饭后大睡，遂至三更，还寝不寐。鸡鸣起，索小食，唯纷女未睡，送炒米胡桃一碗，食尽仍寝，乃寐。

十七日　晨设荐先府君。抄经一页，《夏官》毕。陈海鹏、李兴钊来，送盆兰、金橘。出携诸小儿女看戏。探候锡九，云镜初主治，似渐差。暮还。林小霞来。夜答访绥原、亦梧还。谈言筠仙得船政。佐卿往言秋后必见录用，曾沅浦为之夤缘也。但何以去冬即约今秋，非寿命长，则如佐卿不及待矣。明日始知荐而不用，左道也。

十八日　阴。抄《秋官》五页。竟日课读。济生来，言胡家昏事。

十九日　晴。抄经三页。唐凤仪母丧，以曾经理仲章疾殡，作一联。一门群从昔同游，久闻懿德贤明，大族持家推礼法；少子远州悲薄宦，方冀山田奉养，衰翁挥涕促归期。晨贺程雨苍母寿，便访丁百川、子久还，家中尚未朝食。午避客，携小儿女看戏。殷拔贡直入戏场来寻，复避归家。子寿夜来，大意言不可干预他人事。而其所言皆干预人事者。

廿日　大雾。抄经一页。罗子纯、陈郎复心来，遂夕矣。出至市中，人多欲与言者，思老子问杨朱之言，芒芒然归。朵翁来谈。夜讲书至二更始罢，又抄经一页。墨斗熟绵与新绵乖适天渊，殊有故物之思。抵旉来。

廿一日　晴。罗八梦提督之子承恩来，年十六，高与我等，大则过之，真将种也。次青来，言方艺人与孝达不和，将告归，已遣家姥还矣。抄经二页。

廿二日　晴。晏起，方朝食，黼堂遣来催客午饭，恐朵翁久待，遂往，纨女同行。至则客未至，主人未归，至见郎斋中小坐，不至此书室已廿余年矣。顷之黼堂归，次青、朵翁、禹门翁继至，日夕乃还。外舅到城，遣相问，夕食后，复携舆儿同往，谈至二更还。抄经二页。陶先生墓表。先生名延久，字友蕠，长沙长沙人也。①其先为南昌大族，爰旅于湘，从桓公之旧封。曾祖、祖父，累世潜德。父讳述汉，诵三世医书，能以技隐。有子三人，君其仲也。伯兄森藻，以经义乡举。君独传医学，总持家事，孝友任恤，弱冠有闻。尝侍父疾，服勤三年，瘠者忘起，病而无患，人之见之者，以为刘殷之流也。天性好施，而家才自给，托迹廛巷，以周穷急。道光之末，湖外大饥，流民满涂，露宿千里。于时民士朴善，尚义者多，富室发仓廪，贫人缩衣食，倾都振助，如赴私亲，不谋而同，君尤勤挚。会暑夏溃痢，饥民坐焚，日就薶路，囊药诊施，旸雨暴沐之劬，若躬在流亡而婴疴渗也。於乎！其可谓勇义之士。越四年，桂盗犯城，围攻八十日，乘陴兵练，蒙犯雾霜，又虚②于奔命，疾病相枕，君私往救疗，亦兼予药，军中传其仁济，至今称焉。同治初，长子官泾，民宗党私斗，伤例保辜，调视不谨，辄致两死，就养询俗，恻然念之，因饬官医，有藉闻状，指授方剂，或亲剂治，全活尤众，惠彼一邦。善化彭嘉玉时官江南，论君才德，以为惠于鲜民，务尽其力，肫肫乎循史之训也。仁寿有终，以光绪五年十有二月乙酉卒于里第，年六十有五。有子五人，并承志励名，游于时隽。儒官群彦，令怀耇旧，既铭幽圹，爰伐石表碣，以绩公叔有道之文。乃作铭曰：太尉绵绵，自江来湘。有翼飞天，出母义方。昆孙绍之，亦闻于泾。民颂其德，日考之良。猗欤先生，居隐义彰。不假一命，仁被黎苍。无德不酬，皇宠跻卿。文通载起，廉孝用光。高阡峨峨，媲于表冈。经视此词，瞻墓旁遑。胡湘琅同年来访。

廿三日　晴。抄经二页。外舅来，留午饭，竟日谈。功儿自桐冲归。

---

① 此句疑衍一"长沙"。
② "虚"，疑为"疲"之讹。

廿四日 晴。课读、抄经如额。接吾、子威兄弟来，夕食时客去。上海报言：时享备法物，有狂象之灾，坏辇路，伤人，拔石柱，可为驯象之戒。卤簿用猛兽，出于不服之遗，而近于戏，此宜革除者也。作运仪母挽词。苏台盛日驻鱼轩，数湘州命妇班中，委佗曾享承平福；桂树双雏真凤采，知国史儒林传里，渊源定述女宗师。

廿五日 晴热。当唁刘定甫，吊唐曲溪，因出贺子寿嫁女开容，庆吊相随，兼视唐牛羊。朝课毕即出，过客十三家，入者何伯元、李次青、罗抵旉、欧阳接吾、外舅、子寿、定甫、唐凤宅。唐处陪吊，遇刘博泉之子黎坡，旧家也，能知许竹士、吴春帆故宅。李处兼访理安，遇海岸。暮还，甚倦。阅蜀录，院生中者十二人，内有傅、黄、尹、叶、董，皆能知学者，但不及前年多中耳，其佳者足相当也。得和合书，亦寄名经来。夜闻纷女唤看彗星，方倦未起。

廿六日 晴。抄经二页。得二义，补书《春秋笺》，其据"司刑"经注，定甫刑宫、荆五三之误，甚为善证。半山承命往力臣家助昏，余亦携懿、茂、纨步往。先过曾祠，欲看浩园未入，至刘祠望张门真有雀罗，裴回久之乃还。刘培元来。易、王两佣上工。重伯来，久谈，言"宫中无相以为沽也"，"沽"当为"古"，甚合经法。与过逸梧谈《汉书》。夜看彗。

廿七日 晴。抄书、讲课如额。见郎来，言左景乔孙谋诱良女致死。闻之愕然。此事小说演段中恒有，不谓于吾身亲见之。交友之义，亦当渝月而后举爵，不必其伏辜也。后遂以此兴大讼，卒无是事，城中攘攘四五月。

廿八日 阴，风。半山往劳家，即携两小女往陈妹家。夜未上楼。苏元春来，即所云缚欲斩者、欲剚刃者也。似是来谢罪，言郭郎之短。抄书、课读如额。看《汉书》一卷。夜分乃眠。梦乘马入竹筐中，筐盖大池上，边滕高二尺余，马不肯过，余赤脚欲踏过，而甚危难，旁皇忽瘝。

廿九日　阴晴。抄经、课读如额。夜看浏阳课卷。

十一月

十一月癸未朔　定《馈食礼》，除子丧。初祭宜有祫事，故初虞即言祫也，而祝词无文以言之。课读稍晚，至申未毕。仆人报郭意城之丧，子妇又来报其仲父病危，心殊不安，遂出游四方湖而还。夜未登楼，看课卷数本即寝。

二日　雨风甚寒。当出答客。纨女固请从行，委之蓬海家，而独过青余、刘竹汀、王石丞、苏元春、俞开甫还，迎纨归，遂向暮矣。夜风愈厉，遂早燎火而眠。晚间涵若来，误出相逢，与坐久谈。笛仙复来，与论祭礼，略有相同处，至其大端不能不异也。

三日　晓起有雪，朝食后霁，风寒气冷，竟日未课读。登楼抄书一页。胡子威、验郎、丁百川来。午后围炉，夜斋宿楼中。丁丑烝祭，先期三日致斋，但不能不见客，亦不能不课读，以小儿女无事扰攘，愈不敬。凡客来者，告之以出，则为欺；告之以斋，则好异。取其意齐而已。

四日　阴。斋居课读，抄《书》一页。夕率诸女肄仪，夜待妻妾馔具，至三更乃宿楼中，霜寒。

五日　丁丑。祫烝曾庙，仲子祔食。质明视濯摡，已午间始行事。礼文初定，犹多未娴，献祖误诣祢，尤为惶悚，旋即改正，当科失仪也。三、十一两弟并在宗侍，功儿弱病，恐先，顾之愀然，然不敢不依古以率礼，或冀厘我耳。未初礼成，少憩，出吊筠仙弟丧，夕还。登楼抄经二页。

六日 阴。早过佐卿家，答访刘伯固，问江南事，左侯见语云"烧洗脸水钌锅"，此言极可叹，无本人专恃运气，必有此困。《儒行》所云"上通而不困"者，防此厄也。又梦中得句云：清官不辨水与月，生气正如春在花。后三年而死，此梦亦无验。亦是鬼语。如行时人得之，为佳兆也。余家将朝食，辞出。还，少坐。待儿女早书毕，过看锡九，病不能兴，已不食矣。夕食后复过瞿家，晤子纯谈盐票，道遇汤小安，亦盐票，又与筠仙昨言不同。汤云郭意城将死，有与次青书，拳拳于盐。瞿言俞鹤皋与斗牌，未半，得次青信，长叹而发病，半夜即死，大似演义中周瑜。郭与余相忌，余似亮，故郭似瑜也，可为慨笑。孔明亦有秋风五丈原时，公瑾又何必呕血长叹。夜雪。

七日 雪。素食谢客。释海岸来。先孺人忌辰，僧至资助冥感，因出见，设斋。重伯继至，彼亦居忧，留话半日，风雪愈寒，遂设奠使食。芝生闯入，亦弗能止也，至暮乃散。抄经一页。

八日 雪冰。晨出送逸吾母丧，客多未至，复还少愒，闻炮声再往，则已出门矣。巷内可步，正街泥释，不可步。遇子寿、周荒桃同立酒店，待柩过而散。胡家请期，媒人未至，遣使来，将以廿日亲迎。功丧未满，议论纷纭，不能不从俗也。然胡嫂可谓大谬，一二月之不能待，不知有何急也。两夜未登楼，讲书室中，二更即罢。

九日 阴。稍煊，可不向火。登楼抄《书》一页。看课卷二本。

十日 阴。搬嫁装木器来，客坐俱满。陈杏生来，强入，留谈。闻张鹤帆来，彼尚未知也。抄经二页。

十一日 阴晴。可择途而行，出诣芝生、朵翁、黼堂，暮还。

抄经二页。

十二日　晴。朝课抄经毕。偶出，步过郭门，见过街大棚，似欲致院司往吊者，遂顺而西行，从火祠还。至禹门处，闻言左事者藉藉，皆云景翁孙诱奸宦女致死，善化令秘之，私和了事，城中士人争欲发之。又闻有劾张金兄阴险者，事下巡抚。又闻杨五兄将死，萃吉必倒闭。遂过朋海，果闻其兄丧，门遇傅青余，与同至子寿火室。子寿惧其秘左事，匿我于张八兄之书斋，问明而后延入同谈，多及饶太和事。余力言不宜再言卖买交易事，乃及左事，以为宜问明，备豫流言，不然将成祸。吃面而散。夜月甚寒。

十三日　乙未，冬至。晴。节物甚美，无人共赏，家中匆忙，可叹。午阴。子明、青余来，暮去。小疾欲发，未抄经，于室中讲书，半山恶烟柴，复移书室，二更散。

十四日　晴阴。理课、抄经如额。夜畏寒，大剧，家人毕集候问，至亥乃安，酣寝至晓。

十五日　阴。疾大愈。朵翁、瞿纯郎、陈德生、李禹翁来。

十六日　晨起至黄家贺生日，见子襄，略谈盐事，适客至，遂出。访丁百川、张雨珊皆不遇，还始朝食。向午，霜犹未销。胡家纳徵，媒人至，余未出，儿女分喜果，喧攘竟日。百川来。夜过重伯谈。

十七日　阴。抄经一页。数日未授读，以珰女疾，岎女惰，故不复督责之。看浏阳课卷，竟日毕事。

十八日　晴。定课高下，半日始了。胡家送开容果酒，余家为窊女送奁具，前后用五十余人，减于非女之半。携小儿女游又一村。夜临黄次云亲家之丧。次云将死，揖其妻，属以困穷，其志可哀。功夫妇既往，余亦往视之也。撰联云　固穷终自有穷时，三千里巫峡归舟，伤心更被秋闱误；亲情曾未乐情话，十一月严霜摧木，敛手空看破被寒。

十九日　晴。宓女加笄，遂设教成之祭。日夕行事，功儿供办生疏，未能成礼。教成祭如馈食，使女主之，俾习祭礼，为主妇，则曾与酬酢，依而行之，诚肄仪之善法也。乃功儿为县学生，犹不能行礼，仪文何可易言。夜寝已晏，梦缇犹未寝，及醒，亦不见人。顷之天明，乃知其和衣睡被上，彼劳我倦，信嫁女之不易也。

廿日　晴煊。晨起甚早，女装迟久，待迎者至已向午矣。醴女毕，婿入奠雁，遂行。又久之，余自至胡氏莅昏，宾客甚少，女客不少。坐一时许，出过夏粮储、刘故抚而还。夏坐中遇子玖，论左氏流言事。还，女客犹未去。向夕解衣将卧，重伯来，出见之。守愚同至，谈未半，其母遣促归，云湖北有警报。六百里移文，一日而至，两司上院，群情汹汹，不知何事也，仓皇遂散。抄经半页。

廿一日　雨，大风。子威、子云兄①，常霖生，叔从来。向晡乃出，谢媒人，过筠仙、朵园、济生，已暮矣。至胡家会宴，稺泉翁、陆衡斋、广西徐姓作陪，初更散。入新房，寂静无人，顷之宓女乃出，少立未坐，异还。风愈甚，二更就寝，凡再寐，梦缇独坐，为宓女作缨绦，其痴如此。余卅岁已后，已不能冬夜久坐矣，鸡鸣乃睡，亦不觉夜短也。

廿二日　大风吹晴。宓女三朝，遣送果茗绣件往，备分送。午将步出，道湿仍还，从东头往香孙处少坐。向晚霖生仍来论昏事。过锡九处看病。

① "兄"下疑脱"弟"字。

廿三日　晴。晨过一梧，朝食后昇出，答访霖生、庄心盦，过吊运仪，已暮矣。抄经一页。

廿四日　晴。抄经二页。饭后小愒，舆、莪相打，至流血，其母甚怒莪，而不肯女之，欲其生母笞之也。余禁不许，心怫然甚忿，因罢课，出行城中几遍。将至抚街，觉少倦，入龙家少坐，济生、叔从出谈，夜归，饭后大睡。

廿五日　阴。抄经二页。诸女始复课，半日未出。林小霞来。日侧，步送①陈三立未遇，旋还。龙八自武冈归，云非女已于十月廿九日葬毕。得弥之书。珰、帉读《吴都赋》始毕。去年帉读《蜀都》亦于今日毕，才十日耳。今年读至一年，于此知专之与辍相去县绝。

廿六日　晴。女婿来见。俗例先发帖请之，功儿不知其词，余以婿见，醴之以一献，为题云"醴献恭迎"。午间子玖来。常家纳吉使至，胡郎子瑞与宷女均来，保之亦自武陟还，笛渔来陪新婿。宾从杂遝，余少坐即入。坐楼上，抄《书》一页。夜始得食。

廿七日　晴。朝食后访保之，问昨何不少留，云始还闻妇丧，又喜酒，心凄恻不能坐，故急去也。久不闻此礼法之言矣，名下定无虚，弥之难为兄，为之起敬，令人增孝慈之意。宷女复还家，俗云转脚，不知何意也。向夜始去。心安来，云湖北兵哄，发彭、李两督查办。易笏得晋藩，方菊罢官去。俗吏而用贱儒，未为善用人也。张佩纶超擢副宪，尤令人有口舌得官之意。

廿八日　晴。抄经二页。重伯、曾省吾、运仪、王仲霖来，不觉至暮。偌子自县来，三弟母子亦至，欲为余馈祝。余无作生日之福，不能当也。家人设饼，余未夕食，至二更食饼亦不佳，

————————

①"送"，疑为"过"之讹。

韭饼尚甘香耳。三更后寝。

廿九日 晴。家人早起，余晏起。君豫来，出陪，食面。家人设拜毕。君豫去后，陈妹嫂来，卜云哉便服来，向午窊女及其婿来，子威亦来，晡去。登楼抄经一页。夕食，保之来，留饮对谈。

卅日 晴。将出谢客，见郎来，登楼小坐。出诣君豫、卜云不遇，过镜初、子威、黼堂、姚笠云。镜初处谈最久，今年仅得三见耳。至运仪、保之寓，皆未遇。还欲夕食，半山云女君已往陈家，今夜不归。保之送肴点来，约来同饮，待顷之，果至，食不甚饱，饮微醉，早眠。

十二月

十二月癸丑朔 晴。登楼抄经、理课甫毕，重伯来，借《公羊》《周官笺》去。午请半山设斋，约镜初、运仪、保之来会食，三人皆自命圣人者，请黼堂、袁守愚作陪。中饮，筠仙来，入一揖而去，云本不入，欲望见三圣耳。镜初亦随去，日尚未落，初更席散。

二日 晴。抄经、课读至午。王怀钦、常生笛渔、保之来。怀钦颜色憔悴，似五十余者。朱香今日招陪保之饮，意欲不往，迟迟未去。已而复来催，携纨女步往，未至司马桥，纨复思归，送之还。文通陪青余、保之在坐，济生、筠谷继至，暝子乃出。席上多谈时事，青余言易笏山详参府县丁祭接差，岑抚批云"昔年该司署东道亦接差"，易失气强词。今擢晋藩而止，伪儒不易为也，乃为土①司所笑如此。二更散，早眠。戴表侄来求谱序。

———————

① "土"，疑应为"上"。

三日　晴。晨欲起，甘寝，殊不能起。以保之当早发，辰正始步往，则尚明镫作书。一湘潭人在坐，不相识，意其罗顺孙也。罗幼官亦来，保之尚欲出访客，乃辞出。访怀钦，亦以为早，实则过朝食矣，还家始食。抄经三页。课读半日。至李祠看戏，扮刺戾婆，颇有声容。夜雨。

四日　阴雨。保之择日受冻，可为谀日一笑柄。抄经一页，课读竟日。夜听珰、帉诵唐诗，嬉笑相戏，功儿忽自窗外呵之。余不觉甚怒，以其不知人事，酷似其舅。牵连及与循，梦缇亦怒，语无礼又过其弟。余自悔语过而召侮也，闭门不听。然翻开《大清律》，则母子当受上诛矣，言者风波，可为深省。

五日　晴阴。抄经二页。课读竟日。唐寿官之弟送墓志来，时已昏暮，檐下读两句，甚似余文，然镫读竟，其铭语剧佳，语不择人，又复可悔。昨骂今谀，皆非正道，乃知君子之慎謷笑也。张学尹、伍明亮、陈名杰、唐训方、杨千总、涂觉纲①。唐妾、李七《碑志》有拓本，无存稿。《巫山铭》亦未登稿。

六日　晴阴。抄经二页。君孺及罗顺孙来。为曾省吾作《寿萱室记》，云明永寿王书额，未知永寿王何朝何名也。永寿，秦王房下，明史无传者。舆病未读，诸女课中程。申初，孙涵若、殷默存来，留饭。君豫复来，同步至济生处会饮，所请客郭笪、王梧、瞿玖、王槐、周荔均不来，来者周蕙、运仪耳。验郎亦不入坐，神色甚销沮，似有重疾者。蕙生甚留心碑帖，亦颇知版本。夜雨。

七日　晴。抄经三页，《秋官》毕。怀钦、杨石泉、运仪、罗抵霥来。陈克昌挟李石田同年书来见，求信与夏菽轩求盐差。一

---

① 疑漏一"来"字。

封书而欲赡家婬、长子孙，可笑叹也。子茂弟三子来，荐田运仪，自言知医，请其看舆儿病，酬对竟日。石泉云："孝达遣人稽考汇银，将穷贪吏。"其刻察天性也。又云："张佩纶言王文韶唯可告养，文韶遵而请焉，朝廷依而准焉。"古今相臣之于言官，未有影响若此者也。此于文为盛事，而于实为乱政，况于袭其迹以为名者乎。与刘荫渠尚书论报销书云。前闻请觐，欣仰政成。远镇久劳，必蒙恩眷。道路不审，乃有乞退之疑。揆之情谊，未符正道。曾属贤甥邓郎以鄙意劝进，比承旌麾载骤，不至湘城，始知大臣礼度非俗宦所测，敬佩敬佩！遥途霜雪发，玉体稍勤，暂驻骈骖，想已康旺。报销一案，下情不达，朝臣顾去夔公，借以发难，牵连枝蔓，遂同贿托。昨闻部咨滇折，询所自来，鹤公文吏恐无壮识，若稍为掩饰，化公为私，以通行之例，作贪缘之弊，为法受过，固所不辞。君父之前，名节亏损，则事败矣。节下过执谦柔，一请假之疏，犹不敢自行陈奏，则当此嫌疑震撼，更不能拜表自明。万一岑、杜失词，廷议诘责，后乃自辨，疑莫能明。愚意以为报销部费相沿已久，直省通例，与饭照同科，宜直陈所由，尽发其覆。以为向来准拨，必照定例。有极贱而可昂其价者，有极贵而必抑其值者；有必不可无而强令无者，有可以无有而可多有者。一案一例，巧算难稽，不独疆帅有所未谙，即部臣俱不能解。诚试取销册，召对司农，令一一明其所由，则条条皆为可驳。又纸笔之费，所取毫厘，百金而费一两，为数诚亦无几。向来司吏承办，部吏核之，始由胥吏私出使费，后乃公然达之院司，其源始于前明，相沿已数百载。诚欲究其情弊，但求饬问直省督抚，通查近五十年报销经费历届成案，经手司道俱有文簿在官，则其非职官所得侵渔及云南所能创办者，固昭昭若揭矣。此次云南报销所以骇人听闻者，但以为数太巨，其实仍只三厘。如使仅销千金，则其费只卅两，其所以至有十八万之款者，实由报销至千二百万也。千二百万以三厘计之，使费当卅六万，十八万金仅得其半。一时愚昧，未及思积少成多之可骇，但贪三厘之不为多，又未能违众矫时，直陈于圣主，此则明公所宜引咎，而实公罪之有可原也。又督抚军帅控制封圻，国家安危之所关，民命存亡之所系，土地辟蘖之所由，君臣荣辱之所在，不宜独取银钱出入付胥吏钩稽报销之例。明代陋政，历来未能请革，今愿悉予荡除。如此开陈，光明正大。度公必有成画，聊一发其区区耳。或谓如此则部臣必不任受。闿运谓部臣亦宜直陈，夔固不能，阍似可语，且疆臣无辜受谤，实亦不暇瞻顾部臣，恐公慈良，或徇曲说，尤愿熟思其所处也。士君子行政，但论是非，不论利害，正以是非者利害之所分，岂有趋害避利之圣贤哉？本宜面见，一罄积怀，迫寒阻风，惧不得达。如蒙采纳，明正晴暖，或可陪从入都，再得畅叙。

八日　晴。作粥，兼招客陪丁百川。午间子筼来，坐楼上久谈。与书樾岑。酉初，心安、刘郎诏械子迎之子。及百川相继来，戌正散。周蕙生来。

九日　大风，晴寒。出吊蓬海、李介生之兄丧，皆已出殡。过夏粮储、子寿、周蕙生、锡九。晚至汤肖安家，陪怀钦、熊无鼻、张元玉饮，至戌散。夜寒有冰。

十日　晴。吴昀谷来。登楼阅课卷，未及二本，昏昏欲卧，仅与诸女倍书四本。出访笛仙还，夕食。运仪来，诊舆病，因同看锡九，送运仪还寓，久谈。刘总兵来，乱谈至二更散。弟子均去。

十一日　癸亥，大寒。小雪。笠僧招饮，先过一梧谈久之，遇汤肖来，乃出，至浩园，僧廊轿满，入室则熊鹤翁、黼堂先在，曾郎、袁生、朱文通继至，行游园中，益觉亭廊花树位置无状。鹤翁独登楼而返。戌初入坐，鹤复首倡一诗，黼、笠继和，白卷四人，余为之长。昪还，踏月甚有清景，补作一诗。精庐静寒镫，始见法坐广。高会振玄音，暮节欣余赏。

十二日　晴。但少村来。治具谢媒，招怀钦、何棠孙、龙研仙陪其弟少舒及仲霖饮，令功儿陪客。暮过筼仙，遇王石丞、朱香，坐久之，步月还。看浏阳课卷。

十三日　晴。登楼欲了课卷，子威、林寿臣、瞿子纯、严郎熙曾、成静斋、运仪来，自午至暮乃去，竟倦不能食矣。少愒，左子来，言锡九病少愈，欲运仪再诊之，强起书片与之去。过寿星街，答访张广榕。

　　十四日　晴。东风作春，天人俱熙熙有发动之机。丁百川来辞行往安仁。登楼，课半了，步至西城访镜初久谈。其初在城，应接不暇，今乃无一客，信避喧之多事也。遇一乡人来，乃出。至东城，答访林绥臣，过子玖而还。闻张鸿郎中因骗玉器，已被上海县拘管，不意县令之威如此。

　　十五日　风寒，有雨。彭克郎来借钱。曾祖忌日，设奠。夜看浏阳课卷，至子乃毕。张门生从子来，冒失有家风。

　　十六日　雨寒。笛仙、竹伍来。罗婴来，言子重葬事，意甚惨澹，本一家人，顿至陌路，可惧也。与书程生，论常家昏事，兼托丁百川。

　　十七日　阴寒。早起，令龙八出城。朝食后舁出，送百川，兼过刘前抚、镜初久谈。至竹伍寓略谈，还已暮。戴道生表侄来，留宿书斋。

　　十八日　雨阴。刘韫公报锡九丧，令功儿先往，余与戴表侄食毕舁往，少坐还。登楼觉冷，顷之已向晡，仍至左家视敛，未待加盖而还。瞿子纯、胡子勋及女婿来，言抚、藩、盐皆侵臬司，不知孙公何以受侮如此。

　　十九日　阴。晏起。见郎来。午出至郭意臣家看吊客，闻巡抚未到，门庭殊寥落。意臣生时，与巡抚为宾主几卅年，死乃不能致一吊，虞公所以恨青蝇也。然犹能致其一帖，则远胜于我。今日客应有尽有，差强人意，但筠仙又不至，则又少一抚矣。意臣吊于人，每遇我，必留坐四五刻，余亦坚坐六刻以报之。还家，竹翁来告去。为玙、帉倍书。将夕食，重伯、守愚、欧可庄来，遂留晚饭。今日因感求贤，极论才不必求，贤无不知之理。才者，为我用者也，就所有而教成之，不宜舍亲近而求疏远。贤者，助我教我者也，天子用之则必以为相，诸侯以下用之则必以为师，故无破格用贤之理。高宗梦卜，旧学者也；莘渭佐命，亦就竟内拔识之。若因人荐而以为相，或自鉴识而以为相，既骇物论，贤者必不至，其致之亦必先隆礼养望而后登庸，世主鲜能之矣。为今之计，唯有使政府开幕府，然后可大致人士，就中选择而授之官。若先授以官，诱以爵位，则不能致贤矣。余知此法。然不能告之诸公者，彼若从我言，则招致必及我，自建言而自由此进，贤者所不为也。欲为天下惜此贤，故宁独寐而寤言。晚作锡九挽联。名节厉孤贞，知风裁晚更嵚崎，每谈时局惊眉宇；屠苏谁共饮，念弱子早承矜赏，想从泉路话心期。

848

廿日　雨。朝食后往锡九家陪客，与陆衡斋、徐小分、朱文通、左长卿坚坐闲谈，唯有周笠轩至耳。黄稺云明日出葬，亦当往吊。待昇久不至，步还，昇往，俄顷而还。两女讲《通鉴》，至汉哀已毕十一本，因过年散讲。三弟凡再来谋葬事。

廿一日　雨，大风，小寒。朝食后往吊王照磨，便出城至城南书院对巷看二弟葬处及观其骨箧，犹念移葬之无礼。其墓地在丛冢间，业已开圹，怫邆而还。此子自暴弃，然于吾无憾，但事势不能不分，分则成路人矣。

廿二日　晴。寒日冻涂，携懿、纵至城隍祠，还，剃发。夏时升来，未出见。窆女回。陈、夏两生来告北行。君豫来议志事，二更乃去。

廿三日　阴。晨携纵女至李祠，外间尚无节物。朝食后复携懿、纵绕湖堤出又一村，答访成静斋，送懿、纵回，复过曾郎，谈文及《诗经》句法用典之例。夜送灶，孺子不出。忆己、壬旧词，戏拈一阕。糖甜粥嫩催年事，年刚被、爆竹今宵催起。夜雪悄生寒，趁壶觞先醉。里巷人家争节物，早厨办、一杯香水。迎岁。便狮头腊鼓，牛鞭春意。犹念、暮景团圞，自寒扉掩后，锉烟冷腻。语笑旧儿童，悔枣梨嬉戏。镜听无人重跪拜，但老去、菱花羞对。憔悴。更凭谁说与，梦华前记。

廿四日　雪。诸女放学。与茷看词，选水仙花词六阕，皆不能佳。因告茷：《尔雅》藿山韭即今春兰，茖山葱即晚香玉，茒山薤即建兰之素心者；蒚山蒜即水仙。水仙花如杯盏，故取蒚为名。蒚谓釜蒸甑也，花形似之。四者皆香草，海内通有。又分四时，藿取香意。茒一名鼠尾，叶柔韧。茖取高出之状。亦新说也。为填《芳草》一阕。又相逢，深寒帘幕，晴光镫焰参差。素兰羞叶瘦，铜瓶湘几外，占春宜。瑶姬惯嫁，甚远来、暗损腰支。看万里、轻车细驮，玉蕾琼肌。抛离。一分尘土，不须风露，自省芳时。嫩黄三四箭，暗香疏影地，摇曳烟飔。伴晨妆夜照，却未妨、污粉凝脂。怪只怪、横江　笑，误了幽期。

廿五日　晴。登楼写词，欲约诸友朋大集，先与筠仙商之，暮复至笠沙弥处问之，皆约明正为宜。笠病筠苦，不能及时行乐也。一梧午来，盛称树人子张元叔颇能书记，又言子襄见巡抚之状。三弟夜来，言陈妹婿欲逐其子，一家号哭。余留三弟，令暂避之。盖三弟壮大，不能自食，唯此为负之也。

廿六日　晴。三弟皇皇私去，亦殊可笑。午后步至草潮门，欲诣心盫及筠仙谈，均遇泥未入。筠仙门有张公子求见，金刚事甚急，故避之也。

廿七日　晴。己卯，立春。旧从俗迎神行礼，以非典法，又不可废，遣功儿行拜。携育、纨步出，至胡七丈处久谈。复独过香孙处，泛谈而还。香孙视我非贵人，我亦以典史待之，浮相访约而已。家中殊不和睦，由梦缇以儿亡甚怨吾，家当衰，如此宜瞎子之白眼也。

廿八日　阴。步过芝生，又闻雪师言《湘军志》，云欲拳我。今年以刃始以拳终，可谓逢凶化吉者。出看蓬海、俞鹤皋、瞿海郎、子寿皆不遇，还。子寿来，言力臣必见弋获，卞抚甚怒之，可为伤惧。余云必无虑也。得力臣腊八日书，报平安。

廿九日　阴雨。始理年事。笔札逋欠五六种，皆不欲作。近颇嫌城中喧冗，由精神不足故也。前笑王定安船中著书，乃几欲自效之，俗当奈何。得荫渠①书。汤小安来。抄集外诗词。

除日　晴。无所事。今岁事故纷纭，而人情寂寞，索逋无计，借债者自止，尤可笑也。治具甚忙，以昨增娥芳一奠，次妇又当为其夫设岁朝两荐，荐豆至百余品，中馈不给供耳。作《游仙》二章，以致非女之哀。二更后出诣四母处辞年，访若愚不遇，归，祭诗毕。若愚及其妹婿卜云哉来，留酒，至丑初客去。功儿祀门，已寅初矣。恒子犹依母眠，余居侧室，亦例所无也。与梦缇少谈，还室，闻爆竹声至曙。《论诗绝句》：元遗山。裁剪苏黄近雅词，略加铅粉画娥眉。犹嫌俗调开元派，传作明清院体诗。刘青田、高青丘。青田跌宕有齐气，季迪风流近六朝。开国元音分两派，古琴天籁始萧萧。何大复、李空同。何李工夫在七言，却依汉魏傍高门。能回坡谷粗毫气，岂识苏梅体格尊。李茶陵。李杜中兴宋派亡，翰林终是忆欧阳。西涯乐府成何调，琴里筝声枉擅场。王元美、李于麟。七子重将古调弹，潜揉唐宋合苏韩。诗家酿蜜非容易，恐被知音冷眼看。袁中郎。青藤市语亦成篇，便作公安小乘禅。雅咏何堪浇背冷，桂枝谁许乞人传。钟竟陵、谭江夏。摘字拈新截众流，只将生涩换雕锼。若从鼠穴寻官道，犹胜斋宫兔②棘猴。岭南三家。天骨开张似李何，只缘遭乱得诗多。亭林破帽孤吟苦，未比翁山斫地歌。王船山。江谢遗音久未闻，王何二李枉纷纷。船山一卷存高韵，长伴沅湘兰芷芬。钱牧斋、朱竹垞。爱博休夸秀水朱，虞山绝句胜施吴。

---

① "荫渠"，原作"印渠"，据上文改。

② "兔"，疑是"觅"之讹。

试将诗综衡诗选，始识词家大小巫。_{吴梅村、王渔洋。}长庆歌行顿挫声，格诗韩赵亦风清。从来一艺堪头白，莫筑刘家五字城。_{施愚山。}明代余风渐寂寥，愚山诗格尚清高。王吴未免多时调，谁共成连听海潮。_{孙、洪、黄。}见说兰陵三酒狂，各将奇句咏苍茫。谁言此事非关学，廉卉堂高压两当。_{袁、蒋、赵。}酬应诗中别一家，元明唐宋路全差。无人肯咏干蝴蝶，犹胜方家冻豆花。_{静观。}丽句清词似女郎，风情绵邈骨坚苍。如今江树垂垂发，怀旧伤春一断肠。_{研樵。}锦衣玉貌尽风流，苦思孤吟听每愁。一片秋心无处写，为填诗债向秦州。_{逸仙。}云去苍梧无尽情，人间犹有谢宣城。九华殿里从容咏，谁识萧公是骑兵。_{碧湄。}剑气珠光逞少年，老来长句史芊眠。绕思秀色开新派，终作楞严十种仙。_{受庵。}东风灵雨咏离忧，入洛归吟大陆愁。我欲避君天不肯，不然捶碎碧湘楼。_{怀亭。}风格翩翩晋宋间，亦饶妩媚亦萧寒。凄凄夜雨成春恨，谁向西湖问牡丹。_{白香。}太阿青湛比芙蓉，销尽锋铓百炼中。颖①谢风华少陵骨，始知韩愈是村翁。_{纬龙。}逸气高华格韵超，绛云舒卷在重霄。当时何李无才思，强学鹦哥集凤条。

---

① "颖"，当是"颜"之讹。

光绪九年癸未

正 月

九年癸未岁正月癸未朔　晴。元日光霁，湖南所仅见，以窗
镫掩明，少寐，俄觉，则日出矣。工人尚未开门，亦人家所仅见。
从后房入正室。孺人未觉。坐待家人涤除，设香案，祀"三"，祀
毕，分年糕，饮果茗，登楼试笔，屋霜犹积。重阅《樊敏碑》，
云：遗苗后稷，社漆从岐。① 曾郎新说"自土沮、膝"为后稷时地
望，此可为证。然柳碑伪也，《金石录》载之，其文乃绝似余所
作，无汉人疏拙之美。又以《庚》《真》同页，谬学《离骚》，皆
作伪之验。假若真汉碑，则余文固当过之。午晴，路干将出，而
纨女相随不已，因步从又一村绕旧湖堤而还。杨儿来贺岁。重伯
与可庄来谈，以其丧，不言及年事，甚为知礼。芝生夜来辞行。
有雨。

二日　雨。元旦喜神在东南，今日仍向东南行，自街东至学
院街，还向东，循浏阳、小乌、高升三门还。门贺者十八家，入
者劳、胡、黄、熊四家耳。熊与蔡新吾同宅，蔡妻尚存，留片问
讯，闻其长孙甚游荡。至家，孙涵若正在客坐，入见留谈。诸女
斗牌至旦，其母坐观不倦，犹有童心也。

三日　阴。国忌不出。客来者不绝，唯蓬海、子勋排门入，

① "遗苗后稷，社漆从岐"，按《隶释》所载《巴郡太守樊敏碑》作："肇祖
宓戏，遗苗后裔，为尧种树，舍潜于岐。"又《金石录·柳孝廉碑》及
《隶释·孝廉柳敏碑》均无此类字样。

得见。熊鹤翁送诗来。省城能诗人甚多，鹤翁乃叹无诗人，相需殷而相遇疏，此与今患无才者正同，因作一诗和之，并如其意示重伯。

四日　阴晴。出从西北行，自黄竹过笛仙，度湘春，朝宗驿，步小西、醴陵，由又一村还。谢客四十五家，唯笛仙及四母、重伯处入见，黄亲家处入而未见。申正还，与胡尚志相遇于门，尚志入，久坐。珰、籿过宓家，懿儿始入学，令功儿释菜送学，余为之师，授《尔雅》、唐诗。梦缇设馔款余，特重其事，异于诸子女。诸子女皆释奠，余为之主，不设宾主也。逸梧问典故四条，皆习见而不能举其所始者。

五日　阴雨。早起作词一首。夏芝岑岁有探梅之约，每以人日载酒定王台，余前有和白石词及诗，今岁更于六日招饮，因用草窗春游调，先成一阕：探梅信。看乍入新年，东风相趁。喜词人依旧，韶光艳华鬓。几年人日寻芳约，春早佳期近。更多情、逗酒迎香，斗诗催韵。　红绽北枝认。似汉月窥檐，湘烟长晕。云麓台前，游屐没苔璺。登临共道遨头好，花与人俱俊。料今年、先占一分春稳。[①] 午授懿书，夜与妻妾打牌。二妇两女，排日供馔，今夕籿上食，梦缇忽若不欢，食毕遂散。

六日　阴。懿儿课毕，携纨女出，补贺六家，遂至定王台。夏粮储约探梅未至，遍游而还，唯楼琐未得上耳。宓女回拜年，女客亦有至者，食汤饼，小坐，仍往定王台。主人陈丹阶先至，少村、昀谷、青余继至，挈榼班肴，殊甚草草，唯梨鸭尚可耳。初更各还。家人斗牌，余独卧，至二更后乃起解衣。

人日　阴雨。独居无事，作龙芝生妻墓表一篇未成。姚立云、王逸梧来。晚过芝生，询其妻年状，入门乃闻其子殇，草草见谈。济生、验郎皆出，以携纨女，不可夜坐，遂还。

---

① 《湘绮楼词钞》题作《探芳讯》。

八日　阴。青余来，罗春山之子庆章来。懿儿读未毕而日暮矣。梦缇出贺年，亦携纨出。舆病增肿，令功儿率就医视之。凌善人来。

九日　阴。麟堂、黄介夫、娄丽生来。出答访善人，因过王老虎、胡尚志，皆不遇，遂往筠仙家春酒，济生、逸梧、任、周编修皆先在，设馔殊不旨，多谈盐务，颇及当道长短。余微言养望之意，引富不可求为证，与筠意忤，未知其能悔悟否。筠不徇俗，乃欲以子久主校经，宜其授人柄也。舆左手大肿，不识何证，经五医未有知其所以然者。

十日　阴。比日试抄《考工记》，殊不成课，今始仍复旧程。笛仙来。瞿子纯来。梦缇出过陈妹家，纨从。欲出未果。

十一日　阴雨。抄《考工记》，改"绘事后素"之注，以素功为献素功，验之乃后施采，一防妇官行滥，一防画工换易，于此为有益，若后画白色，不待言也。若谓先有素而后有画，更迂拙矣。

十二日　阴雨。出，答访卢丽生，过子久、一吾处，谈绅士乡官有异，士必通籍京朝，乃可为绅，乡官则陈湜、周乐辈足当之矣。看抄报，太后病大愈，医生授官，亦国史中一段故事。过刘馨室，不遇而还。

十三日　阴雨。雨珊、梁三、唐寿嵩、王纯甫均自乡间来，女客亦多，门庭拥塞。抄《考工》半页，多误，故罢。

十四日　阴雨。将出答客，以国忌不可。廖总兵来。抄《考工》一页。瞿子玖、欧阳接吾来。作龙熊氏墓表成。

十五日　雨。晨起诣纯甫、廖清亭、雨珊均不遇，即还。家中馔具作粉团，待夕祠司命灶井，拜祖庙，贺元宵。雪子间作，夜寒殊甚。罗婴、三弟均来过节，家人并斗牌为戏，至四更无月无镫，城中寂寥，虽人事萧条，亦天色使然。得严生蜀中书。

十六日　雨。诸女入学，舆儿犹未愈，督课略示程序耳。抄《考工》一页。午出浏阳课题，答访接吾不遇，欲诣雨珊，从蓬海门过，正见轿入，本约申集，因入视之，则卢丽生、姚立云、俞鹤皋皆已至。看金刚诉冤书，久之，乃入坐，戌正散。

十七日　昨夜大雪，比起时已销矣，瓦沟尚积寸余。登楼少坐即下。午出诣筠仙，雪又大作。再过雨珊不遇，至傅青余宅，陪夏粮储、吴畇谷、陶少云、任雨田饮于澹园，胡氏后居也，正见定王台，初不知谁氏之庐，盖城中最新第宅，亦近市声。肴菜唯酿金橘尚新。申集戌散，杂谈颇久。夜始复寝。

十八日　雪。令诸女转抄唐诗，旧选绝句无头脑，自补选之，未数行，左郎来请陪客。功儿已晨往，兹复来请，恐有要客，即往。拜枢，以今年初至其家也。陪客周、熊、徐来，客三数，无显者，将夕食，因辞而还。珰、纷始夜讲，讲《通鉴》，初平起。《诗》始开讲，旧笺犹多未备，随听随补之。

十九日　雪。晨书左墓砖，泑光滑气，触则墨漫，数拭数败，竟未得成。朝食后至锡九家陪吊客，写主，留待夕奠后设奠酹酒，复留食乃还。补《关雎》义笺。

廿日　雨。晨起，送锡九出殡，则既载矣，更绕东行，送至街口而还。抄《书》一页，补选唐绝句。滋女始学抄之。补《葛覃》义笺。林绶臣来。

廿一日　雨。梦缇昨夜寒热冷汗，通宵不安，早起已晏①。陈万全、陈葵心来。抄《书》一页。闻樾岑入省，甚喜。昨闻人言，涂宗瀛抚湘，未至时，外有联语云：烟馆愁，倡伎愁，左斗才更

---

① "晏"，原作"宴"。

愁；耕牛喜，虾蟆喜，裴观察亦喜。涂公在湘行政用人尽见于此，可谓谈言微中，主文谲谏也。

廿二日　阴雨。雨珊来告别。罗锡章来求差委。抄《考工》一页，错谬，重写未成而罢。课讲如额。汤丙玑来。

廿三日　阴雨。将出送雨珊，朝课未毕，向午，虉堂来，久谈，健郎亦来，言朱肯甫病故，以出题太不吉祥。宝竹坡取蒲鞋女为妻，今又取江山女为妾，遂至自劾。清流笑话始此，逸梧必大悦也。樾岑继至，又谈一时多，言苗疆事。客去已暮，急往姚立云处赴饮，则诸客先集，况、陶两太守、裴同知、俞鹤皋与我而五，入席甚早，食五肴，先辞出。至但少村处，筠、青、樾、畇亦先在，主人执礼甚恭，待我而后送茶，戌初入席，二更后散。谈黎庶昌密报倭谋，足开边衅，及朱香孙鬼蜮之事，余不置一辞。筠、青、樾意各不同，大要以暗筠为至厚，而受害亦深，令人知善不可为之故，然正足一笑耳。庄子之用大，处浊世非庄不了。夜还讲书。罗婴去。

廿四日　晨大晴，已而阴寒。陈万全来，以失察高丽人撤差，黎庶昌之害也。筠仙为之求请五六次不能得，可感余顽，急起见之。朝食后为雨珊书小条一张。易郎来，久谈，已而曾郎来，遂至夜。

廿五日　雨。彭子和后子来。君豫来，论注李颀诗，欲并评话入注，余曾有其歌行评，今殆忘之。将夕，刘总兵来，言运仪在其家夜饭，请过谈。携纨异往，过看子寿病，已入上房，其母守护之，殆剧病也。少谈，诣刘，同席二秀才，一闲客，一龙际云，皆不多谈。二更酒罢，纨睡澜漫而还。玙亦假寐，未夜讲。

廿六日　阴雨。罗春山二子俱来求干。樾岑、镜初、运仪来，遇俗客在坐，殊未尽言，俗客亦未尽言，唯增坚坐之劳耳。遣约见郎来，谋问舍求田之事。张东生来，言恩科必有乙未科，系正月廿四日下诏，不必元旦制书也。余云考官望多开科，为吃饭计也。秀才望开科频数，徒劳费无益，何为乎？抄《书》一页。榖湖大伯之四孙介祺来见。

廿七日　阴。晨出答访樾岑，出城寻易郎船不得，至镜初处久谈，过芝岑而还。朝食，课读未毕，甚倦，久眠，比出，已夕食矣。介子又来。作戴谱序。抄《书》一页。夜讲《麟趾》，未明其意。

廿八日　阴。曹竹苏来。午出访黼堂、葵心，赴俞鹤皋家辞酒，旋至傅家公饯樾岑，少村、筠仙作陪，已先至矣。樾岑夕至，坐谈久之，乃入坐。筠仙言《昏礼》记"宗子无父母命之"，昏姻可自主。因思《公羊笺》未补此义，还家检说之，方知说经易鲁莽，如此一大段事，初无理会也。今日一集，可谓不负。

廿九日　阴雨。唐八牛、君豫、罗少纯、曾传潘来，详问蜀事。抄经一页。

二　月

二月壬子朔　晴。抄经一页，改定《行露》诗笺说，以为文王冈攸兼于庶狱之事，虽不知于经旨云何，要为有益治体。运仪来辞行。

二日　癸丑。复雨。出送常霖生、运仪，便过曾兰舟，唯运仪处入谈，看次青全集。叔勋孙代钧字沅帆来，送叔子遗书，久谈而去，在新化为佼佼者。纨女留鬐。汤宅送报。

三日　晴。燕孙周岁。熊、彭两翁来。熊八十三、彭七十七，合百六十也。见郎、重伯来，彭子了尘继至，遂尽一日。宬女归，仅一见面。抄经二页。沈一复来。

四日　晴。朝食后出，答访朵翁、邹生沅帆。邹出未晤，至蓬海处小坐而还。纵女热发昏睡，稍提抱之。略理功课，抄经一页，已夕矣。早眠，未事，惟讲《左传》怀嬴奉匜，既而挥之，重耳调之也。怒曰云云。怀嬴不自以为子圉妻，自称秦女，以诧于重耳也。"降服而囚"，降囚服以谢怀嬴，媚秦之甚也。此段媟琐，非史法，《史记》往往学此为句外句意外意之文，文家之异于史家在此。得宋生书。

五日　晴。斋居楼上，始定祭礼，分四时，祭四代，以四仲月，考定廿年乃始知之，所谓明堂封禅，茫昧不知者，犹欺人语耳。子云来催万谱序。纵女麻疹，热愈甚，已三日不食矣。斋宿楼上，不能携婴幼，任其自眠起也。

六日　晴。晨起馔具，坐待羹饪，至日隅中，乃行礼祭祢，以仲章祔食，三献利①成乃馂。

七日　晴。今年始得步出，朝食后从城西至南门，将出省墓，以乘便不恭，乃止。还从城东，投暮还。得入谈者，唯重伯、验郎、子久、逸梧、笠僧五处耳。非但素心不易，脱略官派者即不易，使人慨然有张、骆之治不可复见之叹。家中会女姻二，黄家无人到。夜讲《驺虞》五"豝、豵"，文似不顺，如师说，甚痴亦不安也。抄《考工》一页。

八日　晴。始理学课。午携舆儿出南门省墓，天气甚热，从浏阳门入城，经醴陵坡，思老龙潭一带近在咫尺，而终古不到，想马氏用兵时，皆战场也。欲作一诗，忽忽已到门，人事纷纭，不复属思矣。得保之书，将复之。纵女热未退，索抱，不得执笔，夜乃匆匆作二纸，并寄弥之二纸。

---

① "利"，疑为"礼"之误。

九日　晴。改作书箱。所著书盈一箧，所录书将三箧矣，故为盛事。始为三弟赁屋，给其口食。房妪晨诟，告半山令遣之，大有难色，且出怨言，禁之不止，携纨避楼上，不觉盛怒，既而自笑，何轻发于鼷鼠。看船山悼亡诗又不觉大笑，彼何其不打自招也。故知謦笑从容，未易合法，况云道乎。子寿、香孙来夜谈。抄《记》二页。

十日　晴。晨出答访杨石泉，便过禹翁，还，朝食。蓬海来。看雨珊题《桃燕图》词及蓬所作，雨珊故是行家。抄经三页。夜还寝，纨女啼呼，婢妪来叩门，复就侧室领之。

十一日　晴。抄经二页。兼重写唐绝句卷二页。朵园赴馆，筠仙招赴公社之会，过晡而往，集者半散矣，坐中唯有熊鹤翁、左调元、罗小元、黄郎望之，殊不成集。余颇发明圣道，欲砭筠仙褊陋之敝，彼惊怖吾言，以为河汉也，唯言世故则以为然。酉初饮于晴澜舫，笼镫还。热，始服薄绵。

十二日　晴。抄经三页，《周官》毕，虽迟，犹愈于无功者。讲《诗》"以勖寡人"，恐非庄姜。茂云《曲礼》有自称"寡人"，乃与民言也。书熟定胜学深，郑君殊有恐于小儿女，因改定之。抄《诗》二页。彭峻五及其从子芝弟来，孙涵若及殷生来，心安、禹门并来，应接不暇，晡乃理课。又为三弟移宅。夜月甚明，纨女大愈。始约与心安同船泛江，为沛南之游。

十三日　晴阴。罗小云来。子玖来，言昨讲社，发明《论语》"闻政"章之意，夫子温良恭俭让，非美圣容，亦非喜得政，正言处世之法耳。当时诸侯尚不及今督抚，得闻其政，有何夸耀？子禽故疑其求，子贡明其得之之故，不妨[1]似求，但异人求耳。人求

_____

[1] 原文重"不妨"二字。

欲媚世，子求不忤世，如此乃于立言垂教有益。抄《诗》三页。茂女生日，放学，作寒具。姊弟争食，以致嫡庶起怨，干糇以愆，可叹乎。午后小雨，夜诣君豫谈。

十四日　雨。筠仙遣告朵翁欲开讲，宜约何人往听。余报以当从主人，不可代为要客也。久不讲学，招人必不至，然正不妨招之，不至在人，过不在我，上说下教，强聒不已，亦今日之急务乎？抄《诗》六页。讲《凯风》"棘薪"，不知棘今何木。因思《尔雅》槐棘为类，桑柳为类，并不知桑柳何以为类。多所不知，殊深警悟。

860

十五日　晴。抄《诗》三页。午过思贤讲舍，会讲者廿余人，亦颇整齐，申散。过罗梦子饮，成赞君、王君豫、二罗先在，多谈曾重伯。余言今人耻于服善，有高才者，众所不能及，则视其所善者而讥笑之，云非某人不能制也。如是以离两家之交，愈长一人之傲。余今闻人言，重伯唯服我，则惕然不喜。诚使能成其材而益其善，虽自诎以推之，亦何靳哉？君豫似不喜，但云时无仲尼而已。酉正还。月出正照门首，春光甚丽，登楼坐望，尚寒，不可久仁。

十六日　雨。刘人俊来见，以家忌辞之。一梧再问月令，为翻《汉书》条示之。抄《诗》六页。申正设荐先府君。夜登楼讲《通鉴》，觉所载王莽事，殊不足为法戒，徒文烦耳。

十七日　阴。夜有雨无月。今日春社，桃花始开，海棠未落，城中春色殊少。抄《诗》三页。出送刘馨翁、龙济生。答访刘君不遇。作潘绂翁挽联。紫薇仙史最高年，早翛然富贵丛中，闲话蓬莱水深浅；黄阁回班传盛事，更怅望升平门下，春风桃李梦低回。

十八日　晴，复寒。抄《诗》六页。尹和伯、朱香孙来。夜讲《简兮》，苦不贯串。

十九日　晴，风凉。抄《诗》五页。恐春花已过，携诸儿女至城东探之，遂至报慈旧寓，登凤皇台，沿路杨花满沟，乃悟桑柳同条之义，二树皆有葚，与叶俱发也。棘条则尚未悟，今紫荆有荚如槐，疑即棘也。荆与紫薇二种，而花略似，故禁省或种紫荆，取美名谓之紫薇。槐棘之棘殆紫荆欤？若种刺树于庭，以为九卿之位，甚无取也。但不知古人何以不树松柏、女贞不凋之树，而树槐棘耳。

廿日　晨雨，辰晴。麻年侄、陈葵心来。重伯及罗郎来。晚步过香孙。看《申报》，宝廷取江山女为妾，自许直言，可谓荒诞，朝廷即行革职，有以也。昨遇金刚儿，顾瞻有威，殊异凡儿，其荒诞尤甚，记此以验其祸福。抄《诗》五页。

廿一日　晴。抄《诗》六页。王莽迎龚胜、行义诸生入胜间，师古以为二种人，非也。行义诸生，今之举人，选诸生，书其行、义年，与计偕者。蓬海来，为朱若林索寿诗，今年正六十矣。复女病疹，忽觉目瞪无光，恐复不育。思此数年子孙无福，殊自愧惬。聊舍业行游，至贡院看甄别，暗行还。夜雨。

廿二日　晴。复女犹未减，迎两医来视之，云偶厥，不足忧也。然家中不静，儿女皆暂辍业，余未朝食。午初，复女少愈，能乳，乃登楼抄《诗》六页。暮携纨、茂至又一村，买海棠、白桃。乡农送紫荆二株。过一梧夜话。

廿三日　晴。复女大愈，督课如常。抄《诗》五页。君豫来。未初诣刘韫公处会饮，王石丞、邓双坡、筠仙先后继至，青余不到，食佛掌参、鱼肠面，滇中土物也。酉散，过麻郎而还。夜有雨。

廿四日　晴。抄《诗》三页。唐绝句始选讫，余尚未暇补也。刘知县、即人俊，吉水人。唐知府、八牛。张拔贡东生。来。遣招彭克郎，借银不得，反欲相扰，坐久之乃去。为朱丁作书与次青，孙涵若书与鄂生。世乔，士玠子，寓杭州，娶嘉兴钱氏，生二子，长和尚，小保保。出访朱若林不遇，代茂春林行一子在。

廿五日　大雨。出送八牛，还理书课。未初诣筼仙，陈丹阶、黼堂、朵翁继至，会饮，筼令庆藩入坐，余与黼堂俱不说。藩言张、饶鄙琐事聒聒不休，竟席无一雅谈，戌散。见星。

廿六日　晨大雾。呼昪人起饭，出南门渡湘、靳，憩余滩，昪夫饭于九冈庙，取碑头路至道林，过桥已暮，呼两农人，暗行十里至马厂，不能进，借宿周家。夜梦至书院考课，院外生二人，一为开县廪生李杏臣，字次蕚，余亲书其名。

廿七日　晴热。辰初始行，五里从高田塝至输湖塘，四里管家坪，过夹巷、青山界至刘坪。入祠，族人已至者三房本立代芸，耕。子二，名耀三、裁缝。辉，力田。孙扬彬、耕。榜，缝。居祠旁己屋。四房名桂字新明、船厂。世光文海。老，六十八。七房人众，别纸录名。午饭后风煊，单衣犹热，牲杀太早，因先付爨。夜大风雷，斋宿西房，与乾元、迪亭族子及丙二伯父、族四兄又二族子同房。考定祭仪。

廿八日　己卯，清明节。晨兴待事，择赞祝不足，乃以裁缝充之，族衰微至此，可叹也。余主祭，季蕚弟、迪子备三献，虽衣冠不齐，仪节尚可观，七父教习之力也。午后族食，会者六十余人，议禁山、修谱、图墓事，及晡而毕。遂行，从唐坳至石坊，经袁家门，稍立，裴回，未夕至妇家，棣桐叔出见，云外舅上冢未还。时顷乃归，谈世务，尚有精悍之色。张松甫亦在其家，夜宿客房，比前稍洁，有书案矣。亥眠。

廿九日　辰初起，待饭，至巳初乃行，意以为不能入城也。从山路至桐冲，视仲章新坟，尚开朗可观，小立而去。径大石头，取加马径道出观音洞，不知里数，约五十里有余耳。驻桥上，待异夫饭，几一时许乃行。循湘，疾步入小西门，日初落耳。入门庭，花繁开，已异去时，春事之迅速如此。彭畯五来，同饭。

三　月

三月辛巳朔　雨。见郎来。罗春子来求见，不能出也。得丁百川、张子衡书，并寄其诗。去年张自牧诡称寄去余诗，无聊而扯谎，可叹哉！

二日　阴。复张、丁书。午出答访与循，因过杨石公、黄子寿，还已向暮，讲书毕，早眠。

三日　晴。黼堂来。补作寒食三绝句。约与循午饭，子襄已先约去矣。逸梧来。将夕，与循来，登楼少坐，笼镫去。

四日　晴。与循来。午饭，重伯来，及何价藩同至。微月煊春，差为闲适。夜看洋报，无新事。

五日　晴。朱宇恬约看牡丹，出北门，行丘墓间，十里至其墓庐，正在回西渡右。深紫者二株，有百卅余朵花。粉红二株，不及百花。浅桃红一株，有五花。红桎木花一株，大似马缨，疑一种也。若林亦在，况颜山太守、蒋幼怀、蓬海、鹤皋继至，余携纨女，共八人来集，酉散。比至家，日夕矣。初约庄心安同舟东下，至今日闻其行迫，又来告船小，盖为徐熙堂所制。不自由也。行日亦有定，姑徐徐焉。族孙润秋来。

六日　晨雨。作看牡丹四绝句。书与张萱圃。陈万全来。申过蓬海，与若林、畇谷、盛锡吾、青余会饮。谈判冥事，云于谦罪大功多，光叙[1]罪在地狱，乃为云南都城隍，今升天曹矣，代之

---

① "光叙"，盖"先叙"之讹。

者潘木君。张石卿来质讯，从角门入，正门出，潘送之登舁。业镜似铜镜，下加烛，与《阅微》所记挥袖即现者不同。此镜须举以来去，实一物，非心也。青余言马毅山一案幽明相反，郑、张皆以回护停官，张犹再起，郑遂削禄。其见与俗无异，又云烧金银纸一定，可当银一分。宜《会典》唯以金银定多为丧纪。

七日　阴，极煊。晨起作书，至巳乃食。午饭极早，携纨女步从又一村过重伯，复至罗氏乃还。循贡院墙至莫氏宅看新绿。与李佐周谈盐事，云自牧脱逃，郭郎郎当矣。暮还，孙女病甚，舆儿亦肿，梦缇惧，请余作伴。夜大雷风雨，寐不能安，终夜警觉。润孙去。

八日　大风。作书复浏阳两书院，并出题去。为彭郎书屏四幅。樾岑擢闽臬，闻之怅惘，似无复见期者。从来别离之感未有若此，盖樾岑肫挚，感人深故耳。

九日　风雨。授读毕，出送子湘赴选，因至刘竹汀处晚饭。半山问："刘请诸客多辞，君何以必去？"余曰："此僇民之所以苦也。他人或辞之，而彼不敢怪，或不屑怪，唯吾则必怪，故冒雨而往。"笏仙、双坡俱会。舒叔隽之子以应考来，刘女婿也。与笏仙谈大隐隐朝市，以林泉不可安也，非道望如王、烈。陈，寔。殆必为有司所荣辱矣。

十日　雨。取王逸梧所刻校宋本《魏书》勘己点本讹误者，补改数十条。先已改正，此本未改者亦百千条。终日不皇他事。李佐周、罗郎、程殿儿来。若林来，请写折扇七柄。纨女为汤伤耳。

十一日　雨。写扇校书，终日勤勤。

十二日　阴。曾祖妣生辰，设荐，年百卌二矣，亦可谓流光者。郭见郎来。暮诣若林，知县试已发案矣。

十三日　阴。校《魏书》毕，始命具舟。陈升来，言有纸船，十八日行。乃定行日。道光十五年，塞尚阿查办灵秀娶湘潭捕役女为妾，发伊犁。

十四日　雨。督课如恒。逸梧来。抄唐绝句三页。是日甲午，谷雨。

十五日　阴雨。暮，与书子寿谋贲斧。此非吾愿，待之一年而无转机，故穷而谋之，必不可再迟，乃为此举也。抄绝句五页。朵翁来。

十六日　大雨。抄诗督课如常。薄暮，黄郎望之来，问安插散军，余告以无事自扰之敝，治国烹鲜之道。久谈至二更方去。

十七日　晴。往还密者当出告行，因检衣装，异出，过笛仙、少村、韫斋、韬堂、蓬海、子威、子寿、朵翁皆遇，入谈。石泉擢漕督，往问行期，便过禹门、子玖。日夕人饥，摘去三数处不往。过逸梧门，复入少坐。遇子寿，因遣夫力还食，往，夕始还，畯五、子瑞、重伯、守愚、少侨皆至，酬接虽快，亦甚倦也。笛仙来，不得谈而去。夜欲有所作，既困眠矣。

十八日　晴。当下船，船有杂客，恐烟人杂坐，不欲往，乃更觅之。客来者皆未得见，唯见郎得入。子威来，报陈用阶暴疾遽终。夜改仲章碑文，抄唐诗三页。逸梧来，送道光上谕，殊嫌阙略。夜雨。

十九日　晴。遣觅船，闻刘伯固当下江，欲与同行，因复接宾，韬堂、朋海、筠仙、伯固来谈。抄唐诗始竟。令昐女拟娥芳墓志，亦尚成文，而不能终篇，云身痛体不支。此女殆亦短命，可怪也。

廿日　晴煊。碑名粗就，携茇、纨、懿出看柳絮，至浩园，徘徊久之，无一人至，殊为寂静。郭意城夺我讲席，使我不得为园主，负此春阴也。然正得之，则物役纷纭，又不可居，不如留此一段恨缘，使彼为妒害之小人，值一笑耳。未还，小雨，过重伯饮，写对子五幅，折扇一把。重伯能记吾诗，见称以师，殊可佩服，以时人方激间之也。伯固、畯五、少谿、谢镜吾、守愚、罗君甫同坐，久谈，至亥乃散。作娥芳志铭。得穉公、翰仙书，促入峡。

廿一日　晴煊。始定西行。答访伯固，和守愚赠诗。和春应淑心，华实含初终。青阳在新荑，绿阴胜芳红。暄风吹远游，穆如诵笙庸。处盛不遗老，为德岂不充。雷雨动满形，升解何丰茸。惠音愉我怀，感念芳泽同。原隰高下间，皇华映光容。黉序无外愿，昭质勖所崇。于伯固处遇杨石泉，知其欣然命驾，朱学定不如此。

廿二日　晴。与诸小儿女看戏。伯固早来送茶叶，请写扇，因欲寄书问劼刚、松生、商农，就扇上题诗并及之，水到渠成，极为合作。曾郎兄弟及谢、袁均来送行。曾弟年十二，作诗赠余，甚有章局，可喜也。因令书扇头以奖之，并和其诗，亦称佳作。今年始发笔，录集诗乃知之。① 罗少纯夜来。

廿三日　晨起看浏阳课卷，竟日伏案，犹甚竭蹶。筠仙招饮，未能去。晚过又一村，携诸女看花，甚热，访黄亲家不遇，即还。

廿四日　阴。张庆、黄桂、廖福、莫晋各求荐书，与杨、高、张、丁各一函。书条幅、对、扇，定课卷等第，寻《春秋表》，检行李，看氛女书墓志，一日而办数日之事，知城中废弛时日不少也。夜登楼作书唁伯寅。竟日北风，约船人来，不能稳泊，改于明日登舟。

廿五日　晴阴。晨起风息，命发行李，朝食后犹无行意，云

① 自"曾弟"至"知之"，疑是注文。

阴欲雨，乃率三儿、纨女、小孙至朝宗门外绿杨阴下稍留裴回，三弟、张、廖、黄仆均候送，皆令先还。余率葛玉、沈一以行，附倒爬铁船，午初开行，戌正始至乔口，夜黑迷望，几不得入港，遍问来船，回帆始到。大雨雷电以风。

廿六日　北风不能行，泊乔口。重理《女子子服表》。大风簸舟。夜抄《礼经》二页。

廿七日　阴。午前风稍止，行卅里，风大泊三叉河，湘阴地也。抄《礼经》二页。检《湘潭志》稿竟无头本，可怪也。各公所事，欲载其田亩房产，载之则累文体，不载则违众心，思得一善法，当为作公田表，庶合古人重约剂之义。乃知史表之善，可无所不记，而又不烦俗，此李次青所以痛恶之。夜说"东荣""东溜"，似较有分别，唯房室之前尚未分明，疑房外为序，室外为堂，古人皆半截屋，今人则前后间耳。

廿八日　阴。缆行四十里，泊百岁坊乌柏堤下。偶作一诗。烟波浩渺叶舟微，频向清沅浣素衣。今夕晚风乌柏下，伯劳终是愿东飞。又忆靳溪新柳，曾题一绝，未及录稿。靳家溪畔柳千条，犹学当年郑袖腰。怀古伤春正惆怅，绿阴深处听离骚。抄《礼经》五页，又一页。

廿九日　晴。有南风，帆行六十里，舣沅江县，而风愈顺，顷之转风，泊湖边，云距白沙十余里，无地名。比三日女妇丐舟不绝，前行所未遇者，云得风则不来也。鱼贱肉贵，米价亦昂。抄《礼经》六页。觉指痛，未知其由。四更后大雨。

晦日　庚戌，立夏。雨潇潇至午，霹霖竟日，至夜乃止。东南风利，舟人不敢行，未知何意也。此行本为避喧销日，不复促问之。抄经七页，《士冠》毕。考"北堂"，似郑说不可易，知下意之难，师说之精也。二更后闻雁，夏雁矣，其不北归而流寓者耶？青草堤边夏水平，夜闻来雁似春声。云鸿去尽青霄远，流落湖南万里情。

四　月

四月辛亥朔　晴。南风，入湖行不计远近，至南洲风转北，不能进，遂泊洲旁。炮船一熊姓来，言奉委禽南洲王，因留召垦，夺民田入官，岁收二千千之税，前垦荒者皆破家矣。洪秋帆亦奉委驻此。顷之，洪来，移船相近，过彼舟谈，留饭，至四更乃散。洪皆自道其能，无他语也。今日本欲抄成《昏礼》篇，因此未果，仅抄四页。夜雨，大风。

二日　风仍未止，以为当更舣一日，船人反急行，辰发，缆行。抄经六页。尽改《礼经》房中为西房，以其言东房、左房，必分明著之也，未知可通否。若果如所说，又可谓发千古之覆。智浅记懵，望洋而叹，所谓"如有所立，既竭吾才"，真好学之言。细雨斜风，行廿余里泊华容九都界，不知地名，荒洲积水，杨幺出没之地也，若欲隐居亦不减桃源。南洲东有放羊洲，云龙女重遇柳毅之地，不顾泾阳寄书之龃龉，虽野语亦不足自圆，然土民云芦叶不圆，雨工所啮也。

三日　北风寒雨。缆行洲渚间，不出十里，处处遭浅水，纤夫凡三易衣裤，犹濡透也。虽抄经如常，心中颇闷，作诗不成一句，写字亦指痛，唯唉饭而已。四围皆水，不能奋飞，又方出门，而不能寸进，大似吴竹庄所说不得出湖者。欲思家则不可，欲说行路难则又未行，真闷人也。自己未以来，不知道路之苦，今乃困于咫尺，《易》曰"需于沙"，《传》曰"衍在中"，学道卅年，犹不识一"衍"字。抄《礼》九页，《昏礼》篇成。

四日　北风细雨，或阴或晴。行五六里，泊黄杨渡，华容地也。华容近颇有涨淤田洲，人户稍增，多长沙流入。抄经八页，成《相见》篇。午梦还家，醒而自笑，十日之别，何遽念归，盖留滞情纤，无春游之乐耳。朝夕治经，竟不能忘欢怨耶？

五日　阴雨。行五里过鲇鱼司，华容大市集也。税局题雷湾，泊久之。雨中缆行，过一市，石首地，忘其地名。十余里早泊马家圩小港，通城去石首五六里。土人读"圩"为"院"。筑堤人田歌声同湘、衡，所谓楚歌也，哀怨有屈、宋之遗。夜亦高咏歌行，船人有小儿，未能语，闻歌端坐，有童子闻《韶》之感。乐诚足以移人，亦不在声律间。抄经六页，啜粥而罢。

六日　雨淅淅至午方止，缆行阁浅，行十余里，将至藕池，不能到而泊，见远山一抹，似逢故人，题一绝句。二抹青山学黛眉，归舟喜似见君时。重来未免成轻薄，细雨如尘出藕池。抄经五页，夜抄三页。

七日　阴晴。不能出湖，缆湖边至午。抄经五页，《乡饮》毕。更无风，漫流平碧，轻舟漾到鸥边。看远浦，隔回江浪，夕阴留住春烟。离情那天。　清和芳草绵绵。休道别愁难摸，一时载满湖船。忆腻水脂红，粉娇桃嫩，惹衣香沁，露酣蕖重。如今独自，凭阑望眼，遥山黛色依然。早娟娟，前番明蟾又弦。[①] 晚霁，望藕池远山仍在故处。抄《燕礼》三页。舟人夫妇勃豀，大声发于水上，诃之不止，屏息而已。夜雷雨至晓。

八日　雨蒙蒙。渡江口至藕池，船人纳税，五尺以上千二百，以下六百。忆己年过此时，不如此多，岂豹岑更之耶？缆傍江行，五里泊一处，仍石首地。堤内有小市，云杨柳街。抄《燕礼》六页。云阴，时欲雨，遂泊于此。江流迅疾，下水不觉其快，上水无风，乃不易行也。前四至，从此到宜昌，皆不过六日，今殊无可到之期。夏阴遂欲连旬，实无风雨，徒滞留耳。说《燕礼》"卿"如《乡饮》"遵"，胜师说甚远。抄经二页。今日毕功甚早，

---

① 《湘绮楼词钞》题作《八六子》。

初以为至宜昌不能成一本，今已将满百页矣。亥初大风，尚不至簸舟耳。

九日　晨大风雨，午止，未初晴，登舟始三见日色耳。抄经五页。濯足鬠发。看前三年日记，今日所与接谈者皆已半死，唯抄书如恒时，所谓读书延年者，与光景常新，非文词无寄，西域浮屠真不求行乐者，乃欲不立文字何也？正饭时，见一船从上游来，扬帆直下，八窗玉朗，望之如仙，俄顷而过，意甚羡之，其中似是候补官浮沉苦海者，取其一时之快，不必问其何人也。北风已息，水波不兴，缆系荒洲，游情顿尽，对岸天心洲，亦饶幽致。屈子南迁，遍经浦溆，是以有廿五篇灵文，乃自称"枯槁憔悴"，其寓言耶？其果适人之适而不自适者耶？吾傥得一舸，倘佯两湖之间，不必效雪琴以衡、杭为度岁地，计月取十金，即足以办，犹愈于山居也。暮看日记，接物则多悔，余殆所谓有圣人之学而无圣人之材者，以外观之，余才胜人十倍，正以多才乃无才也。日记殊大有益。

十日　阴晴。寅正起，看开船，摘蔷薇。抄经，误书一页，遂罢。游戏作小词二阕。朝食后饱眠，梦至戒烟社，与筠仙、瞿子久及杂客三人，视所刻条约内有修改字。为删改一大段，一联云：以吾区区之意，方求善劝而过规；诸君落落之怀，亦觉离多而会少。自疑其近刺讥。未书于纸。筠云："宜吾等自书而付刻工。"后有年月日印章，云当判谋字。余云判宜草书，草书作"□谋于人"，自书，某某某，遂持黄色绣被以付筠仙，未判而醒。午梦罕有如是历历者，醒而目眵，不能作字，遂记之。午抄《燕礼》四页成。竟日缆行，酉正至郝穴。江陵主簿治所。此路仲章所未经，余凡三过矣。自长沙至宜昌，于此得半，泊舟始此行也。

十一日　午前阴煊，午后寒雨。朝食后登岸下堤行市中，遇雨即还。荆、汉间皆于堤下作民居田地，《禹贡》所谓三澨也。船户起铁万六千斤，自攸运南阳者，每领一票，官限七十五日，又余限两月，自雷石还税，不复再税，故于衡山以下重运，漏税可行四运也。抄经二页。风雨阻行，泊西市码头竟日，复抄二页。考乐正非左右正，驳郑注"继庶子而献"之误，得乡饮记为证，殊觉郑之鲁莽。然余先望文为训，亦鲁莽也，读书良不易言。又考得"献尊者一爵"无下落，亦前此所未悟。又考得"主人献工"，辞宾降，宾遂不降，似亦有说。夜复抄二页，大风簸舟，顿觉摇荡，舟轻故也。春夏间行，不及秋冬安适，生平行役，多于冬春间，故无风涛之阻。夜梦与吴南丈深谈罗研丈周旋离合之故。南丈云："研生甚恨你。"余言："至好亦至恶，然恶不敌好之深也。"因深论朋友交际之故。将设食，侍人怪客久不去，余云："甚近，虽二更可归耳。"命放马就水草，方食，外传李芋仙至，南丈云未尝相见。李入，不设拜，点首而已，正似其狂率态。已而与余相见甚熟，余云："白须矣，犹相识耶，今欲投相门耶、侯门耶？"李云："且往干侯。"吴因问李何科，余代对。欲要李过余家，吴留同宿，余云两人有话，岂可令他人闻。

十二日　晴。辰初开行，轮船亦至，半帆风行，卅里过马寨，作词一首。缆行卅里，泊观音夹，云道多劫盗，不可进，未夕而止宿焉。顷之有微风，以为可行，复帆一里许，风细仍泊，登堤数步，见居民皆有北俗，凄然不乐，遂还。夜月甚明，露濡寒退，抄经八页，说"众宾未拾取矢"，曲折难通也。

十三日　晴阴。东北风，缆行十五里，过窑弯，又名虾妇沟。挂帆行十五里，泊沙头，雨至遂停。抄经五页。夜欲回船还家，待秋乃西，念俗论惊怪，未能决也。复抄《书》三页，安寝至晓。

十四日　晴。抄经二页，乃朝食。船人殊不欲发，促之乃行，已未初矣。渡江经时许，乃过虎渡口，即前年挈姹同来之路，自此无岐溇。前后凡五经此。今时芦洲平碧，饶有夏气。夜雨潇潇，泊幺口，误记以为曾泊，检寻日记乃安乡幺口，此即前与儿女登堤对岸也，较前多行十里。抄经六页，《乡射》经毕，笺义无多，《礼经》此篇易明。今日行卅里。

十五日　大晴。乙丑，小满。先祖妣忌日，素食。过午始抄《书》六页，竟日缆行六十里，泊江口上三里，欲问地名，船未拢岸，无从讯之。夜有月，出看而隐，二更大明，船人纵横卧，不能出矣。又抄《书》二页，《乡射》记毕，五日得册二页，以抄《燕》篇时别抄四页未记，十一日少抄二页，多少相补，似多二页，实少二页也。

十六日　晴。晨梦从新梯登一小楼，初以为无人，既升，见烛跋犹然，炷香始烬，一仙女携小儿寐帐中，薄被微遮，色肤红瘦，退立未敢惊之。俄而女觉，似言："君溺于情媚，当退转矣，妾来与君调坎兑，正情性耳，无他事也。"悚然而寤。五十之年，见笑趾离，智镫岂能烧障耶？抄经五页。午后过董市，得东北风，帆过枝江，风转，泊万湾，枝江对岸十余里。遣人登岸，问去江口正百里，距宜昌百廿里。当是百八十里。夜抄《书》三页，虽速而颇难之，勉中程耳。

十七日　晨微雨，已而溽溽，然无凉气，近暑雨矣。弹指人间五十春，巴蕉犹护雪中身。重劳玉女援裙带，白发花阴忆紫宸。　仙骨虽存障已多，拈花随处惹多罗。星星私语雷音过，无那闻迟习惯何。作纪梦两诗，闻善不服，筊仙所谓害诗教者，再作一绝正之。自笑春蚕一络丝，弥天补地冒贪痴。从今付与鸳机织，请看文章五色奇。午后始抄经，得五页。未正雨止放晴，帆缆兼行，廿里过白羊，前年宿处也。复行十余里泊马鬃岐，宜都对岸地。夜抄经三页。见萤火。

十八日　晨雾微雨。麦叔黄栖，江山白瀲，似是佳景，然农惧无收，舟行困缆，各有怨咨也。人心不静，皆以今年必有凶札，稍荒必小蠢动，大段无足虑耳。夏雨长姜蔼，舟程惯逗留。猇亭余战地，离思接芳洲。白瀲江山冷，黄栖叔麦秋。客游闲更懒，还听唤晴鸠。缆行，时雨时止，廿余里泊红石，云无牵路，不可行，上水船皆泊。薄暮雨大作，潇潇至子夜。明镫抄《书》八页，字甚草率。又闻同舟人言，昨宵有瘗语者，意似斥我，而不敢明言。余生平警寐，今反昏浊如此，可惧也。每日修心，不知何以至此，岂为学无验，抑道真有魔耶？唯学易笋山自责而已，明当发愤。《猇亭感咏》。入蜀崎岖霸业成，连营峡口谩骄兵。翠华警跸东行日，知合多年髀肉生。

十九日　晨雨不止。寅初闻啼鸟，声如裂帛，似曰"批颊批颊"，疑即鹎鵊。《尔雅》所谓鵙鶪，笠鸠即伯劳也。正在乌臼上，天明即止无声。东北风大作，帆行甚猛，甫渡江而风止，仍在对岸耳。泊仙人桥山下，山洞正方，故曰仙桥，前过所未见也。西风冻雨，午后见日，东南风，帆缆兼行，未正至宜昌，方夕食。检行李，见团扇，感孺人为我置箧时以为坚固，今未至而已移动，事岂人所料耶？中心凄然，为之辍食，意甚恶之。登岸见贺营官，询近事，云俱平安，唯少荃放钦差，总办广西、云南夷务，是新闻也。托其发一三版船坐我，贺又添派一红船，定于明日行。贺住鄢家巷救生总局。还船抄经两页，合午前得八页。

廿日　阴晴。发家书。晨入城西门，出南门，行观街道官署，巳乃至贺笋臣处，已遣人来请早饭，余告已饭，小坐而出。登三版船，哨官邹炳工琴笛，异乎湘军初起之风也。顷之贺登舟相送，坐候开船，辰正遂行。江始涨，流黄势迅，大有气势，异于前四度也。山气亦苍翠幽深，唯无变换，但一重一掩耳。未初过平善坝，酉正泊南沱，行六十里。初登舟未及抄《书》，看洋报。

廿一日　阴。南风，缆行十余里，过红石，水师哨官戴葆芟来见。又廿余里，水师三版声炮站队，而无哨官，其旗绣"魏"字。食枇杷甚甘芳，逾于湘、蜀二都者。十余里至獭洞，滩夫抛缆，船流，挽商船始上。哨官易来见，云住五斗坪，来此照护，派红船一只，旋辞而去。獭洞一上一折，不能直进，故为险滩，非滩险也。又去宜昌太远，流头滩当以红石或石门当之。石门又疑是荆门之旧名存者也。出宜昌便江水昼昏，雾常不泄，急湍东西，有骇观听，宜半山之怯之，然冬春行，实不如此。昔人以五月上瞿唐为愁，今乃亲之矣。估客信可愁，轻装速进，未足忧也。

夜泊偏崖，东湖地，行九十里少不足，此去曲溪四五里，东湖距曲溪百五十也。船尾不甚宜书，夜抄经三页。

廿二日　晴。卯初未起，复闻喧呼搅寐，起问之，云船又流下。盖水手恃轻捷，不用心力，致反为货船所笑也。辰正得顺风，至庙湖峡，换红船，峡陕而不峻，亦为幽曲。巳初至石门滩，传云有泄无清，果不见一石，所谓南槽北槽者皆成平水，亦不甚湍急，有似冬之离堆，令人怃然。午至归州，风湍甚壮，泊泄滩上久之。泄滩，余考定以为新崩滩，今看两山无崩迹，而前数里有一山脚，碎石甚多，盖汉时此山崩，既久不转，而上成泄滩，此于物理为近。泄滩号巨险，戒备甚至，既挽而上，平平耳，未及归州上下之回洑骇人也。复帆行十里，泊蟒蛇岩，行百廿里未暮，然镫抄《书》二页。自新滩上红船，哨官均未见，护船随地换送也。

廿三日　阴。无风，朝食后至牛口，云卅里，停船发缆，戒备甚至，及牵上，了无留难，江险止于此矣。作诗一首。廿五里过巴东，山县依然，陈迹可指，比归州为寂寥。舟手云对岸有仙桃，山果饶多，宜猿狖之所宅矣。六十里泊楠木园，前年买柚地也。时亦宿此，澄江不异，孤游怆怀。旧游行乐暂浮家，重照澄江感鬓华。记舣霜波寻楚柚，巫山闲过两回花。抄经二页。

廿四日　阴。晨起已入巫峡，鸟语泉流，有助灵赏，北风送帆，平泛安闲，入蜀水途，斯为最乐。卅五里至裴石，江中横二石，亦湍急，发夫牵过，前宿时都不觉，今此因救生船送，故有险必戒也。"裴"当作"碚"，蜀中谓石入水中为碚。红船来问讯而去。会雨小泊。帆上数矶，水皆急于冬时数倍。望巫山作五言一篇，甚为称意，复是学《赤石帆海》之作，与《彭蠡望庐山》同一格调，而光景弥新。世人言摹仿者，可以息意于斫轮矣。因咏赏遂未见大岫峰所在，薄暮风急，距县城六里止泊，地名龚坊。抄经二页，行百十四里。

廿五日　晨发，未一里闻雨，遂停。久不得雨，又正在佳山水之间，云气江阴，足增游瞩。船停不行，柁尾安定。抄《大射》篇成。又得《驺虞》之解。葭、蓬记时，谓春秋以礼会民而习射也。壹发者，诸侯与群臣大射礼毕，又燕射，壹发中三侯，皆获之时也。燕时士以鹿豕，豕侯，下士之侯。豵豝，小豕也。五之者，三耦六令五也。大夫春秋教民选比三耦，至其君选士，壹发之时其五人皆中，正所谓中多有庆之事也。驺虞、白虎，大夫之侯也。于嗟乎若此乃可以为大夫。正言豕侯者，贡士初升，用下士之礼，美大夫能以人事君，故云鹊巢之应，而《记》言"乐官备"。贡士之制，自虞以来，周公特制此诗，即用大射乡射之礼典，而以为天子之射节耳。邹哨长恐山石陟落损舟，冒雨缆行，三里至巫山城下，望空侯山神女新祠甚丽，呼舁往谒，殿黑，碑在北墉，然烛抄其铭词而归。守僧跛朴，设茗相款，遂泊城下。从城至祠，当渡盐水，以大宁出盐而名，亦有神女之异。甫移舟，山石果崩，泊挖逗。

廿六日　晴阴。至东关觜遇雨少停，下水船验票地。巫山至此云卅里，此等计里，盖皆战国秦时短尺步之遗，后遂相沿，故瞿唐至江陵云千里，万县至成都则又太漫，百里殆百五十里，彼盖乡民以意言之，而后遂为定。十五里至焦滩，有红菌，未敢尝之。十五里龙泡滩，水手上捉牵夫，打破其洋药镫盘，滩夫百人皆敛手受捶。此去黛溪、二塘，旧记巫山至奉节七十里，又太以意减，今云已行六十里，实不过卅卌里也。自开船至此才四时，吃饭避雨去一时，盘旋江岸，未尝直行，岂能径牵六十里乎？未正至黛溪，产流黄，有小店屋。始入夔峡。得小顺风，帆行十五里，过黑石。偶登岸，遂越山行，不过二里，汗下如雨。至沙觜登舟，过夔门，视淫豫石正似象，高可五六尺耳。戌至夔关，泊上关，行百廿里。抄《觋》篇二页。询知泽臣、伯起俱不在此，本欲径过，念当收回《文苑英华》，遣呼绂子来，罗石卿同至，少坐即去，欲三更矣。夜热不寐。

廿七日　阴。晨起易简轩来，红船委员也，云拟派护送。余告以宜令各船巡行，不必送我。又喑娥芳之丧。绂子来，送《英华》及吴生卷，始知四优贡名姓及院中诸事。又闻肯甫垂死犹念我，其病亦腹疾，子、姜将至而死，可为陨涕。未朝食，大风雨促至，风若震霆，顷之开霁。钟蓬庵遣绂子送川资四百金，为之骇然。留百金作路用，期至省城送还其馆，余即令绂子退去。午后开舟，西风大作，水手欲休，因令泊税船上流，坐红船还城外看戏。鲍爵主为小旦，挂牌，观者如堵。坐茶棚，见若哥会者数人，神似何人，而不能举其名，大要蜀派多如此。吾门三四十人，庶乎其免矣。蜀派初若飒爽坦率，其诈乃不穷，吾数为所误，今乃识之耳。还船抄经未一行，昏昏睡去，至亥正乃醒。歌女荡舟，来往窗前，意甚皇皇，念欲与一二百文周之，炮船观瞻众，不可，四更后犹未静，余亦睡去。

廿八日　大晴。缆行烈日中，余跤足高眠，以为有江行之乐，因而自省。六十里至安平滩，逆风愈壮，泊焉，始晡耳。教勤则近于不恤下，恤下又妇人之仁，宁妇人乎？抄经一页，补昨日课。盐船哨官汪荣山来见，前年送我巫山，余已忘之。申正东南起云，风吹小雨，上水船皆解缆急行，十里渡一矶，所谓落牛滩者。中卧巨石如牛，两边水皆迅急，余舟从陕口过，涌水骇人，幸不过数步地。复行五里，雨大风小，见晚，恐转风，遂停，去三块石五里，凡行七十余里。抄经二页。

廿九日　东风，帆行过庙矶、东阳二滩，水平无浪，春冬川势大异也。午过云阳，云已行六十里。日烈光灼，仓内则凉。昨思"亢龙有悔"，《传》云"贵而无位"，古今无此人。既无位矣，何得云贵？此盖孔子自喻，所谓贵者，其德贵耳。圣人不见用，不可退处以坐视丧亡，故仍知进以求存，得既而有悔，则不失其正。风息舟迟，行一时许乃仅能四五里，泊云阳旧县，暂依山险而息，清凉可爱。将登岸，后船复至，乃行。过一矶，缆断，跌一水手，伤其腰股，幸未大伤。日暮泊盘沱，云六十里。抄经三页。

五　月

五月庚辰朔　阴。朝食后过小江口，开县地。舟人言李雨亭家自此入。雨亭庸劣，吾悔识之，初取其朴实，以为在六李上，今思之，月旦当雌黄也。抄《觐礼》毕，在道成《礼经》二本，可谓不负舟行。欲撰小说，竟不能成。以将登陆，检点书籍，作家书二函，并寄贺营官谢函。泊鸭但涡，久之，得顺风，帆行卅里，风止，缆桨并行，申正至万县。喻长林、苏彬均来见，万令路送更巡，辞之，托其借包扛小轿。

二日　辛巳，芒种。雨，日出时止。待发夫，纷纭至已犹未发。抄《聘礼》一页。饭后过路万令，年甫过壮，发品也。以诗文相质，始知为仙屏门生，瑄丞同年，少坐辞出。行十五里，更衣于三块石。又廿五里小憩行台，复行廿五里宿三正铺店，潕器不可住。欲寻空庙，庙更器于店。又误乘舁入门，地否欲讹诈轿夫，急出还店，架两桌子而铺被焉。炮船送者赏廿千钱六两银，但未出火食耳。今日多佚思，乃至欲与陈三交好帽顶管家，极为可笑。

878

三日　雨。冒雨行廿五里，饭于分水店，不可住，与夫欲留，强令复前，雨更绵密，衣被尽湿，廿五里至孙巢而止宿焉。前年宿店斜过有一新楼，临水看山，颇堪驻赏。抄《聘礼》二页。道中见溪瀑县流，黄浪奔而下，激成白气腾而上，上下相冲，几欲相敌，生平未见之奇景也，又见小溜奔飞，涛欲啮人，吼若雷怒，不觉心胆俱壮。惜非大景，不足赋诗，口号二绝句记之。急溜奔涛石道寒，海飞雷吼壮奇观。何须苦向源头辨，且作庐山瀑布看。　崩湍激气似云蒸，黄瀑衡流素雾腾。此景平生浑未识，他时夸语白莲僧。又重过孙巢有作。记向孙巢听石湍，杜鹃声里唤春寒。荒田又种三回稻，素瀑青山白发看。夜雨不绝。

四日　晏起。阴雾。行十二里饭于亭子垭，五十里雾中行，至梁山一无所见，亦无风雨，行程又一境也。抄经二页。梁山费令无名迹而建坊颂已德政，制作甚壮。德政碑自唐时至今，众皆知其无益，而为之不止，古俗之犹存者。道中见儿童抃舞，农商办节物，甚有乡居之乐，作两绝句。垢面蓬头走复来，无怀真趣在婴孩。垂髫处处桃源景，生向陶家便不才。　野艾园蒲节物新，小枝红烛赛诸神。灵均枉自伤心死，却与闲人作令辰。前闻范生正宾馆此，遣问无之。今日佚思不禁自止，始知道家所谓魔劫，真有其理，一息百年，不难心造，情过境灭，故须逆制也。

五日节　晨阴，午后晴。早绵晚夹，气候犹异平地。行卅里饭于三合铺，同舟李姓客分道往重庆去，寄一片与鲁詹。发纤夫二名，挽舁上拂耳崖，似不及初次高峻，见惯故也。上崖甚速，有山行之乐，下崖复上白兔下丫口，平行至袁坝驿，六十里，时始至未，所宿店即戊年宿处。往湖广会馆看戏，遇一丁姓，云常、永、宝三府公建。而自称湖北人，不知原籍何县。问其来，则雍正中。云此处有金姓铁商，有一戏班，行头体面，演一折而散。夜又设茗果来请，则诸丁皆在，其老自云武陵人。又一邓新①老耶，举止轻率，似是童生。

六日　阴。犹夹衣。十五里饭于广华桥，卅里过黄泥碥，与前年所记景物又异，但中有五里石湍可厌，余亦尚佳。十一里度一山，望下群峰寒翠幽敞，有都庞、卷洞、黄山之景，前行盖睡着未见也，问其名云三斗坡，舁夫云盖三登坡。道中所见，作二诗记之。《五月蔷薇》：子规芳草似春华，五月蔷薇满路花。山里红颜不曾老，始知刘阮错还家。　《三登坡逢负炭妇》：白皙青娥负炭归，三登坡下莫停骓。贫家作苦人知敬，不是求仙恐污衣。　梁山道中，有花初夏时满山谷，土人不知其名，图归示知者，先题一绝：粉红圆瓣细绒须，欲问芳名蜀志无。花似剑南官样锦，画归题作野茱萸。又廿里望见大竹城，风雨骤至，少避半时入城。逆旅主人杨克全，自云生员，字竹溪，求书扇对，及其山长一扇对。房客人李姓，其叔父名畅当，字申初，进士主事改知县者。从南宁归顺庆，余每闻南宁则喜，宜为镜初所讥也。抄经一页而辍。

①"新"，疑为"姓"之讹。

行九十五里。

七日　晨雨，午晴。度九盘至卷洞，皆从冈领上行，坐卷洞西门松石间，复有南宁之思，以其爱乐此景，未与共赏也。早饭竹林铺，未正至李渡，行八十里而休。渠水盛涨，黄流似江，道上红白花似蔷薇而非，叶比月季更细，花单瓣，盖玫瑰耳，前诗小误。补昨日《聘礼》一页，又抄一页，写注引《玉藻》，悟大夫乃上摈，颇为创获。"君入门，介拂阑"，谓上介进节也。"大夫中枨与阑之间，士介拂枨"，谓众介进节也。上介从君后，士介从上摈后，仪节分明。旧误以大夫即上介，失此文妙。《聘礼》曰"大夫纳宾"，谓上摈也。夜抄经一页。

八日　阴，有雨。早泛渠水。每人八钱，坐轿人倍之，舟子便欣然。十里登岸，行五里至观音寺，前饭处也。问寺僧犹在，名本月，未暇复去。行五里中滩桥，十五里有庆场，前记云廿五里，未确。自饭处至场，不过十余里，廿尚不足也。廿里漩坝，廿里宿青石镇，行亦甚速，到店时才未初耳，颇有车行之逸。长日之故，偈卧少时。抄经一页，经中所言房室之制，与吾臆度似不相背。

九日　晴阴，亦有微雨。晨凉午燠，时绵时葛。十一里上杜岩，又十七里赖坳子，土人读"坳"如"呀"，一担夫云"南燕子"之讹也。十七里饭于罗家场，廿里济渡镇，见督、藩津贴告示，每岁一出，皆云万难停止，掩耳盗铃，意以为非政体也。十五里兴隆场，前过时墟集，今亦以初九日过，复逢墟集，人则少矣。十里楠木岭，十五里申初宿跳动坝，舁人不知店处，余见店门有"张月卿公馆"条，其姈属尚宿此，必无更可驻者，遂止宿焉。蚊多不减大竹。抄经二页。

十日　早阴至午。早行廿五里，饭于万善桥，五里过东观场，有盐吏驻此，盖以南充巡检兼之。廿五里黄龙桥，十里石子岭，十五里渡潜水，新设义渡，赏以百钱。渡水便到顺庆府城，街市卑陋，人甚繁庶，云方赛城隍神。自五日至十五日，老妇百里来烧香，村妆竞饰，如新年也。自渠境至此，时闻书声，民气较朴，宿文庙前一店，院后有树，较胜连日宿店，而西晒甚热，幸未初即到，未行日中也。入城步数百步而还。抄经二页。嘉陵江水微黄，亦不似前诗所赞。

十一日　晨阴凉。出西门即无民居，过桥见前年坐处，人尚未集，桥逼山坡，度冈峦四五重，作诗记景，而不成章，乃改为四韵。冈岭逶迤出果州，山风晨气冷如秋。张雷久别龙双剑，曹李终同貉一丘。血染茅蕝春自长，情牵丝络死旋休。七年三过无人识，唯有榕阴映驿楼。行卅里饭八角铺，卅里至甘草岭，有墟集，前似未见也。廿里李马铺，卅里至蓬溪城，蓬莱店主人以无室辞，乃至天一栈，遣问张楚珩，欲知悍士消息，李翰仙亦在此，顷之俱至店，余约至盐局一饭，张、李又请熊营官作陪，未二更散。还店，抄经一页。行至申正始至，又见二客，疲矣。

十二日　雨。舁夫本不欲行，强行，旋亦悔之，泥滑路难，对之三叹。行廿里饭版桥场，五十里但家铺，舁夫财力亦竭，夫价愈贵，三春不肯再顾工，余以路难劝之。既行而平沙坦途，大异来路，方自惭不知地势。五六里后山坡又更烂于前，踯躅其中，殊为可笑。将至太和镇十五里，则平石漱沙，飞奔而至，渡水盛涨，舟子每人索钱数十，见轿扛则不敢索，亦可笑也。熊总兵馆余于街店，陈设粗具，且有字画。哨官李姓来见，鄞人也。蓝旗张姓，自云湘潭人，又云湘乡十四都。湘乡无都，其不知数典如此。帮带祝游击来见，陪饭乃去。与之久谈山东战事，独称僧王。余但以奏报观僧王实不知战，今而知文之不可已也。僧王但不及多，实无愧鲍，以谩骂失湘人心耳。军事当论定于湘人，吾几失之。客去已倦，并日记不能写，泥行之苦为之。今日闻祝游击①，乃知所渡者绵水，非潜水，前记大误。

十三日　阴，早微雨。卅里饭于高文觜。先祖考忌日，素食。卅里过景福院，卅三里未正至宿观音桥。夫头衣襆为游夫骗去，余行役总未遇此等事。抄经二页。艾通判父名鈇故梁山令，盖霞仙及杨重雅所劾罢。来访，从上元省墓回，年六十九，尚健，论刘筠生家事。

十四日　晨阴。行卅里饭于落版桥。卅里柏树丫，三台、中江分界。道中遇窃妻逃者，为顾夫所觉，俄而已逃。风雨渐至，行廿里至牛场，大风簸篷，几不能行，寒可小毛，瑟缩舁中，咏元人曲子，皆遗忘矣。幸雨渐稀小，廿里宿大桑墩，时始过申。抄经一页，夜欲复抄，未暮而睡，遂不更起。

十五日　阴。晏行，十里饭于龙安坝，卅里过兴隆场，大市也，然不整洁。自三台至此，皆行山中。中江山则童秃如坟，过兴隆场，乃有赤山，余前有诗赏之。又十里观音桥，上长冈，复下至风洞，凡廿里，复有溪流，而喧浊可厌。十里至赵渡，内江盛涨，比渡至店，已戌初矣，行半月今日到最晚。抄经一页。

十六日　阴晴。五更时为艾梁山所搅，诬仆为盗，满店嚣然，仆亦桀骜，余怒诃之，遂起不寐，待明而行。渡内江舟均在彼岸，呼渡甚久，乃济。泥行廿里至姚渡，分夫从为两辈，厨馈在后，不得食，啖三饼。呼短力舁行，卅里新店，未驻，复行卅里至三台，泥困不胜，短力告去。十里将军碑，道稍漧。步五里至欢喜庵，待舁过街，几一时许，余甚皇惑，以为误行保宁道也。返而求之，见负红枕者是入城人，乃知不误。舁行十里入城，问于厘

---

① 疑脱一"言"字。

委员，一小后生，人甚轻脱，自云白姓，告余宫保满假。就其官厅，衣冠入署，穉公病，不能出，见于内室，神气消索，殆将老矣。亦不能多谈，勉坐二时许，入院居书局，诸人皆来见，亦不能辨也，与最熟者谈至二更方食。崧翁来，三更去，又谈至子正乃寝。

十七日　阴晴。比日惯早起，平明遂不能寐，起至内斋，裴回久之，诸生皆起，及新到来见者约廿卅人，亦不能辨也。外客有张、但、毛、王，自朝至夕，谈不能休。黄昏假寐，夜起少坐即睡。见名录，富春中式，阎丹初之子亦中式，外无知好。

十八日　丁酉，夏至。阴晴。起稍晏，睡微得汗，始复节矣。诸生来者七八辈，外客来者周熙炳、孙师耶、王经历、刘年侄、艾梁山、萧垫江、曾昭吉，辞者彭延墫，皆不待行客拜。绪钦遣其女婿邹毓蕃来，而自己不至。翰仙云未出城迎，亦不先来也。余此次欲遵奉云约，息交绝游，故二日未出门，几于刘韫老矣。

十九日　阴晴。诸生来者三四辈，外客来者萧铭寿、李和合、周颂昌、周绪钦。监院送菜，辞之。穉公继至，不能独受，因约过饭。未刻步往，尚早，至方保卿处久坐，询知其旧友皆散去，耀庭尚未起，颇有陵谷之感。酉初至穉公外斋小酌，保卿、朱小舟作陪。谈次奋发，病势似减。戌初散。由机局访昭吉，遇俞子文、陈双阶。天平称余重九十斤，与前无增减，而体肥过半，知肉不胜骨也。答访毛监院，略论肯夫变易之由，其颡有泚，一笑而罢。夜抄经一页。

廿日　晴。黄、昆、劳、衡、芝、旷、金、钟、萧、锦、张寿荣来。抄经二页。穉公送银二百两，问其所自，云出己奉，受之。院外来见者四人。诸生入谈者相继。夜蚊不能书，作书谢钟蘧庵。三更后雨。

廿一日　雨阴，午后霁。黄即用、王绍堃来。稆公已出，云足弱不能行，复还辕，老病不能休，殊可感叹。发家书，并寄银二百廿两去。诸生今日来者渐少，唯见二班。抄经二页。昭吉送表来，并钢条钟一架，留钟报时。方保卿来。松翁夜来谈。

廿二日　阴晴。齐敬斋来，云差事已裁，无以养母。谈未数语，稆公来，论书院、夷务事。余因言世情多妒，不可轻出，并劝其请假。周翊运来，尚有一人忘其名姓。见世人如温杂书，熟视乃有省，亦时足乐。抄经二页。

廿三日　大晴。气甚凉，正为督部看课卷，两佐杂、两武官来。抄经二页。赵濬秀才请戏酒，辞之。

廿四日　晴。看课卷。同乡二黄来，翰仙谈最久。抄经二页。

廿五日　晴。刘子永来。始出谒客，自巳正至戌初乃还。新识者唯岐元将军，字子惠，余皆前尝往还者。周熙炳候于门，入谈，至夜去。

廿六日　晴。巳初出，答访前来诸公，未正还，酬接粗毕。芥帆言当再入书院，翰仙云锡侯以为不必，二说余皆会其意，要之自有权衡，不以人言移也。抄经一页。

廿七日　晴。始热，纻衣，谢客深居，犹有炎意。抄经二页。光孝廉送夜来香二盆，未知《尔雅》何种，于诸香草中金银花之类也。与诸生言草木但当别类，《尔雅》大概合数种为一名，非圃人花匠多为区分之比。铺后作字数幅。

廿八日　晴。《聘礼》将毕，专抄一日，时作时辍，但得五页耳。以将浴，买浴盆，见市中套盆似甚精致，买归乃粗薄不堪。《聘礼》始毕，以每日二页计之，犹少六页。写扇二柄。

廿九日　早阴。巳刻稆公招饮，同坐洪兰楫、陈幼芝、朱小舟，皆无顶带，亦一奇也。洪从山东回，多谈蛇神；陈从贵州还，粗率少言，坐间无可记之语。甚热，舁还院，日色渐收，阴云似晦，至暮雨。抄《公食》二页。

六 月

六月己酉朔 阴，午后雨。芥帆阙文。如画家别有丘壑，然自阙文。无赏音。余为之莞然，曰阙文。抄经二页。得宋生书，云欲来相见。复书约其七月来，盖秋初行期不可定耳。

二日 晴。翰仙约至机局陪穉公小酌，辰至步往，顷之穉公至，乃陪我耳。芥帆亦作主人。更有朱小舟，言与龚叔雨子妇看脉，其子妇聪明如神仙，未一岁而死，有似师旷之遇王子晋，姑妄听之。席上多谈法人侵越南事。席散，更及书院事，余言皆督府之所未闻，乱以他语而罢。舁还，已申正。抄经二页。邹生阙。与诸生谈诗，举歌行数篇，言直斫横入之法。

三日 雨凉。朱前牧来看课卷。抄经二页。与诸生讨论东西夹箱房堂之地，未知郑注定说，似以为俱在堂上庭外，余欲移夹于庭两旁，而亦不知其长广，又未知诸侯庭堂丈尺之数。荇农寄诗画扇，三年始达。

四日 小暑。雨凉，未正后晴。看课卷五十余本。抄经二页。尹老前辈来，未知来意，例谢之。

五日 晴。抄《公食》四页毕。李蕴孚、顾子远来。夜雨。看课卷卅余本。

六日 晴，风凉。抄《士丧》一页。张门生来。未初出吊唐提督子，便出南门，至惠陵，松生约小饮，西寮、子远、叶生、孙鸥舫先至，酉散。穿城至北门，答访尹殷儒不遇，为幸。乘暮色还，到院已夜。写扇二柄。

885

七日　晴凉。看课卷竟日。送卷督府，稺公复书，言刘永福已困法人于越南东京，将以水攻，云南防兵皆喜，以为成功可旦夕冀也。少荃驻上海，督广西、滇、黔边防，余复书称其举重若轻，以兵为戏，余智所不逮也。一代有一代之材，今乃信然。

八日　晴。看课卷毕。王门生来求见，令入，久之无言而去。旷凤冈来三次，乃一见，言周、张求金新津，不遂而怒，假厘事倾之云云。可为一笑。

九日　晴。始觉蒸热，午正始浴。看金石文字，选汉碑可诵者，将属苇塘抄之。周颂昌来，坚坐雄谈，殊为鲁莽。夜与王芝甫改课文，点定曾彦等诗奉。于曾昭吉处借火食银十两。

十日　阴晴，炎蒸。朝食后久睡。刘介和知县来，乃起，谈湖南科名事，甚赞杨小皆，余未之见也。看《金石粹》篇，点三本。崔树南自绵州来见。

十一日　晴热。督府约会于火药局，来人误言武侯祠，余知其误，号房坚言彼处亦有火药局。辰初饭后舁往，果谬。复至火药局，看之则藏药库，非造药局也。复从山径至草堂寺旁，乃知朱保德为主人，督府、成绵黄、朱道皆相待久矣。小屋奇热，久坐长谈，及叙州营勇不法事。次民躁于言词，音响惊人，余为之局脊。申初还城，答访顾子远，遇之于巷，竟不还舁，书生痴呆如此。至凤冈处略谈而还。夜热，坐月泛谈，无佳语。唐泽坡死时，言有鬼从窗外射之，矢声铿然。顷复言有武弁入冥，云女鬼讼之。次民因言其手杀继妻状甚悉，余云讼者言奉檄杀，非其妻也。

十二日　庚申，初伏。晨雨凉。朱次民来，言公请督府，定十五日。又言昨夜官署街石皆有界画墨线，或疑奸人所为。余云必外国画地图者。魏生言庚申、辛酉岁，资州乡间亦有之，后亦无异，虽有蓝、李之寇，非其党所预为可知矣。刘年侄、李提督均来。俞子文来，未得谈而去。看金石篇毕。张世芳字春山来，问《公羊》大义及作诗文体格，坐论甚久，所问数条亦不草草。与王昌麟问《礼记》，皆新调中之佳者。

十三日　雨凉。华阳冯生来，言街石日烈则见墨文，石性自然，非画线也。晨坐无事，抄《士丧》半页，若依恒课当得半矣，心惮其难故画①也。绪钦、刘年侄、翰仙均来久谈。抄绝句题目，将刻小本为劝世文。

十四日　晴热。竟日不事，唯院中诸生闲谈，至三更犹热。陈伯双寄《明报易说》来，殊无发明，又为易家增一种耳。

十五日　阴。刘奉琴、两监院来。辰初出城，至昭烈祠看荷花。初，余定关祠，穉公改之，余不以为然，欲辞不为主人，而礼不可。今日往则客不至，知会集非偶然也？陪客朱保德，丁、黄两同年，余与次民为主人，过午而散。未暮即眠，至子正起，复寐至丑，正欲盥濯，无处求水，徘徊月明中还寝。梦家中房房明镫，颇有夜夜元宵之盛，近岁勤俭之风衰矣。

十六日　雨。午热晚凉。抄经二页。看陈伯双《易》注。穉公作诗来索和。诸生来者相继，未能执笔。黄海春来求差委。

十七日　雨凉。和穉公七言诗廿八韵，一日乃成。抄经一页。旷凤冈来，言厘金银价，委员与州县必相符合，州县借以需索，可叹笑也。吏治如市井，未有如四川之甚者。

十八日　阴凉。旷寿云、张子静、艾炳章来。穉公珠服来，留行，因言学院之弊。凡利弊在他人者，长上无不知之。独与己相涉者则蒙蔽深密，人或发之，而犹不信。此好闻人短自恃己长

———————————

①"画"字疑衍。

之病，君子不患此也。近日院中以我作题目，互角其心智，余皆坐以观之，始知生死利害不得至前，确有其道。然若出而应之，则犹恐未尽当，所谓有圣人之学，无圣人之才也。抄经二页，得敛服以皮弁及名袭之义，为前人所忽略，治经信有至乐。

十九日　朝凉，夹衣出。过督府，穉公留便饭，臧、朱二客同坐，疾仍未愈，老年不健，令人气闷。出诣次民不遇，至芥帆、翰仙、绪钦处谈，邹氏小女出见。昇中觉不适，将吊莫揩卿不果，过李提督而还。曾昭吉在院坐待，留与长谈，论山居之乐。《国语》"聆遂"，《汉书》作"黔遂"，《竹书》作"聆隧"，《说苑》作"亭遂"，"今""令"古通用也。

廿日　晴。戊子，大暑。午热再浴。和合来，所言无章，大要以为湖南人无施不可，与筠仙所见同，此岂湖南派耶？抄经二页。写恶字七张。

廿一日　阴凉。朝食后久睡，起，抄经二页。周翊运字兰生来。芮少海来。刘生来说礼，似有理会，与论折节为学之道，因谈蜀中哥会所由起及其中情状。暮至内院，见窗门俱将表糊，云余将移入，呼书办问所由，云监院令也。不知其受自何人，岂以余为伪让耶？范生送院中蒲桃，未熟而摘之，殊为可惜，以余所种，今始得尝耳。盆莲相续而开，亦为清玩。王芝圃不忘师谱，戴子和其谓我何。

廿二日　凉雨。中伏如秋，气颇凄闷。写条幅数纸。范、赵两生来，言华阳王芝为卖卜人所诬攀，云有妖谋。呈其海说四卷来，文诗亦有条理。顷之其弟王藻来见，云兄年卅一，吃烟十余年，其叔父官训导云云。遣人至成都府探之，俄而周生来，云黄知府大怒，意在激我使为力耳。余云本不与我事，取怒所宜。此乃市井小技，而欲以尝试，可笑也。章孙从叙、永来，告以艰难自立之道。抄经一页，蚊拥而罢。

廿三日　雨。抄经一页。孙生彦臣自绵州来见，论书院弊端及钱、宝示威之意。松翁来晚谈。稺公书来，报其姥属已由京西来。

廿四日　阴凉。抄经二页半。得家书，见盼女所书娥芳铭，字不成行，未知其由，盖欹斜之故。稺公送长歌来，意在索和，而长不中节，未有以应也。看俞荫甫书。叶协生来，谈修《蜀志》，又言肯甫以余名册考语为金科。余更有考语，待肯甫地下思之。甘于下流，证成作贼。　　狂同狺犬，首坏风教。　　酗酒嗜烟，不知愧耻。（后二人皆非肯甫所赏，不必出考。）王彬来，求饭处。

廿五日　阴，暑热。稺公遣巡捕送聘书来，以其无年月而手书殷殷，受之。抄经二页，补昨日半页。看小说至夜半。酉初雨，至子。

廿六日　晴。和稺公长诗，依韵直写，亦自成章，但有词韵未稳。遣人送诗去，即答访刘伯卿、杨荣光、犍为令，至芮少海处晚饭。松生、李湘石、李训导、俊卿、叶协生同坐，甚熟。郑小轩后来，神智颓唐，可闵也。戌散。得老张书。

廿七日　晴阴，暑热。抄经二页。看课卷未数本。稺公衣冠来，为书院坚留我，乃知其意重儒术，专欲委我以兴教为治，可谓诚而近愚，然其意竟非同时巨公所及。刘霞仙所谓积诚足以感人者，余亦不能不感也，为旁皇半日。谚云"烈女怕缠夫"，又自笑矣。余生平初未逢此人，于朋友中别开一境，虽有《庄子》，无所用之，有此忠诚而不能致治，又独何哉！

廿八日　晴热。芥帆来。午间作字甚热，舍而偃卧，亦不能呼吸，闷暑为各处所无，仅抄《书》一页，竟日烦倦。夜间大雨雷电。芥帆今日来，言恐民多疫，为文祷祈雷，并请于温神，果有验感，助之喜幸。

廿九日　晴。早凉，午后热。诣谢稺公，值其时出，未久坐，即还，抄《书》二页。晡食甚饱。芥帆来请便饭，误认即日为明日，将暮来催，乃觉之，飞昇而往，则两朱、一黄先在，主人谢神去矣，戏班祗候，令开台扮演。芥帆归，上镫，入坐，坚留至子正乃散，庆雷也。到院已丑初，即寝。

晦日　阴。看京报，寿蘅补通副，胡小泉用四品卿。报销案结：孙家穆、周瑞清发黑龙江，福趾、潘英章、龙继栋、李郁华发军台，崔际寰、周颂革职，褚世亨杖流，崔尊彝追二万三千银两，景廉、王文韶议处，刘长佑、岑毓英、杜瑞联议处。抄经二页，《士丧》篇毕。锡侯、蕴孚来。章孙夜来。

七　月

七月己卯朔　大雨。稺公家祭招饮，因答访贺寿芝，黄海春出谈。至督府，黄、丁、朱三道台先在，朱小舟亦同坐，李提督后至，未初散，冒雨还。大睡至酉，乃起夕食。看课卷，与诸生戴、胡、魏论八①世事，凡欲富贵者，必将借以作恶，如欲为善，皆徒劳役物，于己无所益也。

二日　阴凉可绵。庚辰，末伏。乃如深秋。看课卷，定等第。王莲塘道台来，久谈。李世侄自内江来相访。

三日　阴凉。为成绵道看课卷，书扇二柄。宋芝岩自资州来相访。黄笏生自泸州来，留饭去。翰仙来。宣少府之子绍贤来。

四日　阴晴。午初出，答访王莲翁，因过锡侯、张云贵，不

---

① "八"，疑应为"人"。

遇。诣芥帆谈，遇锡侯。还看课卷。李蕴孚来。过吊莫提督，见其二子。

五日　阴凉。看课卷，定等第。黄泽臣来。张伯圆来。吴明海来，言开卅事，余云为国耶？何必令库多金银，为己耶？何处得资本，此不必羡也。夜与刘生论处世之道，孔子所以不见用，以先仕季氏，桓子轻之故也。赖其一行，鲁乃重之，而君臣师事之矣，人不可以不养望。夜来甚香，归期无准，七夕秋近，作小词寄家人。瘦蕊秾花，更不管人愁，香满凉夜。欲睡还休，长记玉窗灯下。冰簟梦醒惺惺，误茉莉、暗兜罗帕。想带烟、幂露无语，开遍闹庭闲榭。　一年容易秋迭夏。望银河、月斜星亚。玉真自许禁离别，妆晚饶娇姹。听到络纬一声，重绕向、翠藤双架。那夜西风里，罗裙拽处，散香和麝。①

六日　晴。甲申，立秋。抄《既夕》二页。安顺生员何威凤来见，韦探花视学时所取士，呈所作文，俨然边省鼎甲。云十余岁即为张怡山子师。余云自项橐来，未有如此早达者。暮过松翁谈。朱小舟又送诗来。

七日　晴凉。朝食后写屏对廿余纸，稍愒，莫弟及其长子来谢。宋、周、蒲、王、陈、戴请游百花潭，设酒二仙庵，作半日留。观前题名已五年矣，光阴迅速，风景已殊，坐小舫亭上久之，会暮还城。李提督借银千二百两，遣人送来。余欲移家须二千金，千金则不能了此，欲还彼又嫌已借，姑且置之。夜月甚明，不似往年。

八日　阴晴。作家书，为孺人贺生日，兼论移家事。抄经二页。张伯圆送狘皮来。狘，即蚨也。恒镇如云尺二寸长者为合用，兹所送才九寸。

———

① 《湘绮楼词钞》题作《玲珑四犯》。

九日　晴凉。次民来谈诗。穉公来，送银三百，接婆来蜀。因发信，并李借千二百金寄家，属即移居乡间，以便延师课读。王彬、张门生来。作诗和朱小舟。闻李提督母丧，悔不当用其银，而业已发书，未便更改也，昇往吊之。遇周、黄二道台，小坐即出。过唐六少，云伤足，不能出。驰还，犹未上镫。

十日　阴晴。写条幅十余纸。昨抄经至"缁翦有幅"，不得其解，因停思之。写扇四柄。作《秋风曲》。秋云阴，高阁隐深岑。金绳断檐角，珠缀暗窗心。碧草乱平砌，蒲桃长拂林。林藤砌草忽幽映，晴光洗日云如镜。饥禽下复惊，坠叶飞无定。寻苔见履迹，绕屎闻弦咏。细竹连根袅玉阶，闺中曾指道秋来。微风偏解萦衣带，夕照无妨上鬓钗。已觉罗帷薄，应怜水殿开。云低水殿徘徊暮，秋去年来玄发素。绿槐市里几蝉鸣，白芷江边一鸿度。宋玉悲摇落，淮南感新故。不能下喂田，且赏山阿树。光孝廉送盆桂来。

十一日　阴晴。晨出南门，遇穉公卤簿，同行至惠陵，两县令及黄、朱已先至。朱、丁、黄、崧、张月卿继至，王莲塘最后到，设宴荷轩，午正散。复齐至李提督寓宅作吊客，何、彭两府先在，小屋甚热，待督府去而还。今日礼当辍会，此亦近于郊而吊温公矣。

十二日　晴。抄经半页。发家信第三封，并外舅、子笏、子寿、黼堂四函。和穉公《洗病雨诗》廿九韵，未半，有"倩"字韵，必须翻典，蚊多遂罢。早眠，丑醒，经时不寐。

十三日　阴雨不凉。和诗未毕，又作一首，赠丁芥帆，祈雷为备典故也。黄郎福生来，两诗皆未成，殊似有所负，待其去，不一刻皆成矣。往日能对客挥毫，今差钝也。穉公招观《法夷战事三议》，薛叔芸所作。又观曾劼刚电信及总署信件。留晚饭，招黄、朱同坐。论相法，云手上有眼，明达之征，二品以下不能有。

十四日　晴，稍热。写寿联，抄《女子子服例表》。穉公询之再三，云欲进四库，辞之则近于矫，从之则无益费神，姑请王仁元先抄《春秋表》，而自理《丧服笺》。此表创改三年矣，今始小定，犹补正疏漏两处，望洋兴叹，知当搜讨者不少。仲章欲以初学而穷至赜，宜其夭也。张华臣、严正甫、陈佗来。薄暮大风雷雨，因思"迅雷烈风"，《论语》改云"迅雷风烈"，此欲别为二事，恐与烈风雷雨一事者相混耳，亦修词之太工者。为张生世芳改试文。

十五日　晴。李犍为、丁兵备来。许时中大挑来，云在左相处知我，特访久谈，字午楼，似是江北人。李，邵阳人，代罗伯宜教少洪者，己酉拔贡也。作书与连希白、周白庵、徐伯际、王正孺。抄经二页。夜始与斋长谈院中事。

十六日　晴。堂课，为督府出题。丁郎来，颇能应对。穆芸阁、伍松翁、德荫知县来。抄经一页。发京信，交王莲翁寄去。为宋生评诗文，写条幅，竟日未息。

十七日　大雨。翰仙约至机局陪稺公早饭，辰正而往，二朱、穆芸阁后至，未正乃散。稺公言三桓之子孙微，故孔子堕三都以救之，息家臣之祸，扶公族以敉乱，故发此论，微示其意，不务胜三家以快目前，圣贤之举动不同在此。与余说堕三都在孔子去后不合。余意圣人举事无不成，丁意圣人举事不成犹有益，二说可并存也。出答访芝阁，与孙伯玙久谈李、许。过张华臣，还已暮，许送李申耆文来。张藩使三至，皆不得入，疑余拒之，世事固有巧似者。

十八日　晨雨。早起复睡，遂入梦，惊觉时已辰正矣。朝食后遂至午，出答访月卿，过锡侯，两处皆遇雨，待雨止乃出。至外城关祠，魏、胡、李、范四斋长设馔，借张师爷厨人，稍精于酒馆，恐城闭，匆匆散。还，少睡，起，抄经一页。

十九日　阴凉。写吴生曾王母节堂记，顷，并题《先师李寅莽太仆像赞》。抄经三页。翰仙来，论京城小旦皆成老翁，而京堂老翁犹念之无已，可怪也。王公而友戏班，此亦自古所无，盖好谀恶直充类之尽而遂至此，非好声色之下流也。

廿日　阴。辰起，邱守备锦荣来，彭稷初之友也。抄经二页。发家信，论接婣属有不便者五，不来唯饮食不便耳，岂可以口腹而累骨肉耶？艾炳章、王立诚、孙伯玙、周绪钦来。李提督遣巡捕来，请作其母行状，又用哀启体，不足厘正，因就其稿改之。夜蚊甚多，未誊正而罢。

廿一日　大雨竟日。作李状毕。将出赴二吴、杨、黄、余生之请。稤公书来，言明晨当集院中，仍约前集四道同饮，并增穆芝阁，遣人告丁、朱、黄。午至关祠荷池看雨，甚凉，衣二夹一绵，戌初散。抄经一页。

廿二日　阴。以督府当来，陈设讲堂。辰初稤公、黄、朱同至，小舟送酒肴来为主人，芥帆继至，芝阁最后，未初散，翰仙独后。顷之藩使来，于正客坐相见，凡四至而始入，诸客皆在寓舍相见，今独在正坐，益知凡一坐起皆有定，《前定录》不虚也。申正乃去，出至贵州馆新祠池轩，赵、冯、周、刘、吕、谢、张同设酒相燕，张病不至，亥初乃散。抄经一页。

廿三日　晴，复热。朝食后将出，王绍堃、罗少纯来，略坐辞客出。答访小舟，退其帖赞。与芸阁、李湘石、黄耀庭、孙伯玙、稤公杂谈。申过次民，沈朗山道台自云南来，同集，翰仙、顾子远、芥帆、小舟俱至。朗山学裕时卿，如张子富学孝达，神鬼俱似，放言高论，杂以谐谑。朗山先去。同芥帆至成绵道署看洋报，芝生得补中允，张家骧遂得户侍，可谓乞儿乘小车矣。湘抚潘调桂抚，沅浦病发，力求归籍，皆新闻也。二更还，与书马伯楷，抄经一页。

廿四日　日出即出城，至薛涛井，吊莫揩卿，因留陪稺公，湖南官俱至，已散。从稺公至督府早饭，未初还。欲少休，邹生及长沙杨生来见。杨荒唐自困，然甚惶窘，姑令刘伯卿谋之。今日见凤福庭，神似傅游击，几误认也。客去，少睡，起抄经二页，《既夕》毕，计廿日得廿五页。

廿五日　晴。徐寿鹤，周云唐，张门生，邓、陈、彭三跟班及叶协生来。吴明海自辰至未久候，始一见，送礼者亦沓至，酬接疲剧，欲休不得。刘生泽溥设酒普准堂，已久待矣，勉舁而往，又未得食，与许教谕，岳、曾、刘三生步至江西馆看张天师，已去矣，小坐而还，戌坐亥散。杨大使名其儁来书，恭维得体，有似阎王升玉皇者。胡生长木托借词本于顾又耕，又耕送《词综》《词选》来。

廿六日　晴。看课卷。莫揩卿弟子罗莲渠来。申正至江南馆，顾象山设饮，朱小舟、幼耕、凤茀堂同集，甚热，亥散。夜大雨。

廿七日　晨，雨更大，雷电交作，经三时许乃稍止。发家书。出过松翁，同至将军辕门，贺其母生日，还，雨复作。司道公请，设坐盐道荷池，翰仙作陪，巳集申散。得家书甚喜，帉女字遒丽。又得弥之及陈生富春书。

廿八日　晨雨，巳霁。阅课卷竟日。诸生来者相续，又有杂客来，皆称有要事，及入又无事，大要请托而已。甚倦，不得休，及夜又不寐。丑初起，作家书，交票号寄去。从方葆卿借百金。

廿九日　晴。将同稺公登峨眉山。清理逋债，写条、册、扇子约千余字。章孙求馆甚切，观其神气，已流落矣。为还火食并备盘费，又送以四金，与书留仙，令收养之。发家书二函，以莫宅不成行，恐其久滞留也。寄衣箱三口于芸阁，冠靴箱存院中。

看送来诗赋三卷。许解元来，请为弟子。余语诸生云，凡有女遇者为桃花运，今年门人甚多，可谓之李花运也。欲归未知果否，令冯生揲之，得"鼎之临"。"大烹以养"化为"八月有凶"，虽巧数，不能恰合如此。然余不惧凶，且静待之。申正出，诣李提督，答访罗新津，便晤翁湘晓，满口川话，竟不知何许人也。舁中思"鼎"为正位凝命，"临"为教思无穷，殆仍当还院。出东门，朱次民近逐而来，登舟送行，冯、方、赵三生先在，王立诚、小舟继至，城中闹，舟中愈闹，无可避也。夜宿官船，正前三年简堂泊处。浙臬刘盛藻、豫臬唐咸卿、广臬沈镕经、刘年侄来送行。

八 月

八月戊申朔　晨雨，辰霁。翰仙登舟，凤苇堂随至，云锡侯祭北坛毕将来，顷之至，黄泽臣亦至，顾象三稍后。坐顷之，皆集官厅，待督府、松翁来。余已饿，不待菜而饭，翰仙以饭硬，不能食也，已正释公乃至，同松翁过舟，立谈数语，开行。作书与芥帆，托收随丁苏玉。少睡，未午已饥，申初饭。抄《士虞》数行，疑于"侧烹"，遂停。新刻绝句诗成，城中实任官各送一本。行百里泊黄龙溪，彭山、仁寿、华阳交界地，时已昏矣。过释公船谈，戌正还船。释公复过，小舟及丁克斋同来，释公从孙也。初入督舟时极热，坐久之乃稍凉，亥初客去。今日曾昭吉送轿来，其所监作。

二日　晨发甚迟，朝食时出湔口。抄经一页。热甚，可绤衣，顷之渐凉，过午大风。泊五渡溪，行百卅里，青神地。从岸上至督船谈，移船至乃过，小舟亦至。戌正大雨，篷漏如筛，闻督船喧声，欲请稦公过船避雨，雨大，不得过船，移时乃止。雷电雨至晓。

三日　晨雨。沫水甚长，行九十里未至三时也，泊嘉定城下。抄经二页。过督舟饭，翰仙、小舟、丁从孙同坐。夜穆秉文字谱笙来访，芸阁从弟也，开展有官派。作书寄程立斋。

四日　阴。翰仙早起，整驾回省。卯正，余起送之。督舟水手不齐，待至巳初犹未发，余命先行。小睡未半时，闻喧声，起视正过离堆矣，水满势急，舟甚平稳，瞬息八十里，可快也。小泊青蛇坝，待稦公。午正复行，沫水声如碎瀑，粗言之正似油煎叶声，此各水所无，故有沫名矣。嘉定绸一匹，可作五裤，买二匹，更买鸣机绸十匹，共银卅九两，恐不足，假翰仙十九两与之。抄经二页。暮泊牛市店，宜宾地，前为屏山、犍为三界地，行三百里才半日耳。舟停，水无声。

五日　晴。舟发甚早，比起巳至叙府城，亦辰正矣。朝食后宋钺卿来，匆匆去。过督舟，见一美男子，知为张子玖名世康者。稦公令同余舟行至泸州，云当略染诗书之泽。余既不能当，彼亦恐不能得也，然斯言斯心，非近世所有。督府阅兵，余留舟，抄经二页。张乔孙来，钺卿复来，遣招薛丹廷来，欲闻其牢骚语，乃大恨钱保塘，异乎吾所闻，宜王、戴之注意小钱也。腐鼠吓鸳①，无所不有，可为笑叹。未正发宜宾，江、沫不复可分，询之久未得雨。廿里至东涧，误入旋水中，船遂回流。百里过南溪，卅里至江安，泊城下。李忠烺知县字佩兰来请见，小舟、周荔吾均过谈。热甚，复纻衣。与稦公谈人物，因及院中事，便言不可再馆之意，以求贤忘势之雅，而俗人必以为嗜利偏私之陋。久交

---

① “鸳”，当作“鹓”。

如翰仙，且与司道比而疑我，盖财之中人者深，而贫士之不能自振也久矣。故非辞币不足以示廉，非留蜀不足以明节。往复百言，穉公似有所感。余今年处事殊异往日，渐有巧言如流之效。二更睡，四更醒，热气未除，开窗小坐，还寝，至晓乃寐。梦见一文书上有"鲂鳏扇铗"四字。

六日　晴热，复纻衣。晨起不思食，行九十里过纳溪，署川南道锦芝生来，留饭同行。卅里至泸州，田秀栗子实来。穉公移入行台，遣来相要。稍睡，始衣冠，将登岸，张子玖来，小舟亦至，小坐去。入东门，至行台少憩，陈用阶子及丁从孙、济川先生、用阶亦至。未正出谒锦田、敖金甫、文云衢、夏竹轩、曾心泉、黄树人、用阶，唯锦、文、夏得见，还已酉初矣。穉公要同用阶、小舟同饭，行馆热如三伏，至二更始稍凉。抄经半页，热甚不能伏案也。从来不惯执扇，今乃不能离手。用阶言孙公符作学使，贪取倍前政，文云衢子亲受其害，夜作书告之。

七日　晴，稍凉，房中可坐。抄经一页。督府出阅兵。文、夏、黄、曾来。田泸州来。巳初穉公还，朝食后谈至午，敖金甫来，乃散。金甫坐半时乃去。少睡。丁克斋来送礼，甚言张子玖之夤缘浮冒贪横，云鄂生所举也，人皆畏其势。余所闻亦同。城中有奇副将者，声名亦劣，而偏得上意，余既未与之交涉，究不知其是非也。但政从人望，要当去之，亦尝微言讽谏，未见用也。俾躬处休，不可则止，吾于穉、樾皆然，然益叹同志之难逢矣。假我以权，当不其然，经术之异于九流其在是乎？夜与小舟论肥城张七事，言官军杀掠之惨，怃然不忍闻。既而思之，贼之暴有倍于是者，何以不怒贼，岂非重责官军乎？天下至无理事，佛但以因缘故事了之，圣人未尝论也。还寝不寐，但诵善哉。

八日　晴。己卯，白露。热甚，朝食毕，房中不可坐，与小舟同访敖金甫，遇一恶客，即出。过火祠，便至用阶处晚饭，热甚，不能食。步出城，宿舟中。抄经一页。

九日　晴。仍入行台小坐，舁登城西山，山曰宝山，以明末泸牧苏君夫妇尽节，改名忠山。有诸葛祠，旁为吕仙阁，颇有二三处坐落，平眺二江，势尚遥敞。夏竹轩、文云衢为主人，设酒请穉公，更招锦芝生、用阶、小舟同坐，未散。还行台，卧一时许，热不可安，夕食更甚。复还舟，看弹词十本。

十日　晴。锦道台，曾、黄、艾三知县来。张子玖来，送瓜子金，却之。用阶登舟，其二子及从子皆至。午渡江，访二郎滩，庙缭垣三坐处皆热。与朱小舟同登楼，假寐顷之，还同夕食。庙中四尼，见其三，取半山定银为香资，并赏水手各数十文。泸州送胙，亦给水手。锦道台送鱼翅，以与船妇。抄经半页。夜与用阶谈武陵旧事至子正。朱小舟言彗星复见，夜登篷视之，无有也。凉风甚壮，丑正乃眠。

十一日　晴，大热。道州招游镜清楼，行六十里，以有杂客辞之。穉公早过船，对以头痛，已而肩臂果痛，曲申甚闷，暑热复增。铺席卧仓中，偶起写数字仍卧。计《礼经》早当毕工，遗半页，遂延三日，行百里者半九十，不虚也。过合江卅里，泊王场。穉公复过，兼邀朱小舟，坐至一更散，即睡，二更醒。江风如火烟，起坐均不适，俄而大雨，始得甘寝。

十二日　晨雨未发，用阶早起，已饭矣。与论前年《锦城新咏》谤诗为何竟清知府作，用翁力辩其诬，询余何所据。余云其馆师所赞成。用言何素吝，必不延师。此巧于辩卸者，所谓不疑盗嫂，我乃无兄者也。云南巡抚遵义唐炯来书，言钱徐山死，天下从此又少一读书人。贵州士大夫其赏鉴如此。行二百卅里过江津县城。彭川东来，过舟谈。田总兵来，谢未见。茅知县晟熙送蒸盆，辞之。卅里泊叶壁沱，云"捻鼻"声转也。与用阶同过舟，谈人各有自期许之古人。稺公问何所拟？余云少时慕鲁连，今志于申屠蟠矣。"君何所拟？乃自期诸葛、杜、欧，亦志在张叔大。"余因言曾涤公曾言及之，及余作挽联，众乃大哗。稺公云，张至道光时乃论定，众谤不易息也。张所以致谤者，深疾浮伪。大臣当收礼浮伪，故诸葛废李严，后悔而用杨、魏，愈不如也。坐失关侯，亦其少时误著。余阅深而历不深，恐临事亦多所失。今夜言多可记，嫌于自扬，故略举之。夜凉，四更雨。

十三日　晨雨。行卅里过蜂窠滩，稍下有小岛在江中，舟人名之珠亭子，物色明秀，嫌山卑耳，作一诗。卢生元张自江北厅挈舟来迎，行三日始至，留同朝食。午初至重庆，泊太平门二马头，稺公先上，用翁继去，余稍待。老张来谈。礼书来见。周荔吾、康巡捕过舟，稺公复来催上，因坐轿误入丁知府家，旋悟，即出访道府，未遇。过琴舫，廿六年不见，谈词琐怨，不能自休。告出，过田镇台在田字象乾，及巴令国璋子达。巴令署常烧一炉烈火，云以厌胜。合州耿鹤峰及邹生履和俱出谈。还至考棚，见贵州何叟、孙君，俱来看稺公者，与用阶、小舟六人同食。夜早眠。

十四日　阴雨如晦。早起，刘人哉、唐次云来。督府就棚看箭，设食，请镇、道、府、县，以余为客，午散。作家书，定不迎娞矣，展转三月始决，宜为梦、女所笑也。夕食已然烛。邹生履和来，出语响震屋壁。殊可惊怕。夜抄经二页，《丧服》传笺重为整理，非常课也。以误解"庶人服天子三年"，所抄俱撕去不用。

十五日　阴。早起，用翁来。因衣冠，将出贺节。稺公先来，小舟及三委员、一巡捕、一营官均见一揖。待小舟点心后，出城至桂花园临江馆，镇、道、府公宴督府，用、舟作陪，以余为客。桂过兰香，小有幽致，房宇则未为佳。又行丛冢间，高下登顿为劳，午正还辕，酒酺美睡，酉初起，小坐夕食。抄《书》二行。

十六日　雨。督府阅兵，宾从俱往，余独朝食。唐次云、卢生、刘生道桂字凤高来。小舟设饮，坐中何心言蛊发，未终席，因问其详。云黔中有蓄蛊药者，蛊则虫兽，药则毒草，蛊须自蓄，药则往学，四十九日归而园圃自生草，采而干之，着人辄病。何君道行，于六月见白菜二本甚茂，同行皆不见也。归而病，乞解药，吐之未尽，故时发。发时有干药，嗑吞酒下即愈，戌初发，亥已愈矣。余所亲见以此为最奇。抄《书》一页。雨涔涔不止。

十七日　晨雨。卯起束装，辰初行，雨止，出城廿里至浮图关，府、县、江北同知设宴蚕神祠，镇、道及新永宁道沈洁斋、石守廉皆在，仍以余为客，午初散。小舟还涪，朱同来役唐去。行卅里至北市驿，中度一大坡，将至北市，望田垄仿佛卷洞门，不及其高敞耳。老张作丞于此，行辕即居丞署，饭后过其茅屋，见其妻子及从弟，无地可坐，乃还。抄《书》半页。

十八日　雨。夫役起甚早，余以为明发将行矣，亦起束装，久之乃曙。行廿里饭于走马涧，十里过关口大坡，巴与壁山、永川三界地也，直下甚斗，颇为眴栗，骑从人马如蚁入穴。又廿里宿来凤驿，壁山地。驿屋静爽可居，驿前即傅总兵弃甲处也。有百五岁翁刘尚贤来见，长子拔贡生。耳不甚聪，行步尚可，云日啜粥二碗，有子七人，孙卅余人，曾、玄则不能记数。督府贻袍褂料，问其生年，云乾隆卅一年，则百八岁矣。夜雨早眠，抄《书》一页，补前半页。

十九日　丑初，营官误传信炮，人夫皆起，不复能睡，坐以待旦。行五十里饭于马坊塘，途中时雨时止。华村伍来，见穉公于行馆，久谈。午正始行，卅里至永川城，未至十里下一大坡，城依山迫隘，居考棚，房屋亦高敞，然重阶而上，殊不宽平。借《县志》阅之，云永川，唐县，昌州治，以三水会流似"永"字而名。人物一无知名者。昨闻穉公言丁鹤年母教子有法。入夔州，知府黄毓恩故与同馆至好，尝登堂拜母，至是送菜四碗。母不知为黄送，怒责其子，云入境而受馈遗，吾不忍见此。命舟欲归。子告以故，又请黄自谒母言之，母复数黄曰："汝为吾子友，有所饷而先不白吾，此自送汝同官，非送友母也。"辞不复受。黄又以路险远，欲令母先至重庆，母亦不可，竟居舟中数月，子到任乃迎致之，今年卒于官所。余以为此封鲊之风，今世不闻此久矣，宜特奏，宣付史馆，以励诰命妇人，因未知母姓，候到省访之。

廿日　曙雨，明止。行卅里甚饥，小憩黄葛店，永川徐设茶点，湖北人，不知其名字，又未便问之。复行卅里，当饭邮亭铺，泥滑行困，颇倦矣。抄《书》半页。饭后行六十里，宿荣昌城。屈生大谟来见，云距城六十里，特来相候。详问之，乃来讼田秀栗、曾传谱者。余云银钱小案，何至烦总督，又康巡捕乃田私亲，周委员又曾乡友，子其危矣。遣送之出。得黄翰仙书。

廿一日　大雨，自卯至午不止。冒雨行卅五里，饭于烧酒坊，荣隆界地。饭后雨更甚，行六十里至隆昌城，裤袜尽濡，洗脚鬎发，纷纭久之。夕食后往谒范宗山，云吉之兄，抟九名运鹏之父，年八十。穉公特往见之，云："尊礼老成，疆臣之职也。"余与云吉友善，故亦访之。至门，其父子皆诣行辕还，得相见，聪明未衰，但不善谈耳。连日匆忙，未能作字。丁锡璋，叙州人，穉公同姓，家有万金，贪于盐利，招摇撞骗，事发，为田牧所答，并禀督府，督府甚怒，欲重惩之。余以为四川多此等人，杀一丁姓，不足转移风俗，而徒令俗吏持短长，司道欣然以为喜事，甚无谓也。且田牧亦迎合，欺陵懦愚，非真搏击豪强者。督府名捕王[1]，余恐六年不能得，而徒治一同姓之人，亦何以示威？恩威俱伤，何以示法？陈用翁不能谏也，余恭默而已。

廿二日　雨，竟日蒙蒙。行卅里饭于双凤驿，独入空屋，落去手帕。以雨改程，宿椑木镇。行卅里小憩广顺场，又卅里至镇，无佳店，借宿禹王宫。至即抄《书》，未满一页，客至而罢。"椑"字，礼记读若"必"，急就篇读若"脾"，蜀言为"卑"，亦未访有此木否。初更暂睡，即熟寐，至丑乃醒。今日见田秀栗子实陆、花菜、涵甫。

廿三日　小雨。行卅里至内江城，未至见塔，以为到矣，傍水行久之乃至。访李寅莽师祠堂，在南门内太仆祠，往展拜而行。五十里宿银山镇，行馆甚窄。抄《书》一页。银山，唐县。

廿四日　辛未，秋分。雨。卅里饭资州城。考棚材官受金事，颇有闻，督府甚怒。余以为必所过例送，无县不有，不独内江也。内江令坚称无有，则愈可疑。州牧高培穀请停一日，便行正站。余闻昨宿处丁夫多，无被盖，亦欲停焉。同行何君又病，因止不前。登小楼见老桂四株，花繁而香微。蜀桂不香，亦一典故也。宋生芝崖来见。抄《书》一页，阅课卷十余本。夜雨。

廿五日　雨，辰止。行卅里饭于金带铺，又六十里宿南津驿，资阳地。南津有名梨，求之，云甚劣，日已迫暮，不及访也。稺公夜谈僧忠王甚有名将之风，事君敬，教子严，奉母孝，行军勇，皆前此所未闻。又云乙丑诏征入辅政，辞不敢赴，而荐曾国藩，亦未之闻也。用翁随丁献二梨，云木瓜梨。亦爽脆可啖。

廿六日　晴。行廿里饭于飞鸿浦，廿里过资阳城，资州人呼

---

[1] 此处疑有脱误。

之阳县，尊州治为内辞也。绵竹人呼绵州为老绵州，则尊之无礼。行人亦云阳县，则非地从中国之义。又卅里宿临江寺。抄《书》一页，阅课卷毕。行馆湿窄不可居。资阳地。

廿七日　阴。行卅里，督府从官及用翁饭于新市铺，余更行廿里至简州，以行馆仄，不容二客也。火夫沈一走去，几不得食。葛玉为具馔，云州厨有卅席，皆臭恶不可食矣，朱牧殊为豪举。饭后急行卅里，宿石版铺。出州城七里过市桥，大市也。桥乃在州城西门外，渡赤水。赤水铺距州廿里。简州以简雍得名，地以官姓氏，州县所少。宪和临处得州名，人物熙穰土淑清。二达平衢双部秀，千林佳果四时荣。市桥缘马临江思，驿井鸣蛙吊古情。却忆士元轻百里，耒阳无此好山城。

廿八日　大雨。行廿里茶店，入行馆早饭，穉公径过。余行未十里，见驺从俱在小村市，知其方食，亦径过。加牵夫四名，每人官价卅文，牵夫云得二百。盖办差所津贴者。度冈下坡，几卅里始至龙泉驿，大市也，简州地。更过十里界牌铺，乃出州境。省城来迎者络绎，两司使迎于驿前，各营列队，自界牌、牛市至城相望，皆沾濡甚苦。余从舁中望之，以为甚乐，不知其久待耳。郭泰机诗云：况复已朝餐，曷由知我饥。今乃信然。雨益甚，余坐待穉公于大面铺，欲随其后，以免闯人，队伍拥挤，竟不能待，停一茶棚中，候其舆过而行。十里至沙河铺，稍前过牛市，亦大市。穉公入关祠与司道相见，余遂径入城，舁夫竭蹶茫昧，然无怨色。比暮乃至院。王心翁及诸生相待，同坐客坐，谈至亥正乃夕食。仍还内院东室，又独坐至丑初乃寝，大雨亦过夜半乃止。厢房见蝎，北中所未睹者，乃于此遇之。

廿九日　阴。发课案。毛蒌亭及诸生来。王彬、翰仙、绪钦来。穆芝阁送衣箱来，云莫船已发。余在道戏占牙牌谶，有"输却满盘棋"之语，真输满矣，而八月有凶则无效，戏占戏应，所谓"易不占险"。得家书，复应牙牌词，知功儿不得一等，珰、纷书字俱可喜，见之复念仲章。抄《书》两行。埽除舍宇。夜有雨。

晦日　阴。昨夜醒甚早，今起稍晏，和合来。孙伯玙来，坐半日，与同夕食。步至督署看芸阁、用翁及何心言、黄幼福，八郎出见，稺公遣约待出谈，余颇及泸州撞骗事，因盛言张、田倾险之状，事不干己，语多伤人，稺公默然而已。从督府还至龙泉驿，承两司使遣迓见及，先寄一诗。

九　月

九月戊寅朔　晴煊。朱次民早来。芥帆、稺公继至。客去已过辰正，将食，成都令来，知其先必到门，见客而返，今再来不可谢之，辍食出陪，果云先至，应酬之不可疏忽也。彼去已将午矣，饭后少憩。午正出访朱、黄、周、但皆不遇。朱正打坐，黄、周、但皆未还也。诣芥帆，复值其饭，久谈而出。至藩署，遇张风子少坐。出门，阍者呵叱随人，蜀中吏治无状如此，以其可笑，不复问之。再至和合处，已将暮矣。闻锡侯相待，舍机局而往，又过王莲翁而还，已暮矣，饥甚，饭后即睡。二更后起，作家书第九号。夜雨侵晓。

二日　阴。起甚晏，谢绝人客，独坐养静。王立诚来，一见之，云昨日亦至。光辉亭孝廉为觅花匠来，将改菜圃居之。张月公和诗来，亦云稳妥。抄《书》二页。院生杨煊字少霞来见。王、魏二生入谈。

三日　晴。早起，用翁来，留饭。旷金钟、罗少纯、杨其隽、佩芳、刘鹤林、松生、杨小侯来。黄福生入内斋，皆久坐，尽一日。王心翁、胡生入谈。抄经二页。夜倦早眠。乳妪夫陈其善来，闻其妇丧，容状甚戚。胡生言邛州有大林数百里，自唐以来不通人迹，平地桃源也。说"妇人不贰斩"，义颇确。

四日　雨，寂静，微寒。饭后小睡，起，抄《书》二页。说"同居继父"，分别《传》意，大雅卓。晡后出过松翁、秺公、刘松生，便诣府县，至成都便酌，顾华阳、罗子秋、周立吾作陪，二更后散。今日作新衣二件，皆不称身。

五日　阴晴。晨起，魏生来言书局事。两监院、周云梦、王彬皆来谈，遂至午初。抄《书》二页。郑注以"为祖后"为"为曾祖后"，未知其意。贾公谊①以为祖为君，则臣当服斩，故知此父卒谓父为祖彼②者，父即君适孙也。如此则文当云"父为祖后者，卒，君服斩"矣，岂可通乎？张月卿来，久谈军兴始事，皆如大梦。夕食甚早，院中无一人，稍睡，闻足音，王莲翁来，已将暮矣。客去，诸生来者三班，十人。

六日　阴晴。晨起看洋报，抄《书》一页。饭后周熙炳、陈庆源子真、顾华阳、伍松翁来。夕时，昭吉来，言石门作屋事。午间与松翁言乙巳、丁未之间，京师冶游，因及李伯元、周荇农、萧史楼、许仙山、穆公子之事。余云昨论军兴如梦相似，今论文酒如梦相似，吾辈犹看戏人，非扮戏也，而梦相如此。王摩诘诗云：一生几许伤心事，不向空门何处消？每一吟讽，爽然自失，今言隐居，饶有余兴，此心翩然已在深山矣。蒲、李二生入谈。晚抄经一页，说"唯子不报，其余皆报"，及"不降命妇"，批郤导窾，颇有曾涤公群圣窥瞰之境界。比三日，所学殊进。

---

① "贾公谊"，据所引文，当为"贾公彦"之讹。
② "彼"，应为"后"之讹。

七日　晴。萧铭寿来。久不见之，毛包如故。得徐子云八月七日书，知从孙女此月十六日适彭氏，家中比日堂已喧阗矣。此昏与吾昏时情事略同，犹有老辈之风，无乌烟嶂气之习，余女今不能如昔矣，可为太息。黄泽臣来久谈，午至申去，遂尽半日。看京报，盛昱、百熙劾雪琴不赴官，盖清流必欲起之。额勒和布，未知何许人也，以理藩径补户尚，遣案陕事，张幼樵副之，亦足以豪。孙传胪夺官，杨文莹代之。初不知文莹何人，甲申检日记，曾主试湖南者。

八日　阴晴。孺人五十生日，以在客未设。新衣成，试之，萧锦、罗凤适来，其名吉祥，盛服出见之。重校《湘军志》毕，信奇作也，实亦多所伤，有取祸之道，众人喧哗宜矣。韩退之言修史有人祸天刑，柳子厚驳之固快，然徒大言耳。子厚当之，岂能直笔耶？若以入政事堂为比，则更非也。政事堂就事论事，史臣专以言进退，古今人无故而持大权，制人命，愈称职，愈遭忌也。若非史官而言人长短，尤伤心矣。沅浦言未可厚非。熊知府字佽然、绍璜、锦芝生、刘松生来。二王、陈、魏、胡从简、张焙松入谈。

九日　丙戌，子正寒露。正睡，张门生夜见，云有面启事，欲隔窗一谈。命烛出，客坐见之。则欲请陪朱寿星，笑而诺焉。客去少坐，看官录，过子方寝。早起，周女婿邹生来，留朝食，谈广西事。饭后出答客十余家，入者机局萧、云、查、周、马、王，驰还已过申。光孝廉来搬花，云王从九所送矮松值廿金。余前移归海棠云值三百金，可惜也。黄郎将访巴花，请价，余云不论价。抄《书》二页，已暮。初月朦胧，复念王船山骂月之语，为之匿笑。乐小二、王生来见。蒲、李二生入谈。夜欲抄《书》，念负此好月，有类书痴，息焉游焉，而月已黯。

十日　阴暖，午雨。抄经三页，补道上旷功始毕，仅日得一页耳，此后当易于竣工也。鼠蚁复至，有似旧犬喜我归者。绥子至，闻其将乞食，召见之，荒唐殊未减。为旷知县书扇五行。得马伯楷复书。

十一日　阴凉。闻督府率臬道往灌县，未往送也。徐寿鹤、孙伯屿来。锦芝生请陪次民，吴涛少白、陆汝诚少白①、庆溥春山、叶湤年子治、劳衡芝芝舫、张声泰茹侯为主人，陪客贺祝尧、寿之两知县。未初往，看戏至亥，冒雨还。花钱近万，可谓无聊矣。写经二页。李饭店遣巡捕来，言墓志事。"妾为君党服"，郑注甚稳，以移传文，故余初不从，今细考之，传文当移，姑仍旧说。

十二日　阴，有微雨。抄经二页。王彬来，哭诉贫病，无以振之。李懋章来。斋长二人入言支银应用事。午后出，答访黄、周两道台及徐寿鹤、庆宝轩，善庆处未遇，至黄成都处会饮，坐中主客八人，松翁、顾华阳、但子余、彭修皆旧识，庆太守、敖编修新相见，坐中皆听泽臣谈京、夔事，无新语。戌散。

十三日　阴。晨起，光孝廉送菊八盆。庆知县来答拜，以方起，谢之。冯生闯入，求诗本去。曾又卿子来见，魏、胡与俱，又破例矣。陆通判来。抄经二页，早毕，遂嬉一日。夜雨。吴、赵、周、刘、任入谈。宁生芒芒来，云从射洪始至也。忆癸年此日，饮龙氏新屋，有王、张二犯人分韵赋诗。去年此时，二犯相遇汉口，各赋诗，诗会可谓极盛。独步看花，不觉有感。

十四日　阴雨，旋晴。午卧稍凉，遂感寒不快，向必咽焦，今忽疾，为异耳。抄书二页。得家书及浏阳课卷。以日内信还，

―――――――――――――

① 此记吴涛、陆汝诚均字"少白"，疑其中一处有误。

为阅十许本，甚竭蹶也。岳、叶两生入见，倦于对接。礼书夜至，留令从役。诸生入者四人。

十五日　阴。昨夜未熟寐，今早待卯正而起。以新生不甚相识，仍出堂点名，集者五十九人。还内，阅刘①课卷十余本，多卧少事。张伯圆、方葆卿来。刘宁夜入谈。本欲抄《书》，偶怠遂止。

十六日　阴。阅课卷毕，定等第，如释重负。本闻湘信十八去，周麻来言改廿六矣。日课既停，闲行闲卧，甚暇也。释公来，言蜀人有伪造御宝者。他省所未闻也。以诳老民，犹为近古。复老张书。许以谦告去。刘镕复来。永夜不寐，亦不知何以故，殆由闻雨警觉耳。

十七日　阴雨。陶师耶、陈县丞来。抄经二页。作李母墓志，成之不日，颇有老斫轮之派。文八、熊三俱来，雾露神复皆至矣。钱徐山妻求葬费，释公乃推之我，盖欲恩出自我，岂吾意哉？夺人之财犹谓之盗，况因人之财以为己力乎？

十八日　晴。始有秋色。翰仙午来，芸阁晡至，遂谈一日。抄经三页。藩使课士，限八韵四百字，为蔡研农解嘲也。乙巳进士大抵如此，而中有李伯元，此其所以早夭乎？夜复不寐。

十九日　阴晴。出答谢诸客，诣督府未得见，以芥帆在彼咨事。出城送徐山，其妻为丧主，以前送润笔未受，赗以八金。答敖少海编修，未遇为幸。周旋布政署而行，诣芝生，复遇芥帆，顷之月翁至，久谈。先出，过李总兵不遇。吊王彬、晴生，又送去八金，报罗汉松、建兰之惠也。今年皆还前欠，而无新得。诣叶协生，食苏梅而归，已暮矣。抄经二页。哲先、王、陈、胡、

---

① "刘"，据前文，当是"浏"之误。

赵入谈。昨夜思得一机器制法，急欲试之，而无可语者，但喜所思之通神耳。

廿日　阴晴。刘介和、陈佗、严玉夫、张门生来。抄经二页。作李志铭，文有才气，不似老笔，所谓齿宿意新者耶？殊自喜也。易笏山日记喜自骂，余日记喜自赞，亦习气不能改者。

廿一日　晨雨如雾。抄经二页。说"宗子孤"，与郑大异，恐其说鲁莽，未敢定也，遂置之。周绪钦来久谈，食鸭面而去，以为余自奉每如此，亦浪得名之一端。作一小诗，三日不能成，信体物缘情之不易。

廿二日　阴，晨雨。抄经三页。竟日无人至，数年不可多得之境，然已嫌岑寂矣。好忙人托言不得闲，以为外物扰人，不知亲娅亦扰人也。作书与莫揖绅总兵，论迎护家娅事。家一老耶来求拯济，候门两日不得入，令葛玉传语，告以急离成都为有生路。此子虽荒谬，其入蜀则我陷之，超群八兄、罗氏之所出，当日赫赫，不意其子几为饿莩也，宜急振之。余于此等处殊不及外王舅，盖内助无祖风。先母于姻族分米减食以济，余综核必求钱不虚用，遂愧慈规，今宜小宽假也。

廿三日　阴晴。抄《丧服》毕，《礼经》始粗脱稿，尚待整比，且令草靬之。竟日游衍，聊息伏案之劳。酉阳三生告去。冯生入内久谈。

廿四日　阴。将遣理书还湘，周客狡诈，不可作伴，遂令暂留。庆宝轩、刘凤修、旷金钟来。旷送靴冠，受之。罗师耶求馆，与书萧颠，令转荐。又息一日，转觉不自在，知安肆日偷，语不虚也。欲作县志，又无兴趣，且候家娅来再创之。独行堂庑，偶谒客坐，忽有文思萌芽，乃作王祭酒母诔文，中四句未遑誊草，蒲、刘二生入谈，久之乃去，已忘二句矣，便就成之，则泉涌风发，如有神助。末段未成，神不终旺，乃还寝，已子初矣。是日辛丑，霜降。

廿五日　雨。始有寒意。发家书，寄课卷及杂书归。补成昨文。与书一梧。其母生平遭廿余丧，天下之穷民也，乃得余文以不朽于后，余自亦不解其何以致此，信有因缘，非人所主也。遣召绳子来戒饬之。用翁来告行，留饭，兼招孙伯玙，伯玙不至，饮酒一杯，微醉，客去，少睡。夜雨潇潇，正文心怒发时也。读《九章》二篇。

廿六日　阴。遣人视绳子妇子，为之料理。方葆卿来辞行。看罗研翁行状，略为整比数处。魏、冯、周、刘、胡入谈。胡问《碧山词》千篇一律，难于去取。余云咏物分题之所自盛，亦字字斟酌，但不必作耳。因举纸煤示之，云此亦征诗，岂能不作乎，故当具此一副本领。胡生既退，因用王调《长亭怨》，赋纸煤一阕。正妆罢、搓烟掏粉。早又拈起，麝煤纤笔。巧削葱根，细吹兰气卷红晕。酒边茶后，频敲处、微红印。看似碧蕉心，不许展，春风一寸。　香烬。怎知香歇处，刚被冷茸留烬。殷勤接取，喜罗袖、暮钟相近。待写尽、玉版相思，便烧了成灰教认。莫点作孤镫，长只是照人离恨。

廿七日　晴。自到成都，无此佳日。竹山杨生字树芝来见。多愒外斋，吟咏赏秋。借书院薪水百金还方葆卿，正两月已前书院送薪水未受，今已借用二百余金矣。周、刘两生入谈。

廿八日　晴。将出无轿，步至南门，见督府仪仗出城，因至督辕，与芸阁、伯玙谈，待其早饭毕，着衣冠送葆卿。谈顷之，复至梅龛，邀张静函来杂谈。出诣机局，过一门，云是昭吉宅，入看，则其妻昨夜小产，方延医也。少坐出，步还，已申初矣。绳子来，携其子来见，亦尚可怜，为赎衣两件，赠钱二千使去。万监生求彭朵翁书来，未之见也。冯生入谈。

廿九日　阴。看课卷。萧、黄来。得朱小舟书，尚未知释公之拒之千里也。刘、赵生入夜谈。鸟名戴胜，人名戴不胜；形是胡孙，号是胡念孙。

晦日　阴，有日影。发课案，写对两幅，复朱书。穆芸阁、唐子迈、朱次民来谈，留芸阁便饭，次民接谈，遂至暮乃散。胡生入谈。二蓝生来，言分教不可立秀才，耻于师秀才。喻以谦尊而光之道，未甚信也。马伯楷送面及酱。

十 月

十月戊申朔　阴。早起，释公来，论天下事，愍然深忧，复称张叔大之美，余无所言。但子余来，请受《汉书》，余许为之正句读，因定日课，日阅一本。看《建炎录》廿卷，作陈伯双《易序》。夜阅《汉书·高纪》。魏、刘生入谈。昭吉送轿来。

二日　阴。看《汉书》一本，《宋录》卅卷。与书陈伯双。万师耶来求馆所，彭丽翁教之也。

三日　阴。理书当上工，遣郭玉送之去。看《汉书》四本，皆表序，无甚难碍者，唯《古今人表》上上内误加"老子"二字，去之。《表》列上上，皆开创之君，唯周、孔以圣德得列耳。张门生、张风子、陈佗、李懋章来，皆无聊人也。张静涵、孙伯玙来，留饭，至晚去。看《宋录》五十卷，备得赵构、秦桧曲折。构畏怯贪位，固不足论。桧特命当富贵，遇时议和，以云奸邪，未免重视之矣。《录》于李纲、赵鼎、张浚、韩、岳皆有微词，与今《宋史》大异，与筠仙议多合。筠仙盖建炎后身也。其主辱臣死，主忧臣辱之说，则与桧同。

四日　阴。看《汉书》四本、《宋录》四十卷。将出，得释公书，约游昭觉寺。锦芝生来，与同出，诣王莲翁贺生日，不入。答访芥帆、唐楚翘。芥帆送小毛衣。出城行七八里至寺，穉公、芸阁先在，翰仙同入，稍游寺中，无可观，唯老僧诉官征求布施而已。留食香积，入城已晏。冯、刘生入谈。

　　五日　阴。将出，会看《宋录》未毕，光生来，言种花。五新生来，讲书，其一未及讲而客至，张小华之子也，名葆恩。急出见之，年四十三矣。芸阁信来，云督府相待。即往，未言留饭事。余亦将借轿答访庆葆轩、朱次民、黄翰仙、劳纯甫，因辞出，周行西北隅，庆、劳处得入。还始过申，夕食毕而暮。看《汉书》二本，《宋录》六十卷。张生孝楷入谈兵。夜雨。

　　六日　阴晴。芥帆送《申报》来，乃知孙公符已免官待罪。张吟梅、杨大使、黄翰仙、旷金钟来，皆无心对之。张藩使课院生以试律，及责令完卷，绝似程立翁，盖进士、藩司所见略同，真英雄也。余初来犹咎方、蔡，今豁然矣，所谓所如不合，确有其理，然后知圣庄之道广。京房引《易》"朋来无咎"作"崩来"。秦桧生日十二月廿五，死日十月廿二。看《汉书》四本。

　　七日　阴晴。看《汉书》三本。朱次民来，久论辞差不去。余告以监司之体，不可苟禄而已。彼阳赞美，而不敢信也。张生羊令乘间入内斋久坐，朱去亦去。杨大使来，不能为书札，无以异于陈佗也，亦留之饭而去。夜看《申报》。蒲、陈、刘、冯生入谈赵生潘谗言，余诘斥之，犹不知止。穉公所云知过而力争者，真蜀俗耶？余初至甚爱蜀士，以官吏不能教为过。今再来乃倦于诲，盖涤丈所云大鱼不复跳者，非真行道者也。与世游无厌俗之心，此最不易。父子至爱，犹时有厌，传记所以言如好好色，盖唯悦目者无厌耳。饮食声音皆有倦时，文章道义乃能日新也。

　　八日　阴，有雨。看《汉书》三本。成都李永镇来见，前以砚赞者，今忘之矣。周生亦在，谈诗而去。夜坐无聊，翻前三年冬初日记，所与游处无一在者，去年今日所往还亦化去三人，可叹也。湘、桂间谓头触物为"膔"，字盖当作"輠"。中阙一段。贾生论治不辅以正道，而但亟亟于封皇子、削诸侯，虽切时务，然非本论。自汉以来，王佐唯有此人，而犹未尽达，始知论治不易耳。班改《史记》者：如"披坚执锐"改为"击轻锐"，"数见不鲜"改为"数击鲜正"。不知其何据。刘子迎尝言《苏武传》末载麒麟阁十一人，而云著名者不得与，可以"知其选"，此刺宣帝私定策臣也，昔亦然之，今更阅，实非也。隔代何用微文刺讥，即刺当在黄霸等传及宣帝纪中，岂有入武传以为刺者？子迎求之过深，故有此失。今夜丑初立冬，天气甚煊。梅福说"迁庙之主，流出于户"，是以为毁一庙即藏一主，至祫时无席容之，其说非也。以藏主无据，此古说之仅存者，存之。"实事求是"，河间献王语。刘向说周公葬于毕。王天翁来访。周生云李生永镇又喜说部。夜雨。

九日　丙辰，立冬。雨。看《汉书》四本。王吉说召公止棠下而听断。《禹贡传》杷土田百卅亩，直不满万钱。然则汉时亩值数十钱，谷斛三钱，其一钱若今银半两也。班书以知足术数诸人列于名臣之前，迁生之见也。其好采琐鄙事入史，文人之习也，不得为良史。刘年侄。冯、赵两生来。讲书半月，不作字，常欲抄书，然一起手，则妨作文之功，此正如嗜好难绝者，宜勇断之。乃知勤惰皆习惯，未必勤者即贤也。

十日　阴晴。遣约张吟梅来，舍内斋。二胡、刘生并习《丧服》，入讲，无所发明。吴月波明海来。大夫之子，服君如士服。大夫去，则子改服齐衰三月，以将从大夫而去也，故曰"言未去"。父之旧君去，无服，不待言。君者，国之至尊；父者，家之至尊。父子异宫，故祖不得为孙家之至尊也。子虽异宫而仍尊父者，子之异宫正为孙家无二尊，正谓此也。刘、吕生入讲此条，故改旧说。看《汉书》四本，郭解为许负外孙，父以诛死。则许负选女婿，不用相法。楼护诵《本草》，而《艺文志》无《本草》书名。

十一日　阴雨。看《汉书》三本。光孝廉送金橘两株，霜实甚繁。杨大使送诗来，恭维太俗，令人面热。今日始有寒气。朱次民送诗本来，历百余日始评点十余篇，可谓细论文者。以余及陈梁叔为吴、楚二大国，亦与罗余堂、何镜海、徐琴舫与余齐名，同为忝窃，使俞荫甫闻之，必笔于书也。夜抄近作三篇。

十二日　寒，始袍。看《汉书》毕。计薄钉本，卅八日课得三本也。班书载王莽琐鄙事，殊无史法，未为善述。庆保轩、伍崧翁、严玉兄来。谢生葬妻，来销假，问服制。汪、恕。邓、雄一。周、玉标。三生来讲《礼》，皆如初生之萌，未有所知，不知当何以诱之。抄近作诗五篇，今年校多于去年，然无新绮之色，不似文之纵横，盖文粗诗细也。朱小舟僭用戈什哈，夏卡轩禀参之，可谓两绝。

十三日　阴，晓寒。午睡颇久。抄改《丧服笺》二页，恐污新卷，因停。改定梅根行状，两年逋负，今始稍清矣。得家书，去信廿四日即到，回信五十五日始至，殊不可解。懿儿读书颇慧，是可喜也。见郎来书，并与书穉公，不知穉公早办待之矣。多一干请殊可不必，因坼视压阁之。得家书，喜而不寐。近衰老暮气矣。

十四日　霜寒，见日，旋雨。芥帆送皮衣来。昨日吴生之英来，今日宁生来。听刘、冯诵词赋，如家中书声，可喜也。考"不系邾娄"廿七年，今日偶得之，出始愿之外。《春秋》定有全通时，所谓如有所立，欲从末由，颜生之所由夭也，小子何敢钻之，然圣哲神灵可接矣。作二书，一为刘知县，一为万监生。

十五日　阴。点名，出题，饭后少寐。改《春秋笺》十余条。胡、刘入夜谈。

十六日　阴晴。始理《湘潭志》稿，初觉丛集，翻阅久之，稍有头绪。买皮衣二件，借书局银给之。孙伯玙来，留饭，暮去。遂罢。夜雨。

十七日　阴雨，颇寒。出诣张藩，贺生日，便过小钱、芥帆，已午正矣。芥帆犹未朝食。至机局与翰仙久谈，诣督府，答访张静涵，伯玙适在，谈顷之，过芸阁，值其外出，仍与孙、张谈。释公出，久谈，暮，留食，初更后出，道滑行难，仅而后至。闻豹岑改粤抚，徐、唐遂皆开府矣。宋太宗十月十七日生。

十八日　雨寒。连日无事，不甚适意，仍定日课，先看正史，以暇乘兴作《志》稿。湘潭宋前事尽缺失，因取《宋史》先阅之。《宋史》阘冗难看，仅阅一本。宋帝俱于大丧十日内定生日节名，又观镫受贺，不以丧止，夷俗也。张月卿生日，戏作二诗诶之，殆可搔着痒处。福星齐降两庚辰，来镇坤维作重臣。红杏宴回三十载，黄花香过小阳春。身经盘错精神健，治本诗书教化循。藩翰回翔非左宦，笥中紫绶尚如新。　　徒夸桃李尽封圻，未若宫袍侍彩衣。旧事已看铭鼎钺，小男犹解拾珠玑。江明锦水诗情丽，地接青城景宿晖。何事闭门坚谢客，料应吟对省中薇。和合来。

十九日　雨阴。看《宋史》二本，小说四本。张门生来。得孙涵若书，叙述公符事，甚荒谬可笑。芝房未宜有此报，此使妖也。

廿日　晴。看《宋史》二本。元人作本纪，既不知事政大小，又非断烂朝报，唯以当时所争无关紧要事为书法，如杀一曲端，此非本纪所宜书也，而原委具见十余条。此外若金兵何以渡河，二帝何以北去，反不如端之见重也，亦可异矣。又灾异亦从时尚，哲宗则白虹贯日，神宗则五色云，高宗则日中黑子，此则本于《汉书·宣纪》之凤皇耳。胡薇光信来，请校《天游集》，候回信，随手复之。和合招饮，穆、黄、李同坐，吃菜甚多。看小说四本。周密甚恶方回，丑语诋之，云其见妓即跪，有似徐寿衡。余以为此无可丑也，彼固不当跪，我又岂宜见其跪，闻其跪乎？

廿一日　阴。看《宋史》一本。吴熙来求馆。翰仙约集于机局，去朱次民，增锦芝生矣。次民总保甲，有言其空轿假巡招摇过市者，不知其所自来，余闻以为不经。七日来，问答论难久之，十日而上笺督部，引丁芥帆为证，以朱小舟空轿为词，督部大愠，司道亦匿笑，彼乃推过于我。崧盐茶闻之，以为信王某言无不败者，黄翰仙亦附和焉。且以监司大员，六十之年，被此不经之诬，岂能默尔。就令不肖失计而为之矣，亦止可抵拦，不可承认，以全捐班道员之体，然后托故而退，俟可进而后图之，虽实无耻，犹愈于腆涩厚颜。余言当辞差，为彼谋不为过。彼来决于我，又岂可不告之。今则是非纷纭，游羿之彀，于事无益，于人己两损，金人所以三钳，盖有由也。

廿二日　阴。看《宋史》一本。改定《麟趾》说，以《大射》《土侯》分配两章：一为鹿侯，故咏麟；一为豕侯，故咏驺虞。王子无所统，故唯美麟兮；学子统于大夫，故归美驺虞。天生玉合子，卅年乃得之，信讲经之有益。看《宋史》三本。午晴，诣松翁谈《春秋》还。张遇枚来，叩头求差委川东千把，一次凡二跪六叩，余未能叱之也。严玉夫来，言受庵有一旧衣，着之则失志，竟以经死。其表兄云河南误断一节妇致死，此其谴也。余极不然之。节妇能令受庵不慧，则可云谴，今已传名后世，徒夺其年，又不使其父知之，何所报耶？

廿三日　庚午，小雪中。二蓝入点卯。看《宋史》半本，《天文志》未加点，为点七页，徒费日力，犹贤博弈耳。穆芸阁来，约照相，再照不成。稑公留司道早饭毕，入谈。李子维自贵州来，云善相。因令相余，不能言其所以，申初还。但子余来。讲《汉书》。蒲、冯、谢、刘夜谈，诲刘生以有容之道，云"人之有技，若己有之"，古人之言，如此其深切也，而不能化嫉妒者，不知技之为己有也。刘生浅陋，不足语此，然而强聒焉者，职任教官也。

廿四日　阴。补点《宋史》二卷。周颂昌踵至，见之，出气喘急，似不佳也。又改"夏阳"一条，郭之邑也，唯有郭公可证，而已先亡矣，不相比附，是疑案也。然经不待言郭，亦犹滥不必为邾娄。看比三年日记，十月皆无可喜，今年差闲为乐也。得仲子遗像，貌果无神矣。去时神采奕奕，殊不似此像，盖动静分生死，又疑人死则像死，亦感应自然。

廿五日　阴。湘潭新张字派文。九世家声起，南来又尚贤。张门生来。看课卷。陆通判送关书来，万生兄干馆也。蒲、刘、胡、何生入谈。夜煊，有雨。

廿六日　阴。看课卷毕。饭后至李总兵宅陪吊，二知府先在，黄、黄、朱、周、锦五道后至，稑公来，设奠，少坐而去，余亦辞出。张吟梅赴小钱处饮。晡独餐，饭后少寐。蒲、刘、陈入夜谈。

廿七日　阴雨。点《宋史》一本。刘、谢、胡入讲书。周玉标初入院，一无所知，令从分教学习。周来问款式，非可一二言也。余初欲令无徼幸充选之人，既而思之，以三数两银养闲人，今日尚多其比，姑听其滥竽耳。赵连城来见。得丁生树诚书，词颇矜骄，还书戒之。王昌麟来荐士，云井研龚、崇庆陈皆有品行。范、刘生入夜谈。夜寒有雨。

廿八日　寒雨。手冷脚欲冻，然尚不可裘，身中甚热也。通推"邽娄""小邽娄"例及"凡城"例、"不系"例，皆豁然大朗，两月静坐之效也。急手抄底稿寄回，并与书孺人，讲学有云"古之圣人恒有忧，世外之人乃自乐"，吾一生得意，非正道也。圣人不学而学畸人乎！庶乎行年五十而知非者。昭吉来久谈。

廿九日　阴。点《宋史》一卷。胡诗舲进士，严生雁峰来，久谈。未出，至李总兵处看题主，崧、张、王、丁并集，稺公来，点主毕，少坐去，余亦还院。朱次民踵至，言崧、丁、王、张口舌是非及同例①倾轧事，甚可笑也。又诵其感怀绝句六首，诗颇有格调。

晦日　阴雨。卯初醒，偶忆半山来蜀，尚无消息，若在道，计到时在冬至后矣。口占绝句寄嘲之。一年长夜独更深，早被寒霜袭翠衾。不共卷衣吟玉漏，却来添线惜分阴。吟罢忻②然，非盛唐前人不能到也。稺公邀早饭，写家信后昇往。王、孔两秀才、臧课师、芸阁同坐。稺公欲告退，余亟赞之。看京报，知朝无执政，一也；政不能及民，德不孚于司道，二也；无资自给，徒苦其身，三也。王莲翁云将去，往看之，又不欲去，已托两司以危词相悚，余初不知，误信老实，及闻其旨，仓皇告退。还院，斋长来送委员薪水，以百金还钟蓬庵，寄《八代诗选》及小靴衫料、罗研翁行述等，交陈其善带至家中。冯、刘、王入谈。点《宋史》半本。检"内城"例，前说又似牵强，不自信。观朝局，张佩纶机已危矣，黄兆枋不知何许人也，举人也。奏上，降三级调用。

①"例"，疑是"列"之讹。
②"忻"，原作"听"，据文意改。

十一月

十一月戊寅朔　晨至东门看李总兵母发引，至城隍神祠小坐，芥帆、托可斋均在，少谈俱去，余亦还。途遇李引，立待輀至，送数步，主人跪辞而还，已过午矣。点《宋史》一本。夜思督府威令不行，为奸佞所玩，欲言之又非执事，不言则负交情，旁皇不寐。既而思之，仲尼不对，宜闭户可也。钟蓼庵之子文虎来。

二日　寅初觉，又思前事，终不能已。晨起欲书报稺公，适会客至。午间张静涵、孙伯玙、芮少海来，因与孙、张同入督府，坐芸阁斋谈。主人出，略述其意，留饭，昪还。一日未事，仅抄近作一篇，冯生校诗三本。

三日　晴。自入秋来、无此皎日。借百金，与张吟梅寄家用。余三月中，假之于钟蓼庵者，久未及还，因院送委员薪水，受致其家。昨钟子退回，云奉令不敢收。此海宁银，仍与海宁人用，定数也。院中杀篠理蕉，园丁毕至，大有乡村之景。夜为胡进士校《稚威集》，久不读近代人文矣，亦有佳处，视廿时见之转佳赏之也。少时气盛，近来眼界宽，曰苟如是亦足矣，非若彼时苛责之也。至所用典，不知者十之七，然一披寻，了然可知，不足惊嗟。包世臣好大话，而于稚威文自言不解，不敢校雠，余则敢校之，且不屑校之，惜未向慎伯对夸耳。夜霜早眠，欲作诗，竟懒未就。阅《宋史》一本。

四日　晴。校胡集。稺公来谈，并约吟梅度岁。芝生来，盖风波稍息矣。静坐以观物变，殊了了也。竟日校阅，忘日之暮，及忆未看《宋史》，已上镫矣，意倦而置之。周、冯、谢、蒲、李、王入谈。

五日　晴。李沄来，云黎平话皆湘鄂音。将居湘潭访子师，犹有老辈风。校胡文二本。翰仙、松翁来。晨往石室看监院毛翁，松翁未起也。夕同吟梅要刘、赵、冯循西径入少城，出崇丽门而还。烟月冥蒙。颇欲春煊。

六日　阴。点《宋史》一本，旷功三日矣。彭副将来见。校胡诗，重看《李三》篇，乃是学唐人，世皆以为学焦仲妻，前卅年与伯元论此诗，但嫌其不似，不知其所以。流光电迅，独坐萧清，真如隔世矣，怅然而罢。看宋人小说，聊乱吾意。

七日　阴。昨夜雨。忌日素食，厨人遂不为客设。点《宋史》一本。校胡诗。多独坐少思。刘年侄来，冲破忌日。去年此日大雪，寒。丧年晴亦寒，念之皆若昨日事。

八日　阴。校胡诗。见张副将。芸阁来，留午食去。拔野菊，种水仙。李、蓝告去。

九日　晴。日色甚佳，风霜犹冽，有清景也。李世侄来。未至武担山文殊院吊张怡山，与松翁同往，黄、周、朱、崔四道，曹、何、某三知府作陪，坐久之，但有苍蝇，初无青蝇，投暮而还。李楷字宇辉来访吟①梅，因见，泛谈。夜月寒明。校胡诗毕。点《宋史》半卷。李世侄忽然晶顶花翎，可骇也。

十日　晨雾，过午乃见日。李蕴孚、张门生来。得九月十八日家书，及蓬海书。潘抚亦知请幕友，殊胜恽、李、王、刘、卞②也。张金刚交管束，黄子寿顿贫贱，彭雪琴请李次青为记室，事皆可喜愕。将与吟梅至督署，适释公来要，不可步行，乃舁而往。今日为八郎生日设酒；与穆、孙同坐，高谈快论，有慨乎其言之。

---

①　"吟"，原作"迎"，据上下文改。
②　"卞"，原误作"下"。

十一日　晴。竟日游衍，未决去留。李世侄来。点《宋史》半本。校胡集毕，送还诗龄进士。看小说一本。夜月，水仙盛开。

十二日　晴。董文蔚来。复蓬海书。伯玙来辞行，还铜仁。点《宋史》半本，《律历志》并列六家，皆瞽说也。于此知西历入中大有所益，然自明以前亦尚有世界，又爽然矣。比夜月明。诸生入谈者，无问难，不足记。

十三日　晴。点《宋史》一本。绪卿来，久谈，并送《申报》。黔藩以李道超擢，江藩、臬、道递迁。黄兆柽降调陕抚，立罢。发家书第十号，并复蓬海。

十四日　晴。晨起未事，朝食后与吟梅步至督府，送孙伯玙行。稺公留饭，并示雪琴书，意在索饷，而语不中綮，初不料此书生如此不通也。游谈府中竟日，夜乘月还。看《宋史》一本。广南六十州，数之有六十二，有无数不见名者，殊可怪叹。

十五日　阴。以收课不出，点名并去。先悬避客门榜，示欲去之意。叶化龙来。成都赵生执贽来见。得李毓珩书，送苞苴，却之。芥帆来，言待时而动，及人心险诈云云，投暮去。看《宋史》二本。

十六日　阴。朝食后步过松生，因至会府街买玉碗。访但郎不遇，至翰仙、芝生、朱次民处，坐谈而还。得家书及松生海外书。将谋还湘，念行止轻率，不似老成人，又方留客在院，不可舍去，默然自止。复马伯楷书。

十七日　阴。发家书及劼刚、松生、商农复书，遂至日侧。复毓珩书。看《宋史》一本。两吴生入内，论"褠衣"。

十八日　阴。开圣寿门，换云母窗，未毕，稺公来，谈蜀中积库银至四百万，可以远略，甚有请缨之志。余云外宁可冀，内治难澄，亦徒劳也。当今乏材，诚见珍悴。改《五始表》条目。

冯生入论"文母"，余以"肃雍"为妇人之容，说《雍》为成王大昏之诗，以鲁禘太庙，致夫人，沿学此礼而误也。大姒尚存，为王母，祭亦必莅焉。虽舅没姑老，而祭夫当亲之也。皇考为太王，烈考为武王。此说似新而有意。

十九日　晴。黄昆来，称有事，及见乃求厘差。从黄绸被中唤人起，而干以非分之妄想，殊可笑也。看《宋史》一本。抄《春秋表》数条。

廿日　晴。因周生宝清侍母疾，不知病证，与诸生言父母之年不可不知，盖为侍养者发。或有父母壮盛而视为衰老者，或已衰老而如壮盛者，皆宜知年以消息之，乃于喜惧有关切。庆保轩来，言保举。王心翁生日，往拜之。始定改《春秋笺》，录作副本刻之。夜看《宋史》一本。昼多行游，夜坐忽然不乐，于养心功夫全未也。微尘爱憎，随人俯仰，乃有避世之志，此非能游羿彀者，若远引以为高，去俗情几何矣。

廿一日　晴。改《春秋笺》数十条。看《宋史》半本。圣寿门始开，通步，由少城至北门街，将访芥帆，误通郑小轩，数月未见之，遂罄矣。复过丁馆久坐，主人未出而还。便答旷、张，均不遇，急行而还。李总兵送润笔，受其水礼，犹过百金，貂冠行靴甚副我用，然在彼为轻简，因与吟梅论之。吟云："蜀中难配千金珍玩。"余云："研、画可也。"言未毕，张总兵送宋研、宋版书至，抍手大笑。葛玉云崇星阶求宋刻《事类赋》。甚难购，因而受焉，复书谢之。今日上门而元宝滚进，虽不入怀，亦可喜也。宋砚，云大刘妃所用。

廿二日　阴。朝食甚不适，减饭之半，偶出讲堂，闻叱喝之声，红帖飞奔，司道并至，方加冠而有此祥，又可喜也。新臬使如冠九花衣来，而不设拜。余告诸生，谓之"不称其服"。毛菱翁复衣冠来拜辞，亦不当辞，谓之"不思其居"。看《宋史》半本。改《春秋笺》，三日始得二年耳。自诧精奇，惜不令仲子见之。始安三床，以待媵客，盖经半年办置粗毕。又损卅余千，买一假狐白裘，四季衣服又粗具。陶朱公三致千金，不能过也。明日冬至，忆辛亥于江西道上闻乡祠吹管，不胜节物之感，今乃不知哀情何从而生，老而惯耶？老而顽耶？言老人多悲者，其不然耶？

廿三日　庚子，午初冬至。朝起甚早，始裘。饭后出贺岐子惠生辰，答拜司道，兼诣督府，唯见锡侯，道遇周、朱耳。还始未初，假寐一时许，改《春秋笺》一年。光孝廉送花来，云毛菱亭送四盆，两红梅，两山茶。光代买两黄梅，两山茶。时紫菊犹

苞，因吟一律。黄梅烂漫菊犹花，令节闲居玩日华。大礼郊坛迟岁岁，冬祠箫鼓自家家。诸蕃几国书云物，三峡频年问斗槎。正午定知胜夜半，早看阳气入霜芽。斋长来，言生日公宴。力止其说，似不如避出为妥，往尝讥雪琴栖皇躲生，今乃知孤身在外，有不能不逃之势，雪琴习惯耳。

廿四日　晴。蜡梅盛开，念稣公垂老，而无视听之娱，乃至时物之不知见，遣舁一盆送之。邹生来。劳主事来辞行，还长沙，又附一函。王仁元来请宴，亦辞谢之。改《春秋笺》一年。阅《宋史》一本。

廿五日　晨起写对联两副，饭后改《春秋笺》一年，舁出答访劳三郎，兼托寄家书十二号及绸匹。过庆保轩，并至督府，少谈还。改《春秋笺》一年。看《宋史》一本。

廿六日　阴晴。光孝廉送梅枝。稣公来答拜，因谈刻书事，并欲作池亭，且和余至日诗。改《春秋笺》一年。阅《宋史》一本。刘生人，问六服之色。余以大裘之表为缁色，与士缁衣同。而玄冕衣当黑色，盖避大裘缁也。然则大夫士分王服羔裘、毛裘之色，大裘表亦用布，后六服之绿衣、缘衣，则字未易定也。吴

生入，问衣缘。余以青赤文、赤白章、白黑黻、黑青黻四色为缘法，龙章为山水。山以章，所谓上正章。水以龙，盖象水波，又加龙，即《皋陶谟》山龙青也。又左衽当是对襟衣，当中开襟，不必纽扣，便可加带。夷狄上马便速。袭衣手肘或申而不屈，亦可加结，故袭皆左衽，狄亦左衽。今西北马褂对襟中，有小衽在右，襟掩左，是其制也。

廿七日　晨日忽雾，竟昼昏昏，霜寒颇重。改《春秋·隐公》毕。方看《宋史》，王仁元来，索《五始表》，自录稿与之，遂尽半日。穉公送花约饮，均辞以出城去矣。院内外为余生辰纷扰，明日将避出，故先匿迹也。宋郊庙词喜用"堕"字，又《夕月词》云：往千卿少乘秋气。中"往千"不知何字之误。岂往千亩以卿施少采夕月耶？深所未喻。夜稍煊，勉阅《乐章》，毕一本。改《五始表》，自抄稿，发王生录之。

廿八日　阴。晨起命舁，襆被将行，王仁元来，问《春秋表》式，匆匆看定。巳初出城，行甚速，过欢喜庵，欲入未得，至将军碑，取小路渡红薯领，过二台，尽冈行，则至新店矣。店小二处我下室，方自以为野老争席，海鸥不疑也。俄而店主任姓执礼甚恭，自扫中堂，再三延上，辞不可得，遂据独榻看课卷，至三更犹未毕，颇寒，乃寝。梦吕洞宾示我一纸，云明年月日有仙妪陆姓，实姓石也，以知吕为验。其日果有老妪来，问之识吕否？示以图，则笑曰：真洞宾也，但无须耳。余颇疑之。见孺人盥手，似欲致礼。方讶之，乃倚床不顾，其妪亦隐去。余知其伪，视之则隐门后，亟令之出。见其年忽少，而着紫衲，余云夜深出，恐不免，姑许一宿。此妇云："家中不可离。"乃令易衣，欲以半山衣借之。闻半山索苏合丸甚急，意其不肯借衣，方欲别取之而醒。少焉复梦为人述此。以为甚异。盖一梦而一述，历历可志，姑记于此。

廿九日　阴，午后晴。晨起，令舁夫饭毕而行，将再前进，念劳夫力，阅课卷毕，定等第，而后返新店，虚集犹未盈也。余晨食汤饼，舁夫亦不午食，径从北门入城，至三桥则遇翰仙，西御街又遇绪钦，皆为余生日，衣冠至院始还耳，日云暮矣，贺生日无此早客也。吟梅复衣冠设拜。晡食后发案，今年放学矣。稺公今日为余设竟日之馔，遣幼子亲来迎，芸阁与俱，司、道、府、县皆送礼致祝，向例所无也。稺公送山茶二盆，光孝廉买白山茶一盆，均可赏爱。

十二月

十二月丁未朔　阴。晨起谢张、王。朝食后出谢客，入督府，则稺公为余陈设具备，留早饭，辞以当谢客，乃出行北方，如蚁旋磨，至申而毕。入者唯机局、恒镇如、价藩三处。仍还督府，见两绿轿，知招客陪我者，疑其一为翰仙，一则莫测，既入，则价藩也。俱在芸阁房，均忘机恣谈中外时局，乃知刘毅斋遂兵右矣，可为叹息。翰仙又言有陶森甲者来访我，不及待而去，亦刘客也。二更还，改《春秋》一年，作《丧服》凡例八条。稺公、张藩台均见赠新诗。

二日　寅觉，甚煊，枕上和三诗。子律旋宫起正声，黄钟大吕共和鸣。深知政本先文教，却愧安车聘鲁生。小草出山春更好，寸珠盈手月争明。元亭寂寞头堪白，莫道扬雄似马卿。　愿见文翁化蜀圻，五年黉舍学抠衣。縠梁颇欲箋刘向，草木仍惭问陆玑。北斗京华怀旧梦，西山晴翠揽朝晖。黄农盛治依公辅，未得长歌便采薇。　兄事论年后一辰，受釐仍是在邦臣。高吟偶索梅花笑，元气真回黍谷春。处士献酬宾或忝，庠门坐立礼须循。邠图岁暮饶欢会，早办公堂寿酒新。晨起书之。改《春秋》二年。看《宋史》半本。张门生、曾昭吉来。昭吉送日圭，新法制为圆盘斜针，甚便于用。陈、蒲、李、胡、刘、张、范七人设酒相庆，吟梅为宾，申集戌散。

三日　阴。竟日补作《春秋表·丧服学①》凡例，并考日月不相蒙之证，排年编列已数百条，而犹未半，恐无此表法，且姑置之。看《宋史》半本。

四日　晴。和气如春，花香鹊语，得闲居之乐。看《宋史》一本。改《春秋笺》二年。张藩使来久谈，将暮乃去。叶叶生复来，似甚从容，不知人间有昼夜者。诸生刘、夏先祖周。胡、苌臣念祖。哲、克、冯、周、吕、赵设酒相庆，已久待矣，上镫客乃去，点心不复上，遂就坐，极饮剧谈，唯其言而莫予违，甚可惧也。

五日　晴霜。改《春秋笺》一年。看《宋史》四本。翰仙来久谈。翻沈寿榕《玉笙诗》，不及李寿蓉也。院中料理年事。蒲生言及腊八粥，始悟节近，发公费银作之。黄梅始香，紫薇益茂，嘉瑞也。"薇"为孺人名，今年正五十，而有花祥，其偕老之征乎？薇能过年，实从来所未闻。

六日　晴。院中人尽出，独坐前轩，改《春秋笺》一年。易简轩来。过锦江书院与松翁略谈还。将阅《宋史》，意甚厌之，勉看三数页，又阅杂书数本。绪卿来，久坐去，遂暮，辍事。

七日　晴。早起铺设待客。王、胡二生抄仲子遗书成。校《仪礼》一本，前后颠倒，殊难寻检。翰仙午正即来，芥帆继至，申正穉公、芸阁始至。翰仙为余设酒，甚为费也。无事可论，唯言俄、法事，以为谈柄。余往年为阎丹初题王烟客画，诋訾江南人国破君亡皆为诗料，今毋乃类之乎？士不见用，视时事无不可

---

① "学"，疑为"表"之讹。

笑者，但未歌咏之耳。

八日　晴。厨中作粥，遂忘早饭，至巳正乃得食，改《春秋》一年。黄郎来久谈。午后约芸阁来，公请幕客及吟梅，申初芸阁始至，湘石、幼耕、少海来，犹未晚，酉正入坐，戌初散。月华镫光相映，殊有清景，裴回久之，不知夜寒，他乡无此景也。孙生鸿勋来，言越南事，云刘永福不敢见官，及来乃是红顶花翎人，盖苗先生之流也。

九日　晴，尤煊。改《春秋》二年，计廿日，得廿九年。廖生自太原来，言近事，询香涛行政及笏山志趣，云不甚相合。笏山未肯为之下，云不迁即告退矣。异哉，请人保举，乃可鸣高耶？周生亦自安岳来，与张、蒲、王、光俱久坐，而未多言。未正出，谒督府，送仲章遗书二种呈之，以稦公谆谆，欲为表章，不忍违其意，然非逝者所志也。便诣张月公谈京中事，特诣如冠久论书法及康熙字典之善。还院已暮。大贾胡光墉着黄马褂逃去，店账尽倒欠，差足为饶、张解嘲，户部为之震动，则尤煊赫。

十日　晴风。有寒气，可重裘。遣送王生润笔，不受。复令录新改《春秋笺》，以旧本《隐》《桓》《庄》相连，更从《僖》改之，义例便觉不贯，仍索回，次第钩考，始知经文之密也。光孝廉送蜡梅来，价藩亦来请客，便舍业陪客。翰仙继至，稦公、芸阁申初至，如冠翁来答拜，出则已去。申正入席，戌散。多谈吏治，意见各岐，翰仙颇慎言，价藩多为田秀栗道地。付五十金喻洪胜，橐已欲空矣。

十一日　晴霜。寒疾欲发不发，思养静一日，未理日课。和合来。张门生、吴明海、严岳莲、刘、胡、吕诸生均至。昭吉送床，制度甚粗，而价极贵，聊存湘制耳。床、轿遂去卅金，亦可谓无名费，差贤于罗妇工价而已。少年习气未除，犹有傅粉施朱之态。改《春秋》一年。移笔墨内间，将有所述，匆匆竟不暇。不看《宋史》又四日矣。

十二日　早霜，阴冷，朝食后晴。看《宋史》一本。昨夜梦甚甜，而寒疾颇发，饭后似愈，因循懒事。王、毛两监院俱来，无甚可谈。短日剧长，咏诗自遣。初阳煦霜气，晖蔼丽园林。丛蒻似雕玉，黄梅如缀金。东楹引暄步，西阁散寒襟。积懷喜得舒，来游唱高吟。地偏寒暑均，淑候美重深。时因良会罢，观化味萧森。阶草翠总总，岂识冰霰临。人静短日长，谁谓岁骎骎。悟生亦已久，尘事固罕寻。犹惜此昼闲，逍遥坐移阴。

幽人恒喜夜，愿此明月晖。四时独有冬，寒静适我微。佳赏难久留，但恐严霜飞。嘉兹穷阴节，尚照秋花菲。明镫玉阶前，上见繁星衣。群动息中宵，流光朗四围。高会谅余欢，主醉宾言归。圆景方未满，良游弗相违。廖生复来谈，留饭去。

十三日　霜，晴煊。看《宋史》一本，《舆服》、《选举》、俗语、公牍字均不可解，至今当有注释，前看未细，比来甚苦之，乃知史中最难读者《宋史》也。改《春秋》一年。欲说"首时"皆有意义，未知可通否，姑妄说之。涤公所谓臆说家者近类下官也。闲日甚多，晴冷所得不可多逢之境，乃知出家诚为善福。

十四日　霜晴。晨未起，葛玉云昇已驾矣。和合子周晬，因遂作生日，乃起衣冠往。闻张祖荣来，便往拜之，绕御沟，吊王立诚而还。价藩送舍利，似豺似豹，古盖以豹名之，日食牛肉一斤。周云昆道台来。杨大使来。改《春秋》二年。看《宋史》一本。夜无月。《职官志》"都司御史房"文有脱误。

十五日　阴晴。先曾祖忌日，素食，当不见客，而先未传语，亦因芮、顾公请，不欲辞之以示异，因素服见客如常。张总兵来。计《庄公》尚有廿四年，今年不能毕，因加一年，日改两年。夜至李湘石处，芮、顾公设，穆、洪为客，步月还。看《宋史》一本，《职官志》未点，补点廿页。

十六日　晴。晨晏起，改《春秋》二年，张静涵、穆芸阁、锦芝生、刘年侄与周从九渥蕃同来。刘亦荒唐，未若周之可憎，此种人不死，殊为可叹。点《宋史》廿页。王生来，言崇庆盗劫事。

十七日　晴煊。昏始欲雪，裴徊庭户，无所往还。改《春秋》二年。点《宋史》廿页，夜又点廿页，遂尽一本。闻彗星复出，将候之，云阴不见。马生来，已改业从屠沽矣，亦荒唐可叹，彭子茂门生也。夜坐写字，头欲眩晕。

十八日　阴，未冷。看《宋史》一本。顾生至自京师，四年不归，气体丰腴，但嫌早发耳。询豫、秦事，未甚通晓，唯言三晋枯焦，笏山郁郁不得意，孝达芒芒不得闲。孙生继至，遂及半日。改《春秋》二年。为胡生看词。成都府教授范雅南名元音，有孙为县役所拘，已挞面数十，往保释而不肯，云公事不便。异哉，儒官无用一至此乎！县令横恣，又亦可叹。欲求余道地，余云："下告本府，上告方伯，若不得直，吾为尔宰！"午夜不寐，杂思无端，偶忆经纶，作诗一首，太冲所云"梦想骋良图"者也。

《华阳篇》：喜顾印伯久别忽归，因谈所至山川，有感而作。朱梅未放山茶开，寒冬欲尽春裴徊。鹊声绕庭驱不去，朝朝喜见行人回。身行万里无尘土，静人书帷对深语。四年守静神有余，曾带烟云向嵩汝。自说今年学俗书，不嫌目宿暖桑榆。秋清雨止乡思发，太行双华迎归驴。我昔风尘事干谒，王门曳裾仍被褐。尔今四海不逢人，过晋岂知张孝达。年年负米泣罗裙，喜得今来笑语温。坐看摩诃水潋潋，应知燕豫雪氛氛。南阳紫气连伊洛，颇恨襟情在丘壑。天竺南交尽华阳，芒芒禹迹周京廓。九洲在眼几席宽，谁能更叹行路难？儒生不识纵横事，且作鸿词对策看。（诗有经史学。自汉以来无此家，自顾眇薄，不意能开此派。贾岛所谓"知音如不赏，归卧故山秋"，盖不自信也。）夜欲取一婢自侍，俄然而止，又因顾生感我亲养而得佳诗，自喜有二善念。廿岁读唐诗，颇怪初唐，好用"泣罗裙"，今日用之稳惬。

十九日　自丑初不寐，枕上成诗，辨色而兴，自书三通，又闲书一纸，稍惕外斋。释公书来慰问，因论二事：一无辜久系，一满兵小赌，与县役斗殴。将军颇察其情，府县遂非，必欲得之，闻禀院司矣。为论丁役无贤不肖之别，赌风不因此而盛衰。文颇简当，近于曾涤丈所谓典、显、浅者。府学教授孙亦为捉去，令早往诉之首府，乃得其涯略，而官孙已枷杖矣，且不遽释，可怪叹也。夜乃释之归，又可讶。世人事理难知，真不能与游。竹垞砚，泥瓦之不若，竹垞必用紫豪者。改《春秋》三年。终日高谈，遂忘看《宋史》。大要今日人情总不听人话，起灭由己，有夷狄禽兽之性。夜煊。

廿日　阴，愈煊。晨起作书与张伯圆，论其家妻妾分离事。同乡皆责其宠妾蔑妻，余以其妻动辄告官，不为其夫留地步，书中独罪嫡而誉妾，殆可谓巧言如流者。饭后答访叶叶生，尚卧未起。过价藩、绪钦、黄郎、芝生处皆久谈。至机局，见扇箧，以为司道必有至者，问翰仙，乃知两县亦有扇，外省所无也。冠、月、莲、价、锡继至，府县上参，仍退，释公到，仍不入坐。使吾为府县，私宴必不回避，官体无礼可笑。看释公诗，又看省耕图，酉正入坐，设食不旨，热气相蒸，甚不饱适，戌正散。改《春秋》一年。看《宋史》半本。《宋史·志》即抄官账，若欲考究，大是一家学问，当劝严生为之。

廿一日，晴煊。得王正孺、连希白京书。昨问莲翁乃得之，不知其学家夔邪，抑巧值也。改《春秋》二年。看《宋史》半本。刘年侄送鱼酒，却之。穆芸阁送馒头，光孝廉送水仙花。次民来久谈。王文楷来见，荒唐人也。如冠九送年礼，今年本欲悉谢司道之馈，以其新来无交情，未敢开衅，受之，遂皆不能辞矣。范教授来，云其孙未释，但散系耳。王芝生云范子在定远横于其乡，似有假手为报之理。但子榆送《汉书》来请正，又送《双楫》，包学近复欲行邪？其论执笔乃捷法，其言书则非也。子偲并以羲书为非真，其言近是。要之羲书固自一格，未必为古今之冠。马先生云"羲不如邕"，乃为要言不烦。

廿二日　阴，愈煊。复绵衣，朝食罢，改严生文半篇。司道来催客，乃知其早饭也。席设盐署，急舁而往，则督府已至，菜用正兴园，亦尚可吃，未正散。过将军贺生子，不入而还。得家书，半山竟不来，忍人哉！俊臣奏我作令山东，功儿误传也，乃前年上条程之教习，特旨发往者，非俊臣奏请。不意垂老而挂部籍，大似莫子偲。改《春秋》二年。

廿三日　已巳，大寒。阴煊。昨夜丑正觉，遂不寐，至卯正乃梦。梦坐一小船，跂足舷边，榜人妇来就语。仰视之，年可三四十，容光壮硕，慰问甚殷。篷上漏孔，见榜人衣角，光景历历，惊而醒，辰正矣。又睡甚酣，醒已巳初。朝食后，要吟梅同至督府，稺公出谈。又与芸阁同访臧师耶。出至机局，寻昭吉不遇，与翰仙谈，见杨子书，言长沙事，步还已暮。改《春秋》二年。人家送灶，始夜爆竹甚喧。枨触年华，唯十余年尚堪仿佛，余岁依约难寻矣。崧盐送年礼。

廿四日　阴雨。院生多入见者。王芝生①、范孙并释累囚，来谢。晏子、顾生复言新归之乐，余默然，自念万物得所，一身羁孤，可感也。于此悟圣人忘身徇物之非乐，诚不得已耳。改《春秋》二年，《庄公》篇毕。用阶来，久谈，送《史记》还但郎。晡食川北馒头，一枚半已饱，夜亦未食。亥正还内，欲书杂事，觉窗风渐寒。甫就寝，复闻外庭竹棍自倒有声，不知何物，将起视而懒着衣，遂

---

① "生"，原作"十"，据上下文改。

止。旋闻各处地壁皆似有人行，久之烛灭，不觉睡去。

廿五日 雨止，阴煊，复欲晴矣。《春秋》已过课程，但须补《宋史》，饭后看三数页。得京报，张藩授黔抚，笏山移蜀，迁除正在人意计中，为之起行装回，合掌赞叹。徐琴舫馆运亨通矣，张笠臣又失一知己，可惜也。求则得之，斯言可味，但误我半日功课耳。还坐，看《宋史》，毕一本。《宋史》实不若京报之可乐，谁云开卷有益者。李提督来谢。夜复看《宋史》一本。水仙始香，红梅蕊绽，将于明日停课，以玩春华。

廿六日 阴煊。晨起未食，写二诗送张月翁。升平颇欲贱军功，再起方知谯望崇。尊俎论兵非武达，都亭鸣鼓骇旴聱。廿年喜见二持书，万里犹思一挽弓。溪箐荒残廉吏少，仡闻夷夏被仁风。 文宴三冬笑语欢，台司简静吏民安。乾嘉老辈留元气，黔蜀邻封仰将坛。惜别已催黄柳绿，望春先散岭梅寒。笥中紫绶成嘉话，我误莼鲈欲去难。已正早赴臬署，莲翁招陪督部，方以为早，比至，督府已先莅矣。翰、价、崧、张继至。午初入坐，申正散。论移署，不出我料。往绪钦处少坐，答访周云昆，过李署提，道遇吴明海月波，为之下舁答礼，还院遂暮。半年酒肉朋友，红黑顿殊，颇增感叹。夜闲无事，改《春秋》一年。周绪钦之蠢，不可医者也，既不喻我语，而又言在人意中，假非爱屋而及乌，岂可与之往还？此等人而有云碧之书，尤可笑噱。

廿七日 晨起，呼光孝廉买花。穋公送银四百两，始开销刻工，料理度岁。付喻洪胜五十，清。还锦芝生百金。出诣张月翁贺喜，不入，便过锦，送与之。入督府，答访用阶。用阶欲我请戏酒，芸阁又言前公请不派钱，因令传班召客，岁暮寂寞，聊供视听之娱。

廿八日 阴。光孝廉送雪兰、红绿梅，依王熙凤法，落得受谢。但紫余来，取《汉书》去。看京报，崧盐复兼臬篆，价藩为作谢表，以兼人之技，对一己之忧，语有刺嘲，欺满洲举人也。崧恐价妒，而故剿之，自谓善于纳交，然亦险矣。

廿九日　晴。辰起传班未至，如冠九来未入，送礼者纷至沓来，概以不了了之。芸阁、用阶、近韩、芥帆、芝生先后来。凤全署绵竹，来辞年，亦少坐去。午初开台，演《回猎》开台，《扫秦》散戏。

除日　阴。晨起料理岁事。绳子妇及族孙来，言苦况。丁家子孙来者五人，均见于内室。张门生来。看京报，采九被劾罢。午出诣府、县、司、道，候补四道，督府、松翁，均未入，驰还。至暮，与吟梅饮屠苏。曾元卿来。诸生来者十余人。夜步至督府答谢，芸阁、用阶、近韩在坐，穉公亦出谈，亥还。待办具祭诗，已子正矣，啜茗而寝。张粤翁送和诗来，极其恭维。

光绪十年甲申

正 月

　　十年甲申岁正月建丙寅　丁丑元旦　晨起，衣冠出讲堂。穋公来贺年。恒镇如来，未入而去。诸生续至者十余人。稍间入内斋早饭。诸生来者三班。芸阁、昭吉、五丁子孙来。李懋章闯入。客去，复入稍愒。方及午，正闲，和张抚诗。良宵得句庆成功，便列鹓行继郑崇。官阁锦梅仍索笑，雷门布鼓欲忘聋。前驱已办临邛弩，专阃新酬晋伯弓。喜见元辰迎两节，回班筋吹协和风。　骊歌无恨转余欢，为喜西南得治安。好助唐蒙通远郡，未妨秦系闯吟坛。八驺缓咏知心暇，万里提封念齿寒。今日三危抵天柱，勒铭谁道伏波难。晡食甚甘，饮酒一杯。晚要吟梅步从南门至科甲巷，还从总福街过北门而归。得张楚珩书。半山于十九日过梁山，计三四日即至矣，喜可知也。张伯圆复书，夫妻嫡庶大和，岂所谓暂且相安者耶？李世伓书来贺年。夜饮二杯，微醉。

　　二日　阴，有风，微凉。张、羊令、吴光原入贺年。饭后遣文八往太和镇迎探远人。出，循例拜年，遇尹殷儒于门，彼此均不相识而相拜，可笑也。入督府，值将军后至，武巡捕竟未传帖，门开直入，亦一奇也。至王秀才斋少坐。又见贺四先生，皆未尝往还者。吟梅后亦至芸阁斋。穋公出谈，近韩后至。王生简静有道气，语不妄发，丁孙之师也。用阶亦在坐，晚饭，至夕散。得王生光棣报，得拔贡。陈宝亦得拔，改名潚，殆欲人呼为"肃"。邵御史似亦非无耳目人，人正未可意量。看京报，伯屏知大同，元甫赏朝马，周家楣、文煜俱被劾，李秉衡移广西，岂原籍浙江

935

耶？抑当今人物也。夜至亥寝。

三日　阴。冯、周、蒲、刘、赵、余、吴生、黄梦子、用阶、臧幕见谈，未正略愒。呼匠计露台，值卅金，欲作之未决也。停课八日矣，从来无如此久闲。王立诚字子修、杨其儁字佩芳，二人字皆旋问旋忘，不可不记。刘生来，云邵御史病甚，孙公符革职。

四日　阴，颇有寒气。晨起衣冠待客。近韩来，同出补答贺客，惟见张子静，尚卧未起也。循东门荒远处，皆去年所未尝至者。还，小钱来，倦未能见。饭后黄郎来，论团拜事。王心翁病愈来谈，补服不挂珠，问之，云方亲数轿钱，朝珠挂手，故去之。问轿钱几何，云三百廿。草堂寺僧为送二百，其明日则须三百八十，昭觉僧可出四百，然不敢受也。佛门钱用之罪过，又不能辞，徐图补报可耳。听其言娓娓有情理，不自知其前席。询其得病之由，则言向书办支三十金不得，至除夕万弩齐发，忙而愈焦，遂不能支也。八十五翁有如许精神，只是心无知觉耳。

五日　阴，欲雪。半山竟不至。张龙甲惯受骗以骗我，前后被赚百千，可笑也。竟日未出，亦无所事，虚室生寒，始有冬景。夜霰敲竹，凛然冰冻。

六日　雪。午前坐外厅，俄然皓白，红梅鲜润，尤饶艳赏，顷之雪消见日。改门窗，移几榻，久之，但觉昼长。铺后，燎薪向火独坐，至亥乃寝。今日迎春，以国忌，移早一日，似无旧典。

人日　阴晴。晨冷，午煊。发帖请客，开菜单，亦为功课，与李代瑛以捐簿为日课事正同也。芸阁、松翁俱来久谈。松翁自命涅槃无往来，余云君自视能如世尊耶？观君根基，正生净土耳。新岁犍椎，此为最切。刘年侄来，未坐而去。乍寒乍暖，殊不似冬景。张月翁又和诗来，此老好胜，不肯让人。前不至云南，盖自度不胜任而止，未可以怕死讥之。人不经用，几枉却人材，非以其谀我而喜之也，然彼又送出一顶高帽矣。

八日　甲申，立春，成都在申正三刻。萧、张来。正换辫丝，而锦又至，亦吉兆也。借《广敷论说》三十六种，自乙夜看至丁夜，尽揽其趣。盖一讲宋学，大痴人，其异者喜引古人诗文论事，又引古事论诗文，于小说取《红楼》《玉茗曲》《水浒传》，略近金人瑞，而佩服姚姬传先生、梅伯言郎中，则俗之俗耳。才气辞华皆可观，视其六兄则大过之，尚不及包慎伯也。改《春秋》一年，得"怙荆"之义。文八欲以诚致主家，久而不旋，亦复可念。近口间雪间日，夜冷。

九日　晴，见日。阎、易来，言万师耶不吃洋药，但近视耳。治具招张月翁，穆公、芥帆先来，翰仙继至，穆公来后，顷之月翁乃至，并送兰桂杂花为别。申正入坐，肴馔尚精，客不多食，主人未便饱啖也。戌散。有月，镫火清晖，无客中萧索之景。冯生病血，往视之，近岁苗而不秀者多，殊为怊惕。曹桐轩太尊来。

十日　晴。朝食最晏，至巳正矣。饭后即出，过崧盐、曹府俱不遇。至贵州馆，穆公因团拜招客，如、崧、王、黄、凤、顾俱先在，更有杨椿桥、朱次民、何香雪、罗以礼、张中军，皆云南人。顷之，月翁至，点《追信》一曲，杂戏数折。将军岐元子惠来，设面，又送点心，酉初送酒，中间龙、师拥至，甚为热闹。月公首坐，余东岐西，余与王莲、杨椿、朱次、罗裕同席，酒肴甚盛，镫火繁璨，前所谓绚烂极时也。踏月自归，寂然无人，所谓平淡好者矣。文八亦自中江还，云有宁乡黄太太妊身就道，在顺庆度岁，龙甲所以误认矣。小数奇验，非解人亦不知其谶也。张贻山送诗来。

十一日　晨霜，大晴。巳初乃起，以昨夜寝已丑初，又怯冷也。盥颒时，霜早销矣，日色乃渐淡。毛监院来。门役取妇而逃，迹至其姨家。妇私者，成都府差也。乃责其妻，令不得妹不得归。又云尔可告官治我。门役还，姨已至。俄而妇兄妻亦至，云其夫走去，已欲嫁，皆反居门役家。此事离奇，使毛讯之。吕生引一刘铭鼎来，云字重甫，学《尔雅》《文选》。杨昶知州来，字琼圃，极荒唐人也。刘凤修字永来，云有名条，宜代交夏观察，本有渊源，非无故而干，意气傲岸，若甚怨望者。又云他人己亦难攀，若惟我可俯就者。昂然而去，大似彭笛仙借钱气象。先甚怪之，既而思笛仙道高德重，尚有市井之态，人急则生不肖之心，凤修又何足论，然亦奇矣。记之以告子弟。改《春秋》一年。遣觅貂袖于锦，不得，于庆得之。张中丞送燕席一桌，不知何人所送，而以诒我，不可辞谢，勉强受之。方与吟梅谈宦游物候之诗，高吟欲咏，而人事相扰，有类催租也。此席拟以奠唐泽坡，盖去岁欲祭未果者，家婂既不至，故宜了此一段。兰梅香发，胧月不寒，极佳光景也。

十二日　晴。辰起诣唐家上香，至公所团拜，至者才一二人耳。即饭于别室，待诸客，有见有不见。驻防凤弗堂普请城中见任官，设六桌，余与芸阁陪将军岐子惠，曹、李二太尊陪余，看戏吃烧烤，至子初乃散。初以为喧杂不成局，竟亦敷衍无笑话。得周芋生书。

十三日　晴阴。院中作一敞轩，今日填土。督府龙镫、芥帆龙镫、绳子妇来拜年，云李姓，欲以婢进。异哉奇想，使人毛发竦洒。为言人有天性薄者，不养父母，至不顾妻子，则彼妻子厚而失养者，犹为成家人也。此言可胜悲泪。崔玉侯道台来，与循旧邻也，对之惭愧。亲兵营龙镫来，独有解数，得长沙棍法，各以年糕、汤圆、彩红、青钱答贺之。盘龙者，翻线之遗。独长沙有七十六式，督、道二龙不如也。以媵属未至，故无多赏。和张贻山廿韵。夜梦半山，吟"云液既归"二句，余连呼之，乃摇手，似恐人惊者，失声而寤。明日有赵恩祜知府来，字六云，请定诗集，盖其应也。

十四日　阴，有日影。唐提督子、赵知府来。微疾屏事。复书周芋生。周道台振琼来，请练勇自效。李玉宣自邛州来贺年。熊坦然来谈。

十五日　晴，午后阴。晨起小食，旯出，答访沈道台守廉、唐营官珊峰、李邛州玉宣。谒芥帆杂谈，吃藕粉。过张抚部，督府先在，巡捕谢客。还过赵、熊均不遇，入院已向午。周宝清引二王生来。唐珊峰来。许时中、张月翁先后来。月翁论颇有边际，大要不以王、如为然，而颇赏周熙炳，则未知其意，要之明白不结实，不如其为人也。戌正复潇潇而雨，助我萧清。张伯圆送年礼瓢盐，云瓢盐甚难得。

十六日　晴。昨雨，专为元夜。因检日记，比五年元夕皆有雨，宜镫火之不盛矣。夏叔轩来，意气居然阔道，用官礼，自称"乡教弟"。余大以为不然，亦犹曾沅浦之以晚辈待我，见识不能高一篾皮也。杨其儁来，禀辞，余又以为不然，宜入世之多忤。申设，要如冠翁、黄泽臣、锦芝生、王莲翁、周云昆会食。锦最后至，后去。作书戒缙子，复伯圆。冠九欲请余公会，余方欲辞，而莲翁遽云不可，曾不待我辞毕，其可恶如此，正其老实也，宜崧公之侮之。亥初客散。有王莲鉴宋研，云形制非古，似是鉴家。

十七日　阴。新轩将成，钉榫声喧。朝食后出吊岳生父丧，少坐出。问庆保轩病，贺翰仙生，送月卿、芝生行，答访夏、陈镇、道，俱不遇，飞轿而还。夕食后少眠，夜改《春秋》三年。张家照引赵生来，求住院。冯生血疾告归。陈用翁来辞行，云越南刘军复振，法人聚保河口。凡言交、法军情，余皆不信，以远隔难审虚实也。就所闻料之，法、交实无战事，疑民、教相哄耳，而海内皆以为法人用兵，中国震动，所谓大梦。玉阶苔软腻罗鞋，风扬裙边见小开。笑倚阑干不闻语，背花遥飐动金钗。（有指。）夜梦至一处，新屋十数家，云是长沙城。中有一家金字门楄，书"举人"，旁题"彭申甫"。余笑此翁老不脱俗，盖其子弟所为也。然屋皆无人，云系新乱，寇初去。朵翁亦未见。

十八日　阴。朝食后欲理经课书，院内外诸生来。翰仙来，言送抚台事，又论燕鲁公请，必不可去，去则司道憎厌，有甚饭后钟。余唯唯，而心欲去，甚恨翰、莲之阻我也。臧仓不远，幸身见之，他日必序此一段，以供后人之一笑。午后出城，至惠陵小苑中，候送月翁，不敢令群官知，独卧半时，然不能不上帖，已而从人丛径入，见诸达官，一揖便去。诵袁子才诗云"金貂满堂，狗来必笑"，殆谓此也。袁未尝游金貂之中，何以知狗之见笑？余自居于狗，来去倏忽，乃有神龙之势。未正归，顷之周、朱两道继至，李和合久之亦至，崧盐在后，田总兵中间来，自云至好，亦一奇也。酉集戌散，客亦尚欢。王天舫咏陈平诗云"盗嫂漫吹毛"，幸免吹而已。理书去夔州。

十九日　晴。午见日，至申阴。范、许两教官，张门生、董妄人来。招诸客饮，恒镇如、张子静、穆芸阁、凤莘堂、但子余、顾相山先后来，申正集，戌正散。食客殊不踊跃，不及道台以上铺啜可观也。陈茂勋来。

廿日　晴。晨出答访田镇、李提、夏道、何令、陈县丞，惟见何、夏。何，桂清之子，杨坐师之坐师也。余以世叔待之，执礼甚恭，何意甚喜。巳正还，过许训导不遇，遇顾象三于途。午始朝餐，收拾铺垫，初理日课，改《春秋笺》三年。范生来，留饭。余意欲别调诸生中数人入内舍教之，范当其一。夜雨。

廿一日　阴。胡进士，黄寿湖道台，毛、王监院来。闻江渎庙开门，步入看之，无一古物，惟见黄翔云绿轿甚新，在正殿下，未见黄也。始欲抄经，而无可写，改《春秋》三年，点《宋史》半卷，钱法字句脱误，无本校改。

廿二日　早阴，午晴。春气萌芽，风日清美。点《宋史》半本，改《春秋》三年，始补月来通课，得每日一年也。得郭见郎腊三日书，犹欲逗留三版船，想尚未行，竟无信至，亦可笑也。李总兵来投帖，未至。齐敬斋来见，未坐。穉公来，车马盈门。总集一刻，送敬斋去。穉公入，已行装矣，云后日当往川北阅兵，又言得岑公书：刘永福已战没，岑为气短，唐拚命亟逃回昆明矣。胡进士父寿昌来，作揖请安，自言读书人也。

廿三日　己亥，雨水。阴，夜雨。改《春秋》五年。点《宋史》半本。《宋史·志》难读，全用吏牍俗鄙字，而不下注脚。作者盖自了了，至今全不知为何语。若其文雅健，犹可令人注释之，乃猥杂可厌，万无人肯为《宋史》之学，终古必无能通之者，可笑甚也。李游击祥椿来，署马边副将，吴明海云美缺也。欲出，以国忌未果。况氏送来一婢，神似井研廖生，年十五矣，高仅三尺，亟挥之去。李太耶欠账，债主欲取偿于我，而为此计。刘梦得诗云：谁将一女轻天下，欲易刘郎鼎峙心。佐杂缺之比天下，亦犹此婢之比孙夫人，思之莞然。使刘郎视孙夫人如此婢，则鼎峙不难矣。西施、玉环又何人耶？凡此皆长进学识之助。光孝廉复送矮脚水仙，颇似南产，但叶色深青耳，水种与土种大异。

廿四日　大晴。朝食后昇出，至督府候送，尚无行色，坐芸阁斋，穉公至，谈顷之，尚未饭，各散。余过近韩谈，遇王笙陔，芸阁继至，复同还芸斋待。未起吃素面，督府发炮，余亦飞昇出，答访三客均不遇。道中见晴光朗丽，不觉有远游之想。还看《宋史》半本，改《春秋》半年，僖二十八年事最多，未知亦有例耶，无例耶。赵、刘两生来见，素服而谈及乐，非礼也。光孝廉送辛夷、桃、杏。

廿五日　阴雨，不寒。改《春秋》半年。看《宋史》一本。夏道台来久谈。吟梅欲图局事，而盐局难之，久而不决，甚可笑也。此等处又莫测穆公之意，岂憎其强取耶？则干脩一言可定。客去，夜坐无事，又改《春秋》三年，明日可毕《鳌》篇。粗立条约，牌示诸生。暇豫优游，颇能自适。富顺何生来见，老成人也。夜戏作客坐箴二十八句。

廿六日　阴。改《春秋》一年，《鳌》篇毕。看《宋史》一本。看肯甫试牍，思其孤幽凄怆，颇似海门师，而好任权贵，则失雅道，好名不好学之故也。夜坐无事，复看《宋史》一本。宋君臣好议论，无一切实语，皆掩耳盗铃，时生时灭，大可为今日炯戒。安徽刘生来，赘见。

廿七日　阴。新到余生与谢生同来见。乐山郭生来见，调院五年不至，以王天翁率兵欲捕其弟，乃来求护身符也。崔生自绵州来见。张子富亦潜入内坐。胡进士招饮，午初即来催，旡往，便答访李游击，略谈，乃知其味根旧将，盛称何镜海。至昨见刘生宅，客殊未至，以为过早，顷之周云昆来，孟、辜、董、刘皆杂客，顾子远熟客，独谈不休，盛言陆大夫之丑。戌散。还，改《春秋》。宋生自富顺来。致陈生书，并韵稿。僖元年《传》云"此非子也"，何以知其"非子"，卅年百说不能得，今夜乃知之，经文自明，且愧且喜。

廿八日　晴，早寒。食时未饭，至周云昆宅会饮，夏道台亦至，李、穆、黄三道府来。主人以馔具草野，大斥厨人，客皆不安，未正散。同芸阁至翰仙处小坐。朱、丁道台来。对门周绪钦召客，仍早饭诸人，唯去李添丁耳。未暮而往，戌正而还。日课殊未理，强点《宋史》半本，改《春秋笺》，说"禘袷"，未可草草，因罢。

廿九日　晴，午后阴。改《春秋》二年，说"禘袷"已了，又于诸义似皆洞其条理。午后少愒，严生来。郭生来送雅鱼，略教以为学之意。点《宋史》半本。送衣还芥帆。与书李提督，荐光孝廉。昨夜昇中频有差念，今日与诸生谈，颇多善言，治心未纯，顿起波澜，旋生旋灭，亦为可笑。

晦节　晴。诸生来者相继。张门生来。老张走书送白金三百两。开函甚讶之，正不知为何事，麾使却金，复书骂之，若纳贿通私，则巧为门生所见矣。老张矫矫自好，而行不副言，不意其以昭昭堕行也，天谴之耶？改《春秋》一年，点《宋史》半本。夜无端梦食甚甘，犹恍惚，视窗光未曙。

二　月

二月丁未朔　晨出点名，开课，诸生犹多英秀，深可喜也。毛监院避嫌不来。午愒，偶眠。出看庭前樱桃、辛夷已开，春思甚满。改《春秋》一年，说"狐射姑杀阳处父"，尚未熨帖。点《宋史》半本。未出，巡少城，至芮少海处会饮，胡进士、芸阁、湘石先至，子远、崧生后来。从少城还，甫出城而门闭。夜倦早眠，明星碧映。

二日　阴。作书寄连庆希白，并寄男女衣料与之。改《春秋》一年，点《宋史》一本。《艺文志》未细看。诸生及曾昭吉、阳春妇来。芥帆复来辞行。芸阁催客，总集一时。复和张风子二绝。未正乃出，至洪知县家，辛酉拔贡，历城令。公请李湘石，钱其入京候选，芮、顾、张、贺、穆五幕客，翰仙观察，洪、李和合。及余，唱戏至二更散。夜雨。

三日　阴。晨诣会馆团拜，寄籍楚商为主人，内有纪姓，书办兄也。州县及候补武弁俱至，设席十余桌，坐及一时许，无显者来。出送芥帆，还院午食后大睡。梦彭鸿川来辞行，云将渡河，余送之去，遇一石磴，上凿磨心，下临不测，余跃过，而彭不能度，把臂久之，余亦困怯，俄醒，夕食矣。一日未事。崧道台昏暮来，云芥帆使之也。夜改《春秋》二年。

四日　阴，稍煊。将阅课卷，新到院生来见。许时中来，告知姜逃，及王道台、陆知县姜并逃，云蜀媪所使也。张家橡、王立诚来，一颂夏道台，一则骂之。名山、陈炳文复久坐不去，客散已过午矣。阅卷四五十本。出送李湘石，答访辜培元。字云如，假江南人。至次民处会饮，穆、夏、黄、周乡道先至矣。次民设馔，极讲究，然无新品，尚可啖耳。戌正散。得邱景荣书。

五日　晴，午后阴。发课案。壬子同年王殿凤同知来，自中书截取改官，江宁人，老而无子，十年始得少城讲席，颇似李竹屋，甚可怜念。改《春秋》二年，看《宋史·表》一本。彭水许生复来。致黄霓生书，为老张致声。陆灌县来，执贽，甚可骇怪。

六日　阴。芸阁来，未入。看京报，唐斐泉得汉中道，补科中第三阔人也。张孝达踊跃捐输，然指厘金以助京俸，非经久之规矣。疏中一联云："以春秋之王人，恃监河之分润"，此吴可读一派。崧盐奉委来点名，入谈，留饭，诸生继见。周颂昌入见，乱谈，傲不相下，终求吹嘘，奇人也。左生送风莲、石榴苗。石榴，寄生，未知盆活否？光孝廉送马兰、木瓜花，皆余所不喜者。又云得牡丹三窠，银不及四两，则价极廉。湘中每花钱八千，庶几唐时之价，使乐天来此，又作何腐语？改《春秋》二年，说"长狄"未当。看《宋史》一本，匆匆已暮，至少城答访王子仪同年。赴华阳县晚饭，芸阁、镇如、但子余先至，有一生人，云王子蕃绥言，故守也。凤、顾公请，戌坐亥散。夜作书寄穉公，言吟梅事，送夏道台看后发。得张梁山、李玉宣、贺笏臣书，并黄霓生、老张，均当复者。二更雨。

七日　阴。改《春秋》二年。看《宋·宗室世系》二本，皆难字不可识，又多讹别不正。黄绥湖来，暮谈，借钱。见院生四班。

八日　甲寅，惊蛰。阴。改《春秋》四年，《文》篇毕。陈通判子珍来，谈薪篿，欲购十铺，须廿金也。宋生坐一日。

九日　阴。看《宋史》二本。将改《春秋》，未毕一年，李懋章来，求到任。与少坐同出，至城东北答访杂客，所行皆素未尝过者，周颂得见，余皆不遇。未初过成都，看问案。前集诸人来，围棋半日，惟易萧以姚耳。又有幕客刘姓，未闻其字，二更散。行月中，甚有清景，复感离思，作一律，诗不足存。

十日　大晴，未甚煊。群花欣欣有春气。朝食后巡斋，考课，诸生过四十人，无问难者。绪钦来，陆惠畴继至。改《春秋》一年，看《宋史》四本，夜复看四本，改《春秋》一年。复贺总兵、张龙甲知县书。

十一日　阴。改《春秋》二年，看《宋史》。闻崧盐妻丧，往唁之即还。得陈佗书，送五百金，欲我派人收税，掷地犹作金声，可笑也。心中怔惊，得家书，又言妻病，乃谋还湘，夜始部署，留书别穉公，文甚茂美。诸生闻者皆来送，匆匆遂至五更，就枕犹不寐。

十二日　大晴。酬对诸生，自朝至昃，更有新生来谒，况妇亦来，纷纭殊不可理。改严生文半篇，笺《春秋》一年，清理杂纸字。出吊崧妻，城中官已尽知行意矣。周云昆约看花市，出城至百花潭少坐，夏、穆、黄绶芙先在，李蕴孚亦至，同步至二仙庵，买梨花十六秧，还庵，翰仙乃到，云崧处陪将军也。崧送赆银，却之。首府、县送行，穆、夏、黄、黄、周、李六道府均送至安顺桥。登舟遂睡，久不寐，情思淫溢，不自知其何由也。江风吹头，上冷下热，取衣蒙头乃眠，舟中反暖于城中也。

十三日　晴。巳初始起朝食，督府送亲兵，庆太守来送行，皆辞之。视江上林柯，犹是早春，行七十里，多卧少事，改《春秋》二年，看《礼笺》五页，泊胡家坝。

十四日　大晴。晏起，改《春秋》三年，看《礼笺》五页，行百七十里，泊青神城北。乘月桨行，二更乃至。

十五日　晴，午后阴。改《春秋》二年，《宣》篇毕。行九十里，水平不流，桨者甚劳，将暮乃至嘉定城下，泊福泉门。以行色匆匆，竟未暇看《礼笺》。与书笏山，荐胡师耶，交乐山令邮去。觅半头船至重庆，六千钱包饭，约明日移去。

十六日　阴。先府君忌日。辰，一饼一饭。移船陵云山下，船更小于半头，载烟叶、丝头，野老趁船者至，颇欲与人争席。看三年近作，忆六载前游，山树依然，行尘如扫。泊过午，无一人声，樵烟不爨，春日乡景也。改《春秋》二年。申正始开。看《礼笺》五页，已暮矣。前说《雍》诗，为王后见太祖庙，今见《昏礼》，说舅没见姑于庙，喜得一证。酉初过离堆，水已半崖，平无一浪。今日行六十里，泊铁蛇坝。大风。

十七日　阴。卯初发，行卅里舣石版溪。犍为地，出石炭。看四川土曲，极无情理，大概一男一女，忽然而配，忽然而离，故风俗亦然。乐操土风，可以知政，不虚也。配不足奇，离奇耳。

卅里过叉鱼三滩，中滩最汹涌，而小船从尾过，不觉其险。十里泊犍为盐关。船行收用钱，云红船生事也。改《春秋》二年。六十里买薪泥溪，卅里泊干柏树，前宿处也。看《礼笺》廿页。《乡射》云"序则钩楹内"，《记》云"序则物当栋"，又云"射自两楹间"，然则射楹当栋，又画物自北阶至堂，则堂无北墙，此皆前所未知。

十八日　阴煊。行百里，午泊宜宾。改《春秋》三年，看《礼笺》毕一本。春风吹衣，不生离思，人情畏静恶动，唯行程动静俱有，于养心为宜，然亦可见心之不自养久矣。舜之居深山为天子，是圣人之驭动静。又六十里泊李庄。改《春秋》一年，风大不可然烛，乃止。夜寐早醒，舟已乘月行矣。

十九日　阴。昨煊今凉。早饭甚早。改《春秋》一年。睡一时许。看《燕》篇、《大射》篇，均无可点定者。改《春秋》二年。思院中紫荆盛开，不及见之为恨。手植杏梨，皆不能待，可感也。晡后改《春秋》十年，《成》篇毕。酉正至泸州，行二百十里。

廿日　阴。改《春秋》四年，看《聘》篇、《公食》篇，改定数处。行百廿里过合江，又四十里泊羊石版，登岸，亦重屋叠磴，巴人好依山阻，非无平地也。无可语者，还船，估童送米来，询知江津地。问至江津远近，云水行十余日，盖习闻上水之难也。羔羊鹊巢之功，致也。婚姻之国，聘使交通，美使臣能讲信修睦。羔，大夫朝服。羊，盖士服也。《公食大夫礼》：宾朝服入门西，介门西，西上既食，致侑币，设庭实垂皮。《昏礼》曰：皮帛必可制。盖常聘用珍异之皮，昏使用可用之皮，诚而亲之也。聘使礼成，飨、食、燕。飨，大礼。燕，私好。唯食为正礼，故主食礼侑币言之。羔皮，羊皮，庭实也。素丝，束帛也。不言帛者，昏礼言纯帛五两，主于丝也。佗之加也。聘使礼成，飨、食、燕。公摈退于厢，宾既三饭，公乃受束帛以侑，庭实先设，则见羔羊之皮。公以束帛侑，则素丝五两，以为加币也。自，从也。公，公门也。于是宾受币退，介逆出门，故见其退食从门出也。羔羊之革者，设庭实，摄毛于内，出人皆唯见置革也。緎，缝也。皮必以制者，不以全兽，故见緎也。緎必于革见之，宾受以出，自执束帛五两，从者执緎也。既出复人，委委佗佗然，从公门入，没溜，拜辞公，公退宾乃率食，故日自公退食。羔羊之缝者，见聘使退而祝颂其再至之词也。此言羔皮羊皮，缝以为裘，甚称其服，祝其久在位也。总，谓总垂马也。此素丝五者，谓宾所奉束帛也。《聘礼》：宾觌，奉束锦总垂马以入。言其再至有束帛总马，可以答今素丝五佗之厚意也。退食而复从公门以入，往来好会无间之词也。解经甚奇，以此知《甘棠》《行露》《羔羊》《殷雷》皆为奉使之词。

廿一日　微雨，晓风甚寒。思作室必当新造，不可居他人旧宅，欲改堂、房、室，从古制也。看《礼经》三篇。改《春秋》五年。行百五十里过三白沙，小舣龙门滩买菜，卅里泊江津城下。

廿二日　戊辰，社日。行百廿里，未初至巴，泊重庆府城朝天门下。改校《礼笺》毕。唐穉云飞轿而来，彭川东、国子达均至。托唐借炮船以附舟，唯有盐船，恐沉重也。穉云坐，遂移两时，炮船久待不来，日入乃去。饭后，邹生来送香。刘人哉、贺雨亭均从江北来。两城印官皆至，殊为惊动。夜间朱悦来送礼。巴令礼多，受其半。刘、贺送酒，却之。穉云来，送小菜，并附银、信。李忠清来求荐，因并托之。与书张粤卿，交鄂生寄去，闻其姥属尚留巴也。鸿翁三送程仪，固辞之。夜久不眠，改《春秋》五年。炮船比曙方至。

廿三日　己巳，春分。大晴。起看船，则彭鸿翁远自厘丰追坐船相借，有官仓，无铺设，复从唐次云借桌凳，至巳乃齐。小船不复可安，因步入朝天门，循山脊上，至崇因寺平顶处乃还。上坐船，朝食即发。改《春秋》五年。九十里过木洞，日初晡也。木洞下廿里太平冈，有新祠，甚高整。晚泊散壁沱，云一百八十里，长寿地。夜雨。

廿四日　雨、阴、晴、雷，一日五变。改《春秋》五年。午过涪州，下水声至急，山色阴蒙，致有清壮之气。雷转空作金石声，尤所未闻也。行百八十里泊立石镇，似曾宿处，依稀不识矣。立石，酆都地，或云南川地。卖鸦片者呼声甚厉，亦骇人闻。

廿五日　晨起，晴欲雾。舟人见余起乃起，急急开行，未十里大雾，舣一时许，日愈高，雾愈甚，犹冒雾而行，过酆都将午矣。又卅里舣高镇买菜，丁夫纷上岸，命开舟停流待之。改《春秋》八年，《襄》篇毕。大卤何以谓之太原，此虽有神工，恐难觅解，喜其无关经义耳。申正过忠州，此九十里甚迅，不觉欣悦，可谓童心也。然今人用此情于富贵功名，则犹未若吾性情之真。笏山知余之可笑，抑知简堂之可笑又甚耶。简堂不自笑，而笏山笑之，恐他人之又笑笏山也。十五里泊莲耳上溪，云水程四十五里，共行二百里。溪州皆卖百文[①]，亦有淘金者。夜雨。

廿六日　晨雨，午阴，晚晴。重读《九章》，知屈子再谗而知己非，深悟释阶登天之必败，余近岁沉思乃觉焉。幸不以独清见尤，盖有味乎其言也。至其国破而不敢还家，诚贞臣之笃礼，颇怪其见放闲处，不言山水之乐，视沅、湘、五溪、巴、蜀诸胜地为不可久居，托言远游，犹未忘情于侍从之盛，岂国亡丧礼不敢言乐耶？方其九年放流，亦何妨暂适，此则古人未有游览之事，负此江山。余既非宗臣，又不蒙宠妒，往来湘、蜀，备睹灵奇，欲作《广远游》以慰之，但未暇耳。既恨屈原不见我，又恨我不见屈原，长吟舟中，心飞岩壑矣。改《春秋》五年。忠州以下江狭如带，六十里过九层楼，名石保寨。大风颇寒，蒙被而寝。又廿余里风益甚，舣五楞溪，对岸有巡检司。峡行下水，守风，罕遇事也。遂泊大溪，去万县六十里止。昨度当宿安平，今乃在此，

---

① 此处疑有脱误。

稍息驽进之情。黥发。黥工执事甚敬，年可七八十矣。

廿七日　晨雨，竟日寒风。行六十里，午泊万县，无所问讯，复行百八十里泊云阳，江水新泥，流不甚驶。改《春秋》五年，赖有此行，功可早讫，但旧表尚须整比，大费编排也。欲携妢女来自助，便教纵女专读《楚词》，以传词赋之学，庶几生女胜生男也。夜与彭兵备书，谢其船送。

廿八日　寒风。天色甚不佳，意乃不欲行，因今日必至，勉从舟发，行百里舣安平滩。待风少止，申正行，六十里至夔州，泊关下。改《春秋》五年。遣唤绥子来，令附船。理书报知锦观察芝生放炮来，并借红船相送，为余赏重庆来船。红船委员李知县来，坚欲派送至宜昌，纷纭久之，只得听其护送耳。闻映梅已往成都，半山病重可念。杨师耶来禀见。家一老耶来，无可挽回矣。亥初移行李过红船，赏二两四千。

廿九日　晴。晨起开舟，至黛溪。呼吴祥发不至，已有裹脚温矣。登岸画沙，得诗一首。抄后。朝食未毕，已至巫山，峡程快意，令人神旺。唤巫山红船委员王知县立基来。午正开行。改《春秋》十年。过巫峰，北风颇壮，心念神佑屡征，不宜逆风。比船人饭罢，风息波澄，不胜欣感。复默祷，为半山禳疾，将于还时设少牢之庋也。灵应私余，恃恩以祈耳。和风吹灵波，复泛神山舟。青华媚紫烟，识我今来游。峡情自空冷，霞想宕夷犹。欣然忘天地，坐与春江流。岩虚石莘莘，霄峻松修修。匆心虽往来，未若对嶙巇。翕忽仙气还，云明谷旸幽。诗成，晚饭。舣楠木园，访柚实不得，因泊焉。云县城至此百四十里，尚有二十里出峡，合百六之记，然实百廿也。

三　月

三月丙子朔　晴。改《春秋》七年，《昭》篇毕。晨起已至巴东，朝食后过归州，下新崩滩，平稳不甚快，船行如驰马，忽东忽西，盖水自有理路，故浪漩不能犯，此长年之能，实轻舟之效，六行乃始知之。戏作一诗云。涌漩翻波路可登，快船如马踏层冰。杜陵不识江涛理，痴对长年叹最能。将至石门，大风吹沙，泊山脚久之，强行渡滩，南北槽已平，顺流而过。北风愈壮，度不可至，泊庙河，归州地，行二百五里。

二日　晴。东北风，行百八十里，未初乃至。在峡行为迟，江行为迅矣。换船即发，舟人云量船不易至，待顷之，竟来，亦无甚留难，殊感其惠。然则龈龈崧、王，诚不恕也，于此又悟土地菩萨之说。船过宜昌城，已申末矣。船行云正逆风不易得，犹之兜梢风也。改《春秋》四年。赏红船四千，火食八百。夜泊白沙，行廿里，共行二百里。

三日　阴晴。船夜半即发，逆风止，顺风起，朝食已至宜都，以禊日，特早起。江山远秀，致有春情，去年伤心处也。昨拟祷江神，自念于江无因缘，未敢如巫山之致诚，今乃获此神施，宜为文以塞，亦俟还途祠之。俄成一篇，词不加点，颇云展舒自如，再三吟讽，惜无知赏。改《春秋》四年。午雨波平，东风微作，橹行至新开口，松滋地，店名新场，皆以江浦新决得名，云丙子所开也。荆州将军以江涨平沙市堤，衣冠祷神，下银为楗，江遂决于此。沿岸颇有树根绊舟，行贾惮之，多由虎渡。宜昌至此二百六十里。

四日　风止雨霁。小有顺风，行竟日，在洲渚间，迷不知所向，唯顺水而行。改《春秋》七年，《定》篇毕。买鱼二尾，分食舟人。初得江鱼，肥美芳鲜，为之一饱。申初至港关，船局、厘局均未盘验。自新口至此一百十里，或云百四十里，水行迅急，殆可三百里矣。又行廿卅里泊。不知地名。夜大风。

五日　阴晴。帆行十余里，舣三套，入湖南境，看税。又卅里舣蕉溪，买猪肉。皆江浦挟澧逆流，无风波之险，有浩淼之观，颇堪卜居，作园亭，但无山耳。改《春秋》十三年，《哀》篇毕，凡历三月，复校定一过。作澧浦诗。行百廿里过安乡城，前有顺风，值弯不能帆，至是风息，稍进十余里，泊蓑衣沟，安乡地。

六日　阴。东北风，帆行渡青水湖，今号沙夹湖。昨夜有学僮读书，甚清朗，余亦诵《九章》一过以和之。睡颇安恬，乃知诵读亦能小劳。晨起重改《春秋会表例》，又检《丧服》作总表，俱略起凡例，待暇时成之。午取猪婆港口入洞庭湖，云较西港为近。湖亦浅搁，波犹汹涌。午正出南觜入沅，复入资，帆风迅疾，舟人勇进，至子犹缆行，颇为宿舟所诃。南风徐来，乃泊铜钱望。作律诗一首。枝江回澧复通沅，二浦重湖自吐吞。积水浮天春更远，轻云拥月昼难昏。滇黔乱后闲征逻，今古潮回叠浪痕。唯有汀洲渺无际，年年依旧长兰荪。如此考据，想亦不让袁子才性灵之作也。今日行二百里，过沅江城，入青草湖，湖水浅才没草，故自来以草名湖，今乃知其真切。

七日　南风，欲雨旋晴。春寒较重，盖冬春地气不足，则风自南来，故北风恒暖，南风恒寒，地气有余，风常北行也。竟日缆行洲埒中，如蚁入九曲珠。考《丧服》，经文互见者无数，补之甚不易。行五六十里如百里程，宿簰口，益阳地。

八日　晨微雨，南风，午后晴。缆行卅里，出乔口小憩，复行卅五里，泊枞树港。作《丧服表》。

九日　甲申，清明。晴寒。南风微扬，湘波已涌，行册里仅乃得至。兵船塞岸，戎服载涂，入门，孺人果出，半山无恙，尚能游行后园。询家国事，可悲惧惊忧者甚多，余虽外强，不能不旁皇也。张力臣遂已瓗化，死时犹眷眷于数妾，盖强学曹瞒者。夜月极明，登楼小坐，闻二更即睡。半山语不能休，卧而不应，则披衣起坐，如此者数四，遂至达旦。

十日　早起，令葛玉换船。与海侯少谈。二胡郎来，寯女亦归，已生女矣。待夕食而出，与三儿俱登舟，会同林生闯见，不知何许人也。韣子亦至，三弟、七女均来相送，遣迎珰、妢、荗来舟。热可单衣，夜雨风雷，始凉。

十一日　大风骤寒，舟簸浪如行海涛中。半山来，涕泣要上岸，实亦寒冻震撼，因复携珰、妢入城，荗先呕吐不安，还家去矣。轿顶皆为风吹起，入城乃定，北风愈狂。看王正孺时文，未知正意。

十二日　风雨，至不能出门户。李黼堂来久谈。客去益寒，拥被犹不得温，然火乃暖。看《申报》，寿衡得光卿，陈湜不得放缺，两司迁调，又数人无相识者。潘署抚往桂林，庞藩摄事，郭中书作罢论，左季子将归矣。比夜早眠，半山语刺刺不休，今夜始酣寝。半山疾已小愈，遇难成祥，大有生意，为处分慰劳备至。

十三日　阴晴。小暖。将午始食，饭后登舟，与书程郎，还银百两。郭中书、张金刚均营盐利，其败也均以得书失志而亡。书能杀人，古所未闻。夜月如镜，惜无心赏。

十四日　晨登舟。子寿书来，约晤谈。还书告以不能。重定《九章注》。蓬海暮来，言左督不肯交事，曾弟拥虚位耳。又言徐小山锁解，桂抚无下落。《申报》复言唐巡抚亦已得咎，此二人八字唯一年官贵耳。夜宿舟中，作书约梦缇相见于白沙，以明日不能再泊也。

十五日　寅正大雨。呼随人早起，俟门启入城。旋小睡，闻龙八来，报孺人已至。遣迎未遇，俄而轿至。梦缇率次妇、九女、少孙均来。黄郎望之与其六弟同来，久谈。客去，行李至，待半山，至未乃来。妢、荗率小婢先登舟，三弟亦偕行，彭妇、少孙俱登岸，半山登舟，申初发。酉正泊白沙，开船门看月，正见月食。

十六日　晴。为梦缇再留一日。然与妻妾论家事，皆各有怨望，不从余言。大要多煦嚅之思，非富贵不能满其志，而又高言隐沦，非我所及也。然论既不同，诚难和调。夜雨繁音，裴回两起，亲为妾叠被，大为妻嗤也。

十七日　雨。晨命仆夫送孺人及半山、纨女还城，挥手湘干，殊有摆落俗尘之喜，非五城门所能限也。为两女定日课。看浏阳课卷。行五十里泊下乔口。至十日重过此。

954

十八日　晴。西北风，缆行六十里，泊王家塘。茂女始上学，功课早毕。三弟亦抄《楚词新注》一页，刊王逸注，仍其训诂，似宋以后著作，非吾平昔书体也。始闻子规。

十九日　晴煊。晏起，微有东风，帆缆兼行六十里，未正至沅江县。又行卅里泊竹鸡塘，有炮船，水师汛官驻地。茂有功课，我反懒散，明日当作正事。

廿日　晴。始夹衣。帆缆兼行，从羊角脑绕湖尾至西港，未至二里，泊牛角弯。约可八十里，不能计的数也。改《春秋朝会表》，"公如"无不致者，唯齐桓时不致，至定□□①"乃复"而止，不复见"公如"矣。因作《表》序，说其义，夜抄之。

廿一日　阴。行卅里至北夹，泊湖口，待风而渡。申正后雨，夜大风，有舟来，欲相触，舟人怒骂之。余教以助之抛碇，否则彼将与我并碎，岂惧骂乎。舟人亦悟，来舟竟不相近，然几覆矣。看浏阳课卷，已有五六本佳者，自喜诱导之功。

---

① 按《春秋公羊传》定公三年《经》云："公如晋，至河，乃复。"则此缺二字当为"三年"。

廿二日　风雨竟日。抄《春秋表》二页，下笔辄误。定课卷等第，将寄还城。

廿三日　戊戌，谷雨。风止，缆行四十里，泊安乡城下澧浦，颇有柳花入船。检"公会"，条目繁碎，不可以分，当唯用三科御之。凡经例，简者当繁，繁者当简，圣人功用略见于此。鬎发。

廿四日　晴。南风，半帆行。纷疾，言骨痛，疑其温证，问之乃吐血。子女多弱夭，可叹也。吾所喜三子，皆有尘外意，假合泡影，增我恶缘，益令人恨久生之无谓，追念未生时，又爽然矣。由吾不足以父之，怅然而已。理《春秋表》，至《僖》止。行六十里泊蕉溪，已见紫荆盛开，楚、蜀春较迟一月，澧又较湘迟半月也。

廿五日　阴晴。南风，帆行兼缆，六十里泊港关，船税二千四百。理《春秋表》，至《襄》止，犹未知致会之例。看旧作诗，欲大加删削，可存二三百首耳。盖自甲戌后始成家。

廿六日　晴。南风，帆行卅里过和共，两岸有市店。又五十里，帆风甚疾，船妇力言当舣避风暴，余方以为妄，强进未数里，呼愈急，遂姑任之。未定，风转沙起如烟，水飞若片，半时许乃定，若未尝有风者。天变信难测，人候亦神矣。"公会"排列始毕，大约以致治外，故拨乱时不致。以时月治会者，故讳者亦不致，但月耳。至月会月致，则讥文显矣。日暮不能前，遂泊薛渡，江陵地。

廿七日　晴煊。缆行出虎渡，虎渡在沙头上游十五里，已巳正矣。俟得顺风，帆行，溯江平流驶进。自登舟，始得此一日快行也。酉正泊江口，共计得九十五里。沙岸麦青，携茂翔步。抄《表》半页。江口，枝江地，去县六十里。

廿八日　晴阴。南风，帆行卅里至董市，船偏水急，舟人惮行，遂泊。茂亦停课一日。婢妪或呕吐。静坐无事，点《宋史》一本。始闻布谷。

廿九日　晴。缆行卅里，过枝江已午正矣。申正得东风，帆行七十里，泊宜都对岸。点《宋史》二本。

四 月

四月乙巳朔　阴雨。行廿里避雨，至午晴乃行，稍得顺风，夜至夷陵。江平船稳，樯镫明丽，颇有官派。点《宋史》一本。

二日　晴。移泊近岸，贺总兵派红船来护送余媱，余托言未来，惟遣三弟迎送，故未往见之。贺另派一哨官来，则恐难自匿矣。遣问时事，则李菊英用清。顿擢黔抚，王宝均斥不用，尤骇人也，李氏亦将衰耶？发家书，寄课卷归，又作书谕孺人，惧其疑怒，不敢发。余近日意趣言论益不合俗，旧友皆失欢矣。盖平日不见信，故动致龃龉也。朱脂未凝，仅点《宋史》半卷。始食樱桃。

三日　晨雨，旋晴。点《宋史》一本。泊竟日，待船户挟私货，正与黎文甫相反，是非未可定，要各有偏主耳，不论理也。贺总兵送肴酒，并附书，意尤殷殷。

四日　晴热。晨发缆行，至平善坝得顺风，帆过红石滩，竟不知湍急，未初过黄牛峡，戌初始泊獭洞滩下，行百廿里。点《宋史》一本。

五日　晴。南风顺利，行八十五里，风大船轻，泊细腰宫。初月一钩，山川饶艳，初疑秭归山水陕急，何以生屈、宋，今乃知其骨秀也。点《宋史》一本，俗恶，殊与情景不称，误生千载后，不能无此书，即不能不加点，差异于略观大意者。渊明观其意，吾但观其字，聊同运甓耳。

六日　晴煊。晨过归州对岸，牵缆甚难，至午乃至新崩滩。壮湍激浪，见对岸一舟沉覆，其去如箭，红船离岸，溺者逐流一二里矣。帆行十里，微雨，两女昼病，舟中寂听如闲庭，长昼独居，寂寥时亦佳境也。点《宋史》一本。泊牛口滩下，行五十五里。

七日　晴。点《宋史》一本。末年宰执唯有履历，亦将传名千年，信身后名之有无，非君子所重也。过巴东，上青竹滩，北风小雨，微舣旋发，行六十里泊火焰石，始入巫峡。夜雷雨大风。

八日　阴晴。点《宋史》二本。初以为即日毕工，及检视《志》《表》，皆未过笔，当携至成都乃能讫矣。行七十五里泊碚石，水程云八十五里，不能六十里也。茂女小疾，停课四日，今始复常，余又差胜之，纷疾，夜不寐。

九日　晴热。帆风，至巫山县风止，始午正耳。见老叟篮枇杷，倾筐取之。点《宋史》一本。王柏分《中庸》自"诚明"以下别为一篇，与余说同。余真宋学，非汉学也。早泊下马滩，云去巫山县廿五里，今日行百里，榜人皆以为致远告劳，故止也。

十日　晴。晨过东洞滩，水势骤长，过巫矶、下马、保之三滩，皆停顿久愒。护送红船，再告劳苦，遂泊保滩，计程不能廿里，云已卅里也。点《宋史》半本。纷女病甚。

十一日　乙卯，立夏。晴。行五十五里过黛溪，吴翔发来迎，船笨难进，又行十里，泊峡口待风，遂宿焉。热，始绤衣。夜水陡涨，终夕抚杌。

十二日　晴。小有顺风，帆缆并进，船循江波，时东时西，触石几破，午初始至夔城，泊下南门，迎者已至。步行登岸，至厘局晤芝生，看邸抄，问省事久之。诣杨大使斋中，坐及一时许，欲还船而惮磴道上下之劳，出答访红船委员李煦春，知船上事当料理，必不可不还，乃下船处分。三弟、绂子登岸。与一老耶谈心，告苴，终不可如何也。纷、茇游白帝城还，言王奉节之妻亦携酒往游，邂逅谈聚，甚有文理，未知其妻耶妾耶。晚饭芝生公馆，李、杨同坐，亥散。

十三日　晨起，写绿章塞江神，误书一字，初未觉也。芝生来，送参、苓、纹银，又犒来船，并言通判府经事，属达督府，久之乃去。移船清理，送《宋史》寄芝处，以陆运当费五千也。午至李春和公馆便饭，许管家乃补服至，芝生先在，未散。还船，待杀羊豕焖祭，至酉乃发。至夕命纷摄祀，以在道无衣冠也。三弟、绂、绶送至十里铺。李知县荐一仆蒋华，乘桦船来，就船遣送者还，并留廖二于夔。

十四日　晴，大热如初伏。五十里过安平，停船休役于林中，役人则凉，我则热困矣。未正发，戌初泊二道溪，去三块石五里。

十五日　晴。大风帆行，早过庙矶、东阳，皆无大湍，唯庙矶波略长耳。午舣云阳修柁把，风势颇壮，小停，将食，以先祖妣忌日，不宜求饱，不待厨舫复行。未至盘沱，狂风骤至，舣二刻许，小雨，乃得下碇。半夜风吼摇船，幸峡江不波，未相撞击。

十六日　雨阴。顺风帆行，水手疏懒，船触石版有声，若坼缝，急视之，尚未大裂，匆匆复行。计六十三日未离舟上，今始将登岸矣。雨大风小，揽行半日，始至万县，待葛玉顾夫又半日，竟不能成行。李委员荐一新仆曰蒋华，习于县役，令往县中集之。

十七日　阴，转风始寒。坐舟中看往来估客。喻洪盛等从夔来，夔副将周占标、白渝玉均来相见。盐局委员张兰来访，云新令何勉之，湖北拔贡，周将云何玉茱之子也。何与我同在汉口，至今卅年，竟忘其字，仿佛亦是何香雪，其时又有一孙谋，亦忘其字，惟记胡莲舫、李大桂耳，人固不可无奇。夜分米钱赏送船，约费廿金，计长沙至此百金矣。

十八日　晴凉。晨兴束装，卯正答访周、张，皆未起，遂行。饭于胡子铺，宿分水岭，行九十里万县，至此多下坂路。子规绿树，犹有春光，茹芦花残，唯见刺叶。

十九日　晴凉。日烈气凉，他处无此光景。早饭孙巢，西初至梁山城，步访张县令楚珩，未入，顷之楚珩供张馔具，衣冠来，久坐。道路皆言其治严廉，佳吏也。夕食后，复异至县署少谈，辞还。闻价藩入藏，藏臣改用汉员，如内地满、汉并用，以四、三品卿领之，川督所请也。

廿日　晴凉。早饭三合铺，绥定、重庆交衢也。无好店，盖以县丞署为行馆，如北市驿耳。过拂耳岩，下梢沟，缘山入谷，幽险可怖。盖升高见天，虽险不觉，唯下不见地乃为危慄耳，此唯汉前赋家曾言之。宿袁坝驿。

廿一日　晴。早饭黄泥碥，行五十里，饥疲矣，复无内室，就店前架板成屋，甚劳也。诵《楚词》万言，犹略上口。宿大竹，逆旅主人接待殷殷，并引院生邓代聪候见，余早眠，竟未知也。夜雨。

廿二日　邓生入见，云有讼事，为武生所诬，县令杜拔贡拘之，展转作弊，乃得一来，欲余请托于新令郭进士，谕以作弊以求免，天下事不可诘也。在舟中欲作咏物诗，竟无思致，今暇乃补为之。澧浦晴波怅望时，日光烟影共参差。纤茸别树方成朵，一点随春不自知。魏殿惹风犹有恨，谢家看雪最相思。浩园墙角无人到，扑地漫天欲问时。《杨花》。行数里雨止，饭于九盘寺，小憩卷洞门，携茭小步。申正至李渡。"归妹，女之终"，旧解以为长兄嫁妹，如此则嫁女亦女之终，何必妹乎。盖妹者，妾媵之名，即礼所谓娣也。六五，女君。

初三、四皆妾，天子十二女之制也。二无娣象，盖士大夫之嫡妻。"眇而视"，履三之象。"幽人"，履二之象。履辨上下，臣妾一也。履兑，受命于乾。归妹兑，受命于震。震无主道，故以五阴为主，而为女君之象焉。所以取震不取坤者，坤母震兄，女君之于妾实兄道也。

廿三日　朝雨，食时晴。泛渠水至观音桥，未饭，饭于吴家场，店臭暗不可刻居，皆就街中食毕。急行卅五里至青石镇，店亦窄暗，房尚可住，而蒸石甚湿。玉窗雨泪别瑶华，江浦归程及荐茶。蛮婢拟吞丹燕卵，汉宫应闹早莺衙。芳甘久逊蒲桃液，流落犹思杏苑花。月令误人留果贡，荔枝犹得献天家。《樱桃》。　　金弹垂垂翠叶铺，上林名重旧看图。霞分赭色衣香贵，露咽甘津肺病苏。犹恨子多难待实，只愁毛去却侵肤。残春已放先梅熟，为问和羹得用无？《枇杷》。顷之大风雨骤至，幸投店早，不然窘矣。夜初寒重。

廿四日　晴。晨气已煊，行四十里饭于罗场，道上短夫多相识者，行役频烦，殊增感愧。未至长乐镇十余里，纷女发沙，闻之忧扰，将雏徒自苦，宜衰本初之不欲争衡也。长乐镇即跳动坝。长忆花时去蜀都，江边灼灼照征途。相看便有家庭乐，比艳难教纷黛污。珠绯斗春欺锦缬，宝鞭敲日碎珊瑚。无香只是输灵桂，也得明堂种九株。《紫荆》。

廿五日　晴，阴凉。行甚迅疾，饭于东观场，犹未辰正。锦带蔷薇不任春，路旁溪畔见精神。更无桃杏争深色，不入园亭避俗人。风急未妨花次第，露香应共酒逡巡。非关刺手难攀折，共惜霜甜枣味新。《红刺》。　　三月朱华照玉棂，逼人炎气晓难醒。本随木槿占风候，伪称金钗摘露颖。宋玉也应嫌太赤，蔡邕曾与赋双青。世人只爱深红色，得挂花名压树经。《榴花》。　　淡红云白一时开，曾共虞姬对舞来。近说雍凉侵陇亩，羞论香色似玫瑰。胡麻好共仙脂捣，鬼草新和战血栽。酒祸不闻尤秫稻，兴戎休忿此花胎。《罂粟》。　　千顷黄花似菊畇，叶分茅刺碧棱新。曾吟埤坂愁公子，莫误琼华赠美人。朱紫共沾余沥润，绿蓝平占六宫春。从来章服为祥瑞，鬼血传疑恐未真。《红花》。九十里至顺庆府城，始申初耳。

廿六日　晴热。五十里饭于五龙场，店清静可宿。七十里宿蓬溪县，陂坨长路，仆瘏人倦。步遇熊营官，便留晚饭，又送程仪，余云何至效张子久，且为携至成都再还之，徒增舁担之劳耳。今夜有游击妻来争席，兵丁汹汹，欲与随从寻闹，余禁约之，乃徐自去。

廿七日　辛未，小满。晴热。寅正蓬溪令陈少笛来见，并候送于郊，余辞不得命，惧而益恭，主人愈益恭。盖寻常敬客者，不过如子姓，如生徒，极之如童仆，皆平交士相见所有之仪，今乃以上官待我，故为无礼之礼也。熊营官复设馔，甚沽旨，啜粥两盂。至郊亭，见有候道旁者，下舁步进，谒者上谒，不敢视，问其主安在。主人立道左，趋而迎，客趋而进，谢曰：某既固辞矣，请大夫之还城，然后敢过。主人曰：某固候送。客曰：同请大夫之还城。主人曰：愿先生之少须臾也。客曰：某不敢过，请大夫之命舆也。顾谓主人侍者进主人之舆。主人进客舆，拱手于舆旁。客趋就主人之舆，主人复进客舆于前。客揖，主人揖。登舆揖，主人揖，乃退。行卅里槐花铺，有虚集，不可停，廿里饭于关店。偃蹇曾无梁栋心，一株纵广自成林。常依荔子多盐地，不数松公几粒阴。叶贯四时元未改，根盘一里自然深。散材饶有宽闲处，莫误中原匠石寻。《榕》。又五十里至太和镇，过大榆渡，熊营官复馆我故馆。

廿八日　阴。云逼日光，倍热，伏日，夫力不愿进，勉行半程。宿景福院，旧记有好店，及入，殊不可居，仅一厅尚高燥，施榻大睡，自申至戌乃起。写《离骚》十二句。

廿九日　阴热。饭于观音桥，十里四方井。遇大竹令高积翁，言邓生事。廿里宿罗版桥，日未午也。写《离骚》卅八句。茂写字一张，笔法殊进。

卅日　晴，稍凉。卅里饭白鹭凹，店洁可居。昨店臭秽不可居，破跕则当宿此。又四十里宿大桑墩，始午正耳。半日安闲，聊息劳役。岎云：不迟留则今日至矣。余曰：在家尚思出游，今不费具办而得游行，岂易得耶？写《离骚》六十句。

五 月

五月乙亥朔　阴。积热得凉，征途最适。五十里饭兴隆场，渡什邡水至赵渡。茷云前宿亦在此店，店小二又去年所宿店佣也。询艾梁山。写《离骚》十八句。

二日　阴凉。晨起渡内水，饭于新店。舁夫病肩，不能行，缘路滞苦，犹强进，殊可念，惮热不敢步耳。稺公遣材官及吴明海均于二台相候，至武侯祠，芸阁率丁八郎相迎，及持帖者，居然似接官，愈出愈奇也。申初至院，岎、茷继至。稺公先相访，未及晡食，忽索衣冠靴带而出，颇为仓卒。院中王心翁及诸生入者数十辈，见郎亦至，纷纭夜分乃息。花树幽映，床榻清洁，居然完美矣。

三日　阴，渐热。早起略理行箧，亦见客数十人。午后乃出，答访督府，及昨遣迎者，见芸阁、见郎、张近韩、周云昆、云堂、旷寿云、李和合、和合子、萧云槎、黄翰仙、周叙卿、伍崧翁，以国忌未诣司道，仅至崧盐处负荆耳。况妇昨来送婢，婢粗蠢更似不及前者，云颇有首饰，为况所没入矣。

四日　晴。松翁、和合、罗著轩烜、陈小石夔龙来，至午乃散去。过岐子惠、齐敬斋、宋戊卿、王莲塘、如冠九，皆久谈，余皆不遇，当道干谒遍矣。还，答诣王心翁，遇一轿于堂涂，则黄绶芙来访，同入，久坐。冠翁复来谈，至暮乃去。诸生复入，坐殊倦，无以酬之。

五日节　晴热。早风甚凉。出堂待诸生相见。曾昭吉、毛菱亭在客坐久候，留谈将一时，诸生次第来，设拜，辰正入食。谢客，欲休，丁八郎来，笏山继至，翰仙踵入，谈至午正乃去。入受贺。令岎女诣丁嬰，内院独有茭及两小婢。余少睡起，抄九诗，见郎来，留过节。饮一杯，向暮大睡，至戌正乃起。

六日　晴。午出诣锡侯、昭吉、黄昆、贺寿芝、阎侄、陈双阶、翰仙，旋至督府，答访罗、陈，至芸阁斋小坐。稺公出谈，留饭，遂至暮夜。

七日　晴。朝食后诣笏山，笏云："君尚有少年之风，无长进，近滑稽也。"因叩其所业，殊无经义。因念李云丈言余至四五十许，俗人不能望其肩背，近前知矣。内慧外狂，实亦如笏山言。午至校场，稺公请看操兵，未初散。过尹殷儒、朱次民，不遇，至钟蓬庵、崔玉侯处而还。况氏来。

八日　阴煊。昨夜询送婢，言词闪烁，且妇而不女，因令斋长呼陈姓诘责还之。推原其故，由绳子荒谬，故敢侮我，亦非无因至前也。恐此婢不愿去而妄言，则无能自明，故善遣之，午正乃去。见安、但子余来。泽臣来，久谈时事。暮雨夜凉，酣寝甚适。

九日　雨，未正晴，仍凉。抄《楚词》，发《礼笺》付书局刻之。诸生来谈甚久，无心接之，近倦诲矣。蜀士才而不中，所以养之者，尚未得其道，由不严也。敷教在宽，事师当严，今我宽彼不严，此庄姜所以赋"惠肯"者与？夜月。

十日　晴。朱、崔两道，许缙来。缙行不端，欲绝之而三诣门，且有求，恐疾甚为乱，故强见之。已而送绸绫六匹，亦欲易鼎峙之意也，笑而受之。岎意以为不可，未知机诈情伪也。《离骚》毕注，始欲理事。

十一日　晴。恒镇如、张子静来。帉女昨服戴药，大瞑眩，令再诊之，过午大愈。曾彦来，其友也，留之使与谈半日，病有瘳矣。夜月朦胧，与论世事，看课卷十本。

十二日　丙戌，芒种。晴。日烈气凉，犹有春意。江少耶、傅总兵、周道台来，闻督府将至而去。午前，稺公来，言当密保唐鄂生。余以为拿问未定罪，不可保。稺公恐仓卒正法，不及救也。使唐闻之，必以我为阻挠善念矣。方今外重内轻，大臣事君当先大体。恭王亲贤被罪，宜为申救。徐、唐贪位侥幸，正使杀之，亦所应得，况必不至死乎。乃以交情为轻重，故余不以为然也。晚间诸生来，言院事，泛然应之。帉女大愈，复令子和拟方，看课卷十本。

十三日　家忌，素食谢客。监院来，言三事，皆招权纳贿之举，亦泛应之。看浏阳课卷廿本。多睡少事。雨凉。

十四日　雨寒。看课卷。帉女复病未起，夕乃小愈。夜月，作书寄樾岑。借银百两与马伯楷。

十五日　晨起，杨生永清来见，言此间前登省报，云孺人已故，其父甚悬念云云。凡入谣言者，必阔人，宜亮清之见咏也。出点名，骆、陈两生来赘。周、萧、二黄、北萧知县均来。看课卷将毕，偶倦遂停。院中桃熟，啖一枚，甚鲜甘。破轿新修，躬自拂拭，当有祖约之讥也。王生入论灌县事，云令锁诸生，士辱莫甚。余劝其往杀令，而又不能行。

十六日　晴。看课卷毕，将出，日烈未欲行，芸阁、李佩兰来。夜月如银，三更乃寝。

十七日　晴。朝食后出探叙卿前五夜避火有损失否，云衣物质库被焚百余事，殆耗千金。过许绪、张子静、萧子厚、朱次民、恒镇如、傅少霖。<small>李黼堂所荐，一荒唐穷人也。</small>诣督府不遇，还院方食。宋铖卿来，言三直臣分防三海边，盖姜子牙用申公豹之意。调院胡生来见，正倦，初不知其备调，方欲辞之，既念远来，强出，乃知其新生也，几失职矣。

十八日　李太尊、旷洋员、徐大令、<small>敬五。</small>陈翎师、李署提来。今日发奋见客，而仍有沈澄未见。钟道台恭人送帉、茋小礼，洋饧颇佳，无鬼味。芸阁送京报，无新事。得湘石书，看课卷三四本，即过一日，甚矣吾衰也。芮少海荐阳春，一日三手书，颇有老辈风。

十九日　晴。看课卷毕，定等第，将遣沈一送回。一辞亏空多，不能去。焦生自天津还。郭郎、罗少莼、傅师耶来。王师奶来，欲归无家，欲留无依，纷纭久之不定。顾华阳来久谈。夜梦半山化为方相，帉女啼怖，余令复本体，云当洗足，皇急自灌之，水成黄泥，觉而恶之，呼帉欲告而近不祥。又方言督藩信机祥，而自言梦，亦近妖也，默然仍寝。

廿日　晴。日烈始热，然犹二单衣。刘子尹、严玉兄来。出巡四斋，与吴明海论蜀营，闻华阳令言士卒有怨谤，营官非人，将告督府而必不信，其事果有否。对曰莫须有。今日名臣风尚，愎谏偏听。余自学温良恭俭让，绝口不谈人事，以救前失，然犹不能不记也。又论买婢及佣工。光孝廉送珠兰、扶渠来。将作家书，竟无暇坐，始知人事琐碎，非比三五少年时，老僧事忙，信不虚也。讲"流矢在白肉"，矢拂马过，故去毛见白肉，此古文简详之妙。方作书三四行，胡进士来，言其父求荐馆，而城中官幕极力阻挠，推王莲塘为渠帅，冠九、笏山受其愚弄，闻之极为笑叹。既又自念嗜欲深而天机浅，得无又为胡进士所搬演乎？鹅笼书生，版桥娘子，吾乌乎测之？今日所闻，皆世途变怪，怃然不乐。

廿一日　阴凉。崧盐考课，来谈甚久。李毓衡来见，言欲送银求委署，盖以吾前书责训之为求现不赊也。人心固蔽，以不狂者为狂，真有其理，亦未若蜀中之甚，蜀中风俗败乱如此，而亦自吃饭穿衣，富贵寿考，天地山川，与世间无异，禽又何必异于人。芮师耶来，言胡进士荒唐，果与吾逆亿无远，此进士又不若李毓衡，以其更有所恃也。停课一日，作家书二通。夜微有雨。

廿二日　晴。两女晏起，午犹未朝食。翰仙来久谈。熊坦然晡来，言笏山将省兵饷，惧其生事，欲吾譬说之。抄《九歌》一页。籵复发疾，烦瀁欲死，通夜扰念之，虽不十起，甚惊皇也。

廿三日　阴。愤瀁不能食，自念世缘巧磨，人无可避也。生死可以理遣，忧念则因境生，如茧在络，殊难自脱。严生来，言笏山欲逐刘愚，力竟不能，观此知其无用。绪钦、稗公先后来，俱久坐，严遂不能竟其词而去。今日专为籵扰，延吕、戴两生诊之，立二方，籵自主戴，遂如其意，二方大略同，余仍不信药，故听其择服也。

廿四日　晴。看课卷。籵疾甚，意殊不安。唐子迈来，久谈其遇房事。闻稗公明日出城，当往送之。异出，答访芮少海，烈日闭门唱戏，行乐之异于人者也。诣熊、李两知府，李处入坐。旋诣督府，则舆马盈庭，直入，先投刺，稗公出谈，论泸州不必去，鄂生不必救，皆不听？留夕食，夜归。

廿五日　大晴，始热。金松圃知县来，名仪斌，稗公荐诊籵女，看脉论病，久之乃去。籵吐泻并作，皇皇无主，惟吕生药方未试，姑投之，夜寐复起，问之无变证，仍寝。

廿六日　晴，愈热。看课卷。芸阁送蕨、菌，盐道送脩金。始浴。黄道台沛翘、江少耶年丰、蓉生来，俱久坐。当发家信而客不去，至夜乃令亲兵营勇丁赍浏阳课卷，明日早发，课卷竟不能毕阅，忙所不当忙，闲所不当闲。午后忿大愈，吕方效也。

廿七日　晴。晨将出，适王监院来闲谈，云有事问，久坐亦无事也。饭后翦发。钟道台来，云香涛督越，恐不能为理，文通之速与武达同。出答诣金松圃，谈修炼。芸阁请看戏，往则热闷，芮、张师耶同坐，至戌乃得休，惫矣。唯《再生缘》有搬演者，是为新奇耳。蜀戏有因而无理，近蕃歌蛮舞也。课卷阅毕，定等第。

廿八日　壬寅，夏至。阴，大风骤凉。竟日无事。唯还李提督四百金，往返两次始受。暮腼熊蹯，遂消一日。卅余年未尝散惰如此。夜抄《九歌》一页。

廿九日　雨凉，午晴。抄《九歌》二页。罗石卿、罗芷秋、见郎来。江少耶书来，讥院生趻弛，未知其意。

闰五月

闰月甲辰朔　晨起，黄树人来，发三梆乃去。点名，诸生入，咨问闲谈。朝食后稍愒。午出，答访二罗、黄、如，诣唐穉云处久谈。将赴成都夕宴，日始睕耳，乃至叶协生处少坐，出至铖卿处，则芸阁、象山、黄姓已先至，张南川、恒镇如后到，上镫入坐，甚热。二更还，颇冷，归加两夹衣，少坐即寝。

二日　晴凉。冠翁早来，诸生接至。傅秀才来求馆，与书两县谋之。午后约芸阁、见郎、罗铸卿、陈小石来吃熊掌，甚鲜美，异乎平昔所尝者。夜抄《九歌》毕。昭吉送玉带，并谈金类，以白金为最坚，百炼不化者也。丁潞安擢河东兵备，咄咄欲起。

三日　阴。张玉田之孙惟诚来见。督府来报，潞安署道，非擢也。抄《九章》一页，写大字八十。

四日　雨。岕出诣周、黄、丁家，暮还。竟日携茷在内院看东夹开窗。抄《九章》二页。

闰端午　雨凉。萧垫江、张静侄来，至午始去，遂不朝食。抄《九章》二页。叶燮生送篆碑五种来，借与岕临摹者，茷病久，昨夜数起，今始进食，犹云脚软心慌，盖热证也。书局清账，忽有口角，吾乌能正之？

六日　阴。姚绍崇、刘凤修来。姚，可笑人也，竟忘其名，见乃觉焉。午诣芮少海处看戏，芸阁、洪兰楫、顾子远在坐，至亥散。尽日销磨，聊同博弈。

七日　晴。巳初已热。看京报，无新事。得京书，颇有新闻。方今在上者叹无人材，以为莫己若也。在下者叹无人材，以为莫我荐也。试反而思之，所谓人材者已不亦多乎？《诗》曰：具曰予圣，谁知乌之雌雄。此之谓也。故君子自治之不暇，而何暇忧天下。抄《九章》二页。岕忽又病，盖十日一比，知余之孽重也。虽欲不忧，殊无所逃。

八日　大晴。岕病益甚，看课卷，不能终事，裴回厅堂，至申，岕稍苏，乃饭。向黄观察借女仆不得，云恐泄其私事也。笏郎来赟。

九日　大晴，热少减。岕大愈，云昨夜几绝，晨乃能起耳。定等第，南江岳生来。严玉兄阎少林来诊岕疾，李毓衡送荔枝，见郎来送野蚕茧。抄《九章》一页。

十日　阴。午后凉，夜雨。自朝至日昃皆对诸生谈艺。外客来者徐敬斋。芸阁送荔枝。临《碧落碑》卌八字，殊无笔法。抄《九章》一页。岕言四时唯秋可悲。余云女父母皆取于秋，秋乃可乐也。郊原山水间唯秋清快，唯当夏时苦热，极望秋来，俄得凉情，始惜时过，不能无追恨耳。此情生于畏夏，不生于感秋，可为时物增一体会。

十一日　阴晴。份壮热嗌痛，又劳料理，竟夜不寐。日中写字、抄书各一张。祝陪堂来。

十二日　阴。晨写字一张，极无笔法。朝食后偃卧，午后出，答姚、祝，诣府县不遇。赴笏山饮，和合作陪，周、黄、崔、黄为客。酒间多谈己公忠之美，而叹无良友，对和尚骂秃驴，初不自觉，亦可闵也，诚孝达之不如，然不因请我，我亦无自知之。金刚诗云：只将北海千钟酒，换得中山一箧书。酒肉朋友亦有悔时，又可三叹。亥还。份稍愈。

十三日　晴。富顺宋生及王孝廉万政来，坐半日，泽臣又来，坐半日，遂消长昼矣。份大愈。抄《九章》，临帖各一页，夜月不明。

十四日　晴。抄《九章》、临帖各一页。与书藩使论盗铸。张梁山送竹帘。复唐珊峰书。张怡山送荔枝。督府还辕。任生国铨自忠州来。

十五日　阴凉，有雨。戊午，小暑。晨起劳芝舫、周兰生来。客去，复点名。朝食后小睡。午起，穉公来。王千总，芷江人。洪经历来见。万师耶来辞行。抄《九章》、临帖各一页。《九章》"北姑"，不知何地，"轸石"以磊石当之，似尚相合。作牵牛花篱。

十六日　雨。复书梁山令。抄《九章》一页。出诣杨、万送行，答访穉公，遇李总兵久谈。申还，临帖一张。

十七日　雨，午晴。抄《九章》、临帖毕，出答周、劳不遇，诣黄绥芙、唐穉云，久谈延日。唐处遇王子蕃。申正至钟蓬庵晚饭，湖南镇道作陪，盖专为我设，然殊不合客意。

十八日　阴。饶榆龄、刘奉琴来。陈生宝改名潇来见。抄《九章》、临帖各一张。茇始复课。

十九日　晴。抄《九章》一页。热浴。无客无事。

廿日　晴。巡四斋，与诸生谈，改《曾子问》"赐冕弁"说。诸侯、大夫未冠，不得见天子于太庙，若其除丧始见，又不得有冠醴。盖天子偶召见而爵之，亦不得赐诸侯也。此必当与冠醴为二事。冠醴唯有大夫，赐冠必无诸侯，分说乃可通。夜雨，易郎顺豫来。

廿一日　阴雨。午后晴，曝衣。见郎来，云次青母墓被发，闻之惊惋。盖谋地信风水之过，然比之曾沅浦为敛迹得灾，亦有幸有不幸也。看课卷。宁生来。

970

廿二日　晴。看课卷毕。晡出，答访饶、刘，过笏山，论廷寄援交趾遣鲍超率师以往，泰安三营，达字一营，武字一营，枢臣复见不费一卒之能，复睹承平之风也。张荫桓入总署，张佩纶往福建，丹翁协办矣，富贵在天，即在人也。过督署晚饭，热不可耐。

廿三日　晴，蒸暑。朱次民来谈道，言黄恕陔怒江开荐卷，至欲劾之。江以容成术而杀其身，张诗舫误之也。又言陆稼堂亦修此术，而其子传之，得恶疾以死。鲍超亦传之，而至欲拔宅上天。方知高骈尚是俊物。比日中莲池民家有数竿竹，每暮有万数雀来集。昨穉公言山西有白头乌与黑乌斗，黑者尽死。余云白者，法旗；黑，鲍旗也，岂此祥乎？交趾亦有山西，故遣鲍不可不慎。左楚英为何人劾罢？夜过松翁，亦谈道、释。

廿四日　雨。早凉独坐，殊有秋怀。王莲翁来考课，久之乃去。顾、宋继入，复久谈遣军赴交事，散已日唑矣。抄《九章》一页。罗师耶与见郎暮来。

廿五日　晴。唐次云来，言鲍超非人性，不可驯扰，来省必恣睢也。抄《九章》一页。始抄汉碑。

廿六日　晴。《九章》毕。从严生借得《政和本草》，向来求之未见者。阎百诗六十始见注疏，可叹也。抄《三公碑》，集楹帖数联，遂消半日。晡浴觉凉，晚稍不适。夜凉。

廿七日　初伏。早凉，午后稍热。王莲翁送藤圈，云非藤，乃草也。余以为扶留，未详考之。抄汉碑、《本草》共五页。蚋多相困，不能久坐。龙八来，得五月十二日家书，均报平安。半山忽言有喜，岂一宿之缘耶？且喜且惭。

廿八日　晴热。熊营官、张子静监院、刘开圻及诸生皆入，杂谈，遂消一日。

廿九日　晴，大热。抄《本草》、汉碑四页。夜食瓜甚佳，蜀土所无，李毓衡自陕致之者。

六　月

六月癸酉朔　大暑。晴。晨起，宋生告去。出点名毕，舁出诣机局，与三黄、曾、阎谈，过熊营官而还。未午已热甚，午后热乃不可过凉，日中大雨，亦殊不凉不溽，可异也。夕食尤蒸闷。邵给事字实孚，名积诚。试还来见，不敢辞之，衣冠出，汗如雨，谈十许句，客去，湿三衣。食矣，勉抄汉碑一页。

二日　晴。晨诣邵学使，遇释公已入，以为当辞客，俄而请入，少坐，崧盐至，自入，闻督府在而退，释公复令延之，三客杂谈，殊不顾主。余畏热先起还院。朝食毕，谢客闲坐。抄《本草》三页，为蚋所苦，放笔游行。发家书二三纸，亦再放笔。热不可低头，湖南亦鲜有此盛暑，暑针过九十六度矣。

三日　晴，愈热。竟日无事，唯抄汉碑一页。

四日　阴。丁寿芝再来见，一见之，荒唐人也。晨治具招笏山饮，相识卅六年，始一宴之，请穉公为宾。已正穉公来，笏山继至，云上院有面咨事，余云可在此言之。多谈政事，谢余言私铸，使彼获盗，云道府皆不以为然。又禀数事，未合上意。余私告之云："巧言如流，君言未巧耳，又太无猜妨。"今日见其论事，侃侃殊有正直之风，非平日意中易笏山，人故不易知。客散已暮，大雨雷电，以为当美睡，乃反不着。

五日　阴凉。诸生来者数班。铺设厢房，始成局面。午出吊杨小侯，门庭阒寂，文官无一致者，惟将军、提督皆到，督府于此少周旋之礼。袭侯虽非贵人，然朝廷所眷，故当加礼，陪客仅一洪兰楣，赖有我耳。还作一联。世禄不骄人，只当年典卫钩陈，曾被贤王温语接；蜀才嗟又弱，正此日怆怀勋旧，后[1]传开县赴书来。雨亭亦递遗折，蜀中亡两一品官，故并及之。抄汉碑半页。纷昨食即吐，殊忧之，今始未吐，而气弱神不王，故不高兴。

六日　晴热。抄《本草》二页，余时不能事。

七日　晴。诸生应学使课去，院中无人。王彬来。午抄汉碑、《本草》各一页。飞蚋扰人，闷燥不静。出答访杂客，便过李署提，荐吴明海。至熊坦然处集饮。绪钦、罗、李作陪，唯高谈往事，李颇嫌自伐。坦然署潼川，荐一随丁，旷氏妇之义父也。入门而雨，夜月，归途甚凉。

八日　中伏。晴。郭连衿、朱次民来。看课卷八本，亦热不能事。

九日　晴热。看课卷八本。抄汉碑两行，闷暑而罢。

———————————

① "后"，疑应为"复"字。

十日　晴。看课卷八本，热甚停课。午雨，骤而不甚，稍得凉耳。夕食后，诣四斋。夜月。

十一日　晴。稍有风凉。看课卷廿七本，浏课始毕。杨高照、楚东妻均来求事，宿将困苦，殊堪感恻。楚妻嫠寡尤可哀，令纷、茂每月割月钱银一两周之。抄汉碑半页，写分书卅字。龙见郎来。

十二日　阴凉，始有苏意。看课卷七八十本。见郎、张近韩、穆芸阁、崧锡侯来。崧云天全州逆伦一案，昨日当决，督府疑其情，临刑而止。城中颇诮冠九，不理泽臣也。今年弑逆者顿有数人，深恨教化之不行，使居学官，当不至此。此唯有责之教谕、训导为切，俗吏方躬欲篡夺，宜民之不知伦也。

十三日　晴。看课卷毕，发案，甚烦倦，未暇余事。葛连衿来。

十四日　晴。抄汉碑，写对扇。出答诣金松垣、葛渭泉、翰仙、莲塘，诣督府，派船还湘。看京报，豹岑将罢，恒少廷特擢荆府，采九诉冤，阆青卸提印，五臣人总署，皆新闻也。便过锡侯而还。

十五日　晴。晨出点名。朝食后传班唱戏，为龙八饯行，约芸阁、近韩、见郎、陈小石便饭，监院诸生皆入。纷女要丁二女曾彦、王心翁小妻来看戏。王树滋妾必欲来观，纷纭至酉初罢。

十六日　晴热。作家书，并与书锦芝生、吴翔发，复杨师耶书，皆言迎媵事。抄汉碑一页，曾彦昨留伴纷女，作二诗。夜凉风起。

十七日　己丑，立秋。阴凉，顿有秋意，遂能伏案。翰仙来久谈。抄汉碑一页，《本草》三页。遣龙八、沈一还家，荐廖二与罗云碧。夜寐，俄起，院内寂静，裴回往来，颇为清适，凡再起乃眠。大雨达旦，水深三尺。

十八日　大雨。喜凉久睡。曾彦将去，为点定新诗。骤凉如秋深，使人失措。抄《本草》三页。

十九日　晴，不热。李毓衡来。抄《本草》三页，汉碑一页。多卧少事。

廿日　晴凉。抄《本草》三页。傅师耶致一女，颇高长，异于凡所见，未暇评其妍媸也。夜凉，时雨，睡不甚安。重看晓岱诗。书局斋长逃去。杨光垲来。蒲桃为蜂食将尽，悉摘之。

廿一日　晴。翰仙来，言贺年侄妻丧，当于今日往吊。出往贺寓，因过笏山、钟蘧庵还。未夕，衯疾发甚重，谵啼无状，极为愦扰。

廿二日　阴。衯疾剧，步往机局寻曾昭吉，复至绪钦、黄郎、翰仙处，皆欲请其内姥来助料理，均以事辞。乃请见郎及监院夫妻来主之。昨夜未睡，欲至见郎处稍避，入督府，则群相告语。稺公出，便设榻芸阁对房，罗铸安、陈小石、张静涵均来会。翰仙荐徐秉成来视衯疾，云不妨。稺公亦遣其长妾至院看衯，为之大扰，余未能矫镇之过也。宿督署，颇得酣眠，差为能割慈耳。

廿三日　晴。晨起，府中人均未醒，待门开而出，牙参者已集矣。步还，见郎继至，未饭去。朝食后，近韩、稺公来久谈。诸生入言书局事。衯大愈酣眠。抄《本草》三页。

廿四日　晴。衯复昏痫，竟日惶怖，出寻徐秉臣问方不遇，即过机局，遣信往迎诊之。同榜谢恩澍雨陔庶子来见，人尚朴稳。稺公约翰仙、芸阁同集，翰仙属改菜单，乃不肯用一殽，吁可怪也。申集亥散。视衯尚无恙。

廿五日　阴。丁公继室来视衯，衯遂晕绝，客大骇惧，久不去，余尚未知也。葛连衿、见郎来。昭吉夜来，谈化学。崔生告去，欲求保举，亦可怪矣。

廿六日　凉雨。深秋阶庭寂静。扮小愈，能食。陈克昌、范濂来谈，皆藩客也，云刘毅斋学常遇春，每日办数女值宿，玉门关外自来无此春色。钟蓬庵送画来。得家书及张吟梅书，还百金。此人鹘突不听话，自谓老成，宜俊臣之不用，然在浙人为有胆者。夜起挑镫，欲作杂忆诗，觉才思钝倦，殆将成茧矣。杂忆者：阎丹初同游鄂，今当国；李少泉同游徽，今卫京师；彭雪琴同起湘，同居衡阳，今防海；张孝达同游京师，今督越。四人皆以轻材膺重任，不求我助，我亦不能助之。然往还有恩纪，云不忆泥，泥不能不忆云也，故欲仿《四愁》体赋之。

廿七日　晨雨。终朝凄清独处，颇欲绝人事。看课卷十余本。谢年侄来。

廿八日　晴，稍热，午仍纻衣。看课卷七十本。扮始复常。见郎来。张生、羊令来，荐廖生可书局，余云嗜利悖傪，非其材也。

廿九日　晴。院生屈大谟初云失银，既又不还饭钱，周玉标诋其诈鄙，遂至相打。余以为风气大坏，令斋长治之，因追前事，咎王绳生作俑，询其饭钱，犹有牵扯，复为戴光所乘。高材多愚诈，如乱丝不可理也。出访徐秉臣、戴年侄，答李家汉，过恒镇如，还仍过督府，见龙、穆、张及穉公归。见院生严玉甫、王师耶。

晦日　晴。休假不事。善化二罗来。终日闻院生论告状是非，为之笑叹。得张楚珩书。

七　月

七月癸卯朔　晴。晨出点名。朝食欲饱，始闻督府约早饭，辍饭少愒，异诣穉公处，司道先集，翰仙亦预。欲请如冠九画，而失东绢，还检仍未得也。牌劝诸生无讼。诸生入院肄业，首宜自重。前与饬约，不得以一字干诉有司。两诣督府，禀留院长，均经面责。近闻此风未革，时欲呈诉，其评很可厌，其卑鄙可哀。闿运典教六年，曾无感激兴起之效，愧可知矣，岂敷教在宽，而治蜀宜严，主客冰炭，不相合乎？监院凡奉公文，有院生名字，即按名移学注劣，仍详学院，除其课籍，然后移详有司，平其是非。诸生当知经明行修，公卿且将取正，无念念禀诉为也。复将周玉标罚金，屈大谟扑教，以杜嚚陵。复书张楚珩。

二日　晴。金凤洲庚生来见，天津乙榜，颇有官派，云有子欲从肄业也。抄《本草》三页。复热，可浴。夜为映梅所惊，呼杨姬然烛，移寝正室。

三日　乙巳，处暑。早不成寐，起复睡，乃晏兴。午出，答访吴克让，过绪钦、崔、周三道台。至延庆寺，赴金知州之招，崧翁先在，金木讷无多语，设食不恶。还与斋长论书局事，邵实夫批禀明白可喜，其人深稳，似无能者。

四日　阴。申后雨凉，居然秋声。祝陪堂、钟、周道台、制府均来。穉公久谈，陪堂久坐，遂消一日矣。吴祥发来，迎接事又不成，真有数定。与书李申夫打皮壳。托程郎、翰祥买永锡。代书局作说帖，论刻书事。夜雨不止，遂连晓。丹桂早花，一枝高出，余尚未蕊也。

五日　雨竟日。周云昆来，痴谈。傅师耶妻来见，仿彭宫保例见之。幸帉女已往丁府，茭女不出，相对谈取妾破船事，老江湖客也。云在仲云家久寓，尤为可骇矣。言笑宛然张小红之流，又可悟闻乐知俗之不谬。处约不能峻绝此辈，亦无可奈何也。抄《本草》三页。成都将军岐元母寿，七月二十七日。万里称觞，献三危瑞露；七襄留锦，成一品天衣。

六日　霁。写屏对。遣招谢年侸暂住书局。抄《本草》三页。

杨副将妻愿来执役，辞之。

七日　晴。抄《本草》一页。黄夔州招饮，召杨妪还伴茂女，申初异往，简州方、郫县秀、绵竹凤、但、刘同坐，唯凤弗堂旧识也。酉戌间大雨，还已霁。泽臣四掌文衡，不知赢博事，虽不自讳，然非佳事也。范濂来借银。

八日　阴。朝食后往文殊院吊如冠九弟妇之丧，云笏妻也，年七十二矣。功服为位，故往观之，白袍青褂，近无礼之礼。欲留坐，主人再辞。还途遇易、崧、王俱往，府县尚未至也。过释云，言家人亦患利泄，其小女噤口，恐不起，云颜色甚晦。还抄《本草》三页。彭妪卧竟日，并遣杨妪去，独携茂料理。秩然、凤弗堂来。

九日　晴。抄《本草》成，共五十五页，一月有余乃毕，可笑也。杨妪复归。旷金钟来。夜大雨。

十日　晴。秋兰盛开，丹桂早花，牵牛亦发，纯乎凉色。陈子箴通判、崔玉侯道台来。何国璋来，不知何许人，未之见也。暮携茂步入少城看关祠荷花，唯有残叶，映月还。遇齐敬斋亦步行，气色甚佳，差委不远矣。

十一日　晴。作《本草叙》。得连希白书。夜月甚明，裴回久坐。陈子箴来。以廿金借萧子厚。

十二日　晴。张华臣来。但子余来，谈《汉书》，因复看范史一本。连日散诞极矣。帉还。

十三日　阴。以在客安久，岁节违奉宗庙，当别有荐。依《聘礼》"赐饔，祭祖父如馈食"，行馆有祭，则馆中固宜祭也。但无妇不能备三献，仅以荐礼行之。因于昨日庀具，今午荐新，竟日斋居，礼毕而馂，帉肉仆厮。夜看《汉书》二本。

十四日　阴。得家书，发回信，题第五号。看《汉书》一本。

补检《本草》一本。

　　十五日　晨雨，已寒。出点名，见江西吴生三兄弟。穉公来，谈鲍超将招兵，蜀中供饷，捐卌万与之。以为古今将士皆以死博财，不足怪也。使赵母闻之，当爽然。盖马服子若胜，此言必不传矣。此又足广我褊心，而实非当官之义也。见郎来。看《汉书》一本。夜雨凄凄，茫无心想。

　　十六日　晴。晨起阅卷。午出过锡侯、翰仙、督府、和合，答访二张，华臣、伯元。遇恒镇如，寻何国璋不得，至次民处问讯，因过曹瓜而还。叶知府候门求见，报芮少海之丧，方诧异之，昏暮又来，今年尚无夜客，月明花芳，巫延之人，则为其兄谋馆，不谈风月也。妢、茷早睡，余亦背月而眠。

　　十七日　晴。镇如、芸阁、罗著卿、陈小石来。检《本草》，看范书各一本。夜月昏沉，乃更久坐。

　　十八日　庚申，白露。晴。马伯楷病卒。翰仙权川北兵备，始得列于外台矣。使鹿滋轩在，必不能也。福州船政局厂已焚，招商局卖电线尽坼，廿年言效法西人者一旦尽废。廷旨言一意主战，又五十年来所仅闻者也。芸阁招饮，入督府聚谈，夜乘月还。看课卷毕。看《汉书》一本。金凤洲、祝士菜皆病故，十日前共宴坐，无病状，迅速可骇。夜月极明。

　　十九日　晴。翰仙、镇如来。廖二与映梅比而生事，并遣之。周绪钦报彭川东之丧，前梦竟无征耶？湘中又增一富室买田者。看课卷竟日，院生竟无赋手，乃知吴锡麒、顾元熙亦是人物。夜月，至书局闲谈。

　　廿日　晴。妢女当往谢王心翁妻，王因请伍崧生母便饭。茷尚未往见伍母，因令先诣，便答周绪钦妻，饭后即出。余携茷读内斋。吴明海妻来求见，避出，巡四斋，略谈，已过午矣。王妻必欲茂往饭，因遣之去。独与一姬居，更寂静于罗时，客中一奇也。未暮均归。看范书一本。夜阴，遂雨。

廿一日　霁，阴，有日。出吊三丧，金凤洲、祝士䓊、芮起豫。芮子颇能言。庆三寿，钟肇立、曹贻庆、顾怀壬。顾明日生。中过徐、叶、黄，翰仙处遇张贻山。还小睡，笏山来，未见也。看范书二本。欲理旧业，蚊蚋犹甚。

廿二日　阴。看范书二本。检《本草》三卷。见郎、松翁来。作芮少海挽联。幕府地清闲，达者萧然，庭馆梧桐待佳客；琴歌老跌宕，仙乎逝矣，形骸土木慕王孙。

廿三日　晴。《本草》录毕。看范书二本。周云潭来。两女疾皆自愈，始有婴婉之乐。自别长沙，唯此数日闲适也。

廿四日　晴。帉、茂往李宅，女仆俱去。陈寿崧自泸来，云彭道无恙，绪钦讹言也。看范书一本，复抄汉碑。家一老耶来，痛哭求去。

廿五日　晴热。与书李总兵，荐家一从军，想又说官话矣。黄观察爱富嫌贫，不欲与谢子为宾主，惜不遇家一也。看范书三本。抄汉碑一页。复理《春秋表》。新得李仙根教谕捷法，表用时文格，不必画格，颇省事易成，五十年来乃始知之。见郎来。

廿六日　晴热。看范书二本。抄汉碑半页。理《春秋表》聘类。翰仙、笏山来。张门生来。

廿七日　晴热。晨起遣要松翁同入满城，贺将军母生日，门不启，未得入。便至熊总兵处送行，闻族子孙荒唐悖谬，不觉发指，既而嗒然任之。象山、钺卿、芸阁来久谈。看范书一本。理《表》三页。娄①书频误，信劳疲无功也。已知之则已矣，必欲譬

---

① "娄"，疑为"屡"之讹。

晓人，故为所役。夜热甚。看京报，主战之义已十三日坚持未变，五十年所仅见也。

廿八日　阴，热未减。旷金钟得崇宁，来谈。黄成都考课，独有华风，不亲至，但示题监院而已，于体为得也。看范书二本，理《表》三页。多食番豆，腹中殊不快。

廿九日　晴。范史今日可毕，而未暇看。检"公会"分类，遂穷一日力。夜雨惊起，明镫而睡，未几梦不安，复起吹镫，近五更矣。

八　月

八月壬申朔　晴。起较晏，出点名毕。杨童来见，年十七，能治《公羊》，貌亦清拔，曾与略谈。刘凤修来。看范史三本，理《会表》。

二日　晴热。见郎、罗师耶来。看范史二本，始毕校矣，有二字未审。"公会"亦录毕。刘生铭鼎来，问"玄驹"。《小正》：玄驹，贲。《传》云：玄驹，蚍也。贲者，走于地中也。自来以蚍为蚍子，案《尔雅》"玄驹裛骖"，则玄非色也。汉碑以"駏"为"骥"，盖"骥"之或体。骥，千里马。"玄"盖"裛"之通假字。裛以组带马，御者调习骖马之法。夜雨。

三日　雨阴。晨出送翰仙、穉云，以为已去，乃皆未发，城官晏装如此。过恒镇如，觅机匠织藏缎铺垫。还院小憩，理《表》数条。岐子惠将军速客，要伍松翁同往，至则尚早，黄、崔道，黄太尊均先至，臧师耶后来，同坐者伍、三王。王子仪，知县，主讲少城书院者。一王仙艇，都统书识①，自云黄州人。戌散。作诗送黄、唐。

四日　雨。晚晴。罗师耶来。应课，因问题，使谢年侄作之。因自作一篇，葛玉书之。又为王芝圃改一篇。抄汉碑半页，校《表》数条。

五日　丙子，秋分。早醒，迟明起，两女皆起矣。大雨，水平阶，向午始霁。抄汉碑一页，校《表》数条，抄《夏小正》二页。

六日　晴。晨寒。抄《会表》，甚有条理。近日伏案，其功繁细，未觉倦也。留见郎食胙肉，因要谢世兄同饭。夜复作《表》，并抄《小正》三页。

七日　晴阴。作《朝会表》毕，井井可观。还绸缎钱将及百金，汰矣。借出百余金，恐不能收，以此亦不自节也。抄《小正》一页。"鞠则见"，或训"鞠"为"虚"，忘为何人之说。近来空疏积久，复思多闻之益。三杨生来问学。

八日　阴。检《伐战》条例，凡再易稿，皆不妥，姑置之。阅京报，战议犹未变，惧有庚申之患。光孝廉送鹦鹉。抄《小正》一页。

九日　晴。料理铺设、还账杂事，佣役忙一日，余亦忙一日，可笑也。

十日　阴凉。晨出送旷崇宁行。过笏山，笏云本欲遣子就学，其妻云从我则习放荡，故不可也。弥之议论亦复如此，所谓东家丘者耶？诸君皆可谓有义方者，故其子无恶不作，习闻此等论故也。过黄观察、督、提均未起。入督署，与芸阁、见郎、近韩、贺揩生、孔北鹏略谈，闻左季高复出浙闽，矍铄哉是翁，将以鱼

981

① 此处疑有误。正文言"三王"，而注仅出二王名，"都统"前或漏一"一"字。"书识"盖都统之属吏而不知名者，疑为"书记"之讹。清各地都统皆旗人为之，不得姓王名书识。

皮裹尸耶？督学革去院生四名，又为可哀。冒犯不悔，虽死不悟，此等风气，蜀士为甚。李署提来，久谈。周叙卿来说媒，前见钟子似可，昨见杨生较胜，尚未定也。姻缘前定最可信，若早一月，必定钟矣。今日为半山馈祝，八字适来，又似可喜。崧道送节银来。夜明镫爆竹，颇有喜气，设汤饼，赏宴吏役。谢世兄来贺，辞之不得，迎拜门内。斋长入，则固辞乃退。纷饮二杯，醉，告退。茇独惺惺。余亦倦矣，早眠。

十一日　阴。以国忌不贺。晨起游行，桂树再荣，香盈庭院，再和前作，为半山喜。琼树难争桂树香，镜中蛾鬓绿仍长。新调鹦鹉能呼酒，旧集芙蓉好制裳。秋入锦城花艳目，烛摇银幌月飞觞。绣帏待晓思闲事，袭袭芳菲露叶凉。煨芋食饼。见郎、黄绶芙来。

十二日　阴晴。作《战伐表》。近韩、陈用翁来，久谈。老张夜来。谢子骤病，招吕生诊之。

十三日　晴。作《战伐表》。葛连衿来，久谈竟日。夕闻价藩归，往看之，客坐桂香，念其新归，有室家之乐，亦为之喜。与谈夷务不合。中国士大夫好夸张夷人，不知其无人材，尚不及何璟、张佩纶，无足深虑也。斋长来，考定释奠仪。

十四日　晴阴。治具招徐秉臣、宋钺卿饮，陈子珍、恒镇如作陪。穉公来贺节，亦谈夷务，云必为患，余壹不以为然。暮，客始集，戌坐亥散。老张又来。作《战伐表》粗毕。小①和合来。

十五日　阴。晨至讲堂，院中士吏均来贺节，并见外客数班。张门生来。老张云黑人三阳，将不久矣。与之久坐款谈。自李仲云托属后，未有以报，深负之也。出至督府，答访陈用翁并见其子及孔、贺诸君。得夔州、潼川、忠州、庆、涪州县来书，均投

---

① "小"字疑衍。

字纸篓中。还，罗著卿、三陈来。昭吉、八郎来。晤客甚倦，小憩，出行院中，见诸生习礼，甚喜学子能依古以正事，为之考定释奠废典，殊无确证据。夜明镫贺节，两女聪强，颇有闲适之乐。子夜见月，久之乃眠。

十六日　丁亥。黎明起，视天色阴和，衣冠出，待事，诸生早集，行释奠礼毕，久之乃会食讲堂。与书笏山索节仪。锡侯、绪钦、胡进士父子来。甚饿，入欲晡食，纷云尚早，小食点心，假寐。价藩、张伯圆来谈，客去，夜矣。

十七日　阴。谢子复请移出，亦听其便。检《表》，抄《小正》，倦睡谢客。笏山送节礼来，与监院同致。初疑其轻辱我，既念当世无敢轻我者，唯蜀人则谓我贫贱耳，自非至俗不宜至此，而俗人又未必有此灵心，吾与世人相去真有"苍苍视天，天视苍苍"之意，乃复书谕之。昨谏设醴，遂承补馈，足征虚怀待士之雅，感荷感荷！唯《礼经》制节，过时不补，祭居三重，无反于初，况于投赠而可索得乎？家父求车，见讥圣史。所以前告者，惧代者遂去饩羊耳。谨仍使反璧，若至年间彼此不去者，自可拜领嘉惠也。又来贶二分，一送监院，一送主讲，或疑公欲以属吏相待，不齿之宾师之列，闿运以为必误解"八事"二字所致。监院向无犒赐，未敢代留，必欲饷之，自可径送，今并以奉缴。敬颂台安。自谓处置尽善，既而思之，何不忍气吞声，自同寒蝉，为少此两番波折耶？巧者拙奴，有味乎其言之也。

十八日　阴。抄《小正》一页，检《表》半页。老张来，言笏山云此事何必写信，口传可矣。治具要价藩饮，因与黄泽臣作生日，复蓬庵席，饯芸阁行，一举而四事办，以为最省，实则费也。蓬庵早到，芸、价继至，成都府最后，入席犹未夜，戌正散。

十九日　晴。抄《表》竟日。抄《小正》一页。梁进士来见。罗石卿来。张矮来，言耿鹤峰贪酷，欲破其家，求书解之。

廿日　辛卯，寒露。晴。抄《战伐表》成。曾心泉来，去年打官话问泸州三事，今道士、尼姑皆死，田秀栗亦撤去矣，可胜感喟。帉往丁宅贺加笄，留茪独居，携与巡四斋。三台罗生老行一担，犹未识其人，召见问之。夜抄《小正》一页。

廿一日　早起，检《表》，抄一篇。朱次民来久谈。帉往丁宅，茪独居内。夜抄《小正》一页。以"鳺"为"鹝鴂"，即今子规，混同可笑。然舍此并无叫旦之鸟，子规冬至乃不鸣。说殊骇人，当再求之。

廿二日　晴。晨起待饭，至督府看赘婿，陈夔龙小①小石与丁四翁孤女昏，稺公弟女也。草草匆匆，不成款式，亦居然成礼，好言办事者可废然矣。设五席，分五处，余与芸阁、顾子远、见郎同席，梅龛、稺公陪客，酉散。至新房少坐，热甚乃出，还院已倦，早眠。

廿三日　晴。《小正》一页，改定《表记笺》，竟日乃成，不暇他事。得七月三日家书。刘人哉来。

廿四日　阴。晨起催饭毕，出贺锡侯、泽臣生日，便过葛连袊、王莲翁、周绪钦，答客数家，俱不遇，还已晡矣。作书为梁进士干彭东川，与耿鹤峰论章州判兄弟讼事。黄绶芙、老张、俞子文来，遂至二更。

廿五日　阴晴。看课卷竟日。黄泽臣言两县考课供亿之费。闻二十七日督部当来，与书两县止之，不可。得朱小舟告灾书，云其寓被焚。

廿六日　阴晴。晨过松生，贺其母生日。年七十六，乃小于先孺人，而松生早生早仕，遂若其母笃老。盖其子馆选，母才卅

———————————————

① "小"，应为"子"之讹。

许人，而老福殊不若周宝清，可感也。去太早，不得面吃，忍饿而出。遇俞子文，因便至劳芝舫门，送一片，贺其母生。诣芥帆，少坐而还。帉、茷均往伍宅，静卧半日，复至松生处赴席，唱戏嘈杂，与顾子远、叶协生、刘何有略谈，上镫即还。

廿七日　晨起发案，府县已来，云司道不至。巳初稺公来，点名出题毕，因留早饭，要府县陪坐，未初散。老张、金松垣来，纷纭竟日。帉寒疾，复吐血，夜半闻门步声，而寂无人语，方讶问之，乃云婢妪怯出，求水不得，可伤也。为呼人起，燃镫小坐，啜茗而眠，遂不得安，若醒若梦。

廿八日　晨雨，午后阴。发家书，因遣祥发迎半山，与书罗总兵、锦道台，朱保德。客来者皆谢不见。张伯圆送菊。寄四十金至衡州，购永州锡器，由昭吉交程生。抄《小正》一页。

廿九日　晴。出送金松垣，因遇笏山，久谈，与次民言小舟事。《小正》成。理《春秋表》。昨与帉言今年未病，今日乃小疾。饭后出，行街市，发汗还，又濯足，早眠，服姜汁，将以却病，凡再汗，早眠。得樾岑六月廿五日书。

晦日　寒疾微热。早巡四斋，唯东上少坐。谢客屏事，专欲养病。夜睡，未解带。檐雨清寂。

九　月

九月壬寅朔　阴。出点名，朝食少减，以待速愈，要验调摄有效否。午入内房，作《春秋表》。种菊。老张、见郎来，留谈，夕食，遂竟日未事。夜雨。

二日　晴。寒大愈，然亦经三日，使不调摄，亦当愈也。午遣帉至丁宅，独携茷读，兼理《表》竟日。酉初至督府，新婿设酒谢客,同坐八人。看京报,闻杨石泉署闽督,张幼樵严议。轻进轻退,可为躁进之戒。戌还,移内房寝,以茂一人照管三室,恐其怯忽也。

三日　阴。晏起,欲作《表》,意甚勇,及作之半日,竟不可用而罢。戴通判再来求见,见之。易郎来,戴乃去。张门生来,云同乡闻师母生日,欲送戏公祝,力辞之。见郎来,报龙八已于七月杪至家矣。作书慰少泉。夜寒。

四日　大晴。传事告假,葛玉出街,纷携婢妪出,犹未归,彭妪托病,院中乃无人可呼唤。有呵于门者,金椿之轿头也,辞以出去。顷之二陈来,用阶、小蝶。所谓"官闲无一事,蝴蝶飞上阶",用阶既不可谢,因并小蝶见之,留用翁便饭,夕去。欲休,胡生长木来,缴刻版,索钱,令书局付之。抄《表》半日。

五日　晴。理《表》,阅卷。得金松园书,言钱生馆事,即复辞之。此人鼠目,非正类,王心翁无聊之请也。

六日　阴。纷生日,设面。午出,答访罗革道,久言鲍超营事,曾与余佐卿谈我于海堧。佐卿躁妄,欲自比于沅浦,后乃不谐而死,可哀也。然其于我厚矣,愧未能广之。至督府视穉公疾,少坐即去,云不能多话,而与李总兵久谈,盖以大邑阴喝不得意,非真病也。驰还少憩,姚知县步至,但子余昇来,同坐至暮散。

七日　晴。看课卷,欲谢客,罗革道应旐来送碑及漆器,余方朝食,欲辞之,已三造门矣。食已出见之,客去已晡。家人以孺人明日生,稍铺设,然烛,不敢放爆竹,恐诸生之觉也。与半山馈祝,进退见义,亦不设食品。

八日　晴。晨起衣冠,待两女妆竟受贺。诸生陆续入,监院亦至,同乡官入者八人,丁八郎及其兄子五郎来,见郎来,为设面。阅卷半日,讫事。今日大邑俘囚至,群官会讯,斩之,盖非真犯。闻王吉以多藏厚己，无他故也。发兵往，皆捆载铜钱以归，唯嫌非轻赍耳。

九日　阴。朝食后出谢客，行东北绝远，奔驰甚惫，小愒，崔誉侯处吃汤元还。院中预备请客，无暇他事。夜雨。

十日　阴。畇作主人，请丁婴母女、陈用阶继妻看戏，设酒，余亦招用阶父子、丁八郎、小五郎之师罗著卿、陈小石、见郎、近韩、芸阁与寓目焉，二更散。夜雨。看京报。

十一日　阴。院中公请听戏，因设汤饼九席，午集戌散。畇留丁、陈两女，请王心翁继妻看戏。周绪钦女自来，云闻畇作生日，数日宴会，故来看热闹也。夜狗突门，终夜相扰。畇疾，亦不眠，然不闻声。

十二日　阴。理《表》数条。徐敬武来求差委，辞以不能，固请为致黄泽臣，笑而许焉。傅、罗来，不欲去，幸严生来催客，登舁乃免。穿满城行，出小西门，甚有秋思，至欢喜院，崇将军所施造也。亭榭未十年已尽欹倒矣，作诗一首。少城西接自秦时，近改长营扼汉夷。百岁休兵圈地废，九秋先冷访僧宜。曲池衰柳桓公树，欹榭寒镫骆相祠。唯有道心长定在，借庵拟下读书帷。

十三日　晴。秋色朗然，光阴明丽，入秋第一佳日也。语茙云："好光景，宜读书。"畇云："读书以三余，何为释此佳日而不游赏？"仁者见仁，智者见智，不能正也。检《表》数条，为恶女客所搅，避出，陪老张谈竟日。徐琴舫来。得黄观察书。张梁山送藕粉。

十四日　阴。检《表》半日。梁进士、刘子尹、芥帆来，谈至暮。为用阶看试帖。夜月。

十五日　阴。早起点名，发题。朝食后微雨。黄福郎来，致翰仙诗函。答访徐琴舫、李总兵，李犹未起。见郎来，客去少愒。

校《宋史》廿余页。夜抄《表》目。内外多疾，独坐稍久，复写二页。夜雨遂寒。

十六日　阴。霁寒，始裘。出城赴杜祠公宴，正官皆会，以余为客，已集申散。抄《出入表》成。校《宋史》数十页。王莲翁送王筠《小正正义》来，校数条。杨呕假归，茇随余寝。

十七日　阴。李总兵来。为用翁看试律诗。校《宋史》。申过笏山，以为尚早，至则客毕集矣。设二席，招同乡官陪新亲，又有罗心潭。半饮，大有巷火起，府县匆匆去，顷之火息。还得家书，知七月此时生孙，吉兆也。

十八日　晴。发家书七号。看《评林》。半日未作一事。得熊营官书，言鲍兵殆必为乱于蜀。季高以儿戏失伊犁，穉璜以儿戏启戎心，皆可怪也。为陈用阶看试帖，并题其端，还之。

十九日　阴晴。早起开门，少睡即起。王仁元来告假，观其面墨，殆将有丧。《春秋表》未可成也。所积已多，可从容作之。抄半页，用阶、见郎均来。

廿日　晴。辛酉，立冬。巡四斋，理《表》一篇，渐有眉目，可毕功矣。今日始考"杀君卅六"，得之。又考"亡国五十二"，亦得之。虽无关经旨，非经文熟者，不能知也。夜改《诗笺》，抄三页。雨。

廿一日　阴寒。理《表》，抄《诗》，补《笺》一页，改义数条。看京报，龙溥霖即得补泗城府，何得官之易易。

廿二日　阴。比日早睡，怯起，甚有冬景。陆铦县令来，次民云字钝斋，名字相配，古法也，而不瘳其俗。朝食后至督府，穉公骤发晕软之疾，不能多谈。价藩、松生、罗心潭、徐琴舫续至，主人送酒揖退，公食礼也。芸阁陪客，未初散。过冠九，谢不见。至次民处少谈而还。假寐，顷之已暮。

廿三日　帉往丁府，拜接脚姑娘生日，即留住未还。独携茂居，未作一事。夜看课卷，校《宋史》。

廿四日　阴。得八月初五日家书。今年邮信迟缓可怪，岂亦有断电线者耶？看课卷毕。邵实夫从剑南还，来拜，少坐即去。

廿五日　晴冷。朝日三竿出，答访实夫，辕门犹未早鼓，小坐而出。写《表》一页，多误而罢。杨高照来求差事。祝陪堂子崧来受业，严生与俱至。严玉兄亦来，酬酢半日。王心翁为盐库介绍，以其母诗来求序。初以为无耻行径也，及看其诗，颇似不栉进士，且贞介自守，无俗心。为潘典史继妻，子女皆前室所出，抚之有恩。近来才女中真实本领无标榜者。悚然异之，为阅竟十二本，自署毗陵赵友莲字韵卿。戴式金送金橘。

廿六日　阴暖。将朝食，次民来，吐哺待之，客去，遂不复食。抄《表》一页。校《宋史》四页。老张来，晚饭乃去。校改"素积""帨衣""褖衣"诸条，又得狄帨之义，可谓左右逢原也。

廿七日　微雨，霜寒。书局两生来论事，和合来。王立诚、芸阁继至，客散已暮。客坐青毡为盗攫去，幸非故物耳。老张书来，寄衣箱、千金。初以为偶然寄顿，及阅其书，则告去之词，行径颇奇。得家书，半山已将至夔州，方怃然，又翩然，无心于事矣。闻人舍官入道，又闻携妾不障道，不知当何从也。要之雪琴辞兵侍，老张出藩门，大小同一伪，而非近人所及。校《礼记》一本。周颂昌来。

廿八日　阴冷。作《表》未数条，大邑新贡生来，言盗劫事。葛连衿来，谈《湘军志》。因循至午。帉归。余出赴署提招陪芸阁，家事纠缠未了，往已暮矣。用翁父子、罗、陈俱先在，烧火腿，食一饼遽饱。还，作家书。葛玉、彭姬均还湘，而皆依恋圣恩，又不忍去，异哉！帉、茂、婢姬均若不忍别彭姬者，又何离情之可生也。竟夜不寐。作送老张诗。

廿九日　阴。始裘。易郎、见郎、穆公均来，客散已欲暮，可谓烂板凳。二仆去，院中寂静，理《表》竟日，失去《出入例叙》，若在当年，必皇急，今殊从容也。得申夫书，以《湘军志》颇怨我。此书诚负心，使人惭愧，复书引咎谢之。

卅日　阴。校《礼记》一本，抄《表》，共成十八篇，居然有成功之望。巡四斋，诲言颇切。夜抄《楚词》，以诸生来问者多，愧无以对之。四更后不眠。

十　月

十月壬申朔　申旦未寐，早起大雾，日出点名，朝食后，抄《表》一篇，校《礼记》半本。得祭宗之法，若功德帝多，不过昭、穆二祧主之，然则厢不过七。藩经历送日历八十本。

二日　阴，稍煊。抄《表》三页。朝食后，刘人哉来，未去。穆公来，昨已闻当至，以为甫相见，无事又来，及至，乃为生孙道喜。已而罗著卿、陈小石、罗少纯、见郎、傅师耶继至，客去又安床移花，不复他事。夜作书致俊臣。校《礼记》，增"见子已食未食"一条，改"黼裘"一条，甚为得意。刘生来问羔裘、羔羊皮之异，余欲以羔为黑羔之专名，即今紫羔，甚贵重难得。羔羊，则凡小羊皆可。莫子偲所谓日有兼人之获，视古专门名家有过之。

三日　阴寒。晏起未瓄，用阶来。芸阁继至，云明日当行，留饭。客去，即命舁将出，劳、张来道喜，又生事矣。因出门贺王莲翁生日，过谢劳、张、罗，便谐芥帆久谈。申初入督府，便谢诸客，留饭，与穆公略谈时事，言大臣不可上言，顾力行何如耳。又言今执政以儿戏致大隙，有乘之者，祸不可解矣。一辈不如一辈，遂无人可用，亦自然之势。夜校《玉藻》一篇。

四日　阴晴。遣送穆芸阁程仪。曹太尊来，贺古愚、镇如先在，皆避去，客去已夕，作《表》一篇。日入霜寒，欲冻皴皮肉，命燎竹箨以御之。

五日　晴。两吴生来。周芸潭、近韩、贺静生、见郎、张伯圆来，遂又至夕。若日日如此，殊易老也。作《表》一篇，未成而暮。夜校《礼记》一本。《少仪》似甚草草，"宵雅"竟亦难解。今日丙子，小雪，反暖于昨日。

六日　晴。晏起，校《宋史》三页，作《表》一篇。萧、锦来，辞未见。曾心泉、李太守来，辞不得。李世侄又来，忽忽又暮。微月霜寒，似去年腊半时。校《乐记》一篇。"治乱以相，讯疾以雅"，"宵雅"盖即"相雅"，宵、相声转，言工歌《鹿鸣》之三，以相、雅节之也。

七日　晴，霜冷。作《表》一篇。出谢客，即过如山贺昏。旗俗，贺取妻者，皆于前一日，助执事之意也。人哉居庄宅，甚敞朗可喜，蕰孚处湫隘可怜。又入机局，谈天主教而还。夕食后，要蒲生步至学院看发案，未出，小立而还。顷之报至，院生当取者皆取，独遗一吕翼文耳。夜读《杂记》半篇。

八日　早阴，午后晴。作《表》一篇，居然将毕功，喜可知也。疑义亦不甚多。《春秋》庶可中道而废，比之颜子欲罢不能，为善自谋也。夜校《礼记》半本。

九日　晴。《春秋表》稿初毕，改廿八篇为廿四篇，多以一条居一例，不拘拘于三科，使览者易明也。黄绶湖来。张子静暮来。张伯圆来。

十日　晴暖。巡斋了愿，多接见诸生。茂读《王制》后段，计封国余数，子女无不打混者，莪独了了，其记性最钝，故能如此。见郎来，留吃野鸡，去。

十一日　晴霜。将出谢客，周绪钦来。略阅课卷，出已日斜矣。止过萧、韩、周三处。到周门昏暮，传贴入，又久候，匆匆一语而出。至成都府，陪朱凤标子饮，新选嘉定守也。吴佐，但、彭两首县皆先在，酒半，甚热，还，乘月霜行，又颇寒。

十二日　晴。得锦芝生书，半山十九日尚未至夔，想行期又改耶。阅课卷。吕生阅《表记》成①，自读一过。游行院中，芟竹拾籜。与王心翁夜谈。

十三日　阴煊。晨起，校《宋史》三页。阅课卷毕，方欲有作，闻司道来贺喜，亟出辞之，已入矣。云当索汤饼，并云督府已定十七日。异哉，造戏局竟成乎？散谈无章，大要论闽事，云刘省三开府矣。杨遇春后载福已败，铭传又取败耶？又言张香涛经营八表，唯知向人讨钱，真乞儿经济也。岔女益骄，取《表记》令读之。

十四日　晴煊。将宴客，铺设坐处。诸生入谈。午后将出，见郎来，未坐去。答访张子静、陈庶常，过芥帆、罗石卿，陈、罗不遇，日势已斜，飞昇过笏山、莲唐及锡侯门，月上矣，造请之可笑如此。夜归，得张梁山书，半山初五日已安抵万县，即日将至，喜慰，复书谢之。

十五日　阴煊。晨出点名，诸生均贺得孙之喜。徐大使、王经历来。但子余、许午楼、彭修进士、芥帆均来贺。校《宋史》十页。黄郎福生来。订廿日宴席，竟日看仆役整饰亭榭。夜抄

---

① 此句不可解，疑"阅"字当作"来"字或其他动词，句绝，"《表记》成"另为一句。

《天问》一页。

十六日　阴煊。校《礼经》十余页。涪州余生来，言涪火实烧万家，死千余人，不知州牧何为讳之。顾华阳、陆钝夫、曾心泉、宋成都来。如冠翁来，闻其艰步，未敢延入。顾以首县得东乡，似左迁也。杨甥得华阳，亦一奇矣。张振帅与李雨亭同年俱逝，可知交情在泉路犹密，但不知地下逢戴子高复作何语，为之哑然。夜闻伍母之丧，步月往视之。明日当为辍宴乐，然世俗好怪，势不能止，又以一人形众短，亦不可也。崧生则初丧不哭，尤为可议。

十七日　阴寒。朝食后，冠九来，未及衣冠而客已至，亦为疏率。价藩午正来，笏山继至，泽臣先入，顷之稺公至，崧、王、周从入，唱戏，自未至戌乃散。北风甚寒。

十八日　阴，复暖。遣熊三迎候细弱。改门作轩，以避寒暑，便嘉礼。晓寐不醒，朝食后复睡，频压不安，闻二点钟乃起。崔玉侯复来，久谈，遂暮矣。校《宋史》二页，抄《天问》二页。同乡官送酒烛戏班十五人，约于廿日大会，兼招督府亲友共集。

十九日　阴。次民来。两县令及新委华阳令杨作霖来。闻此人不端，未欲见之，因顾、宋同来，不能谢也。客去已暮。看茇写字，兼自抄《天问》一页。

廿日　辛巳，大雪。晴煊。同乡姚、刘、三张、二曾、二黄、劳、李、二贺、罗、萧送戏酒镫蜡，因要陈、张、龙、陈、罗，设四席，看戏一日，夜分始散。月寒如雪。

廿一日　霜晴。成都探马回，半山不能轿行，留止梁山，事多曲折，适如我意所料，天下无径直文字也。意亦恶之，仿徨半日。稺公来，余客皆辞未见。抄《天问》半页。彭升押行李先至，衣食物琐细，见之惘然不乐，且不知所以处。自往则重爱轻身，不往则彼此县望，信人生之多艰也。不能奋飞，有愧老张。校《宋史》十页。

廿二日　霜晴。定遣仆妪往视半山，详询彭升，意稍安。出谢客，兼问岐子惠疾，唯崔、周、朱、钟及王连衿处入谈。匆匆还，已暮。读《礼记》一本。

廿三日　晴。作书寄半山，兼谢楚珩，遣夏妪去，久待不至，乃改遣杨妪、曾大，午乃成行。总算账，此月用二百金矣。财去人安，当无患也。周云昆来。抄《天问》一页。

廿四日　晴。朝食后往伍崧生处陪吊，尹殷儒、齐敬斋同在，初杂无章，余为铺排。副统、诸道继至，竟日接谈。凡习见者咸在，唯笏山不至，可怪耳。夜校《宋史》五页，《礼经》一页，抄《天问》一页，复旷崇宁书。

廿五日　晴。看课卷。周绪钦恭人来竟日。笏山来谈。夜抄《天问》一页。

廿六日　晴。晨起将食，王连衿来，问李宣城何人，不知也。穉公赐健孙添盆衣服，再辞不得，皆受之。茇女发怪，衯阳不知，携婢妪自出，因喻以世情人事。看课卷毕。傅师耶来，久坐不去。起入，携茇读书写字竟日。《天问》抄成，遣钉一本。复熊国志书。

廿七日　晴。衯往多金氏燕。黄福郎、沈子粹、刘库使、夏道台来，遂尽半日，夕食已暮矣。夜校《礼记》二本，增改者毕录。院中官本与家本虽不甚合，但字句小异耳，亦不复一一改之。明日将自校《春秋表笺》，则两经皆可写矣。国子达差来，候复书，随作一纸报之。

廿八日　阴。晨校《宋史》八页，看茇写字。刘人哉、张门生来。午后出，答访沈、夏、彭，过督、藩，均不遇。入督署，与二陈、罗少谈。恩承协辨吴大澂、副宪元甫又夺官矣。穆公奋请援台，殊为喜事，所用将帅则丁、夏也，岂胜任耶？夜为刘生写册页，连书数千字，犹多不可尽，遂罢。

廿九日　阴暖。巡四斋还。见郎来。看京报，钱帅得阁学，劫刚兵右，谭敬甫甘藩，刘锦棠①新疆巡抚，鲍超优叙，杨载福母赏御书，王邦玺退出书房，上书房复有学子，陈俊臣、鹿滋轩均查办无事矣。抄《远游》二页，校《礼经》廿许。叶蒲生问：释币于行即犯轵耶？答曰：犯轵于国门外，盖唯诸侯以上有之，大夫则释币而已。夜校颜真卿家庙碑，贵筑陈庶常后琨字耀先来见，送扇对。②

---

① "棠"，原作"崇"，误。
② 以下自光绪十年十一月朔日起至光绪十三年四月晦均缺，共计缺两年六个月。